国学经典文库

图文珍藏版

情节曲折渐进　悬案引人入胜

中国公案小说

王艳军◎主编

线装书局

图书在版编目（CIP）数据

中国公案小说 ／ 王艳军主编. —— 北京 ：线装书局，
2014.1
  ISBN 978-7-5120-1103-8

  Ⅰ．①中… Ⅱ．①王… Ⅲ．①侠义小说－小说集－中
国－明清时代 Ⅳ．① I242.4

  中国版本图书馆 CIP 数据核字(2013)第 245261 号

中国公案小说

主　　编：王艳军
责任编辑：高晓彬
封面设计：博雅圣轩藏书馆 Boyashengxuan Cangshuguan
出版发行：线装书局
地　　址：北京市西城区鼓楼西大街 41 号 （100009）
　　　　　电话：010-64045283
　　　　　网址：www.xzhbc.com
印　　刷：北京彩虹伟业印刷有限公司
字　　数：1360 千字
开　　本：710×1040 毫米　1/16
印　　张：112
彩　　插：8
版　　次：2014 年 1 月第 1 版第 1 次印刷
印　　数：1—3000 套

定　　价：598.00 元（全四册）

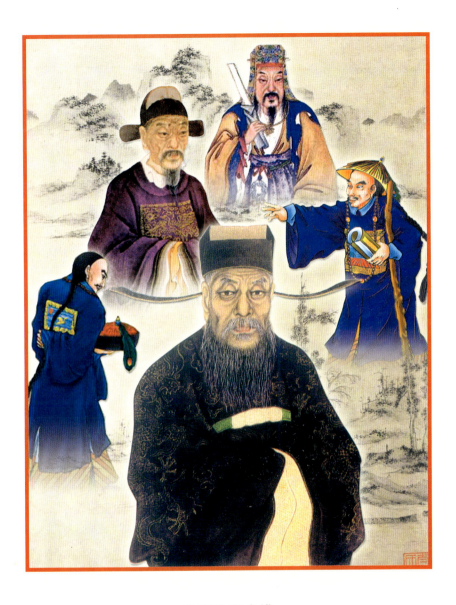

中国公案小说

《中国公案小说》收录了《包公案》、《彭公案》、《狄公案》、《海公案》和《施公案》等五部最有影响的公案小说，情节生动曲折，人物形象丰满，艺术技巧圆熟，代表了明清公案小说的最高成就。阅读欣赏这些公案小说，在获得文学美感的同时，还可以藉此了解中国古代断案家的侦破和断案技巧，进一步明确法制建设对于一个国家、一个社会的公正廉明和长治久安是多么重要。

包拯像

包拯墓

包拯故里——安徽合肥肥东

《包公案》又名《龙图公案》，全名为《京本通俗演义包龙图百家公案全传》，又称《龙图神断公案》。是中国古代文学著名公案小说之一，全书共十卷，安遥时编。编著者安遥时生平事迹待考。小说主要讲述了包公破案的故事，基本内容是歌颂包公的，通过他审理的一系列案件，塑造了一个为民除害的清官形象。

彭朋像　　　　　　　　　　　《彭公案》书影

彭朋故里——福建莆田金桥巷

　　《彭公案》以康熙年间彭朋出任三河县令、升绍兴知府、擢河南巡抚、授兵部尚书查办不同事务为线索，叙述李七侯、黄三太、杨香武、欧阳德等一班侠客协助他惩恶诛奸、除盗平叛的故事，结局无非是清官邀得圣宠，侠客受到奖赏。本书所辑就是彭朋断案的一些故事，望对读者能有所启发和裨益。

狄仁杰像　　　　　　　　　狄仁杰墓

狄仁杰故里——山西太原"唐槐公园"

  《狄公案》是由清晚期谴责小说家吴趼人所著的公案小说，共六十四回，主要写的是唐朝名相狄仁杰在被贬为县令之后，因查案有功，被阎立本推荐之后与武三思等人斗争最后使庐陵王复位的故事。本书内容丰富多彩，包含了人命、奸情、负债、欺诈、抢劫等等形形色色的故事，不但情节引人入胜，而且断案的手段也是千奇百怪。

海瑞像　　　　　　　　　　　　海瑞墓

海瑞故里——海南屯昌县新兴镇石山夹村

　　《海公案》系《海公大红袍全传》、《海公小红袍全传》的合集。属公案类小说，全称《海刚峰先生居官公案传》，一题《海忠介公居官公案》，清代无名氏所撰。该书是以海瑞为原型敷演而成的一部公案小说。小说情节曲折，跌宕起伏，悬案迭起，引人入胜，生动地塑造了一个刚正清廉、不畏权贵、断案如神、体恤百姓的清官形象，但同历史上的海瑞相去甚远。

施仕纶像

施仕纶墓

施仕纶故居——福建泉州晋江龙湖镇衙口村

  《施公案》是晚清民间通俗小说，又称《施公案传》、《施案奇闻》、《百断奇观》，共八卷，九十七回。其故事始于说书，后经文人敷演而成。小说以施仕纶为中心人物，从施仕纶做扬州府江都县令写起，到升任通州仓上总都止，所作之事，不外"审案"和"剿寇"。情节比明代公案小说更加曲折，灵怪色彩较浓。

前　言

公案，原系指公府的案牍，其后引申为剖断是非的案牍始称公案。佛教经典中的公案则指"佛祖机缘"，用以剖断生死，是言语动作的垂示，以禅理来判决事端的准绳。公案小说是中国古典小说的一种，由宋话本公案类演义而成，大多以描写各种各样的案情以及破案为主，其中渗入了中国古代的法律的思想。公案小说萌芽于魏晋时期，发展于唐宋，繁盛于明清，并且在清代掀起了高潮。通过鬼神的介入，强烈的智慧因素，作者在公案小说里揭示了中国古代社会法治的缺陷，而在这些公案小说的背后，则隐藏着人们对于"清官"的期盼意识，这与中国古代社会缺乏法治密不可分。在众多的公案小说中，最为脍炙人口的首推《包公案》《彭公案》《狄公案》《海公案》和《施公案》。

《包公案》又名《龙图公案》，全名为《京本通俗演义包龙图百家公案全传》，又称《龙图神断公案》。《包公案》是一部有关包公故事的短篇小说集，每篇写一则包公断案的故事。其内容虽不连贯，但包公形象却贯穿全书。与其他公案小说一样，《包公案》的成书，也是源自民间故事的流传。宋元时代，商业、手工业的发达造成了都市的高度繁荣和城市人口的激增。在工商荟萃、人稠物穰的都市中，为适应日益壮大的市民阶层的文化娱乐需求，一种适合市井平民的"说话"艺术诞生于"瓦肆勾栏"之中。小说的基本内容是歌颂包公的，写他秉公执法，清正廉明。通过他审理的一系列有关"人命""奸情""盗贼""争占"等类案件，作者塑造了一个为民除害的清官形象。

《彭公案》以康熙年间彭朋出任三河县令、升绍兴知府、擢河南巡抚、授兵部尚书查办不同事务为线索，叙述李七侯、黄三太、杨香武、欧阳德等一班侠客协助他惩恶诛奸、除盗平叛的故事，结局无非是清官邀得圣宠，侠客受到奖赏。《彭公案》在叙述主人公彭朋在破案断案中，不畏权贵，秉公执法，打击、惩治贪官赃吏和豪绅恶霸的同时，塑造了许多各具性格特点的人物，像心高气傲、沉稳庄重、武艺超群的侠客黄三太，官逼民反、豪爽鲁莽、不贪财色的绿林豪杰窦二墩，占山为王、老奸巨猾、专干打家劫舍勾当的吴太山等，都写得有声有色，栩栩如生。

《狄公案》是由清代谴责小说家吴趼人所著的推理小说，共六十四回，背景在唐朝，主角为狄仁杰。该书为"公案侠义系列"之一，是侠义与公案小说集大成的巨著，主要讲述唐朝名相狄仁杰断案的事迹。内容形形色色，包含了人命、奸情、负债、欺诈、抢劫等等花花绿绿的故事，不但情节引人入胜，而且断案的手段也是千奇百怪。从书中描写的时间跨度来看，它始以狄仁杰任昌平知县，清词理讼，终于于张柬之入朝为相，重振朝纲，逼武则天退位中宗，显然与武周政权相终始，字里行间流溢着对武周王朝的极端愤恨和不满，而这种描写恰恰打上了深深的时代现实的印记，可以说是清末社会现实的一种间接的反映和观照。

《海公案》系《海公大红袍全传》《海公小红袍全传》的合集，全称《海刚峰先生居官公案传》，一题《海忠介公居官公案》。该书是明代小说，实际上是一种话本总集，以海瑞贯穿全篇。每一故事（回），先有记述全案过程的一段说明文字，有"告""诉""判词"三部分，类似公牍文书。小说写海瑞审案折狱的故事，情节曲折，跌宕起伏，悬案迭起，引人入胜，生动地塑造了一个刚正清廉、不畏权贵、断案如神、体恤百姓的清官形象，但同历史上的海瑞相去甚远。

《施公案》是一部晚清小说，亦称《施公案传》《施案奇闻》《百断奇观》，全书共八卷，九十七回，未著撰人。大约由于其故事始于说书，后经文人加工整理敷衍而成。现存道光四年（1824）刊本，有嘉庆三年（1798）序文，可推知它大约成书于乾隆、嘉庆年间，现尚存多种道光年间的刻本。1982年北京宝文堂新排印本402回，包括部分续书。小说的中心人物施仕纶，实即康熙年间施世纶，字文贤，清汉军镶黄旗人，曾任扬州、江宁知府、漕运总督等官，著有《南堂集》，《清史稿》有传。小说《序》称"采其实事数十条，表而出之，使天下后世知施公之为人，且使为官者知以施公为法也"。但书中许多公案题材和情节，大都出于虚构，小说从施仕纶作扬州府江都县令写起，到升任通州仓上总督时止，所作之事，不外"审案"和"剿寇"。情节比明代公案小说稍加曲折，断案之外，又有私访遇险之事。书中大小十余案，大都靠托梦显灵、鬼神鉴察来解决，灵怪色彩很浓，剿杀"黄河套水寇"刘六、刘七，恶虎庄的武天虬、濮天雕，手段残忍狠毒，表现了维护忠孝节义和封建等级制度的明显倾向。

总之，公案小说以冤狱诉讼为题材。通过各种形形色色案件的审理不仅反映了封建官吏的秉公执法，还反映了他们徇私枉法；不仅反映了清官的明察公断，还反映了他们的受蔽误断等各方面情况，体现了公案小说在反映社会生活上的深度和广度，至今仍有认识价值和审美价值。但我们应该清醒地认识到，公案小说经过短暂的繁荣，很快就走向下坡路，思想内容从《三侠五义》单纯的忠奸、正邪斗争，发展到镇压农民起义；从具有一定人民性的小说，发展为具有落后或反动倾向的作品。但近代公案小说，无疑为晚清新武侠小说的产生，提供了有益的借鉴。

目　录

国学经典文库

中国公案小说

·目录·

图文珍藏版

2

国学经典文库

中国公案小说

·目录·

图文珍藏版

国学经典文库

中国公案小说

·目录·

图文珍藏版

7

中国公案小说

·目录·

图文珍藏版

国学经典文库

中国公案小说

·目录·

图文珍藏版

国学经典文库

中国公案小说

·目录·

图文珍藏版

国学经典文库

中国公案小说

·目录·

图文珍藏版

国学经典文库

中国公案小说

图文珍藏版

国学经典文库

中国公案小说

图文珍藏本

包公案

[明] 安遥时 ◎ 著

导读

　　《包公案》又名《龙图公案》，全名为《京本通俗演义包龙图百家公案全传》，又称《龙图神断公案》。公案小说，明代的公案小说，讲述包公破案的故事，是中国古代文学三大公案之一。影响较大。

　　《包公案》实际上是一部有关包公故事的短篇小说集，每篇写一则包公断案的故事。其内容虽不连贯，但包公形象却贯穿全书。与其他公案小说一样，《包公案》的成书，也是源自民间故事的流传。宋元时代，商业、手工业的发达造成了都市的高度繁荣和城市人口的激增。在工商荟萃、人稠物穰的都市中，为适应日益壮大的市民阶层的文化娱乐需求，一种适合市井平民的"说话"艺术诞生于"瓦肆勾栏"之中。说话艺人敷演的故事被称为"话本"，后经文人整理，这种话本便成为最初的通俗短篇小说了。《包公案》的题材，部分来自民间流传的包公故事，也有部分采录自史书、杂记和笔记小说中的有关材料而加以编排敷演成篇的。包拯，历史上实有其人，庐州（今安徽省合肥市）人。宋仁宗时，曾官监察御史、天章阁待制，龙图阁直学士、枢密副史等。《宋史·包拯传》称他"立朝刚毅，贵戚宦官为之敛手"；"人以包拯笑比黄河清。童稚妇女亦知其名，呼曰包待制；京师为之语曰：'关节不到，有阎罗包老。'"包公在开封府尹任上，以清正廉洁著称于世，深得百姓爱戴。有关包公的民间传说广为流传，宋元以来以包公为题材的文学作品大量出现，包公形象不断被丰富、被理想化，成为封建社会中最著名的清官形象。这种现象是有其历史和社会原因的。在漫长的封建专制重压下生活的民众百姓苦不堪言，他们把对美好生活的向往寄托在"明君"和"贤臣"身上。帝王的生活对百姓来说是既陌生又遥远的，因此，清官、贤臣便成为百姓理想的寄托，并在各种文学艺术形式中成为主角。小说的基本内容是歌颂包公的，写他秉公执法，清正廉明。通过他审理的一系列有关"人命""奸情""盗贼""争占"等类案件，作者塑造了一个为民除害的清官形象。其中有些故事判斩了皇亲国戚，如《黄叶菜》《狮儿巷》；有的故事揭露了土豪劣绅的狠毒凶残，如《栽赃》《鬼推磨》；而《屈杀英才》《久鳏》则对科举制度进行了有力的抨击。

第一回

萧淑玉误吊遭非命
恶和尚思淫杀弱女

话说德安府孝感县有一秀才，姓许名献忠，年方十八，生得眉清目秀，风采俊雅。对门有一屠户萧辅汉，有一女儿名淑玉，年十七岁，甚有姿色，每日在楼上绣花。其楼近路，常见许生行过，两下相看，各有相爱之意，时日积久，遂私通言笑。许生以言挑之，女即微笑首肯。

其夜，许生以楼梯暗引上去，与女携手，情交意美，及至鸡鸣，许生欲归，暗约夜间又来。淑玉道："倚梯在楼，恐夜间有人经过看见不便。我今备一圆木在楼枋上，将白布一匹，半挂圆木，半垂楼下，你夜间只将手紧抱白布，我在楼上吊扯上来，岂不甚便。"许生喜悦不胜，至夜果依计而行。如此往来半年，邻舍颇知，只瞒得萧辅汉一人。

忽一夜，许生因朋友请酒，夜深未来。有一和尚明修，夜间叫街，见楼上垂下白布到地，只道其家晒布未收，思偷其布，停住木鱼，过去扯其布，忽然楼上有人吊扯上去。和尚心下明白，必是养汉婆娘所为，任他吊上去，果见一女子。和尚心中大喜，便道："小僧与娘子有缘，今日肯与我宿一宵，恩大如天。"淑玉慌了道："我是鸾交凤配，怎肯失身于你。我宁将银簪一根舍你，你快下楼去。"僧道："是你吊我上来，今夜来得去不得了。"即强去搂抱求欢。女怒甚，高声叫道："有贼在此！"那时父母睡去不闻。僧恐人知觉，即拔刀将女子杀死，取其簪、珥、戒指下楼去。

次日早饭后，其母见女儿不起，走去看时，见杀死在楼，竟不知何人所谋。其

时，邻舍有不满许生的人对萧辅汉道："你女平素与许献忠来往有半年余，昨夜许生在友家饮酒，必定乘醉误杀，是他无疑。"萧辅汉闻知包公神明，即具状赴告。是时包公为官清正，识见无差，当日准了此状，即差人拘原被告、干证人等听审。

包公先问干证，左邻萧美、右邻吴范俱供：萧淑玉在沿街楼上宿，与许献忠有奸已经半载，只瞒过父母不知。此奸是有的，特非强奸，其杀死缘由，夜深之事众人实在不知。许生道："通奸之情瞒不过众人，我亦甘心肯认。若以此拟罪，死亦无辞；但杀死事实非是我。"萧辅汉道："他认轻罪而辞重罪，情可灼见。女房只有他到，非他杀死，是谁杀之？老爷若非用刑究问，安肯招认。"包公看许生貌美性和，似非凶恶之徒，因问道："汝与淑玉往来时曾有人楼下过否？"答道："往日无人，只本月有叫街和尚夜间敲木鱼经过。"包公怒道："此必是你杀死的，今问你罪，你甘心否？"献忠心慌，答道："甘心。"遂打四十收监。包公密召公差王忠、李义问道："近日叫街和尚在何处居住？"王忠道："在玩月桥观音座前歇。"包公吩咐二人可密去如此施行。

其夜，和尚明修复敲木鱼叫街，约三更时分，只听得桥下三鬼一声叫上，一声叫下，又低声啼哭，甚是凄切怕人。后一鬼似妇人之声，且哭且叫道："明修明修，你要来奸我，我不从罢了。我寿命未终，你无杀我道理。无故杀我，又抢我钗珥。我已告过阎王，命二鬼使伴我来取命，你反念阿弥陀佛讲和。今宜讨财帛与我打发鬼使，方与罢休，不然再奏阴曹，定来取命。"明修乃手执弥陀珠佛掌答道："我一时欲火要奸你，见你不从又要喊叫，恐人来捉我，故一时误杀你。今钗钿戒珠尚在，明日买财帛并念经卷超度你，千万勿奏天曹。"女鬼又哭，二鬼又叫一番，更觉凄惨。僧又念经，答应明日超度亡魂。忽然，两个公差走出来，将铁链锁住。僧惊慌："是鬼！"王忠道："包公命我捉你，我非鬼也。"吓得僧如泥块。只说看佛面求赦。王忠道："真好个谋人佛、强奸佛。"遂锁将去。原来包公早命二公差雇一娼妇，在桥下作鬼声，吓出此情。

次日，和尚交代了强奸犯罪情由。包公命人又搜出明修破衲袄内钗、珥、戒指，辅汉认过，确是伊女插戴之物。明修无词抵饰，认承死罪。

包公乃问许献忠道："杀死淑玉是此贼秃，理该抵命；但你做秀才奸人室女，亦该夺去秀才身份。今有一件，你尚未娶，淑玉未嫁，虽则两下私通，亦是结发夫妻一般。今汝若愿再娶，须去衣衿；若欲留前程，将淑玉为你正妻，不许再娶。此二路何从?"献忠道:"我稔知淑玉素性贤良,只为我牵引故有私情,昔相通时曾嘱我娶她,我亦许她定来完娶。不意遇此贼僧,彼又死节明白,我心岂忍再娶。今日只愿收埋淑玉,认为正妻,以不负他死节之意,绝不敢再娶也。"包公喜道:"汝心合乎天理,我当为你力保前程。"即作文书,申详学道。

学道随即依拟。

后许献忠得中乡试,归来谢包公道:"若无有老师宽宏,献忠已作囹圄之鬼,岂有今日。"包公道:"今思娶否?"许生道:"死不敢矣。"包公道:"不孝有三,无后为大。"许生道:"吾今全义,不能全孝矣。"包公道:"贤友今日成名,则萧夫人在天之灵必喜悦无穷;今但以萧夫人为正,再娶第二房为妾何妨。"献忠坚执不从。包公乃令其同年举人田在懋为媒,强其再娶霍氏女,献忠乃以纳妾礼成亲,可谓妇节夫义,两尽其道。而包公雪冤之德,继嗣之恩,山高海深矣。

第二回 丁娘子忍辱报仇冤
性慧僧匿妇扣人夫

　　话说贵州道程番府有一秀才丁日中，常在安福寺读书，与僧性慧朝夕相处。性慧一日到日中家相访，刚好日中外出，其妻邓氏闻夫常说在寺读书，多得性慧招待，因此出来见之，留他一饭。性慧见邓氏容貌华丽，言同清雅，心中不胜喜慕。后日中复往寺读书月余未回，性慧遂心生一计，将银雇二道士假扮轿夫，半午后到邓氏家道："你相公在寺读书，劳神太过，忽然中风死去，得僧性慧救醒，尚奄奄在床，生死未保。今叫我二人接娘子去看他。"邓氏道："何不送他回来？"二轿夫道："本要送他回来，奈程途有十余里，恐路上冒风，症候加重，便难救治。娘子可自去看来，有个亲人在旁，也好服侍病人。"邓氏听得即登轿去，天晚到寺，直抬入僧房深处，却已排整酒筵，欲与邓氏饮酒。那邓氏即问道："我官人在哪里，领我去看。"性慧道："你官人因众友相邀去游城外新寺，适有人来报他中风，小僧去看，幸已清安。此去有路五里，天色已晚，可暂在此歇，明日早行；或要即去，亦待轿夫吃饭，娘子亦吃些点心再走不迟。"邓氏无奈，饮酒数杯，又催轿夫去。性慧道："轿夫不肯夜行，各回去了。娘子可宽饮数杯，不要性急。"又令侍者小心奉劝，酒已微醉，乃照入禅房去睡。邓氏见锦衾绣褥，罗帐花枕，件件精美。以灯照之，四墙皆密，心中疑虑不寐。及钟声定后，性慧从背地进来，近床抱住。邓氏喊声："有贼！"性慧道："你就喊到天明，也无人来捉贼。我为你费了多少心机，今日乃得到此，亦是前生凤缘注定，不由你不肯。"邓氏骂道："野僧何得无耻，我宁死决不受辱。"性慧道："娘子肯行方便一宵，明日送你见夫；若不怜悯，小僧定断送你的性命！"邓氏喊骂闹至半夜，被性慧强行剥去衣服，将手足绑缚，恣行淫污。次日午时方起。性慧谓邓氏道："你被我设计骗来，事已至此，可削发为僧，藏在寺中，衣食受用都不亏你，又有老公陪。你若使昨夜性子，有麻绳、剃刀、毒药在此，凭你死吧！"邓氏暗思身已受辱，死则永无见夫的日子，此冤难报，不如忍耐受辱，倘得见夫，报了此冤，然后就死。乃从其披剃。

　　过了月余，丁日中来寺拜访性慧，邓氏认得是夫声音，挺身先出，性慧即赶出来。日中方与邓氏作揖,邓氏哭道:"官人不认得我了?我被性慧拐骗在此,日夜望你来救我。"日中大怒,扭住性慧便打,被性慧呼集众僧将日中锁住,取出刀来将杀之。邓氏来夺刀道:"可先杀我,然后杀我夫。"性慧乃收起刀,强扯邓氏入房吊住,再出来杀日中。日中道:"我妻被你拐,我到阴司也不肯放你。若要杀,可与我夫妻相见,作一处死罢。"性慧道:"你死则邓氏无所望,便终身是我妻,安肯与你同死。"日中道:"然则全我身体,容我自死吧。"性慧道:"我且积些阴功。方丈后有一大钟,将你盖在钟下,与你自死。"遂将日中盖入钟下。邓氏日夜啼哭,拜祷观音菩萨,愿有人来救她丈夫。

过了三日,适值包公巡行其地,夜梦安福寺方丈钟下盖住一黑龙;初亦不以为意,至第二、三夜,连梦此事,心始疑异,乃命手下径往安福寺中,试看何如。到得方丈坐定,果见方丈后有一大钟,即令手下抬开来看,只见一人饿得将死,但气未绝。包公知是被人所困,即令以粥汤灌下,一饭时稍醒,乃道:"僧性慧既拐我妻削发为僧,又将我盖在钟下。"包公遂将性慧拿下。但四处搜觅并无妇人。包公便命密搜。见复壁中,有铺地木板,公差揭起木板,有梯入地,从梯下去,乃是地楼,点灯明亮,一少年和尚在座。公差叫他上来,报见包公。此和尚即是邓氏,见夫已放出,性慧已锁住,邓氏乃从头叙其拐骗情由,害夫根原。性慧不敢狡辩,只磕头道:"死罪甘受。"包公随即宣判道,将性慧斩首示众,其助恶众僧皆发配充军。

包公又责邓氏道:"你当日被拐便当一死,则身洁名荣,亦不累夫有钟盖之难。若非我依梦偶然而来,汝夫却不为你而饿死乎?"邓氏道:"我先未死者,以不得见夫,未报恶僧之仇,打算见夫而死。今夫已救出,僧已就诛,妾身既辱,不可为人,固当一死决矣!"即以头击柱,流血满地。包公乃命人扶住,血出晕倒,以药医好,死而复生。包公谓丁日中道:"依邓氏之言,其始之从也,势非得已;其不死者,因欲得以报仇也。今击柱甘死,可以明志,汝其收之。"丁日中道:"吾曾恨其不死以图后报仇之言为假,今见其撞柱,可知非真偷生无耻。今幸而不死,吾待之如初,只当来世重会也。"日中夫妇拜谢而归,以木刻包公之像,朝夕侍奉不懈。其后日中亦登科第,官至同知。

第三回　蒋光国诬告命难全
克忠妻记账示凶犯

话说西安府乜崇贵,家业巨万,妻汤氏,生子四人:长名克孝,次名克悌,三名克忠,四名克信。克孝治家任事;克悌在外为商;克忠读书进学,早负文名,屡期高捷,亲教幼弟克信,殷勤友爱,出入相随。克忠不幸考试未中,染病卧床不起。克信时时入房看望,见嫂淑贞花貌惊人,恐兄病体不安,或贪美色,伤损日深,决不能起,欲兄移居书房,静养身心,或可保其残喘。淑贞爱夫心切,不肯与他出房,道:"病者不可移,且书斋无人服侍,只在房中,时刻好进汤药。"此皆真心相爱,原非为淫欲之计,克信心中怏然。亲朋来问疾者,人人嗟叹克忠苦学伤神。克信叹道:"家兄不起,非因苦学。自古几多英雄豪杰皆死于妇人之手,何独家兄。"话毕,两泪双垂。亲朋闻之骇然,须臾罢去。克忠很快失精流血,蒋淑贞急呼叔来。克信大怒道:"前日不听我言移入书房养病,今来呼我为何?"淑贞不敢回言。克信近床,克忠泣道:"我不济事矣,汝好生读书,要发科第,莫负我叮咛。寡嫂贞洁,又在少年,幸善待之。"语罢,遂气绝。克信哀痛弗胜,执丧礼一毫无缺,殡葬俱各尽道,事奉寡嫂淑贞十分恭敬。自克忠死后,长幼共怜悯之。淑贞哀号极苦,汤水不入口者半月,形骸瘦弱,忧戚不堪。及至百日后,父母慰之,家庭长者妯娌眷属亦各劝慰。微微饮食舒畅,容貌逐日复旧,虽不戴珠翠,不施脂粉,自然美容动人,但其言甚简静,行甚光明,无一尘可染。

不久,淑贞之父蒋光国安排礼仪,亲来祭奠女婿,用出家紫云观为道士的族侄蒋嘉言,及徒子蒋大亨、徒孙蒋时化、严华元同做法事。克信心不甚喜,乃对光国道:"多承老亲厚情,其实无益。"光国怫然不悦,遂入内谓淑贞道:"我来荐汝丈夫本是好心,你幼叔大不欢喜。薄兄如此,宁不薄汝?"淑贞道:"他当日要移兄到书房,我留在房服侍。及至兄死时,他极恼我不是,到今一载,并不相见,待我如此,岂可谓善。"光国听了此言,益怨恨克信。及至功果将完、追荐亡魂之际,光国复呼淑贞道:"道人皆家庭子侄,可出拜灵前无妨。"淑贞衷心不胜,遂拜哭灵前,悲哀已极，人人惨伤。独有道士严华元，一见淑贞，心中想道：人言淑贞乃绝色佳人，今观其居忧素服之时，尚且如此标致；若无愁无闷而相欢相乐，真个好煞人也。遂起淫奸之心。迨至夜深，道场圆满之后，道士皆拜谢而去。光国道："嘉言、大亨与时化三人，皆吾家亲，礼薄些谅不较量；唯严先生乃异姓人物，当从厚谢之。"淑贞复加封一礼。岂知华元心存不良，阳言先行一步，阴实藏于高阁之上。少俟人静，作鼠耗声。淑贞秉烛视之，华元即以求阳媾和邪药弹上其身。淑贞一染邪药，心中即刻淫乱，遂抱华元交欢恣乐。俄而天明，药气既消，始知被人迷奸，有玷名节，嚼舌吐血，登时闷死。华元得遂淫心，遂潜逃而去，乃以淑贞加赐礼银一封，留在淑贞怀中，希望其复生而为之谢也。

迟些时候，晨炊已熟，婢女菊香携水入房，呼淑贞梳洗，不见行踪，乃登阁上寻觅。但见淑贞死于毡褥之上。菊香大惊，即报克孝、克信道："三娘子死于阁上。"克孝、克信上阁看之，果然气绝。大家俱惊慌，乃呼众婢女抬淑贞出堂停枢。下阁之时遗落胸前银包，菊香在后拾取而藏之。此时光国宿于女婿书房，一闻淑贞之死，即道："此必为克信叔害死。"忙入后堂哭之，甚哀甚忿，乃厉声道："我女天性刚烈，并无疾病，黑夜猝死，必有缘故。你既恨我女留住女婿在房身死，又恨我领道人做追荐女婿功果，必是乘风肆恶，强奸我女，我女愤恨，故嚼舌吐血而死。"遂作状告到包公处。

此时，克信闻得蒋光国告己强奸嫂子，羞惭无地，抚兄之灵痛哭伤心，呕血数升，顷刻晕死。悠悠间梦中得遇克忠，叩头哀诉。克忠泣而语之道："致汝嫂于死地者，严道人也。有银一封在菊香手可证。汝嫂存日已登簿上。可执之见官，冤情自然明白，与汝全不相干。我的阴灵定在衙门来辅汝，汝速速还阳，事后可荐祭汝嫂。切记切记。"克信苏转，已过一日。包公拘提甚紧，只得忙具状申诉冤情。

包公亦准克信诉词，即唤原告蒋光国对理。光国道："女婿病时，克信欲移入书房服药养病，我女不从，留在房中服侍，后来女婿不幸身亡，克信深怒我女致兄死地，故强逼成奸，因而致死，以消愤怒。"克信道："辱吾嫂之身以致吾嫂之死者，皆严道人。"光国道："严道人仅做一日功果，安敢起奸淫之心入我女房，逼他上阁？且功果完成之时，严道人已出门去了，大众皆见其行。此全是虚词。"包公道："道人非一，单单说严道人有何为凭为证？"克信泣道："前日光国诬告的时节，小的闻得丑恶难当，即刻抚兄之灵痛哭伤心，呕血满地，闷死归阴。梦见先兄，叩头哀诉，先兄慰小人道,严道人致死吾嫂,有银在菊香处为证,吾嫂有登记在簿上。乞老爷详查。"包公怒道:"此是鬼话,安敢对官长乱谈!"遂将克信打三十板,克信受刑苦楚,泣叫道:"先兄阴灵尚许来辅我出官,岂敢乱谈!"包公大骂道:"汝兄既有阴灵来辅你,何不报应于我?"忽然间包公困倦,曲肱而枕于案上,梦见已故生员乜克忠泣道:"老大人素称神明,今日为何昏昧?污辱吾妻而致之死者,严道人也,与我弟全不相干。菊香获银一封,原是大人季考赏赐生员的,吾妻赏赐道人,登之簿上,字迹显然,希大人详察,急治道人的罪,释放我弟。"包公梦醒,抚然叹曰:"是有哉!鬼神之来临也。"遂对克信道:"汝言诚非谬谈,汝兄已明白告我,我必为汝辨此冤诬。"遂即差人速拿菊香拶起,究出银一封,果是给赏之银。问菊香道:"汝何由得此?"菊香道:"此银在夫人身上,众人抬他下阁时,我从后面拾得。"又差人同菊香入房取淑贞日记簿查阅,果有用银五钱加赐严道人字迹。包公遂急拿严道人来,才上夹棍,便直招认,不应擅用邪药强奸淑贞致死,谬以原赐赏银一封纳其胸中是实,情愿甘罪,与克信全无干涉。包公判其死罪。

第四回 陈月英含舌诉冤屈
朱弘史语蹇露劣迹

话说山东兖州府曲阜县，有姓吕名毓仁者，生子名如芳，十岁就学，聪明非常。时本邑陈邦谟副使闻知，以其子业师傅文学即毓仁之表兄为媒，将女月英许配如芳。计议一定，六礼遂成。越及数年，毓仁敬请表兄傅文学约日完娶，陈乃备妆奁送女过门。国色天姿，人人称羡，学中朋友俱来庆新房。内有史部尚书公子朱弘史，是个风情浮薄之人。自夫妇合卺之后，陈氏奉姑至孝，顺夫无违，岂期喜事方成，灾祸突至，毓仁夫妇双亡，如芳不胜哀痛，守孝三年，考入黉宫，联捷秋闱，又产麟儿。陈氏因留在家看顾。如芳功名念切，竟别妻赴试，陡遇倭警，中途被执，唯仆程二逃回，报知陈氏。陈氏痛夫几绝，父与兄弟劝慰乃止，其父因道："我如今赴任去急，虑汝一人在家，莫若携甥同往。"陈氏道："爷爷严命本不该违，奈你女婿鸿雁分飞，今被掳去，存亡未知，只有这点骨血，路上倘有疏虞，恐绝吕氏之后。且家中无主，不好远去。"其父道："汝言亦是。但我今全家俱去，只汝二位嫂嫂在家，汝可常往，勿在家忧闷成疾。"遂别去。陈氏凡家中大小事务，尽付与程二夫妻照管，身旁只七岁婢女叫作秋桂服侍，闺门不出，内外凛然。不意程二之妻春香，与邻居张茂七私通，日夜偷情。茂七因谓春香道："你主母青年，情欲正炽，你可为我成就此姻缘。"春香道："我主母素性正大，毫不敢犯，轻易不出中堂。此必不可得。"茂七复戏道："你是私心，怕我冷落你的情意，故此不肯。"春香道："事知难图。"自此，两人把此事亦丢开不提。

且说那公子朱弘史，因庆新房而撼动春心，无由得入。得知如芳被掳，遂选教书的地方与吕门相近，结交附近的人，常常套问内外诸事，倒像真实怜悯如芳的意思。不意有一人告诉他："吕家世代积德，今反被执，是天无眼睛，其娘子陈氏执守妇道，出入无三尺之童，身旁唯七岁之婢，家务支持尽付与程二夫妻，程二毫无私意，可羡可羡。"弘史见他独夸程二，其妇必有出处。遂以言套那人道："我闻得程妻与人有通，终累陈氏美德。"其人道："相公何由得知？我此处有个张茂七，极好风月，与程二嫂朝夕偷情。其家与吕门连屋，或此妇在他家眠，或此汉在彼家睡，只待丈夫在庄上去，就是这等。"弘史心生计道："我当年在他家庆新房时，记得是里外房间，其后有私路可入中间。待我打听程二不在家时，趁便藏入里房，强抱奸宿，岂不美哉。"计较已定。次日傍晚，知程二出去，遂从后藏入。其妇在堂唤秋桂看小官，进房将门扣上，脱衣将洗，忽记起里房透中间的门未关，遂赤身进去，关讫就洗。此时弘吏见雪白身躯，已按捺不住，陈氏浴完复进，忽被紧抱，把口紧紧掩住，弘史把舌舔入口内，令彼不能发声。陈氏猝然遇此，举手无措，心下自思道：身已被污，不如咬断其舌，死亦不迟。遂将弘史舌尖紧咬。弘史不得舌出，将手扣其咽喉，陈氏遂死。弘史潜迹走脱，并无人知。

移时，小儿啼哭，秋桂喊声不应，推门不开，遂叫出春香。提灯进来，外门紧闭，从中间进去，见陈氏已死，口中出血，喉管血洇，袒身露体，不知从何致死。乃惊喊，族众见其妇如此形状，竟不知何故。内有吴十四、吴兆升说道："此妇自来正大，此必是强奸已完，其妇叫喊，遂扣喉而死。我想此不是别人，春香与茂七有通，必定是春香同谋强奸致死。"就将春香锁扣，将陈氏幼子送往母家乳哺。

次日，程二庄上回来，见此大变，究问缘由，众人将春香通奸同谋事情说知，程二即具状告县。当时知县即行相验。只见那妇人尸喉管血洇，口中血出。令仆将棺盛之。带春香、茂七一干人犯鞫问。即问程二道："你主母被强奸致死，你妻子与茂七通奸同谋，你岂不知情弊？"程二道："小的数日往庄上收割，昨日回来，见此大变，询问邻族吴十四、吴兆升说，妻子与张茂七通奸，同谋强奸主母，主母发喊，扣喉绝命。小的即告爷爷台下。小的不知情由，望爷爷究问小的妻子，便知明白。"县官问春香道："你与张茂七同谋，强奸致死主母，好好从实招来。"春香道："小妇人与茂七通奸事真，若同谋强奸主母，并不曾有。"知县道："你主母为何死了？"春香道："不知。"官令拶起，春香当不起刑法，道："爷爷，同谋委实没有，只茂七曾说过，你主母青年貌美，教小妇人去做手脚。小妇人道，我主母平日正大，此事不能做。想来必定张茂七私自去行也未见得。"官将茂七夹起问道："你好好招来，免受刑法。"茂七道："没有。"官又问道："必然是你有心叫春香做手脚，怎说没有此事？"当时吴十四、吴兆升道："爷爷是青天，既一事真，假事也是真了。"茂七道："这是反奸计。爷爷，分明是他两个强奸，他改做小的与春香事情，诬陷小的。"官将二人亦加刑法，各自争辩。官复问春香道："你既未同谋，你主母死时你在何处？"春香道："小妇人在厨房照顾，只见秋桂来说，小官在那里啼哭，喊叫三四声不应，推门又不开，小妇人方才提灯去看，只见主母已死，小妇人方喊叫邻族来看，那时吴十四、吴兆升就把小妇人锁了。小妇人想来，毕竟是他二人强奸扣死出去，故意来看，诬陷小妇人。"官令俱各收监，待明日再审。次日，又拿秋桂到后堂，官以好言诱道："你家主母是怎么死的？"秋桂道："我也不晓得。只是傍晚叫我打水洗浴，叫我看小官，他自进去把前后门关了。后来听得脚声乱响，口内又像是说不出，过了半时，便无声息，小官才啼，我去叫时她不应，门又闭了。我去叫春香姐姐拿灯来看，只见衣服也未穿，死了。"官又问："吴十四、吴兆升常在你家来吗？"秋桂道："并不曾来。"又问："茂七来否？"秋桂道："常在我家来，与春香姐姐笑。"官审问详细，取出一干人犯到堂道："吴某二人事已明白，与他无干。茂七，我知道你当初叫春香做手脚不遂，后来你在他家稔熟，晓得陈氏在外房洗浴，你先从中间藏在里房，待陈氏进来，你掩口强奸，陈氏必然喊叫，你恐怕人来，将咽喉扣住死了。不然，他家又无杂人来往，哪个这等稔熟？后来春香见事难出脱，只得喊叫，此乃掩耳盗铃的意思。你二人的死罪定了。"遂令程二将棺埋讫，开豁邻族等众，即将行文申明上司。程二忠心看顾小主不提。

　　越至三年时，包公巡行山东曲阜县，那茂七的父亲学六具状为儿子喊冤。

　　包公准状。次日，夜阅各犯罪案，至强奸杀命一案，不觉精神疲倦，朦胧睡去。忽梦见一女子似有诉冤之状。包公道："你有冤只管诉来。"其妇未言所以，口吟数句而去道："一史立口阝人士，八厶还夺一了居。舌尖留口含幽怨，蜘蛛横死恨方除。"时包公醒来，甚是疑惑，又见一大蜘蛛，口开舌断，死于卷上。包公辗转寻思，莫得其解。复自想道：陈氏的冤，非姓史音即姓朱也。次日，审问各罪案明白，审到此事，又问道："我看起秋桂口词，他家又无闲人来往，你在他家稔熟，你又预托春香去谋奸，到如今还诉什么冤？"茂七道："小的实没有此事，只是当初县官办案，小的有口难分。今幸喜青天爷爷到此，望爷爷斩断冤根。"包公复问春香，亦道："并无此事，只是主母既死，小妇人该死了。"包公乃命带春香出外听候，单问张茂七道："你初知陈氏洗浴，藏在房中，你将房中物件一一报来。"茂七道："小的无此事怎么报得来？"包公道："你死已定，何不报来！"茂七想道：也是前世冤债，只得妄报几件。"他房中锦被、纱帐、箱笼俱放在床头。"包公令带春香进来，问道："你将主母房中使用物件逐一报来。"春香不知其意，报道："主母家虽富足，又出自宦门，平生只爱淡薄,纱帐、布被、箱笼俱在楼上,里房别无他物。"包公又问:"你家亲眷并你主人朋友,有姓朱名史的没有?"春香道:"我主人在家日,有个朱吏部公子相交,自相公被掳,并不曾来,只常年与黄国材相公在附近读书。"包公发付收监。次日伺机取弘史作案首,取黄国材第二。是夜阅其卷,复又梦前诗,遂自悟道:一史立口阝人士,一史乃是吏字,立口阝是个部字,人士乃语词也。八厶乃公字,一了是子字。此分明是吏部公子。舌尖留口含幽怨,这一句不解其意。蜘蛛横死恨方除,此公子姓朱,分明是蜘蛛也。他学名弘史,又与此横死声同律;恨方除,必定要问他填命方能泄其妇之恨。次日,朱弘史来谢考。包公道:"贤契好文字。"弘史语话不明,舌不灵便。包公疑惑,送出去。黄国材同四名、五名来谢。包公问黄生道:"列位贤契好文字。"众答道:"不敢。"因问道:"朱友的相貌魁昂,文才峻拔,只舌不灵便,可为此友惜之。不知他还是幼年生成,还是长成致疾?"国材道:"此友与门生四年同在崇峰里攻书,忽六月初八日夜间去其舌尖,故此对答不便。"诸生辞去。包公想道:我看案状是六月初八日奸杀,此生亦是此日去舌,年月已同;兼相单上载口中血出,此必是弘史近境探知门路去向,故预藏在里房,待其洗浴已完,强奸恣欲,将舌入其口以防发喊。陈氏烈性,将口咬其舌,弘史不得脱身,扣咽绝命逃去。试思此生去舌之日与陈氏奸杀之日相符,此正应"舌尖留口念幽怨"也,强奸杀命更无疑矣。随即差人去请弘史。及至,以重刑鞫问,弘史一一招承。遂落审判其斩。

第五回 邹琼玉挽发表真情
王朝栋讨药陷冤狱

话说潮州府邹士龙、刘伯廉、王之臣三人相善,情同管鲍,义重分金。后臣、龙二人同登乡荐,共船往京会试。邹士龙到船,心中不快。王之臣慰解道:"大丈夫志在功名,离别何足叹?"士龙道:"我非为此。贱内怀有七月之娠,屈指正月临盆,故不放心。"之臣道:"贱内亦然。想吉人天相,谅获平安,不必挂虑。"龙道:"你我二人自幼同学从师,稍长同进黉宫,前日同时金榜题名,今又彼此内眷有孕,事岂偶然。兄若不弃,他日若生者皆男,呼为兄弟;生者皆女,呼为姊妹;倘是一男一女,结为夫妻。兄意何如?"臣道:"斯言先得我心。"命仆取酒,尽欢而饮。后益相亲友爱。至京会试,龙获联登,臣名落孙山。臣遂先辞回家,龙乃送至郊外嘱道:"今家书一封劳兄带回,家中事务乞兄代为兼摄一二。"臣道:"家中事自当效力,不必挂念,唯努力殿试,决与前三名争胜。"遂掩泪而别。臣抵家见妻魏氏产一男,名朝栋。臣问是何日,魏氏道:"正月十五辰时。邹大人家同日酉时得一女,名琼玉。"臣心喜悦,遂送家书到龙家。龙妻李氏已先得联登捷报,又得平安家信,信中备述舟中指腹的事。李氏命婢设酒款臣,臣醉乃归。自后龙家外事臣遂悉为主持,毫无私意。数月后,龙受知县而回,择日请伯廉为二家交聘,臣以金镶玉如意表礼为聘,龙以碧玉鸾钗一对答之。及龙赴任,往来书启通问,每月无间。臣越数科不中,亦受教职,历任松江府同知。病重,遗书一纸于龙,中间别无所云,唯谆谆嘱以扶持幼子。既而,卒于任所。龙偶历南京巡道,得书大恸,亲往吊奠。臣为官清廉,囊无余剩,龙乃赠银百两,代为申明上司,给沿途夫马船只,奔枢归葬。丧事既毕,欲接朝栋来任攻书,朝栋辞道:"父丧未终,母寡家贫,为子者安敢远行?"龙闻言颇嘉其孝,常给货以赡之,令之勤读,而家资日见颓败。十四岁补邑庠生,龙闻知甚喜,亦特遣贺。

自后,朝栋唯知读书,坐食山崩,遂至贫穷。而龙历任参政,以无子致仕回家。朝栋亦与伯廉往贺,衣衫褴褛。偶府县官俱来拜,龙自觉羞耻,心甚不悦。朝栋已十六岁,乃托刘伯廉去说,择日完娶。参政遂道:"彼父在日虽过小聘,未尝纳采。彼乃宦家子弟,我女千金小姐,两家亦非小可人家,既要完娶,必行六礼。"朝栋闻言乃道:"彼亦知我家贫无措,何故如此留难?我当发奋,倘然侥幸,再作理会。"竟不复言。

一日,参政谓夫人道:"女儿长成,分当该嫁。"夫人道:"前者王公子来议完亲,虽家贫,我只得此女,何不令其入赘我家,岂不两便,何必要他纳采?"参政道:"吾见朝栋将来恐只是个穷儒,我居此位,安用穷儒做门婿。谅他无银纳采,故而留难。且彼大言不惭,再过一年,我叫刘兄去说,既不纳采,叫他领银百两另娶,我将女别选名门宦宅,庶不致耽误我女。"夫人道:"彼虽贫,喜好读书,将来必不落后。彼父虽亡,前言犹在,岂可因此改盟?"参政道:"非汝所知,我自有处。"不意琼玉在屏后听知。次日,与丹桂在后花园中观花,见朝栋过于墙外。婢指道:"这就是王公子。"琼玉见朝栋风姿俊雅,但衣衫褴褛,心中暗喜。至第二日,乃又与丹桂往花园。朝栋因见女子星眸月貌,光彩动人,与婢观花,意其必是琼玉,次日又往园外经过。琼玉令丹桂呼道:"王公子!"朝栋恐被人见,不敢近前。婢又连呼,生见呼切,意必有说,竟近墙边。琼玉乃令婢开了小门,备以父言相告。朝栋道:"此亲原是先君所定,我今虽贫,银绝不受,亲绝不退。令尊欲将汝遣嫁,亦凭令尊。"琼玉道:"家君虽有此意,我绝不从。你可用心读书,终久团圆。你晚上可到此来,我有事问你。此时恐有人来,今且别去。"

朝栋回去,候至人静更余,径去门边。有丹桂立候,并言:"小姐请公子进去说话。"朝栋道:"恐你老爷知道,两下不雅。"丹桂道:"老爷、夫人已睡,进去无妨。"朝栋犹豫,丹桂促之乃入。但见备有酒肴,留公子对坐同饮。朝栋欲不能制,竟欲苟合。玉坚不许,乃道:"今日之会,盖悯君之贫耳,岂因私欲致此;倘今苟从,合卺之际将何为质?"朝栋道:"此事固不敢强,但令尊欲易盟,将如之何?"玉道:"我父纵欲别选东床,我岂肯从。古云:一丝已定,岂容再易。"朝栋道:"你能如此,终恐势不得已。"玉道:"我父若以势压,唯死而已。"遂牵生手,对天盟誓。既而又饮。时至三更,女年尚幼,饮酒未节,遂乃醉倦,忘辞生回,和衣而睡。生欲出,丹桂道:"小姐未辞,想有事说,少坐片时,待小姐醒来。"生往视之,真若睡未足之海棠,生兴不能制,抱而同睡。玉略醒,乃道:"我一时醉倦,有失赡顾。"生求合,玉亦情意绵绵,亦不能拒,遂与同寝。鸡啼,二人同起。玉以丝绸三匹、金手镯一对、银钗数双授生,临别,又令次夜复入,生自后夜来晓出,两月有余。

一晚，朝栋偶因母病未去，丹桂候门良久，不见生来，忽闻有脚步响，连道："公子来矣。"不意祝圣八惯做鼠窃，撞见冲入。丹桂见是贼来，慌忙走入。圣八遂乃赶进，丹桂欲喊，圣八拔刀杀死。陡然人来，琼玉于灯下见是贼至，开门走至堂上暗处躲之。圣八入房，尽掳其物而去。玉至天微明，乃叫母道："房中被贼劫。"参政道："如何不叫？"玉道："我见杀了丹桂，只得开门走，躲藏于暗处，故不敢喊。"参政往看，见丹桂杀于后门。问玉道："丹桂缘何杀于此？"女无言可答。参政心甚疑之。玉乃因此惊病不能起床。

参政欲去告官，又无赃证，乃令家人梅旺到各处探访。朝栋因母病无银讨药，将金手镯一个请银匠饶贵换银，贵乃应诺，朝栋出铺。梅旺偶在铺门经过，望见银匠桌上有金手镯一个，走进问道："此谁家的物件？"银匠道："适才王相公拿来待我换银的。"梅旺道："既要换银，我拿去见老爷，说兑银与他就是。"匠人道："他说不要说出谁的，你也不必说，勿令他怪我。"遂付与梅旺拿去。旺回家告参政道："此物像我家的，可请夫人、小姐来认。"夫人出见乃认道："此是小姐的，从何处得来？"旺道："在饶银匠铺中得来的，他说是那王朝栋相公把来与他换银的。"参政道："原来此子因贫改节，遂至于此。"即去写状，令梅旺具告巡行衙门。

时巡行包公一清如水，明若秋蟾，即差兵赵胜、孙勇，即刻往拿朝栋。栋乃次早亦具状诉冤，将双方婚约及来往情状一一陈明。

包公问道："既非你杀丹桂，此金镯何处得来？"朝栋道："金镯是小姐给予生员的。"包公道："事未必然。"朝栋道："可拘小姐对证。"包公沉吟半晌，问道："你与琼玉有通乎？"朝栋道："不敢。"似欲有言而愧视众人。包公微会其意，即退二堂，带之同入，屏绝左右。问道："既非有通，安肯与你多物？"朝栋道："今日非此大冤，生员绝不敢言以丧其德；今遭此事，不得不以直告。"遂将其事详述一遍。包公道："只恐此事不实。倘事果真，明日互对之时，你将此事一一详说，看她父亲如何处置，我必拘他女来对证。果实，必断完娶；如虚，必向你偿命。"朝栋再三叩头道："望大人周全。"

包公次日拘审，士龙亲出互对，谓包公道："此子不良，望大人看朝廷分上，执法断填。"包公道："理在则执法，法在何论情。朝栋亦宦家子弟，庠序后代，何分厚薄？"乃呼朝栋道："父为清官，子为贼寇，你心忍玷家谱？"朝栋道："生员素遵诗礼，居仁由义，安肯为此！"包公道："你既不为，赃从何出？"朝栋道："他女付我，岂劫得之。"邹士龙道："明明是他理亏，无言可对，又推在吾女身上。"包公道："伊女深闺何能得至？"朝栋道："事出有因。"包公道："有何因由？可细讲来。"朝栋道："春三月，因事过彼花园，小姐偶同婢女丹桂观花，相视良久而退。生员次日又过其地，小姐已先在矣。小姐令丹桂叫生员至花园，备言其父与母商议欲悔婚，要叫伯廉来说，与银一百退亲，只夫人不肯。小姐见生员衣衫褴褛，约生员夜来说话。生员依期而去，丹桂候门，延人命酒，遂付金镯一对，银钗数双，丝绸三匹。偶因手迫，无银为老母买药，故持金镯一个托饶银匠代换银应用，被伊家人梅旺哄去。其杀死丹桂一事，实不知情。望大人体好生之德，念先君只得生员一人，母亲在疾，乞台曲全姻事，缉访真贼，以正典刑，衔结有日。"包公道："既然如此，老先生亦箝束不严，安怪此生？"参政道："此皆浮谈。小女举止不乱，安得有此。"包公道："既无此，必要令爱出证，泾渭自分。"朝栋道："小姐若肯面对，如虚甘死。"士龙心中甚是疑惑：若说此事是虚，我对夫人说的话此生何以得知？倘或果真，一则不好说话，二则自觉无颜。心中犹豫不决。包公遂面激之道："老大人身系朝纲，何为不加细察？"士龙被激乃道："知子者莫若父。寒家有此，学生岂不知一二？"包公道："只恐有此事便不甚雅。既无此事，令爱出来一证何妨？"士龙一时不能回答，乃令梅旺讨轿接小姐来。梅旺即刻回家，对夫人将前事说了，夫人入室与女儿备说前事。小姐自思：此生非我出证，冤不能白。旺又催道："包老爷专等小姐听审。"小姐无奈只得登轿而去。二门下轿，入见包公。包公道："此生说金镯是你与他的；令尊说是此生劫得之赃。是否这回事在你。公道说来。"小姐害羞不答。朝栋道："既蒙相与，直说何妨，你安忍置我于死地？"小姐年雏，终不敢答。包公连敲棋子厉声骂道："这生可恶！口谈孔孟，行同盗跖，为何将此许多虚话欺官罔上？重打四十，问你一个死罪！"朝栋婴儿之态复萌，乃睡于地下，大哭而言道："小姐，你有当初，何必有今日？当夜之盟今何在哉？我今受刑是你误我，我死固不足惜，家有老母，谁将事乎？"小姐亦低首含泪，乃道："金镯是我与此生的，杀丹桂者不是此生。其贼入房，灯影之下，我略见其人半老，有须的模样。"包公道："此言公道，饶你打罢。"生乃洋洋起来，跑在小姐旁边。小姐见生发皆散了，乃跪近为之挽发。参政见了心中怒起，乃道："这妮子吓得眼花，见不仔细，一发胡言。"小姐已明白说过，因见父发怒越不敢言。包公道："令爱既吓得眼花，见不仔细，想老先生见得仔细，莫若你自问此生一个死罪，何待学生千言万语？况丹桂为此生作待月的红娘，彼又安忍心杀之？"参政道:"小女尚年幼,终不然有西厢故事吗?"包公道:"先前真情,已见于挽发时矣,何必苦苦争辩。"参政道:"知罪知罪,凭老大人公断。"包公道:"若依我处,你当时与彼父既有同窗之雅,又有指腹之盟,兼有男心女欲,何不令速完娶?"参政道:"据彼之言,丹桂之死虽非彼杀,实彼累之也。必要他查出此贼,方能脱得彼罪。"包公道:"贼易审出,待七日后定然获之,然后择日毕姻。"参政愤愤而出,包公令生女各回。

是夜,朝栋回家,燃香告于父道:"男不幸误罹此祸,受此不美之名,奈无查出贼处,终不了事。我父有灵,详示报应。"祝毕就寝,梦见父坐于上,朝栋上前揖之,乃掷祝答一双于地,得圣答若八字形。朝栋趋而拾之,父乃出去,朝栋遂觉。却说包公退堂,心中思忖,将何策查出此贼。是夜,梦见一人,峨冠博带,近前揖谢道:"小儿不肖,多叨培植。"掷竹答而去。包公视之,乃是圣答若八字形。觉而思道:贼非姓祝即名圣或名答。次早升堂,差人唤王相公到此有事商议。朝栋闻唤,即穿衣来见包公。包公将夜来梦见掷竹答事说知。朝栋道:"此乃先父感大人之德,特至叩谢。门生是夜亦曾焚香祝父,乞报贼名,即梦见先父亦如此如此,梦相符合,想贼名必寓答中。"包公道:"我三更细想,此贼非姓祝,即名圣,或名答;若八字形,或排第八。贤契思之,有此名否?"适有一门子在旁闻得,禀道:"前任刘爷已捕得一名鼠窃祝圣八,后以初犯刺臂释放。"包公道:"即此人无疑矣。"即升堂,朱笔标票,差二人速速拿来。公差至圣八门首,见圣八正出门来,二人近前,一手扭住,铁锁扣送。包公道:"你这畜生,黑夜杀人劫财,好大的胆!"圣八道:"小人素守法度,并无此事。"包公道:"你素守法,如何前任刘爷捕获刺臂?"圣八道:"刘爷误捉,审明释放。"包公道:"以你初犯刺臂释放,今又不改,杀婢劫财。重打四十,从直招来!"圣八推托不招,令将夹起,并不肯认。包公见他腰间有锁匙二个,令左右取来,差二人径往他家,嘱咐道:"依计而行,如有泄漏,每人重责四十,革役不用。"二人领了锁匙到其家,对他妻子道:"你丈夫今日到官,承认劫了邹家财物,拿此锁匙来叫你开箱,照单取出原赃。"其妻信以为实,遂开箱依单取还。二人挑至府堂,圣八愕然无词争辩,乃招道:"小人是夜过他宅花园小门,偶听丹桂说道:公子来矣。小人冲入,彼欲喊叫,故而杀之,掳财是真。"包公即差人请参政到堂,认明色衣四十件,色裙三十件,金首饰一副,银妆盒一个,及牙梳、铜镜等物,一一收领明白。包公判道:王朝栋、邹琼玉择日成婚。

此后,夫妇和谐,事亲至孝。次年科举,赴京会试,黄榜联登,官授翰林之位。

第六回　李善辅贪默害好友
　　　　　　高季玉认物知杀机

　　话说宁波府定海县金事高科、侍郎夏正二人同乡，常相交厚，两家内眷俱有孕，因指腹为亲。后夏得男名昌时，高得女名季玉。夏正遂央媒议亲，将金钗二股为聘，高欣然受了，回他玉簪一对。但正为民清廉，家无羡余，一旦死在京城，高科助其资用奔枢归丧。科不久亦罢官归家，资财巨万。昌时虽会读书，一贫如洗，十六岁以案首入学，托人去高岳丈家求亲。高嫌其贫，有退亲的意，故意作难道："须备六礼，方可成婚。今空言完亲，吾不能许。彼若不能备礼，不如早早退亲，多送些礼银与他另娶则可。"又延过三年，其女尝谏父母不当负义，父则道："彼有百两聘礼，任汝去矣，不然，难为非礼之婚。"季玉乃窃取父之银两及己之镯、钿、宝钗、金粉盒等，颇有百余两，密令侍女秋香往约夏昌时道："小姐命我拜上公子。我家老爷嫌公子家贫，意欲退亲，小姐坚不肯从，日与父母争辩。今老相公道，公子若有聘金百两，便与成亲。小姐已收拾银两钗钿约值百两以上，约汝明日夜间到后花园来，千万莫误。"昌时闻言不胜欢喜，便与极相好友李善辅说知。善辅遂生一计道："兄有此好事，我备一壶酒与兄作贺礼。"至晚，加毒酒中，将昌时毒倒。善辅抽身径往高金事花园，见后门半开，至花亭果见侍女持一包袱在手。辅接道："银子可与我。"侍女在月下认道："汝非夏公子。"辅道："正是。秋香密约我来。"侍女再又详认道："汝果不是夏公子，是贼也。"辅遂拾起石头一块，将侍女劈头打死，急拿包袱回来。昌时尚未醒，辅亦佯睡其旁。少顷，昌时醒来对善辅道："我今要去接那物矣。"辅道："兄可谓不善饮酒，我等兄不醒，不觉亦睡。此时人静，可即去矣。"昌时直至高宅花园，回顾寂然，至花亭见侍女在地道："莫非睡去乎？"以手扶起，手足俱冷，呼之不应，细看又无余物，吃了一惊，逃回家去。

　　次日，高金事家不见侍女，四下寻觅，见打死在后花园亭中，不知何故，一家惊异。季玉乃出认道："秋香是我命送银两钗钿与夏昌时，令他备礼来聘我。岂料此人狠心将他打死，此必无娶我的心了。"高科闻言大怒，遂命家人往府急告：昌时图财害命。

昌时知道被告官，颇觉冤枉，即作应诉状。

顾知府拘到各方人等，即将两词细看审问。高科质称："秋香偷银一百余两与他，我女季玉可证。彼若不打死秋香，我岂忍以亲女出官证他。且彼虽非我婿，亦非我仇，纵求与彼退亲，岂无别策，何必杀人命图赖他？"夏昌时质称："前一日，汝令秋香到我家哄道，小姐有意于我，收拾金银首饰一百两零，叫我夜到花园来接。我痴心误信他，及至花园，见秋香已打死在地，并无银两。必此婢有罪犯，汝要将打死，故令他来哄我，思图赖我。若果我得他银两，人心合天理，何忍又打死他？"顾公遂叫季玉上来问道："一是你父，一是你夫，汝是干证。从实招来，免受刑法。"季玉道："妾父与夏侍郎同僚，先年指腹为婚，受金钗一对为聘，回他玉簪一双。后夏家贫淡，妾父与他退亲，妾不肯从，乃收拾金银钗钿有百余两，私命秋香去约夏昌时今夜到花园来接。竟不知何故将秋香打死，银物已尽取去，莫非有强奸秋香不从的事，故将打死；或怒我父要退亲，故打死侍婢泄愤。望青天详察。"顾公仰椅笑道："此干证说得真实。"夏昌时道："季玉所证前事极实，我死亦无怨；但说我得银打死秋香，死亦不服。然此想是前生冤孽，今生填还，百口难辩。"遂自诬服。府公即判高女另作改嫁，昌时明正典刑。

昌时已入狱三年，适包公奉旨巡行天下，先巡历浙江，尚未到任，私行入定海县衙，胡知县疑其作为，收入监去。及在狱中，又说："我会做状，汝众囚告有冤枉者，代汝代状申诉。"时夏昌时在狱，将冤枉从直告诉，包公悉记在心后，用一印令禁子送与胡知县，知县方知是巡行老爷，即忙跪请坐堂。及升堂，即调昌时一案文卷来问，季玉坚执是伊杀侍婢，必无别人。包公不能决，再问昌时道："汝曾泄漏与人否？"昌时道："只与好友李善辅说过，其夜在他家饮酒，醒来，辅只在旁未动。"包公猜道：这等，情已真矣，不必再问。遂考校宁波府生员，取李善辅批首，情好极密，所言无不听纳。至省后又召去相见，如此者近半年。一日，包公谓李善辅道："吾为官拙清，今将嫁女，苦无妆资，汝在外看有好金子代我换些。异日倘有甚好关节，准你一件。汝是我得意门生，外面须为我缜密。"李善辅深信无疑，数日后送到古金钗一对，碧玉簪一对，金粉盒、金镜袋各一对，包公亦佯喜。即调夏昌时一干人再问。取出金钗、玉簪、粉盒、金镜袋，尽排于桌上。季玉认道："此尽是我以前送夏生者。"再叫李善辅来对，见高小姐认物件是他的，吓得魂不附体，只推是与过路客人换来的。此刻夏昌时方知前者为毒酒所迷,高声喝道:"好友!为何害人于死地?"善辅抵赖不得,遂供招承认。包公批道:李善辅秋后处斩;高科本应重刑,念在缙绅,量从末减;夏昌时、高秀玉昔结同心,仍断婚配。

夏昌时罪既得释,又得成亲,二人恩爱甚笃,乃画起包公图像,朝夕供养。后夏昌时亦登科甲,官至给事。

第七回 游子华酗酒逼死妾
方春莲私奔沦为娼

话说广东有一客人，姓游名子华，本籍浙江人，自祖父以来在广东发卖机布，财本巨万，即于本处讨娶一妾王氏。子华素性酗酒凶暴，若稍有一毫不中其意，遂即毒打。妾苦不胜，一夜更深人静，侯子华睡去时走出，投井而死。次日，子华不知其妾投井而死，乃出招贴遍处贴之，贴过数月，并无消息。子华讨取货银已毕，即收拾回浙。

适有本府一人名林福，开一酒肉店，积得数块银两，娶妻方氏名春莲。岂知此妇性情好淫，尝与人通奸。福之父母审知其故，详以语福。福怀怒气，逐日打骂，凌辱不堪。春莲乃伪怨其父母道："当初生我丑陋，何不将我淹死？今嫁此等心狠丈夫，贪花好色，嫌我貌丑，昼夜恼恨，轻则辱骂，重则敲打，料我终是死的。"父母劝其女道："既已嫁他，只可低头忍受，过得日子也罢，不可与他争闹。"那父母虽以好言抚慰，其女实疑林福为薄幸之徒。忽一日春莲早起开门烧火，忽有棍徒许达汲水经过，看见春莲一人，悄无人在，乃挑之道："春莲，你今日起来这般早，你丈夫尚未起来，可到吾家吃一碗早汤。"春莲道："你家有人否？"许达道："并无一人，只我单身独处。"春莲本性淫贱，闻说家中无人，又想丈夫每日每时吵闹，遂跟许达同去。许达不胜欢喜，便开橱门取些果品与春莲吃了，又将银簪二根送与春莲，掩上柴门，二人遂即上床。云雨事散，众家俱起，不得回家，许达遂匿之于家中，将门锁上，竟出街上生意去了，直至黑晚回来，与春莲取乐。及林福起来，见妻子早起烧火开门不见回来，意想此妇每遭打骂，必逃走矣。乃遍处寻访无踪，亦写寻人招帖贴于各处，仍报岳父方礼知之。礼大怒道："我女素来失爱，尝在我面前说你屡行打骂，痛恨失所，每欲自尽，我夫妇常常劝慰，故未即死。今日必遭你打死，你把尸首藏灭，故诈言他逃走来哄骗我，我必告之于官，为女申冤，方消此恨。"乃具状词，赴告本县汤公。本县准状，即差役拘拿林福，林福亦具诉词，不在话下。

且说许达闻得方礼、林福两家告状，对春莲道："留你数日，不想你父母告状问夫家要人，在此不便，倘或寻出，如何是好？不若与你同走他乡，又作道理。"春莲闻言便道："事不可迟，即宜速行。"遂收拾行李，连夜逃走，直至云南省城住脚，盘费已尽。许达道："今日到此，举目无亲，食用欠缺，此事将何处之？"春莲本是淫妇，乃道："你不必以衣食为虑，我若舍身，尽你足用。"许达亦不得已从之。乃妆饰为娼，趁钱度日，改名素娥。一时风流子弟，闻得新来一妓甚美，都来嫖耍，衣食果然充足。

且说当日春莲逃走之后，有老者呈称：本坊井中有死人尸首在内。县官即命仵做检验，乃广东客人游子华之妾。方礼认为己女，遂抱尸哭道："此系我女尸身，果被恶婿林福打死，丢匿此井。"遂禀过县官，哀求拷问。县官提林福审问："汝将妻子打死，匿于井中，此事是实？"林福辩道："此尸虽系女人，然衣服、相貌俱与我妻不同。我妻年长，此妇年少；我妻身长，此妇身短；我妻发多而长，此妇发少而短。安得影射以害小人？万望爷爷察。"方礼向前哀告道："此是林福抵饰的话，望老爷验伤便知打死情由。"县官严行刑法，林福受刑不过，只得屈招。

及至岁末，包公巡行天下，奉敕来到此府，审问林福情由，即知其被诬。叹道："我奉旨搜检冤枉，今观林福这段事情，甚有可疑，安得不为伸理。"遂语众官道："方春莲既系淫妇，必不肯死，虽遭打骂，亦只潜逃，其被人拐去无疑。"乃令手下遍将各处招帖收去，一一查勘，内有一帖，原系广东客人游子华寻妇帖子，与死尸衣服、状貌相同，乃拘游子华来证，子华已去。包公日夜思想林福这段冤枉，我明知之，安可不为申雪？次日，发遣人役往云南公干，承行吏名汤琯，竟去云南省城，投下公文，宿于公馆，候领回文，不觉延迟数日。闻得新娼素娥风情出色，姿丽过人，亦往素娥家中去嫖耍。便问道："汝系何处女子为娼于此？"其妇道："我亦良家子女，被夫打骂，受苦不过，故而逃出，奈衣食无措，借此度日。"汤琯道："听你声音好似我同乡，看你相貌好似林福妻子。"其妇一惊，满面通红，不敢隐瞒，只得说出前事，如此如此，乃是邻右许达带我来，望乡人回府切勿露出此事，小妇加倍奉承，歇钱亦不敢受。汤琯佯应道："你们放心，只管在此接客，我明日还要来耍。我若归家，绝不露出你们机关。"乃相别而回，至公馆中叹道："世间有此冤枉事。林福与我切近邻舍，今落重狱。"恨不得即到家中报说此事。次日，领了回文，作速起程归家，即以春莲被许达拐在云南省城为娼告知林福，林福状告于包爷台下。包公遂即差人同林福随汤琯径往云南省城，拘拿春莲、许达两人还家，包公审问明白，把春莲当官嫁卖,财礼悉付林福收领;拟许达徒罪;方礼反坐诬告;林福无辜放归;仍给官银三两赏赐汤瑄。

包公判讫。百姓闻之,莫不心悦诚服。

第八回　刁船户分审露马脚
宁仆人认货凭鼎字

　　话说苏州府吴县船户单贵，水手叶新，即贵之妹丈，专谋客商。适有徽州商人宁龙，带仆季兴，携带绸缎、金银，写雇单贵船只，搬货上船。次日，登舟开船，径往江西而去，五日至漳湾艄船。是夜，单贵买酒买肉，四人畅饮，劝得宁龙主仆尽醉。候至二更人静，星月微明，单贵、叶新将船暗暗抽绑，潜出江心深处，将主仆二人丢入水中。季兴昏昏沉醉，不省人事，被水淹死。宁龙幼识水性，落水时随势钻下，偶得一木缘之，跟水直下，见一只人船悠悠而上，龙高声喊叫救命。船上有一人姓张名晋，乃是宁龙两姨表兄，闻其语系同乡，速令艄子救起，两人相见，各叙亲情。晋即取衣与换，问以何故落水，龙将前事细说了一遍，晋乃取酒与他压惊。天明，二人另讨一船，知包公巡行吴地，即写状具告船户害命谋财事。

　　包公接得此状，细审一番。随行牌捕捉，二人尚未回家。公差回禀，即拿单贵家小收监，又将宁龙同监。差捕快谢能、李隽二人即领批径循水路挨访。岂知单贵二人是夜将货另载小船，将空船扬言被劫，将船寄在漳湾，二人起货往南京发卖。既到南京，将缎绢总掇上铺，得银一千三百两，掉船而回。至漳湾取船，偶遇谢、李二公差，乃问道："既然回家，可搭我船而去。"谢、李二人毫不言动，同船直回苏州城下。谢、李取出枷锁，将单贵、叶新锁起。二人魂不附体，不知风从何来。乃道："你无故将我等锁起，有何罪名？"谢、李道："去见老爷就有分晓。"二人捉入城中，包公正值坐堂，公差将二人犯带进道："小的领钧旨捉拿单贵一起人犯，带来投到，乞金笔销批。"包公又差四人往船上，将所有尽搬入府来。问："单贵、叶新，你二人谋死宁龙主仆二人，得银多少？"单贵道："小人并未谋人，知甚宁龙？"包公道："方有人说你代宁龙雇船往江西。中途谋死，何故强争？"单贵道："宁龙写船，中途被劫，小人之命险不能保，安顾得他？"包公怒道："以酒醉他，丢入江心，还这等口硬。可将各打四十。"叶新道："小人纵有亏心，今无人告发，无赃无证，缘何追风捕影，不审明白，将人重责，岂肯甘心。"包公道："今日到此，不怕你不甘心。从直招来，免受刑法；如不直招，取夹棍来夹起。"单贵二人身虽受刑，形色不变，口中争辩不已。俄而众兵搬出船上行李，一一陈于石阶之下。监中取出宁龙来认，中间动用之物一毫不是，银子一两没有，缎绢一匹也无——岂料其银并得宁龙的物件皆藏于船中夹底之下——单贵见陈之物无一样是的，乃道："宁龙你好负心。是夜你被贼劫，将你二人推入水中，缘何不告贼而诬告我等？你没天理。"龙道："是夜何尝被贼？你二人将酒劝醉，暗将船抽出江中，丢我二人下水，将货寄在人家，故自口强。"包公见二人争辩，一时狐疑，乃思：既谋宁龙，船中岂无一物？岂无银子？千两之货置于何地？乃令放刑收监。

　　包公次早升堂，取单贵二人，令贵站立东廊，新站立西廊。先呼新问道："是夜贼劫你船，贼人多少？穿何衣服？面貌若何？"新道："三更时分，四人皆在船中沉睡，忽众贼将船抽出江心，一人七长八大，穿青衣，涂脸，先上船来，忽三只小船团团围住，宁龙主仆见贼入船，惊走船尾，跳入水中。那贼将小的来打，小的再三哀告道：'我是船户。'他才放手，尽掠其货而去。今宁龙诬告法台，此乃瞒心昧己。"包公道："你出站西廊。"又叫单贵问道："贼劫你船，贼人多少？穿何衣服？面貌若何？"贵道："三更时分，贼将船抽出江心，四面小船七八只俱来围住，有一后生身穿红衣，跳过船来将宁龙二人丢入水中，又要把小的丢去，小的道：'我非客商，乃是船户。'方才放手，不然同入水中，命亦休矣。"包公见口词不一，将二人夹起。皆道："既谋他财，小的并未回家，其财货藏于何处？"并不招认。无法可施，又令收监。亲乘轿往船上去看，船内皆空，细看其由。见船底有隙，皆无棱角，乃令左右启之。内有暗栓不能启，令取刀斧撬开，见内货物广多，衣服器具皆有，两皮箱皆是银子。验明，抬回衙来，取出宁龙认物。龙道："前物不是，不敢冒认；此物皆是，只是此新箱不是。"包公令取单贵二人道："这贼可恶不招，此物谁的？"贵道："此物皆是客人寄的，何尝是他的？"龙道："你说是他人寄的，皮箱簿账谅你废去，此旧皮箱内左旁有一鼎字号，难道没有？"包公令左右开看，果然有一鼎字号。乃将单贵二人重打六十，熬刑不过，乃招出其货皆在南京卖去，得银一千三百两，分作两箱，二人各得一箱。包公判其罪应大辟，以偿季兴冤命；赃还旧主，以给宁龙宁家。判讫，拟二凶秋后斩首。可谓民奸不终隐伏，而王法悉得其平矣。

第九回　刘都赛观灯害阖家　张院公击鼓救幼主

　　话说西京河南府，离城五里有一师家，弟兄两个，家道殷富。长的名官受，二的名马都，皆有志气。二郎现在扬州府当织造匠。师官受娶得妻刘都赛，是个美丽佳人，生下一个儿子，取名金保，年已五岁。其年正月上元佳节，西京大放花灯。刘娘子禀过婆婆，梳妆齐备，打扮得十分俊俏，与梅香、张院公入城看灯。行到鳌山寺，不觉众人喧挤，梅香、院子各自分散。娘子正看灯时，回头不见了伙伴，心下慌张。忽然刮起一阵狂风，将逍遥宝架灯吹落，看灯的人都四下散走，只有刘娘子不识路径。正在惊慌之际，忽听得一声喝道，数十军人随着一个贵侯来到，灯笼无数，却是皇亲赵王，马上看见娘子美貌，心中暗喜，便问："你是谁家女子，半夜在此为何？"娘子诈道："妾是东京人氏，随丈夫到此看灯，适因吹折逍遥宝架灯，丈夫不知哪里去了，妾身在此等候。"赵王道："如今更深，可随我入府中，明日却来寻访。"娘子无奈，只得随赵王入府中来。赵遂着使女将娘子引到睡房，赵王随后进去，笑对娘子道："我是金枝玉叶，你肯为我妃子，享不尽富贵。"那娘子吓得低头无语，寻死无路，怎当得那赵王强横之势，只得顺从，宿却一宵。赵王次日设宴，不在话下。且说张院公与梅香回去见师婆婆说知，娘子看灯失散，不知去向。婆婆与师郎烦恼之及，即着家人入城寻访。有人传说在赵王府里，亦不知是否确实。

　　不觉将近一月。刘娘子虽在王府享富贵，朝夕思想婆婆、丈夫、儿子。忽有老鼠将刘娘子房中穿的那一套织成万象衣服咬得粉碎，娘子看见，眉头不展，面带忧容。适赵王看见，遂问道："娘子因甚烦恼？"娘子说知其故。赵王笑道："这有何难，召取西京织匠人来府中织造一件新的便了。"次日，赵王遂出告示。不想师家祖上会织此锦，师郎正要探听妻子消息。听了此语，即便辞了母亲来见赵王。赵王道："汝既会织，就在府中依样造成。"师郎承命而去。下人传话与娘子，王爷着五个匠人在东廊下织锦。娘子自忖：西京只有师家会织，叔叔二郎现在扬州未回，此间莫非是我丈夫？即抽身来看。那师郎认得是妻子，二人相抱而哭。旁边织匠人个个惊骇，不知其故。不道赵王酒醒，忽不见了刘都赛，因问侍女，知在看匠人织造，赵王忙来廊下看时，见刘娘子与师郎相抱不舍。赵王大怒，即令刀斧手押过五个匠人，前去法场处斩，可怜师郎与四个匠人无罪，一时死于非命。那赵王恐有后累，命五百刽子手将师家门首围了，将师家大小男女尽行杀戮，家财搬回府中，放起一把火来，将房屋烧个干净。当下只有张院公带得小主人师金保出街坊买糕，回来见死尸无数，血流满地，房屋火烧尚未灭。张院公惊问邻居之人，乃知被赵王所害。张院公没奈何抱着五岁主人，连夜逃走扬州报与二官人去了。

赵王回府思忖：我杀了师家满门，尚有师马都在扬州当匠，倘知此事，必去告御状。心生一计，修书一封，差牌军往东京见监官孙文仪，说要除师二郎一事。孙文仪要奉承赵王，即差牌军往扬州寻捉师马都。是夜师马都梦见一家人身上带血，惊疑起来，去请先生卜卦，占道：大凶，主合家有难。师马都忧虑，即雇一匹快马，径离了扬州回西京来，行至马陵庄，恰遇着张院公抱着小主人，见了师马都大哭，说其来因。师二郎听罢，跌倒在地，移时方苏，即同院公来开封府告状。师马都进得城来，吩咐院公在茶坊边伺候，自往开封府告状，正遇着孙文仪喝道而过，牌军认得是师马都，禀知文仪。文仪即着人拿入府中，责以擅冲马头之罪，不由分说，登时打死。文仪令人搜捡，身上有告赵王之状。忖道：今日若非我遇见，险些误了赵王来书。又虑包大尹知觉，乃密令四名牌军，将死尸放在篮底，上面用黄菜叶盖之，扛去丢在河里。正值包大尹出府来，行到西门坊，坐马不进。包公唤过左右牌军道："这马有三不走：御驾上街不走，皇后、太子上街不走，有屈死冤魂不走。"便差张龙、赵虎去茶坊、酒店打听一遭。张、赵领命，回报："小巷有四个牌军抬一篮黄菜叶，在那里躲避。"包公令捉来问之。牌军禀道："适孙老爷出街，见我四人不合将黄菜叶堆在街上，每人责了十板，令我等抬去河里丢了。"包公疑有缘故，乃道："我夫人有病，正想黄菜叶吃，可抬入我府中来。"牌军惊惧，只得抬进府里，各赏牌军，吩咐："休使外人知道来取笑，包公买黄菜叶与夫人吃。"牌军拜谢而去。包公令揭开菜叶视之，内有一死尸。因思：此人必被孙文仪所害。令狱卒且停在西牢。

且说那张院公抱着师金保等师马都不来，径往府前上寻，见开封府门首有屈鼓，张院公遂上前连打三下，守军报知包爷。包公吩咐："不许惊他，可领进来。"守军领命，引张院公到厅前。包公问："所诉何事？"张院公逐一从头将师家受屈事情说得明白。包公又问："这五岁孩儿如何走脱？"张院公道："因为思母啼哭，领出买糕与他吃,逃得性命。"包公问:"师马都何在?"张院公道:"他清早来告状,并无消息。"包公知其故,便着张院公去西牢看验死尸,张院公看见是师马都,放声大哭。也是师马都命不该死,果是三更复苏。次日,狱卒报知包公,唤出厅前问之,师马都哭诉被孙文仪打死情由,包公吩咐只在府里伺候。思量要赚赵王来东京,心生一计,诈病在床,不出堂数日。

那日,仁宗知道了,即差御院医官来诊视。包夫人道:"大尹病得昏沉,怕生人气,免见罢。"医官道:"可将金针插在臂膊上,我在外面诊视,即知其症。"夫人将针插在屏风上,医官诊之,脉全不动,急离府奏知去了。包公与夫人议道:"我便诈死了,待圣上问我临死时曾有甚事吩咐,只道:'唯荐西京赵王为官清正,可任开封府之职。'"次日,夫人将印绶入朝,哭奏其事,文武尽皆叹息。仁宗道:"既临死时荐御弟可任开封府之职,当遣使臣前往迎取赵王。"一面降敕差韩、王二大臣御祭包大尹。是时使命领敕旨前往河南,进赵王府宣读圣旨已毕,赵王听了,甚是欢喜,即点起船只,收拾上任。不觉数日,到东京入朝。仁宗道:"包拯临死荐汝,今朕重封官职,照依他的行事。"赵王谢恩而出。次日,与孙文仪摆列銮驾,十分整齐,进开封府上任。行过南街,百姓惧怕,个个关门。赵王在马上发怒道:"汝这百姓好没道理,今随我来的牌军在路上日久,欠缺盘缠,每家各要出绫锦一匹。"家家户户抢夺一空。赵王到府,看见堂上立着长幡。左右禀道:"是包大尹棺木尚未出殡。"赵王怒道:"我选吉日上任,如何不出殡?"张龙、赵虎报与包公,包公吩咐二人准备刑具伺候,乃令夫人出堂见赵王说知,尚有半个月方出殡。赵王听了,怒骂包夫人不识方便。骂未绝口,旁边转过包公,大喝一声:"认得包黑子否?"赵王愕然。包公即唤过张龙、赵虎,将府门关上,把赵王拿下,监于西牢,孙文仪监于东牢。次日升堂,将棺木抬出焚了,东西牢取出赵王、孙文仪两个跪在阶下,两边列着二十四名无情汉,将出三十六般法物,挂起圣旨牌,当厅取过师马都来证,将状念与赵王听了。赵王尚不肯招,包公喝令极刑拷问,赵王受刑不过,只得招出谋夺刘都赛杀害师家满门情由。次及孙文仪,亦难抵赖,招出打死师马都情弊。包公叠成文案,拟定罪名,亲领刽子手押出赵王、孙文仪到法场处斩。次日,上朝奏知,仁宗抚慰道:"朕闻卿死,忧闷累日。今知卿盖为此事诈死,御弟及孙文仪拟罪允当,朕何疑焉。"包公既退,发遣师马都回家;刘都赛仍转师家守服;将赵王家属发遣为民,金银器物,一半入库,一半给赏张院公,以其有义能报主冤也。

第十回　刘义子冒功成驸马
崔长者赴京辨真伪

　　话说登州管下一个地名叫市头镇，居民稠密，人家皆靠河岸筑室。为恶者多，行善者少。唯有镇东崔长者好善布施，不与人争。娶妻张氏，性情温柔，治家勤俭。所生一子名崔庆，年十八岁，聪明颖达，父母惜如掌上之珠。忽一日有个老僧来家募化道："贫僧是五台山云游僧家，闻府中长者好善，特来化斋饭一餐。"崔长者整衣冠出，延那僧人入中堂坐定，崔长者纳头便拜道："有失远迎，万勿见罪。"那僧人连忙扶起道："贫僧不识进退，特候员外见一面。"长者大悦，便令作斋饭款待僧人，极其丰厚。长者席上问其所来，僧人答曰："云游到此，要见员外有一事禀知。"长者举手请道："上人若要化缘或化斋，老拙不敢推阻。"僧人道："足见长者善心。贫僧不为化缘而来。即日本处当有洪水之灾，员外可预备船只伺候走路。敬以此事告知，余无所言。"长者听罢，连连应诺。便问道："洪水之灾何时当见？"僧人道："但见东街宝积坊下那石狮子眼中流血，便要收拾走路。"长者道："既有此大灾，当与乡里说知。"僧人道："你乡皆为恶之徒，岂信此言；就是长者亦不免有苦厄累及。"长者问道："苦厄能丧命否？"僧人道："无妨。将纸笔来，我写几句与长者牢记之。"

　　天行洪水浪滔滔，遇物相援报亦饶；只有人来休顾问，恩成冤债苦监牢。

　　长者看了不解其意。僧人道："后当知之。"斋罢辞去，长者取过十两花银相赠。和尚道："贫僧云游之人，纵有银两亦无用处。"竟不受而去。

　　长者对张氏说知，即令匠人于河边造十数只大船。人问其故，长者说有洪水之灾，造船逃避。众人大笑。长者任众人讥笑，每日令老姬前往东街探石狮子有血流出否。老姬看探日久，往来频数，坊下有二屠大问其缘故，老姬直告其故。二屠待姬去，自相笑道："世上有此等痴人。天旱若是，有什么水灾？况那石狮子眼孔里哪讨血出！"一屠相约戏之，明日宰猪，乃血洒在石狮眼中。是日，老姬看见，连忙走回报知，长者即吩咐家人，收拾动用器物，一齐搬上船。当下太阳正酷，日气蒸人。等待长者携得一家老幼登船已毕，黄昏时分，黑云并集，大雨滂沱，三昼夜不息，河水涌入市头镇。一时间那乡民居屋流荡无遗，溺死二万余人，正因乡民作孽太过，天以此劫数灭之，只有崔长者夫妇好善，预得神人救之。那日长者数十大船随洪水流出河口，忽见山岩崩下，有一初生黑猿被溺不能起，长者即令家人取竹竿接之，那猿及岸得生而去。船正行间，又见一树木流来，有鸦巢在上。新乳数鸦飞不起，长者又令家僮取船板托之，那鸦展开两翼各飞将去了。适有湾处，见一人被浪激流下来，口叫救命，长者令人接之。张氏道："员外岂不记僧人所言遇人休顾之嘱？"长者道："物类尚且救之，况人而不恤哉。"竟令家僮取竹竿援之上船，遂取衣服与换。忽次日雨止，长者仍令家僮回去看时，只见洪水过去，尽成沙丘，唯有崔长者房屋，虽被浸损，未曾流荡。家僮报知，长者令工人修整完备如前，携老幼回家。同乡邻里后归者，十有一二而已。长者问那所救之人愿回去否？那人哭道："小人是宝积坊下刘屠之子，名刘英，今被水冲，父母不知存亡，家计尽空，情愿为长者随行执鞭之人，以报救命之恩。"长者道："你既肯留我家下，就做养子看待。"刘英拜谢。

　　时光似箭，日月如梭，长者回家不觉又有半载。时东京国母张娘娘失去一玉印，不知下落。仁宗皇帝出下榜文，张挂诸州，但有知玉印下落者，官封高职。忽一夜崔长者梦见神人说："今国母张娘娘失落玉印，在后宫八角琉璃井中。上帝以君有阴德，特来说与你，可着亲儿子去报知，以受高官。"长者醒来，将梦与妻子说知。忽家人来报，登州衙门首有榜文张挂，所说与长者梦中之言相同。长者甚喜，欲令崔庆前去奏知受职。张氏道："只有一子，岂肯与他远离。富贵有命，员外莫望此事。"刘英近前见父母道："小儿无恩报答，既是神人报说，我情愿代弟一行，前往京都报知，倘得一官半职，回来与弟承受。"长者欣然，准备银两，打点刘英起程。次日，刘英相辞，长者再三叮咛："若有好事，休得负心。"刘英允诺而别，上路往东京进发，不一日来到京城，径来朝门外揭了榜文。守军捉见王丞相，刘英先通乡贯姓名，后以玉印下落说知，王丞相即令牌军送刘英于馆驿中伺候。次日，王丞相入朝奏知，仁宗召宫中嫔妃问之，娘娘方记得，因中秋赏月，夜阑，同宫女八角琉璃井边探手取水，误落井中。遂令宫监下井看取，果有之。仁宗宣刘英上殿，问其何知玉印之由。刘英不隐，直以神人梦中所报奏知。仁宗道："想是你家积有阴德。"遂降敕封英为西厅驸马，以偏后黄娘娘第二公主招之。刘英谢恩，不胜欢喜。过数日，朝廷设立驸马府与刘英居住，当下刘英一时显达，权势无比，就不思量旧恩了。

却说崔长者，自刘英去后将两个月，日夜悬望消息。忽有人自东京来，传说刘英已招为驸马，极其贵显。长者遂吩咐家人小二同崔庆赴京。崔庆拜辞父母，往东京进发，不一日来到东京，寻店歇下。次日，正访问驸马府，那人道："前面喝道，驸马来矣。"崔庆立在一边候过了道，恰好刘英在马上端坐，昂昂然来到。崔庆故意近前要与相认，刘英一见崔庆，喝声："谁人冲我马头？"便令牌军捉下。崔庆惊道："哥哥缘何见疏？"刘英怒道："我有什么兄弟？"不由分说，拿进府中，重责三十棍。可怜崔庆，打得皮开肉绽，两腿血流，监入狱中。此时小二在店中得知主人被难，要来看时，不得进去。崔庆将其情哀告狱卒，狱卒怜而济之。崔庆原是富家，每日肉食不绝，一旦受此苦楚，怎生忍得。正在饥渴之际，思想肉食，忽墙外一猿攀树而入，手持一片熟羊肉来献。崔庆俄然记得，此猿好似其父昔日洪水中所救者，接而食之。猿去，过了数日又将物食送进来，如此者不绝。狱卒见了，知其来由，叹道："物类尚有恩义，人反不如。"自是随其来往。又一日，墙外有十数乌鸦集于狱中，哀鸣不已。崔庆亦疑莫非是父所救者，乃对鸦道："尔若怜念我，当代我带书一封寄回吾父。"那鸦识其意，都飞向前。庆即向狱卒借纸笔修了书，系于鸦足上，即飞去，不数日，已飞到其家。正值崔长者与张氏正在说儿子没音信之事，乌鸦飞下，立于身边。长者惊疑，看鸦足上系一封书，长者解下看之，却是崔庆笔迹，内具刘英失义及狱中受苦情由。长者看罢大哭。张氏问知其故，遂痛哭道："当初叫汝莫收留他人，果然恩将仇报，陷我儿子于狱中，怎能得出。"长者道："鸟兽尚知仁义，彼有人心，岂得如此负恩之甚？我只得自往东京走一遭，探其虚实。"张氏道："儿受苦，作急而行。"

次日，崔长者准备行李，辞妻赴京。数日，已到东京，寻店安下。清早，正值出街访问消息，忽见家人小二，身穿破衣，乞食廊下，一见长者，遂抱之而哭，长者亦悲，问其备细。小二将前情诉了一遍，长者不信，要进府里见刘英一面。小二紧紧抱住，不放他去，恐遭毒手。忽报驸马来了，众人都回避，长者立廊下候之。刘英近前，长者叫道："刘英我儿，今日富贵不念我哉！"刘英看见，认得是崔长者，哪里肯顾盼他，只做不见。长者不肯休，一直随马后赶去，不料已闭上府门，不得进去。长者大恨道："不认我父子且由则可，又将吾儿监禁狱中受苦。"即投开封府告状。正值包公行香转衙，长者跪马头下告状，包公带入府中审问，长者哀诉前情，不胜悲憾。包公令长者只在府廊下居止，即差公牌去狱中唤狱卒来问："有崔庆否？"狱卒复道:"某月日监下,狱里饮食不给,极是狼狈。"包公遂令狱卒善待之。

次日,即差人请刘驸马到府中饮酒。刘英闻包公请,即来赴席。包公延入后堂相待,吩咐牌军闭上府门,不许闲杂人走动,牌军领命,便将府门闭止。然后排过筵席,酒至半酣,包公怒道:"缘何不添酒来?"厨下报道:"酒已尽了。"包公笑道:"酒既完了,就将水来斟亦好。"侍吏应诺,即提过一桶水来。包公令将大瓯先斟一瓯与刘英道:"驸马大人权饮一瓯。"刘英只道包公轻慢他,怒道:"包大尹好欺人,朝廷官员谁敢不敬我?哪有相请用水当酒!"包公道:"休怪休怪,众官要敬驸马,偏包某不敬。今年六月间尚饮一河之水,一瓯水难道就饮不得?"刘英听了,毛发悚然。忽崔长者走近前来,指定刘英骂道:"负义之贼!今日负我,久后必负朝廷。望大人做主。"包公便令拿下,去了冠带,拖倒阶下,重责四十棍,令其供招。刘英自知不是,吐出实情,招认明白。包公命取长枷系于狱中。次日,具疏奏知。仁宗宣召崔长者至殿前审问,长者将前事奏知一遍,仁宗称羡道:"君之重义如此,亲子当受爵禄,朕明日有旨下。"长者谢恩而退。次日,旨下:刘英冒功忘义,残虐不仁,合问死罪;崔庆授武城县尉,即日走马赴任;崔长者平素好善,敕令有司起义坊旌之。包公依旨判讫,请出崔庆,换以冠带,领文凭赴任而去,长者同去任所。是冬将刘英处决。

第十一回　吴员城偷鞋谋人妻
韩兰英知情自缢死

　　话说江州城东永宁寺有一和尚，俗姓吴名员城，其性风骚。因为檀越张德化娶南乡韩应宿之女兰英为妻，多年无子情切，恳请求嗣续后，每遇三元圣诞，必祈祷祭祀；凡朔望之日，专请员城在家里诵经。员城见兰英貌美，欲心常动，意图淫奸。晚转寺中，心生一计。次日，见德化外出，假讨斋粮为由来至张家，贿托婢女小梅，求韩氏睡鞋一双，小梅悄然窃出与之。员城得鞋，喜不自胜，回到寺中，每日捧着鞋沉吟无奈。适次日张檀越来寺议设醮事，员城故将睡鞋一只丢在寺门，德化拾起，心甚惊疑。既与员城话毕，归家大怒，狠究睡鞋，遂将韩氏逐回母家，经官休退。员城闻知计就，潜迹逃回西乡太平原，改姓名为冯仁，蓄发二年，刚好应宿将兰英改嫁，仁买求邻居汪钦，径往韩宅求姻。宿与钦素交好，遂允其姻，令择吉日过聘，克期毕姻。钦回复冯仁，即纳彩亲迎，径成婚配。

　　光阴似箭，时光正值中秋佳节，月色腾辉，乐声鼎沸，夫妇对饮于亭，两情交畅，仁乐饮沉醉，携妻而笑道："昔非小梅之功，安有今日之乐。"韩氏心疑，询其故，仁将前情一一说出。韩氏听了，敢怒而不敢言。身虽遭仁计袭，心恨冯仁刻骨，酒罢仁睡，时至三更，自缢而亡。次日，韩应宿闻知，正欲赴县申冤告状，适遇包公出巡江州，应宿便写状呈告。

　　那时冯仁亦捏造虚情抵诉，包公即将两人收监。其夜，坐在后堂，忽然梦见一阵黑风侵入。包公道："是何怨气？"既而有一女子跪在堂下，包公问道："汝是何处人氏？有甚冤屈？直对我说。"那女子即将前情诉说一遍，忽然不见。次日，包公坐堂，差张龙、薛霸去禁中取出韩、冯二人审问，即将冯仁捆打，追究睡鞋之事，冯仁心惊色变，俯首无词，只得直招。包公将冯仁家产入官，判断冯仁抵命。自此韩氏之冤得申，远近快之。

第十二回　葛富户恤龟得诏雪
　　　　陶歹人杀友示锦囊

话说浙西有一人姓葛名洪，家世富贵。葛洪为人最是行善。一日，忽有田翁携得一篮生龟来卖。葛洪问田翁道："此龟从何得来？"田翁道："今日行过龙王庙前窟中，遇此龟在彼饮水，被我罩得来送与官人。"葛洪道："难得你送来卖与我。"便将钱打发田翁走去，令家童将龟蓄养厨下，明日待客。是夜，葛洪持灯入厨下，忽听似有众人喧闹之声。葛洪怪疑道："家人各已出外房安歇去了，如何有喧闹之声不息？"遂向水缸边听之，其声出自缸中。洪揭开视之，却是一缸生龟在内喧闹。葛洪不忍烹煮，次日清早，令家童将此龟放在龙王庙潭中去了。

不两月间，有葛洪之友，乃邑东陶兴，为人狠毒奸诈，独知奉承葛洪，以此葛洪亦不疏他。一日，葛洪令人请陶兴来家，设酒待之，饮至半酣，葛洪于席中对陶兴道："我承祖上之业，颇积余财，欲待收些货物前往西京走一遭，又虑程途险阻，当令贤弟相陪。"兴闻其言便欲起意，故作笑容答道："兄要往西京，水火之中亦所不避，即当奉陪。"洪道："如此甚好。但此去卢家渡有七日旱路，方下船往水程而去，汝先于卢家渡等候，某日我装载便来。"陶兴应承而去。等到葛洪妻孙氏知其事，欲坚阻之，而洪行货已发离本地了。临起身，孙氏以子年幼，犹欲劝之，葛洪道："吾意已决，多则一年，少则半载便回。汝只要谨慎门户，看顾幼子，别无所嘱。"言罢，径登程而别。那陶兴先在卢家渡等了七日，方见葛洪来到，陶兴不胜之喜，将货物装于船上，对葛洪道："今天色渐晚，与长兄前往前村少饮几杯，再回渡口投宿，明早开船。"洪依其言，即随兴向前村黄家店买酒而饮，陶兴连劝几杯，不觉醉去。时已黄昏，兴促回船中宿歇，葛洪饮得甚醉，同陶兴回至新兴驿，路旁有一口古井，深不见底。陶兴探视，四顾无人，用手一推，葛洪措手不及，跌落井中。可怜平素良善，今日死于非命。陶兴既谋了葛洪，连忙回至船中，唤觅艄子，次日清早开船去了。等到陶到西京，转卖其货时，值价腾涌，倍得利息而还，将银两留起一半，一半径送到葛家见嫂孙氏。孙氏一见陶兴回来，就问："叔叔，你兄为何不同回来？"陶兴道：

"葛兄且是好事,逢店饮酒,但闻胜境便去游玩。已同归至汴河,遇着相知,携之登临某寺,我不耐烦,着先令带银两回交,尊嫂收之,不多日便回。"孙氏信之,遂备酒待之而去。过二日,陶兴要遮掩其事,生一计较,密令土工死人坑内拾一死不多时之尸,丢在汴河口,将葛洪往常所系锦囊缚在腰间。自往葛宅见孙氏报知:"尊兄连日不到,昨听得过来者道,汴河口有一人渡水溺死,暴尸沙上,莫非葛兄?可令人往视之。"孙氏听了大惊,忙令家童去看时,认其面貌不似,及见腰间系一锦囊,遂解下回报孙氏道:"主人面貌腐烂难辨,唯腰间系一物,特解来与主母看。"孙氏一见锦囊悲泣道:"此物吾母所制,夫出入常带不离,死者是我夫无疑了。"举家哀伤,乃令亲人前去用棺木盛贮讫。陶兴看得葛家作超度功果完满后,径来见孙氏抚慰道:"死者不复生,尊嫂只小心看顾侄儿长大罢了。"孙氏深感其言。

将近一年余,陶兴谋得葛洪资本,置成大家,自料其事再无人知。不意包公因省民风,经过浙西,到新兴驿歇马,正坐公厅,见一生龟两目睁视,似有告状之意。包公疑怪,遂唤军牌随龟行去,离公厅一里许,那龟遂跳入井中,军牌回报包公。包公道:"井里必有缘故。"即唤里社命工人下井探取,见一死尸,吊上来验之,颜色未变。及勘问里人可认得此尸是哪里人,皆不能识。包公谅是枉死,令搜身上,有一纸新给路引,上写乡贯姓名明白。包公记之,即差李超、张昭二人径到其县拘得亲人来问,云是某日因过汴河口被水溺死。包公审后疑道:"彼既溺于河,却又在井里,安得一人有两处死之理。"再唤其妻来问之,孙氏诉与前同,包公令认其尸,孙氏见之,抱而痛哭:"这正是妾的真夫!"包公云:"彼溺死者何以说是汝夫?"孙氏道:"得夫锦囊认之,故不疑也。"包公令看身上有锦囊否,及孙氏寻取,不见锦囊。包公细询其来历,孙氏将那日同陶兴往西京买卖之情诉明。包公道:"此必是陶兴谋杀,解锦囊系他人之尸,取信于汝,瞒了此事。"复差李、张前去拘得陶兴到公厅根勘。陶兴初不肯招,包公令取死尸来证,兴惊惧难抵,只得供出谋杀之情,叠成文案,将陶兴偿命,追家财给还孙氏。将那龟代夫申冤之事说知孙氏,孙氏乃告以其夫在日放龟之由。包公叹道:"一念之善,得以报冤。"乃遣孙氏将夫骸骨安葬。后来葛洪之子登第,官至节度使。

第十三回　汪家人害主设奸计
吴十二求友临江亭

　　话说开封府有一富家吴十二，为人好交结名士。娶妻谢氏，容貌风情极邪。吴十二有个知己韩满，是个轩昂丈夫，往来其家甚密。谢氏常以言挑之，韩满以与吴友交厚，敬之如嫂，不及于乱。一日冬残，雪花飘扬，韩满来寻吴友赏雪。适吴十二庄上未回，谢氏闻知韩满来到，即出见之，笑容可掬，便邀入房中坐定，抽身入厨下，整备酒食进来与韩满吃，坐在下边相陪。酒至半酣，谢氏道："叔叔，今日天气甚寒，婶婶在家亦等候叔回去同饮酒否？"韩满道："贱叔家贫，薄酌虽有，不能够如此丰美。"谢氏有意劝他，饮了数杯，淫兴勃然，斟起一杯起身送与韩满道："叔叔，先饮一口看滋味好否？"韩满大惊道："贤嫂休得如此。倘家人知之，则朋友伦义绝矣。从今休要这等。"说罢推席而起，走出门，正遇吴十二冒雪回来，见韩满就欲留住。韩满道："今日有事，不得与兄长叙话。"径辞而去。吴十二入见谢氏问："韩故人来家，如何不留待之？"谢氏怒道："汝结识得好朋友，知汝不在家故来相约，妾以其往日好意，备酒待之，反将言语戏妾，被我叱几句，没意思走去。问他则甚？"吴十二半信半疑，不敢出口。过了数日，雪停天晴，韩满入城来，恰遇吴友在街头过来，韩满近前邀入店中饮酒。满乃道："兄之尊嫂是个不良之妇，从今与兄不能相会于家，恐遭人嫌疑之诮。"吴十二道："贤弟何出此言？就是嫂有不周之言，当看我往日情分，休要见外。"韩满道："兄长门户自宜谨密，只此一言，余无所嘱。"饮罢，各散而去。次年春，韩满有舅吴兰在苏州贩货，有书来约他，满要去，欲见吴十二相辞，不遇径行，比及吴友知之，已离家四日矣。

　　吴十二有家人汪吉，人才出众，言语捷利，谢氏爱他，与之通奸，情意甚密。一日，吴十二着汪吉同往河口收讨账目，汪吉因恋谢氏之故，推不肯去，被吴十二痛责一番，只得准备行李，临起身，入房中见谢氏商议其事。谢氏道："但只要你有计较谋害了他，回来我自有主张。"汪吉欢喜允诺，同主人离家，在路行了数日，来到九江镇，问往日相识李二艄讨船，渡过黑龙潭，靠晚泊船龙王庙前，买香纸做了神福。汪吉于船上小心服侍，吴十二饮得甚醉。半夜时，吴十二要起来小便，汪吉扶出船头，乘他宿酒未醒，一声响，推落在江中。故意惊叫道："主人落水！"待李艄起来看时，那江水深不见底，又是夜里，如何救得！天明，汪吉对李艄道："没奈何，只得回去报知。"李艄心中生疑，吴某死必不明。撑回渡船自去，汪吉忙走回家，见谢氏密道其事。谢氏大喜，虚设下灵席，日夜与汪吉饮酒取乐，邻里颇有知者，隐而不言。

话分两头，再说韩满。因暮春时节，偶出镇口闲行，正过临江亭，远远望见吴十二来到，韩满认得，连忙近前携住手道："贤兄因何来此？"吴十二形容枯槁，皱了双眉，对韩满道："自贤弟别后，一向思慕。今有一事投托，万望勿阻。"韩满道："前面亭上少坐片时。"遂邀到亭上坐定，乃道："日前小弟因母舅书来相约，正待要见兄长一辞，不遇径行。今幸此会，为何沉闷不乐？"吴十二泣下道："当日不听贤弟之言，惹下终天之别，一言难尽。"韩满不知其死，乃道："兄长烈烈丈夫，何出此言？"吴十二道："贤弟休惊。自那日相别之后，如此如此。"韩满听了，毛骨悚然，抱住吴十二道："贤兄此言是梦中耶？如果有此事情，必不敢负。且问，当夜落水之时可有人知否？"吴十二道："镇江口李艄颇知。吾与贤弟幽明之隔，再难会面，今且从此别矣。"道罢，韩满忽身便倒，昏迷半响方醒。比寻故人，不见所在。连忙转苏州店中见母舅道："家下有信来催促，特来辞别，回去无事便来。"吴兰挽留不住。待回到乡里访问，吴友已死过六十日矣。韩满备了香纸至灵前哭奠一番。谢氏恨之，不肯出见。

韩满回家，思量要去告状，又没有头绪，复来苏州见母舅，道知故人冤枉之事。吴兰道："此他人事，又无对证，莫惹连累。"韩满笑道："愚甥与吴友结交，有生死之誓，只因不良嫂在，以此疏阔。近日曾以幽灵托我，岂可负之！"吴兰道："既如此，即日。包大尹往边关赏劳，才回东京。具状申诉，或能申雪。"满依其言，连夜来东京，清早入府告状。包公审问的实，即差公牌拿得汪吉及谢氏当厅勘问。汪吉、谢氏争辩，不肯招认，究问数日，未能断决。包公思量通奸之弊的有，谋死主人未得证见，他如何肯招？乃密召韩满问道："汝故人既有所托，曾言当日渡艄是谁？"韩满道："镇江口李二艄也。"包公次日差黄兴到镇江口拘得李二艄来衙，问其情由。李艄道："某日夜深，落水之后，彼家人叫知，待起来时，救不及矣。"包公遂取出人犯当厅审究。汪吉见李艄在旁边，便有惧色，不用重刑拷究，只得从直招出，叠成案卷。将汪吉、谢氏押赴法场处斩;给了赏钱与李艄回去;韩满有故人之义,能代伸冤枉,访得吴十二有女年十四岁,嫁与韩满之子为妻,将家资器物尽与女儿承其家业,以不负异姓而骨肉也。

第十四回　淫妇人插钉杀亲夫
陈土工验尸问杨氏

话说包公守东京之日，治下宁静，奸宄敛迹，每以判断为心，案牍不致留滞。皇佑元年正月十五日，包公同胥吏去城隍庙行香毕，回到白塔前巷口经过，闻有妇人哭丈夫声，其声半悲半喜，并无哀痛之情，包公暗记在心，回衙即唤值堂公差郑强问道："适来白塔前巷口有一妇人哭着什么人？"强告道："是谢家巷口刘十二日前死了，他妻吴氏在家中哭。"包公心上忖道：这人定死得不明。莫是吴氏谋了丈夫性命，不然哭声如何半悲半喜？便差人去拘吴氏来，问其夫因何身死。吴氏供道："妾身夫主刘十二以卖小菜为生，忽于前月气疾身死，埋在南门外五里牌后，因家中有小儿子全无倚赖，以此悲哭。"包公听了，看那妇人脸上似搽脂粉，想："她守服如何还整容颜？"随唤土工陈尚押吴氏同去坟所，启棺检验丈夫有无伤痕。土工回报："刘十二身上并无伤痕，病死是实。"包公拍案怒道："陈尚隐匿情弊，故来我跟前遮掩，限三日内若不明白，决不轻恕。"陈尚回家忧愁，双眉不展。其妻杨氏问尚有何事忧愁，尚以此事告知。杨氏道："曾看死人鼻中否？"尚道："此人原是我收殓，鼻中未看。"杨氏道："闻得人曾用铁钉插入鼻中，坏了人性命。何不勘视此处？"尚亦狐疑，即依妻言再去看验，刘十二鼻中果有铁钉二个，从后脑发中插入。遂取钉来呈知。包公便将吴氏勘审，吴氏初不肯招，及上起刑具，只得招认为与张屠户通奸，恐丈夫知觉，不合谋害身死情由。案卷既成，遂判吴氏谋害亲夫，押赴市曹处斩；张屠奸人妻小，因致人死，发问军罪。判断已定，司吏依令施行。

再说包公当下又究问陈尚："是谁人教你如此检验？"尚禀道："当日小人领命前去检看，刘十二尸身并无伤痕，台前定要在小人身上根究，回家忧闷，不料小人妻子倒有见识，教我如此检验，果得明白。"包公道："汝妻有此见识，不是个等闲妇人，可唤来给赏。"不多时唤杨氏来到，赐以钱五贯，酒一瓶，杨氏欢喜拜受。方欲出衙，包公唤转问道："当初陈尚与你是结发夫妻，还是半路夫妻？"杨氏道："妾身前夫早亡，再嫁与陈尚为妻。"包公又问："前夫姓甚名谁？"答道："姓梅名小九。"包公道："得何病身死？"杨氏见包公问得情切，不觉失色。勉强对道："他染疯癫病而死，埋在南门外乱岗上。"包公道："你前夫也死得不明。"便差王亮押杨氏同去坟所，检验梅小九尸骨。杨氏思量道：乱葬岗有多少坟墓，终不然个个人鼻中有钉。遂乃胡乱指一个别人的坟墓与差人，掘开视之，并无伤痕，检验鼻中，又无缘故。杨氏道："人称包老爷如秋月之明，今日此事直欲逼人于死地。"王亮正没奈何之际，忽见一个老人，年七十余岁，扶杖而行，前来问亮在此何事。亮告道如此如此。老人听了，指着杨氏道："你休要胡指他人坟墓，枉抛了别人骸骨，教你一干人受罪。"便指与王亮道："这便是梅小九坟墓。"亮遂掘开取棺检验，果见鼻中有两个钉。亮便押了杨氏回报。包公遂勘得杨氏亦曾谋杀前夫是实，将杨氏押赴市曹处斩，闻者无不称奇。

第十五回　三屠夫被告无姓名
一血衫叫街识真的

　　话说包公守肇庆之日，离城三十里有个地名宝石村，村中黄长老家颇富足，祖上唯事农业。生有二子，长曰黄善，次曰黄慈。善娶城中陈许之女琼娘为妻，琼娘性格温柔，自过黄家门后，侍奉舅姑极尽孝道。未及一年，忽一日，陈家着小仆进安来报琼娘道："老官人因往庄中回来，偶染重疾，叫你回去看他几日。"琼娘听说是父亲染病，如何放心得下，吩咐进安入厨下酒饭，即与丈夫说知："吾父有疾，着人叫我看视，可对公婆说，我就要一行。"黄善道："目下正值收割时候，工人不暇，且停待数日去未迟。"琼娘道："吾父卧病在床，望我归去，以日为岁，如何等得。"善执意要阻她，不肯放她去。琼娘见丈夫阻他，遂闷闷不悦，至夜间思忖：吾父只生得我一人，又无兄弟倚靠，倘有差失，悔之晚矣。不如莫与他知，悄悄同进安回去。

　　次日清早，黄善径起去赶人收稻子。琼娘起来，梳妆齐备，吩咐进安开后门而出。琼娘前行，进安后随。其时天色尚早，二人行上数里，来到芝林，雾气漫漫，对面不相见。进安道："日还未出，雾又下得浓，不如入村子里躲着，待雾露散而行。"琼娘是个机警女子，乃道："此处险僻，恐人撞见不便，可往前面亭子上去歇。"进安依其言。正行间，忽前面有三屠夫要去买猪，亦赶早来到，恰遇见琼娘，见她头上插戴金银首饰极多，内有姓张的最凶狠，与二伙伴私道："此娘子想是要入城去探亲，只有一小厮跟行，不如劫了她的首饰来分，胜做几日生意。"一姓刘的道："此言极是。我前去将那小厮拿住，张兄将女子眼口扣了，吴兄去夺首饰。"琼娘见三人来的势头不好，便将首饰拔下要藏在袖中，径被吴兄用手抢入袖中去，琼娘紧紧抱住，哪肯放手。姓张的恐遇着人来不便，抽出一把屠刀将女子左手砍了一刀，女子忍痛跌倒在地，被三人将首饰尽行夺去。进安近前来看时，琼娘不省人事，满身是血，连忙奔回黄家报知。正值黄善与工人吃饭，听得此消息，大惊道："不听我言，遭此毒手。"慌忙叫三四人取轿来到芝林，琼娘略醒，黄善便抱入轿中，抬回家下看时，左手被刀伤，吩咐家人请医调治，一面具状领进安人府哭诉包公。

包公看状没有姓名，乃问进安："汝可认得劫贼人否？"进安道："面貌认他众人不着，像是伙买猪屠夫模样。"包公道："想贼人不在远处，料尚未入城。"吩咐黄善去取他妻子那一件血染短衫来到，并不与外人扬知。乃唤过值堂公皂黄胜，带着生面人，教他将此短衫穿着，可往城中遍街去喊叫，称道，今早过芝林，遇见三个屠夫被劫，一屠夫因为贼斗，杀死在林中，其二伴各自走去了。胜依计，领着一生面人穿着血染短衫，满城去叫，行到东巷口张蛮门首，其妻朱氏闻说，连忙走出门来问道："我丈夫清早出去买猪，不知同哪个伙伴去，又没人问个实情。"胜听见，就坐在对门酒店中等着。张屠至午后恰回来，被胜走近前一把抓住，押来见包公，随即搜出金银首饰数件。包公道："汝快报出同伙伴来，饶汝的罪。"张蛮只得报出吴、刘二屠夫。包公即时差黄胜、李宝分头去捉。不多时拿得吴、刘二屠大解来，吴、刘初则不知官府捉他根由，及见张蛮跪于厅下，惊得哑口无言，亦搜出首饰各数件，三人抵赖不过，只得从直招供谋夺之情。着司吏叠成案卷，拟判张蛮三人皆问斩罪；给还首饰与黄善收讫去。后来琼娘亦得名医医好，仍与黄善夫妇团圆。

第十六回 两光棍撮谷屡得手
一靛子作记追贼身

话说许州有光棍，一名王虚一，一名刘化二，专一诈骗人家，又学得偷盗之术。二人探得南乡富户蒋钦谷积千仓，遂设一计，将银十两，径往他家籴谷。来到蒋家见了蒋钦道："在下特来向翁籴些谷子。"蒋钦道："将银来看。"虚一递过银十两，蒋钦收了，即唤来保开仓发谷二十担付二位客人去。二人得谷暗喜，遂用摄法将谷偷去了。又假行了半里，将谷推回还钦，说是吃了亏，要退银别买。蒋钦看谷入仓，付还原银。那二人得了原银，遂将钦谷一仓尽行撮去。忽有佃夫张小一在路遇见，来到蒋家道："恭喜官人，籴了许多谷，得了若干银两。"蒋钦回说："没有籴得。"小一道："我明明遇见推去许多车子，官人何故瞒我？我闻得有一起偷盗的，休要被他撮了去！"钦大惊疑，忙唤来保开仓来看，只见一仓之谷全无半粒。蒋钦大惊，遂具状投告开封府，包公准状，打发钦且回。

次日，乃发义仓谷二百担，内放青靛为记，装载船上，扮作湖广客人，径往许州来籴。到了许州河下，那虚一、化二闻知，径来船上拜访，动问客官何处来的。包公道："在下湖广姓尤名喜，敢问二籴户尊姓名？"二人直答道："在下王虚一、刘化二，特来与尊客籴些谷子。"包公道："借银来看。"当时虚一递出银子，议定价钱，发谷二十余车布在岸上。那二人见了谷，先撮将去了。少顷，那二人假相埋怨，说是籴亏了，将谷退还尤客人，取银另买。包公遂付还原银，看将原谷搬入船舱。等待那二人去后，开舱板验看，一船之谷并无一粒。

包公回衙，心生一计，出示晓谕百姓，建立兴贤祠缺少钱粮，有民出粮一百担

者,给冠带荣身;出谷三百担者,给下帖免差。令耆老各报乡村富户。当时王虚一、刘化二撮得谷上千余担,有耆老不忿他家谷多,即报他在官。他二人欲图免差,虽被耆老报作富户,自以为庆。包公见报王虚一等名,即差薛霸牌唤他到厅领取下帖。那二人见了牌上领帖二字,遂集人运谷来府交割。包公见谷内有靛子,果然是原谷,喝问:"王虚一、刘化二,你乃是有名光棍,今日这多谷从何而来?"王、刘二人道:"是小人收租来的。"初不肯认,包公骂道:"这贼好胆大。你前次撮去蒋钦谷,后又撮我的谷,还要硬争。这谷我原日放有靛子作记,你看是不是?"便令左右将虚一、化二捆打一百,二人受刑不过,一款招认。包公便将二人判刑,追还义仓原谷,并追还蒋钦之谷,人共称快。

第十七回　彭监生丢妻做裁缝
王明一知情放生路

　　话说山东有一监生，姓彭名应凤，同妻许氏上京听选，来到西华门，寓王婆店安歇，不觉选期还有半年，欲要归家，路途遥远，手中空乏，只得在此听候。许氏终日在楼上刺绣枕头、花鞋，出卖供给饮食。时有浙江举人姚弘禹，寓褚家楼，与王婆楼相对，看见许氏貌赛桃花，径访王婆问道："那娘子何州人氏？"王婆答道："是彭监生妻室。"禹道："小生欲得一叙，未知王婆能方便否？"王婆知禹心事，遂萌一计，答道："不但可以相通，今监生无钱使用，肯把出卖。"禹道："若如此，随王婆处置，小生听命。"话毕相别。王婆思量那彭监生今无盘费，又欠房银，遂上楼看许氏，见他夫妇并坐。王婆道："彭官人，你也去午门外写些榜文，寻些活计。"许氏道："婆婆说得是，你可就去。"应凤听了，随即带了一支笔，前往午门讨些字写。只见钦天监走出一校尉，扯住应凤问道："你这人会写字吗？"遂引应凤进钦天监见了李公公，李公公唤他在东廊抄写表章。至晚，回店中与王婆、许氏道："承王婆教，果然得入钦天监李公公衙门写字。"许氏道："如今好了，你要用心。"王婆听了此言，喜不自胜，遂道："彭官人，那李公公爱人勤谨，你明日到他家去写，一个月不要出来，他自敬重你，日后选官他亦扶持。娘子在我家中，不必挂念。"应凤果依其言，带儿子同去了，再不出来。王婆遂往姚举人下处说监生卖亲一事，禹听了此言大悦，遂问王婆几多聘礼。王婆道："一百两。"禹遂将银七十，又谢银十两，俱与王婆收下。王婆道："姚相公如今受了何处官了？"禹道："陈留知县。"王婆道："彭官人说叫相公行李发船之时，他着轿子送到船边。"禹道："我即起程去到张家湾船上等候。"王婆雇了轿子回见许氏道："娘子，彭官人在李公公衙内住得好了，今着轿子在门外，接你一同居住。"许氏遂收拾行李上轿，王婆送至张家湾上船。许氏下轿见是官船等候迎接他，对王婆道："彭官人接我到钦天监去，缘何到此？"王婆道："好叫娘子得知，彭官人因他穷了，怕误了你，故此把你出嫁于姚相公，相公今任陈留知县，又无前妻,你今日便做奶奶可不是好!彭官人现有八十两婚书在此,你看是不是?"许氏见了,低头无语,只得随那姚知县上任去了。

彭监生过了一月出来,不见许氏,遂问王婆。王婆连声叫屈:"你那日叫轿子来接了他去,今要骗我家银,假捏不见娘子诓我。"遂要去投五城兵马。那应凤因身无钱财,只得小心别过王婆,含泪而去。又过半年,身无所倚,遂学裁缝。一日,吏部邓郎中衙内叫裁缝做衣,遇着彭应凤,遂入衙做了半日衣服。适衙内小仆进才递出二馒头来与裁缝当点心,应凤因儿子睡浓,留下馒头与他醒来吃。进才问道:"师傅你怎么不用馒头?"应凤将前情一一对进才泣告:"我今不吃,留下与儿子充饥。"进才入衙报知夫人。彼时那邓郎中也是山东人氏,夫人闻得此言,遂叫进才唤裁缝到屏帘外问个详细,应凤乃将被拐苦情泣诉一番。夫人道:"监生你不必做衣,就在衙内住,待相公回,我对他讲你的情由,叫他选你的官。"不多时邓郎中回府,夫人就道:"相公,今日裁缝非是等闲之人,乃山东听选监生,因妻子被拐,身无盘费,故此学艺度日,老爷可念乡里情分,扶持他一二。"郎中唤应凤问道:"你既是监生,将文引来看。"应凤在胸前袋内取出文引,郎中看了,果然是实,道:"你选期在明年四月方到。你明日可具告远方词一纸,我就好选你。"应凤大喜,写词上吏部具告远方。邓郎中径除他做陈留县县丞。应凤领了凭往王婆家辞行。王婆问:"彭相公恭喜,今选哪里官职?"应凤道:"陈留县县丞。"王婆忽然心中惶惶无计,遂道:"相公,你大官在我家数年,怠慢了他。今取得一件青布衣与大官穿,我把五色绢片子代他编了头上髻子。相公几时启程?"应凤道:"明日就行。"应凤相别而去。

王婆唤亲弟王明一道:"前日彭监生今得官,邓郎中把五百两金子托他寄回家里,你可赶去杀了他头来我看。劫来银子,你拿二分,我受一分。"明一依了言语,星夜赶到临清,喝道:"汉子休走!"拔刀就砍,只见刀往后去,明一道:"此何冤枉?"遂问:"那汉子,曾在京师触怒了何人?"应凤泣告王婆事情,明一亦将王婆要害之事说了一番,遂将孩儿头发编割下,应凤又把前日王婆送的衣服与之而去。明一回来见王婆道:"彭监生是我杀了,今有发编、衣服为证。"王婆见了,心中大喜,道:"祸根绝矣!"

应凤到了陈留上任数月,孩儿游入姚知县衙内,夫人见了,惊道:"这儿子是我生的,如何到此?"又值弘禹安排筵席,请二官长相叙,许氏屏风后觑看,果是丈夫彭生,遂抢将出来。应凤见是许氏,相抱大哭一场,各叙原因。时姚知县吓得哑口无言。夫妇二人归衙去了，母子团圆。应凤告到开封府，包公大怒，遂表奏朝廷，将姚知县判武林卫充军；差张龙、赵虎往京城西华门速拿王婆到来，先打一百，然后拷问，从直招了，押往法场处斩。人人痛快。

第十八回　孙氏子下毒害张虚
谢厨子招认求宽恕

　　话说包公在陈州赈济饥民，事毕，忽把门公吏入报，外面有一妇人，左手抱着一个小孩子，右手执着一张纸状，悲悲切切称道含冤。包公听了道："吾今到此，非只因赈济一事，正待要体察民情，休得阻挡，叫她进来。"公人即出，领那妇人跪在阶下。包公遂出案看那妇人，虽是面带惨色，其实是个美丽佳人。问："汝有何事来告？"妇人道："妾家离城五里，地名莲塘。妾姓吴，嫁张家，丈夫名虚，颇识诗书。近因交结城中孙都监之子名仰，来往日久，以为知己之交。一日，妾夫因往远处探亲，彼来吾家，妾念夫蒙他提携，自出接待。不意孙氏子起不良之意，将言调戏妾身，当时被妾叱之而去。过一二日，丈夫回来，妾将孙某不善之意告知丈夫，因劝他绝交。丈夫是读书人，听了妾言，发怒欲见孙氏子，要与他定夺。妾又虑彼官家之子，又有势力，没奈何他，自今只是不睬他便了。那时丈夫遂绝不与他来往。将一个月，至九月重阳日，孙某着家人请我丈夫在开元寺中饮酒，哄说有什么事商议。到晚丈夫方归，才入得门便叫腹痛，妾扶入房中，面色变青，鼻孔流血。乃与妾道：'今日孙某请我，必是中毒。'延至三更，丈夫已死。未过一月，孙某遣媒重赂妾之叔父，要强娶妾，妾要投告本府，彼又叫人四路拦截，道妾若不肯嫁他，要妾死无葬身之地。昨日听得大人来此赈济，特来诉知。"包公听了，问道："汝家还有甚人？"吴氏道："尚有七十二岁婆婆在家，妾只生下这两岁孩儿。"包公收了状子，发遣吴氏在外亲处伺候。密召当坊里甲问道："孙都监为人如何？"里甲回道："大人不问，小里甲也不敢说起。孙都监专一害人，但有他爱的便被他夺去。就是本处官府亦让他三分。"包公又问："其子行事若何？"里甲道："孙某恃父势要，近日侵占开元寺腴田一顷，不时带领娼妓到寺中取乐饮酒，横行乡村，奸宿庄家妇女，哪一个敢不从他？寺中僧人恨入骨髓，只是没奈何他。"

　　包公闻言，嗟叹良久，退入后堂，心生一计。次日，扮作一个公差模样，后门出去，密往开元寺游玩，正走至方丈，忽报孙公子要来饮酒，各人回避。包公听了暗喜,正待根究此人,将好来此。即躲向佛殿后在窗缝里看时,见孙某骑一匹白马,带有小厮数人,数个军人,两个城中出名妓女,又有个心腹随侍厨子。孙某行到廊下,下了马,与众人一齐入到方丈室,坐于圆椅上,寺中几个老僧都拜见了。不多时军人抬过一席酒,排列食味甚丰,二妓女侍坐歌唱服侍,那孙某昂昂得意,料西京势要唯我一人。包公看见,性如火急,怎忍得住!忽一老僧从廊下经过,见包公在佛殿后,便问:"客是谁?"包公道:"某乃本府听候的,明日府中要请包大尹,着我来叫厨子去做酒。正不知厨子名姓,住在哪里。"僧人道:"此厨子姓谢,住居孙都监门首。今府中着此人做酒,好没分晓。"包公问:"此厨子有何缘故?"老僧道:"我不说你怎得知。前日孙公子同张秀才在本寺饮酒,是此厨子服侍,待回去后,闻说张秀才次日已死。包老爷是个好官,若叫此人去,倘服侍未周,有些失误,本府怎了?"包公听了,即抽身出开元寺回到衙中。

次日,差李虎径往孙都监门首提那谢厨子到阶下。包公道:"有人告你用毒药害了张秀才,从直招来,饶你的罪。"谢厨初则不肯认,及待用长枷收下狱中,狱卒勘问,谢厨欲洗己罪,只得招认用毒害死张某情由,皆由于孙某使令。包公审明,就差人持一请帖去请孙公子赴席,预先吩咐二十四名无情汉严整刑具伺候。不移时报公子来到,包公出座接入后堂,分宾主坐定,便令抬过酒席。孙仰道:"大尹来此,家尊尚未奉拜,今日何敢当大尹盛设。"包公笑道:"此不为礼,特为公子决一事耳。"酒至二巡,包公袖中取出一状纸递与孙某道:"下官初然到此,未知公子果有此事否?"孙仰看见是吴氏告他毒死他丈人状子,勃然变色,出席道:"岂有谋害人而无佐证?"包公道:"佐证已在。"即令狱中取出谢厨子跪在阶下,孙仰吓得浑身水淋,哑口无言。包公着司吏将谢厨招认情由念与孙仰听了。孙仰道:"学生有罪,万望看家尊份上。"包公怒道:"汝父子害民,朝廷法度,我绝不饶。"即唤过二十四名狠汉,将孙仰冠带去了,揪于堂下打了五十,孙仰受痛不过,气绝身死。包公令将尸首拖出衙门,遂即录案卷奏知仁宗,圣旨颁下:孙都监残虐不法,追回官诰,罢职为民;谢厨受雇于用毒谋害人命,随发极恶郡充军;吴氏为夫申冤已得明白,本处有司每月给库钱赡养其家;包卿赈民公道,于国有光,就领西京河南府到任。敕旨到日,包公依拟判讫。自是势宦皆为心寒。

第十九回 孙船艄谋财杀情妇
冤和尚落井误坐牢

话说东京城三十里有一董长者,生一子名董顺,住居东京城之马站头,造起数间店宇,招接四方往来客商,日获进益甚多,长者遂成一富翁。董顺因娶得城东茶肆杨家女为妻,颇有姿色,每日事公姑甚是恭敬,只是嫌其有些风情,顺又常出外买卖,或一个月一归,或两个月一归。城东十里外有个船艄名孙宽,每日往来董家店最熟,与杨氏笑语,绝无疑忌,年久月深,两下情密,遂成欢娱,相聚如同夫妇。

宽伺董顺出外经商,遂与杨氏私约道:"吾与娘子情好非一日,然欢娱有限,思恋无奈。娘子不如收拾所有金银物件,随我奔走他方,庶得永为夫妇。"杨氏许之。乃择十一月二十一日良辰,相约同去。是日杨氏收拾房中所有,专等孙宽来。黄昏时,忽有一和尚称是洛州翠玉峰大悲寺僧道隆,因来此方抄化,天晚投宿一宵。董翁平日是个好善之人,便开店房,铺好床席款待,和尚饭罢便睡。时正天寒欲雪,董翁夫妇闭门而睡。二更时候,宽叩门来,杨氏遂携所有物色与宽同去。出得门外,但见道阻雨湿,路滑难行。杨氏苦不能走,密告孙宽道:"路滑去不得,另约一宵。"宽思忖道:万一迟留,恐漏泄此事。又见其所有物色颇富,遂拔刀杀死杨氏,却将金宝财帛夺去,置其尸于古井中而去。未几,和尚起来出外登厕,忽跌下古井中,井深数丈,无路可上。至天明,和尚小伴童起来,遍寻和尚不见,遂唤问店主。董翁起来,遍寻至饭时,亦不见杨氏,径入房中看时,四壁皆空,财帛一无所留。董翁思量,杨氏定是与和尚走了,上下山中直寻至厕屋古井边。但见芦草交加,微露鲜血,忽闻井中人声,董翁遂请东舍王三将长梯及绳索直下井中,但见下边有一和尚连声叫屈,杨氏已杀死在井中。王三将绳缚了和尚,吊上井来,众人将和尚乱拳殴打,不由分说,乡邻里保具状解入具衙。知县将和尚根勘拷打,要他招认。和尚受苦难禁,只得招认,知县遂申解府衙。

包公唤和尚问及缘由,和尚长叹道:"前生负此妇死债矣。"从直实招。包公思之:他是洛州和尚,与董家店相去七百余里,岂有一时到店能与妇人相通期约?必有冤屈。遂将和尚散禁在狱。日夕根探,竟无明白。偶得一计,唤狱司就狱中所有大辟该死之囚,将他密地剃了头发,假做僧人,押赴市曹斩首,称是洛州大悲寺僧,为谋杀董家妇事今已处决。又密遣公吏数人出城外探听,或有众人拟议此事是非,即来通报。诸吏行至城外三十里,因到一店中买茶,见一婆子,因问:"前日董翁家杀了杨氏,公事可曾结断否?"诸吏道:"和尚已偿命了。"婆子听了,捶胸叫屈:"可惜这和尚枉了性命。"诸吏细问因由。婆子道:"此去十里头有一船艄孙宽,往来董家最熟,与杨氏私通,因谋她财物,故杀了杨氏,与和尚何干?"诸吏即忙回报包公。

　　包公便差公吏数人密缉孙宽,枷送入狱根勘,宽苦不招认,令取孙宽当堂,笑对之曰:"杀一人不过一人偿命,和尚既偿了命,安得有二人偿命之理;但是董翁所诉失了金银四百余两,你莫非捡得,便将还他,你可脱其罪名。"宽甚喜,供说:"是旧日董家曾寄下金银一袱。至今收藏柜中。"包公差人押孙宽回家取金银来到,就唤董翁前来证认。董翁一见物色,认得金银器皿及锦被一条:"果是我家物色。"包公再问董家昔日并无有寄金银之事。又唤王婆来证,孙宽仍抵赖,不肯招认。包公道:"杨氏之夫经商在外,汝以淫心戏之成奸,因利其财物遂致谋害,现有董家物色在此证验,何得强辩不招?"孙宽难以遮掩,只得一笔招成,遂押赴市曹处斩;和尚释放还山,终得不至死于非命。

第二十回 支弘度试假反成真
轻狂子受托变死鬼

　　却说临安府民支弘度,痴心多疑,娶妻经正姑,刚毅贞烈。弘度尝问妻道:"你这等刚烈,倘有人调戏你,你肯从否?"妻子道:"吾必正言斥骂之,人安敢近?"弘度道:"倘有人持刀来要强奸,不从便杀,将如何?"妻道:"吾任从他杀,绝不受辱。"弘度道:"倘有几人来捉住成奸,不由你不肯,却又如何?"妻道:"吾见人多,便先自刎以洁身明志,此为上策;或被其污,断然自死,无颜见你。"弘度不信,过数日,令一人来戏其妻以试之,果被正姑骂去。弘度回家,正姑道:"今日有一光棍来戏我,被我斥骂而去。"再过月余,弘度令知友于谟、应信、莫誉试之。于谟等皆轻狂浪子,听了弘度之言,突入房去。于谟、应信二人各捉住左右手,正姑不胜发怒,求死无地。莫誉乃是轻薄之辈,即解脱其下身衣裙。于谟、应信见污辱太甚,遂放手远站。正姑两手得脱,即挥起刀来,杀死莫誉。吓得于谟、应信走去。正姑是妇人无胆略,恐杀人有祸,又性暴怒,不忍其耻,遂一刀自刎而亡。

　　于谟驰告弘度,此时弘度方悔是错,又恐外家及莫誉二家父母知道,必有后患。乃先去呈告莫誉强奸杀命,于谟、应信明证。包公即拘来问,先审干证道:"莫誉强奸,你二人何得知见?"于谟道:"我与应信去拜访弘度,闻其妻在房内喊骂,因此知之。"包公道:"可曾成奸否?"应信道:"莫誉才人即被斥骂,持刀自刎,并未成奸。"包公对支弘度道:"你妻幸未污辱,莫誉已死,这也罢了。"弘度道:"虽一命抵一命,然彼罪该死,我妻为彼误死,乞法外情断,量给殡银。"包公道:"此亦使得。着令莫誉家出一棺木来贴你。但二命非小,我须要亲去验过。"及去相验,见经氏刎死房门内,下体无衣;莫誉杀死床前,衣服却全。包公即诘于谟、应信道:"你二人说莫誉才入便被杀,何以尸近床前?你说并未成奸,何以经氏下身无衣?必是你三人同入强奸已毕后,经氏杀死莫誉,因害耻羞,故以自刎。"将二人夹起,令从直招认。二人并不肯认。包公就写审单,将二人俱以强奸拟下死罪。于谟从实诉道:"非是我二人强奸,亦非莫誉强奸,乃弘度以他妻常自夸贞烈,故令我等三人去试他。我二人只在房门口,莫誉去强抱,剥其衣服,被经氏闪开,持刀杀之,我二人走出。那经氏真是烈女,因而自刎。支弘度恐经氏及莫誉两家父母知情,告他误命,故抢先呈告,其实意不在求殡银也。"弘度哑口无辩。包公听了,即责打三十,又对于谟等道:"莫誉一人,岂能剥经氏衣裙,必汝二人帮助之后,见莫誉有恶意,你二人站开,经氏因刺死莫誉,又恐你二人再来,故先行自刎。经氏该旌奖,汝二人亦并有罪。"于谟、应信见包公察断如神,不敢再辩半句。包公将此案申拟,支弘度秋后处斩,又旌奖经氏,赐之匾牌,表扬贞烈贤名。

第二十一回　假奶婆借宿成好情
小婢女露言陷鱼沼

话说有张英者,赴任做官,夫人莫氏在家,常与侍婢爱莲同游华严寺。广东有一珠客邱继修,寓居在寺,见莫氏花容绝美,心贪爱之。次日,乃装做奶婆,带上好珍珠,送到张府去卖。莫氏与他买了几粒,邱奶婆故在张府讲话,久坐不出。时近晚来,莫夫人道:"天色将晚,你可去得。"邱奶婆乃去,出到门首复回来道:"妾店去此尚远,妾一孤身妇人,手执许多珍珠,恐遇强人暗中夺去不便,愿在夫人家借宿一夜,明日早去。"莫氏允之,令与婢爱莲在下床睡。一更后,邱奶婆爬上莫夫人床上去道:"我是广东珠客,见夫人美貌,故假装奶婆借宿,今日之事乃前生宿缘。"莫夫人以丈夫去久,心亦甚喜。自此以后,时常往来与之奸宿,唯爱莲知之。

过半载后,张英升任回家。一日,昼寝,见床顶上有一块唾干。问夫人道:"我床曾与谁人睡?"夫人道:"我床安有他人睡?"张英道:"为何床上有块唾干?"夫人道:"是我自唾的。"张英道:"只有男子唾可自下而上,妇人安能唾得高?我且与你同此睡着,仰唾试之。"张英的唾得上去,夫人的唾不得上。张英再三追问,终不肯言。乃往鱼池边呼婢爱莲问,爱莲被夫人所嘱,答道:"没有此事。"张英道:"有刀在此。你说了则罪在夫人,不说便杀了你,丢在鱼池中去。"爱莲吃惊,乃从直说知。张英听了,便想要害死其妻,又恐爱莲后露丑言,乃推入池中浸死。

本夜,张英睡至二更,谓妻道:"我睡不着,要想些酒吃。"莫氏道:"如此便叫婢去暖来。"张英道:"半夜叫人暖酒,也被婢女所议。夫人你自去大酒瓮取些新红酒来,我只爱吃冷的。"莫氏信之而起。张英潜蹑其后,见莫氏以小凳衬脚向瓮中取酒,即从后提起双脚推入酒瓮中去,英复入房中睡。有顷,谅已浸死,故呼夫人不应,又呼婢道:"夫人说她爱吃酒,自去取酒,何许多时不来,叫又不应,可去看来。"众婢起来,寻之不见,及照酒瓮中,婢惊呼道:"夫人浸死酒瓮中了。"张英故作慌张之状,揽衣而起,惊讶痛悼。

次日,请莫氏的兄弟来看入殓,将金珠首饰锦绣衣服满棺收贮。因寄灵柩于华严寺,夜令二亲随家人开棺,将金珠首饰锦绣衣服尽数剥起。次日,寺僧来报说,夫人灵柩被贼开了,劫去衣财。张英故意大怒,同诸舅往看,棺木果开,衣财一空,乃抚棺大哭不已,再取些铜首饰及布衣服来殓之。因穷究寺中藏有外贼,以致开棺劫财,僧等皆惊惧无措,尽来磕头道:"小僧皆是出家人,不敢做犯法事。"张英道:"你寺中更有何人?"僧道:"只有一广东珠客在此寄居。"英道:"盗贼多是此辈。"即锁去送县,再补状呈进。知县将继修严刑拷打一番,勒其供状,邱继修道:"开棺劫财,本不是我;但此乃前生冤债,甘愿一死。"即写供招承认。

那时包公为大巡,张英即去面诉其情,嘱令即决继修以完其事,便好赴任。包公乃取邱继修案卷夜间看之,忽阴风飒飒,不寒而栗。自忖道:莫非邱犯此事有冤?反复看了数次,不觉打困,即梦见一丫头道:"小婢无辜,白昼横推鱼沼而死;夫人养汉,清宵打落酒瓮而亡。"包公醒来,乃是一梦。心忖道:此梦甚怪。但小婢、夫人与开棺事无干,只此棺乃莫夫人的。明日且看何如。次日,吊邱继修审道:"你开棺必有伙伴,可报来。"继修道:"开棺事实不是我;但此是前生注定,死亦甘心。"包公想:那夜所梦夫人酒瓮亡之联,便问道:"那莫夫人因何身亡?"继修道:"闻得夜间在酒瓮中浸死。"包公惊异与梦中言语相合,但夫人养汉这一句未明,乃问道:"我已访得夫人因养汉被张英知觉,推入酒瓮而死。今要杀你甚急,莫非与你有奸吗?"继修道:"此事并无人知,唯小婢爱莲知之。闻爱莲在鱼池浸死,夫人又已死,我谓无人知,故为夫人隐讳,岂知夫人因此而死。必小婢露言,张英杀之灭口。"包公听了此言,全与梦中相符,知是小婢无故屈死,故阴灵来告。

少顷,张英来相辞,要去赴任。包公写梦中的话递与张英看,英接看了,不觉失色。包公道:"你闺门不肃,一当去官;无故杀婢,二当去官;开棺赖人,三当去官。更赴任何为?"张英跪道:"此事并无人知,望大人遮庇。"包公道:"你自干事,人岂能知!但天知地知你知鬼知,鬼不告我,我岂能知?你夫人失节该死,邱继修奸命妇该死,只爱莲不该死。若不淹死小婢,则无冤魂来告你,官亦有得做,丑声亦不露出,继修自合就死,岂不全美!"说得张英羞脸无言。是秋将邱继修斩首,即上本章奏知朝廷,张英治家不正,杀婢不仁,罢职不叙。

第二十二回　隔墙贼劫财坑店主
宋商客认银报仇冤

话说江西南昌府有一客人,姓宋名乔,负白银万余两往河南开封府贩卖红花,过沈丘县寓曹德克家。是夜,德克备酒接风,宋乔尽饮至醉,自入卧房,解开银包,秤完店钱,以待明日早行。不觉隔壁赵国桢、孙元吉一见就起谋心,设下一计,声言明日去某处做买卖。次日,跟乔来到开封府,见乔搬寓龚胜家,自入城去了。孙、赵二人遂叩龚胜门叫:"宋乔转来。"胜连忙开门,孙赵二人腰间拔出利刀,捉胜要杀,胜急奔入后堂,喊声:"强人至此!"往后走出。国桢、元吉将乔银一一挑去,投入城中隐藏,住东门口。

乔回龚宅,胜将强盗劫银之事告知,乔遂入房看银,果不见了。心忿不已。暗疑胜有私通之意,即具状告开封府。包公差张千、李万拿龚胜到厅,审问道:"这贼胆大包天,通贼谋财,罪该斩首。"吩咐左右拷打一番。龚胜哀告:"小人平生看经念佛,不敢非为。自宋乔入家,即刻遭强盗劫去银两,日月三光可证。小人若有私通,粉身碎骨亦当甘受。"包公听了,喝令左右将胜收监,密探消息,一年无踪。包公沉吟道:"此事这等难断。"自己悄行禁中,探龚胜在那里如何。闻得胜在禁中焚香诵经,一祝云"愿黄堂功业绵绵,明伸胜的苦屈冤情";二祝云"愿吾儿学书有进";三祝云"愿良天保佑我出监,夫妇偕老"。包公听了自思:此事果然冤屈。又唤张千拘原告客人宋乔来审:"你一路来可在何处住?"乔答道:"小人只在沈丘县曹德克家歇一晚。"包公听了此言退堂。次日,自扮南京客商,径往沈丘县投曹德克家安歇,托买毡套,凡遇酒店进去饮酒,已经数月。

忽一日,同德克往景宁桥买套,又遇店吃酒,遇着二人亦在店中饮酒,那二人见德克来,与他拱手动问:"这客官何州人氏?"克答道:"南京人氏。"二人遂与德克笑道:"如今赵国桢、孙元吉获利千倍。"克道:"莫非得了天财?"那二人道:"他两人去开封府做买卖,半月间,捡银若干。就在省城置家,买田数顷,有如此造化。"包公听了心想:宋乔事必是这二贼了。遂与德克回家,问及方才二人姓甚名谁。克道:"一个唤作赵志道，一个唤作鲁大郎。"包公记了名字。次日，唤张千收拾行李回府，复令赵虎带数十匹花绫锦缎，径往省城借问赵家去卖。赵虎入其家，国桢起身问："客人何处？"虎道："杭州人，名松乔。"桢遂拿五匹缎来看，问："这缎要多少价？"松乔道："五匹缎要银十八两。"桢遂将银锭三个，计十二两与讫。元吉见国桢买了，亦引松到家，仍买五匹，给六锭银十二两与之。虎得了此银，忙奔回府报知。

包公将数锭银吩咐库吏藏在匣中，与别的锭银同放在内，唤张千拘宋乔来审。乔至厅跪卜，包公将匣内银与乔看，乔亦认得数锭云："小的不瞒老爷说，江西银子青丝出火，匣内只有这几锭是小人的，望老爷做主，万死不忘。"包公唤张千将乔收监，急差张龙、李万往省城捉拿赵国桢、孙元吉，又差赵虎往沈丘县拘赵志道、鲁大郎。至第三日，四人俱赴厅前跪下，包公大怒道："赵国桢、孙元吉，你这两贼全不怕我，黑夜劫财，坑陷龚胜，是何道理？罪该万死，好好招来。"孙、赵二人初不肯招认，包公即唤志道、大郎道："你说半月获利之事，今日敢不直诉！"那二人只得直言其情。桢与吉俯首无词，从直供招。包公令李万将长枷枷起，捆打四十；唤出宋乔，即给二家家产与乔；发出龚胜，赏银回家务业；又发放赵、鲁二人回去；吩咐押赵国桢、孙元吉到法场斩首，自此民皆安居乐业。

第二十三回　叶广妻惹奸招窃贼 吴外郎备银露赃物

话说河南开封府阳武县有一人，姓叶名广，娶妻全氏，生得貌似西施，聪明乖巧，居住村僻处，正屋一间，少有邻舍。家中以织席为生，妻勤纺织，仅可度日。一日，叶广将所余银只有数两之数，留一两五钱在家，予妻作食用纺织之资，更有二两五钱往西京做些小买卖营生。

次年，近村有一人姓吴名应，年近二八，生得容貌俊秀，未娶妻室，偶经其处，窥见全氏，就有眷恋之心，随即根问近邻，知其来历，陡然思忖一计，即讨纸笔写伪信一封，入全氏家向前施礼道："小生姓吴应，去年在西京与尊嫂丈夫相会，交契甚厚。昨日回家，承寄有信一封在此，吩咐自后尊嫂家或缺用，某当一任包足，候兄回日自有区处，不劳尊嫂忧心。"全氏见吴应生得俊秀，言语诚实，又闻丈夫托其周济，心便喜悦，笑容满面。两下各自眉来眼去，情不能忍，遂各向前搂抱，闭户同衾。自此以后，全氏住在村僻，无人管此闲事，就如夫妻一般，并无阻碍。

不觉光阴似箭，日月如梭。叶广在西京经营九载，赚得白银一十六两，自思家中妻单儿小，遂即收拾回程。在路晓行夜住，不消几日到家，已是三更时分。叶广自思：住屋一间，门壁浅薄，恐有小人暗算，不敢将银拿进家中，预将其银藏在舍旁通水阴沟内，方来叫门。是时其妻正与吴应歇宿，忽听丈夫叫门之声，即忙起来开门，放丈夫进来。吴应惊得魂飞天外，躲在门后，候开了门潜躲在外。全氏收拾酒饭与丈夫吃，略叙久别之情。食毕，收拾上床歇宿。全氏问道："我夫出外经商，九载不归，家中极其劳苦，不知可赚得些银两否？"叶广道："银有一十六两，我因家中门壁浅薄，恐有小人暗算，未敢带入家来，藏在舍旁通水阴沟内。"全氏听了大惊道："我夫既有这许多银回来，可速起来收藏在家无妨。不可藏于他处，恐有知者取去。"叶广依妻所言，忙起出外寻取。不妨吴应只在舍旁窃听叶广夫妻言语，听说藏银在彼，急忙先盗去。叶广寻银不见，因与全氏大闹，遂以前情具状赴包公案前陈告其事。

包公看了状词，就将其妻勘问，思其必有奸夫来往，其妻坚意不肯招认。包公遂发叶广，再出告示，唤张千、李万私下吩咐："汝可将告示挂在衙前，押此妇出外枷号官卖，其银还她丈夫，等候有人来看此妇者，即拿来见我，我自有主意。"张、李二人依其所行，押出门外将及半日，忽有吴应在外打听得此事，忙来与妇私语。张、李看见，忙扭吴应入见包公。包公问道："你是什么人？"吴应道："小人是这妇人亲眷，故来看她。"包公道："汝既是她亲眷，可曾娶有内誉否？"吴应道："小人家贫，未及婚娶。"包公道："汝既未婚娶，吾将此妇官嫁于你，只要汝价银二十两，汝可即备来称。"吴应告道："小人家中贫难，难以措办。"包公道："既二十两备不出，可备十五两来。"吴应又告贫难。包公道："谁叫你前来看他？若无十五两，如今只要你备十二两来称何如？"吴应不能推辞，即将所盗原银熔过十二两诣台前称。包公将吴应发放在外，又拘叶广进衙问道："你看此银可是你的还不是你的？"叶广认了又认，回道："不是我的原银，小人不敢妄认。"包公又叫叶广出外，又唤吴应来问道："我适间叫他丈夫到此，将银给付与他，他道他妻子生得甚是美貌，心中不甘，实要银一十五两。汝可揭借前来称兑领去，不得有误。"吴应只得回家。包公私唤张、李吩咐："汝可跟吴应之后，看他若把原银上铺煎销，汝可便说我吩咐，其银不拘成色，不要煎销，就拿来见我。"张千领命，直跟其后。吴应又将原银上铺煎销，张千即以包公言语说了，应只得将原银三两完足。包公叫且出去，又唤叶广认之，广看了大哭："此银实是小人之物，不知何处得来！"包公又恐叶广妄认，冤屈吴应，又道："此银是我库中取出，何得假认？"广再三告道："此银是小人时时看惯的，老爷不信，内有分两可辨。"包公即令试之，果然分厘不差，就拘吴应审勘，招供服罪，其银追完。将妇人脱衣受刑；吴应以通奸窃盗杖一百，徒三年。复将叶广夫妇判合放回，夫妇如初。

第二十四回　陈顺娥节烈失首级
章氏女献头全孝悌

话说福建福宁州福安县有民章达德，家贫，娶妻黄蕙娘，生女玉姬，天性至孝。达德有弟达道，家富，娶妻陈顺娥，德性贞静，又买妾徐妙兰，皆美而无子。达道二十五岁卒，达德有意贪其家财，又以弟妇年少无子，常托顺娥之兄陈大方劝其改嫁。顺娥欲养大方之子元卿为嗣，以继夫后，言不改节，达德以异姓不得承祀，竭力阻挡，大方心恨之。

顺娥每逢朔望及夫生死忌日，常请龙宝寺僧一清到家诵经，追荐其夫，亦时与之言语。一清只说章娘子有意，心上要调戏她。一日，又遣人来请诵经超度，一清令来人先挑经担去，随后便到其家，见户外无人，一清直入顺娥房中去，低声道："娘子每每召我，莫非有怜念小僧的意？乞今日见舍，恩德广大。"顺娥恐婢知觉出丑，亦低声答道："我只叫你念经，岂有他意？可快出去！"一清道："娘子无夫，小僧无妻，成就好事，岂不两美。"顺娥道："我只道你是好人，反说出这臭口话来。我叫大伯惩治你死。"一清道："你真不肯，我有刀在此。"顺娥道："杀也由你。我乃何等人，你敢无礼？"正要走出房来，被一清抽刀砍死，遂取房中一件衣服将头包住，藏在经担内，走出门外来叫声："章娘子！"无人答应，再叫二三声，徐妙兰走出来道："今日正要念经，我叫小娘来。"走入房去，只见主母杀死，鲜血满地，连忙走出叫道："了不得，小娘被人杀死。"隔舍达德夫妇闻知，即走来看，寻不见头，大惊，不知何人所杀，只有经担先放在厅内，一清独自空身在外。哪知头在担内，所谓搜远不搜近也。达德发回一清去："今日不念经了。"一清将经担挑去，以头藏于三宝殿后，一发无踪了。妙兰遣人去请陈大方来，外人都疑是达德所杀，陈大方赴包巡按处告了达德。

包公将状批府提问，知府拘来审道："陈氏是何时被杀？"大方道："是早饭后，日间哪有贼敢杀人？唯达德左邻有门相通，故能杀之，又盗得头去。倘是外贼，岂无人见？"知府道："陈氏家可有奴婢使用人否？"大方道："小的妹性贞烈，远避嫌疑,并无奴仆,只一婢妾妙兰,倘婢所杀,亦藏不得头也。"知府见大方词顺,便将达德夹起,勒逼招承,终不肯认。审讫解报包大巡,包公又批下县详究陈顺娥首级下落结报。时尹知县是个贪酷无能之官,只将章达德拷打,限寻陈氏之头,且哄道:"你寻得头来与她合体去葬,我便申文书放你。"累至年余,达德家空如洗,蕙娘与女纺织刺绣及亲邻哀借度日,其女玉姬性孝,因无人使用,每日自去送饭,见父必含泪垂涕,问道:"父亲何日得放出?"达德道:"尹爷限我寻得陈氏头来即便放我。"玉姬回对母亲道:"尹爷说,寻得婶娘头出,即便放我父亲。今根究年余,并无踪迹,怎么寻得出? 我想父亲牢中受尽苦楚,我与母亲日食难度,不如待我睡着,母亲可将我头割去,当做婶娘的送与尹爷,方可放得父亲。"母道:"我儿说话真乃当耍,你今一十六岁长大了,我意欲将你嫁与富家,或为妻为妾,多索几两聘银,将来我二人度日,何说此话?"女道:"父亲在牢受苦,母亲独自在家受饿,我安忍嫁与富家自图饱暖。况得聘银若吃尽了,哪里再有? 那时我嫁人家是他人妇,怎肯容我归替父死。今我死则放回父亲,保得母亲,是一命保二命。若不保出父亲,则父死牢中,我与母亲贫难在家亦是饿死。我念已决,母亲若不肯忍杀,我便去缢死,望母亲割下头去当婶娘的,放出父亲,死无所恨。"母道:"我儿你说替父虽是,我安忍舍得。况我家未曾杀婶娘,天理终有一日明白,且耐心挨苦,从今再不可说那断头话。"母遂防守数日,玉姬不得缢死,乃哄母道:"我今从母命,不需防矣。"母听亦稍懈怠。未几日,玉姬缢死,母乃解下抱住,痛哭一日,不得已,提起刀来又放下数次,不忍下手,乃想道:若不忍割她头来,救不得父,她亦枉死于阴司,亦不瞑目。焚香祝之,将刀来砍,终是心酸手软胆寒,割不得断,连砍几刀方能割下。母拿起头来一看,昏迷倒地。须臾苏醒,乃脱自己身上衣服裹住女头。次日,送在牢中交与丈夫,夫问其所得之故,黄氏答以夜有人送来,想其人念汝受苦已久,送出来也。章达德以头交与尹知县,尹爷欢喜,有了顺娥头出,此乃达德所杀是真,即坐定死罪,将达德一命犯解上。

巡按包公相验,见头是新砍的,发怒道:"你杀一命已该死,今又在何处杀这头来? 顺娥死已年余,头必腐臭,此头乃近日的,岂不又杀一命?"达德推黄氏得来,包公将黄氏拷问,黄氏哭泣不已,欲说数次说不出来。包大巡奇怪,问徐妙兰,妙兰把玉姬自己缢死要救父亲之事细说一遍,达德夫妇一齐大哭起来。包公再取头看,果然死后砍的,刀痕并无血洇,官吏俱下泪。包公叹息道:"人家有此孝亲之女,岂有杀人之父。"再审妙兰道:"那日早晨有什么人到你家来?"妙兰道:"早晨并无人来,早饭后有念经和尚来,他在外叫,我出来,主母已死了,头已不见了。"包公将达德轻监收候,吩咐黄氏常往僧寺去祈告许愿,倘僧有调戏言语,便可向他讨头。

黄氏回家,时常往龙宝寺或祈签,或求答,或许愿,哭泣祷祝,愿寻得顺娥的头。往来惯熟,与僧言语,一清留之午饭,挑之道:"娘子何愁无夫,便再嫁个好的,落得自己快乐。"黄氏道:"人也不肯娶犯人之妻,也没奈何。"一清道:"娘子不需嫁,若肯与我好时,也济得你的衣食。"黄氏笑道:"济得我便好,若更得佛神保佑,寻得婶婶头来与他交官,我便从你。"一清把手来扯住道:"你但与我好事,我有灵牒,明日替你烧去,必牒得头出来。"黄氏半推半就道:"你今日先烧牒,我明日和你好。若牒得出来,休说一次,我誓愿与你终身相好。"一清引起欲心,抱住要奸。黄氏道:"你无灵牒只是哄,我不信你。你果然有法先牒出头来,待明日任你抱;不然,我岂肯送好事与你!"一清此时欲心难禁,说道:"只要和我好,少顷无头,变也变一个与你。"黄氏道:"你变个头来即与你今日抱。若与你过手了,将和尚头来当吗? 我不信你哄骗。"一清不得已说出道:"以前有个妇人来寺,戏之不肯,被我杀了,头藏在三宝殿后。你不从,我亦杀你凑双;肯,就将头与你。"黄氏道:"你装此吓我。先与我看,然后行事。"一清引出示之。黄氏道:"你出家人真狠心也。"一清又要交欢,黄氏推道:"先前与你闲讲,引动春心,真是肯了。今见这枯头,吓得心碎魂飞,全不爱矣,决定明日罢。"那头是一清亲手杀的,岂不亏心? 亦道:"我见此也心惊肉战,全没兴了,你明日千万来。"黄氏道:"我不来,你来我家也不妨,要我先与你过手,然后你送那物与我。"黄氏归召章门几人,叫他直入三宝殿后拽出头来,将僧一清锁送包公,一夹便认,招出实情,即押一清斩首;仰该县为陈氏、章玉姬树立牌坊,赐以二匾,一曰"慷慨完节",一曰"从容全孝";又拆章达道之宅改立贞孝祠,以达道田产一半入祠,供奉四时祭祀之用费,家宅田产仍与达德掌管。

第二十五回　周可立执孝惊神明　吕进寿仗义疏钱财

话说山东唐州民妇房瑞鸾，一十六岁嫁夫周大受，至二十二岁而夫故，生男可立仅周岁，苦节守寡，辛勤抚养儿子，可立已长成十八岁，能任薪水，耕农供母，甚是孝敬，乡里称服。房氏自思：子已长成，奈家贫不能为之娶妻，佣工所得之银，但足供我一人。若如此终身，我虽能为夫守节，而夫终归无后，反为不孝之人。乃焚香告夫道："我守节十七年，心可对鬼神，并无变志，今夫若许我守节终身，随赐圣阳二答；若许我改嫁以身资银代儿娶妇，为夫继后，可赐阴答。"掷下去果是阴答。又祝道："答本非阴则阳，吾未敢信。夫故有灵，谓存后为大，许我改嫁。可再得一阴答。"又连丢二阴答。房氏乃托人议婚，子可立泣阻道："母亲若嫁，当在早年。乃守儿到今，年老改嫁，空劳前功。必是我为儿不孝，有供养不周处，凭母亲责罚，儿知改过。"房氏道："我定要嫁，你阻不得我。"

上村有一富民卫思贤，年五十岁丧室，素闻房氏贤德，知其改嫁，即托媒来说合，以礼银三十两来交过。房氏对子道："此银你用木匣封锁了与我带去，锁匙交与你，我过六十日来看你。"可立道："儿不能备衣妆与母，岂敢要母银？母亲带去，儿不敢受锁匙。"母子相泣而别。房氏到卫门两月后，乃对夫道："我意本不嫁，奈家贫，欲得此银代儿娶妇，故致失节。今我将银交与儿，为他娶了妇，便复来也。"思贤道："你有此意，我前村佃户吕进禄是个朴实人，有女月娥，生得庄重，有福之相，今年十八，与你儿同年，我便为媒去说之。"房氏回儿家谓可立道："前银恐你浪费，我故带去。今闻吕进禄有女与你同年，可将此银去娶之。"可立依允，娶得月娥入家，果然好个庄重女子。房氏见之欢喜，看儿成亲之后，复往卫门去。

谁料周可立是个孝道之人，虽然甚爱月娥，笑容款洽，却不与她交合，夜则带衣而寝。月娥已年长知事，见如此将近一年，不得已乃言道："我看你待我又是十分相爱，我谓你不知事，你又长大，说来你又百事晓得，如何旧年四月成亲到今正月将满一年，全不行夫妇之情，你先不与我交合，我今要强你交媾，云雨欢合，不由你假至

65

诚也。"可立道:"我岂不知少年夫妇意乐情浓,奈娶你的银子是嫁母的,我不忍以卖母身之银娶妻奉衾枕也。今要积得三十两银还母,方与你交合。"吕氏道:"你我空手作家,只足度日,何时积得许多银?岂不终身鳏寡。"可立道:"终身还不得,誓终身不交,你若恐误青春,凭你另行改嫁别处欢乐。"吕氏道:"夫妇不和而嫁,亦是不得已;若因不得情欲而嫁,是狗彘之行也,岂忍为之。不如我回娘家与你力作,将银还了,然后来完娶;若供了我,银越难积。"可立道:"如此甚好。"将月娥送至岳丈家去。

至年冬,吕进禄将女送回夫家,月娥再三推托不去,父怒遣之,月娥乃与母言其故。进禄不信,与兄进寿叙之,进寿道:"真也。日前我在侄婿左邻王文家取银,因问可立为人何如。王文对我说道:'那人是个孝子,因未还母银不敢宿妻是实。'"进禄道:"我家若富,也把几两助他,我又不能自给,女又不肯改嫁,在我家也不是了局。"进寿道:"侄女既贤淑,侄婿又是孝子,天意必不久困此人。我正为此事已凑银二十两,又将田典银十两,共三十两与侄女去,他后来有得还我亦可,没得还我便当相赠他孝子。人生有银不在此处用,枉作守财奴何为?"月娥得伯父助银,不胜欣喜,拜谢而回。父命次子伯正送姐姐到家,伯正便回。月娥回至房中,将银摆在桌上看了一番,数过件数,乃收置橱内,然后入厨房炊饭。谁料右邻焦黑在壁缝中窥见其银,遂从门外入来偷去,其房门虽响,月娥只疑夫回入房,不出来看。少时,周可立回来,入厨房见妻,二人皆有喜色,同吃了午饭,即入房去,不见其银。问夫道:"银子你拿何处去了?"夫不知来历,问道:"我拿什么银子?"妻道:"你莫欺我,我问伯父借银三十两与你还婆婆,我数过二十五件,青绸帕包放在橱内。方才你进来房门响,是你入房中拿去,反要故意恼我。"夫道:"我进到厨房来,并未入卧房去。你伯父甚大家财,有三十两银子借你?你把这见识来图赖我,要与我成亲。我定要嫁你,绝不落你圈套。"吕氏道:"原来你有外交,故不与我成亲。拿了我银去,又要嫁我,是将银催你嫁也,且何处得银还得伯父?"可立再三不信。吕氏思想今夜必然好合,谁知遇着此变,心中十分恼怒,便去自缢,幸得索断跌下,邻居救了,却去本司告首,无处追寻。

包公每夜祝告天地,讨求冤白。却有天雷打死一人,众人齐看,正是焦黑,衣服烧得干净,浑身皆炭,只裤头上一青绸帕未烧,有胆大者解下看是何物,却是银子,数之共二十五件,众人皆道:"可立夫妇正争三十两银子,说二十五件,莫非即此银也?"将来秤过，正是三十两，送吕氏认之。吕氏道："正是。"众人方知焦黑偷银，被雷打死。惊动吕进禄、进寿、卫思贤、房氏皆闻知来看，莫不共信天道神明，咸称周可立孝心感动上天；吕月娥之义不改嫁，此志得明；吕进寿之仗义疏财，无不称服。由是，卫思贤道："吕进寿百金之家耳，肯分三十金赠侄女以全其节孝；我有万金之家，只亲生二子，虽捐三百金与你之前子亦不为多。"即写关书一份，分三百金之产业与周可立收执。可立坚辞不受道："但以母与我归养足矣，不愿产业也。"思贤道："此在你母意何如。"房氏道："我久有此意，欲奉你终身，或少延残喘，则回周门。但近怀三个月身孕，正在两难。"思贤道："孕生男女，则你代抚养，长大还我，以我先室为母，汝子有母，吾亦有前妻；若强你回我家，则你子无母，你前夫无妻，是夺人两天也。向三百产业你儿不受，今交与你，以表二年夫妇之义。"将此情呈于包公，包公为之旌表其门。房氏次年生一子名恕，养至十岁还卫家，后中举。

第二十六回　许弟兄怀恨断人嗣
　　　　　　乳臭子探访示线索

　　话说潞州城南有韩定者,家道富实,与许二自幼相交。许二家贫,与弟许三做盐客小佣人,常往河口觅客商赚钱度活。一日,许二与弟议道:"买卖我弟兄都会做,只是缺少本钱,难以措手。若只是商贾边觅些微利混饭吃,怎能发达?"许三道:"兄即不言,我常要计议此事,只是没讨本钱处。尝闻兄与韩某相交甚厚,韩家大富,何不问他借得几千钱做本,待我兄弟加些利息还他,岂不是好。"许二道:"你说得是,只怕他不肯。"许三道:"待他不肯,再作主张。"许二依其言,次日,径来韩家相求。韩定出见许二,笑道:"多时不会老兄,请入里面坐。"许二进后厅坐下,韩定吩咐家下整备酒席出来相待,二人对席而饮。酒至半酣,许二道:"久要与贤弟商议一事,不敢开口,诚恐贤弟不允。"韩定道:"老兄自幼相知,有甚话但说不妨。"许二道:"要往江湖贩些货物,缺少银两凑本,故来见弟商议要借些银子。"韩定道:"老兄是自为,还是约伙伴同为?"许二不隐,直告与弟许三同往。韩定初则欲许借之,及闻得与弟相共就推托说道:"目下要解官粮,未有剩钱,不能从命。"许二知其推托,再不开言,即告酒多,辞别而去。韩定亦不甚留。当下许二回家不快,许三见兄不悦,乃问道:"兄去韩某借贷本钱,想必有了,何必忧闷?"许二道知其意,许三听了道:"韩某太欺负人,终不然我兄弟没他的本钱就成不得事吗? 须再计议。"遂复往河口寻觅客商去了不题。

　　时韩定有一养子名顺,聪明俊达,韩甚爱之。一日,三月清明,与朋友郊外踏青,顺带得碎银几两在身,以作逢店饮酒之资。是日,游至晚边,众朋友已散,独韩顺多饮几杯酒,不觉沉醉,遂伏在兴田驿半岭亭子上睡去。却遇许二兄弟过亭子边,许二认得亭子上睡的是韩某养子,遂与许三说知。许三恨其父不肯借银,猛然怒从心下起,对兄道:"休怪弟太毒,可恨韩某无礼,今乘此时四下无人,谋害此子以雪不借贷之恨。"许二道:"由弟所为,只宜谨密。"许三取利斧一把,劈头砍下,命丧须臾。搜检身上藏有碎银数两,尽劫剥而去,弃尸于途中,当地岭下是一村人家,内有张一者，原是个木匠，其住房后面便是兴田驿。张木匠因要往城中造作，趁早出门，正值五更初天，携了器具，行至半岭，忽见一死尸倒在途中，遍体是血，张木匠吃了一惊道："今早出门不利，待回家明日再来吧。"抽身回去。及午后韩定得知来认时，正是韩顺，痛哭不已，遂集邻里验看，其致命处乃是斧痕。跟随血迹寻究，正及张木匠之家，邻里皆道是张木匠谋杀无疑，韩亦信之，即捉其夫妇解官首告。本官审勘邻证，合口指说木匠谋死，木匠夫妇有口不能分诉，仰天叫屈，哪里肯招。韩定并逼勘问，夫妇不胜拷打，夫妇二人争认。本司官见其夫妇争认，亦疑之，只监系狱中，连年不决。

是时包大尹正承敕旨审决西京狱事，道过潞州，潞州所属官员出郭迎接。包公入潞州公厅坐定，先问有司本处有疑狱否？职官近前禀道："别无疑狱，唯韩某告发张木匠谋杀其子之情，张夫妇各争供招，事有可疑，至今监候狱中，年余未决。"包公听了乃道："不论情之轻重，系狱者动经一年，少者亦有半载，百姓何堪，或当决者即决，可开者即放之。都似韩某一桩，天下能有几罪犯得出？"职官无言，怀惭而退。次日，包公换了小帽，领二公人自入狱中，见张木匠夫妇细问之。张木匠悲泣呜咽，将前情诉了一遍。包公想：被谋之人，不合头上砍一斧痕，且血迹又落你家，今何不甘服，必有缘故，须再勘问。次日，又提审问一连数次，张木匠所诉皆如前言。正在疑惑间，见一小孩童手持一帕饭送来与狱卒，连说几句私语，狱卒点头应之。包公即问狱卒："适那孩童与你说什么话？"狱卒不敢直对，乃道："那孩童报道，小人家下有亲戚来到，令今晚早些回家。"包公知其诈，逐来堂上，发遣左右散于两廊，呼那孩童入后堂，吩咐门子李十八取四十文钱与之，便问："适见狱卒有何话说？"孩童乃是乳臭无知之子，口快，直告道："今午出东街，遇二人在茶店里坐，见我来，用手招入店内，那人取过铜钱五十文与我买果子吃，却教我狱中探访，今有什么包丞相审勘张木匠，看其夫妇何人承认。是此缘故，别无他事。"包公即唤张龙、赵虎吩咐道："你同这孩子前往东街茶店里，捉得那二人来见我。"张、赵领命，便跟孩童到东街茶店里拿人，正值许二兄弟在那里候孩童回报，张、赵抢进，登时捉住，解入公厅。包公便喝道："你谋死人奈何要他人偿命？"初则许二兄弟还抵赖不肯认，包公令孩童证其前言，二人惊骇，不能隐瞒，供出谋杀情由。及拘韩定问之，韩定方悟当日许二来借银两不允，致恨之由。包公审决明白，遂将许二兄弟偿命；放张木匠夫妇回家。民自此冤能申矣。

第二十七回　　李贼人再盗错认妓
谢家门冤屈白于世

话说扬州高城五里，地名吉安乡，有一人姓谢名景，颇有些根基。养一子名谢幼安，娶得城里苏明之女为媳。苏氏过门后甚是贤惠，公婆甚为满意。忽一日，苏氏有房侄苏宜来其家探亲，谢幼安以为无赖之徒，颇怠慢之，宜怀恨而去。未过半月间，幼安往东乡看管耕种，路远不能回家。是夜，有贼李强闻知幼安不在家，乘黄昏入苏氏房中躲伏。将及半夜，盗取其妇首饰，正待开房门走出，被苏氏知觉，急忙喊叫有贼，李强惧怕被捉，抽出一把尖刀，刺死苏氏而去。比及天明，谢景夫妇起来，见媳妇房门未闭，乃问："今日尚早，缘何就开了房门？"唤声不应，其婆婆进房问之，见死尸倒在地下，血污满身。大叫道："祸哉！谁人入房中杀死媳妇，偷取首饰而去？"谢景听了，慌张无措，正不知贼是谁人。及幼安庄上回来，不胜悲哀，父子根勘杀人者，十数日不见下落，乡里亦疑此事。苏家不明，只道婿家自有缘故，假指被盗所杀。苏宜深恨往日慢他之仇，陈告于刘大尹处，直告谢某欲淫其媳，不从，杀之以灭口。刘大尹拘得谢景来衙勘之，谢某直诉以被盗杀死夺去首饰之情。及刘大尹再审邻里，都道此事未必是盗杀。刘大尹又问谢景道："宁有盗杀人而妇不喊，内外并无一人知觉？此必是你谋死，早早招认，免受刑罚。"谢景不能辩白，唯叫冤枉而已。刘大尹用长枷监于狱中根究，谢景受刑不过，只得诬服，虽则案卷已成而终未决，将近一年。适包公按行郡邑，来到扬州，审决狱囚。幼安首陈告父之枉情，包公复卷再问，谢景所诉与前情无异，知其不明，吩咐禁卒散疏谢景之狱，三五日当究下落。

却说李强既杀谢家之妇，得其首饰，隐埋未露，恶心未休。在城有姓江名佐者，极富之家，其子荣新娶，李强因乘人杂时潜入新妇房中，隐伏床下，伺夜深行盗。不想是夜房里明烛到晓，三夜如此，李强动作不得，饥困已甚，只得奔出，被江家众仆捉之，乱打一顿，商议次日解到刘衙中拷问，李强道："我未尝盗得你物，被打极矣，若放我不首官，则两下无事；苦送到官，我自有话说。"江惧其诈，次日不首于本司，径解包衙。包公审之，李道："我非盗也，乃是医者，被他诬执到此。"包公道："你既不是盗，缘何私人其房？"李道："彼妇有僻疾，令我相随，常为之用药耳。"包公审问毕，私忖道：女家初到，纵有僻疾，亦当后来，怎肯令他同行？此人相貌极恶，必是贼矣。包公根究，那李强辩论妇家事体及平昔行藏与包公知之，及包公私到江家，果与李强所言同。包公又疑强若初到其家，则妇家之事焉能得知详细；若与新妇同来，彼又不执为盗。思之半晌，乃令监起狱中。退后堂细忖此事，疑此盗者莫非潜入房中日久，听其夫妇枕席之语记得来说。遂心生一计，密差军牌一人往城中寻个美妓进衙，令之美饰，穿着与江家媳妇无异。次日升堂，取出李强来证。那李只道此妇是江家新妇，乃呼妇小名道："是你请我治病，今反执我为盗。"妓者不答，公吏皆掩口而笑。包公笑道："强贼，你既平日相识，今何认妓为新妇？想往年杀谢家妇亦是汝矣！"即差公牌到李贼家搜取，公牌去时，搜至床下有新土，掘之，有首饰一匣，拿来见包公。包公即召幼安来认，内中拣出几件首饰乃其妻苏氏之物。李强惊服，不能抵隐，遂供招杀死苏氏之情及于江家行盗，潜伏三昼夜奔出被捉情由。审勘明白，用长枷监入狱中，问成死罪；复杖苏宜诬告之罪；谢景出狱得释。人称神异。

第二十八回　陈军人新婚被捕杀　刘悖娘怀恨守节操

话说广州肇庆府，陈、邵二姓最为盛族。陈长者有子名龙，邵秀有子名厚。陈郎聪俊而贫，邵郎奸猾而富，二人幼年同窗读书，皆未成婚。城东刘胜原是宦族，有女悖娘聪敏，一闻父说便晓大意，年方十五，诗、词、歌、赋件件皆通，远近争欲求聘，一日，其父与族兄商议道："悖娘年已及笄，来议亲者无数，我欲择一佳婿，不论其人贫富，不知可否？"兄答道："古人择姻唯取婿之贤行，不以贫富而论。在城陈长者有子名龙，人物轩昂，勤学诗书，虽则目前家寒，谅此人久后必当发达。贤弟不嫌，我当为媒，作成这段姻缘。"胜道："吾亦久闻此人。待我回去商议。"即辞兄回家，对妻张氏说将悖娘许嫁陈某之事。张氏答道："此事由你主张，不必问我。"胜道："你须将此意通知女儿，试其意向如何。"父母遂把适陈氏之事道知，悖娘亦闻其人，口虽不言，心深慕之矣。未过一月，邵宅命里姬来刘家议亲，刘心只向陈家，推托女儿尚幼，且待来年再议。里姬去后，刘遣族兄密往陈家通意，陈长者家贫不敢应承。刘某道："吾弟以令郎才俊轩昂，故愿以女适从，贫富非所论，但肯许允，即择日过门。"陈长者遂应允许亲。刘某回报于弟，胜大喜，唤裁缝即为陈某做新衣服数件，只待择取吉日送女悖娘过门。

是时邵某听知刘家之女许配陈子，深怀恨道："是我先令里姬议亲，却推女年幼，今便许适陈家。"心中耻忿，心想寻个事端陷他。次日忖道：陈家原是辽东卫军，久失在伍，今若是发配，正应陈长者之子当行，除究此事，使他不得成婚。遂具状于本司，告首陈某逃军之由。官府审理其事，册籍已除军名，无所根勘，将停其讼。邵秀家富有钱，上下买嘱，乃拘陈某听审。陈家父子不能辩理，军批已出，陈龙发配远行，父子相抱而泣。龙道："遭值不幸，家贫亲老，今儿有此远役，父母无依，如何放心得下。"长者道："虽则我年迈，亲戚尚有，旦暮必来看顾；只你命愆，未完刘家之亲，不知此去还有相会否？"龙道："儿正因此亲事致恨于仇家，今受这大祸，亲事岂敢望哉！"父子叹气一宵。次日，龙之亲戚都来送行，龙以亲老嘱托众人，辞别而行。

比及刘家得知陈龙遭配之事，吁嗟不已。悖娘心如刀割，恨不及与陈郎相见一面。每对菱花，幽情别恨，难以语人。次年春间，城里人疫，刘女父母双亡，费用已尽，家业凋零，房屋俱卖与他人，悖娘孤苦无依，投在姑母家居住，姑怜念之，爱如己出。尝有人来其家与悖娘议亲，姑未知意，因以言试道："汝知父母已丧，身无所依，先许陈氏之子，今从军远方，音耗不通，未知是生是死。今何不凭我再嫁一个美郎，以图终身之计？"悖娘听了泣谓姑道："侄女听得，陈郎遭祸本为我起，使侄女再嫁他人，是背之不义。姑若怜我，侄女儿甘守姑家，以待陈郎之转，若倘有不幸，愿结来世姻缘；若要他适，宁就死路，绝不相从。"其姑见其烈，再不说及此事。自此悖娘在姑家谨慎守着闺门，不是姑唤，足迹不出堂，人亦少见面。

是年十月，海寇作乱，大兵临城，各家避难迁逃，悖娘与姑亦逃难于远方。次年，海寇平息，民乃复业。比及悖娘与姑回时，厅屋被寇烧毁，荒残不堪居住，二人就租平阳驿旁舍安下。未一月，适有宦家子黄宽骑马行至驿前，正值悖娘在厨炊饮，宽见其容貌秀美，便问左右居人是谁家之女。有人识者，近前告以城里刘某之女，遭乱寄居在此。宽次日即令人来议亲，悖娘不允，宽以官势压之，务要强婚。其姑惊惧，对悖娘道："彼父为官，若不许嫁，如何能够在此居留？"悖娘道："彼要强婚，儿只有死而已。姑且许他待过六十日父母孝服完满，便议过门。须缓缓退之。"姑依其言，直对来议者说知，议亲人回报于宽，宽喜道："便过六十日来娶。"遂停其事。

忽一日，有三个军家行到驿中歇下。二军人炊饭，一军人倚驿栏而坐，适悖娘见之，入对姑道："驿中军人来到，姑试问之从哪里来，若是陈郎所在，亦须访个消息。"姑即出见军人问道："你等是何卫来此？"一军应道："从辽东卫来，要赴信州投文书。"姑听说便道："若是辽东来，辽东卫有陈龙你可识否？"军人听了，即向前作揖道："妈妈何以识得陈龙？"姑氏道："陈龙是妾侄女之夫，曾许嫁之，未毕婚而别，故问及他。"军人道："今侄女可适人否？"姑道："专等陈郎回来，不肯嫁人。"军人忽然泪下道："要见陈某，我便是也。"姑大惊，即入内与悖娘说知。悖娘不信，出见陈龙问及当初事情，陈龙将前事说了一遍，方信是真，二人相抱而哭。二军伙闻其故，齐欢喜道："此千里之缘，岂偶然哉！我二人带来盘费钱若干，即与陈某今宵毕姻。"于是整备酒席，二军待之舍外，陈龙、悖娘并姑三人饮于舍内，酒罢人散，陈龙与悖娘进入房中，解衣就寝，诉其衷情，不胜凄楚。次日，二军伙对陈龙道："君初婚不可轻离，待我二人自去投文书，回来相邀，与悖娘同往辽东，永偕鱼水之欢。"言毕径去。于是陈龙留此舍中。与悖娘成亲才二十日，黄宽知觉陈某回来，恐他亲事不成，即遣仆人到舍中诱之至家，以逃军捕杀之，密令将尸身藏于瓦窑之中。次日，令人来逼悖娘过门。悖娘忧思无计，及闻丈夫被宽所害，就于房中自缢。姑见救之，说道："想陈郎与你只有这几日姻缘，今已死矣，亦当绝念嫁与贵公子便了，何用自苦如此。"悖娘道："女儿务要报夫之仇，与他同死，怎肯再嫁仇人？"其姑劝之不从，正没奈何，忽驿卒报开封府包大尹委任本府之职，今晚来到任上，准备迎接，悖娘闻之，谢天谢地，即具状迎包公马头呈告。

包公带进府衙审实悖娘口词，悖娘悲哭，将前情之事逐一诉知。包公即差公牌拘黄宽到衙根究，黄宽不肯招认。包公想道：既谋死人，须得尸首为证，彼方肯服；若无此对证，怎得明白？正在疑惑间，忽案前一阵狂风过，包公见风起得怪异，遂喝一声道："若是冤枉，可随公牌去。"道罢，那阵风从包公座前复绕三回，那值堂公牌是张龙、赵虎，即随风出城二十里，直旋入瓦窑里而没。张龙、赵虎入窑中看时，有一男子尸首，面色未变，乃回报包公。包公令人抬得入衙来，令悖娘认之。悖娘一见认得是丈夫尸身，痛哭起来。验身上伤痕，乃是被黄宽捉去打死之伤。包公再提严审，黄宽不能隐，遂招服焉。叠成文卷，问宽偿命，追钱殡葬，付悖娘收管；复根究出邵秀买嘱吏胥陷害之情，决配远方充军；悖娘令亲人收领，每月官给库银若干赡养度日，以便养活，终身守节，以全其烈志。

第二十九回

黄屠夫谋妻杀挚友
李氏女再嫁明真相

话说岳州离城二十里,地名平江,有个张万,有个黄贵,二人皆宰屠为生,结交往来,情好甚密。张万家道不足,娶妻李氏,容貌秀俊。黄贵有钱,尚未有室。一日,张万生辰,黄贵持果酒来贺,张万欢喜,留待之,命李氏在旁斟酒。黄贵目视李氏,不觉动情,怎奈以嫂呼之,不敢说半句言语,至晚辞回。夜间想着李氏之容,睡不成寝,挨到五更,心生一计,准备五六贯钱,清早来张万家叫门。张万听得黄贵声音,起来开了门接人,问道:"贤弟有甚事早来我家?"黄贵笑道:"某亲戚有几个猪,约我去买,恐失其信,特来邀兄同去,若有利息,当共分之。"张万甚喜,忙叫妻子起来入厨内备些早食。李氏便暖一瓶酒,整些下饭,出来见黄贵道:"难得叔叔早到寒舍,当饮一杯,以壮行色。"黄贵道:"惊动嫂嫂,万勿见罪。"遂与张万饮了数杯而行。天色尚早,赶到龙江,日出晌午。黄贵道:"已行三十余里,肚中饥饿,兄先往渡口坐着,待小弟前村沽买一瓶便来。"张万应诺,先往渡口去了。须臾间,黄贵持酒来,有意算计,他一连劝张万饮了数杯,又无下酒的,况行路辛苦,一时昏沉醉倒。黄贵看得前后无人,腰间拔出利刀,从张万胁下刺入,鲜血喷出而死。黄贵将尸抛入江中,尸沉。回见李氏道:"与兄前往亲戚家买猪,不遇回来。"李氏问道:"叔叔既回,兄缘何不同回?"黄贵道:"我于龙江口相别而回。张兄说要往西庄问信,想必就回。"言罢而去。李氏在家等到晚边,不见其夫回来,自觉心下惶惶。过三四日,杳无音信,李氏愈慌,正待叫人来请黄贵问个端的,忽黄贵慌慌张张走来道:"尊嫂。祸事到了。"李氏忙问:"何故?"黄贵曰:"适间我往庄外走一遭,遇见一起客商来说,龙江渡有一人溺水身死,我听得往看之,族中张小一亦在,果见有尸首浮泊江口,认来正是张兄,胁下不知被甚人所刺,已伤一孔,我同小一看见,移尸上岸,买棺殓之。"李氏听了,痛哭几绝。黄贵假意抚慰,辞别回去。过了数日,黄贵取一贯钱送去与李氏道:"恐嫂嫂日用欠缺,将此钱权作买办。"李氏收了钱,又念得他殡殓丈夫,又送钱物给度,甚感他恩。

　　才过半载，黄贵以重财买嘱里妪前往张家见李氏道："人生一世，草茂一春，娘子如此青年，张官人已死日久，终日凄凄冷冷守着空房，何不寻个佳偶再续良姻？如今黄官人家道丰足，人物出众，不如嫁与他成一对好夫妻，岂不美哉。"李氏曰："妾甚得黄叔叔周济，无恩可报，若嫁他甚好，怎奈往日与我夫相好，恐惹人议论。"里妪笑曰："彼自姓黄，娘子官人姓张。正当匹配，有何嫌疑？"李氏允诺。里妪回信，黄贵甚是欢喜，即备聘礼迎接过门。花烛之夜，如鱼似水，夫妇和睦，行则连肩，坐则并股，不觉过了十年，李氏已生二子。

　　时值三月，清明时节，家家上坟挂纸，黄贵与李氏亦上坟而回，饮于房中。黄贵酒醉，乃以言挑其妻曰："汝亦念张兄否？"李氏凄然泪下，问其故。黄贵笑曰："本不该对你说，但今十年已生二子，岂复恨我！昔日谋死张兄于江亦是清明之日，不想你今能承我的家。"李氏带笑答曰："事皆分定，岂其偶然。"其实心下深要与夫报仇。黄贵酒醉睡去，次日忘其所言。李氏候贵出外，收拾衣赀逃回母家，以此事告知兄。其兄李元即为具状，领妹赴开封府首告。包公即差公牌捉黄贵到衙根勘。黄贵初不肯认，包公令人开取张万死尸检验，黄贵不能抵瞒，一一招服。乃判下：谋其命而图其妻，当处极刑。押赴市曹斩首；将黄贵家财尽归李氏，仍旌其门为义妇。后来黄贵二子因端阳竞渡俱被溺死，天报可知。

第三十回　袁仆人疑心杀雍一　张兆娘冤死诉神明

话说西京离城五里，地名永安镇，有一人姓张名瑞，家道富足，娶城中杨安之女为妻。杨氏贤惠，治家有法，长幼听从呼令。生一女名兆娘，聪明美貌，针线活精通。父母甚爱惜之，常言：此女须得一佳婿方肯许聘，十五岁尚未许人。瑞有二仆，一姓袁一姓雍。雍仆敦厚，袁仆刁诈。一日，袁仆因怒于张，被张逐出。袁疑是雍献谗言于主人，故遭遣逐，遂甚恨雍，每想以仇报之。忽一日，张瑞因庄上回家，感冒重疾，服药不效，延十数日。张自量不保，唤杨氏近前嘱道："我无男子，只有女儿，年已长大，倘我不能好，后当许人，休留在家。雍一为人小心勤谨，家事可托之。"言罢而卒。杨氏不胜哀痛，收殓殡讫，做完功果后，杨氏便令里妪与女儿兆娘议亲。女儿闻知，抱母大哭道："吾父死未周年，况女无兄弟，今便将女儿出嫁，母亲所靠何人？情愿在家侍奉母亲，再过两年许嫁未迟。"母听其言，遂停其事。

时光似箭，日月如梭，张某亡过又是三四个月，家下事务出入，内外尽是雍仆交纳，雍愈自紧密，不负主所托，杨氏总无忧虑。正值纳粮之际，雍一与杨氏说知，整备银两完官，杨氏取银一箧予雍入城，雍一领受待次日方去。适杨氏亲戚有请，杨氏携女同去赴席。袁仆知杨氏已出，抵暮入其家，欲盗彼财物，迳进里面舍房中，撞见雍一在床上打点钱贯，袁仆怒恨起来指道："汝在主人边谗言逐我出去，如今把持家业，其实可恨。"就拔出一把尖刀来杀之，雍一措手不及，肋下被伤，一刀气绝。袁仆收取银箧，急走回来，并无人知。比及杨氏饮酒而归，唤雍一不见，走进内里寻觅，被人杀死在地。杨氏大惊，哭谓女道："张门何大不幸？丈夫才死，雍一又被人杀死，怎生伸理？"其女亦哭，邻人知之，疑雍一死得不明。时又有庄佃汪某，乃往日张之仇人，告首于洪知县，洪拘其母女及仆婢十数人审问，杨氏哭诉，不知杀死情由。汪指赖其母女与人通奸，雍一捉奸，故被奸夫所杀。洪信之，勘令其招，杨氏不肯诬服，连年不决，累死者数人。其母女被拷打，身受刑伤，家私消乏。兆娘不胜其苦，谓母道："女只在旦夕死矣，只恨无人看顾母亲，此冤难明，当质之于神，母不可诬服招认，以丧名节。"言罢呜咽不止。次日，兆娘果死，杨氏感伤，亦欲自尽。狱中人皆慰劝之，方不得死。

明年，洪已迁去，包公来按西京。杨氏闻之，重贿狱官，得出陈诉。包公根勘其事，拘邻里问之，皆言雍一之死不知是谁所杀；然杨氏母女亦无污行。包公亦疑之，次日斋戒祷于城隍司道："今有杨氏疑狱，连年不决，若有冤情，当以梦应，我为之决理。"祝罢回衙，秉烛坐于寝室。未及二更，一阵风过，吹得烛影不明，起身视之，仿佛见窗外一黑猿。包公问道："是谁来此？"猿应道："特来证杨氏之狱。"包公即开窗看来时，四下安静，杳无人声，不见那猿。沉吟半晌，计上心来。次日清早升堂，取出杨氏一干人问道："汝家有姓袁人来往否？"杨氏答道："只丈夫在日，有走仆姓袁，已逐于外数年，别无姓袁者。"包公即差公牌拘捉袁仆，到衙勘问，袁仆不肯招认。包公又差人入袁家搜取其物，得箧一个，内有银钱数贯，拿来见包公。包公未及问，杨氏认得，是当日付与雍一盛钱完粮之物。包公审得明白，乃问袁道："杀死人者是汝，尚何抵赖？"令取长枷监于狱中根勘。袁仆不能隐，只得供出谋杀情由。包公遂叠成文案，问袁斩罪；汪某诬陷良人，发配辽恶远方充军。遂放出杨氏并一干人回家。人或言其女兆娘发愿先死，诉神白冤之应。

第三十一回　蒋天秀责仆应死验
小琴童卖鱼认凶身

话说扬州有一人姓蒋名奇,表字天秀,家道富实,平素好善。忽一日有一老僧来其家化缘,天秀甚礼待之。僧人斋罢乃道:"贫僧山西人氏,削发东京报恩寺,因为寺东堂少一尊罗汉宝像,近闻长者平昔好布施,故贫僧不远千里而来。"天秀道:"此乃小节,岂敢推托。"即令琴童入房中对妻张氏说知,取白银五十两出来付与僧人。僧人见那白银笑道:"不要一半完满得此一尊佛像,何用许多?"天秀道:"师父休嫌少,若完罗汉宝像以后剩者,作些功果,普度众生。"僧人见其欢喜布施,遂收了花银,辞别出门。心下忖道:"适才见那施主相貌,眼边现有一道死气,当有大灾。彼如此好心,我今岂得不说与他知。"即回步入见天秀道:"贫僧颇晓麻衣之术,视君之貌,今年当有大厄,慎防不出,庶或可免。"再三叮咛而别。天秀入后舍见张氏道:"化缘僧人没话说得,相我今年有大厄,可笑可笑。"张氏道:"化缘僧人多有见识,正要谨慎。"时值花期,天秀邀妻子向后花园游赏。有一家人姓董,是个浪子,那日正与使女春香在花亭上戏耍,天秀遇见,将二人痛责一顿,董仆忌恨在心。

才过一月,有一表兄黄美,在东京为通判,有书来请天秀。天秀对张氏道:"我今欲去。"张氏答道:"日前僧人说君有厄,不可出门,且儿子又年幼,不去为是。"天秀不听,吩咐董家人收拾行李,次日辞妻,吩咐照管门户而别。天秀与董家人并琴童行了数日旱路到河口,是一段水程。天秀讨了船只,将晚,船泊峡湾。那两个艄子一姓陈一姓翁,皆是不善之徒。董家人深恨日前被责,怀恨在心,是夜密与二艄子商议道:"我官人箱中有白银百两,行装衣贽极广,汝二人若能谋之,此货物将来均分。"陈、翁二艄笑道:"汝虽不言,吾有此意久矣。"是夜,天秀与琴童在前舱睡,董家人在后舱睡,将近三更,董家人叫声:"有贼。"天秀梦中惊觉,便探头出船外来看,被陈艄一刀就推在河里;琴童正要走时,被翁艄一棍打落水中。三人打开箱子,取出银子均分。陈、翁二艄依前撑回船去,董家人将财物运到苏州去了。当下琴童被打昏迷,幸得不死,游水上得岸来,大哭连声。天色渐明,忽上流头有一渔舟下来,听得岸边上有人啼哭,撑舟过来看时,却是十七八岁的小童,满身是水,问其来由,琴童哭告被劫之事,渔翁带他下船,撑回家中,取衣服与他换了。乃问道:"汝还是要回去,还是在此间同我过活?"琴童道:"主人遭难,不见下落,如何回去得?愿随公公在此。"渔翁道:"从容为你访问劫贼是谁,再作理会。"琴童拜谢不题。

再说当夜那天秀尸首流在芦苇港里,隔岸便是清河县,城西门有一慈惠寺。正是三月十五,会作斋事和尚都在港口放水灯,见一尸首,鲜血满面,下身衣服尚在。僧人道:"此必是遭劫客商,抛尸河里,流停在此。"内中有一老僧道:"我等当发慈悲心,将此尸埋于岸上,亦是一场善事。"众僧依其言,捞起尸首埋讫,放了水灯回去。是时包公因往濠州赈济,事毕转东京,经清河县过。正行之际,忽马前一阵旋风起处,哀号不已。包公疑怪,即差张龙随此风看个究竟。张龙领命随旋风而来,至岸中乃息,张龙回复,包公遂留止清河县。包公次日委本县官带公牌前往根勘,掘开视之,见一死尸,宛然颈上伤一刀痕。周知县检视明白,问:"前面是哪里?"公人回道:"是慈惠寺。"知县令拘僧问之,皆言:"日前因放水灯,见一死尸流停在港内,故收埋之,不知为何而死。"知县道:"分明是汝众人谋死,尚有何说?"因此令将这一起僧人监于狱中,回复包公。包公再取出根勘,各称冤枉,不肯招认。包公自思:既是僧人谋杀人,其尸必丢于河中,岂肯自埋于岸上?事有可疑,因令散监众僧。将有二十余日,尚不能明。

时值四月,荷花盛开,本处仕女有游船之乐。忽一日琴童与渔翁正出河口卖鱼,正遇着陈、翁二艄在船上赏花饮酒,特来买鱼。琴童认得是谋死他主人的,密与渔翁说知,渔翁道:"汝主人之冤雪矣。今包大人在清河县断一狱事未决,留止在此,汝宜即往投告。"琴童连忙上岸,径到清河县公厅中,见包公哭告主人被船艄谋死情由,现今贼人在船上饮酒。包公遂差公牌李、黄二人,随琴童来河口,将陈、翁二艄捉到公厅。包公令琴童去认死尸,回报哭诉:"正是主人,被此二贼谋杀。"包公吩咐重刑拷问。陈、翁二艄见琴童在证,疑是鬼使神差,一一招认明白,便用长枷监于狱中,放回众僧。次日,包公取出贼人,追取原劫银两,押赴市曹斩首讫。当下只未捉得董家人。包公令琴童给领银两,用棺盛了尸首,带丧回乡埋葬。琴童谢了渔翁,带丧转扬州不题。后来天秀之子蒋士卿读书登第,官至中书舍人。董仆得财成巨商,后来在扬子江被盗杀死。天理昭彰,分毫不爽。

第三十二回

江盐侩责仆屈万安
红衫妇污衣挞周富

话说江州城有两个盐侩,皆惯通客商,延接往来之客。一姓鲍名顺,一姓江名玉,二人虽是交契,江多诈而鲍敦厚,鲍侩得盐商抬举,置成大家,娶城东黄亿女为妻,生一子名鲍成,专好游猎,父母禁之不得。一日鲍成领家童万安出去打猎,见潘长者园内树上一黄莺,鲍成放一弹,打落园中。时潘长者众女孙在花园游戏,鲍成着万安入花园拾那黄莺,万安见园中有人,不敢入去。成道:"汝如何不捡黄莺还我?"万安道:"园中一群女子,如何敢闯进去,待女回转,然后好取。"鲍成遂坐亭子上歇下。及到响午,女子回转去后,万安越墙入去寻那黄莺不见,出来说知,没有黄莺儿,莫非是那一起女子捡得去了?鲍成大怒,劈面打去,万安鼻上受了一拳,打得鲜血迸流。大骂一顿,万安不敢作声,随他回去,亦不对主人说知。黄氏见家童鼻下血痕,问道:"今日令汝与主人上庄去也未曾?"万安不应,黄氏再三问故,万安只得将打猎之事说了一遍。黄氏怒道:"人家养子要读诗书,久后方为父母争气;有此不肖,专好游荡闲走,却又打伤家人。"即将猎犬打死,使用器物尽行毁坏,逐于庄所,不令回家。鲍成深恨万安,常要生个恶事捏他,只是没有机会处,忍在心头不题。

却说江侩虽亦通盐商,本利折耗,做不成家。因见鲍侩富豪,思量要图他金银。一日,忽生一计,前到鲍家叫声:"鲍兄在家否?"适鲍在外归来,入见江某,不胜之喜,便令黄氏备酒待之,江、鲍对饮。二人席上正说及经纪间事,江某大笑:"有一场大利息,小弟要去,怎奈缺少银两,特来与兄商议。"鲍问:"甚事?"江答:"以苏州巨商有绞锦百箱,不遇价,愿贱售回去,此行得百金本,可收其货,待价而沽,利息何啻百倍。"鲍是个爱财的人,欣然许他同去,约以来日在江口相会。江饮罢辞去。鲍以其事与黄氏说知,黄氏甚是不乐,鲍某意坚难阻,即收拾百金,吩咐万安挑行李后来。次日清早,携金出门,将到江口,天色微明。江某与仆周富并其侄二人,备酒先在渡上等候,见鲍来即引上渡。江道:"日未出,雾气弥江,且与兄饮几杯开渡。"鲍依言不辞，一连饮了十数杯早酒，颇觉醉意。江某务劝多饮，鲍言："早酒不消许多。"江怒道："好意待兄，何以推故？"即袖中取出秤锤击之，正中鲍顶，昏倒在渡。二侄又缚杀之，取其金，投尸入江。等到万安挑行李到江口，不见主人。等到日午问人，皆道未来。万安只得回去见黄氏道："主人未知从哪条路去，已赶他不遇而回。"黄氏自觉不快，过了三四日，忽报江某已转，黄氏即着人问之，江某道："那日等候鲍兄来，等了半日不见来，我自己开船而去。"黄氏听了惊慌，每日令人四下寻访，并无消息。鲍成在庄上闻知，忖道："此必万安谋死，故挑行李回来瞒过。"即具状告于王知州，拘得万安到衙根问，万安苦不肯招，鲍成立地禀复，说是积年刁仆，是他谋死无疑。王知州信之，用严刑拷问，万安苦不过，只得认了谋杀情由，长枷监入狱中，结案已成。是冬，仁宗命包公审决天下死罪，万安亦解东京听审，问及万安案卷，万安悲泣不止，告以前情。包公忖道：白日谋杀人，岂无见知者？若劫主人之财，则当远逃，怎肯自回？便令开了长枷，散监狱中。密遣公牌李吉吩咐：前到江州鲍家访查此事，若有人问万安如何，只说已典刑了。李吉去了。

且说江某得鲍金，遂致大富，及闻万安抵命，心常恍惚，唯恐发露。忽夜梦一神人告道："你得鲍金致富，屈他仆抵命，久后有穿红衫妇人发露此事，你宜谨慎。"江梦中惊醒，密记心下。一月余，果有穿红衫妇人，遣钞五百贯来问江买盐。江明白在心，迎接妇人到家，厚礼待之。妇人道："与君未相识，何蒙重敬？"江答道："难得娘子下顾，有失远迎，若要盐便取好的送去，何用钱买。"妇人道："妾夫在江口贩鱼，特来求君盐腌藏，若不受价，妾当别买。"江只得从命，加倍与盐。妇人正待辞行，值仆周富捧一盆秽水过来，滴污妇人红衣。妇人甚怒，江赔小心道："小仆失手，情愿偿衣资钱。"妇人犹怀恨而去。江怒将仆缚之，挞二日才放。周富痛恨在心，径来鲍家，见黄氏报说某日谋杀鲍顺的事。黄氏大恨，正思议欲去首告，适李吉入见黄氏，称说自东京来，缺少路费，冒进尊府，乞觅盘缠。黄氏便问："你自东京来可闻得万安狱事否？"李吉道："已处决了。"黄氏听了，悲咽不止。李吉问其故，黄氏道："今谋杀我夫者已明白，误将此人抵命了。"李吉不隐，乃直告包公差人访查之缘由，黄氏取过花银十两，令公人带周富连夜赴东京来首告前情。包公审实明白，随遣公牌到江州，拘江玉一干人到衙根勘，江不能抵瞒，一一招认，用长枷监于狱中，定了案卷，江某叔侄三人抵命，放了万安；追还百金，给一半赏周富回去，鲍顺之冤始雪。

第三十三回　丁千万谋财焚尸骨
　　　　　　乌盆子含冤赴公堂

　　话说包公为定州守时,有李浩者,扬州人,家私巨万,前来定州买卖,去城十余里,饮酒醉甚,不能行走,倒在路中睡去。至黄昏,有丁千、丁万,见李浩身畔资财,乘醉扛去僻处,夺其财物有百两黄金,二人平分之,归家藏下。二人又相议道:"此人酒醒不见了财物,必去定州告状,不如将他打死,以绝其根。"即将李浩打死,扛抬尸首入窑门,将火烧化。夜后,取出骨灰来捣碎,和为泥土,烧得瓦盆出来。

　　后定州有一王老,买得这乌盆子将盛尿用之。忽一夜起来小解,不觉盆子叫屈道:"我是扬州客人,你如何向我口中小便?"王老大惊,遂点起灯来问道:"这盆子,你若果是冤枉,请分明说来,我与你申雪。"乌盆遂答道:"我是扬州人姓李名浩,因去定州买卖,醉倒路途,被贼人丁千、丁万夺了黄金百两,并害了性命,烧成骨灰,和为泥土,做成这盆子。有此冤枉,望将我去见包太守。"王老听罢悚然。次日,遂将这盆子去府衙首告。包公问其备细,王老将夜来瓦盆所言诉说一遍,包公随唤手下将瓦盆抬进阶下问之,瓦盆全不答应。包公怒道:"这老儿将此事诬惑官府。"责令出去。王老被责,将瓦盆带回家下,怨恨不已。

　　夜来盆子又叫道:"老者休闷,今日见包公,为无掩盖,这冤枉难诉。愿以衣裳借我,再去见包太守,待我一一陈诉,决无异说。"王老惊异。不得已,次日又以衣裳掩盖瓦盆,去见包太守说知其情。包公亦勉强问之,盆子诉告前事冤屈。包公大骇,便差公牌唤丁千、丁万。良久,公差押二人到,包公细问杀李浩因由,二人诉无此事,不肯招认。包公令收入监中根勘,竟不肯服。包公遂差人唤二人妻来根问之,二人之妻亦不肯招。包公道:"你二人之夫将李浩谋杀了,夺去黄金百两,将他烧骨为灰,和泥作盆。黄金是你收藏了,你夫分明认着,你还抵赖什么?"其妻惊恐,遂告包公道:"是有金百两,埋在墙中。"包公既差人押其妻子回家,果于墙中得之,带见包公。包公令取出丁千、丁万问道:"你妻子却取得黄金百两在此,分明是你二人谋死李浩，怎不招认？"二人面面相觑，只得招认了。包公断二人谋财害命，俱合死罪，斩讫；王老告首得实，官给赏银二十两；将瓦盆并原劫之金，着令李浩亲族领回葬之。大是奇异。

第三十四回 王三郎殒妻捉念六
真凶犯现身凭绣履

话说离开封府四十五里,地名近江,隔江有姓王名三郎者,家颇富,惯走江湖,娶妻朱娟,貌美而贤,夫妻相敬如宾。一日,王三郎欲整行货出商于外,朱氏劝夫勿行,三郎依其言,遂不思远出,只在本地近处做些营生。时对门有姓李名宾者,先为府史,后因事革役,性最刁毒,好色贪淫,因见朱氏有貌,欲与相通不能。忽一日,清早见三郎出门去了,李宾装扮齐整,径入三郎舍里,叫道:"王兄在家否?"此时朱氏初起,听得有人叫,问道:"是谁叫三郎?早已上庄去了。"李宾直入内里见朱氏道:"我有件事特来相托,未知即回吗?"朱氏因见李宾是往日邻居,不疑,乃道:"彼有事未决,日晚方回。"李宾见朱氏云鬓半偏,启露朱唇,不觉欲心火动,用手扯住朱氏道:"尊嫂且同坐,我有一事告禀,待王兄回时,烦转达知。"朱氏见李宾有不良之意,劈面叱之道:"汝为堂堂六尺之躯,不分内外,白昼来人家调戏人妻,真畜类不如。"言罢入内去了。李宾羞脸难藏而出。回家自思:"倘或三郎回来,彼妻以其事说知,岂不深致仇恨?莫若杀之以泄此念。"即持利刃复来三郎家,正见朱氏倚栏若有所思之状,宾向前怒道:"认得李某吗?"朱氏转头见是李宾,大骂道:"奸贼缘何还不去?"李宾抽出利刃,望朱氏咽喉刺入,即时倒地,鲜血迸流,可怜红粉佳人,化作一场春梦。李宾脱取朱氏绣履走出门外,并刀埋于近江亭子边不题。

再说朱氏有族弟念六,惯走江湖,适值船泊江口,欲上岸探望朱氏一面,天晚行入其家,叫声无人答应,待至房中,转过栏杆边,寂无人声。念六随复登舟,觉其脚下履湿,便脱下置火上焙干。其夜,王三郎回家,唤朱氏不应,及进厨下点起灯照时,房中又未曾落锁,三郎疑惑,持灯行过栏杆边,见杀死一人倒在地下,血流满地,细观之,乃其妻也。三郎抱起看时,咽喉下伤了一刀。大哭道:"是谁谋杀吾妻?"次日,邻里闻知来看,果是被人所杀,不知何故。邻人道:"门外有一条血迹,可随此血迹去寻究之,便知贼人所在。"三郎然其言,集众邻里十数人,寻其脚迹而去,那脚迹直至念六船中而止。三郎上船捉住念六骂道："我与你无冤无仇,为何杀死吾妻?"念六大惊,不知所为何事,被三郎捆到家,乱打一顿,解送开封府陈告。包公审问邻里、干证,皆言谋杀人,血迹委实在他船中而没。包公根勘念六情由,念六哭道："我与三郎是亲戚,抵暮到他家,无人即回。履上沾了血迹,实不知杀死情由。"包公疑忖道:"既念六杀人,不当取妇人履!"搜其船上,又无利器,此有不明之理,令将念六监入狱中。遂生一计,出榜文张挂:朱氏被人所谋,失落其履,有人捡得者,重赏官钱。过一月间并无消息。

忽一日,李宾饮于村舍,村妇有貌,与宾通奸,饮至酒后,乃对妇道:"看你有心待我,我当以一场大富赐你。"妇笑道:"自君常来我家,何曾用半文钱? 有甚大富,你自取之,莫要哄我。"李宾道:"说与你知,若得赏钱,那时再来你家饮酒,岂不奉承着我。"妇问其故,李宾道:"那日王三郎妻被人杀死,陈告于开封府,将朱念六监狱偿命,至今未决,包大尹榜文张挂,如若有人捡得被杀妇人的履来报,重赏官钱。我正知其绣履下落,今说你知,可令你丈夫拿上领赏。"妇道:"履在何处? 你怎知之?"李宾道:"日前我到江口,见近江边亭子旁似乎有物,视之却是妇人之履并刀一把,用泥掩之。想必是被谋妇人的履。"村妇不信,及宾去后,密与丈夫说知。村民闻知,次日径到江口亭子边,掘开新泥,果有妇人绣履一双,刀一把,忙取回家见妇。其妇大喜,所谓宾言得实,令其夫即将此物送来开封府见包公。包公问:"从何处得来?"村民直告从近江亭子边得来,埋在泥土中。包公问:"谁教汝在此寻觅?"村民不能隐,直告道:"是妻子说知。"包公自忖道:"其妇必有缘故。"乃笑对村民道:"此赏钱合该是你的。"遂令库官给出钱五十贯赏给村民。村民得钱,拜谢而去。

包公即唤公牌张、赵近前,密道:"你二人暗随此村民,至其家察访,若遇彼妻与人在家饮酒,即捉来见我。"公牌领命而去。

却说村民得了赏钱,欣然回家,见妻说知得赏的事。其妇喜之不胜,与夫道:"今我得此赏钱,皆是李外郎之恩,可请他来说知,取些分他。"村民然其言,即往李宾家请得他来。那妇人一见李宾,笑容满面,越发奉承,便邀入房中坐定;安排酒浆相待,三人共席而饮。那妇道:"多得外郎指教,已得赏钱,当共分之。"李宾笑道:"留在汝家做酒,余者当歇钱。"那妇大笑起来。两个公人直抢进房中,将李宾并村妇捉了,解衙内禀知妇人酒间与李宾所言之事。包公便问妇人:"你何以知得被杀妇人埋履所在?"妇人惊惧,直告李宾所教。包公审问李宾,宾初则还不肯招认,后被重刑拷打,只得供出谋杀朱氏真情。于是再勘村妇李宾因何来汝家之故,村妇难抵,亦招出往来通奸情由。包公叠成文卷,问李宾处决;配村妇于远方,念六之冤方申。闻者无不快心。

第三十五回　石哑子献棒为家产
　　　　　　胞兄长辩白翻供词

　　话说包公坐厅，有公吏刘厚前来复称："门外有石哑子手持大棒来献。"包公令他人来，亲自问之，略不能应对。诸吏遂复包公道："这厮每遇官府上任，几度来献此棒，任官责打。爷台休要问他。"包公听罢思忖：这哑子必有冤枉的事，故忍吃此刑，特来献棒，不然，怎肯屡屡无罪吃棒？遂心生一计，将哑子用猪血遍涂在臀上，又以长枷枷于街上号令，暗差数个军人打探，若有人称屈者，引之来见。良久，街上纷然来看，有一老者嗟叹道："此人冤屈，今日反受此苦。"军人听得，便引老人至厅前见包公，包公详问因由。老人道："此人是村南石哑子，伊兄石全，家财巨万，此人自小不能言，被兄赶出，应有家财，并无分与他。每年告官，不能申冤，今日又彼杖责，小老儿因此感叹。"包公闻其言，即差人去追唤石全到衙，问道："这哑子是你同胞兄弟吗？"石全答道："他原是家中养猪的人，少年原在本家庄地居住，不是亲骨肉。"包公闻其言，遂将哑子开枷放了去，石全欢喜而回。

　　包公见他回去，再唤过哑子来教道："你后若撞见石全哥哥，你去扭打他无妨。"哑子点头而去。一日，在东街外忽遇石全来到，哑子怨愤，随即推倒石全，扯破头面，乱打一番。石全受亏，十分狼狈，不免具状投包公来告，言哑子不尊礼法，将亲兄殴打。包公遂问石全道："哑子若果是你亲弟，他的罪过非小，断不轻恕；若是常人，只作斗殴论。"石全道："他果是我同胞兄弟。"包公道："这哑子既是亲兄弟，如何不将家财分与他？还是汝欺心独占。"石全无言可对。包公即差人押二人去，还将所有家财产业，各分一半。众人闻之，无不称快。

第三十六回　愚乡邻报怨割牛舌
官府令行禁寓深意

话说包公为开封府守时,有姓刘名全者,住在城东小羊村,务农为业。一日,耕田回来,复后再去,但见耕牛满口带血,气喘而行。刘全详看一番,乃知牛舌为人割去。全写状告于包公。

包公看了状词,因细思之,遂问刘全:"你与邻里何人有仇?"全无言对,但告:"望相公做主。"包公以钱五百贯与他,令归家将牛宰杀,以肉分卖四邻,若取得肉钱,可将此钱添买牛耕作。刘全不敢受,包公必要与之,全受之而去。包公随即具榜张挂:倘有私宰耕牛,有人捕捉者,官给赏钱三百贯。刘全归家,遂令一屠开剥其牛,将肉分卖与邻里。其东邻有卜安者,与刘全有旧仇,扯住刘全道:

"今府衙前有榜,赏钱三百贯给捕捉私宰耕牛者不误。你今敢宰杀吗?"随即缚住刘全,要同去见包公,按下不提。却说包公,是夜睡至三更得一梦,忽见一巡官带领一女子乘鞍,手持一刀,有千个口,道是丑生人,言讫不见。觉来思量,竟不得明。次日早间升厅问事,值卜安来诉刘全杀牛之事。包公思念夜来之梦,与此事恰相符合。巡官想是卜字,女子乘鞍乃是安字,持刀割也,千个口舌也,丑生牛也。卜安与刘全必有冤仇,前日割牛舌者必此人也,故今日来诉刘全杀牛。随即将卜安入狱根勘,狱吏取出刑具,置于卜安面前道:"从实招认,免受苦楚。"卜安惧怕,不得已乃招认,因与刘全借柴薪不肯,因致此恨,于七月十三日晚,见刘全牛在坡中吃草,遂将牛舌割了。狱吏审实,次日呈知于包公,遂将卜安依律断决,长枷号令一个月。众皆服包公神见。

第三十七回　无赖子途中骗良马
识途骡饥饿逐刁棍

话说开封府南乡有一大户，姓富名仁，家有上等骡马一匹。一日，骑马上庄收租，到庄遂遣家人兴福骑转回家。走到中途，下马歇息。有一汉子姓黄名洪，说自南乡来，乘着瘦骡一匹，见了兴福，亦下骡儿停息，遂近前道："大哥何来?"兴福道："我送东人往庄上收租来。"二人遂席地叙话，不觉良久。洪忽心生一计道："大哥你此马倒好个膘腴。"福道："客官识马吗?"洪道："曾贩马来。"福道："吾东人不久用高价买得此马。"洪道："大哥不弃，愿借一试。"兴福不疑其歹，遂与之乘。洪须臾跨上雕鞍，出马半里，并不回缰。兴福心惊，连忙追马。洪见赶来，加鞭策马如飞，望捷路便走。那一匹好马凭空被刁棍拐骗而去。兴福愕然无奈，自悔不及，只得乘着老骡转庄，报主领罪。仁大怒，将福痛责一番，命牵骡往府中径告。时包公正公座，兴福进告。包公问："何处人氏?"福道："小人名兴福，南乡人，富仁家奴仆，有状呈上。"

包公看完状纸，问那个棍徒姓名，兴福道："途遇一面，不知名姓。"包公责道："乡民好不知事，既无对头下落，怎生来告状?"兴福哀告道："久仰天台善断无头冤讼，小民故此申告。"包公吩咐道："我设下一计，看你造化如何。你归家，三日后再来听计。"兴福叩头而去。包公令赵虎将骡牵入马房，三日不与草料，饿得那骡嘶闹。

过了三日，只见兴福来见包公，包公令牵出那骡，唤兴福出城，张龙押后，吩咐依计而行。令牵骡从原路拐骗之处引上路头，放缰任走，但逢草地，二人拦挡不让吃草，那骡径奔归路。不用加鞭，跟至四十里路外，有地名黄泥村，只见村里一所瓦房旁一扇茅屋，那骡遂奔其家，直入茅屋嘶叫。洪出看见自己骡回，暗喜不胜。当时张龙同兴福就于近邻人家探访，那黄洪昂然牵着一匹骡马，竟去放在山中看养。龙随即带兴福去认，兴福见马即走向前，勒马牵过，洪正欲来夺，就被张龙一把扭住，连人带马押了，往府中见包公。包公发怒道："你这厮狼心狗胆，不晓我包某吗?

诳骗路上行人马匹,该当何罪?"洪事实理亏,难以抵对。包公吩咐张龙将重刑责打,枷号示众,罚其骡入官,杖七十赶出。兴福不合与之试马,亦量情责罚,当众领马回去。

第三十八回　何岳丈具状告异事
玉面猫捉怪救君臣

话说清河县有一秀士施俊,娶妻何氏名赛花,容貌秀丽,精通女工。施俊一日闻得东京开科取士,辞别妻室而行。与家童小二途中晓行夜住,饥餐渴饮,行了数日,已到山前,将晚,遇店投宿。原来那山盘旋六百余里,后面接西京地界,幽林深谷,人迹不到,多出精灵怪异。有一起西天走下五个老鼠,神通变化,往来莫测,或时变化老人出来,欺骗客商财物;或时变化女子,迷人家子弟;或时变男子惑富家之美女。其怪以大小呼名,有鼠一、鼠二等称,聚穴在瞰海岩下。那日,其怪鼠五正待寻人迷惑,化一店主人,在山前迎接过客,恰遇施俊生得清秀,便问其乡贯来历,施俊告以其实要往东京赴试的事,其怪暗喜。是夕,备酒款待之,与施俊对席而饮,酒中论及古今,那怪对答如流。施俊大惊,忖道:此只是一店家,怎博学如此? 因问:"足下亦通学否?"其怪笑道:"不瞒秀士说,三四年前曾赴试,时运不济,科场没份,故弃了诗书开一小店,于本处随时度日。"施俊与他同饮到更深,那怪生一计较,呵一口毒气入酒中,递与施秀士饮之,施俊不饮那酒便罢,饮下去即刻昏闷,倒于座上。小二连忙扶起,引入客房安歇,腹中疼痛难忍,小二慌张,又没有寻医人处,延至天明,已不知昨夜店主人在哪里去了,勉强扶了主人再行几里,寻一个店住下,方知中了妖毒。

却说当下那妖怪脱身变做施俊模样,便走归来。何氏正在房中梳妆,听得丈夫回家,连忙出来看时,果是笑容可掬。因问道:"才离家二十余日,缘何便回?"那妖怪答道:"将近东京,途遇赴试秀士说道,科场已罢,士子都散,我闻得此话,遂不入城,抽身回来。"何氏道:"小二如何不同回?"妖怪道:"小二不会走路,我将行李寄托朋友带回,着他随在后。"何氏信之,遂整早饭与妖食毕,亲朋来往都当是真的。自是妖与何氏取乐,岂知真夫在店中受苦。又过了半月,施俊在店中求得董真人丹药,调汤饮之,果获安全。比及要上东京,闻说科场已散,即与小二回来,缓缓归到家中,将有二十余日。小二先入门,恰值何氏与妖精在厅后饮酒,何氏听见小二回来,便起身出来问道:"你为何来得恁迟?"小二道:"休说归迟,主人险些性命难保。"何氏问:"是哪个主人?"小二道:"同我赴京去的,更问哪个主人?"何氏笑道:"你在路上躲懒不行,主人先回二十余日了。"小二惊道:"说哪里话,主人与我日则同行,夜则同歇,寸步不离,何得说他先回?"何氏听了,疑惑不定。忽施俊走入门来,见了何氏,相抱而哭。那妖怪听得,走出厅前,喝声:"是谁敢戏吾妻?"施俊大怒,近前与妖相斗一番,被妖逐赶而出。邻里闻知,无不吃惊。施俊没奈何,只得投见岳丈诉知其情。岳丈甚忧,令具状告于王丞相府衙。

王丞相看状,大异其事,即差公牌拘妖怪、何氏来问。王丞相视之,果是两个施俊。左右见者皆言除非是包大尹能明此事,惜在边庭未回。王丞相唤何氏近前细审之,何氏一一道知前情。丞相道:"你可曾知真夫身上有甚形迹为证否?"何氏道:"妾夫右臂有黑痣可验。"王丞相先唤假的近前,令其脱去上身衣服,验右臂上没有黑痣。丞相看罢忖道:这个是妖怪。再唤真的验之,果有黑痣在臂。丞相便令真施俊跪于左边,假施俊跪于右边,着公牌取长枷靠前吩咐道:"汝等验一人右臂有黑痣者,是真施俊;无者是妖怪,即用长枷监起。"比及公牌向前验之,二人臂上皆有黑痣,不能辨其真伪。王丞相惊道:"好不作怪,适间只一个有,此时都有了。"且令俱收狱中,明日再审。

妖怪在狱中不忿,取难香呵起,那瞰海岩下四个鼠精商议便来救之。乃变作王丞相形体,次日清早坐堂,取出施俊一干人阶下审问,将真的重责一番。施俊含冤无地,叫屈连天。忽真的王丞相入堂,见上面先坐一个,遂大惊,即令公人捉下假的;假的亦发作起来,着公吏捉下真的。霎时间混作一堂,公人亦辨不得真假,哪个敢动手?当下两个王丞相争辩公堂,看者各痴呆了。有老吏见识明敏者,近前禀道:"两丞相不知真假,辩论连日亦是徒然,除非朝见仁宗。"仁宗遂降敕宣两丞相入朝,比及两丞相朝见,妖怪作法神通,喷一口气,仁宗眼目遂昏,不能明视,传旨命将二人监入通天牢里,候在今夜北斗上时,定要审出真假。原来仁宗是赤脚大仙降世,每到半夜,天宫亦能见之,故如此云。

真假两丞相既收牢中,那妖怪恐彼参出,即将难香呵起,瞰海岩下三个鼠精闻得,商量着第三个来救。那第三鼠灵通亦显,变作仁宗面貌,未及五更,已占坐了朝元殿,大会百官,勘问其事。真仁宗平明出殿,文武官员见有二天子,个个失色,遂会同众官入内见国母奏知此事,国母大惊,便取过玉印,随百官出殿审视端的。国母道："你众官休慌，真天子掌中左有山河右有社稷的纹，看是哪个没有，便是假的。"众官验之，果然只有真仁宗有此纹。国母传旨，将假的监于通天牢中根勘去了。

那假的惊慌，便呵起难香，鼠一、鼠二闻知烦恼，商量道："鼠五好没分晓，生出这等大狱，事干朝廷，怎得脱逃？"鼠二道："我只得前去救他们回来。"鼠二作起神通，变成假国母升殿，要取监中一干人放了。忽宫中国母传旨，命监禁者不得放走妖怪。比及文武知两国母之命一要放脱一要监禁，正不知哪个是真国母。仁宗因是不快，忧思数日，寝食俱废。众臣奏道："陛下可差使命往边庭宣包公回朝，方得明白。"天子允奏，亲书诏旨，差使臣往边庭宣读。包公接旨回朝，拜见圣上。退朝入开封府衙，唤过二十四名无情汉，取出三十六般法物，摆列堂下，于狱中取出一干罪犯来问，委的有二位王丞相，两个施秀才，二国母，二仁宗。包公笑道："内中丞相、施俊未审哪个真假，国母与圣上是假必矣。"且令监起，明日碟知城隍，然后判问。

四鼠精被监一狱，面面相觑，暗相约道："包公说碟知城隍，必证出我等本相。虽是动我们不得，怎奈上干天怒，岂能久遁？可请鼠一来议。"众妖遂呵起难香，是时鼠一正来开封府打探消息，闻得包丞相勘问，笑道："待我做个包丞相，看你如何理。"即显神通变作假包公，坐于府堂上判事。恰遇真包公出碟告城隍转衙，忽报堂上有一包公在座。包公道："这孽畜敢如此欺诳。"径入堂上，着令公牌拿下，那妖怪走下堂来，混在一处，众公牌正不知是哪个为真的，如何敢动手？堂下包公怒从心上起，抽身自忖，吩咐公牌："你众人谨守衙门，不得走漏消息，待我出堂方来听候。"公牌领令。包公退入后堂去，假的还在堂上理事，只是公牌疑惑，不依呼召。且说包公入见夫人道："怪异难明，吾当诉之上帝，除此恶怪。汝将吾尸用被紧盖床上，休得举动，多则二昼夜便转。"遂取领边所涂孔雀血漫嚼几口，卧赴阴床上，直到天门。天使引见玉帝奏知其事，玉帝闻奏，命检察司曹查究何孽作祸。司曹奏道："是西方雷音寺五鼠精走落中界作闹。"玉帝闻奏，欲召天兵收之。司曹奏道："天兵不能收，若赶得紧急，此怪必走入海，为害尤猛。除非雷音寺世尊殿前宝盖笼中一个玉面猫能伏之，若求得来，可灭此怪，胜如十万天兵。"玉帝即差天使往雷音寺求取玉面猫。天使领玉碟到得西方雷音寺，参见了世尊，奉上玉碟，世尊开读，与众佛徒议之。有广大师进言："世尊殿上离此猫不得，经卷甚多，恐招鼠耗，若借此猫去,恐误其事。"世尊道:"玉帝旨意焉敢不从?"大师道:"可将金睛狮子借之。玉帝若究,可说要留猫护经,玉帝亦不见罪。"世尊依其言,将金睛狮子付天使,前去回奏玉帝。司曹见之奏道:"文曲星为东京大难来,此兽不是玉面猫,枉费其功,望圣上怜之,取真的与他去。"玉帝复差天使同包公来雷音寺走一遭,见世尊参拜恳求。世尊不允,有大乘罗汉进道:"文曲星亦为生民之计,千辛万苦到此,世尊以救生为心,当借之去。"世尊依言,令童子将宝盖笼中取出灵猫,诵偈一遍,那猫遂伏身短小。付包公藏于袖中,又教以捉鼠之法。包公拜辞世尊,同天使回见玉帝,奏知借得玉面猫来。玉帝大悦,命太乙天尊以杨柳水与包公饮了,其毒即解。

及天使送出天门,包公于赴阴床上醒来,已去五日矣。夫人甚喜,即取汤来饮了。包公对夫人说知,到西天世尊处借得除怪之物来,休泄此机。夫人道:"于今怎生处置?"包公密道:"你明日入宫中见国母道知,择定某日,南郊筑起高台,方断此事。"夫人依命,次日乘轿进宫中见国母奏知,国母依奏,即宣狄枢密吩咐南郊筑台,不宜失误。狄青领旨,带领本部军兵向南郊筑起高台完毕。包公在府衙里吩咐二十四名雄汉,择定是日前赴台上审问。轰动东京城军民,哪个不来看?当日真仁宗、假仁宗、真国母、假国母与两丞相、两施俊,都立台下,文武官排列两厢,独真包公在台上坐,那假包公尚在台下争辩。将近午时,包公于袖中先取世尊经念了一遍,那玉面猫伸出一只脚,似猛虎之威,眼内射出两道金光,飞身下台来,先将第三鼠咬倒,却是假仁宗,鼠二露形要走,被神猫伸出左脚抓住,又伸出右脚抓了那鼠一,放开口一连咬倒,台下军民见者齐声呐喊。那假丞相、施俊变身走上云霄,神猫飞上,咬下一个是第五鼠,单走了第四鼠,那玉面猫不舍,一直随金光赶去。台下文武官见除了妖怪,无不喝彩。包公下台来,见四个大鼠。约长一丈,被咬伤处尽出白膏。包公奏道:"此吸人精血所成,可令各军卫宰烹食之,能助筋力。"仁宗允奏,敕令军卒抬得去了,起驾入朝,文武各朝贺,仁宗大悦,宣包公上殿面慰之,设宴待文武,命史臣略记其异。包公饮罢,退回府衙,发放施俊带何氏回家,仍得团圆。向后,何氏只因与怪交媾,受其恶毒颇深,腹痛,施俊取所得董真人丸药饮之,何氏乃吐出毒气而愈。后来施俊得中进士,官至吏部尚书,生二子亦成名。

第三十九回
尹贞娘题联考新夫
查雅士愧赧失佳偶

话说河南许州管下临颍县，有一人姓查名彝，文雅士也，少入县库，娶近村尹贞娘为妻。花烛之夜，查生正欲解衣而寝，尹贞娘乃止之曰："妾意郎君幼读儒书，当发奋励志，扬名显亲，非若寻常俗子可比，今日交会，可无言而就寝乎？妾今谬出鄙句，郎君若能随口应答，妾即与君共枕；若才力不及，郎君宜再赴学读书，今宵恐违所愿。"查生即命出题。贞娘乃出诗句道："点灯登阁各攻书。"查生思了半晌，未能应答，不觉面有惭色，遂即辞妻执灯径往学宫而去。是时学中诸友见查生尽夜而来，皆向前问道："兄今宵洞房花烛，正宜同伴新人，及时欢会行乐，何独抛弃新人至此，敢问其故？"查生因诸友来问，即以其妻所出诗句告之诸友，咸皆未答而退。内存一人姓郑名正者，平生为人极戏谑，听得查生此言，随即漏夜私回，径往查生房内与贞娘宿歇。原来贞娘自悔偶然出此戏联，实非有心相难他，不期丈夫怀羞而去，心中懊悔不及，及见郑正入房，贞娘只谓查生回家歇宿，哪知是假的，乃问道："郎君适问不能对答而去，今倏又回，莫非思得佳句乎？"郑正默然不答。贞娘忖是其夫怀怒，亦不再问。郑正乃与贞娘极尽交欢之美，未及天明而去。及天明，查生回家，乃与贞娘施礼道："昨夜承瞻佳句，小生学问荒疏，不能应答，心甚愧赧，有失陪奉。"贞娘道："君昨夜已回，缘何言此诳妾？"再三诘问其故，查生以实未回答之。贞娘细思查生之言，已知其身被他人所污，遂对查生道："郎君若实未回，愿郎君前程万里，从今后可奋志攻书，不需顾恋妾也。"言罢，即入房中自缢。移时，查生知之，即与父母径往，救之不及。查生痛悲，不知其故，昏厥于地。父母急救方醒，只得具棺殡葬贞娘。

不觉时光似箭，又是庆历三年八月中秋节，包公按临至临颍县，直升入公厅坐下。公厅庭前旁边有一桐树，树下阴凉可爱，包公唤左右把虎皮交椅移倚在桐树之下，玩月消遣，偶出诗句云：移椅倚桐同玩月。寻思欲凑下韵，半晌不能凑得，遂枕椅而卧。似睡非睡之间，朦胧见一女子，年近二八，美貌超群，昂然近前下跪道："大人诗句不劳寻思,何不道:点灯登阁各攻书。"包公见对得甚工,即问道:"你这女子住居何处?可通名姓。"女子答道:"大人若要知妾来历,除非本县学内秀才可知其详。"言讫,化阵清风而去。

　　包公醒时,辗转寻思此事奇怪。次日出牌,吩咐左右唤齐临颍县学秀才,来院赴考。包公出《论语》中题目,乃是"敬鬼神而远之"一句,与诸生作文,又将"移椅倚桐同玩月"诗句,出在题尾。内有秀才查彝,因见诗句耦合其妻贞娘前语,遂即书其下云:"点灯登阁各攻书。"诸生作文已毕,包公发令出外伺候。包公正看卷时,偶然见查彝诗句符合梦中之意,即唤查彝问道:"吾观汝文章亦只是寻常,但对诗句大有可取,吾谅此诗必请他人为之,非汝能作也。吾今识破,可实言之,不得隐讳。"查彝闻言,一一禀知。包公又问道:"吾想汝夜往学中之时,内中必有平日极善戏谑之人,知汝不回,故诈托汝之躯,与汝妻宿,污其身体,汝妻怀羞以致身死。汝可逐一说来,吾当替汝申冤。"查彝禀道:"生员学中只有姓郑名正者,平生极好戏谑。"包公听罢,即令公差拘唤郑正到台审勘。郑正初时抵死不认,后受极刑,只得供招:贞娘诗句,查彝不能答对,怀羞到学与诸友言及此情,我不合起意,假身奸污,以致贞娘之死,服罪招认。包公取了供词,即将郑正依拟因奸致死一命,即赴法场处决。士论帖服。

第四十回 徐淑云赠银助国材
庞学吏贪心杀雪梅

话说顺天任县徐卿、郑贤二人，同窗数载。卿妻只生一女，名淑云；贤妻生有一子，名国材。二人后得高科，俱登朝议职，遂有秦晋之心，因无媒妁之言，乃以结襟为记，誓无更变。不觉光阴似箭，人事屡移。国材年至十八，聪明俊慧，无书不读，不幸父母双亡，不数年家资消乏。徐卿见他家贫，遂欲将女嫁与别家。国材亦不敢启齿，情愿写下离书。淑云性格乖巧，文墨素谙，闻知父母负约，不肯还配郑郎，忧闷香闺，日食减少。不觉又过一年，宗师考试，材幸入泮宫，馆于儒学西斋。淑云闻材进学，悄使雪梅备白银十两、金杯一双，密送与郑。雪梅径往其家。访问郑官人在何处，国材堂叔郑仁道："你要寻他，可往儒学西斋去寻。"雪梅奔往儒学西斋，果见国材。雪梅道："官人万福。淑云小姐拜上，具礼在此作贺。"国材见了，收其礼物，遂与雪梅道："蒙小姐错爱，今赐厚仪，何以为当？但小生写了休书，再不敢过望，自后莫来，恐人知之，贻辱小姐。"嘱罢，送雪梅出学门回去。雪梅归家见小姐备道郑官人所说言语。淑云道："忠臣不事二主，烈女岂更二夫。纵使老爷要我改嫁，有死而已。"次日，着雪梅再往儒学去与郑相公说，叫他二更时分到后园内，把金银赠他，娶小姐回归。材诺其言。不妨隔墙学吏庞龙窃听其所约，心萌一计，至夜来，恰遇国材与同窗友饮酒醉睡，庞龙投入园内，将槐树一摇，那雪梅叫一声："郑官人来也。"手中携了白银一封、金钗数副并情书一纸走将出来，低头细看，却不是郑官人，回身欲转，庞龙遂拔出利刀将雪梅一刀杀死，推入园池里，取出金银而走。那淑云等到天明，不见雪梅回来，心中怀疑。这时国材醒来，已自天晓，记起昨日之约，今误却了大事，闷闷不已。

次日，徐卿不见雪梅，令家人遍处寻觅，寻到花园中，只见池边有血迹，即唤众人池内捞看，却是雪梅被人杀死。身边遗下一个纸包。卿令开那包来看，却是一封情书。

那徐卿看了情书后大怒，遂具告于县。知具薛堂即令快手捉拿郑国材到厅鞫问，郑国材不认其事。徐卿将淑云书信对理，国材见是小姐亲笔，哑口无言。薛堂将材拷打一番收监听决。徐卿是夜私送黄金百两，贿托薛堂致死国材。薛堂受了那金子，也不论国材招与不招，只管呼令左右将材钉了长枷问决，做一纸文书解上顺天府去。

　　是时顺天府尹却是包公。国材将前情逐一告诉，包公令张千将国材收监听决。材自入禁中，手不释卷，禁中人等无不欣羡，知礼者另加钦敬。适包公提监，闻材书声不绝，心中暗想：此子绝非谋财害命之徒，后日必有大用。是夜祝告天地乃寝，梦见有诗一首于壁上。曰：雪压梅花映粉墙，龙骑龙背试梅花；世人若识其中趣，池内冤伸脱木才。包公醒来，忖度半晌，方悟其意。次日升堂，拘唤庞龙来府究问。庞龙到厅诉道："小的乃学吏，并无受贿，老爷虎牌来拘，有何罪过？"包公道："这死囚胆大包天！悄人徐园，杀死雪梅，得金银若干，你还要强辩？"喝令李万捆打，将长枷钉了。庞龙失色大惊，心想：这桩秘事包公何得而知？真乃神人！只得直招。包公问道："你夺去金首饰二副，白银一百，今还有几多否？"庞龙道："银皆费尽，只有首饰未动。"遂差张千押庞龙回取首饰来，又责庞龙一百棍，囚入狱中。令人唤徐卿、淑云到台。包公喝道："你这老贼重富轻贫，负却前盟，是何道理？"令张千唤出郑国材到厅，打开长枷，给衣帽与他穿了。又唤门子摆起香案花烛，令淑云就在厅上与国材拜了夫妇，库内给银二十两与国材安家。将金首饰还了徐氏回家，追庞龙家产变银偿还淑云夫妇。将徐卿赶出。那夫妇叩头拜谢包公而去。包公令公牌取出庞龙，押往法场，斩首示众。申奏朝廷，将薛知县配三千里。后郑国材联科及第。

第四十一回　邱一所抢伞耍无赖　罗进贤骂官怨不平

　　话说有民罗进贤，二月十二日天下大雨，擎了一伞出门探友，行至后巷亭，有一后生求帮伞。进贤不肯道："如此大雨，你不自备伞具，我一伞焉能遮得两人！"其后生乃是城内光棍邱一所，花言巧计，最会骗人，乃诡词道："我亦有伞，适间友人借去，令我在此稍待，我今欲归甚急，故求相庇，兄何少容人之量。"罗生见说，遂与他帮伞。行到南街尾分路，邱一所夺伞在手道："你可从那里去！"罗进贤道："把伞还我。"邱一所笑道："明日还罢，请了。"进贤赶上骂道："这光棍！你帮我伞，还要拿到哪里去？"邱一所亦骂道："这光棍！我当初原不与你帮，今要冒认我的伞，是何道理？"罗进贤忍气不住，扭打在包公衙门去。包公问道："你二人伞有记号否？"皆道："伞乃小物，哪有记号。"包公又问道："可有干证否？"罗进贤道："彼在后巷帮我伞，未有干证。"邱一所道："他帮我伞时有二人见，只不晓得名姓。"包公又问："伞值价几多？"罗进贤道："新伞乃值五分。"包公怒道："五分银物亦来打搅衙门。"令左右将伞扯破，每人分一半去，将二人赶出去。密嘱门子道："你去看二人说些什么话，依实来报。"门子回复道："一人骂老爷糊涂不明；一人说，你没天理争我伞，今日也会着恼。"遂命皂隶拿他二人回来问道："谁骂我者？"门子指罗进贤道："是此人骂。"包公道："骂本管地方官长，该当何罪？"罚打二十。罗进贤道："小人并不曾骂，真是冤枉。"邱一所道："明是他骂，到此就赖着。他白占我伞是的了。"包公道："不说起争伞，几乎误打此人，分明是邱一所白占他伞，我判不明，伞又扯破，故彼不忿，怒骂我。"邱一所道："他贪心无厌，见伞未判与他，故轻易骂官。伞哪里是他的？"包公道："你这光棍，何故敢欺心？今尚陷人于罪。是以我故扯破此伞试你二人之真伪，不然，哪里有工夫去拘干证审此小事。"将一所打十板，仍追银一钱以偿进贤。适有前在后巷见邱一所骗帮者二人，其一乃是粮户孙符，见包公审出此情，不觉抚掌道："此真是生城隍也，不需干证。"包公鞫问所言何事，孙符乃言邱一所帮伞之因，"后来老爷断得明白，故小人不觉叹服。"包公益知所断不枉。

第四十二回 邹樵夫卖柴误失刀
卢生员昧心辱斯文

话说有民邹敬,砍柴为生。一日进山采樵,即挑入城内去卖,其刀插入柴内,忘记拔起,带柴卖与生员卢日乾去,得银二分归家。及午后复去砍柴,方记得刀在柴内,忙往卢家去取。日乾小气不肯还。邹敬在家取索甚急,发言秽骂。乾乃包公得意门生,恃此势力,就写帖命家人送县。包公问及根由,知事体颇小,将邹敬责五板发去。

敬被责不甘,复往日乾门首大骂不止,日乾乃衣巾亲见包公道:"邹敬刁顽,蒙老师责治,彼反撒泼,又在街上大骂,乞加严治,方可警刁。"包公心上思量道:"彼村民敢肆骂秀才,此必刀真插在柴内,被他隐瞒,又被刑责,故忿不甘心。"乃命快手李节密嘱道:"如此如此。"又将邹敬锁住等候。李节领命到卢日乾家中道:"卢娘子,那村夫骂你相公,送在衙内,先番被责五板,今又被责十板,你相公教我来说,如今把柴刀还了他罢。"卢娘子道:"我官人缘何不自来?"李节道:"你相公见我老爷,定要退堂侍茶,哪里便回得。"娘子信以为真,即将柴刀拿出还之。李节将刀拿回衙呈上:"老爷,刀在此。"邹敬道:"此正是我的刀。"日乾便失色。包公故意喝道:"邹敬,休怪本官打你,你既要取刀,只该善言相求,他未去看,焉知刀在柴中?你便敢出言骂,且问你辱骂斯文该当何罪?我轻罚你只打五板,秀才的帖中已说肯把刀还你,你去又骂,今刀虽与你去,还该打二十板。"邹敬磕头求赦。包公道:"你在卢秀才面前磕头请罪,便赦你。"邹敬吃惊,即在日乾前一连磕了几个头,连忙走出去。包公乃责日乾道:"卖柴生计,至为辛苦,你忍瞒其柴刀,仁心安在?我若偏护斯文,不究明白,又打此人,是我有亏小民了。我在众人前说你自肯把刀还他,令邹敬叩谢,亦是惜汝廉耻两字。"说得日乾满面羞惭,无言可答而退。包公遣人到卢家赚出柴刀,是其智识;人前回护,掩其过衍,是其厚重;背后叮咛,责其改过,是其教化。一举而三善备焉。

第四十三回 红牙球入帘牵真情
潘官人出门斩假鬼

话说京中有一富家，姓潘名源柳，人称为长者，原是官宦之家。有一子名秀，排行第八，年方二十，风姿洒落。一日，清明时节，长者各祭仪登坟挂钱。其家有红牙球一对，乃国家所出之宝，是昔日真宗赐与其祖的。长者出去后，秀带牙球出外闲耍片时，约步行来，忽见对门刘长者家朱门，帘幕半垂，下有红裙，微露小小弓鞋，潘秀不觉魂丧魄迷，思欲见之而不可得。忽见一个浮浪门客王贵，遂与秀答言道："官人在此伺候，有何事？"秀以直告。王贵道："官人要见这女子有何难处？"遂设一计，令秀向前将球子闲戏，抛入帘内，佯与赶逐球子，揭开珠帘，便可一见。秀如其言，但见此女年方二八，杏眼桃腮，美容无比，与之作揖。此女名唤花羞，便问："郎君缘何到此？"秀答道："因闲耍失落一牙球，赶来寻取，触犯娘子，望乞恕罪。"此女见秀丰仪出众，心甚爱之。遂含笑道："今日父母俱出踏青，幸汝相逢，机缘非偶，愿与郎君同饮一杯，少叙殷勤。"秀听罢，且疑且惧，不敢应声。此女遂即扯住秀衣道："若不依允，即告到官。"秀不得已遂从之。二人香闺中对斟，饮罢，两情皆浓。女子问道："君今年青春几何？"秀答道："虚度十九春矣。"女子又问："曾娶亲否？"秀道："尚未及婚。"女子道："吾亦未尝许人，君若不嫌淫奔之名，愿以侍奉君子。"秀惊答道："已蒙赐酒，足见厚意。娘子若举此情，倘令尊大人知之，小生罪祸怎逃？"女子道："深闺紧密，父母必不知情，君子勿惧。"秀见女子意坚，情兴亦动，二人同入罗帐，共偕鸳侣。云收雨散，秀即披衣起来辞去。女子遂告秀道："妾有衷曲诉君。今日幸得同欢，妾未有家，君未有室，何不两下遣媒，结为夫妇？"秀许之，二人遂指天为誓，彼此切莫背盟。秀即归家，日夜相思，如醉如痴，情怀不已，转而憔悴。其父母再三问其故，秀不得已，遂以刘氏女相爱之情告之。父母甚怜之，急忙遣媒人去与刘长者议婚。刘长者对媒人道："吾上无男子，只有花羞一女，不能遣之嫁出，纳婿在家则可。"媒人归告潘长者，长者思忖道：吾亦只此一子，如何可出外就亲，想是刘家故为此说推托，绝难成就。遂与秀说："刘家既不愿为婚，京中多有豪富,何愁无亲？吾当别议他姻。"秀默然,遂成耽搁,后竟别议赵家女为配,因此潘秀与花羞女绝念。及成亲之日,行装盈门,笙簧嘹亮。是日,花羞在门外眺望,遂问小婢:"潘家今日何事如此喧闹？"小婢答道:"潘郎娶赵家女,今日成亲。"花羞听了,追思往事,垂泪如雨,自悔自怨,转思之深,说不出来,遂气闷而死。父母哭之甚哀,竟不知其故。遂令仆王温、李辛葬于南门外。

李辛回家,天色已晚,思想花羞女容颜可爱,心甚不忍舍,即告父母道:"今夜有件事外出一走。"父母允之,李辛至二更时候,月色微明,遂去掘开坟,劈开棺木,但见花羞女容貌如存。李辛思量:"可惜这娘子,与他尸骸合宿一宵,虽死亦甘心。"道罢,即揭起衣衾,与之同睡。良久,忽见花羞微微身动,眼目渐开,未几,略能言,问:"谁人敢与我同睡？"李辛惊道:"吾乃你家之仆李辛,主翁令我葬娘子在此,我因不忍舍,今夜掘开棺木看看娘子如何,不意娘子醒来,实乃天幸。"花羞已省人事,忽忆家中前日的事,遂以其情告李辛道:"只因潘秀负盟,以致闷死。今天赐还魂,幸有缘遇汝掘开坟墓,再得重生。此恩无以为报,今亦不愿回家,愿与汝结为夫妇。棺木中所有衣服物件,尽与汝拿去。"李辛甚喜,仍然掩了坟墓,遂与花羞同归,天尚未晓,到家叩门。其母开门见李辛带一妇人同回,怪而问之,辛告其母道:"此女原在娼家,与儿相识数载,今情愿弃了风尘,与儿为姻,今日带归见父母。"母信其言,二人遂成夫妇,情切相爱,人不知是花羞女也。李辛尽以其衣服首饰散卖别处,因而致富。

半年余,偶因邻家冬夜失火,烧至李辛房舍,花羞慌忙无计,可怜单衣惊走,无所适从,与李辛各散东西,行过数条街巷,栖栖无依。忽认得自家楼屋,花羞遂叩其父母之门,院子喝问:"谁人叩门？"花羞应道:"我是花羞女,归来见爹娘一次。"院子惊怪道:"花羞已死半年,缘何又来叩门？必是鬼魂。明日自去通报你爹娘,多将金钱衣彩焚化与娘子,且小心回去。"院子竟不敢开门。花羞欲进不得,欲去不得,风冷衣单,空垂两泪,无处投奔。忽见潘家楼上灯光闪闪,筵席未散,又去叩潘家门,门公怪问:"是谁叩门？"花羞应声:"传语潘八官人,妾是刘家花羞女,曾记得郎君昔日因戏牙球,遂得见一面,今夜有些事,特来投奔。"门公遂报潘秀,秀思忖怪异,若是对门刘家女,已死半年,想是鬼魂无依,遂呼李吉点灯,将冥钱衣彩来焚与之,秀自持宝剑随身,开门果见花羞垂泪乞怜。秀告花羞道:"你父母乃是大富之家,回去觅取些香楮便了,何故苦苦来缠我？"言罢,烧了冥钱,急令李吉闭了门。那花羞连声叫屈不肯去，道："你好负心人也！好不伤感。"秀大怒，复出门外挥剑斩之，遂闭门而卧。五更将尽，军巡在门外大叫："有一个无头的妇人在外，遍身带血。"都巡遂申报府衙去了。

是时轰动街坊，刘长者闻得此事，怀疑不定。是夕，梦见花羞女来告称："我被潘八杀了，尸骸现在他家门外，乞爹爹申雪此冤。"言讫，竟掩泪而去。长者睡觉醒来以此梦告其妻道："花羞女想必是还魂，被人开了墓。"待明日去掘开坟墓看时，果然不见尸骸，遂具状呈告于包公。包公即差人唤潘秀，不多时公差拘到，包公以盗开坟墓、杀了花羞事问之，秀不知其情，无言可应。包公根勘秀之缘由，秀逐一具供剑斩鬼魂情由，包公疑而未决，将潘秀监收狱中，随即具榜遍挂四门：为捉到潘秀杀了花羞事，但潘秀不肯招认，不知当初是谁人开墓，救得花羞还魂，前来报知，给予赏钱一千贯。李辛见此榜，遂入府衙来告首请赏，一一具言花羞还魂事。包公遂判李辛不合开坟，致令潘秀误杀花羞，将李辛处斩，潘秀免罪。后潘秀追思花羞之事，忧念深重，遂成羸疾而死，是花羞女怨恨之报也。

第四十四回　施桂芳游园入奇境
何表兄避讼蒙冤屈

话说四川成都府有一人姓何名达，为人刚直，年四十岁尚未有嗣。忽一日与叔子何隆争论未分的产业，隆亦是个好刁之徒，不容相让，讼之于官，连年不决，以此兄弟致仇。何达欲思避身之计，来见姑之子施桂芳商议其事，桂芳原是宦族，幼习诗书，聪明才俊，尚未娶妻。那日见表兄来家，邀入舍中坐下，问其来由。达道："只因讼事一节，连年烦扰，伤财涉众，悔之莫及，思欲为脱身之计，特来与弟商议。"桂芳道："兄若不言，小弟当要告知，目前有故人韩节使官任东京，时遣人相请，兄何不整理行装同小弟相访一遭，且得游玩京城景致，得以避此是非。"达闻言大喜，即辞桂芳归家，与妻说知，收拾衣资之类，约日与桂芳并家人许一离成都望东京进发。将行了二十余日，望见东京城不远，将晚，歇城东山店，明日清早入城，访问韩节使消息，人答道："按巡郡邑，尚未转衙。"以此桂芳与何达留止城东驿舍中，等待韩节使回来。清闲无事，每日二人只是饮酒寻芳，闻有景致处，即便观玩。

一日，何达同桂芳游到一个所在，遥见楼阁隐隐，风送钟声。何达道："前面莫不是佳境？与弟同前访看。"桂芳随步行来，却是一古寺。二人入得寺来，却遇二老僧在佛堂上讲经，见有客至，便起身施礼，请入方丈，分宾主坐定。僧人问："秀士何来？"桂芳答道："访故人不遇，特过宝刹观览。"僧令童子奉茶，何、施二人茶罢，又令童子取钥匙开各处门与何、施二人观景。何、施登罗汉阁观览一番，只见寺前一座树林，幽奇苍郁，古木森森，便问童子："那一座树林是何处？"童子答道："原是刘太守所置花园，太守过后，今已荒废多时，只一园林木而已。"桂芳听罢，对何达说道："试往游玩一番。"经游其地，但见园墙崩塌，砌石斜欹，狐踪兔迹，交驰草径。桂芳叹道："昔人初置此园，岂期今日如是。"忽然何达说："适才失落一手帕，内有碎银几两，莫非在佛阁上，弟且少待，我去寻取便来。"言罢竟去，桂芳缓步行入竹林中，久等不来。忽有二女使从林外而入，见桂芳笑道："太守请你议事。"桂芳问道："你太守是谁？"女使道："君去便知。"桂芳忘却等候，遂随二女使而去。比及何达来寻桂芳,不知所在,四下搜寻,并无消息,日色又晚,何达忖道:"莫非他等我不来,先自回舍去了?"即抽身转驿舍来问。

当下桂芳被那女使引到一所在,但见明楼大屋,朱门绣户,却是一个官府宅第。堂上坐一仕宦,见桂芳来到,便下阶迎进堂上赐座,甚加礼敬。桂芳再三谦逊,其官宦道:"足下远来,不必固辞。老夫避居此处十数年矣,人迹不到。君今相遇,事非偶然。吾有女年长,尚未许人,欲觅一佳婿不得,今愿以奉君,幸勿见阻。"桂芳正不知如何答应,那仕宦便吩咐使女,备筵席与秀士今夕毕礼。桂芳惶惧辞让,群女引之入室,锦帐绣帏,金碧辉煌,一美人出与相揖,遂谐伉俪。桂芳欢悦得此佳偶,真乃奇遇。自后再不见太守的面,但终日与群妇人拥簇嬉戏而已。

比及何达走回驿舍中,问家人许一:"曾见桂官人回来否?"许一道:"桂官人与主人一同出城未转。"何达惊疑,只恐在林中被大虫所伤,过了一宵。次日再往寺中访问,并无知者。何达至晚只得怏怏转回驿舍。停候十数日,并没消息,与家人商议,收拾回家。那往日官司未息,何隆访得达归,问及施桂芳没有下落,即以何达谋死桂芳情由具状告于本司。有司拘根其事,何达无辞相抵,遂被监禁狱中。何隆怀仇欲报,乘此机会,要问何达偿命,衙门上下用了贿赂,急催勘其事。何达受刑不过,只得招成了谋害之事,有司叠成文案,该正大辟,解赴西京决狱。

时值包公为护国张娘娘进香,跑到西京玉妃庙还愿,事毕经过街道,望见前面一道怨气冲天而起,便问公牌:"前面人头簇簇,有何事故?"公牌禀道:"有司官今日在法场上决罪人。"包公忖道:内中必有冤枉之人。即差公牌报知,罪人且将审实,方许处决。公牌急忙回复,监斩官不敢开刀,随即带犯人来见包公。包公根勘之,何达悲咽不止,将前事诉了一遍。包公听了口词,又拘其家人问之,家人亦诉并无谋死情由,只不知桂官人下落,难以分解。包公怪疑,令将何达散监狱中,再候根勘。

次日,包公吩咐封了府门,扮作青衣秀士,只与军牌薛霸、何达家人许一,共三人,来古寺中访问其事。恰值二僧正在方丈闲坐,见三人进来,即便起身迎入坐定。僧人问:"秀士何来?"包公答道:"从四川到此,程途劳倦,特扰宝刹,借宿一宵,明日即行。"僧人道:"恐铺盖不周,寄宿尽可。"于是,包公独行廊下,见一童子出来,便道:"你领我四处游玩一遍,与你铜钱买果子吃。"童子见包公面色异样,笑道:"今年春间,两个秀才来寺中游玩,失落了一个,足下今有几位来?"包公正待根究此事,听童子所言,遂赔小心问之,童子叙其根由,乃引出山门用手指道:"前面那茂林内,常出妖怪迷人。那日一秀士入林中游行,不知所在,至今未知下落。"包公记在心中,就于寺内过了一宿。次日同许一去林中行走,根究其事。但见四下荒寂,寒气袭人,没有一些动静。正疑惑间,忽听林中有笑声,包公冒荆棘而入,只见群女拥着一男子在石上作乐饮酒。包公近前呵叱之,群女皆走没了,只遗下施桂芳坐在林中石上,昏迷不省人事,包公令薛霸、许一扶之而归。过了数日,桂芳口中吐出恶涎数升,如梦方醒,略省人事,包公乃开府衙坐入公案,命薛霸拘何隆一干人到阶下,审勘桂芳失落之由。桂芳遂将前情道知,言讫,呜咽不胜。包公道:"吾若不亲到其地,焉知有此异事。"乃诘何隆道:"汝未知人之生死,何妄告达谋杀桂芳?今桂芳尚在,汝当何罪?"何达泣诉道:"隆因家业不明,连年结讼未决,致成深仇,特以此事欲置小人于死地。"包公信以为然。刑拷何隆,隆知情屈,遂一一招承。包公叠成文案,将何隆杖一百,发配沧州军,永不回乡;治下衙门官吏受何隆之贿赂,不明究其冤枉,诬令何达屈招者,俱革职役不恕;施桂芳、何达供明无罪,各放回家。

第四十五回　曹国舅害民被正法　包文正迅雷沛甘霖

话说潮州潮水县孝廉坊铁邱村有一秀士，姓袁名文正，幼习儒业，妻张氏，美貌而贤，生个儿子已有三岁。袁秀才听得东京将开南省，与妻子商议要去赴试。张氏道："家中贫寒，儿子又小，君若去后，教妾靠着谁人？"袁秀才答道："十年灯窗之苦，指望一举成名。既然贤妻在家无靠，不如收拾同行。"两个路上晓行夜住，不一日到了东京城，投在王婆店中歇下，过了一宿。次日，袁秀才梳洗饭罢，同妻子入城玩景，忽一声喝道前来，夫妻二人急躲在一边，看那马上坐着一位贵侯，不是别人，乃是曹国舅二皇亲。国舅马上看见张氏美貌非常，便动了心，着军牌请那秀才到府中说话。袁秀才闻得是国舅，哪里敢推辞，便同妻子入得曹府来，国舅亲自出迎，叙礼而坐，动问来历。袁秀才告知赴试的事，国舅大喜，先令使女引张氏入后堂相待去了，却令左右抬过齐整筵席，亲劝袁秀才饮得酩酊大醉，密令左右扶向僻处用麻绳绞死，把那三岁孩儿亦打死了。可怜袁秀才满腹经纶未展，已作南柯一梦。比及张氏出来要同丈夫转店，国舅道："袁秀才饮已过醉，扶入房中睡去。"张氏心慌，不肯出府，欲待丈夫醒来。挨近黄昏，国舅令使女说与他知："说她丈夫已死的事。且劝他与我为夫人。"使女通知其事，张氏号啕大哭，要寻死路。国舅见他不从，令监在深房内，命使女劝谕不提。

且说包公到边庭犒劳三军，回朝复命已毕，即便回府。行过石桥边，忽马前起一阵狂风，旋绕不散。包公付道：此必有冤枉事。便差手下王兴、李吉随此狂风跟去，看其下落。王、李二人领命，随风前来，那阵风直从曹国舅高衙上落下。两个公牌仰头看时，四边高墙，中间门上大书数字道："有人看者，割去眼睛，用手指者，砍去一掌。"两公牌一吓，回禀包公，公怒道："彼又不是皇上宫殿，敢如此乱道！"遂亲自来看，果然是一座高院门，正不知是谁家贵宅。乃令军牌问一老人，老人禀道："是皇亲曹国舅之府。"包公道："便是皇亲亦无此高大，彼只是一个国舅，起甚这样府院。"老人叹了一声气道："大人不问，小老儿哪里敢说。他的权势比当今皇上还胜，有犯在他手里的，便是铁枷；人家妇女生得美貌，便拿去奸占，不从者便打死，不知害死几多人命。近日府中因害得人多，白日里出怪，国舅住不得，今合府移往他处去了。"包公听了，遂赏老人而去。包公回衙后久思不得其计，不觉沉沉睡去。忽然，一阵风起，一冤魂手抱三岁孩儿，随公牌来见包公。包公见其披头散发，满身是血，将赴试被曹府谋死，弃尸在后花园井中的事，从头诉了一遍。包公又问："既汝妻在，何不令他来告状？"文正道："妻子被他带去郑州三个月，如何能够得见相公？"包公道："汝且去，我与你判理。"说罢，冤魂依前化一阵风而去。包公一惊醒来。却是一场梦。次日升厅，集公牌吩咐道："昨夜冤魂说，曹府后花园井里藏得有千两黄金，有人肯下去取来，分其一半。"王、李二公差回禀愿去，吊下井中，二人摸着一死尸，十分惊怕，回衙禀知包公。包公道："我不信，就是尸身亦捞起来看。"二人复又吊下井去，取得尸身起来，抬入开封府衙。

包公令将尸放于东廊下，便问牌军曹国舅移居何处，牌军答道："今移在狮儿巷内。"即令张千、李万备了羊酒，前去作贺他。包公到得曹府，大国舅在朝未回，其母郡太夫人大怒，怪着包公不当贺礼。包公被夫人所辱，正转府，恰遇大国舅回来，见包公，下马叙问良久，因道知来贺被夫人羞叱。大国舅赔小心道："休怪。"二人相别。国舅到府烦恼，对郡太夫人道："适间包大人遇见儿子道，来贺夫人，被夫人羞辱而去。今二弟做下逆理之事，倘被他知之，一命难保。"夫人笑道："我女儿现为正宫皇后，怕他怎么？"国舅道："今皇上若有过犯，他且不怕，怕甚皇后？不如写书与二弟，叫他将秀才之妻谋死，方绝后患。"夫人依言，遂写书一封，差人送到郑州。二国舅看罢也没奈何，只得用酒灌醉张娘子，正待持刀入房要杀，看她容貌不忍下手，又出房来，遇见院子张公，道知前情。张公道："国舅若杀之于此，则冤魂不散，又来作怪。我后花园有口古井，深不见底，莫若推于井中，岂不干净。"国舅大喜，遂赏张公花银十两，令他缚了张氏，抬到园来。那张公有心要救张娘子，只待她醒来。不一时张氏醒来，哭告其情，张公亦哀怜之，密开了后门，将十两花银与张娘子作路费，教他直上东京包大人那里去告状。张氏晓行夜宿，历尽千辛，终到东京。忽见一店，抬起头望时，正是旧日王婆店门首，入去投宿。王婆认得，诉出前情，王婆亦为之下泪，乃道："今日五更，包大人去行香，待他回来，可截马头告状。"张氏请人写了状子，走出街来，正遇见一官到，去拦住马头叫屈。哪知这一位官不是包大人，却是大国舅，见了状子大惊，就问他一个冲马头的罪，登时用棍将张氏打昏了，搜检身上有银十两,亦夺得去,将尸身丢在僻巷里。王婆听得消息忙来看时,气尚未绝,连忙抱回店中救醒。过二三日,探听包大人在门首过,张氏跪截马头叫屈。包公接状,便令公差领张氏入府中去廊下认尸,果是其夫。又拘店主人王婆来问,审勘明白,令张氏入后堂,发放王婆回店。包公思忖:先捉大国舅再作理会。即诈病不起。

上闻公病,与群臣议往视之,曹国舅启奏:"待微臣先往,陛下再去未迟。"上允奏。次日报入包府中,包公吩咐齐备,适国舅到府前下轿,包公出府迎入后堂坐定,叙慰良久,便令抬酒来,饮至半酣,包公起身道:"国舅,下官前日接一纸状,有人告说丈夫、儿子被人打死,妻室被人谋了,后其妻子逃至东京,又被仇家打死,幸得王婆救醒,复在我手里又告,已准他的状子,正待请国舅商议,不知那官人姓甚名谁?"国舅听罢,毛发悚然。张氏从屏风后走出,哭指道:"打死妾身正是此人。"国舅喝道:"无故赖人,该得何罪?"包公大怒,令军牌将国舅捉下,去了衣冠,用长枷监于牢中。包公恐走漏消息,闭上了门,将随带来之人尽行拿下。思忖捉二国舅之计,遂写下假家书一封,已搜出大国舅身上图书,用朱印讫,差人星夜到郑州,道知郡太夫人病重,急速回来。二国舅见书认得兄长图书,急忙转回东京,到府遇见包公,请入府中叙话。酒饮三杯,国舅起身道:"家兄有书来,说道郡太病重,尚容另日领教。"忽厅后走出张氏,跪下哭诉前情,国舅一见张氏,面如土色。包公便令捉下,枷入牢中。从人报知郡太夫人,夫人大惊,急来见曹娘娘说知其事。曹皇后奏知仁宗,仁宗亦不准理。皇后心慌,私出宫门来到开封府与二国舅说方便。包公道:"国舅已犯大罪,娘娘私出宫门,明日为臣见圣上奏知。"皇后无语,只得复回宫中。次日,郡太夫人奏于仁宗,仁宗无奈,遣众大臣到开封府劝和。包公预知其来,吩咐军牌出示:彼各自有衙门,今日但入府者便与国舅同罪。众大臣闻知,哪个敢入府来?上知包公绝不容情,怎奈郡太夫人在金殿哀奏,皇上只得御驾亲到开封府,包公近前接驾,将玉带连咬三口奏道:"今又非祭天地劝农之日,圣上胡乱出朝,主天下有三年大旱。"仁宗道:"朕此来端为二皇亲之故,万事看朕分上恕了他吧!"包公道:"既陛下要救二皇亲,一道赦文足矣,何劳御驾来临?今二国舅罪恶贯盈,若不依臣启奏判理,情愿纳还官诰归农。"仁宗回驾。包公令牢中押出二国舅赴法场处决。郡太夫人得知,复入朝哀恳圣上降赦书救二国舅,皇上允奏,即颁赦文,遣使臣到法场,包公跪听宣读,只赦东京罪人及二皇亲,包公道:"都是皇上的百姓犯罪,偏不赦天下,赦只赦东京!"先把二国舅斩讫,大国舅等待午时开刀。郡太夫人听报斩了二国舅,忙来哭奏皇上。王丞相奏道:"陛下须通行颁赦天下,方可保大国舅。"皇上允奏,即草诏颁行天下,不论犯罪轻重,一齐赦免。包公闻赦各处,乃当场开了大国舅长枷,放回府中,见了郡太夫人,相抱而哭。国舅道:"不肖深辱父母,今在死中复生,想母亲自有人侍奉,为儿情愿纳还官诰,入山修行。"郡太夫人劝留不住。后来曹国舅得遇真人点化,入了仙班,此是后话不题。

却说包公判明此段公案,令将袁文正尸首葬于南山之阳。库中给银三十两,赐予张氏,发回本乡。是时遇赦之家无不称颂包公仁德。包公此举,杀一国舅而文正之冤得申,赦一国舅而天下罪囚皆释,真能以迅雷沛甘霖之泽者也。

第四十六回 宋仁宗认母审奸臣
刘娘娘私赂露机关

话说包公自赈济饥民，离任赴京来到桑林镇宿歇。吩咐道："我借东岳庙歇马三朝，地方倘有不平之事，许来告首。"忽有一个住破窑婆子闻知，走来告状。包公见那婆子两目昏暗，衣服垢恶，便问："汝是何人？要告什么不平事？"那婆子连连骂道："说起我名，便该死罪。"包公笑问其由。婆子道："我的屈情事，除非是真包公方断得，恐你不是真的。"包公道："你如何认得是真包公、假包公？"婆子道："我眼看不见，要摸颈后有个肉块的，方是真包公，那时方申得我的冤。"包公道："任你来摸。"那婆子走近前，抱住包公头伸手摸来，果有肉块，知是真的，在脸上打两个巴掌，左右公差皆失色。包公也不生气，便问婆子："有何事？你且说来。"那婆子道："此事只好你我二人知之，须要遣去左右公差方才好说。"包公即屏去左右。婆子知前后无人，放声大哭道："我家是亳州亳水县人，父亲姓李名宗华，曾为节度使，上无男子，单生我一女流，只因难养，年十三岁就入太清官修行，尊为金冠道姑。一日，真宗皇帝到宫行香，见吾美丽，纳为偏妃，太平二年三月初三日生下小储君，是时南宫刘妃亦生一女，只因六宫大使郭槐作弊，将女儿来换我小储君而去，老身气闷在地，不觉误死女儿，被因于冷宫，当时张院子知此事冤屈，六月初三日见太子游赏内苑，略说起情由，被郭大使报与刘后得知，用绢绞死了张院子，杀他一十八口，直待真宗晏驾，我儿即位，颁赦冷宫罪人，我方得出，只得来桑林镇觅食，万望奏于主上，伸妾之冤，使我母子相认。"包公道："娘娘生下太子时，有何留记为验？"婆子道："生下太子之时，两手不直，一宫人掰开看时，左手有山河二字，右手有社稷二字。"包公听了，即扶婆子坐于椅上跪拜道："乞望娘娘恕罪。"令取过锦衣换了，带回东京。

及包公朝见仁宗，奏道："臣蒙诏而回，路逢一道士连哭了三日三夜。臣问其所哭之由，彼道：'山河社稷倒了。'臣怪而问之：'为甚山河社稷倒了？'道士道：'当今无真天子，故此山河社稷倒了。'"上笑道："那道士诳言之甚。朕左手有山河二字，右手有社稷二字,如何不是真天子?"包公奏道:"望我主把手与小臣看明,又有所议。"仁宗即开手与包公及众臣视之,果然不差。包公叩头奏道:"真命天子,可惜只做了草头王。"文武听了皆失色。上微怒道:"我太祖皇帝仁义而得天下,传至寡人,自来无有失误,何谓是草头王?"包公奏道:"既然陛下为嫡派之真主,如何不知亲生母所在?"上道:"朝阳殿刘皇后便是寡人亲生母。"包公又奏道:"臣已访知,陛下嫡母在桑林镇觅食。倘若圣上不信,但问两班文武便有知者。"上问群臣道:"包文拯所言可疑,朕果有此事乎?"王丞相奏道:"此陛下内事,除非是问六宫大使郭槐,可知端的。"上即宣过郭大使问之。大使道:"刘娘娘乃陛下嫡母,何用问焉!此乃包公妄生事端,欺罔我主。"上怒甚,要将包公押出市曹斩首。王丞相又奏:"文拯此情,内中必有缘故,望陛下将郭大使发下西台御史处勘问明白。"上允其奏,着御史王材根究其事。

当时刘后恐泄漏事情,密与徐监宫商议,将金宝买嘱王御史方便。不想王御史是个赃官,见徐监宫送来许多金宝,遂欢喜受了,放下郭大使,整酒款待徐监宫。正饮酒间,忽一黑脸汉撞入门来。王御史问是谁人,黑脸汉道:"我是三十六宫四十五院都节史,今日是年节,特来大人处讨些节仪。"王御史吩咐门子与他十贯钱,赏以三碗酒。那黑汉吃了三碗酒,醉倒在阶前叫屈。人问其故,那醉汉道:"天子不认亲娘是大屈,官府贪赃受贿是小屈。"王御史听得,喝道:"天子不认亲娘,干你甚事?"令左右将黑汉吊起在衙里,左右正吊间,人报南衙包丞相来到。王材慌忙令郭大使复入牢中坐着,即出来迎接,不见包公,只有从人在外。王御史因问:"包大人何在?"董超答道:"大人言在王相公府里议事,我等特来伺候。"王御史惊疑。董超等一齐入内,见吊起者正是包公,董超众人一齐向前解了。包公发怒,令拿过王御史跪下,就府中搜出珍珠三斗,金银各十锭。包公道:"你乃枉法赃官,当正典刑。"即令推出市曹斩首示众。

当下徐监宫已从后门走回宫中去。包公以其财物具奏天子,仁宗见了赃证,沉吟不决,乃问:"此金宝是谁人进用的?"包公奏道:"臣访得是刘娘娘宫中使唤徐监宫送去。"仁宗乃宣徐监宫问之,徐监宫难以隐瞒,只得当殿招认,是刘娘娘所遣。仁宗闻知,龙颜大怒道:"既是我亲母,何用私赂买嘱?其中必有缘故!"乃下敕发配徐监宫边远充军,着令包公拷问郭大使根由。包公领旨,回转南衙,将郭大使严刑究问,郭槐苦不肯招,令押入牢中监禁,唤董超、薛霸二人吩咐道:"汝二人如此如此，查出郭槐事因，自有重赏。"二人径入牢中，私开了郭槐枷锁，拿过一瓶好酒与之共饮，因密嘱道："刘娘娘传旨着你不要招认，事得脱后，自有重报。"郭大使不知是计，饮得酒醉了乃道："你二牌军善施方便，待回宫见刘娘娘说你二人之功，亦有重用。"董超觑透其机，引入内牢，重用刑拷勘道："郭大使，你分明知其情弊，好好招承，免受苦楚。"郭槐受苦难禁，只得将前情供招明白。次日，董、薛两人呈知包公，包公大喜，执郭槐供状启奏仁宗。仁宗看罢，召郭槐当殿审之。槐又奏道："臣受苦难禁，只得胡乱招承，岂有此事。"仁宗以此事顾问包公道："此事难理。"包公奏道："陛下再将郭槐吊在张家园内，自有明白处。"上依奏，押出郭槐前去。包公预装下神机，先着重超、薛霸去张家园，将郭槐吊起审问。将近三更时候，包公祷告天地，忽然天昏地暗，星月无光，一阵狂风过处，已把郭槐捉将去。郭槐开目视之，见两边排卜鬼兵，上面坐着的是阎罗天子。王问："张家一十八口当灭吗？"旁边走过判官近前奏道："张家当灭。"王又问："郭槐当灭否？"判官奏道："郭大使尚有六年旺气。"郭槐闻说，叫声："大王，若解得这场大事，我与刘娘娘说知，作无边功果致谢大王。"阎王道："你将刘娘娘当初事情说得明白，我便饶你罪过。"郭槐一一诉出前情。左右录写得明白，皇上亲自听闻，乃喝道："奸贼！今日还赖得过吗？朕是真天子，非阎王也，判官乃包卿也。"郭槐吓得哑口无言，低着头只请快死而已。

上命整驾回殿，天色渐明，文武齐集，天子即命排整銮驾，迎接李娘娘到殿上相见，帝母二人悲喜交集，文武庆贺，乃令宫娥送入养老宫去讫。仁宗要将刘娘娘受油锅之刑以泄其忿。包公奏道："王法无斩天子之剑，亦无煎皇后之锅。我主若要他死，着人将丈二白丝帕绞死，送入后花园中；郭槐当落鼎镬之刑。"仁宗允奏，遂依包公决断。真可谓亘古一大奇事。

第四十七回　梅商人遇祸悟神签
　　　　　　姜氏女沐浴化冤魂

　　话说河南开封府陈州管下商水县，有一人姓梅名敬，少入郡庠，家道殷实，父母俱庆，只少兄弟。娶邻邑西华县姜氏为妻，后父母双亡，服满赴试，屡科不第，乃谓其妻道："吾幼习儒业，将欲显祖耀亲，荣妻荫子，为天地间一伟人。奈何苍天不遂吾愿，使二亲不及见我成立大志已亡，诚天地间一罪人也。今辗转寻思，常忆古人有言，若要腰缠十万贯，除非骑鹤上扬州，意欲弃儒就商，遨游四海，以伸其志，岂肯屈守田园，甘老丘林。不知贤妻意下如何？"姜氏道："妾闻古人有云，在家从父，出嫁从夫。君既有志为商，妾当听从。但愿君此去以千金之躯为重，保全父母给予的身体，休贪路柳墙花。若得稍获微利，即当快整归鞭。"梅敬听得妻言有理，遂收置货物，径往四川成都府经商，姜氏饯别而去。

　　梅敬一去六载未回，一日忽怀归计，遂收拾财物，竟入诸葛武侯庙中祈签。当祷视已毕，求得一签云：

　　逢崖切莫宿，逢汤切莫浴。

　　斗粟三升米，解却一身曲。

　　梅敬祈得此签，茫然不晓其意，只得起程而回。这一日舟子将船泊于大崖之下，梅敬忽然想起签中"逢崖切莫宿"之句，遂自省悟，即令舟子移船别处，方移船时，大崖忽然崩下，陷了无限之物。梅敬心下大惊，方信签中之言有验。一路无碍至家，姜氏接入堂上，再尽夫妇之礼，略叙离别之情。时天色已晚，是夜昏黑无光。一时间姜氏烧汤水一盆，谓梅敬道："贤夫路途劳苦，请去洗澡，方好歇息。"梅敬听了妻言，又大省悟，神签道"逢汤切莫浴"，遂乃推故对妻道："吾今日偶不喜浴，不劳贤妻候问。"姜氏见夫言如此，遂不催促，即自去洗澡。姜氏正浴间，不妨被一人预匿房中，将利枪从腹中一戳，可怜姜氏姣姿秀美，化作南柯一梦。其人溜躲房外去了。梅敬在外等候，见姜氏许久不出，执灯入往浴房唤之，方知被杀在地，哭得几次昏迷。次日正欲具状告理，又不知是何人所杀。却有街坊邻舍知之，忙往开封府首告梅敬无故自杀其妻。

包公看了状词，即拘梅敬审勘。梅敬遂以祈签之事告知。包公自思：梅敬才回，绝无自杀其妻的理。乃对梅敬道："你出六年不回，汝妻美貌，必有奸夫，想是奸夫要谋杀汝，汝因悟神签的话，故得脱免其祸。今详观神签中语云：'斗粟三升米'，吾想官斗十升只得米三升，更有七升是糠无疑。莫非这奸夫就是康七吗？"梅敬道："生员对邻果有一人名唤康七。"包公即令左右拘唤来审，康七亦不推赖，叩头供状道："小人因见姜氏美貌，不合故起谋心，本意欲杀其夫，不知误伤其妻。相公明见万里，小人情愿服罪。"包公押了供状，遂断其偿命，即令典刑。远近人人叹服。

第四十八回　张兄弟误认无头尸 两客商匿妇建康城

话说东京管下袁州有一人姓张名迟者,与弟张汉共堂居住,张迟娶妻周氏,生一子周岁。适周母有疾,着家童来报其女。周氏闻知母病,与夫商议要回家看母,过数日方收拾回去。比及周氏到达母家,母病已痊,留住一月有余。忽张迟有故人潘某在临安为县吏,遣仆相请。张迟接得故人来书,次日先打发仆回报,许来相会。潘仆去后,迟与弟商议道:"临安县潘故人有书来相请,我已许约而去,家下要人看理,汝当代我前往周家说知,就同嫂嫂回来。"弟应诺。

次日,张汉径出门来到周家,见了嫂嫂道知:"兄将远行,特命我来接嫂嫂回家。"周氏乃是贤惠妇人,甚是敬叔,吩咐备酒相待。张汉饮至数杯,乃道:"路途颇远,须趁早起身。"周氏遂辞别父母,随叔步行而回。行到高岭上,乃五月天气,日色酷热,周氏手里又抱着小孩儿,极是困苦难行,乃对叔道:"日正当午,望家里不远,且在林子内略坐片时,稍避暑气再行。"张汉道:"既是行得烦累,小坐一时也好,不如先抱侄儿与我先去回报,令觅轿夫来接。"周氏道:"如此恰好。"即将孩儿与叔抱回来,正值兄在门首候望,汉说与兄知:"嫂行不得,须待人接。"迟即雇二轿夫前至半岭上,寻那妇人不见。轿夫回报,张迟大惊,同弟复来其坐息处寻之,不见。其弟亦疑谓兄道:"莫非嫂嫂有甚物事忘在母家,偶然记起,回转去取。兄再往周家看问一番。"迟然其言,径来周家问时,皆云:"自出门后已半日矣,哪曾见她转来?"张愈慌了,再与弟穿林抹岭遍寻,寻到一幽僻处,见其妻死于林中,且无首矣。张迟哀哭不止。当日即与弟雇人抬尸,用棺木盛贮了。次日,周氏母家得知此事,其兄周立极是个好讼之人,即扭张汉赴告于曹都宪,皆称张汉欲奸,嫂氏不从,恐回说知,故杀之以灭口。曹信其然,用严刑拷打,张汉终不肯诬服。曹令都官根究妇人首级,都官着人到岭上寻觅首级不得,便密地开一妇人坟墓,取出尸断其首级回报。曹再审勘,张汉如何肯招,受不过严刑,只得诬服,认作谋杀之情,监系狱中候决。

将近半年,正遇包大人巡审东京罪人,看及张汉一案,便唤张犯厅前问之,张诉前情,包公疑之:当日彼夫寻觅其妇首级未有,待过数日,都官寻觅便有,此事可疑。令散监张汉于狱中,遂唤张龙、薛霸二公牌吩咐道:"你二人前往南街头寻个卜卦人来。"适寻得张术士到。包公道:"令汝代推占一事,须虔诚祷之。"术士道:"大人所占何事,敢问主意?"包公道:"你只管推占,主意自在我心。"推出一"天山遁"卦,报与包公道:"大人占得此卦,遁者,匿也,是问个幽阴之事。"包公道:"卦辞如何?"术士道:"卦辞意义渊深难明,须大人自测之。"其辞云:

　　遇卦天山遁,此义由君问。聿姓走东边,糠口米休论。

包公看了卦辞,沉吟半晌,正不知如何解说,便令取官米一斗给赏术士而去。唤过六房吏司,包公问道:"此处有糠口地名否?"众人皆答无此地名。

包公退入后堂,秉烛而坐,思忖其事,忽然悟来。次日升堂,唤过张、薛二公牌,拘得张迟邻人萧某来到,密吩咐道:"汝带二公人前到建康地方旅舍之间,限三日内要缉访张家事情来报。"萧某以事干系情重,难以缉访,虑有违限的罪,欲待推辞,见包公有怒色,只得随二公人出了府衙,一路访问张家杀死妇人情由,并无下落。正行到建康旅舍,欲炊晌午,店里坐着两个客商,领一个年少妇人在厨下炊火造饭,二客困倦,随身卧于床上。萧某悄视那妇人,面孔相熟,妇人见萧某亦觉相识,二人看视良久。那妇人愁眉不展,近前见萧某问道:"长者从哪里来?"萧某答道:"我萍乡人氏姓萧者便是。"妇人闻之是与夫同乡,便问:"长者所居曾识张某否?"萧某大惊道:"好似我乡里周娘子!"周氏潸然泪下道:"妾正是张迟妻也。"萧乃道知张汉为其诬服在狱之故。周氏泣道:"冤哉!当日叔叔先抱孩儿回去,妾坐于林中候之,忽遇二客商挑着箸笼上山来,见妾独自坐着,四顾无人,即拔出利刀,逼我脱下衣服并鞋,妾惧怕,没奈何遂依他脱下。那二客商遂于笼中唤出一妇人,将妾衣并鞋与那妇人穿着,断取其头置笼中,抛其身子于林里,拿我入笼中,负担而行。沿途乞觅钱钞,受苦万端。今遇乡里,恰似青天开眼,望垂怜恤,报知吾夫急来救妾。"言罢,悲咽不止。萧某听了道:"今日包爷正因张汉狱事不明,特差我领公牌来此缉访,不想相遇。待我说与公牌知之,便送娘子回去。"周氏收泪进入里面,安顿那二客商。萧某来见二公牌,午饭正熟,萧其以其情说与二人知之。张、薛二人午饭罢,抢入店里面,正值二客与周氏亦在用饭。二公牌道:"包公有牌来拘你,可速去。"二客听说一声包爷,神魂惊散,走动不得,被二公牌绑缚了,连妇人直带回府衙报知。包公不胜大喜,即唤张迟来问,迟到衙会见其妻,相抱而哭。包公再审,周氏逐一告明前事，二客不能抵讳，只得招认，包公令取长枷监禁狱中，叠成案卷。包公以张汉之事已明，再勘问都官得妇人首级情由，都官不能隐瞒，亦供招出。审实一干罪犯监候，具疏奏达朝廷，不数日，仁宗旨下：二客谋杀残酷，即问处决；原问狱官曹都宪并吏司决断不明，诬服冤枉，皆罢职为民；其客商货帛赏赐邻人萧某；释放张汉；周氏仍归夫家；周立问诬告之罪，决配远方；都官盗开尸棺取妇人头，亦处死罪。事毕，众书吏叩问包公，缘何占卜遂知此事？包公道："阴阳之数，报应不差。卦辞前二句乃是助语，第三句'聿姓走东边'，天下岂有姓聿者？犹如聿字加一走之，却不是个建字！'糠口米休论'，必为糠口是个地名，及问之，又无此地名，想是糠字去了米，只是个单康字。离城九十里有建康驿名，那建康是往来要冲之所，客商并集，我亦疑此妇人被人带走，故命彼邻里有相识者往访之，当有下落。果然不出吾之所料。"众吏叩服包公神见。

第四十九回　邱家仆直言道奸情　汪牙侩灭口借龙窟

话说东京离城五里，地名湘潭村，有一人姓邱名悖，家业殷实，娶本处陈旺之女为妻。陈氏甚是美貌，却是个水性妇人，因见其夫敦重，甚不相乐。时镇西有个牙侩，姓汪名琦，生得清秀，是个风流浪子，常往来邱悖家，悖以契交兄弟情义待之。汪出入稔熟，常与陈氏交接言语。一日，汪琦来到邱家，陈氏不胜欢喜，延入房中坐定，对汪道："丈夫到庄上算田租，一时未还，难得今日你到此来，有句话当要对你说。且请坐着，待我到厨下便来。"汪琦正不知是何缘故，只得应诺，遂安坐等候。不多时陈氏整备得一席酒肴入房中来，与汪琦对饮。酒至半酣，那陈氏有心，向汪琦道："闻得叔叔未娶婶婶，夜来独眠，岂不孤单？"汪答道："小可命薄，姻缘迟缓，衾枕独眠，是所甘愿也。"陈氏笑道："叔叔休瞒我，男子汉无有妻室，度夜如年。适言甘愿，乃不得已之情，非实意也。"汪琦初则以朋友分上，尚不敢乱言，及被陈氏将言语调戏，不觉心动，说道："贤嫂既念小叔孤单，今日肯怜念我吗？"陈氏道："我倒有心怜你，只恐叔叔无心恋我。"二人戏谑良久，彼此乘兴，遂成云雨之交。正是色胆大如天，两下意投之后，情意稠密，但遇邱悖不在家，汪某遂留宿于陈氏房中，邱悖全不知觉。

邱之家仆颇知其事，欲报知于主人，又恐主人见怒；若不说知，甚觉不平。忽值那日邱悖正在庄所与佃户算账，宿于其家。夜半，邱悖对家仆道："残秋天气，薄被生寒，未知家下亦若是否？"家仆答道："只亏主人在外孤寒，家下夜夜自暖。"邱悖怪而疑之，便问："你如何出此言语？"家仆初则不肯说，及至问得急切，乃直言主母与汪某往来交密之情。邱听此言，恨不得一时天晓。次日，回到家下，见陈氏面带春风，越疑其事。是夜，盘问汪某来往情由。陈氏故作遮掩模样道："你若不在家时，便闭上内外门户，哪曾有人来我家？却将此言诬我！"邱道："不要性急，日后自有端的。"那陈氏惧怕不语。

次日清早，邱悖又往庄所去了。汪某进来见陈氏不乐，问其故，陈氏不隐，遂以丈夫知觉情由告知。汪某道:"既如此,不需忧虑,从今我不来你家便无事了。"陈氏笑道:"我道你是个有为丈夫,故有心从汝;原来是个没志量的人。我今既与你情密,须图终身之计,缘何就说开交的话?"汪某道:"然则如之奈何?"陈氏道:"必须谋杀吾夫,可图久远。"汪沉吟半晌,没有计较处,忽计从心上来,乃道:"娘子如有实愿,我谋害之计有了。"陈氏问:"何计?"汪道:"本处有一极高山巅上原有龙窟,每见烟雾自窟中出则必雨;若不雨必主旱。目下乡人于此祈祷,汝夫亦于此会,候待其往,自有处置之计。"陈氏喜道:"若完事后,其余我自有调度。"汪宿了一夜而去。

次日,果是乡人鸣锣击鼓,径往山巅祈祷,邱悖亦与众人随登,汪琦就跟到窟前。不觉天色黄昏,众人祈祷毕先散去,独汪琦与邱悖在后,经过龙窟,汪戏道:"前面有龙露出爪来。"悖惊疑探看,被汪乘势一推,悖立脚不定,坠入窟中。当下汪某跑走回来,见陈氏说知其事。陈氏欢喜道:"想我今生原与你有缘。"自是汪某出入其家无忌,不顾人知。有亲戚问及邱某多时不见之故,陈氏掩讳,只告以出外未回。然其家仆见主人没下落,甚是犹疑,又见陈氏与汪某成了夫妇,越是不平,欲告首于官,根究其事。陈氏密闻之,遂将家仆逐赶出去。

后将近一月余,忽邱悖复归家,正值陈氏与汪某围炉饮酒,见悖自外入,汪大惊,疑其是鬼。抽身入房中取出利刀呵斥,逐之出门。悖悲咽无所往,行到街前,遇见家仆,遂抱住主人问其来由。悖将当日被汪推落窟中的事说了一遍。家仆哭道:"自主不回,我即致疑,及见主母与汪某成亲,想他必然谋害于你,待诉之官,根究主人下落,竟被他赶出,不意吉人天相,复得相见,当以此情告于开封府,以雪此冤。"悖依言,即具状赴开封府衙门。包公审问道:"既当日推落龙窟,焉得不死,复能归乎?"邱悖泣诉道:"正不知因何缘故。方推下的时节,窟旁皆茅苇,因傍茅苇而落,故得无伤。窟中甚黑,久而渐光,见一小蛇居中盘旋不动,窟中干燥,但有一勺之水清甚,掬其水饮之,不复饥渴。想着那蛇必是龙也,常乞此蛇庇佑,蛇亦不见相伤,每于窟中轻移旋绕,则蛇渐大,头角峥嵘,出窟而去,俄而雨下,如此者六七日。一日,因攀拿龙尾而上,至窟外则龙尾掉摇,坠于窟旁茅丛去了。因即归家,正见妻与汪琦同饮,被汪利刀赶逐而出。特来具告。"言讫不胜哀痛。

包公审实明白,即差公牌张龙、赵虎,到邱家捉拿汪琦、陈氏。是时汪琦正在疑惑此事,不提防邱某已再生回家,竟具状开封府,公牌拘到府衙对理。包公审问汪琦,琦诉道:"当时乡人祈祷,各自早散回家,邱至黄昏误落窟中,哪有谋害之情?又其家紧密,往来有数,哪有通奸之事?"此时汪某争辩不已,包公着令公牌去陈氏房中取得床上睡席来看,见有二人新睡痕迹。包公道:"既说彼家门户紧密,缘何有二人席痕?分明是你谋害,幸至不死,尚自抵赖!"即令严刑拷究,汪只得供招。将汪琦、陈氏皆定死罪;邱悖回家。见者欣喜。

第五十回 积善家偏出不肖子 恶奴才反累贤主人

话说，"善有善报，恶有恶报，莫道无报，只分迟早。"这几句话据说是阴间法令，也是口头常谈。哪晓得这几句也有时信不得。东京有个姚汤，是三代积善之家，周人之急，济人之危，斋僧布施，修桥补路，种种善行，不一而足。人人都说，姚家必有好子孙在后头。西京有个赵伯仁，是宋家宗室，他倚了是金枝玉叶，谋人田地，占人妻子，种种恶端，不可胜数。人人都说，赵伯仁倚了宗亲横行无状，阳间虽没奈何他，阴司必有冥报。哪晓得姚家积善倒养出不肖子孙，家私、门户，弄得一个如汤泼雪；赵家行恶倒养出绝好子孙，科第不绝，家声大振。因此姚汤死得不服，告状于阴间。

告为报应不明事：善恶分途，报应异用；阳间糊涂，阴间电照；迟早不同，施受岂爽。今某素行问天，存心对日，屡遭不肖子孙，荡覆祖宗门户。降罚不明，乞台查究。上告。

包公看完道："姚汤，怎的见你行善就屈了你？"姚汤道："我也曾周人之急，济人之危，也曾修过桥梁，也曾补过道路。"包公道："还有好处吗？"姚汤道："还有说不尽处，大头脑不过这几件；只是赵伯仁作恶无比，不知何故子孙兴旺？"包公道："我晓得了，且带在一边。"再拘赵伯仁来审，不多时，鬼卒拘赵伯仁到。包公道："赵伯仁，你在阳世行得好事！如何敢来见我？"赵伯仁道："赵某在阳间虽不曾行善事，也是平常光景，亦不曾行甚恶事来！"包公道："现有对证在此，休得抵赖。带姚汤过来。"姚汤道："赵伯仁，你占人田地是有的，谋人妻女是有的，如何不行恶？"赵伯仁道："并没有此事，除非是李家奴所为。"包公道："想必是了。人家常有家奴不好，主人是个进士，他就是个状元一般；主人是个仓官、驿丞，他就是个枢密宰相一般；狐假虎威，借势行恶，极不好的。快拘李家奴来！"不一时，李家奴到，包公问道："李家奴，你如何在阳间行恶，连累主人有不善之名？"李家奴终是心虚胆怯，见说实了，又且主人在面前，哪里还敢喷声。包公道："不消究得了，是他做的一定无疑。"赵伯仁道："乞大人一究此奴，以为家人累主之戒。"包公道："我自有发落。"叫姚汤，"你说一生行得好事，其实不曾存得好心。你说周人、济人、修桥、补路等项，不过舍几文铜钱要买一个好名声，其实心上割舍不得，暗里还要算计人，填补舍去的这项钱粮。正是暗室亏心，神目如电。大凡做好人只要心田为主；若不论心田，专论财帛，穷人没处积德了。心田若好，一文不舍，不害其为善；心田不好，日舍万文钱，不掩其为恶。你心田不好，怎教你子孙会学好？赵伯仁，你虽有不善的名声，其实本心存好，不过恶奴累了你的名头，因此你自家享尽富贵，子孙科第连芳。皇天报应，昭昭不爽。"仍将李恶奴发下油锅，余二人各去。这一段议论，包公真正发人之所未发也。

第五十一回　三官人殒命落水中　船艄公催客唤娘子

话说广东潮州府揭阳县有赵信者，与周义相交。义相约同往京中买布，先一日讨定张潮艄公船只，约次日黎明船上会。至期，赵信先到船，张潮见时值四更，路上无人，将船撑向深处去，将赵信推落水中而死，再撑船近岸，依然假睡。黎明，周义至，叫艄公，张潮方起。等至早饭过，不见赵信来。周义乃令艄公去催，张潮到信家，连叫几声，三娘子方出开门，盖因早起造饭，夫去后复睡，故反起迟。潮因问信妻孙氏道："汝三官人昨约周官人来船，今周官人等候已久，三官人缘何不来？"孙氏惊道："三官人出门甚早，如何尚未到船？"潮回报周义，义亦回去，与孙氏家遍寻四处，三日无踪。义思：信与我约同买卖，人所共知，今不见下落，恐人归罪于我。因往县去首明，为急救人命事，外开干证艄公张潮，左右邻舍赵质、赵协及孙氏等。

知县朱一明准其状，拘一干人犯到官，先审孙氏，称："夫已食早饭，带银出外，后事不知。"次审艄公，张潮道："前日周、赵二人同来讨船。次日，天未明，只周义到，赵信并未到，附帮数十船俱可证。及周义令我去催，我叫'三娘子'，彼方睡起，初开大门。"又审左右邻赵质、赵协，俱称："信前将往买卖，妻孙氏在家吵闹是实。其清早出门事，众俱未见。"又问原告道："此必赵信带银在身，汝谋财害命，故抢先糊涂来告此事。"周义道："我一人岂能谋得一人，又焉能埋没得尸身？且我家胜于彼家，又是至相好之友，尚欲代彼申冤，岂有谋害之理！"孙氏亦称："义素与夫相善，绝非此人谋害。但恐先到船，或艄公所谋。"张潮辩称："我一帮船几十只，何能在口岸头谋人，怎瞒得过人？且周义到船，天尚未明，他叫醒我已是明证。彼道夫早出门，左右邻里并未知之，及我去叫，她睡未起，门未开，分明是她自己谋害。"朱知县将严刑拷勘孙氏，那妇人香姿弱体，怎当此刑。只说："我夫已死，我拼一死陪他。"遂招认"是我阻挡不从，因致谋死"，又拷究尸身下落，孙氏说："谋死者是我，若要讨他尸身，只将我身还他，何必更究！"再经府复审，并无变异。

次年秋判刑定罪，请决孙氏谋杀亲夫事。有一大理寺左任事杨清，明如冰鉴，极有见识,看孙氏一宗案卷,忽然察到。因批曰:"敲门便叫三娘子,定知房内已无夫。"只此二句话,察出是艄公所谋,再发巡行官复审。时包公遍巡天下,正值在潮州府,单拘艄公张潮问道:"周义命汝去催赵信,该叫三官人,缘何便叫三娘子?汝必知赵信已死了,故只叫其妻!"张潮闻此话,愕然失对。包公道:"明明是汝谋死,反陷其妻。"张潮不肯认,发打三十;不认,又夹打一百;又不认,乃监起。再拘当日水手来,一到,不问便打四十。包公道:"汝前年谋死赵信。张潮艄公诉说是你,今日汝该偿命无疑。"水手一一供招:"因见赵信四更到船,路上无人,帮船亦不觉,是艄公张潮移船深处推落水中,复撑船近岸,解衣假睡。天将亮周义乃到。此全是张潮谋人,安得陷我?"后取出张潮与水手对质,潮无言可答。将潮偿命;孙氏放回;罢朱知县为民。可谓狱无冤民,朝无昏吏矣。

第五十二回 卖缎客围观被剪绺 假银两试探辨真贼

话说平凉府有一术士,在府前看相,众人群聚围看,时有卖缎客毕茂,袖中藏帕,包银十余两,亦杂在人丛中看,被一光棍手托其银,从袖口而出,下坠于地。茂即知之,俯首下捡,其光棍来与相争。茂道:"此银是我袖中坠下的,与你何干?"光棍道:"此银不知何人所坠,我先见要捡,你安得自认?今不如与这众人,大家分一半有何不可?"众人见光棍说均分,都来帮助。毕茂哪里肯分,相扭到包公堂上去。光棍道:"小的名罗钦,在府前看术士相人,不知谁失银一包在地,小的先捡得,他要来与我争。"毕茂道:"小的亦在此看相人,袖中银包坠下,遂自捡取。彼要与我分。看罗钦似江湖光棍,或银被他剪绺,因致坠下,不然我两手拱住,银何以坠?"罗钦道:"剪绺必割破衣袖,看他衣袖破否?况我同家人进贵在此卖锡,颇有本钱,现在南街李店住,怎是光棍?"包公亦会相面,罗钦相貌不良,立令公差往南街拿其家人并账目来看,果记有卖锡,账目明白,乃疑之。因问毕茂道:"银既是你的,可记得多少两数?"毕茂道:"此银身上用的,忘记数目了。"包公又命手下去府前混拿两个看相人来问之,二人同指罗钦道:"此人先见。"再指毕茂道:"此人先捡得。"包公道:"罗钦先见,还说他捡吗?"二人道:"正是。听得罗钦说道:那里有个甚包。毕茂便先捡起来,见是银子,因此两下相争。"包公道:"毕茂,你既不知银数多少,此必他人所失,理合与罗钦均分。"遂当堂分开,各得八两而去。

包公令门子俞基道:"你密跟此二人去,看他如何说。"俞基回报道:"毕茂回店埋怨老爷,他说被那光棍骗去。罗钦出去,那两个干证索他分银,跟在店中,不知后来如何。"包公又令一青年外郎任温道:"你与俞基各去换假银五两,兼好银几分,汝路上故与罗钦看见,然后到闹处去,必有人来剪绺,可拿将来,我自赏你。"任温遂与俞基并行至南街,却遇罗钦来。任温故将银包解开买樱桃,俞基亦将银买,道:"我还要买来请你。"二人都买过,随将樱桃食讫,径往东岳庙去看戏。俞基终是个小后生,袖中银子不知几时剪去,全然不知。任温眼虽看戏,只把心放在银上,要拿剪绺贼。少顷，身旁众人挨挤甚紧，背后一人以手托任温的袖，其银包从袖口中挨手而出，任温乃知剪绺的，便伸手向后拿道："有贼在此。"两旁二人益挨近，任温转身不得，那背后人即走了。任温扯住两旁二人道："包爷命我二人在此拿贼，今贼已走脱，你二人同我去回复。"其二人道："你叫有贼，我正翻身要拿，奈人挤住，拿不着。今贼已走，要我去见老爷何干？"任温道："非有他故，只要你做干证，见得非我不拿，只人丛中拿不得。"地方见是外郎、门子，遂来助他，将二人送到包公前，说知其故。

包公问二人姓名，一是张善，一是李良。包公道："你何故卖放此贼？今要你二人代罪。"张善道："看戏相挤人多，谁知他被剪绺，反归罪于我。望仁天详察。"包公道："看你二人姓张姓李，名善名良，便是盗贼假姓名矣。外郎拿你，岂有不当！"各打三十，拟徒二年，令手下立押去摆站，私以帖予驿丞道："李良、张善二犯到，可重索他礼物，其所得的原银，即差人送上，此嘱。"邱驿丞得此帖，及李良、张善解到，即大排刑具，惊吓道："各打四十见风棒！"张善、李良道："小的被贼连累，代他受罪。这法度我也晓得，今日解到辛苦，乞饶蚁命。"即托驿书吏手将银四两献上，叫三日外即放他回。邱驿丞即将这银四两亲送到衙。包公令俞基来认之，基道："此假银即我前日在庙中被贼剪去的。"包公发邱驿丞回，即以牌去提张善、李良到，问道："前日剪绺任温的贼可报名来，便免你罪。"张善道："小的若知，早已说出，岂肯以自己皮肉代他人枉受苦楚？"包公道："任温银未被剪去，此亦罢了；但俞基银五两被他剪去。衙门人的银岂肯罢休！你报这贼来也就罢。"李良道："小的又非贼总甲，怎知哪个贼剪绺俞基的银子？"包公道："银子我已查得了，只要得个贼名。"李良道："既已得银两，即捕得贼。岂有贼是一人，用银又是一人？"包公以四两假银掷下去："此银是你二人献与邱驿丞的，今早献来。俞基认是他的，则你二人是贼无疑。又放走剪任温银之贼，可速报来。"张善、李良见真情已露，只得从实供出："小的做剪绺贼者有二十余人，共是一伙。昨放走者是林泰，前日罗钦亦是，这回祸端由他而起。尚有其余诸人未犯法。小的贼有禁议，至死也不相扳。"再拘林泰、罗钦，进贵到，勒罗钦银八两与毕茂去讫。将三贼各拟徒二年；仍派此二人为贼总甲，凡被剪绺者即差此二人身上赔偿。人皆叹异。

第五十三回　江幼僧露财命归西　程家子索债买度牒

话说西京有一姓程名永者，是个牙侩之家，通接往来商客，令家人张万管店，凡遇往来投宿的，若得经纪钱，皆记了簿书。一日，有成都幼僧姓江名龙，要往东京披剃给度牒，那日恰行到大开坡，就投程永店中借歇。是夜，江僧独自一个于房中收拾衣服，将那带来的银子铺于床上，正值程永在亲戚家饮酒回来，见窗内灯光露出，近前视之，就看见了银子，忖道：这和尚不知是哪里来的，带这许多银两。正是财物易动人心，不想程永就起了个恶念，夜深时候，取出一把快利尖刀，拨开僧人房门进去，喝声道："你谋了人许多财物，怎不分我些？"江僧听了大惊，措手不及，被程永一刀刺死，就掘开床下土埋了尸首，收拾起衣物银两，进房睡去。次日起来，就将那僧人银两去做买卖，未数年，起成大家，娶了城中许二之女为妻，生下一子，取名程惜，容貌秀美，爱如掌上之珠，年纪稍长，不事诗书，专好游荡。程永以其只得一个儿子，不甚拘管他；或好言劝之，其子反怒恨而去。

一日，程惜央匠人打一把鼠尾尖刀，蓦地来到父亲的相好严正家来。严正见是程惜，心下甚喜，便令黄氏妻安顿酒食，引惜至偏舍款待。严正问道："贤侄难得到此，父亲安否？"惜听得问及父亲，不觉怒目反视，欲说又难以启口。严怪而问道："侄有何事？但说无妨。"惜道："我父是个贼人，侄儿必要刺杀之。已准备利刀在此，特来通知叔叔，明日便下手。"严正听了此言，吓得魂飞天外，乃道："侄儿，父子至亲，休要说此大逆之话。倘若外人知道，非同小可。"惜道："叔叔休管，管教他身上留个窟窿。"言罢，抽身而去了。严正惊慌不已，将其事与黄氏说知。黄氏道："此非小可，彼未曾与夫说知，或有不测，尚可无疑；今既来我家说知，久后事露如何分说？"严正道："然则如之奈何？"黄氏道："为今之计，莫若先去告首官府，方免受累。"严正依其言，次日，具状到包公衙内首告。

包公审状，甚觉不平，乃道："世间哪有此等逆子！"即拘其父母来问，程永直告其子果有谋弑之心；究其母，母亦道："不肖子常在我面前说要弑父亲，屡屡被我责谴,彼不肯休。"拘其子来根勘之,程惜低头不答;再唤程之邻里数人,逐一审问,邻里皆道其子有弑父的意,身上不时藏有利刀。包公令公人搜惜身上,并无利刀。其父复道:"必是留在睡房中。"包公差张龙前到程惜睡房搜检,果于席下搜出一把鼠尾尖刀,回衙呈上。包公以刀审问程惜,程惜无语。包公不能决,将邻里一干人犯都收监中,退入后堂。自忖道:"彼嫡亲父子,并无他故,如何其子如此行凶?此事深有可疑。"思量半夜,辗转出神。将近四更,忽得一梦。正待唤渡艄过江,忽江中现出一条黑龙,背上坐一神君,手执牙笏,身穿红袍,来见包公道:"包大人休怪其子不肖,此乃是二十年前之事。"道罢竟随龙而没。包公俄而惊觉,思忖梦中之事,颇悟其意。

次日升堂,先令狱中取出程某一干人审问。唤程永近前问道:"你成的家私还是祖上遗下的,还是自己创起的?"程永答道:"当初曾做经纪,招接往来客商,得牙钱成家。"包公道:"出入是自己管理吗?"程永道:"管簿书皆由家人张万之手。"包公即差人拘张万来,取簿书视之,从头一一细看,中间却写有一人姓江名龙,是个和尚,于某月日来宿其家,甚注得明白。包公忆昨夜梦见江龙渡江之事,豁然明白,就独令程永进屏风后说与永道:"你子大逆,依律该处死,只汝之罪亦所难逃。你将当年之事从直供招,免累众人。"程永答道:"吾子不孝,既蒙处死,此乃甘心,小人别无甚事可招。"包公道:"我已得知多时,尚想瞒我?江龙幼僧告你二十年前之事,你还记得吗?"程永听了"二十年前幼僧"一句,毛发悚然,仓皇失措,不能抵饰,只得直吐供招。包公审实,复出升堂,差军牌至程家客舍睡房床下,果然掘出一僧人尸首,骸骨已朽烂,唯面肉尚留些。包公将程永监收狱中,邻里干证并行释放。因思其子必是幼僧后身,冤魂不散,特来投胎取债,乃唤其子再审道:"彼为你的父亲,你何故欲杀之?"其子又无话说。包公道:"赦你的罪,回去别做生计,不见你父如何?"程惜道:"某不会做甚生计。"包公道:"你若愿做什么生理,我自与你一千贯钱去。"惜道:"若得千贯钱,我便买张度牒出家为僧罢了。"包公信其然,乃道:"你且去,我自有处置。"次日,委官将程永家产变卖千贯与程惜去。遂将程永发去辽阳充军,其子竟出家为僧。冤冤相报,毫发不爽。

第五十四回　众蝇蚋逐风围马头
木印迹暗合出根由

话说包公一日与从人巡行，往河南进发。行到一处地方名横坑，那三十里程途都是偏僻小路，没有人烟。当午时候，忽有一群蝇蚋逐风而来，将包公马头团团围了三匝，用马鞭挥之，去而又复合，如是者数次。包公忖道：蝇蚋尝恋死人之尸，今来马头绕集，莫非此地有不明的事？即唤过李宝喝声道："蝇蚋集我马首不散，莫非有冤枉事？汝随前去根究明白，即来报我。"道罢，那一群蝇蚋一齐飞起，引着李宝前去，行不上三里，到一岭畔松树下，直钻入去。李宝知其故，即回复包公。包公同众人亲到其处，着李宝掘开二尺，见一死尸，面色不改，似死未久的。反复看他身上，别无伤痕，唯阳囊碎裂如粉，肿尚未消。包公知被人谋死，忽见衣带上系一个木刻小印子，却是卖布的记号，包公令取下藏于袖中，仍令将尸掩了而去。到晚间，只见亭子上一伙老人并公吏在彼迎候，包公问众人："何处来的？"公吏禀道："河南府管下陈留县宰，闻得贤侯经过本县，特差小人等在此迎候。"包公听了吩咐："明日开厅与我坐二三日，有公事发放。"公吏等领令，随马入城，本县官接至馆驿中歇息。

次日，打点衙门与包公升堂干事。包公思忖：路上被谋死尸离城郭不远，且死者只在近日，想谋人贼必未离此。乃召本县公吏吩咐道："汝此处有经纪卖上好布的唤来，我要买几匹。"公吏领命，即来南街领得大经纪张恺来见。包公问道："汝做经纪，卖的哪一路布？"恺复道："河南地方俱出好布，小人是经纪之家，来者即卖，不拘所出。"包公道："汝将众人各样各布拣一匹来我看，中意者即发价买。"张恺应诺而出，将家里布各选一匹好的来交。堂上公吏人等哪个知得包公心事，只说真是要买布用。等到包公逐一看过，最后看到一匹，与前小印字号暗合，包公遂道："别者皆不要，只用得此样布二十匹。"张恺道："此布日前太康县客人李三带来，尚未货卖，既然大人用得，就奉二十匹。"包公道："可着客人一同将布来见。"张恺领令，到店中同卖布客人李三拿了二十匹精细上好的布送入。包公复取木印记对之，一丝不差。乃道："布且收起。汝卖布客伴还有几人？"李三答道："共有四人。"包公道:"都在店里否?"李二道:"今日正要发布出卖,听得大人要布,故未起身,都在店里。"包公即时差人唤得那三个来,跪在一堂。包公用手捻着须微笑道:"汝这起劫贼,有人在此告发,日前谋杀布客,埋在横坑半岭松树下,可快招来!"李三听说即变了颜色,强口辩道:"此布小人自买来的,哪有谋劫之理?"包公即取印记着公吏与布号一一合之,不差毫厘,强贼尚自抵赖。喝令用长枷将四人枷了,收下狱中根勘,四人神魂惊散,不敢抵赖,只得将谋杀布商劫取情由,招认明白。包公叠成案卷,判下为首谋者合该偿命,将李三处决;为从三人发配边远充军;经纪家供明无罪。判讫,死商之子得知其事,径来诉冤。包公遂以布匹给还尸主,其子感泣,拜谢包公,将父之尸骸带回家去。可谓生死沾恩。

第五十五回　夏日酷盗布已销赃
衙前碑受审再勘实

话说浙江杭州府仁和县，有一人姓柴名胜，少习儒业，家亦富足，父母双全，娶妻梁氏，孝事舅姑。胜弟柴祖，年已二八，俱已成婚。一日，父母呼柴胜近前教训道："吾家虽略丰足，每思成立之难如升天，覆坠之易如燎毛，言之痛心，不能安寝。今名卿士大夫的子孙，但知穿华丽衣，甘美食，谀其言语，骄傲其物，邀游宴乐，交朋集友，不以财物为重，轻费妄用，不知己身所以耀润者，皆乃祖乃父平日勤营刻苦所得。汝等不要守株待兔，吾今欲令次儿柴祖守家，令汝出外经商，得获微利，以添用度。不知汝意如何？"柴胜道："承大人教诲，不敢违命。只不知大人要儿往何处？"父道："吾闻东京开封府极好卖布，汝可将些本钱就在杭州贩买几挑，前往开封府，不消一年半载，自可还家。"柴胜遵了父言，遂将银两贩布三担，辞了父母妻子兄弟而行。在路夜住晓行，不消几日，来到开封府，寻在东门城外吴子琛店里安下发卖。未及两三日，柴胜自觉不乐，即令家童沽酒散闷，贪饮几杯，俱各酒醉。不妨吴子琛近邻有一夏日酷，即于是夜三更时候，将布三担尽行盗去。次日天明，柴胜酒醒起来，方知布被盗去，惊得面如土色。就叫店主吴子琛近前告诉道："你是有眼主人，吾是无眼孤客；在家靠父，出外靠主。何得昨夜见吾醉饮几杯，行此不良之意，串盗来偷吾布？你今不根究来还，我必与汝兴讼。"吴子琛辩说道："吾为店主，以客来为衣食之本，安有串盗偷货之理。"柴胜并不肯听，径到包公台前首告。包公道："捉贼见赃，方好断理；今既无赃，如何可断？"不准状词。柴胜再三哀告，包公即将吴子琛当堂勘问，吴子琛辩说如前，包公即唤左右将柴胜、吴子琛收监。次日，吩咐左右，径往城隍庙行香，意欲求神灵验，判断其事。

却说夏日酷当夜盗得布匹，已藏在村之僻处，即将那布首尾记号尽行涂抹，更以自己印记印上，使人难辨。然后零碎往城中去卖，多落在徽州客商汪成铺中，夏贼得银八十，并无一人知觉。包公在城隍庙一连行香三日，毫无报应，无可奈何，忽然生出一计，令张龙、赵虎将衙前一个石碑抬入二门之下，要问石碑取布还客。其时府前众人听得,皆来聚观。包公见人来看,乃高声喝问:"这石碑如此可恶!"喝令左右打它二十。包公喝打已毕,又将别状来问。移时,又将石碑来打,如此三次,直把石碑扛到阶下。是时众人聚观者越多,包公即喝令左右将府门闭上,把内中为首者四人捉下,观者皆不知其故。包公作怒道:"吾在此判事,不许闲人混杂。汝等何故不遵礼法,无故擅入公堂? 实难饶你罪责,今着汝四人将内中看者报其姓名,祟米者即罚他米,卖肉者罚肉,卖布者罚布,俱各随其所卖者行罚。限定时刻,汝四人即要拘齐来称。"当下四人领命,移时之间,各样皆有,四人进府交纳。包公看时,内有布一担,就唤四人吩咐道:"这布权留在此,待等明日发还,其余米、肉各样,汝等俱领出去退还原主,不许违误。"四人领令而出。

包公即令左右提唤柴胜、吴子琛来。包公恐柴胜妄认其布,即将自己夫人所织家机二匹试之,故意问道:"汝认此布是你的否?"柴胜看了告道:"此布不是,小客不敢妄认。"包公见其诚实,复从一担布内抽出二匹,令其复认。柴胜看了叩首告道:"此实是小人的布,不知相公何处得之?"包公道:"此布首尾印记不同,你这客人缘何认得?"柴胜道:"其布首尾印记虽被换过,小人中间还有尺寸暗记可验。相公不

信,可将丈尺量过,如若不同,小人甘当认罪。"包公如其言,果然毫末不差。随令左右唤前四人到府,看认此布是何人所出。四人即出究问,知徽州汪成铺内得之,包公即便拘汪成究问,汪成指是夏日酷所卖。包公又差人拘夏贼审勘,包公喝令左右将夏贼打得皮开肉绽,体无完肤。夏贼一一招认,不合盗客布三担,止卖去一担,更有二担寄在僻处乡村人家。包公令公牌跟去追究,柴胜、吴子琛二人感谢而去。包公又见地方、邻里俱来具结:夏日酷平日做贼害人。包公即时拟发边远充军。民害乃除。

第五十六回　孙生员饱学不登第　主试官昏庸屈英才

话说西京有个饱学生员，姓孙名彻，生来绝世聪明，且又苦志读书，经史无所不精，文章立地而就，吟诗答对，无所不通，人人道他是个才子，科场中有这样的人，就中他头名状元也不为过。哪晓得近来考试，文章全做不得准，多有一字不通的，试官反取了他；三场精通的，试官反不取他。正属"不愿文章服天下，只愿文章中试官"，若中了试官的意，精臭屁也是好的；不中试官意，便锦绣也是没用。怎奈做试官的自中了进士之后，眼睛被簿书看昏了，心肝被金银遮迷了，哪里还像穷秀才在灯窗下看得文字明白，遇了考试，不觉颠之倒之，也不管人死活。因此，孙彻虽是一肚锦绣，难怪连年不捷。

一日，知贡举官姓丁名谈，正是奸臣丁谓一党。这一科取士，比别科又甚同。论门第不论文章，论钱财不论文才，也虽说道粘卷糊名，其实是私通关节，把心上人都收尽了，又信手抽几卷填满了榜，就是一场考试完了。可怜孙彻又做孙山外人。有一同窗友姓王名年，平昔一字不通，反高中了，不怕不气杀人。因此孙彻竟郁郁而死，来到阎罗案下告明：

告为屈杀英才事：皇天无眼，误生一肚才华；试官有私，屈杀七篇锦绣；科第不足重轻，文章当论高下。糠秕前扬，珠玉沉埋；如此而生，不如不生；如此而死，怎肯服死？阳无法眼，阴有公道。上告。

当日阎罗见了状词大怒道："孙彻，你有什么大才，试官就屈了你？"孙彻道："大才不敢称，往往见中的没有什么大才。若是试官肯开了眼，平了心，孙彻当不在王年之下。原卷现在，求阎君龙目观看。"阎君道："毕竟是你文字深奥了，因此试官不识得。我做阎君的原不曾从几句文字考上来，我不敢像阳世一字不通的，胡乱看人文字；除非是老包来看你的，就见明白。他原是天上文曲星，绝没有不识文章的理。"

当日就请包公来断，包公把状词看了一看，便叹道："科场一事，受屈尽多。"孙彻又将原卷呈上，包公细看道："果是奇才。试官是什么人？就不取你？"孙彻道："就是丁谈。"包公道："这厮原不识文字的，如何做得试官？"孙彻道："但看王年这一个中了，怎么教人心服？"包公吩咐鬼卒道："快拘二人来审。"鬼卒道："他二人现为阳世尊官，如何轻易拘得他。"包公道："他的尊官要坏在这一出上了。快拘来。"不多时，二人拘到。包公道："丁谈，你做试官的如何屈杀了孙彻的英才？"丁谈道："文章有一日之长短，孙彻试卷不合，故不曾取他。"包公道："他的原卷现在，你再看来。"说罢，便将原卷掷下来。丁谈看了，面皮通红起来，缓缓道："下官当日眼昏，偶然不曾看得仔细。"包公道："不看文字，如何取士？孙彻不取，王年不通，取了，可知你有弊。查你阳数尚有一纪，今因屈杀英才，当作屈杀人命论，罚你减寿一纪；如推眼昏看错文字，罚你来世做个双瞽算命先生；如果卖字眼关节，罚你来世做个沿街叫化，凭你自去认实变化。王年以不通幸取科第，罚你来世做牛吃草过日子，以为报应。孙彻你今生读书不曾受用，来生早登科第，连中三元。"说罢，个个顿首无言。独有王年道："我虽文理不通，还写得几句，还有一句写不出来的。今要罚年吃草，阳世吃草的不亦多乎？"包公道："正要你去做一个榜样。"即批道：

审得试官丁谈，称文章有一日之短长，实钱财有轻重之分别。不公不明，暗通关节；携张补李，屈杀英才，阳世或听嘱托，可存缙绅体面；阴司不徇人情，罚做双瞽算命。王年变村牛而不枉，孙彻掇高中亦应当。

批完，做成案卷，把孙彻的原卷一并粘上，连人一齐解往十殿各司去看验。

第五十七回 小卒子劫营放大火 游总兵侵功杀边民

话说朝廷因杨文广征边，包公奉旨犒赏三军，马头过处，忽一阵旋风吹得包公毛骨悚然，中有悲号之声。包公道："此地必有冤枉。"即叫左右停止前行。宿于公馆，登赴阴床。忽见一群小卒。共有九名，纷纷告功，凄惨之状，怨气极大：

告为侵冒大功事：兵凶战危，自古为然。将官亡身许国，士卒轻生赴敌，如为虎食之供，犹入鼎羹之沸。生祈官赏半爵，故不惜万死；死冀褒封片纸，故不求一生。今总兵游某，夺人之功，杀人之头，了人之命，灭人之口，坐帷幄何颜折冲，杀大鹰空思获兽，痛身等执戟荷戈，只送自己性命；拼身冒死，反肥主帅身家。颈血淋漓，愿肉骨于幽司；刀痕惨毒，请斧诛于冥道。烧寒灰而复照，在此日也；烟冰窟以生阳，更谁望哉！上告。

包公看罢道："你九名小卒，怎能杀退三千鞑子？"小卒道："正因说来不信，故此游总兵将我们的功劳录在自己名下去了。就如包老爷这样一个青天，兀自不肯轻信。"包公带笑道："你从直说来。"小卒道："当初鞑子势甚凶猛，游总兵领小卒五百人直撞过去，杀败而回。夜来小卒们不忿，便思量去劫寨营，共是九名，一更时分摸去，四下放起火来，三千鞑子一个不留。回到本营，指望论功升赏；莫说是不升我们的官，就是留我们的头还好。哪晓得游总兵将此功竟做在自己的名下，又将我们九人杀以灭口。可怜做小卒的，有苦是小卒吃，有功是别人的；没功也要切头，有功又要切头。"包公听了道："有这样的事！"唤鬼卒快拿游总兵来审问。

不移时游总兵到。包公道："好一个有功总兵，你如何把九名小卒的功做了自己的功！既没了他的功，饶了他性命也罢了，怎么又杀了他，你只道杀了他就灭了口，哪晓得没了头还要来首告。"吩咐鬼卒将极刑狠勘，总兵招认道："是游某一时差处，不合冒认他功，又杀了他，乞放还人间，旌表九人。"包公大怒道："你今生休想放回阳间，叫你吃不尽地狱之苦。"须臾，一鬼卒将一粒丸丹放入总兵口中，遍身火发，肌肉销烂，不见人形。鬼卒吹一口孽风，复化为人。总兵道："早知今日受这般苦,就把总兵之位让与小卒,也是情愿的。"小卒在旁道:"快活快活!不想今日也有出气的日子。"

正说话间,忽然门外喊声大震,一个个啼哭不住,山云黯淡,天日无光。鬼卒报道:"门外喊的喊,哭的哭,都是边上百姓,个个口内称冤,不下数千余人。"包公道:"只放几名进来,余俱门外听候。"鬼卒遂引二名边民到公厅跪下。包公道:"有何冤枉,从直诉来。"边民道:"只为今日阎君勘问游总兵事,特来诉冤。小人等是近边百姓,常遭胡马掳掠,哪晓得这样还是小事。一日胡马过来,杀败而去。游总兵乘胜追赶,倒把我们自家百姓杀上几千,割下首级来受封受赏,可怜可怜!这样苦情不在阎君案下告,叫我们在哪里去告?"包公道:"有此异事,游总兵永世不得人身了!"鬼卒复拿一粒丸丹放在总兵口中,须臾,血流满地,骨肉如泥。鬼卒吹一口孽风,又化为人形。边民道:"快活快活!但一人万割也抵不得几千民命。"包公道:"传语你们同受冤的百姓,既为胡虏受冤,休想报总兵一人之冤,可去做几千厉鬼杀贼,九名小卒做厉鬼首领,杀得贼来,我自有报效处。着游总兵,永堕一十八重地狱不得出世。"仍以好言好语慰小卒并百姓人等,安心杀贼。两项人各欢喜而去。

第五十八回　梅先春争产到官府　倪知府遗嘱进画轴

话说顺天府香县有一乡官知府倪守谦,家富巨万,嫡妻生长男善继,临老又纳宠梅先春,生次男善述。善继悭吝爱财,贪心无厌,不喜父生幼子,分彼家业,有意要害其弟。守谦亦知其意,及染病,召善继嘱道:"汝是嫡子,又年长,能理家事。今契书账目家资产业,我已立定分关,尽付与汝。先春所生善述,未知他成人否,倘若长大,汝可代他娶妇,分一所房屋数十亩与之,令勿饥寒足矣。先春若愿嫁可嫁之,若肯守节,亦从其意,汝勿苦虐之。"善继见父将家私尽付与他,关书开写分明,不与弟均分,心中欢喜,乃无害弟之意。先春抱幼子泣道:"老员外年满八旬,小妾年方二十二,此孤儿仅周岁,今员外将家私尽付与大郎,我儿若长成人,日后何以资身?"守谦道:"我正为汝青年,未知肯守节否,故不把言语嘱咐汝,恐汝改嫁,则误我幼儿事。"先春发誓道:"若不守节终身,粉身碎骨,不得善终。"守谦道:"既如此,我已准备在此。我有一轴画交付与你,千万珍藏之。日后,大儿善继倘无家资分与善述,可待廉明官来,将此画轴去告,不必作状,自然使幼儿成个大富。"数月间,守谦病故。

不觉岁月如流,善述年登十八,求分家财,善继霸住,全然不与,说道:"我父年上八旬,岂能生子?汝非我父亲骨肉,故分关开写明白,不分家财与汝,安得又与我争执?"先春闻说,不胜愤怒,又记夫主在日曾有遗嘱,闻得官府包公极其清廉,又且明白,遂将夫遗画一轴,赴衙中告道:"氏幼嫁与故知府倪守谦为妾,生男善述,甫周岁而夫故,遗嘱谓,嫡子善继不与家财均分,只将此画轴在廉明官处去告,自能使我儿大富。今闻明府清廉,故来投告,伏念做主。"包公将画轴展开看时,其中只画一倪知府像,端坐椅上,以一手指地。不晓其故,退堂,又将此画挂于书斋,详细想道:指天谓我看天面,指心谓我察其心,指地岂欲我看地下人分上?此必非是。叫我何以代他分得家财使他儿子大富!再三看道:"莫非即此画轴中藏有甚留记?"拆开视之,其轴内果藏有一纸,书道:"老夫生嫡子善继,贪财昧心;又妾梅氏生幼子善述,今仅周岁,诚恐善继不肯均分家财,有害其弟之心,故写分关,将家业并新屋二所尽与善继;唯留右边旧小屋与善述。其屋中栋左边埋银五千两,作五埕;右间埋银五千两,金一千两,作六埕。其银交与善述,准作田园。后有廉明官看此画轴,猜出此画,命善述将金一千两酬谢。"

　　包公看出此情,即呼梅氏来道:"汝告分家业,必须到你家亲勘。"遂发牌到善继门首下轿,故作与倪知府推让形状,然后登堂,又相与推让,扯椅而坐,乃拱揖而言道:"令如夫人告分产业,此事如何?"又自言道:"原来长公子贪财,恐有害弟之心,故以家私与之。然则次公子何以处?"少顷,又道:"右边一所旧小屋与次公子,其产业如何?"又自言道:"此银亦与次公子。"又自辞道:"这怎敢要,学生自有处置。"乃起立四顾,佯作惊怪道:"分明倪老先生对我言谈,缘何一刻不见了,岂非是鬼?"善继、善述及左右看者无不惊讶,皆以为包公真见倪知府。由是同往右边去勘屋,包公坐于中栋召善继道:"汝父果有英灵,适间显现,将你家事尽说与我知,叫你将此小屋分与汝弟,你心下如何?"善继道,"凭老爷公断。"包公道:"此屋中所有的物件尽与汝弟,其外田园照旧与你。"善继道:"此屋之财,些小物件,情愿都与弟去。"包公道:"适间倪老先生对我言,此屋左间埋银五千两,作五埕,掘来与善述。"善继不信道:"纵有万两亦是我父与弟的,我绝不要分。"包公道:"亦不容汝分。"命二差人同善继、善述、梅先春三人去掘开,果得银五埕,一埕果一千两。善继益信是父英灵所告。包公又道:"右间亦有五千两与善述,更有黄金一千两,适闻倪老先生命谢我,我绝不要,可与梅夫人作养老之资。"善述、先春母子二人闻说,不胜欢喜,向前叩头称谢。包公道:"何必谢我,我岂知之?只是你父英灵所告,谅不虚也。"即向右间掘之,金银之数,一如所言。时在见者莫不称异。包公乃给一纸批照与善述母子执管。包公真廉明者也。

第五十九回　翁长者留文须句读
瑞娘夫贪财却无知

话说京中有一长者，姓翁名健，家资甚富，轻财好施。邻里宗族，加恩抚恤；出见斗殴，辄为劝谕；或遇争讼，率为和息。人皆爱慕之。年七十八，未有男儿，只有一女，名瑞娘，嫁夫杨庆。庆为人多智，性甚贪财，见岳丈无子，心利其资，每酒席中对人道："从来有男归男，无男归女，我岳父老矣，定是无子，何不把那家私付我掌管。"其后，翁健闻知，心怀不平，然自念实无男嗣，只有一女，又别无亲人，只得忍耐。乡里中见其为人忠厚而反无子息，常代为叹息道："翁老若无子，天公真不慈。"

过了二年，翁健且八十矣，偶妾林氏生得一男，取名翁龙。宗族乡邻都来庆贺，独杨庆心上不悦，虽强颜笑语，内怀悒闷。翁健自思：父老子幼，且我西山暮景，万一早晚间死，则此子终为所鱼肉。因生一计道，算来女婿总是外人，今彼实利吾财，将欲取之，必姑与之，此两全之计也。过了三月，翁健疾，自知不起，因呼杨庆至床前与语道："吾只一男一女，男是吾子，女亦是吾子；但吾欲看男而济不得事，不如看女更为长久之策。吾将这家业尽付与汝管。"因出具遗嘱，交与杨庆，且为之读道："八十老人生一子，人言非是吾子也，家业田园尽付与女婿，外人不得争执。"杨庆听读讫，喜不自胜，就在匣中藏了遗嘱，自去营业。不多日，翁健竟死，杨庆得了这许多家业。

将及二十余年，那翁龙已成人长大，深谙世事，因自思道："我父基业，女婿尚管得，我是个亲男有何管不得？"因托亲戚说知姐夫，要取原业。杨庆大怒道："那家业是岳父尽行付我的，且岳翁说那厮不是他子，安得又与我争？"事久不决，因告之官，经数次衙门，上下官司俱照遗嘱断还杨庆，翁龙心终不服。

时包公在京，翁龙密具一张词状径去投告。包公看状即拘杨庆来审道："你缘何久占翁龙家业，至今不还？"杨庆道："这家业都是小人外父交付小人的，不干翁龙事。"包公道："翁龙是亲儿子，即如他无子，你只是半子，有何相干？"杨庆道："小人外父明说他不得争执，现有遗嘱为证。"遂呈上遗嘱。包公看罢笑道："你想得差了。你不晓得读，分明是说，'八十老翁生一子，家业田园尽付与'，这两句是说付与他亲儿子了。"杨庆道，"这两句虽说得去，然小人外父说，翁龙不是他子，那遗嘱已明白说破了。"包公道："他这句是瞒你的。他说，'人言非，是我子也'。"杨庆道："小人外父把家业付小人，又明说别的都是外人，不得争执。看这句话，除了小人都是外人了。"包公道："这外人两字分明连上'女婿'读来，盖他说，你女婿乃是外人，不得与他亲儿子争执也。此你外父藏有个真意思在内，你反看不透。"杨庆见包公解得有理，无言可答，即将原付文契一一交还翁龙管理。知者称为神断。

第六十回　李秀姐性妒夫入狱
　　　　　张月英知耻自投环

话说河南登州府霞照县有民黄士良,娶妻李秀姐,性妒多疑。弟士美,娶妻张月英,性淑知耻。兄弟同居,妯娌轮日打扫,箕帚逐日交割。忽黄士美往庄取苗,及重阳日,李氏在小姨家饮酒,只有士良与弟妇张氏在家,其日轮该张氏扫地,张氏将地扫完,即将箕帚送入嫂嫂房去,意欲明日免得临期交付,此时士良已出外,绝不晓得。及晚,李氏归见箕帚在己房内,心上道:今日婶娘扫地,箕帚该在伊房,何故在我房中? 想是我男人扯她来奸,故随手带入,事后却忘记拿去。晚来问其夫道:"你今干甚事来? 可对我说。"夫道:"我未干甚事。"李氏道:"你今好弟妇,何故瞒我!"士良道:"胡说,你今日酒醉,可是发酒疯了?"李氏道:"我未酒疯,只怕你风骚忒甚,明日断送你这老头皮,休连累我。"士良心无此事,便骂道:"这泼贱人说出没忖度的话来! 讨个证见来便罢,若是悬空诬捏,便活活打死你这贱妇!"李氏道:"你干出无耻事,还要打骂我,我便讨个证见与你。今日婶娘扫地,箕帚该在她房,何故在我房中? 岂不是你扯他奸淫,故随手带入!"士良道:"她送箕帚入我房,那时我在外,亦不知何时送来,怎以此事证得? 你不要说这无耻的话,恐惹旁人取笑。"李氏见夫赔软,越疑是真,大声呵骂。士良发起怒性,扯倒乱打,李氏又骂及婶娘身上去。张氏闻伯与姆终夜吵闹,潜起听之,乃是骂己与大伯有奸。意欲释之,想:彼二人方暴怒,必激其厮打。又退入房去,却自思道:适我开门,嫂嫂已闻,又不辩而退,彼必以我为真有奸,故不敢辩。欲再去说明,他又平素是个多疑妒忌的人,反触其怒,终身被他臭口。且是我自错,不合送箕帚在他房去,此疑难洗,污了我名,不如死以明志。遂自缢死。

次早饭熟,张氏未起,推门视之,见缢死梁上。士良计无所措。李氏道:"你说无奸,何怕羞而死?"士良难以与辩,只跑去庄上报弟知,及士美回问妻死之故,哥嫂答以夜中无故彼自缢死。士美不信,赴县告为生死不明事。陈知县拘士良来问:"张氏因何缢死?"士良道:"弟妇偶沾心痛之疾,不忍苦痛,自忿缢死。"士美道:"小的妻子素无此症,若有此病,怎不叫人医治? 此不足信。"李氏道:"婶娘性急,夫不在家,又不肯叫人医,只轻生自死。"士美道:"小人妻性不急,此亦不信。"陈公将士良、李氏夹起,士良不认,李氏受刑不过,乃说出扫地之故,因疑男人扯弟妇入房,两人自口角厮打,夜间婶娘缢死,不知何故。士美道:"原来如此。"陈公喝道:"若无奸情,彼不缢死。欺奸弟妇,士良你就该死的了。"遂逼招定罪。

正值包公巡行审重犯之狱,及阅欺奸弟妇这卷,黄士良上诉道:"今年之死该屈了我。人生世上,王侯将相终归于不免,死何足惜? 但受恶名而死,虽死不甘。"包公道:"你经几番录了,今日更有何冤?"士良道,"小人本与弟妇无奸,可剖心以示天日,今陷于此,使我受污名;弟妇有污节;我弟疑兄、疑妻之心不释。一狱三冤,何谓无冤?"包公将文卷前后反复看过,乃审李氏道:"你以箕帚证出夫奸,是你明白了。且问你当日扫地,其地都扫完否?"李氏道:"前后都扫完了。"又问道:"其粪箕放在你房,亦有粪草否?"李氏道:"已倾干净,并无渣草。"包公又道:"地已扫完,渣草已倾,此是张氏自己以箕帚送入伯姆房内,以免来日临期交付,非干士良扯她去奸也。若是士良扯奸,她未必扫完而后扯,粪箕必有渣草;若已倾渣草而扯,又不必带箕帚入房,此可明其绝无奸矣。其后自缢者,以自己不该送箕帚入伯姆房内,启其疑端,辩不能明,污名难洗,此妇必畏事知耻的人,故自甘一死而明志,非以有奸而惭。李氏陷夫于不赦之罪,诬弟妇以难明之辱,致叔有不释之疑,皆由泼妇无良,故逼无辜郁死,合以威逼拟绞;士良该省发。"士美磕头道:"吾兄平日朴实,嫂氏素性妒忌,亡妻生平知耻。小的昔日告状,只疑妻与嫂氏争愤而死,及推入我兄奸上去.使我蓄疑不决。今老爷此辩极明,真是生城隍,一可解我心之疑,二可雪吾兄之冤,三可白亡妻之节,四可正妒妇之罪。愿万代公侯。"李氏道:"当日丈夫不似老爷这样辩,故我疑有奸;若早些辨明,我亦不与他打骂。老爷既赦我夫之罪,愿同赦妾之罪。"士美道:"死者不能复生,亡妻死得明白,我心亦无恨,要她偿命何益?"包公道:"论法应死,吾岂能生之!"此为妒妇之警诫。

第六十一回　晏谁宾污贱害生女　束妇人虽死留余辜

话说有民晏谁宾，污贱无耻。生男从义，为之娶妇束氏，谁宾屡挑之，束氏初拒不从，后积久难却，乃勉强从之，每男外出，则夜必入妇房奸宿。一日，从义往贺岳丈寿，束氏心恨其翁，料夜必来，乃哄翁之女金娘道："你兄今日出外去，我独自宿，心内惊怕，你陪我睡可好？"金娘许之。其夜，翁果来弹门，束氏潜起开门，躲入暗处。翁遂登床行奸。金娘乃道："父亲是我也，不是嫂嫂。"谁宾方知是错，悔无及矣，便起身走去。

次日早饭，女不肯出同餐，母不知其故，其父心知之，先饭而出。母再去叫，女已缢死在嫂嫂房内。束氏心中害怕，即回娘家达知其事。束氏之兄束棠道："他家没伦理，当去告首他绝亲，接妹归来另行改嫁，方不为彼所染。"遂赴县呈告，包公即令差人去拘，晏谁宾情知恶逆，天地不容，即自缢死。后拘众干证到官，束棠道："晏谁宾自知大恶弥天，王法不容，已自缢死；晏从义恶人孽子，不敢结亲，愿将束氏改嫁，例有定议，各服其罪。余人俱系干证，与他无干；小的已告诉得实；乞都赐省发，众人感激。"

包公见状中情甚可恶，且将束棠问道，"束氏原与翁有奸否？"束棠道："并无。"包公道："即与翁无奸，今翁已死，何再求改嫁？"束棠道："禽兽之门，恶人之子，不愿与之结亲，故敢恳求改嫁。"包公道："金娘在束氏房中睡。房门必闭，是谁开门？"束棠道："那晏贼已躲房中在先。"包公道："晏贼意在要奸谁？"束棠道："不知。"束氏道："彼意在我，误及于女。"包公道："你二人相伴，何不喊叫起来？"束氏道，"小妾怕羞，且未及我，何故喊起？"包公终不信，将束氏夹起道："必你先与翁有奸，那一夜你睡姑床，姑睡你床，故陷翁于错误。"束氏受刑不过，乃从直招认。包公道："你与翁通奸，罪本该死；你叫姑伴睡，又自躲开，陷翁于误，陷姑于死，皆由于你，死有余辜。"本秋将束氏处决，又移文去拆毁晏谁宾之宅，以其地开储水之池，意晏贼之肉犬豕不屑食之。

第六十二回　马客商赶路遇劫匪　戴帽兔释疑缉正凶

　　话说武昌府江夏县民郑曰新，与表弟马泰自幼相善。新常往孝感贩布，后泰与同往一次，甚是获利。次年正月二十日，各带纹银二百余两，辞家而去。

　　三日到阳逻驿。新道："你我同往孝感城中，一时难收多货，恐误日久。莫若二人分行，你往新里，我去城中何如？"泰道："此言正合我意。"入店买酒，李昭乃相熟店主，见二人来，慌忙迎接，即摆酒来款待，劝道："新年酒多饮几杯，一年一次。"二人皆醉，力辞方止，取银还昭，昭亦再三推让，勉强收下。三人揖别，新往城中去讫。临别嘱泰道："随数收得布匹，陆续发夫挑入城来。"泰应诺别去。行不五里，酒醉脚软，坐定暂息，不觉睡倒。正是：醉梦不知天早晚，起来但见日沉西。忙赶路行五里，地名叫作南脊，前无村，后无店，心中慌张。高冈有吴玉者，素惯谋财，以牧牛为名，泰偶遇之。玉道："客官，天将晚矣？尚不歇宿？近来此地不比旧时，前去十里，孤野山冈，恐有小人。"泰心已慌，又被吴玉以三言四语说得越不敢行，乃问玉道："你家住何地？"玉道："前面源口就是。"泰道："既然不远，敢借府上歇宿一宵，明日早行，即当厚谢。"玉佯辞道："我家又非客店酒馆，安肯留人歇宿？我家床铺不便，凭你前行亦好，后转亦好，我家绝住不得。"泰道："我知宅上非客店，但念我出外辛苦，请予方便。"再三恳求。玉佯转道："我见你是忠厚的人，既如此说，我收了牛与你同回。"二人回至家中，玉谓妻龚氏道："今日有一客官，因夜来我家借宿，可备酒来吃。"母与龚氏久恶玉干此事，见泰来甚是不悦，泰不知，以为怒己，乃缓词慰道："小娘休恼，我自与厚谢。"龚氏示意，泰竟不知其故。俄而玉妻出，乃召入泰来，其妻只得摆设厚席，玉再三劝饮，泰先酒才醒，又不能却玉之情，连饮数杯甚醉，玉又以大杯强劝二瓯，泰不知杯中下有蒙药在内，饮后昏昏不知人事，玉送入屋后小房安歇，候更深人静，将泰背至左旁源口，又将泰本身衣服裹一大石背起，推入水塘，而泰之财宝尽得之矣。其所害者非止一人，所为非止一次也。

　　日新到孝感二三日，货已收二分，并未见泰发货至。又等过十日，日新自往新里街去看泰,到牙人杨清家,清道:"今年何故来迟?"新愕然道:"我表弟久已来你家收布,我在城中等他,如何久不发布来?"清道:"你那表弟并未曾到。"新道:"我表弟马泰,旧年也在你家,何推不知?"清道:"他几时来?"新道:"二十二日同到阳逻驿分行。"满店之人皆说没有,新心中疑惑,又去问别的牙家,皆无。是夜,清备酒接风,众皆欢饮,新闷闷不悦。众人道:"想彼或往别处收买货去,不然,人岂会不见。"新想:他别处皆生,有何处去得? 只宿过一晚,次早往阳逻驿李昭店问,亦道自二十二日别后未转。乃自忖道:或途中被人打抢。新一路探问,皆说今新年并未见打死人;又转新里街问店中众客是几时到,都说是二月到的。新乃心中想道:此必牙家见他银多身孤,利财谋害,亦未见得。新谓清道:"我表弟带银二百两来汝家收布,必是汝谋财害命。遍问途中并无打抢;设若途中被人打死,必有尸在;怎的活活一人哪里去了?"清道:"我家满店客人,如何干得此事?"新道:"你家店中客人都是二月到的,我那表弟是正月里来的,故受你害。"清道:"既有客到,邻里岂无人见?街心谋人,岂无人知? 你平白黑心说此大冤。"二人争论,因而相打。新写信雇一人驰报家中,次日具状告县。

　　孝感知县张时泰准状行牌。次日杨清亦具诉状,县主遂行牌拘集一干人齐赴台前听审。县主问:"日新你告杨清谋死马泰,有何影响?"新道:"奸计多端,弥缝自密,岂露踪影? 乞爷严究自明。"清道:"日新此言皆天昏地黑,瞒心昧己。马泰并未来家,若见他一面,甘心就死。此必是日新谋死,佯告小的,以掩自己。"新道:"小人分别在李昭店买酒吃过,各往东西。"县主便问李昭,昭道:"是日到店买酒,小的以他新年初到,照例设酒,饮后辞别,一东一西,怎敢胡言。"清道:"小的家中客人甚多,他进小的家中,岂无人见? 本店有客伴可问,东西有邻里可察。"县主即各拘来问道:"你们见马泰到杨清本店否?"客伴皆道不见。新道:"邻里皆伊相知,彼纵晓得亦不肯说;客伴皆是二月到的,马泰乃正月到他家里,他们哪里得知。大抵马泰一人先到,杨清方起此不良之心,乞爷法断偿命。"县主见邻里客人各皆推阻,勒清招认。清本无辜,岂肯招认? 县主喝令将清重责三十,不认,又令夹起,受刑不过,乃乱招承。县主道:"既招谋害,尸在何处? 原银在否?"清道:"实未谋他,因爷爷苦刑,当受不起,只得屈招。"县主大怒,又令夹起,即刻昏迷,久而方醒。自思:不招亦是死,不若暂且招承,他日或有明白。遂招道:"尸丢长江,银已用尽。"县主见他招承停当,即钉长枷,斩罪已定。

未及半年,适包公奉旨巡行天下,来到湖广武昌府。是夜,详察案卷,阅至此案,偶尔精神困倦,隐几而卧,梦见一兔,头戴帽子,奔走案前。既觉,心中思忖:梦兔戴帽,乃是冤字。想此中必有冤枉。次日,单吊杨清一起人勘审,问李昭则道"吃酒分别是的",问杨清、邻店皆道"未见"。心中自思:此必途中有变。次日,托疾不出坐堂,微服带二家人往阳逻驿一路察访。行至南脊,见其地甚是孤僻,细察仰观,但见前面源口鸦鹊成群在荫塘岸边。二人进前观之,但见一死人浮于水面,尚未甚腐。包公一见,令家人径至阳逻驿调驿卒二十名,轿一乘,到此应用。驿丞知是包公,即唤轿夫自来迎接,参见毕,包公即令驿卒下塘取尸。其深莫测,内有一卒赵忠禀道:"小人略知水性,愿下水取之。"包公大悦,即令下塘,拖尸上岸。包公道:"你各处细搜,看有何物?"赵忠一直闯下,见内有死尸数人,皆已腐烂,不能拖起,乃上岸禀知包公。包公即令驿卒擒捉上下左右十余家人,问道:"此塘是谁家的?"众道:"此乃一源灌荫之塘,非一家非一人所有。"包公道:"此尸是何处人的?"皆不能识。将十数余人带至驿中,路上自思:这一干人如何审得,将谁问起?安得人人俱加刑法?心生一计,回驿坐定。驿卒带一干人进,包公着令一班跪定,各报姓名,令驿书逐一细开其名呈上。包公看过一遍乃道:"前在府中,夜梦有数人来我台前告状,被人谋死,丢在塘中。今日亲自来看,果得数尸,与梦相应;今日又有此人名字。"佯将朱笔乱点姓名,纸上一点,高声喝道:"无辜者起去,谋死人者跪上听审。"众人心中无亏,皆站起来,唯吴玉吓得心惊胆战,起又不是,不起又不是。正欲起来,包公将棋子一敲骂道:"你是谋人正犯,怎敢起去!"吴玉低首无言。喝打四十,问道:"所谋之人乃是何等之人,从直招来,免动刑法。"吴玉不肯招认,包公令取夹棍夹起,乃招承道:"此乃远方孤客,小人以牧牛为由,见天将晚,遂花言巧语,哄他到小的家中借歇,将毒酒醉倒,丢入塘中,皆不知姓名。"包公道:"此未烂尸首,今年几时谋死的?"吴玉道:"此乃正月二十二日晚谋死的。"包公自思:此人死日恰与郑日新分别同时,想必是此人了。即唤李昭来问。驿卒回道:"前日往府听审未回。"包公令众人各回,将吴玉锁押。

次日,包公起马往府,府中官僚人等不知所以,出郊迎接,皆问其故。包公一一道知,众皆叹服。又次日,调出杨清等略审,即令郑日新往南脊认尸明白回报,取出吴玉出监勘审。乃问清道:"当时你未谋人,为何招承?"清道:"小人再三诉告并无此事,因本店客人皆说二月到的,邻里都怕累身,各自推说不知,故此张爷生疑,苦刑拷究，昏晕几绝。自思：不招亦死，不若暂招，或有见天之日。今日幸遇青天，访出正犯，一则老爷明察沉冤，次则皇天不昧。"包公令打开杨清枷锁，又问日新道："你当时不察，何故妄告？"新道："小人一路遍问，岂知这贼弥缝如此缜密，小人告清，亦不得已。"包公道："马泰当时带银多少？"新道："二百两。"又问吴玉道："你谋马泰得银多少？"玉道："只用去三十两，余银犹在。"包公即差数人往取原赃，其母以为来捉，己身受刑，乃赴水而死。龚氏见姑赴水，亦同跳下，公差救起。搜检原银，封锁家财，令邻里掌住，公差带龚氏到官。龚氏禀道："丈夫凶恶，母谏成仇，何况于妾？婆婆今死，妾亦愿随。"包公道："你既苦谏不从，与你无干。今发官嫁；日新，本该问你诬告的罪，但要你搬尸回葬，罪从免拟。"日新磕头叩谢。吴玉市曹斩首。

第六十三回　富家子恃财污曾氏
山寨中遗帕留贼名

　　话说池州府青阳县民赵康,家私巨富,生子嘉宾,恃财恣性,奸淫博弈,彻夜讴歌。一日,命仆跟随在后,径往南庄闲游,偶见二女子,年方二八,淡妆素服,自然雅致,观不厌目,尽可赏心。问仆人道:"此谁家妇?"仆道:"此山后丘四妻、妹,因夫出外经商,数载未回,常往庵庙求签。"嘉宾道:"你去问她,家中若少银米,随她要多少,我定借她。"仆道:"伊亲颇富,纵有不给,必自周济。"宾是夜想二妇的颜色竟不能寐。次日饭后,取一锭银子约有十两,往其家调奸,二妇贞节不从,厉色怒骂,叫喊邻人。宾见不可,拂袖而出,思谋无策,即着仆去请友人李化龙、孙必豹二人来庄,令庄人备酒,饮至半酣,二友道:"今日蒙召,有何见谕?"宾道:"今日一事甚扫我兴,特请二位同设一计。"二人问道:"何事? 快请教。"宾道:"昨日闲游,偶遇丘四妻、妹二人朝神过此,貌均奇绝。今上午将银一锭到彼家只求一会,不唯不许,反被恶言所伤,故拂我意。"二人道:"此事甚易。"宾道:"兄有何妙计,请教一二。"友道:"今夜候至三更,将一人后山呐喊,两人前门进去擒此二妇,放在山寨,任你摆布,何难之有?"宾道:"此计甚妙。"是夜,饮酒候至三更,瞒了庄人,私自潜出,一人在山后呐喊,二人向前冲门而进,佣工人急忙起看,二人就将工人绑缚丢人地下,使不能出喊。遂入房中,只捉得曾氏一人,不意丘四妹子因家有事,傍晚接回。三人将曾氏捉入山中平寨内,至天微明。三人散去,宾不意遗一手帕在旁。

　　次早,邻人方知曾氏家被劫,众人入看,解放工人,即报丘四妹家。其妹夫妇往看,遍觅无踪,寻至山寨,只听哀哀叫苦,三人近看,羞不能遮,不能动止。着人背回曾氏,姑以汤灌久之,略苏,方能言语,姑道:"因何如此?"曾氏羞言,姑问再三,乃道:"昨夜三更,二人冲门而进,我以为贼,起身欲走,穿衣不及,二人进房捉上山去,三人强奸。"姑曰:"三人认得否?"曾氏道,"昏月之下认人不真。"妹夫许早拾得白绫手帕,解开一看,只见帕上写有嘉宾之名,乃是戏妇所赠。其妻知之,乃告夫许早道:"昨日上午,嘉宾将银一锭来家求奸,被我骂去,想必不甘心,晚上凑合光棍来捉强奸，幸我不在，不然，亦难逃矣。"许早听了妻子言语，即具状告于包公。

呈首为获实强奸事：鹰鹯搏击，鸠雀无遗；虎豹纵横，犬羊无类。淫豪赵嘉宾，逞富践踏地方，两三丘度荒秀麦，止供群马半餐；恃强派食庄户，百十斤抵债洪猪，不够多人一嚼。元犯平民泪汪汪，常遭箠楚；有貌少妇眉蹙蹙，弗洗污淫。金银包胆，奸宿匪彝。瞰舅丘四远出，来家掷银调奸，舅妇曾氏，贞节不从，喊邻逐出，恶即串党数人，标红抹黑，执斧持刀，夤夜明火入室，突冲擒入山寨，彼此更番，轮奸几死。夫早觅获，命若悬丝，遗帕存证，四邻惊骇痛恨。黑夜入人家，老少闻风鼓粟；山坞奸妇人，樵牧见影胆寒。不骞斜阳闭户，止声于夜啼之儿；真同明月满村，吠瘦乎守家之犬。见者睡不贴席，即如越王勾践卧薪；闻者梦不至酣，酷似司马温公警木。山路滚滚尘飞，合村洋洋鼎沸。恳天验帕剿恶，烛奸正法。遗帕不止乎绝缨，荒野倍惨于暗室。万民有口，三尺有法。上告。

包公依状拘齐人犯，先问邻右萧兴等道："你是近邻，知其详否？"兴道："是夜之事，小人通未知之。次早起来，听得佣工人喊叫，众人入内，看见工人绑于地下，遂即解放，报知许早夫妇，觅至山寨才获曾氏，不能行止，遗帕在旁是实，余事不知，不敢妄言。"包公道："旁遗有帕，帕上既有嘉宾的名，必是他无疑了。"宾道："小人三日前遗此帕于路，并未在山；况一人安能捉人而绑人？此皆夙仇诬陷。"早道："日间分明是你掷银调戏，二妇喊骂才出，是晚被劫，并未去财，况有手帕硬证；若是贼劫必定掳财，何独奸妇？乞老爷严刑拷出同党，以伸此冤。"包公喝令将宾重打二十，令其招认，宾仍如前巧言争辩，包公令将原被告二人一起收监，邻证发出。私嘱禁子道："你谨守监门，若有甚闲人来看嘉宾，不可令他相见，速拿来见我，明日赏你；若泄漏卖放，杖六十革役！"禁子道："不敢。"包公退堂，禁子坐守。不移时，有二人来监门前呼宾，禁子开了头门，守堂皂隶齐出，扭住二人，进堂敲梆，包公升堂。禁子道："获得二人，俱皆来探嘉宾的。"包公问明姓名，喝道："你二人同奸曾氏，嘉宾先已招出，正欲出牌捕捉，你却自来凑巧。"二人面皆失色，两不相照。化龙道："并无小人两个，彼何妄扳？"包公道："嘉宾说，若非你二人，他一人必干此事不得，从直招来！"化龙道："彼自干出，妄扳我等！"包公见其词遁，乃令各打二十，不招，又将二人夹起，远置廊下。监中取嘉宾出来，但见夹起二人，心中慌张。包公高声骂道："分明是你这贼强奸曾氏，我已审出；二人系你同奸，彼已招承道是你叫他，非管他事。故将他夹起。"嘉宾更自争辩不已，仍令夹起，嘉宾畏刑乃招道："是日，小人不合到其家掷银，被他骂出，遂叫二人商议，计出化龙。乞老爷宽刑。"包公道："你二人先说妄扳，嘉宾招明，各画供招来。"三人面面相觑，无言抵答，只得招认。判道：

审得赵嘉宾，不羁浪子，恃富荒淫，罔知官法之如炉；尚倚爪牙，擒奸妇女，胜若探囊而取物。棍徒化龙等，既不能尽忠告以善道，抑且相助而为非；又不能陈药石之箴规，究且设谋以从欲。明火冲家，绑缚工人于地下；开门擒捉，轮奸曾氏于山中。败坏纪纲，强奸不容于宽宥；无论首从，大辟用戒乎习淫。

第六十四回　王表兄图财财竞失
　　　　　　赵进士爱女女偏亡

话说开封府祥符县县学生员沈良漠,生一子名猷。里人赵家庄进士赵士俊,妻田氏,年将半百无子,只生一女名阿娇,有沉鱼落雁之容,闭月羞花之貌,时与沈良漠子猷结为秦晋。未经一载,良漠家遭水患所淹,因而家事萧条。士俊见彼落泊,思与退亲,其女阿娇贤淑,谓母田氏道:"爹爹既将我配沈门,岂能再适他人?"田氏见女长成,急欲使之成亲,奈沈猷不能遣礼为聘。一日,士俊往南庄公出,田氏竟令苍头往沈猷家,请猷往见,将银与彼作聘。猷闻大喜,因其悬鹑百结,遂往姑娘家借衣。姑娘见侄到,问其到舍有何所议。沈猷道:"岳母见我家贫,昨遣人来叫我,将银与我以作聘礼。奈无衣服,故到此欲向表兄借用,明日清早奉还。"姑娘闻得亦喜,留午饭后,立命儿王倍取套新衣与侄儿去。谁料王倍是个歹人,闻得此事即托言道:"难得表弟到我家,'须消停一日去,我要去拜一知友,明日即回奉陪。"故不将衣服借之,猷只得在姑娘家等。王倍自到赵家,诈称是沈猷,田夫人同女阿娇出见款待。见王倍礼貌荒疏,田氏道:"贤婿是读书的人,为何粗率如此?"倍答道:"财是人胆,衣是人貌。小婿家贫流落,居住茅屋,骤见相府,心不敢安,故致如此。"田夫人亦不怪他,留之宿,故疏放其女夜出与之偷情。次日,叫抬银八十余两,又金银首饰、珠宝等约值百两,交与倍去。彼只以为真婿,怎知提防。倍得此金银回来见猷,只说他去望友而归,又缠住一日,至第三日,猷坚辞要去,乃以衣服借之。

及猷到岳丈家,遣人入报岳母,田夫人惊怪,出而见之,故问道:"你是吾婿,可说你家中事与我听。"猷一一道来,皆有根据。但见言词文雅,气象雍容,人物超群,真是大家风范。田夫人心知此是真婿,前者乃光棍假冒,悔恨无及。人对女道:"你出见之。"阿娇不肯出,只在帘内问道:"叫你前日来,何故直至今日?"猷道:"贱体微恙,故今日来。"阿娇道:"你早来三日,我是你妻,金银皆有;今来迟矣,是你命也。"猷道:"令堂遣盛价来约以银赠我,故造次至此;若无银相赠亦不关甚事,何需以前日今日为辞。我若不写退书,任你守至三十年,亦是我妻。令尊虽有势,岂能将你再嫁他人！”言罢即起身要去。阿娇道：“且慢，是我与你无缘，你有好妻在后，我将金钿一对、金钗二股与你去读书，愿结下来生姻缘。”猷道：“小姐何说此断头的话？这钗钿与我，岂当得退亲财礼乎？凭你令尊与我如何，我便不肯。”阿娇道："非是退亲，明日即见下落，你速去则得此钗钿；稍迟，恐累及于你。”猷不懂，在堂上端坐。少顷，内堂忙报小姐缢死。猷还未信，进内堂看之，见解绳下，田夫人抱住痛哭，猷亦泪下如雨，心痛悲伤。田夫人促之出道：“你速出去，不可滞留。”猷忙回姑娘家交还衣服，告知其故。后王母晓得是儿子去诈银奸宿，此女性烈缢死，心甚惊疑，不数日而死。倍妻游氏，亦美貌贤德，才入王门一月，见倍干此事，骂道：“既得其银，不当污其身，你这等人，天岂容你！我不愿为你妇，愿求离归娘家。”倍道："我有许多金银，岂怕无妇人娶！”即为休书离之。

再说赵士俊，数日归家，问女死之故。田夫人道："女儿往日娇贵，凌辱婢妾，日前沈女婿自来求亲，见其衣冠褴褛，不好见面，想以为羞，遂自缢死。亦是她一时执迷，与女婿无干。”士俊说道："我常要与他退亲，你教女儿执拗不肯，今来玷我门风，坑死我女儿，反说与他无干！我偏要他偿命。”即写状与家人往府赴告。

赵进士财富势大，买贿官府，打点上下。叶府尹拘集审问，一任原告偏词，干证妄指，将沈猷拟死，不由分说。

将近秋时，赵进士写书通知巡行包公，嘱将猷处决，勿留致累。其夫人知之，私遣家人往诉包公，嘱勿杀。包公心疑道："均是婿也。夫嘱杀，妻嘱勿杀，此必有故。”单调沈猷，详问其来历，猷乃一一陈说。包公诘道："当日赵小姐怨你不早来，你何故迟来三日？”猷道："因无衣冠，在表兄王倍家去借，苦被缠留两日，故第三日才去。”包公闻得，心下明白。乃装作布客往王倍家卖布。倍向他买二匹，故高抬其价，激得王倍发怒，大骂道："小客可恶。”布客亦骂道："谅你不是买布人。我有布价二百两，你若买得，情肯减五十两与你，休欺我客小。”王倍道："我不做客，要许多布何用？”布客道："我料你穷骨头哪及我！”王倍暗想：家中现有银七八十两，若以首饰相添，更不止一百五十两。乃道："我银生放者多，现在者未满二百，若要首饰相添我尽替你买来。”布客道："只要实买，首饰亦好。”王倍随兑出银六十两，又以金银首饰作成九十两，向他买二十担好布。包公既赚出此赃，乃召赵进士来，以金银首饰交与他认。赵进士大略认得几件，看道："此钗钿多是我家物，因何在此？”包公再拘王倍来问道："你将赵小姐金银首饰来买布，当日还有好否？”王倍见包公即是前日假装布客，真赃已露，情知难逃，遂招承道："前者因表弟来借衣服，小的果诈称沈猷先到赵家，小姐出见，夜得奸宿。今小姐缢死，表弟坐狱，天台察出，死罪甘受。"包公听着其情可恶，重责六十，即时死于杖下。

赵进士闻得此情，怒气冲天道："骗银尚恕得，只女儿被他污辱怀惭死了，此恨难消。险些又陷死女婿，误害人命，损我阴骘，今必更穷追其首饰，令他妻亦死狱中，方泄此愤。"王倍离妻游氏闻得前情，自往赵进士家去投田夫人说："妾游氏，自到王门，未满一月，因夫骗贵府金银，妾恶其不义，即求离异，已归娘家一载，与王门义绝，彼有休书在此可证。今闻老相公要追首饰，此物非我所得，望夫人查实垂怜。"赵进士看其休书，穷诘来历，果先因夫骗财事而自求离异，乃叹息道："此女不染污财，不居恶门，知礼知义，名家女子不过如是。"田夫人因念女不已，见夫称游氏贤淑，乃道："吾一女爱如掌珠，不幸而亡，今愿得汝为义女，以慰我心，你意何如？"游氏拜谢道："若得夫人提携，是妾之重生父母。"赵进士道："汝二人既结为母女，今游氏无夫，沈女婿未娶，即当与彼成亲，当作亲女婿相待何如？"田夫人道："此事真好，我思未及。"游氏心中喜甚，亦道："从父亲母亲尊意。"即日令人迎请沈猷来，入赘赵家，与游氏成亲，人皆快焉。

异哉，王倍利人之财，而横财终归于无；污人之妻，而己妻反为人得。天网恢恢，疏而不漏，此足证矣。

第六十五回　二漆匠杀人由奸情　一继子坐狱因诬陷

话说庐州府霍山县南村，有一人姓章名新，素以成衣为业，年将五十，妻王氏少艾，淫乱无子。新抚兄子继祖养老，长娶刘氏，貌颇妖娆。有桐城县二人来霍山县做漆，一名杨云，一名张秀，与新有旧好，遂寄宿焉。日久愈厚，二人拜新为契父母，出入无忌，视若至亲。杨云与王氏先通，既而张秀皆然。一日新叔侄往乡成衣，杨云与王氏正在云雨，被媳撞见。王氏道："今日被此妇撞见不便，莫若污之以塞其口。"新叔侄至夜未回，刘氏独宿。杨云拨开刘氏房门，刘氏正在梦寐，杨云上床抱奸，手足无措，叫喊不从，王氏入房以手掩其口助之，刘氏不得已任其所寝，张秀亦与王氏就寝。由是二人轮宿，杨云宿姑，张秀宿媳；杨云宿媳，张秀宿姑。新叔侄出外日多，居家日少，如是者一年有余。四人意甚绸缪，不意为新所觉，欲执未获。杨、张二人与王氏议道："老狗已知，莫若阴谋杀之，免贻后患。"王氏道："不可，你我行事只要机密些，彼获不到，无奈你何。"

叔侄回来数日，新谓继祖道："今八月矣，家家收有新谷。今日初一不好去，明日早起，同往各处去讨些谷回来吃用。"次日清早，与侄同出，二处分行，新往望江湾略近，继祖往九公湾稍远。新账先完，次日午后即回，行至中途，突遇杨、张二人做漆回家，望见新来，交头附耳，说前计可行，近前问道："契父回来了，包裹、雨伞我等负行。"行至一僻地山中，天色傍晚，二人哄新进一深源，新心慌大喊，并无人至，张秀一手扭住，杨云于腰间取出小斧一把，向头一劈即死，乃被脑骨陷住，取斧不出。倏忽风动竹声，疑是人来，忙推尸首连斧丢入莲塘，恐尸浮出，将大石压倒。二人即回，自谓得志，言于王氏。王氏听得此言，心胆俱裂，乃道："事已成矣，切不可令媳妇知之，恐彼言语不谨，反自招祸。"王氏又道："倘继祖回寻叔父，将如之何？"张秀道："我有一计，你若肯依，包管无事。"王氏道："计将安出？"张秀道："继祖回来，你先问他，若说不见，即便送官，诬以谋死叔父。若陷得他死罪，岂不两美。"王氏、杨云皆道："此计甚妙，可即依行。"初六日，继祖回到家中，王氏问道："叔何不归？"继祖愕然道："我昨在望江湾住，欲等叔同回，都说初三日下午已回。"王氏变色道："此必是你谋害！"扭结投邻里锁住，自投击鼓。

正值朝廷差委包公巡行江北，县主何献出外迎接，王氏将谋杀事具告。包公接得此词，素知县主吏治清明，刑罚不苟，即批此状与之勘审。当差汪胜、李标，即刻拿到邻右萧华，里长徐福，一起押送。县主道："你叔自幼抚养，安敢负恩谋死，尸在何方？从直招来。"继祖道："当日小人与叔同出，半路分行，小人往九公湾，叔往望江湾。昨日小人又到望江湾邀叔同回，众人皆道已回三日，可拘面证。小人自幼叨叔婶厚恩，抚养娶妇，视如亲子，常思图报未能，安忍反加杀死？乞爷细审详察。"王氏道："此子不肖，浪荡家资，嗔叔阻责，故行杀死，乞爷爷严刑拷究，追尸殓葬，断偿叔命。"县主唤萧华问道："继祖素行如何？"华道："继祖素行端庄，毫无浪荡事，事叔如父，小人不敢偏屈。"县主令华下去，又问徐福："继祖素行可端正？"徐福所答，默合华言。县主喝止。乃佯怒道："你二人受继祖买嘱，本该各责二十，看你老了。"县主知非继祖，沉吟半晌，心生一计，喝将继祖重打二十，即钉长枷，乃道："限三日令人寻尸还葬。"令牢子收监；发王氏还家。王氏叩头谢道："青天爷爷神见，愿万代公侯。"喜不自胜。

县主与门子微服出访，行至南村乃问门子道："继祖家在何处？"门子道："前村便是。"二人直至门首，各家睡静，唯王氏家尚有灯光，县主于壁隙窥之，见两男两女共席饮酒。杨云笑道："非我妙计，焉有今日？"众皆笑乐，唯刘氏不悦道："好好，你便这等快乐，亏了我夫无辜受刑，你等心上何安？"杨云道："只要你我四人长久享此快乐，管他则甚。大家饮一大杯，赶早好去行些乐事。"王氏道："都说何爷明白，亦未见得。"杨云道："闲话休说。"乃抱住刘氏。刘氏口中不言，心内怒起，乃回头不顾。王氏道："老爷限三日后追尸还葬，你放得停当否？"二人道："丢在莲塘深处，将大石压住，不久即烂。"王氏道："这等便好。"县主大怒回衙，令门子击鼓点兵，众人莫知其故。兵齐，乘轿亲抵继祖家，将前后围定，冲开前门，杨、张二人不知风从何起，见官兵围住，遂向后走，被后面官兵捉往，并捉男妇四人回衙，每人责三十收监。

次早出堂，先取继祖出监，问道："你去望江湾，路上可有莲塘否？"继祖思忖良久道："只有山中那一丘莲塘，在里面深源山下。"即开继祖枷锁，令他引路，差皂快二十余人，亲自乘轿直至其地，果然人迹罕到。继祖道："莲塘在此。"县主道："你叔尸在此塘内。"继祖听了大哭，跳下塘中，县主又令壮丁几人下去同寻，直至中间，得一大石，果有尸首压于石下，取起抬上岸来，见头骨带一小斧，取之洗净，见斧上凿有杨云二字，奉上县主。县主问道："此谁名也？"继祖道："是老爷昨夜捉的人名。"又问："二人与你家何亲？"继祖道："是叔之契子。"遂验明伤处，回县取出男妇四人，喝将杨云、张秀各打四十，令他招承，不认，乃丢下斧来："此是谁的？"二人心慌，无言可答。喝令夹起，二人面面相觑，苦刑难受，乃招道："小人与王氏有奸，被彼知觉，恐有后祸，故而杀之。"县主道："你既知觉察奸情为祸，岂不知杀人之祸尤大？"再重打四十，枷锁重狱。县主谓王氏道："亲夫忍谋，厚待他人，此何心也？"王氏道："非关小妇人事，皆彼二人操谋，杀死方才得知。"县主道："既已得知，合当自首；胡为又欲陷继祖于死地？你说何爷不明，被你三言四语就瞒过了，这泼溅可恶！"重打三十。又问刘氏道："你与同谋陷夫，心何忍乎？"刘氏道："此事实未同谋，先是妈妈与他二人有奸，挟制塞口，不得不从。其后用计谋杀，小妇人毫不知情，乞爷原情宥罪。"县主道："起初是姑挟制，后来合当告夫，虽未同谋，亦不宜委曲从事。"减等拟绞；判断杨云、张秀论斩；王氏凌迟；继祖发回家。当申包公，随即依拟，可谓法正冤明矣。

第六十六回　老僧人断义舍契子　胡举人感恩救美珠

话说山西太原府阳曲县生员胡居敬，年方十八，父母双亡，又无兄弟，家道清淡，未有妻室。读书未透，偶考四等，被责归家，发愤将家资田宅变卖，得银六十两，将往南京从师读书。至江中遭风覆舟，舟中诸人皆溺死。居敬幸抱一木板在手，随水流近浅处，得一渔翁安慈救之，以衣服与换，又以银赠为盘费。居敬拜谢，问其姓名居止之处而去。居敬思回家则益贫无依，况久闻南京风景美丽，不如沿途觅食，挨到那里又作去处。及到南京，遍谒朱门，无有肯施济之人，衣衫褴褛，日食难度。乃入报恩寺求为和尚，扫地烧香却又不会，和尚要逐他去。一老僧率真道："你会干什么事？"居敬道："不才山西人氏，素系生员，欲到京从师，不意途中覆舟，流落至此，诸事不会干，倘师父怜念，赐我盘费，得还乡井，永不忘恩。"僧率真道："你归途甚远，我焉能赠你许多盘费？况你本意要到京从师，今便归去，亦虚跋涉一番。不如我供膳，你在寺中读书，倘读得好时，京城内今亦有人在此寄学，赴考岂不甚便。"居敬想：在寺久住，恐僧徒厌贱，遂乃结契率真为义父，拜寺中诸僧为师兄弟。由是一意苦心读书，昼夜不息。过了三年，遂出赴考，果登高第，僧率真亦自喜作成有功。

先时居敬虽在寺三年，罕得去闲游，中举之后，诸师兄多有相请者，乃得遍游各房。一日，信步行到僧悟空房去，微闻棋声在上，从暗处寻见有梯，直上楼去，见二妇人在楼上着棋，两相怪讶。一妇人问道："谁人同你到此？"居敬道："我信步行来。你是甚妇人？乃在此间！"妇人道："我乃渔翁安慈之女，名美珠，被长老脱骗在此。"居敬道："原来是我恩人之女。"美珠道："官人是谁？我父于你有甚恩？"居敬道："今寺中举人就是我，前者未遇时，蒙令尊救援，厚恩至今未报，今不意得会娘子，我当救你。"美珠道："报恩且慢，你快下去。今年有一郎官误行到此，亦被长老勒死，若还撞见，你命难保。"居敬道："悟空是我师兄，同是寺中人，见亦无妨。"又问："那一位娘子是谁？"美珠道："他名潘小玉，是城外杨芳之妻，独自行往娘家，被长老以麻药置果子中逼他食，因迷留在别寺中，夜间抬入此来。"说话已久，悟空登楼来，见敬赔笑道："贤弟何步到此？"居敬道："我偶然行来，不意师兄有此乐事。"

悟空即下楼锁了来路的房门，更唤悟静同来，邀居敬至一空房去，四面皆是高墙，将绳一条，剃刀一把，砒霜一包送与胡居敬道："请贤弟受用何物，免我二人动手。"居敬惊道："我同是寺中人，怎把我当外人相防？"悟空道："我僧家有密誓愿，只削发者是我辈中人，得知我辈事；有发者，虽亲父子兄弟至亲不认，何况契弟？"居敬道："如此则我亦愿削发罢。"悟静道："休说假话，你历年辛苦，今始登科，正享不尽富贵之时，你说削发瞒谁？今不害你，你明日必害我。"居敬指天发誓道："我若害你，我明日必遭江落海，天诛地灭。"悟空道："纵不害我，亦传说害我教门。你今日虽仪秦口舌也是枉然，再说一句求饶，我要动手。"居敬泣道："我受率真师父厚恩，愿见一面拜谢他而死。"悟空道："你求师父救你，亦是求阎王饶命。"须臾，悟静叫率真至，居敬泣拜道："我是寺中人，见他私事亦甚无妨。今师兄要逼我死，望师父救我。"率真尚未言，悟空道："自古入空门即割断骨肉，哪顾私恩。你今求救，率真肯救你否？"率真道："居敬儿，是你命合休，不需烦恼，死后我必埋葬你在吉地，做功德超度你来生再享富贵。倘昔日在江中溺死，尸首尚不能归土，哪得食这几年衣禄？我只一句话，绝救不得你死。"居敬见说得硬，乃泣道："容我缓死何如？"三僧道："若是外人，绝不肯缓他，在你且放缓一步。但今日午时起，明日午时要交命。"三僧出去，锁住墙门。

居敬独立空房中，只有一索悬于梁上，一凳与他垫脚自缢，并一把小刀，一包砒霜，余无一物在旁，屋宇又高，四面皆墙壁。居敬四面详察，思计在心。近晚来，以凳子打开近墙壁扎，取一直枋用索系住；又用刀削壁经为钉，脚衬凳子登其钉，手抱柱以衬其脚，索系于腰，扳援而上，至于三川枋上，以索吊上直枋，将枋从下撞上，果打开一桷子，见有穴而出。居敬自思：此场怨怼焉得不报！况且新科举人，若是默默，倘闻于众年家，岂不斯文扫地。遂一一告知同榜弟兄，闻者无不切齿抱恨，或助之资，或为之谋，议论已定，方欲在包公案下申词。不道悟空、悟静三人，过了三日，想居敬举人必然身死，且忧且喜。三人同来启门一视，并不见踪迹，你我相视，彼此愕然失色道："这事如何是好！此房四壁如铁桶，缘何被他走出？"三人密寻，果见其走处有穴。三人相议：若是闲人且不打紧；他是新科举人，况他同年皆晓得在我寺中，倘去会试，不见其人，必来我寺中根寻，我们如何答对？若是居敬不死走出去,必来报冤,他是举人,我是僧家,卵石非敌,不若先下手为强。率真道:"此事如何处?"悟空道:"不如做你的名具一张状纸,先在包爷台前告明:见得居敬举人在我寺中娶二娼妇,无日无夜酣歌唱饮,一玷斯文,二坏寺门,于本月某日寺中野游至晓不回来,日后恐累及寺中,只得到爷台前告明。"如此主意,即去告状。包公还未施行,只见居敬举人亦来告状。包公看了状词,即至寺中重责三僧,搜出二女,配与居敬,以美珠为长房,小玉为次房。后次年,居敬连登进士,除授荆州推官,到夏口江上,见悟空、悟静、率真在邻船中,居敬立在船头,令手下拿之。二僧心亏,知无生路,投水而死。率真跪伏求赦。居敬道:"你三年供我为有恩,临危不救为无情。倘当日被你辈逼死,今日焉得有官?将以你恩补罪,无怨无德,任你自去,今后再勿见我。"

图文珍藏版

第六十七回　乳下痣为凭夺人妻
细情由勘问出笑柄

话说金华府有一人，姓潘名贵，娶妻郑月桂，生一子才八月，因岳父郑泰是月生辰，夫妇往贺。来至清溪渡口，与众人同过渡。妇坐在船上，子饥，月桂取乳与子食，其左乳下生一黑痣，被同船一个光棍洪昂瞧见，遂起不良之心。及下船登岸，潘贵乃携月桂往东路，洪昂扯月桂要往西路。潘贵道："你这等无耻，缘何无故扯人妇女？"昂道："你这光棍可恶！我的妻子如何争是你的？"二人厮打，昂将贵打至呕血，二人扭入府中，知府邱世爵升堂，遂乃问道："你二人何故厮打？"潘贵道："小人与妻同往郑家庆贺岳父生日，来在清溪渡口，与此光棍及众人等过渡，及上岸，彼即争夺小人妻子，说是他的，故此二人厮打，被他打至呕血。"洪昂道："小人与妻同往庆贺岳父生日，同船上岸后，彼争夺我妻，乞老爷公断，以剪刁风。"府主乃唤月桂上来问道："你果是谁妻？"月桂道："小妇人原嫁潘贵。"洪昂道："我妻素无廉耻，想当日与他有通奸之私，今日故来做此圈套。乞老爷详察。"府主又问道："你妻子何处可有记验？"昂道："小人妻子左乳下有黑痣可验。"府主令妇人解衣，看见果有黑痣，即将潘贵重责二十，将其妇断与洪昂去，把这一干人犯赶出。

适包公奉委巡行，偶过金华府，径来拜见府尹，及到府前，只见三人出府，一妇与一人抱头大哭，不忍分别；一人强扯妇去。包公问道："你二人何故啼哭？"潘贵就将前事细说一番。包公道："带在一旁，不许放他去了。"包公入府拜见府尹，礼毕，遂说道："才在府前见潘贵、洪昂一事，闻贵府已断，夫妇不舍，抱头而哭，不忍别去，恐民情狡猾，难以测度，其中必有冤枉。"府尹道："老大人必能察识此事，随即送到行台，再审真伪。"包公唯唯出去。府尹即命一干人犯可在包爷衙门外伺候。

包公升堂，先吊月桂审道："你自说来，哪个是你真丈夫？"月桂道："潘贵是真丈夫。"包公道："洪昂曾与你相识否？"月桂道："并未会面。昨日在船上，偶因子饥取乳与食，被他看见乳下有痣，那光棍即起谋心，及至上岸，小妇与夫往东路回母家，彼扯往西路，因而厮打，二人扭往太爷台前，太爷问可有记验，洪昂遂以痣为凭，太爷不察，信以为实，遂将小妇断与洪昂。乞爷严究，断还丈夫，生死相感。"包公道："潘贵既是你丈夫，他与你各有多少年纪？"月桂道："小妇今年二十三岁，丈夫二十五岁，成亲三载，生子方才八月。"包公道："有公婆否？"月桂道："公丧婆存，今年四十九岁。"包公道："你父母何名姓？多少年纪？有兄弟否？"月桂道："父名郑泰，今八月十三日五十岁，母张氏，四十五岁，生子女共三人，二兄居长，小妇居幼。"包公道："带在西廊伺候。"又叫潘贵进来听审。包公道："这妇人既是你妻，叫作何名？姓谁氏？多少年纪？"潘贵道："妻名月桂，郑氏，年二十三岁。"以后所言皆合。包公又令在东廊伺候，唤洪昂听审。包公道："你说这妇人是你的妻，他说是他妻子，何以分辨？"昂道："小人妻子左乳下有黑痣。"包公道："那黑痣在乳下，取乳出养儿子，人皆可见，何足为凭？你可报她姓名，多少年纪。"洪昂一时无对，久之乃道："秋桂乃妻名，今年二十二岁，岳父姓郑，明日五十岁。"包公道："成亲几年？几时生子？"洪昂道："成亲一年，生子半岁。"包公怒道："这厮好大胆，无故争占人妻，还自强硬。"重打四十，边外充军。

若依府拟，潘贵夫妇拆开矣。

第六十八回　大白鹅独处为毛湿
　　　　　　　青色粪作断因饲草

话说同安县城中有龚昆，娶妻李氏，家最丰饶，性多悭吝。适一日岳父李长者生日，昆备礼命仆长财往贺，临行嘱道："别物可让他受些，此鹅决不可令他受了。"长财应诺而去，及到李长者家，长者见其礼亦喜，又问道："官人何不自来饮酒？"长财道："偶因俗冗，未得来贺。"长者令厨子受礼，厨子见其礼物菲薄，择其稍厚者略受一二，遂乃受其鹅。长财不悦，恐回家主人见责，饮酒几杯，闷闷挑其筐而回。回到近城一里外。见田中有一群白鹅，长财四顾无人，乃下田拣其大者捉一只，放在鱼池尽将毛洗湿，放入笼中。谁知放鹅者名招禄，偶回家去，在山旁撞见长财，笼中无鹅，及复来田，但见长财捉鹅放入笼中而去。招禄且叫且赶，长财并不理他，只管行去。行了一望路。偶遇招禄主人在县回来，招禄叫声："官人，前面挑笼的盗了我家鹅，可速拿住。"其主闻知，一手扭住。长财放下，乃道："你这些人好无礼，无故扯人何干？"主道："你盗我鹅，还说扯你何干。"二人争闹。偶有过路众人，乃为息争道："既是他盗的鹅，众人与你解释，可捉转放入群鹅中，如即合伙，就是你的；如不合伙，相追相逐，定是他的。"长财道："众人言之有理，可转去试之。"长财放出鹅来人于群中，众鹅见其羽毛皆湿，不似前样，相追相逐，并不合伙，众人皆道，"此鹅系长财的，你主仆二人何欺心如此？可捉还他。"其主被众人抢白，觉得无趣，乃将招禄大骂。招禄道："我分明前路见他笼中无鹅，及到田时，见他捉鹅上岸，如何鹅不合伙？"心中不忿，必要明白，二人扭打。

偶值包公行经此地，见二人打闹，问是何事。二人各以其故言之，包公细看其鹅，心中思忖：说是招禄之鹅，何为不合其伙？说是长财的，他岂敢平白赖人？其中必有缘故。想得一计，叫二人各自回家，带鹅县中，吩咐明早来领去。

次日，公差唤二人进衙领鹅，包公亲看，乃道："此鹅是招禄的。"长财道："老爷，昨日众人皆说是小人的，今日如何断与他去？"包公道："你家住城中，养鹅必是粟谷；他居住城外，放在田间，所食皆草菜。鹅食粟谷，撒粪必黄；如食草菜，撒粪必青,今粪皆青,你如何混争?"长财乃道:"既说是他的,昨日为何放彼群鹅之中相逐相追,不合他伙?"包公道:"你这奴才还自强辩!你将水洗其毛皆湿,众鹅见其毛不同,安有不追逐者乎?"鹅给还禄,喝左右重责长财二十板赶出。邑人闻之,一县传颂,皆称包公为神明云。

第六十九回　罗承仔感叹惹是非　小锥子画钱记窃贼

话说龙阳县罗承仔，平生为人轻薄，不遵法度，多结朋伴，家中房舍宽大，开场赌博，收人头钱，惯作保头，代人典当借贷，门下常有败坏猖狂之士出入，往来早夜不一。人或劝道："结友须胜己，亚己不须交。"承仔道："天高地厚，方能纳污藏垢。大丈夫在天地之间，安可分别清浊，何不大开度量容纳众生？"或又劝道："交不择人，终必有失。一毫差错，天大祸端。常言'火炎昆冈，玉石俱焚'，汝奈何不惧？"承仔答到："一尺青天盖一尺地，岂能昏蔽？只要我自己端正，到底无妨。"由是拒绝人言，一切不听。忽然同乡富家卫典夜被贼劫，五十余人手执刀枪火把，冲开大门，劫掠财物。贼散之后，卫典一家大小个个悲泣，远近亲朋俱来看慰。此时承仔在外经过，见得众人劝慰，乃叹道："盖县之富，声名远闻，自然难免劫掠，除非贫士方可无忧无虑，夜夜安枕。"卫典一听罗承仔的话，心中不悦，乃谓其二子道："亲戚朋友个个悯我被劫，独罗承仔乃出此言。想此劫贼是他家赌博的光棍，破荡家业，无衣少食，故起心造谋来打劫我。若不告官，此恨怎消！"于是写状具告于巡行包公衙门。

包公看了状纸，行牌并拘原告卫典、被告罗承仔等，重加刑罚审问。罗承仔受刑至极，执理辩道："今卫典被劫，未经捉获一个，又无赃证，又无贼人扳扯，平地风波陷害小人，此心何甘？"卫典道："罗承仔为人既不事耕种，又不为商贾，终日开场赌博，代作保头，聚集多人，皆面生无籍之辈，岂不是窝贼？岂不可剪除！"包公叱道："罗承仔不务本，不安分，逐末行险，谁不疑乎，作保头，开赌局，窝户所出决矣；但贼情重事，最上捉获，其次赃证，又次扳扯，三者俱无，难以定论。卫典之告，大都因疑诬陷之意居多，许令保释，改恶从善，后有犯者，当正典刑。"罗承仔心中欢喜，得免罪愆，谨守法度，不复如前做保开赌，人皆悦其能改过自新，独有卫典心下不甘道："我本被贼打劫，破荡家计，告官又不得理，反受一场大气，如何是好？"终日在家抱怨官府，包公访知，自忖道：承仔绝非是盗，真盗不知何人。故将卫典重责二十板,大骂道:"刁恶奴才,我何曾问差了? 你自不小心失盗,那强盗必然远去了,该认自家的晦气,反来怨恨上官!"即命监起。

城中城外人等皆知卫典被打被监,官府不究盗贼事情。由是真贼铁木儿、金堆子等闻得,心中大喜,乃集众买办酒肉,还谢神愿,饮至夜深,各个分别,笑道:"人说包爷神明,也只如此。但愿他子子孙孙万代公侯,专在我府做官,使我们得其自在,无惊无扰。"不觉是夜包公因卫典被劫之事亲行访察,布衣小帽,私出街市,及行至城隍庙西,适听众贼笑语。心中想道:愿我子孙富贵诚好,但无惊无扰的话,却有可疑。遂以小锥画三大"钱"字于墙上。转过观音阁东,又听人语:"城隍爷爷真灵,包公爷爷真好;若不得他糊涂不究,我辈齐有烦恼。"包公心中又想道:说我真好固是,但齐有烦恼的话又更可疑,此言与前所听者俱是贼盗的话。即以三铜线插在壁间,归来安歇。

明日望旦,同众官往城隍庙行香,礼毕,即乘轿至庙西街,看墙上有三"钱"字处,命民壮围屋,拿得铁木儿等二十八人。又转观音阁东,寻壁上有三大钱处,亦令手下围住,拿得金堆子等二十二人,归衙鞫问。先将铁木儿夹起骂道:"卫典与你何仇? 黑夜强劫他家财富。"铁木儿等再三不认。包公道:"你们愿我长来做此官,得以自在,无惊无扰,奈何不守法度,致为劫贼!"木儿听得此言,各皆破胆,从实招认:不合打劫卫典家财均分是实,罪无可逃,乞爷超活蚁命。复将金堆子等夹起问道:"汝等何故同铁木儿等劫掠卫典?"金堆子等一毫不认,包公怒道:"汝等众人都说'城隍爷爷甚灵,包公爷爷甚好',今日若不招认,个个'齐有烦恼'!"金堆子等听得此言,人人落魄,个个丧胆,遂一一招认。包公即判追赃给还卫典回家;将金堆子、铁木儿等拟成大辟,秋后处决。

第七十回　　萧屠户猪门杀一桂
　　　　　　大蜘蛛卷上释季兰

　　话说山东兖州府巨野县郑鸣毕，家道殷富，生子名一桂，姿容俊雅，因父择配太严，年长十八，未为聘娶。其对门杜预修家，有一女名季兰，性淑有貌，因预修后妻茅氏欲主嫁与外侄茅必兴，预修不肯，以致延到十八岁亦未许人。郑一桂观见其貌，千方百计得与通情，季兰知事，心亦欢喜，每夜潜开猪门引一桂入宿，将次半载，两家父母颇知之。季兰后母茅氏在家吵闹，遂防备甚密；然季兰有心向一桂，怎能防得。一日，茅氏往外家去，季兰在门首立候一桂，约他夜来。其夜，一桂复往，季兰道："我与你相通半载，已怀了三个月身孕，你可央媒来议婚，谅我父亦肯；但继母在家，必然阻挡，今乘她往外公家去，明日千万留心。此事成则姻缘可久，不然，妾为你死矣。纵有他人来娶我，妾既事君，决不改节于他人。"郑一桂欣然应诺。至次日五更，季兰仍送一桂从猪门出去。适有屠户萧升早起宰猪，正撞见了，心下忖道：必是一桂与预修之女有通，故从他猪门而出。萧升亦从猪门挨入，果见女子在偏门边倚立，萧升向前逼他求欢。季兰道："你是何人？敢这等胆大！"萧升道："你养得一桂，独养不得我？"季兰哄道："彼要娶我，故私来先议；若他不娶，则日后从你无妨。"即抽身走入房去，锁住了门。萧升只得走出，心中焦躁，想道：彼恋一桂后生，怎肯从我？不如明日杀了一桂，使他绝望，谅季兰必能到手。次日，一桂禀知于父要娶季兰，郑鸣华道："几多媒来议豪家女子，我也不纳，今娶此不正之女为媳，非但辱我门风，抑且被人取笑。"一桂见父不允，忧闷无聊，至夜静后又往季兰家，行到猪门边，被萧升突出拔刀杀之，并无人见。次日，郑鸣华见子被杀，不胜痛伤，只疑是杜预修所杀，遂赴县告状。

　　本县朱知县鞫问，郑鸣华道："亡儿一桂与伊女季兰有好，伊女嘱我儿娶她，我不肯允。其夜遂被杀。"杜预修道："我女与一桂奸情有无，我并不知。纵求嫁不允，有女岂无嫁处，必须强配？就是他不允亲事，有何大仇遂至杀他？此皆是虚妄之词，望老爷详察。"朱知县问季兰道："有无奸情，是谁杀他，唯汝知之。从实说来。"季兰道："先是一桂千般调戏，因而苟合，他先许娶我，后来我愿嫁他，皆出真心，曾对天立誓，来往已将半载。杀死之故不知，是谁，妾实不知。"朱知县道："你通奸半载，父亲知道，因而杀之是真。"遂将杜预修夹起，再三不肯认，又将季兰上了夹棍，季兰心想：一桂真心爱我，他今已死，幸我怀孕三月，倘得生男，则一桂有后；若受刑伤胎，我生亦是枉然。遂屈招道："一桂是我杀的。"朱知县道："一桂是你情人，何忍杀他？"季兰道："他未曾娶我，故此杀了。"朱知县道："你在室未嫁，则两意投合，情同亲夫。始焉以室女通奸，终焉以妻子杀夫，淫狠两兼，合应抵偿。"郑鸣华、杜预修皆信为真。再过六个月，生下一男，鸣华因无子，此乃是他亲孙，领出养之，保护甚殷。

　　过了半年，包公巡行到府，夜观杜季兰一案文卷，忽见一大蜘蛛从梁上坠下，食了卷中几字，复又上去。包公心下疑异，次日即审这桩事。杜季兰道："妾与郑一桂私通，情真意蜜，怎肯杀他？只为怀胎三月，恐受刑伤胎，故屈招认。其实一桂非妾所杀，亦不干妾父的事，必外人因故杀之，使妾在屈抵命。"包公道："你更与他人有情否？"季兰道："只是一桂，更无他人。"包公心疑蜘蛛食卷之事，意必有姓朱者杀之，不然乃是朱知县问枉了。乃道："你门首上下几家，更有甚人，可历报名来。"鸣华历报上数十名，皆无姓朱者，只内有一人名萧升。包公心疑蜘蛛一名蛸蛛，莫非就是此人？再问道："萧升作何生理？"答言："宰猪。"包公心喜道：猪与朱音相同，是此人必矣。乃令鸣华同公差去拿萧升来做干证。公差到萧升家道："郑一桂那一起人命事，包爷唤你。"萧升忽然迷乱道："罢了！当初是我错杀你，今日该当抵命。"公差喝道："只要你做干证！"萧升乃惊悟道："我分明见一桂问我索命，却是公差。此是他冤魂来了，我同你去认罪便是。"郑鸣华方知其子乃是萧升所杀，即同公差锁押到官，萧升一一招认道："我因早起宰猪，见季兰送一桂出门，我便去奸季兰，他说要嫁一桂，不肯从我。次夜将一桂杀之，要图季兰到手，不料今日露出情由，情愿偿命，再无他说。"包公即判萧升偿命。

　　当时季兰禀道："妾蒙老爷神见，死中得生，犬马之报，愿在来世。但妾身虽许郑郎，奈未过门，今儿子已在他家，妾愿郑郎父母收留入家，终身侍奉，誓不改嫁，以赎前私奔之丑。"郑鸣华道："日前亡儿已欲聘娶，我嫌汝私通非贞淑之女，故此不允；今日有拒萧升之节，又有愿守制之心，我当收留，抚养孙儿。"包公即判季兰归郑门侍奉公姑,后寡守孤子郑思椿,年十九登进士第,官至两淮运使,封赠母杜氏为太夫人。邓鸣华以择妇过严,致子以奸淫被杀;杜预修以后妻掣肘,致女以私通招祸。此二人皆可为人父母之戒。

第七十一回　有钱人能使鬼推磨
注禄官可教人积善

俗谚道："有钱使得鬼推磨。"却为何说这句话？盖言凭你做不来的事，有了银子便做得来了，故叫鬼推磨，说鬼尚且使得他动，人可知矣。又道是"钱财可以通神"，天神无不可通，何况鬼乎？可见当今之世，唯钱而已。有钱的做了高官，无钱的做个百姓；有钱的享福不尽，无钱的吃苦难当；有钱的得生，无钱的得死。总来，不晓得什么缘故，有人钻在钱眼里，钱偏不到你家来；有人不十分爱钱，钱偏望着他家去。看起来这样东西果然有个神附了它，轻易求它求不得，不去求它也自来。

东京有个张待诏，本是痴呆汉子，心上不十分爱钱，日渐发积起来，叫作张百万。邻家有个李博士，生来乖巧伶俐，死在钱里，东手来西手就去了。因见张待诏这样痴呆偏有钱用，自家这样聪明偏没钱用，遂郁病身亡，将钱神告在包公案下。

告为钱神横行事：窃唯大富由天，小富由人。生得命薄，纵不能够天来凑巧；用得功到，亦可将就以人相当。何故命富者不贫，从未闻见养五母鸡二母彘，香厨偏满肥甘；命贫者不富，哪怕他去了五月谷二月丝，丰年不得饱暖。雨后有牛耕绿野，安见贫窭田中偶幸获增升斗；月明无犬吠花村，未尝富家库里以此少损分毫。世路如此不平，神天何不开眼？生前既已糊涂，死后必求明白。上告。

包公看毕道："那钱神就是注禄判官了，如何却告了他？"李博士道："只为他注得不均匀，因此告了他。"包公道："怎见得不均匀？"李博士道："今世上有钱的坐在青云里，要官就官，要佛就佛，要人死就死，要人活就活。那没钱的就如坐在牢里，要长不得长，要短不得短，要死不得死，要活不得活。世上同是一般人，缘何分得不均匀？"包公道："不是注禄分得不均匀，钱财有无，皆因自取。"李博士道："东京有张百万，人都叫他是个痴子，他的钱偏用不尽；小的一生人都叫我伶俐，钱神偏不肯来跟我。若说钱财有无都是自取，李博士也比张待诏会取些。如何这样不公？乞拘张待诏来审个明白。"移时鬼卒拘到。包公道："张待诏，你如何这样平地发迹，白手成家，你在生做了歹事吗？"张待诏道："小人也不会算计，也不会经营，今日省一文,明日省一文,省起来的。"包公道:"说得不明白。"再唤注禄判官过来问道:"你做注禄判官就是钱神了,如何却有偏向?一个痴子与他百万,一个伶俐的到头做个光棍!"注禄判官道:"这不是判官的偏向,正是判官的公道。"包公道:"怎见得公道?"判官道:"钱财本是活的,能助人为善,亦能助人为恶。你看世上有钱的往往做出不好来,骄人,傲人,谋人,害人,无所不至,这都是伶俐人做的事,因此,伶俐人我偏不与他钱。唯有那痴呆的人,得了几文钱,深深地藏在床头边,不敢胡乱使用,任你堆积如山,也只平常一般,名为守钱奴是也。因此,痴呆人我偏多与他钱。见张待诏省用,我就与他百万,移一窖到他家里去;见李博士奸猾,我就一文不与,就是与他百万也不够他几日用,如何叫判官不公道?"包公道:"好好,我正厌恶贪财浪费钱的,叫鬼卒剥去李博上的衣服,罚他来世再做一个光棍。但有钱不用,要他何干?有钱人家尽行些方便事,穷的周济他些,善的扶持他些,徒然堆在那里,死了也带不来,不如散与众人,大家受用些,免得下民有不均之叹。"叫注禄官把张待诏钱财另行改注,只够他受用罢了。又对注禄判官道:"但是,如今世上有钱而作善的,急宜加厚些;有钱而作恶的,急宜分散了。"判官道:"但世人都是痴的,钱财不是求得来的,不该得的钱,虽然千方百计求到手,一朝就抛去了。"

第七十二回　伍豪绅争婚兴讼事

刁乞丐换货取金银

　　话说永平县周仪，娶妻梁氏，生女玉妹，年方二八，姿色盖世，且遵母训，四德兼修，乡里称赞。六七岁时许配本里杨元，将行礼亲迎，为母丧所阻。土豪伍和，因往人家取讨钱债，偶过周仪之门，回头顾盼，只见玉妹倚栏刺绣，人物甚佳，徘徊眷恋，遂问其仆道："此谁家女子？其实可爱。"仆道："此是周家玉妹。"和道："可配人否？"仆道："不知。"和遂有心，日夜思慕，相央魏良为媒。良见周仪，谈及"伍和家资巨万，田地广大，世代殷富，门第高华，欲求为公家门婿，使我为媒，万望允从"。周仪答道："伍宅家势富豪，通县所仰。伍官人少年英杰，众人所称，我岂不知？但小女无缘，先年已许配本处杨元矣。"魏良回报伍和道："事不谐矣，彼多年已许聘杨元，不肯移易。"和怒道："我之家财人品，门第势焰，高出杨元之上，奈何辞我？我必以计害之，方遂所愿。"魏良道："古人说得好，争亲不如再娶，官人何必苦苦恋此？"和终不听，欲兴讼端。周仪知之，遂托原媒择日送女适杨元家，成就姻缘，杜绝争端。

　　和闻之，心中大怒。使人密砍杉木数株，浸于杨元门首鱼池内，兴讼报仇，乃作状告于永平县主秦侯案下，原被告并邻里干证一一鞫问。邻里皆道："杉木果系伍和坟山所产，实浸杨元门首池中，形迹昭昭，不敢隐讳。"杨元道："争亲未得，伐木栽赃，图报仇恨，冤掺何堪？"伍和道："盗砍坟木，惊动先灵，死生受害，苦楚难当。"秦侯道："伍和何必强辩？汝实因争亲未遂，故此栽赃报恨。"遂打二十板，问其反坐之罪。

　　此时，伍和诡谋不遂，怒气冲冲，痛恨杨元："我不置此贼于死地，誓不甘休！"思思虑虑，常欲害元。一日，忽见一丐子觅食，与他酒肉，问道："汝往各处乞食，有哪家肯施舍钱米济汝贫民？"丐子应道："各处大户人家俱不好乞食，只有杨元长者家中正在整酒做戏还愿，无比快活，甚好讨乞，我们往往在那里相熟，多乞得些。"伍和道："做戏完否？酒吃罢否？"丐子道："还未完，明日我又要往他家。"伍和道："他家东廊有一井,深浅何如? 与众共用否?"丐子道:"只是他家独自打水。"伍和道:"我再赏你酒肉,托你一事,肯出力干否? 若干得来,还有一钱好银子谢你。"丐子道:"财主既肯用我,又肯谢我,即要下井去取黄土我也下去,怎敢推辞。"伍和道:"也不要你下井,只在井上用些工夫。"语毕,遂以酒肉与他。丐者醉饱之后,问:"干甚事?"伍和道:"你今已醉,在我这里住宿,明日清醒,早饭后我对你说。"及至次日清晨,伍和问丐者道:"酒醒乎?"丐者道:"酒已醒。"伍和遂以金银首饰一包付与丐者道:"托你带此在杨家,密密丢在井中,千万勿泄机关,只好你知我知。"丐者领过,便出伍家门。行至前途,见一卖花粉簪钗者,遂生利心。坐于偏僻所在,展开伍和包裹一看,只见金钗一对,金簪二根,银钗一对,银簪二根,心中大喜,将米二斗,碎银三分,买铜锡簪钗换了金银的,依旧包好,挤入杨元家看戏,将此密丢井中,来日报知伍和,讨赏银一钱。伍和随即写状,仍以窃盗事情指赃搜检等情奔告巡行衙门包公台下。

包公准状后,即行牌该县拿人搜赃。伍和指称金银首饰赃在井中,捕快里甲于井搜检,果得一包金银首饰。杨元一见不能辩脱,本县起解见包公。包公鞫问再三,杨元死不肯认。包公道:"井在你家,赃在你井中,安能辞得?"杨元受刑,竟不认盗。包公遂呼伍和道:"你这首饰是何人打的?"伍和道:"打金者是黄美,打银者是王善。"包公即拘得黄美、王善来问道:"此金银首饰是你二人与伍和打造的?"黄美道:"小人与他打金的,不曾打铜的。"王善道:"小人为他打银的,不曾打锡的。"包公一闻铜锡之言,心中便知此事有弊,且将杨元监起,伍和喝出,即令得力公牌邓仕密密跟随伍和,看他在外与何人谈论,即急急扯来回报。邓仕悄悄地随伍和行至市中,只见和问丐者道:"前日托你干事,已送谢礼一钱,何故将铜锡换去金银?"丐者答道:"何敢为此事?"和道:"包爷拘黄美、王善两匠人认出。"丐者无言。邓仕当下拿丐者回报,包公将丐者夹起道:"你何故换去伍和金银首饰?"丐者胆落,只得直招道:"伍和托我拿首饰丢在杨元廊下井中,小人见财起心,换了他的是实,其物尚在身上,即献老爷台前,乞活蚁命。"此时包公怒斥伍和,遂加严刑,竟问反坐,和纵有百口,不能强辩。

第七十三回　刘仙英私奔缘做戏　杨善甫受诬因宿好

话说建中乡土贫瘠，风俗浮靡，男女性情从来滥恶。女多私交不以为耻，男女苟合不以为污。居其地者，唯欲丰衣足食，穿戴齐整华靡，不论行检卑贱，秽恶弗堪。有谣言道："酒日醉，肉日饱，便足风流称智巧，一声齐唱俏郎君，多少嫦娥争闹吵。"此言男子辈之淫乱也。又有俚语道："多抹粉，巧调脂，高戴髻，穿好衣，娇打扮，善支持，几多人道好蛾眉。相看尽是知心友，昼夜何愁东与西。"言女子辈之淫纵也。闻有贤邑宰观风考俗，欲革去其淫污以成清白，奈习俗之染既深，难以朝夕挽回。

有一富家杨半泉，生男三人，长曰美甫，次曰善甫，幼曰义甫，俱浮浪不羁，素越礼法，常窥东邻戚属于庆塘娇媳刘仙英。仙英容貌十分美丽，知其心中事，恨夫婿年幼，情欲难遂，日夜忧闷，星前月下，眼去眉来，意在外交，全无忌惮。美甫兄弟三人遂各调之，仙英虽无不纳，然钟情则在善甫，庆塘夫妇亦知其情，但以子幼无知，媳妇稍长，欲动情趣，难以防闲；又念善甫至京，若加捉获，彼此体面有伤，只得含忍模糊。然善甫虽恋仙英，仙英心下殊有所不足。盖以善甫钱财虽充盈，仪容虽修饰，但胸中无学术，心上有茅塞，琴、棋、书、画、吹、弹、歌、舞，俱未谙晓，难做风流佳婿，纵善甫巧于媚爱，过为奉承，仙英亦唯唯诺诺而已，私通四载有余。忽于中秋佳节，风清月朗，市人邀集浙西子弟扮戏，庆赏良夜，娇喉雅韵，响彻云霄。仙英高玩西楼，更深夜静，闻得子弟声音嘹亮，凭栏侧耳，万分动心，恨不得插翅飞入其怀抱。次夜，善甫复会仙英，问道："昨夜风月清胜无边，何独远我而不共登高楼，亲近广寒问嫦娥乐事耶？"善甫道："本欲来相伴，偶有浙人来扮戏，父兄亲戚大家邀往玩耍，不能私自前来，故而负罪。"仙英因问道："夜深时歌喉响彻霄汉者为谁？"善甫道："非他人，乃正生唐子良，其人二十二岁，神色风姿，种种奇才，问其家世，系一巨宦子弟，读书既成，只为性好耍乐，故共众子弟出游。"仙英闻子良为人精雅风流，更加动念。次日，乃语其姑道："公公指日年登六十花甲，亦非等闲，自然各处亲友俱来祝寿,少不得设酒宴宾,必须请子弟演戏几日。今闻得有浙戏在此,善于歌唱扮演,合用之以与大人庆寿,劝诸宾尽欢而散。"其姑喜而叹曰:"古人说子孝不如媳孝,此言不虚。"遂劝庆塘道:"人生行乐耳,况值老官人华诞,海屋添筹,斗星炫耀,凡诸亲友,一一皆来庆寿,必置酒开筵,款待佳客,难得有好浙戏在此,必须叫到家中做上几台。"庆塘初尚不允,及听妻言再三,遂叫戏子连扮二十余日。

仙英熟视正生唐子良着实可爱,遂私奔外厅,默携子良同入卧房,交合甚欢。做戏将毕,子良思想:戏完岂可久留她家与仙英长会?乃思一计,密约仙英私奔而归,但不知仙英心下何如。子良当夜与仙英私相谓道:"今你家戏完,我绝不能长久同乐,你心下如何?"仙英道:"我亦无可奈何。"子良即起拐带之心,甜言蜜语对英说:"我有一计,莫若同你私奔我家。"仙英道:"我家重重门锁,如何走得?"良道:"你后门花园可逾墙而走。"英道:"如此便好。"遂约某日某夜逾墙逃出,同子良一齐而归。彼时设酒日久,庆塘夫妇日夜照顾劳顿,初不提防。至次日,喊叫媳妇起来,连喊几声不应,直至房中卧床,不见踪影。乃顿足捶胸哭道:"我的媳妇决然被人拐去!"乃思忖良久道:"拐我媳妇者绝非别人,只有杨善甫这贼子,受他许多年欺奸污辱,含忍无余,今又拐去。"不得不具状奔告包公。

包公天性刚明,断事神捷,遂准庆塘之状,即便差人捉拿被告杨善甫。善甫叹道:"老天屈死我也,刘仙英虽与我平素相爱,今不知被谁人拐去,死生存亡,俱不可知,乃平白诬我奸拐,情苦何堪。我必哭诉,方可暴白此冤。"遂写状直诉。包公详看善甫诉状,忖道:私交多年,拐带有因,安能辞其罪责。乃呼杨善甫骂道:"汝既与仙英私通多年,必知仙英心腹事情。今仙英被人拐去,汝亦必知其缘故。"甫道:"仙英相爱者甚多,安可构陷小人拐去。"包公道:"仙英既多情人,汝可一一报来。"善甫遂报杨廷诏、陈汝昌、王怀庭、王白麓、张大宴、李进有等,一一拘到台下审问,皆道:仙英私爱之情不虚,但拐带一节全然不晓。包公即把善甫及众人一一夹起,全无一人肯招,众口咸道:仙英淫奔之妇,水性杨花,飘荡无比,不知复从何人逃了,乃把我们一班来受此苦楚,死在九泉亦不甘心。庆塘复禀包公道:"拐小人媳妇者杨善甫,与他人无干,只是善甫故意放刁,扯众人来打诨。"包公再审众人,口词皆道:仙英与众通情是真,终不敢妄言善甫拐带,乞爷爷详察冤情,超活一派无辜。

包公听得众人言语,恐善甫有屈。且将一干人犯尽行收监。夜至二更,焚香祝告道:"刘仙英被人拐去,不识姓名,不见踪迹,天地神明,鉴察冥冥,宜速报示,庶不冤枉无辜。"祝毕，随步入西窗，只听得读书声音，仔细听之，乃诵"绸缪"之诗者，"子兮子兮，如此良人何"。包公想道：此"唐风"也，但不知是何等人品。清晨起来，梳洗出堂，忽听衙后有人歌道："戏台上好生糖，甚滋味？分明凉。"包公惕然悟道："必是扮戏子弟姓唐名子良也。"升堂时，投文签押既完，又取出杨善甫来问道："庆塘家曾做戏否？"答言："做过。""有姓唐者乎？"答言："有唐生名子良者。"又问："何处人氏？"回言："衙之龙城人。"包公乃假劫贼为名，移关衢守宋之仁台下道："近因阵上获有惯贼，强人自鸣极称，大寇唐子良同行打劫多年，分赃得美妇一人，金银财物若干，烦缉拿赴对以便问结。"宋公接到关文，急急拿子良解送包公府衙。子良见了包公从直诉道："小人原是宦门苗裔。习学儒书有年，只因淡泊，又不能负重生理，遂合伙做戏。前在富翁于庆塘家做庆寿戏二十余台，其媳刘仙英心爱小人，私奔结好，愿随同归，何尝为盗？同伙诸人可证。"包公既得真情，遂收子良入监，又移拿仙英来问道："汝为何不义，背夫逃走？"仙英道："小妇逃走之罪固不能免，但以雏夫稚弱，情欲弗遂，故此丧廉耻犯此罪愆，万乞原宥。"包公呼于庆塘父子问道："此老好不无知！儿子口尚乳臭，安用此淫妇，无怪其奔逃也。"庆塘道："小人暮年生三子，爱之太过，故早娶媳妇辅佐，总乞老爷恩宥。"包公遂问仙英背夫逃走，当官发卖；唐子良不合私纳淫奔，杨善甫亦不合淫好少妇，杨廷诏诸人等俱拟徒罪；于庆塘诬告反坐，重加罚赎，以儆将来；人人快服。

第七十四回　水朝宗醉渡遇劫难　阮自强卧病受牵连

罗大郎素性凶狂，又无学术，父官清苦，宦囊久虚，食用奢华，家赀消减，不守礼法，流入棍徒，恣恶恃强，横行乡曲，游手好闲，混为盗贼。一日，坐于南桥，忽见银匠石坚送其亲戚水朝宗于渡口，虑其酒醉，买有瓦器灯盏六枚，执其包裹而嘱之道："此物件须珍重，不可恍惚。"朝宗道："是我自家所当心者，何必叮咛。"遂别去。大郎听了此言即起谋心道："石银匠送此人再三嘱咐，必是送银子回家。"遂急急赶至前途，欲谋所有。望见龙泉渡边，闻得朝宗醉呼渡子阮自强撑船渡河，自强道："我有病不能撑船，汝自家撑去。"朝宗带醉跳上渡船，大郎连忙踏上船道："我与你撑去。"一篙离岸，二篙渐远，三篙至中流。天色昏沉，夜晚悄黑，两岸无人，漫天祸起，即将朝宗推入深水中，取其包裹登岸而去，只遗下雨伞一把在船。次日，阮自强令男去看船，拾还家中。是夜，大郎谋得朝宗包裹，悄地打开，并无银两，只有瓦器灯盏六枚，心中惨然不悦，自嗟自怨，乃援笔而题龙光庙后门道："你好差，我好错，只因灯盏霍。若要报此仇，除是马生角。"题毕，将灯盏打破归家。

越二日，朝宗之子有源在家，心下惊恐，乃道："我父前日入城谒石亲，至今未还，是何迟滞？"遂往城访问。石坚道："我前日苦留令尊，他急急要回，正带酒醉，并无他物，只有灯盏六枚，雨伞一把。汝可随路访问。"有源如其言，寸寸节节，访问不已，直至渡口，问及阮自强。自强道："前日晚上，有一醉汉同人过渡，不知何人撑过，遗下雨伞一把，我收得在此。"有源一见雨伞即号泣道："此是我父的雨伞，今在你家，必是你谋死我父性命。"即投明邻右人等，写状告于本县。

此时，冯世泰作县尹，一见有源告状，即时准理："人命关天，事非小可。我当为汝拘拿被告人审明，偿汝父命。"遂差人拘拿阮自强，强不得已乃赴县诉状，辩诉无罪。

冯大尹既准自强诉词，遂唤水有源对理。有源哭谓："自强谋杀父命，沉匿父尸，极恶大变，理法难容。若非彼谋，何为伞在他家？乡里可证。"自强哭诉："卧病半月，未曾出门，儿拾雨伞，白日青天，左右多人共见，哪有谋害情由？设有谋情，必然藏匿其伞，怕见踪迹，岂肯令人得知，更叫汝来告我？乞拘里甲邻人审问，便见明白。"冯侯乃拘邻里何富、江滨到县鞫问。二人同声对道："自强撑渡三年，毫无过恶，病患半月，果未出门，儿子洗船拾伞，果是的确，此乃左右众人眼同面见。有源之父被谋，未知真实，安得诬陷自强。"有源即禀："这何富、江滨皆是自强切近心腹，皆受自强银两贿赂，故彼此互为回护，若不用刑，绝不直吐。"冯侯遂将二人夹起，再三拷问，二人哭辩道："小人与自强只是平常邻居，何为心腹？自强家贫且久病，何来贿赂？一言一语，皆是天理人心，公平理论，岂敢曲为回护？莫说夹死小人，即以刀截小人头，亦不敢说自强谋人性命。"冯侯闻得两人言语坚确，始终无一毫软款，喝手下收起刑具，将自强监禁狱中；干证原告喝出在外，退入私衙想了一回。次日清早，乔装打扮，径往龙泉渡头访个虚实。但听人言纷纷，皆说自强不幸，病未得痊，又遭此冤枉，坐狱受苦，不若在家病死，更得明白。随即过渡再访，人言亦皆相同。冯侯心中叹道：果然人言自强真是受诬，不知谋杀朝宗者果是何人？心中自猜自疑，又往龙光庙密访，并无消息。四顾看来，但见庙后门题得有数句字道；"你好差，我好错，只因灯盏霍。若要报此仇，除是马生角。"冯侯看此数句话头，意必有冤枉在内，且岂有马生角之理。就换了衣帽去见上司包公面言此事。包公道："马生角是个冯字，你姓冯，此冤枉的事毕竟你能究出。"

冯侯别了包公，随即回衙。次日升堂，差人至龙光庙拿庙主来问道："汝庙中数日有何人常来？"庙主道："并无人来。只有一人小人曾认得，是城中人叫罗大，日前来庙中戏耍。"县主又问道："可问汝借物否？"庙主答道："借物没有，我只看见他在桌上拿一支笔，步到庙后写得几个字。"县主即差人拘拿罗大至县，遂以"马生角"问道："汝家有一马生角否？"罗大听县主之言，心中悚然，失色答道："不知。"县主道："龙光庙后诗汝可知否？"罗大俯首无言。县主大怒，且重刑拷究，罗大受刑不过，一口招认谋死朝宗之由。据招申详，包公判其暂时置之重狱，秋后加以典刑。

第七十五回　孙诲妻美貌生风波
柳知县昏庸失俸银

话说广东惠州府河源街上,有一小儿行过,年方八九岁,眉目秀美,风姿俊雅。有光棍张逸称羡不已道:"此小儿真美貌,稍长便当与之结契。"李陶道:"你只知这小儿美,不知他的母亲更美貌无双,国色第一。"张逸道:"你晓得他家,可领我一看,亦是千载奇逢。"李陶即引他去,直入其堂,果见那妇人真比嫦娥妙绝。妇人见二面生人来,即惊道:"你是什么人,无故敢来我家?"张逸道:"问娘子求杯茶吃。"妇人道:"你这光棍!我家不是茶坊,敢在这里讨茶吃。"走入后堂去了,全然不睬。张、李见其貌美,看不忍舍,又赶进去。妇即喊道:"白日有贼在此,众人可速来拿!"二人起心,即去强挟道:"强贼不偷别物,只要偷你。"妇人高声叫骂,却得丈夫孙诲从外听喊声急急进来,认得是张、李二光棍,便持杖打之,二人不走,与孙诲厮打出大门外,反说孙诲妻子骗他银去不与他奸,孙诲即具状告县。

柳知县即拘原被告邻里听审。张、李二人亦捏将孙诲纵妻卖奸脱骗伊银等情具诉来呈。孙诲道:"张、李二人强奸我妻,小的亲自撞见,反揪在门外打,又街上秽骂。有此恶棍,望老爷除此两贼。"李陶道:"孙诲你忒杀欺心,装捏强奸,人安肯认。本是你妻与我有奸,得我银三十余两,替你供家。今张逸来,你就偏向张逸,故而与你相打,你又骂张逸,故逸打你。今你骗银过手,反捏强奸,天岂容你!"张逸道:"强奸你妻只一人足矣,岂有二人同为强奸?只将你妻与邻里来问便见。"柳知县道:"若是强奸,必不敢扯出门外打,又不敢在街上骂,即邻里也不肯依。此是孙诲纵妻通奸,这二光棍争风相打又打孙诲是的。"各发打三十收监,又差人去拿诲妻,着将官卖。

诲妻出叫邻右道:"我从来无丑事,今被二光棍捏我通奸,官要将我发卖,你众人也为我去呈明。"邻里有识事者道:"柳爷昏暗不明,现今待制包爷在此经过,他是朝中公直好人,必辨得光棍情出,你可去投之。"诲妻依言,见包公轿过,便去拦住说:"妾被二光棍人家调戏,喊骂不从,夫去告他,反说与我通奸。本县太爷要将妾官卖,特来投告。"包公命带入衙,问其姓名、年纪、父母姓名及房中床被什物,妇人一一说来,包公记在心上。即写一帖往县道:"闻孙诲一起奸情事,乞赐下一问。"柳知县甚敬畏包公,即刻差吏连人并卷解上。包公问张逸道:"你说通奸,妇女姓甚名谁?他父母是谁?房中床被什物若何?"张逸道:"我近日初与通奸,未暇问其姓名,女儿做上娼,怕羞辱父母,亦不与我说名,他房中是斗床、花被、木梳、木粉盒、青铜镜、漆镜台等项。"包公又问李陶:"你与他相通在先,必知他姓名及器物矣。"李陶道:"那院中妓女只呼娘子,因此不知名,曾与我说他父名朱大,母姓黄氏,未审他真假何如。其床被器物,张逸所说皆是。"包公道:"我差人押你二人同去看孙诲夫妇房中,便知是通奸强奸。"及到房,则藤床、锦被、牙梳、银粉盒、白铜镜、描金镜台。诲妻所说皆真,而张、李所说皆妄。包公仍带张、李等人衙道:"你说通奸,必知她内里事如何。孙妇房中物件全然不知,此强奸是也。"张逸道:"通奸本非,只孙诲接我六两银子用去,奈他妻不肯从。"包公道:"你将银买孙诲,何必与李陶同去?"李陶道:"我做马脚耳。"包公道:"你与他有熟?几时相熟的,做他马脚?"李陶答对不来。包公道:"你二人先称通奸,得某某银若干,一说银交与夫,一说做马脚。情词不一,反复百端,光棍之情显然。"各打二十。便判将张逸、李陶问强奸处斩;柳知县罚俸三月;孙诲之妻守贞不染,赏白绢一匹,以旌洁白。

第七十六回　良家妇求子遇淫僧　程监生遭难诵经文

话说奉化县监生程文焕，娶妻李氏，五十无子，意欲求嗣。尝闻庆云寺中有神最灵，求子得子，遂与妻李氏商议，欲往一游。夫妻斋戒已定，虔备香礼，清早往寺参神，祝告已毕，僧留斋饭后，往游胜景经阁。夫妇倦坐方丈，文焕忽觉精神不爽，隐几而卧。李氏坐侧有一僧名如空，见李氏花容月貌，又见文焕睡卧，遂近前调戏之。李氏性本贞烈，大骂："秃子无知，我何等人，敢大胆如此？"因而惊醒文焕，如空遁去。文焕诘其故，李氏道："适有一秃驴，见你倦眠，近前调戏，被我骂去。"文焕心中暴躁，遂乃高声骂詈："明日赴县，必除此贼，方消此气。"倏而众僧皆知，恐他告县，私相议道："此夫妇来寺天早，并无人见，莫若杀之以除后患。况此妇出言可恶，囚禁此地，久后不怕不从。"商议已定，出而擒住，如空持刀欲杀文焕，焕见人多，寡不敌众。又有数僧强扯李氏入于别室，欲肆行奸，李氏不从。一僧止道："此时焉

能肯从，且囚之别室，以厚恩待他，后必肯从。"众依其言，禁于净室。文焕被众僧欲杀，自思难免，乃道："既夺吾妻，想你必不放我，但容我自死何如？"如空道："不可，必要杀之方除其祸。"中有一老僧见其言可怜，乃道："今既入寺，安能走得？但禁于净室，限在三日内容他自死也罢。"众乃依命，送往一净室，人迹罕到，四面壁立高墙。众僧与砒霜一包，绳索一条，小刀一把，嘱道："凭你自用。"锁门而上。文焕自思：一时虽说缓死，然终不能脱此天罗。室内椅凳皆无，只得靠柱磉而坐。平生好诵《三官经》，闻能解厄，乃口念不住。

是时包公奉委巡行浙江，经历宁波而往台州，夜宿白峤岭，梦见二将使人见，说

道:"吾奉三官法旨,请君往游庆云寺。"包公道:"此去路有多远?"将使道:"五十余里。"包公与之同行,到一山门,举目观看,有金字匾曰:敕建庆云寺。入寺遍游,至一净室,毫无所有,只因一猛虎在内,蹲踞柱磉。俄而惊醒,乃思:此梦甚是奇异,中间必有缘故。次日升堂,驿丞参见。包公问道:"此处有庆云寺否?"驿丞道:"此去五十里有一庆云寺,寺中甚是广阔,其僧富厚。"包公道:"今日吾欲往寺一游。"即发牌起马,径到山门,众僧迎接。包公入寺细思,与梦中所游景致毫无所异,深入四面游观,皆梦中所历,过一经阁,入左小巷,达一净心斋,而又入小室,旁有一门上锁,恍若夜间见虎之处。包公令开来观看。僧禀道:"此室自上祖以来并不敢开。"包公道:"因何不开?"僧云:"内禁妖邪。"包公道:"岂有此理!内纵有妖邪,我今日必要开看,若有祸来。吾自当之。"僧不敢开。命军人斩锁而入,果见一人饿倒柱下,忙令扶起,以汤灌之才醒。急传令出外,四面紧围。不意包公斩开门时,知者已走去五六十人,但军人在外见僧走得慌忙,不知其故,心疑之,仅捉获一二十人。少顷,闻内有令出围寺,只获老僧、僧童三十人。包公与文焕酒食,久而能言。诉道:"生系监生程文焕,奉化县人氏,五十无嗣,夫妇早入寺中进香,日午倦睡,生妻坐侧,孰意如空调戏生妻,妻骂惊觉,与僧辩论,触怒众僧,持刀要杀,再三哀求自死,方送入此地,与我绳索一条,小刀一把,砒霜一包,绝食三日。生平只好诵《三官经》,坐于此地,口诵心经。今日幸大人拔救,胜若再生父母。"包公道:"昨晚我梦见二将使道,奉三官法旨请吾游此寺中,随使而至,见此室有猛虎蹲踞。今日到此,其梦中所见境界分毫不差,贤契获救即平日善报。令正今在何处?"文焕道:"被众僧捉去,今不知在何地。"包公将众僧拷问,僧招道:"此妇贞烈,是日不肯从奸,众人将他送入净室,酒饭款待,欲诱之,他总不肯食,遂自缢死,埋于后园树下。"包公令人起出,文焕痛哭异常。包公劝止道:"令正节烈可称,宜申奏旌表。"其僧老者、幼者皆杖八十还俗;其壮而设谋者,不分首从,尽行诛戮。

判讫,将劫空、如空等十人斩首示众;其老幼等受杖还家。包公又责文焕道:"贤契心明圣经,子息前缘,命应有子,不待礼佛,自举麟儿;倘命无嗣,纵便求神,何能及哉,况你夫妇早出夜回,亦非士大夫体统。日后务宜勉旃,毋惑妄诞。"文焕唯唯谢罪。包公令将尸殡葬,官给棺衾,树坊墓前。匾旌贞烈节妇李氏之墓,立庙祀焉。其后文焕出监联登,官至侍郎,不娶正妻,只娶一妾,生二子。

·包公案·

图文珍藏版

国学经典文库
中国公案小说

图文珍藏本

彭公案

[清] 贪梦道人 ◎ 著

导读

　　本书主要讲述了清代绍兴府侠士黄三太闻清帝康熙貌丑，欲一睹。赴京，得九门提督飞天豹武七之助，于康熙出猎时假充武弁随行。康熙遇虎，三太金镖打虎相救，得钦赐黄马褂。三太返乡，邀江湖好汉庆赏。杨香武闻而不服，夜入皇宫盗得九龙杯，欲持往绍兴与黄争誉，不料在茂州客栈为神偷王伯燕窃去。王将杯售与一卸任官员，二郎山盗袁龙、袁虎劫杯，送给扬州避药庄庄主周应龙。康熙失杯，命钦差彭朋访缉。彭至三太处邀各路江湖好汉查询，杨、王道出实情，众好汉至扬州劝周应龙交出九龙杯，周拒之，杨香武二盗九龙杯，众好汉大破避药庄，周应龙逃往河南紫金山。彭、黄伴杨香武回京送杯请罪，肃亲王不信杨有盗杯技能，令杨入王府盗杯。杨香武三盗九龙杯，得以免罪。为追查周应龙拒交九龙杯之罪，众好汉破紫金山擒周归案。河南北星庄庄主花得雨为害地方，彭朋率众好汉破庄除花，花弟得雷逃往大同，盘踞溪皇庄。彭朋至大同私访，被得雷识破押禁。得雷欲杀彭为兄报仇，众好汉乔扮戏人混入溪皇庄，杀死得雷，救出彭朋。女盗九花娘设迷人馆诱惑少年，彭朋遣人前往探访，并破之，九花娘逃往剑峰山，嫁寨主焦振远第五子焦信。黄三太、诸彪等劝焦振远献出九花娘，不从，遂破剑峰山，擒焦氏父子和九花娘。飞龙岛盗韩登劫彭朋，禁于岛中。众好汉破飞龙岛救出彭朋，复又破清水滩、连环寨。贺兰山白起戈摆木羊阵，众好汉中伏，死伤过半，后经探明阵图，打破木羊阵。彭朋功成回京，向帝复命。《彭公案》在叙述主人公彭朋在破案断案中，不畏权贵，秉公执法，打击、征治贪官赃吏和豪绅恶霸的同时，塑造了许多各具性格特点的人物，像心高气傲、沉稳庄重、武艺超群的侠客黄三太，官逼民反、豪爽鲁莽、不贪财色的绿林豪杰窦二墩，占山为王、老奸巨猾、专干打家劫舍勾当的吴太山等，都写得有声有色，栩栩如生。

自序

　　余著此《彭公案》一书，乃国朝之实事也，并非古词小说之流，无端凭空捏出，并无可稽考。此书中如彭公、黄三太、李七侯诸人，忠臣义士也。彭公乃国朝名儒，忠正廉明，才识过人。初任县宰，入境私访，使匪恶棍徒闻名心惊，叫安善良民人人敬畏。看其断无头案，如驴夫殴伤人命、夜内移换尸身、日验双尸、黄狗告状等案，真千古佳谈，虽包龙图复生，不能辨其情敝。今竟著实事百余回，所论者，忠臣义士得以流芳千古，乱臣贼子尽遭报应循还，使读者无废书长叹之说，有拍案称奇之妙。如欧阳德之为人，堪称侠义，非为贪图名利，所办之事，使读此书者有着目惊心之想，真别古绝今之人也。是为叙。时光绪十八年，岁次壬辰桐月，都门贪梦道人著述。

第一回　彭公授任三河县
路遇私访涅江寺

《西江月》：

　　浩浩乾坤似海，昭昭日月如梭。福善祸淫报难脱，人当知非改过。贵贱前生已定，有无空自奔波。从今安分养天和，吉人自有长乐。

　　话说这一曲《西江月》，引出我国大清一部奇案新闻故事来。康熙佛爷自登基龙位，河清海晏，真是有道明君，天降贤臣。这贤臣家住京都崇文门内东牌楼头条胡同，原籍乃是四川成都府驻防旗人，姓彭名定求，更名彭朋，字友仁，乃镶红旗满洲五甲喇人氏。父德寿，做京官，早丧。母姚氏已故去。娶妻马氏，甚贤惠。自己奋志读书，家道小康。应康熙三十九年庚辰科进士，散馆之后，特授三河县知县。这一日，报喜人至宅上叩喜。家人彭安禀明老爷说："有报喜人至宅，给老爷叩喜。"彭公赏了报喜人二两纹银，然后拜老师拜同年，忙乱了几天。

　　这日诸事已毕，在家中把老管家彭安叫进来，至面前说："彭安，你年近七旬，身体倒也康健。我今要上任去，不能带家眷前往，我自带彭兴儿跟我去。留你在家中照管事务，里外事件，你多留心照应。明天我祭了坟茔家祠，拜别祖先。我定于后日起程，你把我起身该带的行囊，给我收拾收拾。我自带彭兴儿一人，别人不用，你把他叫进来，我有话与他说。"彭安出去，把彭兴叫进来，站在面前说："奴才给老爷叩喜。"彭公说："你收拾行装，随即跟我上任。"彭兴答应："老爷荣任高升，自应遵命。"又叫彭安："你去买办祭品，预备上坟物件等等。"

　　彭公吩咐已毕，即着二人下去。随身就到夫人房中说："夫人，我今蒙圣恩授三河县令，乃是苦缺，我不能带你同去。家中内事，全仗你分心办理。候我到任之后，再派人来接你。"马氏夫人颇知三从四德、七贞九烈，一听彭老爷吩咐，说："老爷请放宽心，妾身也不能随老爷去的。现时我怀中有孕，候降生之后，给老爷带喜信就是。"言罢，侍女秋香说："晚饭得了，老爷在哪里吃？"彭公说："就在这里罢，与夫人同吃。"仆妇刘氏与秋香把饭摆上，夫妇用过了饭，一晚无事，说些家常正话。

次日天明，彭兴儿进来说："奴才已然将祭品买来，请老爷上坟。"彭公用完了早饭，带领彭兴儿出了书房，到大门以外上车。彭兴打着引马，出了大城，到了坟茔。看坟之人迎接老爷，给老爷请安叩喜。彭公下车，然后一瞧，各处树木倒也齐整。摆上祭品，焚香祷告，心中说："先祖在上，裔孙朋仰赖祖宗庇庥，蒙圣主恩德，身授三河县令，今特前来拜祖辞行。"言罢，拜了八拜。礼毕，看坟之人过来说："奴才给老爷在阳宅预备茶，请老爷吃茶。"彭公至阳宅落座，把看坟的来顺叫过来说："来顺，我今要上外任去，你好好照看坟墓，修制树木。"来顺说："奴才遵命。"彭公赏了看坟的来顺八两纹银，然后上车回家。

至宅下车，到书房。彭安来说："回老爷，今有吏部员外郎瑞三老爷同萨大老爷，来给老爷道喜送行，留下茶叶点心等物，说明天一早还来送行。"彭公说："知道了。"自己又一想："瑞三弟是我一个知己的朋友，我正想见他，托他照料家中之事。我这一到任，必要为国尽忠，与民除害，上报君恩，下安民业，剪恶安良，也不枉生在世上。男子汉大丈夫生于人世，必要轰轰烈烈作一场事业，也不辜负此生，落个流芳千古，方称一件美事。"思念之间，天色已晚，回房安歇。

次日起来，家人来报说："瑞明老爷来了，现在书房中坐着，候老爷呢。"彭公遂即整冠换衣，来至书房，瞧见瑞明身穿官服，更觉威严，身高七尺，年近三旬，四方脸，长眉带秀，二目有神，鼻直口方，身穿蓝宁绸二则团龙单袍儿，外罩官绸红青褂子，五品职官，头戴官帽，足登粉底缎靴。一见彭公，站起来，二人对请了安，说："大哥荣任三河，弟特来道喜。"彭公说："昨承厚赐，未能面谢。今正欲拜访，又承仁弟光顾。你我知己之交，不叙套言。我本欲今日起身，奈首尾事未办完。我还有一事相托，家务之事，望贤弟时常照应。我起身也不坐家内车，雇两个顺便驴儿就行了。"瑞明知道彭公为人清廉，家中又不富足，送了二十两程仪，彭公也不推辞。二人用完饭，那瑞明告辞起身。

次日，彭公带了文凭，收拾行装，先雇一辆车，出朝阳门，兴儿雇了两匹驴，给了车钱，把行李放在驴上，主仆骑驴顺大路前往行走。则见绿树阴浓，正值初夏，清风吹柳，淡云绕杨。行了二十余里，到了三间房，见路北有许多酒铺，高挑酒旆并茶牌子，见正北是上房五间，前头搭着天棚。主仆二人下了驴，兴儿把驴拴上，跟老爷到茶馆里面，一瞧东边四个座，西边四个座儿，彭公在东边落座。茶博士拿过茶壶茶碗来，说："二位带来有茶叶没有？"兴儿说："有。"由口袋内掏出茶叶来，放在壶内，泡了一壶茶。彭兴先给老爷斟了一碗茶，然后自己斟了一碗。

正喝着茶，忽见有二人在门前下马，进来要喝茶。头前那个人，年约二十有余，身穿蓝绸子裤褂，薄底青缎快靴，手拿打马鞭子，至棚下西边桌上落座，说："伙计，快拿茶来，我二人吃了茶还要进齐化门内买办物件。"小伙计连忙的带笑说："二位太爷才来呀？"连忙送过一大壶茶来："方才闷好，请用罢。"那二人一连喝了两碗，说："我们回来再见。"小伙计说："二位爷走啊！回头见！"彭兴爱说话，说："伙计，他怎么不给茶钱，你还那样小心伺候他？"那伙计一听，说："朋友你不知道，那二位是香河县武家疃管家的。提起他家主人，在东八县大有名头，无人不知，无人不晓，乃是神力王府包衣旗人，姓武名奎，别号人称飞天豹武七达子。家中有良田二百顷，练的一身好功夫，长拳短打，刀枪棍棒，样样精通，收了无数门徒。就是一样不好，专好交结绿林英雄。今年五月初一日，是张家湾浬江寺娘娘庙大会，武七太爷在那里请客逛庙。方才那二人武兴、武寿，是两个家人。那武七太爷是仗义疏财的英雄。今年庙上更热闹，二位爷不去逛逛去呀？"彭公说："我们正要去逛庙。"就还了茶钱，与兴儿上驴，顺着大路，来到通州。下驴给了脚钱，找饭铺吃了饭，然后主仆二人顺路出南门。

兴儿扛着行李，彭公跟着，过了张家湾，来至浬江寺。村口一瞧：人烟稠密，赶庙的买卖不少，锣鼓喧天。各样玩艺，也有跑马戏的，也有变戏法的，唱大鼓书的，医卜星相、三教九流之人，各样生意，围绕人甚多，大半都是为名利之人。正往前走，见路南有一个茶馆，是席搭的，棚内有六七张八仙桌儿，坐着吃茶的人有二十多位，俱是逛庙瞧会之人，老少不等。彭公渴了，进了茶馆儿落座，要了一壶茶，主仆二人歇着吃茶。只听的那边一位喝茶的人说："今天戏可好，无奈人太多，不能听。"又有一位老翁说："这浬江寺可是千百年的香火，就怕今年要闹出乱儿来。"内有一位少年之人说："武家疃武七太爷在这里逛庙，还同好些位朋友。那武七达子虽说是好人，就是手下人乱的利害。还有夏店的左白脸左庄头，他是裕王府的皇粮庄头，今日带着好些人在北边跑车跑马呢。他有一个远族的侄儿左奎，外号人称左青龙，带着些匪人闹得更凶，竟抢人家少妇长女。如今咱们这个庙是三州县的人，有香河县、三河县、通州的。"那位老翁就问："听说三河县的老爷坏了，不知新升来是那一位？"那少年说："我说与你罢，如今唯有三河县的官不好作。要是贪官，还可以多作两天；要是清官，可就不能长久。你老人家不知道前任的老爷是被左青龙

给坏的吗?"老丈说:"贤弟,少说这些是非。常言说得好:

无益言语休开口,不关己事不须当。

自求各扫门前雪,莫管他人瓦上霜。

庙上人是多的,你想想我说这话是不是?"彭公主仆二人正听到得意之间,那少年人被老丈说了两句,他就不说了。彭公给了茶钱,主仆二人出了茶馆。

只见对面来一人,身高九尺,膀大腰圆,身穿一件白纱长衫,内衬蓝夏布汗褂,蓝绸子中衣,白袜青云头鞋,手拿一把翎扇。再一瞧脸上,浓眉阔目,二目有神,四方口,面带凶恶之相。后跟随有二十多人,都是凶眉恶眼,怪肉横生,身穿紫花布裤褂,青布薄底快靴,不像安善良民,随那少年进来庙,彭公主仆二人随在背后。忽见从对面来了一个年青的少妇,约有二十余岁,身高六尺,光梳油头,戴几枝赤金簪环,斜插一枝海棠花,耳坠金环,面如桃花,柳眉杏眼,皓齿朱唇。身穿一件雪青官纱的褂儿,上面镶着各样绦子,淡青纱的衬衣,粉红色的中衣。金莲瘦小,二寸有余,穿着南红缎子花鞋,上绣着蝴蝶儿,挑梁四季花。手拉着八九岁一个小孩子,梳着歪辫儿,圆脸腔,身穿宝蓝绉的大褂,青中衣,足登青缎子薄底靴子,手拿着小团扇,笑嘻嘻地跟那妇人往前走。那妇人走动透些风流,真正是:

淡淡梨花面,轻轻杨柳腰。朱唇一点貌多娇,果然风流俊俏。

那一伙人见妇人长的透些妖媚,你拥我挤,把那妇人挤得满面通红。内见一人身穿白纱长衫的少年,带的一群恶棍,故意向前拥挤那妇人。彭公主仆二人看着,心中说:这妇人也不学道理,这样打扮,就是少教训。也无怪男子跟随,被这一伙人挤在一处,成什么样子,你推我拥。

那一伙人跟那少年就不是好人,内有一人姓张名宏,外号人称探花郎小蝴蝶,乃是三河县夏店左青龙左奎的管家,带着手下人来逛庙,同他来的有一个胎里坏胡铁钉,瞧见妇人长得俊俏出奇,他们本来就倚仗主人之势,横行霸道,欺压善良,抢掳妇女,奸淫邪道,无所不为。今天本不为逛庙,特来这里寻那有姿色的妇女。一见这个妇人,他们大家过去一挤。那妇女说:"你们勿挤。"说话娇声嫩语,令人喜爱。胎里坏胡黑狗说:"合字调瓢儿昭路把哈,果衫头盘儿尖尺丈小,念孙衫架着入神,凑字训训,万架着急付流扯活。"那探花郎小蝴蝶张宏一听,说:"训训坨岔埒在哪?"彭公主仆二人一听这伙人所说之话,一概不懂。岂知该众所谈乃江湖中黑话:"合字"是他们一伙之人,"调瓢儿昭路把哈"是回头瞧瞧,"盘儿尖尺丈小"是说这妇人长得好、年岁小，"念孙衫架着"是没有男人跟着，"训训坨岔埚儿"是问他家在哪里住。

张宏听那妇人说挤他，就说："怕挤，在家内勿上庙来。这里人是多的，哪个如何不挤哪！"彭公一听，在后面说："人也要自尊自贵，谁家没有少妇长女，做事要合天理，出言要顺人心。"张宏一听，说："那妇人是你什么人？"彭公说："我并不认识此人，我这是劝你。"张宏一听，说："放狗屁！张大爷不用你劝！来人！把他给我捆上，带回庄中发落！"吓得兴儿战战兢兢。一伙恶棍上前，不知彭公该当如何，且听下回分解。

第二回　英雄愤怒打张宏　贤臣接任访恶棍

《西江月》：

若论乾坤大事,首重纲纪人伦。我编词句劝今人,各要留心谨慎。俗语淡中有味,粗言浅内含深。男儿要好莫因循,急早改邪归正。

话说探花郎小蝴蝶张宏,带几个恶棍,把妇人挤住,意要抢回庄中。因彭公解劝,张宏要捆彭公。忽从外面进来一人,长的仪表非俗,五官端正,身高八尺,淡黄的脸膛,双眉带煞,二目有神,准头端正,四方口,虚虚几根胡须。身穿淡青两截罗汉衫,青绸子中衣,白绫袜,青缎云履。威风凛凛,虽然是儒雅装束,可另有一团傲气英风。后跟十数个家人。张宏一瞧,吓得魂飞胆破。

诸翁不知来者是谁,乃是京东有名的英雄,住家在三河县所管大道李新庄,姓李名七侯,外号人称白马李,乃是四乡中豪杰,行侠仗义,专杀贪官,竟诛恶霸,喜义气,怜孤寡,取的是不义之财,济的是贫寒之家,北五省驰名。有他一人在,三河县真是路不拾遗,夜不闭户。今天是奉武七达子所约,自家中前来逛庙,带领家人方要进庙,见张宏在那里扬眉吐气,与彭公说那些恶话,不由得怒从心上起,说:"张宏你这小厮,又在这里作那伤天害理之事,我久闻你不法。"说着,过去就是一掌,正打在张宏的脸上,吓得张宏连忙赔笑说:"七太爷,小人并不敢作伤天害理之事,只因那位妇人招事。他说小人挤了他啦,我并不曾挤他,这位先生在旁边还劝呢。"用手一指彭公。李七侯说:"先生请罢,不必与这小人作对,自有我管教他就是了。"彭公说:"在下我也为好,这厮要捆我,多蒙尊驾前来救护,我未领教尊姓高名。"李七侯通了名姓,彭公带兴儿躲开,那妇人已去了。张宏不敢走,他手下余党早已惊散。李七侯说:"张宏你这厮,从今以后改过自新,我还饶你性命,若再遇在我的手内,定杀你这无知的小子,我去也!"带着众家人去了。

彭公与兴儿在一旁,心中说:"这李七侯倒是好人。"忽听后边逛庙之人说:"今日张宏这厮可遇见对头了,这李七太爷是爱管闲事的,专杀贪官,竟诛恶霸。就是一样，他胞弟李八侯所作所为，闹的这三河一县不安，他管不了噜。还有家人孔亮，更闹得厉害啦，真是一个恶奴。"彭公听在耳内，记在心中，说："我为官必要为民除害，清净地面，捉拿恶霸棍徒才是。"想罢，带兴儿顺路直奔三河而来。

头一天未到任，在半路店中。次日天明起来，他主仆二人方至县境，早有书差人等前来迎接。彭公至衙署接印，典史、城守营来拜。这典史姓刘名正卿，乃是吏员出身，把总常恒字万年，乃是武举出身。彭公回拜，会同寅，拜圣庙。诸事已毕，忽然想起在涅江寺听人传言，说本县有一李新庄，恶霸李八侯为人作恶，不免我暗访此人，要是好人，也未可定。俗语说得好：

眼观此事犹然假，耳听之言未必真。

次日，穿便衣服，带彭兴儿出了衙门，顺路直奔李新庄而来。方一出城，只见郊外麦苗增妍媚，正是万物畅茂，杨柳色新，野草鲜花，到处都是景致。又闻林中野鸟声喧，清音嘹亮。彭公随处游赏。正是：

到处有绿到处乐，随时守分随时安。

正走之间，已到李新庄，吩咐兴儿："我今扮作算卦之人，访查恶霸，你在庄外暗探消息，如到日落之时，我不回来，你就急快回衙门，调兵来拿获这一些贼人。"兴儿答应说："是。"彭公信步进庄，但见这所庄村另有一番可逛之处。真是：

小溪围村绿，茅屋数十家。

倚水柴扉小，临溪石径斜。

苍松盘作壁，翠竹几横斜。

鸡犬鸣深巷，牛羊卧浅沙。

一村多水石，十亩足烟霞。

春韵闻啼鸟，秋香观稻花。

门垂陶令柳，畦种邵平瓜。

东渚鱼可钓，西邻酒能赊。

桑翁与溪友，相对话桑麻。

话说那彭公看罢景致，自己信步进村，"大概是李八侯必是一个财主，我必访真确，才能办他"。于是手打竹板儿，往前行走。只见路北一座大门，两旁有十余棵垂杨绿柳，门内大板凳两条，当中站立一人，身高九尺，膀大腰圆，粗眉大眼，怪肉横生，四方口，并无胡须，身穿蓝夏布小裤褂，白袜青缎皂鞋，手拿鹅翎扇，后有两个小童儿跟他。彭公看罢说："一笔如刀，披开昆山分石玉；二目如电，能观沧海辨鱼龙。看流年大运，细批终身枯荣。"

不料这门首站定，正是李八侯。他正在心中烦闷，听见算卦之人，见他念念讲讲，心中说："我何不把他请进来，给我看流年如何，运气怎样？"说："童儿，你把算卦之人与我叫进来。"童儿说："八爷先请回，我叫他进来说。先生，我家主人请你进去。"彭公说："贵主姓谁？"童儿说："我主人姓李名八侯，算得好还多给你钱哪！"彭公就知是恶霸了。自己随小童入大门，见里面东房三间是门房，西房三间为外客厅，正北一带白墙，当中屏门四扇。进屏门，院内花卉群芳，正北厅五间，东配厅三间，西书房三间，搭着天棚。正北台阶以下，放着小琴桌儿一张，上面放着茶壶茶碗，后面一把太师椅子，上坐着就是方才在大门外所站之人。彭公看罢，说："庄主请了，我十豆三这里有礼了。"李八侯吩咐看座，说："给我瞧瞧月令高低，运气如何？"彭公一想，心中说："我何不借此劝劝他，不知他心下如何？"想罢说："庄主是一个水行格局，相貌最好。按相书上有几句话：

木瘦金方水主肥，土行格局背如龟。

上尖下阔名曰火，五行格局仔细推。

尊驾相貌少运，不见甚好，父母早丧，兄弟有靠。两眉雄浑，性情主于龃龉。一生所为，是不听人劝。中年运气平常，此时印堂发暗，犯些个官刑琐碎之事。诸所谨慎，还可福寿绵长。如若不然，恐怕大祸临身，悔之晚矣！"李八侯一听此言，心中不悦。旁边过来一人，在耳边说了两句。李八侯把眼一瞪，大概彭县令凶多吉少。不知后事如何，且听下回分解。

第三回　李八侯拷打彭县令
　　　　　彭管家送信救主人

诗曰：

一日百般事，人生不自由。

怕贫休浪荡，爱富莫闲游。

好事终成器，勤耕必无忧。

要得身富贵，唯向苦中求。

话说李八侯一听彭公给他相面，劝他几句良言，他反不乐。旁有一个家人，姓孔名亮，外号人称白脸狼，倚仗李八侯的势力，在外面招摇是非，奸淫邪盗，无所不为，抢夺少妇长女，霸占房产地土，欺压良善之人，无恶不作。今天见主人请了一个算卦的先生，谈言不俗，举动端方，他心中一想，又听彭公说姓十名豆三，孔亮就疑他是新到任的知县前来私访。他与李八侯所作之事，都是伤天害理、欺人灭义之事，先见有三分畏惧之心，走到李八侯跟前说："请八爷到里间屋内，奴才有话说。"李八侯站起来，至里间屋内说："孔亮，你叫我做什么？"孔亮说："八爷，你老人家方才叫这位相面的先生来给你老人家相面。看他模样来历，像新任的知县，姓彭名朋，乃是京都放出来的。我那一日在县衙前瞧见他拜庙，仿佛像他。要是他来，咱们爷儿两个所作之事，恐怕不好。依我之见，咱们爷两个细细地盘问盘问，要问出他的来历，千万不可放他逃走。"

　　这席话说得李八侯心慌意乱，随身转到外间屋内："请问先生，你是那里人氏，姓什么？叫什么？"彭公说："我姓十名豆三，号双月，乃京都人氏。"李八侯说："我看你仿佛像新任的知县彭朋，你来在我这里私访。你要说了真情实话，我自然把你放走，万事皆休；你要不说出真情实话，我要严刑拷问于你。"彭公说："庄主，你老人家不可如此。我实是江湖相面的，并非是私访前来。"李八侯说："十字下边一个豆字，旁有三笔，定是一个彭字。双月合在一处，正是朋字。你还有何话说？"彭公一听此言，吓了一跳，说："庄主，你不必多心，我实是相面的。"李八侯吩咐家人：

"把他给我绑起来!"众家人不敢违主人之命,说:"你不说实话,我们捆你啦!"恶奴孔亮说:"绑起来吧,不必多说!"大众贼党过来,将彭公捆好了。李八侯说:"来人,将他吊在马棚之内,细细的拷问于他!"

众人带彭公至西院,把彭公吊在马棚之内。李八侯自己坐在这边椅子上面,前放一张八仙桌儿,众家人两旁站立。孔亮手执着藤条说:"你快说实话,免得皮肉受苦就是了。"彭公被绑吊在马棚之上,一听恶奴孔亮所说之话,自己心中说:"我方才到任,先私访这个恶霸,他家这个振作还不小呢!我何不说了真情实话,看贼人该当把我怎么样?我立意剪恶安良,除奸去霸。"想罢说:"小辈,我正是三河县正堂彭老爷,你便把我怎么样呢?"孔亮一闻此言,大吃一惊。李八侯在外边一听,吓得浑身立抖,胆战心惊,心内说:"这个乱儿可不小啊!他是现任的知县,本处的父母官,杀官如同造反,我不该把他绑上,是擒虎容易放虎难,我倒无有主意了。"想罢,说:"孩子们,你等先把那狗官放下来,锁在北上房西边间屋内,等待三更时分,我再结果他的性命就是了!"自己站起身来,至前院中叫书童儿三多、九如,去吩咐厨下备酒。三多答应,站将起来,到了厨房,要了菜来摆好了。李八侯自己独酌,越想此事进退两难,不知应该如何办理才好,只是吃酒。正是俗语说的是:

日长似岁闲方觉,事大如天醉乃休。

正在狐疑之间,家人孔亮自己在外面一想:他所做的事要犯在当官去,我的这个罪名不小,莫若我先去说活了我家主人的心,把狗官结果了他的性命就是了,以免后患。想罢,转身入书房之内,见李八侯正在吃酒之际,他说:"庄主爷,今天此事该当如何办理?"李八侯说:"我是一点准主意也没有。"孔亮说:"依奴才之见,擒虎易,放虎难,总是结果他的性命,以免后患,方为万全之策。"李八侯说:"你把他那小包袱打开看看,他里面有什么物件,搜搜他身上有文凭没有?"孔亮先搜他身上去,不多时回来说:"搜啦,并无有文凭。"又把包袱打开,里边有《万年书》并《协吉辨方》《断易大全》等书,并无别的物件,呈与李八侯观看,说:"庄主爷,这就是他的物件,并无别的等件。早把他杀了,莫叫七太爷知道。倘若他老人家知道,那时可就了不得啦!"李八侯本是一个无有主意之人,听孔亮所说,又带着酒兴说:"亮儿,你说的不错,我正有此心意。你去到外边瞧瞧天有什么时候,告诉于我。"孔亮到了外边一瞧,说:"天有定更之时。"八侯说:"少等片刻再说。"自己又喝了几杯酒,壮起胆来。正是怒从心上起,气由胆边生,说:"孩子们,把我的鬼头刀拿来就是!"家人答应,到了后院之内,把鬼头刀取来,交与李八侯。说:"孩子们,跟我到西院北上房之内,杀了那狗官就是了。"众家人跟随在后,一直向西院,点起灯笼火把,松黄亮子照的如白昼一般。

先有家人进了上房,把彭公绑出来,放在那李八侯的面前。彭公破口大骂说:"你这一伙叛逆之贼,在家中杀害职官,上为贼父贼母,中为贼妻,下为贼子,终身为贼,骂名扬于万载,一日当官拿住,平坟三代,祸灭九族。你老爷虽然死在九泉之下,我总算为国尽忠,该杀该剐,任凭于你!"李八侯一听彭公所骂,不由冲冲大怒说:"狗官,你庄主爷是有什么可恶之事,你初到任就来私访,也是你命该如此。你放着:

天堂有路,你竟又不往前走;

地狱无门,谁叫今日闯进来?"

说着,照定彭公脖颈举刀就剐。不知忠良性命如何,且听下回分解。

第四回　常把戒调兵剿贼
刘典史献计擒寇

诗曰：

小窗无计避炎纷，入手新编广异闻。

笑对痴人曾说梦，思携樽酒共论文。

挥毫墨洒千峰雨，嘘气空腾五岳云。

色即是空空是色，淮南消息与平分。

话说李八侯正要杀彭公，忽听外边有人说："且慢，小人来也！"李八侯回头一瞧，是门房内的家人李忠慌慌忙忙的来说："禀庄主爷知道，今有三河县的典史刘老爷来造访，现在门外，不知见不见？"李八侯一听，心中说："这刘典史来的甚是奇怪，必为此事而来。"

这刘老爷因何到庄，其中有个缘故。只因彭兴儿在村外等候老爷，见红日西斜，不见老爷出来，正在着急，只见从那东边来一老丈，年约七十以外，精神飘洒，气宇轩昂。彭兴过去说："你老人家请了，借问这贵村何名？此家富户姓什么？叫什么？"那老人说："我们这庄名叫作大道李新庄。这一富户姓李，东八县有名的白马李七大爷就是这里。你找哪一个？"彭兴一听，心中暗想说："我家老爷他因在路上听人传言，说这李八侯是一个恶霸，到任不久就前来私访。天到这般时候，不见出来，莫非其中有什么变故？莫若我先回县衙前去送信为要。"想罢，彭兴转身就走，顺路一直扑奔三河县而来。方一进城，到了衙门之内，有当差人等，大众齐说："彭二爷回来了，往哪里来啦？也没要一匹马儿骑。"彭兴说："你们快去把当值日的叫过几个来，到门房有话吩咐他们。"众差役人等答应说："是。"彭兴方到门房之内落座，只见几个公差随役进来说："二爷叫我们作什么？你老人家吩咐。"彭兴说："你等急去请四老爷与城守营的常总爷来，我有要紧的事回禀。"当值日头目答应下去。不多时，刘老爷先到，彭兴请到花厅落座。少时，常老爷也到了。

这位城守营的常恒，乃是武举出身，今年四十岁，升任三河县的城守营的把总之职，为人性刚强，膂力最大。自到任以来，治的三河县境内人情和平，留心捕贼。今天是县署来请，不知有何要事，连忙的带跟随人等来到县署之内。见刘老爷先在那里，二人见礼已毕，齐声问道说："县主现在何处？"彭兴不敢隐瞒，把本官私访大道李新庄的情形细说了一遍。刘典史一听，心中一楞说："此事不好，要真有此事，县主若有好歹，该当如何呢？"自己胡思乱想，听常老爷说："寅兄，此事该当如何办理？"刘老爷说："李七侯为人正大光明，在三河县内并无底案。他胞弟李八侯为人奸诈百端，人都看着李七侯之面，不肯与他一般见识。今日之事，唯有调官兵前去剿拿李八侯为是。"常总爷一听，说："寅兄所论甚善。此事依我看来，要是白马李七侯，他为人慷慨侠义，所办之事上合天理，下顺人心，我自到任以来，与他无有来往，要是县主今天遇见他在家，断不能谋害，必然是有一番恭敬之心。要是他不在家，那李八侯的为人就不能安分了。若忽然调了兵去，未免有些个粗率。依我之见，你我调齐一百名官兵，自带一百名衙役，先在村外，我驻扎等候，老兄自带几个亲随人等，先去拜访他。去到那里，要是李七侯不在家之时，你用话里引话，辞中套辞，只要套出真情实话。他若是未把县主害了，你可以见机而作。如他不遵拿之时，再派人给我送信，我带兵拿他就是了。"刘老爷说："很好，就是那样办理。"二人议论好了，点了兵，各执灯笼火把，二位老爷骑马出了三河县城。

　　天已初鼓之时，到了大道李新庄。常把总带着人在村口外驻扎。刘老爷带亲随人等执着灯笼，来至李七侯的大门之外，叫家人手敲门环，打了几下，不见有人答应。自己下马，站在门首说："你等再叫。"家人又喊叫了几声，忽听里边有人答应说："哪一位？我睡了呢。若有事，明天再说。"外边刘老爷的家人刘忠说："我们是三河县的刘大老爷前来查夜，天晚特来拜访你家主人。"里边听见说："少等片刻，我们开门去就是了。"刘老爷站在外边，抬头一看，寒星满天，并无月色，约有二更之时。忽听大门一声响亮，把门开开，手执灯笼，出来两个更夫，在旁边站立，家人李忠说："原来是刘大老爷，你老人家好哇？我给你请安了。"刘老爷说："不必请安，我因下乡查办公事，夜晚不能回去，特来拜访你家七庄主。"李忠说："你老人家来得不巧，我家七爷被武家疃的飞天豹武七达子请了去逛涅江寺去了。我家八爷在家。你老人家请你此处少等片刻，我去回禀一声。"刘老爷说："你去回你家八爷知道，我在这里等候。"

　　李忠转身来到里面书房，见桌上摆着杯盘残菜，两个书童三多、九如在那里说话。一见李忠进来，他二人说："李二爷还没睡？"那李忠说："八庄主往那里去啦？"三多说："你不知道，白天咱们这里八庄主不是叫了一个相面的先生，姓十名豆三，号双月，他原来是新升来的知县前来私访，被孔二爷看破，把此人捆上，送至西院之内。方才八庄主趁此时无人知晓，七庄主不在家，他拿鬼头刀去结果他的性命。你要找八庄主，往西院去吧。"李忠是李七侯的管家，为人忠厚，一听书童说此话，吓得面目改变："可不好了，要惹下灭门之祸，我须急速前往方是呢！"自己手执灯笼，来至西院一瞧，那李八侯他坐在当中椅子上，两旁家人十数名，各执钢刀，地下捆着一人。李忠说："八爷，今有三河县典史刘老爷前来拜访。"李八侯心中一想："无故黑夜之间来此何干？莫非有人走漏消息，其中定有情节。"想罢，说："李忠，你出去说我偶然受风寒，头疼不能会客。"李忠说："八庄主爷不可这样说法。这位刘老爷与七庄主、八庄主全有来往，今天不是渴，定是饿，不然走乏了，来此歇歇，与你老人家交好，才来至此。八爷要不见他，一则伤和气，二则说八爷有病，这谎更不能啦！刘老爷必要亲身探视。依我之见，不可伤了和气。三则还是见他才好。不知庄主意下何如？"李八侯本来是无准主意之人，一听李忠说，想到这话有理："既如此说法，孩子们，你给我把狗官乱刀分尸，然后前厅会客不迟。"众家人不敢违主人之命，大众各执钢刀，竟扑彭公而来。不知彭公如何，且听下回分解。

第五回　恶霸被擒入虎穴　清官遇救出龙潭

词曰：

万事皆由天定，人生自有安排。善恶到头有兴衰，参透须当忍耐。草木虽枯有根，逢春自有时来。一朝运转赴瑶台，也得清闲自在。

话说彭公被李八侯捆在院内，吩咐众人把他乱刀分尸。李忠说："且慢！此事不可如此。依奴才之见，先把他送入上房，先会客，然后再办此事也不迟。不知八爷意下如何？"李八侯本来是无主意之人，他也有些害怕，听李忠之言也说得是："先把狗官锁在上房屋内，你等看守，我到前厅会客，少时再作道理。"说罢，带孔亮、李忠来至前厅之内，说："李忠，你去请了那刘老爷来，我在这里恭候。"李忠答应。

去不多时，由外边刘老爷进来，带着七八名跟役人等来至前厅。八侯连忙站起来说："不知刘老爷驾到，未曾远迎。"刘正卿说："深夜前来，惊动惊动。因我查夜天晚，还有一件要紧之事。说起来甚是着急，我因为新任知县到任不久，前去私访，至今不知下落，我特意带人前来寻找，不知庄主可听见耳风无有？"李八侯一听此言，心中暗想说："不好，必是有人到县衙之内送了信的，莫非他知道知县在我家内？"自己不由得变了颜色，少时不语。刘老爷乃是精明强干之员，一看李八侯这等模样，不由得带笑答言说："八庄主，你为何这等模样？"李八侯愣了多时，听刘老爷问他，方才答言："你要问我这几天因何这等模样，也是有几件心事不能说，正应古人那两句话：

不如意事常八九，可为人言无二三。

方才说新任知县到任，不久出来私访，不知因为何事？"刘老爷说："我也不知道因为何事，就是我这寻找县主，也有些耳风。"李八侯听这句话，吓得颜色改变，心想："杀官如同作反一般。刘正卿带人也不多，莫若我一不做二不休，将他一并杀死，以免后患。"心里一想，贼胆顿生，将二目一瞪。刘老爷早看破情节，在那跟人耳边说了几句。那家人转身迈步，如飞的一般去了。

李八侯说："孔亮，你去把我的家人全给我叫齐了，各暗带兵刃，然后听吩咐。"他把眼一瞪，说："刘正卿，你不是找知县，你今日前来送死，想走万不能！"刘正卿一听，正待开言，忽听外面一片声喧，家人来报说："今有常把总带官兵把宅子围匝了。"李八侯情知不好，手提鬼头刀说："刘正卿，你可敢在你八庄主跟前前来讨死！"抡刀直奔刘老爷而来。外面一片声喧，无数的官兵人役等进来，先把那李八侯围住说："李八侯，你要造反，敢杀官！"刘正卿说着："官兵人等过来，把那李八侯拿住，各处搜寻。"也把孔亮拿住了。众家人跪下说："此事与吾等无干，都是我家八庄主一人所作。"常老爷说："知县老爷在哪里？快些实说，饶你等不死。"众家人说："我家八庄主把他捆在北上房之内，等我们去请出来就是了。"常老爷一听，这才放心："快去请来见我！"

众家人到西院北上房，先把彭公放开，众家人跪下磕头说："老爷，这段事都是我家八庄主所为，与小人无干，求老爷饶命罢！"彭公定了定神，说："你们起来，是什么人叫你等来放开我呢？"众家人说："是三河县右堂刘大老爷同那常总爷前来，把我家八庄主已然拿住，叫我等来请老爷。"彭公一听，心中甚喜，说："你们起来，和我同到外面去见他。"

众家人同彭公来至外书房，与常、刘二人见礼已毕。常、刘二人说："寅兄受惊了。"彭公说："身入险地，遇此恶人，若非二位兄台前来，吾命休矣！"常老爷与典史刘老爷说："彭寅兄，你为地面之事，受此大惊，访查土棍，遭此颠沛，真乃国家栋梁之臣也。幸而神佛保佑，我等得信前来，将恶人拿住，总算为国为民，现今已把那贼人拿获，乃是大家之洪福也。"彭公说："小弟一时失于算计，为访土棍，受他人之害，多蒙二位兄台调兵前来，赖以得全活命。还望二公把贼党一并剿除，剪草除根，方为万全之策。"刘老爷说："今已将孔亮拿住了，带上来拷问于他。"两旁家人早把灯笼点上，照耀如同白昼一般。官兵衙役，两旁排班站立，吩咐来人："把孔亮带上来！"官兵把孔亮拉至台阶以下，说："跪下！"孔亮战战兢兢跪倒在地，说："求大老爷饶命，此事与小人无干，全是我家庄主之过。"彭公说："我不问你别的，你等都是大清国黎民，不思报国家水土之恩，你等在家连你本县大老爷还要杀呢，何况他人乎！我就问你，谋杀职官，出于何人的主意？"孔亮说："实是小人家主人的主意，我并不知情形。"旁有李忠说："求老爷开恩，我家八庄主所为，孔亮一人所使。小人是我七庄主那边用的。"刘老爷说:"你起来去吧!你家七庄主本来是好人,我也知道。拿他主仆二人,别人与他无干,家眷安分度日。"彭公也有耳风,知道李七侯是个好人,说:"孔亮,我知道不动刑,你也不肯实说,我把你带到衙门内再问你。"吩咐人役备马伺候。彭公与那常、刘三人一同上马而行。官兵手执灯笼引路,后边三河县的捕头马清、杜明押解李八侯与孔亮,顺路直奔三河县来。

彭公在马上抬头一看,满天星斗,并无月色。思想白日之事,胆战心惊,不由己长叹一声说:"初到任不久,遭此大险。上赖国家洪福,下算自己命不该绝。我自此以后,总要为国尽忠,与民除害,再也不敢荒忽。今天拿获这一个恶棍,以净地面。"正想之际,离县城不远,天色已然大亮。众人进了城,刘、常二位老爷各回本署。彭公到了衙门,换上官服,吃了几杯茶,用了点心,传伺候升堂。三班人役喊嚇堂威,带上李八侯来。有分教:

忠臣义士得相逢,豪杰英雄皆聚会。

不知后事如何,且听下回分解。

第六回　讲大义恩收好汉　为民情二次私行

诗曰:

忠诚信实能致富,奸狡曲猾自受贫。

年月日时该算定,算来由命不由人。

这四句诗虽然浅,浅中甚有意味,无非是劝人以忠正为立身之本,不可欺心算尽。读古人之书,为今人之鉴。秦始皇何等的韬略,意欲万世不改江山,焚书坑儒,枪刀入库,修万里长城,东至大海,西至辽、金,南至苗蛮,北至番岛,想不到传二世,被权臣李斯、赵高专权,把天下失在奸臣之手。这就是得之不善,失之亦易。凡人生在世上,总以忠孝为立身之本就是。彭公是这一部书中之胆,无非是忠心赤胆,为国为民。所谓忠则尽命,彭公无愧社稷臣焉。

再说那彭公吩咐差人把那李八侯带上堂来,三班人等答应,即将贼人带至公堂。彭公在当中坐定,三班人役站在两旁。李八侯一见,说:"你把你八太爷带在此处,该杀该剐,罪如当行,不可叫你庄主爷生气。"彭公一闻恶棍之言,说:"三班人役,你们可看见了,这恶棍目无官长,咆哮公堂,这还了得! 见本县他还这样,大概他素日欺天可知。"彭公说:"李八侯,你老爷虽新到任,也不知你这厮这等可恶。我私访你家中,你竟敢杀官宰。若非官兵来救,本县定然死于汝匹夫之手。你把你所做的恶迹说个明白,省的本县动刑拷问于你。"李八侯说:"贼官,你八庄主没有什么口供,何必多问哪!"彭公说:"你既不说,我问你:我假扮相面之人,你为何要害我? 是所因何故? 你快些给我说!"李八侯说:"我瞧你不是好人,我要杀你!"彭公闻听,说:"你这奴才,我不打你,也不知本县的利害。来人! 把他给我拉下去重打,不许留情! 倘有徇私,我决不宽恕汝等。"皂役一听,大家都惧怕这位新任的老爷,不敢留情,将李八侯按翻在地,抢起竹板,打了四十板子。

打完了,然后彭公又问说:"奴才,你还不快说吗?"那李八侯本来没受过官刑,家中富生富长,今天这一顿板子,打了个皮开肉裂,鲜血直流,无可奈何。听见彭公又问他,他"嘻"了一声,说:"你不必问了,我已被你访明白了,何必多问哪!"又把家人孔亮带上来,说:"你这万恶的奴才,太也可恶,引诱你家主人在家中鱼肉乡里,欺压良善,你从实说来,以免皮肉受苦。"那孔亮见问,口称:"老爷,我家主人所为之事,奴才虽然知道,也是不敢管哪,求老爷明鉴!"那彭公一见那孔亮,就知道他是一个奸猾的小人,五官不正,又见他口齿尖利,再者彭公在他庄中之时,他也很做了些威诈。今天彭公拿一团的正气,真是令人可怕,吓得那奴才战战兢兢说:"老爷,饶命罢!"彭公说:"先把奴才给我打他四十大板,再问也还不迟!"众衙役一闻吩咐,把他拉下去,也就重打了一顿。

方才要带李八侯再为严刑诘问,天色已然发亮,鸡鸣三唱,红日东升。外边有人禀报说:"禀老爷,外边来了一个白马李七侯,要见老爷,现在外边。"彭公一闻此言,心中一动,心内暗想:"要是李七侯一来,恐怕不好。他是京东一带有名的豪杰,他兄弟被拿,他既然来在此处,有些个不好。"正想之间,彭公故意问三班书差人役说:"这李七侯是何等人物,你等可知详细吗?"书班刘祥带笑说:"大老爷要问此人,是此处有名的一个豪杰。可有一件事,他在本地可好,并无一案是他作的。还有一件,他还管的三河县境内没有窃盗的案子。今天他前来,必是为他兄弟的事情。老爷可以见与不见,在两可之间。"彭公一闻书差之言,先把那三班头役杜雄唤至面前说:"你出去到外面把李七侯给我叫来,我当堂细审问他。"杜雄一听,遂去门房说:"七太爷,老爷有请。"

再说这李七侯,因在涅江寺庙上与武家疃的飞天豹武七达子与众绿林中英雄大家聚会,逛了一天庙,然后自己带同众宾朋,内中有武文华、左青龙、左白脸、武七达子各自回家。李七侯带那些个知己的朋友二十余人,内有金眼魔王刘洽、花面太岁李通、白眼狼冯豹、小太岁杜清、小军师冯太、双刀将李龙、蓝面鬼刘玉、赤发瘟神葛雄,这都是白马李七侯的好友,一同跟他回大道李新庄来。到庄中,天已大亮。方一进门,那些个家人说:"七太爷,可了不得了!我家八庄主夜内被三河县的典史与把总带官兵把那孔亮全都捆去,至今不见回信。我等正要到那涅江寺去请七太爷,不想你老人家回来了,很好。"李七侯一听家人所说,吃了一惊,口中不语,心内想到:"我那八弟素日不法,今日为何被他人锁去,真乃怪道。"随带大众来至客厅之内。

众绿林英雄一听李八侯被三河县拿去,一个个心中有气,说:"李寨主,你我兄弟在这此地并未做过案件，好狗官焉敢这样大胆！依我之见，咱们大家去杀上县衙，将八弟抢来，再把那狗官杀死。你我兄弟，咱们远走高飞就是了。"李七侯一听，说："众位且慢，我先问问家人，是所因何故？"遂叫家人李忠，说："你八庄主的事所因何故被他人拿去？"李忠说："只因是新升来了一位知县，姓彭名朋，方才到任，先私访来到咱家。他装作相面的先生，被我八庄主看破，把他捆上要杀他。因为此事被人走漏了消息，那典史与那常把总夜内带领官兵人役来至咱们庄中，把知县救出去了，把八庄主给拿住了，连孔亮也拿去啦！我等正在着急之际，七庄主来了。"李七侯一听此言，心中细想："论理，这是我兄弟的不是。"那一旁白眼狼冯豹说："七哥，你不必说了，我们等到晚上，一同至县衙内，杀了狗官，救出八弟来就是了。"那边一干群雄说道："冯贤弟言之有理。"李七侯总算一个盖世的英雄，一则想是自己兄弟任意妄为，二则想这一个知县必是一个清官，我到那见机而作。想罢，说："众位兄长跟我来，咱们大家不可粗鲁，暂时见机而作。"说罢，大家一同出了客厅，来到村头之内，吩咐家人备马出庄，上马直奔三河县而来。

霎时之间，十数里之遥，顷刻即到三河城内。大众来到衙前，李七侯是本县的一个豪杰，三班六房无有不认识的。那李七侯一到衙门，大家齐说："七太爷来了吗？"李七侯说："劳你驾回禀老爷，就说是我来禀见，有要紧的事。"那值班人回禀进去，彭公派那杜雄出来，一见那李七侯请了安，说："七太爷，你老人家好哇？我家老爷有请。"李七侯说："众位贤弟，大家等候就是了！"这李七侯一见县主，有分教：

英雄得步青云路，忠良大开礼贤门。

不知李庄主他见本县如何，且听下回分解。

第七回　李七侯替弟领罪
　　　　　左青龙作恶害人

诗曰：

逢人且说三分话，未可十分尽吐真。

不怕虎生三个口，只恐人怀两样心。

话说那杜雄把李七侯领到公堂，请老爷升堂。两旁差役"哦"！李七侯心内说："好一个杜雄，你这厮一见我甚讲情面，为何喊嚷告进，其中定有缘故。"来至大堂，说："大老爷在上，我李七侯叩头。"那彭公一见，就知是在洭江寺吓退了张宏的那个人。想罢，说："你这厮真正大胆，纵使你兄弟行凶作恶，任性妄为，今天你来此，应该怎样？"李七侯说："我求老爷恩施格外，把我兄弟开放，我情愿替弟领罪，不知老爷尊意如何？"那彭公一闻此言，就知李七侯是一个仗义疏财之人："我何不恩收此人，以好在此地捉拿盗寇。"想罢，说："李七侯，这一件事你知道不知道？"李七侯说："总在小人管教不严，以致吾弟做此逆理之事，小人情愿任罪。"彭公说："国家自定鼎以来，一人犯法，罪及一人，律有定章。本县久闻你与响马来往，家中窝藏盗寇，今天倚仗你那些为非作恶的人，前来搅乱我的公事，对也不对？"李七侯说："老爷明见，既然知道小的在本县并无一案，再者老爷可以查查底卷，把老爷的贵差唤来问问。小人唯知剪恶安良，与民除害，专杀霸道土豪，小的兄弟无知，唯求老爷念愚民无知，就治罪于小人就是了。"彭公说："你既然是明白的人，也该知道天理昭彰，报应不爽。大丈夫生在世上，总要扬名显亲，方是立身之本。你今天既然前来，本县看你相貌非俗，我有几句话告诉你，你要是真正英雄，本县我收你做个头役，跟我当差，不知你意下如何？"

那李七侯一闻此言，心中想道："事实两难。有心不应允，又怕救不出他兄弟来；有心应允，又怕得罪了那些个绿林的好友。"想罢，往上扒了一步，说："求老爷恩施提举小人，焉敢抗违，无奈我还有家中的私事无人办理，小人暂且告辞。过日禀明老爷，可以效力就是。"彭公说："我今看在你的分上，来人，把那李八侯给我重打他八十!"皂役答应,就把李八侯拉下去打了八十大板,带上来跪下叩头。彭公说:"我暂且饶你,从此你知非改过,那还可以,倘再犯在本县之手,我必重重地办你。李七侯,你把你兄弟带回家去,必要严加管教。再者他也知道你的家法。"李八侯诺诺连声求恕,那家人孔亮还在旁边跪着。李七侯给彭公磕头,遂说:"谢过老爷,还求把那孔亮放回。"彭公说:"李七侯,你还要替你那奴才求饶。你想你兄弟所为的事,皆是那个奴才所使。我今要办他,以免他再生是非就是了。"七侯知道孔亮素日有些过恶,是老没有闲工夫与他生气,也知道兄弟是他引诱坏了,遂叫八侯二人给彭公谢了恩,二人出了衙门,与众位各英雄相见。那金眼魔王刘治说:"二位庄主,如今怎么样了?"李七侯把在公堂的情形细说了一遍。然后众英雄回家去了。彭公把孔亮重责了一顿,取过一面二十多斤的枷来,枷号三月以后,再行开放。彭公于是退堂,差人各自散去了。

且说彭公来至书房,彭兴儿说:"老爷洗洗脸用饭罢。"彭公点头说:"预备了。"用饭已毕,自己斜身安歇。天有过午醒来,兴儿送过茶来,吃过了茶,传升堂伺候。三班六房把花名册呈上,点完了名,把前任未结的案三十余件看完底卷。吩咐人役,明日把未结之案内的人,一概带到候审。吩咐已毕,退了公堂,自己办事。凡一切刑名师爷、钱谷师爷、教读师爷、书启师爷、稿案知帖各等,并皆除去。兴儿之外,就是三班六房,如厨子却用前任的。彭公为人,除俸息养廉之外,毫无沾染。到任十数天,大小断了七十余件,申刻交卷,断不给烛。政声传扬,三河境内无不感德。

这一日清早升堂问案,忽听外边一片声喧,大声喊冤:"求老爷救命罢!"那些门役还要拦阻,彭公吩咐把喊冤之人带上来。值班差役答应,带上来有七八个人,俱是乡民气象,老少不一。头前那个年有五旬以外,身穿蓝布裤褂,白袜青鞋,五官端方,泪眼愁眉,口呼:"老爷救命,小的冤屈冤哉!"彭公说:"你叫什么名字?哪里居住?有何冤屈?趁此说来!"那老者眼含泪说:"小的姓张名永德,自幼务农为业,拙妻故去,惟生一子一女。吾子名叫张玉,年二十岁,小女凤儿,年方十七岁,小儿未有娶妻,女儿未受聘礼,住夏店村东头。也是活该有事,那日村中唱戏,小女与街坊前去听戏,于四月二十八日,被我们那夏店街上的光棍看见。这光棍姓左名奎,外号人称左青龙,他叔叔是裕亲王府的皇粮庄头,他又当本街的牙行斗头,手下有些打手,硬把小女抢去。吾儿张玉找到他的家中,他把我儿乱打一顿,小女也不知是死是活,吾儿受伤甚重。特意前来鸣冤,求老爷恩施格外,给小人寻找女儿,全家感德。"

彭公一闻,说:"是了,你们那些个人是为什么哪,可有呈子?"内中有一人说:"我等告的都是左青龙,有呈状在此。"遂举上呈状。差人接来,递与老爷一看。头一张是:

具呈人余顺,系三河县夏店小东庄民人。为势棍欺人,吓诈乡愚事。窃夏店斗行经纪左奎,匪号人称左青龙,倚仗伊叔左庄头,在外欺压乡民。民于四月初九日,在夏店街卖白麦子八十石、玉米三十石,该银五百二十两正,伊全价不给。身向伊讨要,伊带同余党三十余人,内有孙二拐子、何瞪眼、贾有礼等,反说民讹诈,手执木棍铁尺,打伤民周身二十余处重伤。先经前任老爷讯明,至今未传伊到案。因此斗胆冒犯天威,唯求恩准,传伊到案,以凭公断为感。

彭公看罢,又看二章呈子,也是左青龙霸占房产,还有合谋勾串,私捏假字,欺压孀妇,鸡奸幼童,侵占地亩,私立公堂,拷打良民,威逼强婚事。彭公看罢,心中一动,说:"此事关系重大,真假难辨。若要真是恶霸,前任为何没有一章底卷告他?也许是一家饱暖千家怨,借贷不周,大家告他。我必须要眼见是实,耳听是虚。"想罢,说:"你下去,三日后听批。"众黎民下去,彭公退了堂,来到书房,更换衣服,又要前去私访。彭公这一去,有分教:

彭县令办几件奇异公案,魏保英移尸身以假弄真。

不知后事如何,且听下回分解。

第八回 因小事误伤人命 为验尸又遇新闻

诗曰：

湛湛青天不可欺，未曾举意神先知。

善恶到头终有报，只争来早与来迟。

话说彭公退堂，叫兴儿到外面拿了几件衣服，扮作文雅先生的模样，行到后宅门，见并无人，自己出去，腰中掏出一块银子，换了些零钱，雇了一匹驴儿，直奔夏店而来。时逢端阳节后，正值暑热天气，野外麦苗一色新，天气清朗，绿树阴浓。初夏之际，农夫耘田于垄亩之中，来往行人于阳关之上，大半都是为名为利，苦受奔忙。彭公在驴上细看乡间的景致，不知不觉望见夏店不远。

忽见前边有一伙人围绕，走至近前，见里边有一个赶脚的人，年纪四十以外，身穿旧蓝布中衣，破小汗褂，光着脚，足登两只旧鞋，脸上油泥不少，短眉毛，圆眼睛，黄胡子。旁边站着一人，年在三旬以外，白净面皮，身穿蓝夏布大褂，蓝布中衣，白袜青鞋，长眉毛，大眼睛，口中直嚷说："你这个东西太不说理！我且问你，我说的明白，你今又赖我，你们这个地方太欺生了！"那穿汗褂之人说："不必多说，你有何能？"抢拳就打。那个人说："我是不与你动手，你真打我，我也要打你了。"众人过去，问是为什么？那白脸的少年说："在下我是三河县城内住，姓曹行二，在京都后门内安乐堂北城开设杂货铺。因为我家中有八旬老母，还有一个兄弟，昨日给我捎上一个信来，说我母亲死了。我急去买了几件衣服，天已亮了。我出的城，到了齐化门，雇了一匹快驴，到了通州，连饭都不能吃，闻老母一死，心如刀割，自己恨不能插生双翅，飞到家中。到了夏店，我又雇了一匹驴，我与他说好了，不快我不要，讲明白二百钱。我骑上走了不远，他说我走的快了，天热他跟不上，他不驮啦，拉住驴叫我下来，我就下来，也没有闲工夫与他生气。我想骑了有一里地，我就给他五十个钱，他说非二百钱不成，如不给他，不叫我走，因此争斗，众位知道了。"

彭公在驴上听见，下了驴，给赶脚的钱说："你这个赶脚之人不对，为什么讹人，不知好歹。"那赶脚的不听人相劝,过去照定骑驴的又一拳。那曹二举拳相迎,方一举拳,把那赶脚的立时打死,毙在就地,吓得曹二面目改色。众人见是人命,皆往旁边一闪。少时,过来两个官人就说:"谁把他打死的?"那瞧热闹之人说:"就是他。"众手指着曹二。官人说:"去把锁链拿来,把他锁上,再作道理。"少时间,又来几个人,乡约、地方、保甲等一齐到来,均说着:"去人拿一个筐来,把他罩上,派一个人看守。"少时间,来了些瞧热闹之人。有地方姓孙名亮说:"小伙计魏保英,你看守死尸罢。我等先把他送在衙门去报案,人命关天,非同小可。"言罢,拉着那曹二,直奔三河县去了。

彭公看罢多时,心中说:"这厮真正该当倒运,一抡拳就把他打死,真奇怪,人之寿数,自有定数。"想罢,转身进了夏店街。但见人烟稠密,铺户甚多。又有路南路北,各行买卖甚是兴隆。正走之间,见路北有一座茶馆,里面甚是洁净,桌椅条凳倒也干净。彭公进内落座,跑堂的过来说:"来了,你老人家要什么吃的?"那彭公说:"给我要两碟菜,要两壶热酒。"跑堂的下去不多时,菜酒摆上。彭公问堂官说:"我访问你一个人,你可知道吗?"跑堂的说:"你老人家说罢,有名便知,无名不晓,我且先问先生问哪个罢?"彭公说:"在下问的是粮行经纪左青龙左奎。"小二把舌头一伸说:"你老人家要说别人不知,要问左青龙,无人不知。你老人家贵姓啊?"彭公说:"我姓十,要在此处买点杂粮。"跑堂的说:"要买杂粮,既认识左爷,那就好说。我们这夏店街上的粮价,是左大爷定价钱,不怕值十两银子,他说五两,别人不许不卖,很有点脾气。"方才说到这里,那边又有人叫。彭公说:"我问你,那左青龙是在哪里住啊?"小二说:"今天不在此。每逢集场的日子他才来哪,是三六九这三个日子。"彭公想罢,说:"今天也是白来,不能见左奎之面,莫若我回去办了那人命案,再访左青龙亦不为晚。"想罢,吃了几杯酒,会了钱,自己回了衙门。

天色已晚,到了后院门叩门。家人兴儿正在惦念之际,忽听叩门之声,慌忙出去,开了后门,用灯笼一照,原来是老爷回来了,把身一闪,彭公进了后院门,把门儿关上,一直的到了书房之内落座。兴儿过来请安,说:"老爷用了饭没有?"彭公说:"用了。今日有什么公文案件没有?"兴儿说:"有两件文书,内中还有夏店地方孙亮呈报有殴伤人命一案,带到凶手曹二,系本县城内人。"彭公听罢,喝了几碗茶,吩咐值班的伺候升堂,自己换了官服,坐了大堂。

两旁灯光照耀,如同白昼。彭公吩咐:"带那夏店呈报殴伤人命一案,当堂听审。"值日头役人等答应一声，从下边带上。那曹二跪下说："老爷在上，小人曹二给老爷磕头。"彭公留神细看，那凶手正是方才打架之人，随问道："你叫曹二?"曹二答应说："是。"彭公说："你为什么打死人？被害之人是哪里人氏？你要一一的实说来。"那曹二照着方才的实话，细说了一遍。彭公听了，吩咐下去派人看押。然后，又办了几件衙门中的公事，退堂安歇。

次日天明。彭公用完了早饭，带领刑房人等，一同奔夏店验尸。这一去，有分教：

尸场之中，出一件新闻怪事；三河衙内，添几宗异案奇文。

不知后事如何，且听下回分解。

第九回　验尸场又遇奇案
　　　　　　拷贼徒巧得真情

诗曰：

皮包血肉骨缠筋，颠倒凡夫认作身。

死后方知不是我，从前金玉付他人。

这一首诗是劝人戒色，乃是前贤所留。人生在世上，无色不成世界。男女夫妇，人之大伦。继世人皆有之，不可贪淫过度，贻害己身。

且说彭公带同刑仵人等，出三河县城，人马轿夫直扑夏店而来。正走之间，到了尸场，地面总甲人等前来迎接老爷台驾。安顿夫设。彭公下轿一看，早有人把尸棚搭好，当中摆的是公案桌儿，上边有文房四宝。看罢，进了尸棚落座，吩咐人："去把那被伤身死之人验明，禀我知道。"刑房书辨杜光带同仵作刘荣，先把尸身验明，然后跪在公案以前说："请老爷过目，被害人周身伤痕四十四处，致命七处。"彭公一听，心内不悦，暗想："昨天本县目睹看见，曹二拳回气断，打死赶脚之人，为何又有伤痕四十余处？想罢，站起身来，到前尸身边着，见浑身血迹，难辨面目，复返回身落座，说："曹二，你到底为何把他打死的？"曹二说："小人因为雇驴，与他口角相争，一拳把他打死。要说四十多处伤痕，这话就不对了。"彭公心中说："差矣！"说："曹二，你过去看看，然后再说。"有人带他到了死尸一旁一看，曹二心中一愣，细看那死尸是十八九岁的一个后生，面目倒也白净，被血所污，也看不出五官来，身穿蓝绸子裤褂，上面尽是血，浑身伤痕不少。看罢回来，跪在彭公座前说："大老爷，小人冤枉了！昨日我打死的是四十多岁的男子，身穿破衣。今天是一个十八九岁的孩童，周身伤痕甚多，不知被何人打死？"彭公一闻此言，心中犯想说："我昨天也是目瞧眼见的事，看见是一个四十多岁的人，为何至今变了？其中定有缘故。"想罢，自己又起身到了那死尸旁边，仔细一看，并不是昨天被打之人，其中必有别情。看罢归座说："把本地官人带过来！"旁边人答应，带上一人跪倒，口称："老爷，杜亮磕头。"彭公说："你是此地的地方？"杜亮说："小人充当此地处的地方。"彭公说："我且问你:昨天曹二打死驴夫,是你看尸?"杜亮说:"不是小人。"彭公说:"不是你是谁?"

杜亮说:"只因小人解送凶手曹二上三河县,此处留下小人的伙计魏保英看守。"

彭公一听,心中说:"这一件事倒是奇怪了。"吩咐:"带魏保英上来,我问问他就是了。"杜亮答应,连忙起身出衙,即往外面叫魏保英。少时,有人答言,进了席棚,来到公案之前,跪下磕头。彭公望下一看,说:"你抬起头来。"魏保英一抬头,彭公看了他一眼,看他年有二十八九岁,面皮微青,并无一点血色,黄眉毛三,角眼,一脸的横肉,高鼻梁薄片嘴,身穿毛蓝布半截褂,紫花布袜子,青布鞋,跪倒口称:"老爷在上,小人魏保英叩头。"彭公说:"魏保英,你今年多大岁数?当差几年?"魏保英说:"小人二十九岁,自幼儿在公门当差。我父亲外号叫魏不活,也在此处当过总甲,是年死了。我跟着杜头儿当此差使。"

彭公说:"你一人看守,可还有别人?"魏保英说:"就是小人自己,并无别人。"彭公说:"既无别人,我且问你,夜内尸身为何改换?"魏保英说:"老爷,小人看着,并未睡觉,焉有改换之理。"彭公微微地一笑,说:"我把你这该死的奴才,好生大胆,一夜之间,竟会移尸改换,还不从实招来!"魏保英:"小人并无别的缘故,求老爷恩典吧!"彭公说:"抄手问你,万不肯应,来人,给我掌嘴!"皂役人等不敢延捱,即将魏保英拉了下去,打了四十嘴巴,又打了八十大板。魏保英说:"老爷就是打死小的,也没有什么口供,求老爷恩典罢!"彭公说:"我已知道你这厮不是好人,要不实说,我把你活活的打死。来人,再给我打!"差役人等又拉下去打了一顿,那魏保英实在受刑不过,说:"求老爷不必多问,我招就是了。"彭公吩咐:"把他给我带上来!"那魏保英叩头说:"老爷容禀,只因昨日奉我们头目差我看死尸。我吃了晚饭,喝了四两酒,自己在那死尸一旁睡去。天有二更,一阵凉风透骨,吹得我毛骨悚然。我起来一看,满天的星斗,并无月色的光辉,又无一个人与我做伴,定了定神,见那死尸一旁,灯笼发昏,我过去夹了夹蜡花儿。方才要睡,又起了一阵旋风,刮的甚是可怕,围着我绕了一回。我再看不见旋风了,因此我才把脸一蒙,睡至天色大亮。我这里又叫了几个伙计搭尸棚,伺候老爷验尸。此话是实,并无别的缘故,求老爷详查,不必责打小的。"彭公是一个明白之人,断事如神,听魏保英伶牙俐齿,如此遮盖,如何能信?吩咐:"来人!"两旁三班人等答应,"把那魏保英给我活活的打死就是!"那皂隶答应,把魏保英拉下堂去,按倒在地,举起板子往下就打,打了有二十板子。魏保英受刑不过,说:"罢了,我招了罢。"

说:"老爷不必打了,我说就是了。"彭公说:"本要你这刁滑奴才狗命,既肯实说,吩咐人放下他来,你就给我说罢!"那魏保英眼含痛泪,说出这件事来。有分教:说出此案惊天地,道破机关鬼神惊。

不知后事如何,且看下回分解。

第十回　魏保英吐露真情　彭友仁私访恶霸

词曰：

最分明处，最朦胧造化，从空中簸弄。有美终须美合，多才自得才逢。前世修积今世受，何须怨恨冲冲。恨天公，又谢天公，好似愚人说梦。

话说彭公审问那移尸调换看尸的官人，严刑拷问，魏保英才说出真情实话，说："求老爷开恩就是了，小人因为昨夜看守那被伤身死的尸身，夜内三更时分，陡来凉风一阵，把小的吹醒过去，一瞧并不见那被殴已死之尸身，唬得我浑身是汗。我想，要是天明没有尸身，老爷前来相验，岂不责打小人。我忽然想起乱葬岗之内有新埋的死尸一个，我故起意把那尸身移至此处，以图顶替，以免老爷责打。小人故做此事，求老爷恩施格外，这是一往真情。"

彭公说："我且问你，那一具死尸，你怎么知道埋在那里？这其中定有缘故，快些说来！如若不然，我还要严刑拷责！"吓得那魏保英浑身乱抖，说："求太爷施恩，要说那个死尸，皆因小的我贪杯误事。那一天是五月初九日晚上，小的在那后街小酒铺内赌钱，输了有四十二吊钱。正在着急之际，外边来了一个人，叫我小的名字，说：'魏保英，跟我来！'我一瞧，认的是醉鬼张淘气呢。我问：'张二哥，作什么？'他拉我到那无人之处，说叫我帮埋一个人。我跟他到了左青龙的花园子，他说：'魏二兄弟，我告诉你罢！眼下我奉左青龙左太爷之命，在花园之内有一个死尸，给我八两银子，叫我把他移出去，我想叫你帮我，给你三两银子。'小人因他说，一时见财起意。我跟他进了花园，到了后花厅内，我见那些个管家、更夫，都在那里守着哪。我二人领了银子，抬出了花园，就埋在那乱葬岗儿中。也是我一时无知，昨夜晚才把那尸身以作顶替。这是一往从前的真情实话，并无一点的虚假。"

彭公一听此言，心中就知又是一条命案，但只这两件事俱是人命，我到任未久又出这样的逆事。正在思索之际，又往下问："魏保英，我且问你一件事情，昨天曹二打死那不知名姓的驴夫的尸身在哪里？你倒要从实的招来。"魏保英说："求大老爷开恩罢，实不知内中有什么缘故，我也不知那被伤死之尸为何作怪，害得我实在的好苦。"

正说之间，那边有人说："老爷开恩，把那雇驴的人放了，小的并没死，把驴给我罢！"彭公一瞧，吃了一惊，正是昨天那被殴身死之人，不由得一阵面目失色，说："你是什么人？快些说来，免得本县动刑。你来见本县有何禀诉？"那人说："小人是燕郊人氏，姓吕名禄，家业萧条，有老母在堂，今年七十余岁，别无生业，唯有赶脚为生。只因昨天由夏店应了一个买卖，驮到三河县，骑驴的人姓曹行二，我两个人口角相争，一时性情忍耐不住，我二人打起来了，小人身受一掌之伤，把我打死。天有三鼓时分，我苏醒过来，见身被筐儿盖着，旁边有一个灯笼，还躺着一人。我就明白，知道我已死了，我天幸苏醒。因为我的驴儿没见了，料是打我之人被官长拿去，这事实在不小，又不敢惊动那看尸之人，夜静更深，恐他害怕。我为肚中饥饿，想回家吃饭再回来，等老爷验尸之时，我好前来认驴。我方才来到这尸场之内，见老爷在此，又有一个尸身，其中定有缘故，我故不敢前来回话。方才见那魏保英已把真情吐露，我才敢前来，求老爷恩施格外，把那曹二放了，把我的驴给我罢，我好驮脚去养活我家老娘。"

彭公一听那吕禄之言，一想他与曹二都是小本经营，指身为业，我若不体谅他，岂不招怨于人。想罢，说："吕禄，我把你的驴给你要回来，你的事就完结了。"吩咐那地面官人，把那驴与吕禄牵来，当堂完案具结。地方一听老爷吩咐，说："来人，把昨日那匹驴，你们给拴在哪里？"小伙计邹文说："拴在那丁家店内，我去拉了来。"去不多时，把驴拉来，交给那吕禄，连曹二一同释放。

彭公又说："魏保英，你带领我的官人，把那醉鬼姓张的带来，候我细细的审问他。"那些个官人同魏保英去了片时，回来禀明老爷说："并无有那醉鬼张二的下落。"彭公又吩咐来人："你等可有认识这死尸的吗？"那些个官人皆说不知。彭公说："你们看热闹的人，如有认此人者，自当前来相认，本县并不加罪你等。"说罢，那些个瞧热闹的人，男男女女拥挤不开。彭公又派言人照样传宣说："你等瞧热闹的人，自管前来看视，如有认识，不必害怕，只管前来说明来历就是。"那些个乡民一听此言，个个往前细看，那尸身并不枯烂，心中一想说："这个后生，也不知是谁家的儿童，生成花容月貌，白净面皮，看年岁不过十七八岁，最可叹命赴阴城，不知哪里的恶人害的？可怜那身带重伤，遭此不幸，并无有亲人替他鸣冤。"那众百姓你说

我讲,声音一片,忽听那边怪叫一声说:"冤枉哪!"有分教:

　　阳世奸雄,伤天害理皆由你;阴曹地府,古往今来放过谁?

　　要知彭公捉拿左青龙的事,且听下回分解。

第十一回　赵永珍尸场鸣冤
彭县令邀请义士

词曰：

终日忧愁何益，不消短叹长吁。箪食瓢饮乐三余，定是寒儒雅趣。虽求名登雁塔，恒愿饮酒题诗。高歌对月诵新词，能展胸中志气。

话说那彭公正在审问魏保英移尸之案，忽听有人喊冤："求大老爷替小的伸冤。"彭公举目一看，见那人年约六十有余，身穿月白布裤褂，白布袜青鞋，面皮微黄，两道重眉，一双大眼，准头端正，沿口黑胡须，跪倒在公案桌以前，说："老爷在上，小人冤枉!"彭公说："你有何冤枉之事，趁此实说。"那老儿说："小人姓赵名永珍，住家在夏店街上东头居住，务农为业。小的有一男一女，我夫妇四口人。我儿十八岁，在学房读书，我女儿二十岁，尚未娉聘。只因我儿赵景芳他常在外面学房内住，由本月十三日那一夜没有回家，到第二日也未曾回家。小人各处寻找，并不见面。听学房中小童说被左青龙大爷管家的胡铁钉强邀了去吃酒，小人找寻到左府上访问，他那里家人说不知道。我又各处寻找，并不知下落。今天听见这里老爷验尸，一瞧那死尸正是我儿子赵景芳，不知是被何人所害，甚是可怜。青天老爷在此验尸，小人斗胆冒犯虎威，叩老爷恩施格外，替小人拿获凶手，报仇雪恨!"彭公一听，说："你起来，去把你儿的尸身领去，暂且停放一边，候本县拿获凶手，再替你报仇就是。"赵永珍领尸身下去。彭公说："马清、杜明，急速锁拿胡铁钉到县听审。"二役答应下去。彭公带魏保英回三河县，将他收监，案后拿醉鬼张二。

彭公到了衙门，进了内宅，兴儿伺候老爷吃了饭，天色已晚。到了次日，天明起来，梳洗、早饭已毕，传三班人役伺候升堂。马清、杜明说："胡铁钉不在左府之上，并无这个人。"彭公一想："左奎乃是此处一个财主，有几张呈状都是告他。我前去到夏店私访，路遇赶脚之案。这一件事必要亲身前往，又怕那夏店街中有人认识于我，不免我如此这般，必须这样办理才是。"想罢，说："叫杜雄!"三班捕头杜雄上堂，与老爷请安。彭公说："杜雄，你去到大道李新庄，把白马李七侯与我请来。"杜雄答应说："是。"自己下堂叫："伙计们,给我备上马来。"转身上马出城,直奔大道李新庄而来。行了有二十余里,来到了庄口,下马来至李宅门首。

杜雄一瞧,家人李忠正在那门外站立。杜雄说："李爷,烦驾通禀,你就题说有三河县内杜雄来给七太爷请安问候,见有话说。"李忠一听,说："是。你在这里坐下,我去到里边回禀一声。"说着,转身走入内院,来至书房,见李七侯怀抱着自己的儿子,名唤李云,今年才三岁,生的方面大耳,五官端正。李七侯自那一日把他胞弟八侯带至家中,细劝说一回,又指教他半日,他也回想过来,自己悔过,从此闭门度日思过,永不敢作非礼之事。那绿林中友人,有金眼魔王刘治、花面太岁李通、白眼狼冯豹、小太岁杜清、小军师冯泰、双刀将李龙、蓝面鬼刘玉、赤发瘟神葛雄这八个人,要往山海关去逛一趟,也就告辞去了。李七侯一想:作豪杰中之人,哪有寿活八十岁的?虽说是偷富而济贫,行侠是作义,总有损处。我从此闭门谢客,永不见人就是。

这一日,正在书房抱着李云,见家人李忠进来回话说："外面有三河县捕头杜雄前来请安。"李七侯说："请进来。"那家人出去,把那杜雄请到书房。李七侯站起来说："杜贤弟少见哪!"杜雄请了一个安,说："七太爷,我今奉老爷的谕,叫我来至贵处,请你老人家到衙门,有要事相求。"李七侯说："县太爷今天叫你来到我家,他乃父母官,我应当前往,无奈有家务缠绕,不能分身,烦你回去说,我实不能遵命。"杜雄说："七太爷不去,怕老爷还差人求请你,莫若一同前往可否?"李七侯说："你在此吃完了饭回去,我实不能一同前往。"杜雄见李七侯实不能去,亦无可奈,饭毕告辞,回衙而去,禀明老爷。

彭公说："你拿我的名片,再去请他。你就说本县公事在身,不能前往。"杜雄答应,遂即拿了名片,又去到那大道李新庄,才把那李七侯请来,说："老爷在上,小人有礼。不知老爷呼唤,有何面谕?"彭公说："夏店有一个左奎,外号人称左青龙,此人名气何如?壮士乃侠义之人,我故此来访问他素日行为。"李七侯沉吟不语,暗自思道:"这一段事情,叫我如何的说法?左青龙乃是一个无知之人,我要不看他的叔父,我早就把他管教他一番。今日县太爷访问他的行为,其中定有缘故。"想罢,说:"老爷要问那左青龙,乃是一个无知之人,问他有何事故?"彭公把众人告他,我私访,此时已接呈状验尸之事,从前细说一遍。李七侯说:"老爷要传他,实在费事。他倚仗人情势力,他是索皇亲之义子,无所不为。依我之意,老爷用稳妥之计,把他请来。先把那原告之人传到听审，请他到来，就审问他就是了。"彭公说："马清、杜明，你去把那左奎与我请来，拿着我的名片。"

二役答应下去，即至夏店东后街路北，就是左青龙家门首。进了门房，说："烦你驾通禀一声，今有三河县捕头马清、杜明前来拜访这里的庄主。"门上人说："请坐，我去通禀。"左青龙正同那胎里坏胡铁钉、卢欠堂先生两个人陪着他吃酒。家人来报说："今有三河县的捕头马清、杜明二人前来，要见庄主，不知见否？"左奎说："请进来。"家人出去，到了外边，把马、杜二位带进了大厅之内。马、杜一瞧，是正大厅五间，东西配房各三间，北上房之内有条案一个，案前八仙桌子一张，一边一把太师椅子。东边椅子上坐着一个人，正是左青龙，身高九尺，面如同紫酱，两道环眉直立，二目圆翻，四方口，沿口黑胡须，身穿青绉绸长衫，蓝宁绸套裤，内衬蓝绸裤褂，足登白袜青云鞋，三旬以外的年岁。西边椅子上坐着一人，年约五旬以外，面皮微白，尖嘴猴腮，鬼头蛇眼，身穿白夏布大褂，足登白袜青云鞋。下边椅子上，坐着一个瘦小枯干，相貌平常，就是胎里坏胡铁钉。二位班头一瞧，说："庄主，我奉了我们县太爷之命，拿名片来请你老人家。"左青龙一听此言，心中一动：自己所作之事都是上不合天理，下不合人心，又与彭公素无来往。一听那马、杜二人之言，他问那卢欠堂先生说："此事我去好，是不去好呢？"卢欠堂先生说："还是去为上策。"胡铁钉说："我跟去。"左奎吩咐："给我备马。"与马、杜二人吃了饭，诸事已毕，上马同二班头、胡铁钉顺大路直奔三河县而来。

天有正午，进了三河县城，来至衙门以外。二役进去，回禀他们老爷。时刻不久，只听里面说："请！"左青龙带胡铁钉进仪门，见大堂之上并无一人。过了大堂，来至二堂一瞧，吓了一跳。见彭公官服端坐正中，三班人役分站立两旁，又有李七侯在此，不知是何事故。左青龙正在狐疑之际，听的两旁书役人等喝呼之声说："左青龙带到！"三班人役说："跪下！"左奎说："彭朋，你到任未久，邀请绅士，这样的傲慢。"彭公说："左奎，你倚仗银钱势力，欺压良善，奸淫妇女，抢掳少妇长女，霸占房产地土，鸡奸幼童，无所不为。今日来到本县面前，你尚目无官长，咆哮公堂！"吩咐左右："叫他给我跪下！"两旁人役一喊堂威，说："跪下！"彭公这一审问左青龙，有分教：

势棍恶霸从此心惊，纯良贤士得见天日。

且看下回分解。

第十二回　设奇谋拿获左奎
审恶霸完案具结

　　话说那彭公升了二堂，马清、杜明把左青龙带至堂前。彭公怒说："你抢张永德之女，打坏了张玉，克扣那余顺的粮价，趁此给我实招上来！"左青龙一听此言，勃然大怒，说："彭知县，你私捏我的罪名，打算要想我的银钱，我焉能服你？"彭公说："带上张永德，当堂对词。"差役人等答应，带上张永德跪在老爷面前说："老爷与小人做主，那就是抢我女儿的，求老爷与我女儿报仇雪恨！"彭公说："左奎，你可听见了，还不与我实说吗？"左奎一听，心中早已知道有人告他，说："县太爷贪图他人多少银钱，与我作对？"彭公说："胡说，拉下去给我打！"左奎大吃一惊，吓得胡铁钉战战兢兢。两旁人役等立时把那左奎按倒在地，重打四十大板，只打的皮开肉烂。打完了，"连他那跟人也给我带上来，我要细问他！"胡铁钉跪倒说："大老爷，我不是左奎的跟人，他与我住街坊，今日他叫我跟他来至此处办事，求大老爷饶我吧，我家现有七旬老母亲。"彭公听胡铁钉所说能言俐齿，话能动人，不住地哀求，又见他长得相貌平常，说："来人，把他给我逐出衙门外。"胡铁钉唬得屁滚尿流，竟自逃之夭夭。

　　彭公说："左奎，你要想不说实话，焉能逃走本县之手？我自到任，就知道你的恶名素著。张永德之女，现在哪里？余顺的银两，你竟敢吞？从实招来！"左奎本来无有受过官刑，倚仗银钱势力，在先结交官长，威震一方，无人敢惹。今日这四十板打的他并不敢徇私，叫苦哀求说："老爷，你不必打我，我有朋友来见你就是了。"彭公一听，说："胡说！哪里的朋友，给我再打他四十大板。"两旁衙役人等说："快说，你要不说，又打你了。"左奎无奈，自己把所作之事从实招来，一概承认，说："张永德之女，现在我家花园之内。余顺的银两，我家现有可以赔补。赵永珍之子，酒醉以后被我鸡奸，酒醒之后，他说要告我，我就把他捆上打死，叫了醉鬼张二与魏保英抬出去，埋在那乱葬岗上。霸占刘四的地五十亩，全都承认。"叫代书写了招供，他画了押。把余顺叫上来，说："你候本县替你追回银两再来领。张永德，你候老爷把你女儿带来,当堂领回。"吩咐马清、杜明与李七侯:"你等去到夏店左奎家中,把张永德之女带来,取五百二十两纹银,传醉鬼张二、胡铁钉到案,明日听审。"三个班头领谕下去。把左奎入狱手铐脚练。

彭公退至后堂,先吃了茶,用了晚饭,时交二鼓,方才安歇。次日天明起来,诸事已毕,传伺候升堂,三班差役人等两旁伺候。马清、杜明、李七侯把银两呈上,又说:"奉老爷的谕,现在把张凤儿带到。张二逃去,不知去向,胡铁钉亦由昨天逃走。"彭公说:"叫张永德把他女儿领回去,余顺领银子当堂完案具结。"遂将左青龙提出来,一一的对了词,画了供,彭公定了一个立决斩罪。

正要带左青龙下去,外面进来一人,身高八尺,项短脖粗,身穿官服,头戴官帽,面皮微黑,雄眉直立,二目圆翻,四方脸,准头端正,四方口,年约三旬以外,直上公堂,抱拳恭手,说:"老父台请了!晚生武文华有礼。"彭公一瞧,是一个举人打扮。彭公问:"什么人,来此何干?"武文华说:"本县武举人,名武文华,因为老爷拿获左奎,他乃本处的绅董,家道殷富,被人妄告。老父台并不细查,严刑取供,凌辱乡绅,吾甚不平,特来请示。"再说这武文华是武家庄人氏,家中富裕,有田地二百余顷,他又是一个武举人,与左奎是金兰之好。听人传说左青龙被人拿获进县衙门,他特意前来辩理,要救那左青龙。彭公听他的言语,说:"武文华,你倚仗着武举人,搅乱本县的公堂。左青龙身犯国法,现有对证。你岂不知王子犯法,与民同例?来人,把武文华与我逐出衙门外!"武文华一听,说:"彭友仁,你到任不久,凌辱乡绅,剥尽地皮,我要叫你坐的长久,算我无能。"说着,气昂昂的下得堂去,竟自走了。他倚仗着他是索皇亲索奈的义子,要走动人情,革了三河县知县。他所作所为之事,比左奎还恶,欺压良善,奸盗邪淫。今天被彭公斥辱一番,他一怒径自去了。

彭公把左青龙入狱,定了斩立决之罪,方要退堂,忽听外边有人喊冤,彭公吩咐带上来。当值差役人等下去,把那两个喊冤之人带上堂来,都是三旬多岁,身穿月白布裤褂,足登白袜青鞋。东边跪下那人,五官端正,面皮微黑,面带慈善。西边跪的那个,也是三旬以外的年岁,面带良善,忠厚之相。彭公看罢,心中说:"这三河县真是民刁,一案未完,又接一案。"说:"你二人为何喊冤?趁此实说就是。"东边跪定那个说:"小人姓姚名广礼,住家何村,孤身一人,跟我姑母家中度日,今年三十岁。因昨日晚上小人在村头闲步,遇见外号笑话张兴走得慌慌张张,仿佛有什么急事的样子。小人素日也与他说笑,我就说:'张二哥,你发了财就不认的人了。'他立时站住了脚，面色更变说：'姚三哥，你叫我作什么？'小人说：'你请我喝一盅酒罢。'他拉着我到了村内酒铺之中，说：'咱们两个喝两壶酒。'要了酒菜，我二人喝着。我就问他说：'你这是从哪里来，为何老没有见呢？'笑话张兴说：'今天从香河县来，发了点财，你敢要不敢要？'说着，他从怀中掏出两封银子来，放在桌子上说：'你要用，就给你一封。'小人说：'我不敢用。'问他从哪里得来的财？他说他在和合站害了一个人，扔在井内，得了一百两纹银。小人一听吓了一跳。我说：'我不使，你拿起来吧。'我喝了两壶酒，我二人分手。小人到家，越想越不是，怕受他的连累。我今天一早起来，我要进城告他，正遇见笑话张兴他慌慌忙忙要逃走的样子，我过去把他抓住，说：'咱们两个去到城内鸣冤去！'小人拉着他来至此处喊冤。小人与笑话张兴素日并无仇恨，小人怕他犯事，小人有知情不举纵贼脱逃之罪。"

彭公说："你叫何名？通报上来。"张兴一听，说："小人名叫张兴，孤身一人，跟我舅舅家中度日。我舅舅在京都跟官，名叫刘祥，我舅母跟前并无儿女。昨日我舅舅回家来歇工，我在他家与他买办物件。只因买了香河县赵廷俊的田地六十亩，定明价银四百八十两。我舅舅昨日假满，一个跟主的人，不敢误了，连忙地进京去了。临行之时，告诉我说昨日放定银一百两。昨日清晨，我舅母给了我一百两纹银，我到香河县城赵宅内，他的家人说：'我家主人赵廷俊拜客去了。'我已等到日落之时，小人说：'你家主人来时，叫他明天在家等我。'我回家走了。走至村口，我遇见那姚广礼，他与小人玩笑。我外号人称笑话张兴。我听他说我发了财啦，我故此戏言说，我在和合站害了一个人，扔在井内。老爷详情，我要真害人，我能对他说吗？这是小人爱玩笑之过，故此才有今日之事。老爷如要不信，把赵廷俊传来，一问便知。"

彭公一听张兴之言，心中一动，见他五官慈善，言语并不荒唐，说："杜明，办文书，到香河县把赵廷俊传来，当堂听审。"正说着，从那外面来了两个人，乃是和合站的乡约刘升、地方李福。二人上来叩头说："回老爷，现今我们和合站天仙庙前有一个井，本街人都吃那里的水。今日清晨起来，有人打水，瞧见井内有死尸一个，不知是何人扔下去的。下役特意前来呈报老爷知道。"彭公一听此言，即着差役前去。不知后事如何，且听下回分解。

第十三回　和合站日验双尸
　　　　　　彭县令智断奇案

诗曰：

竹篱疏处见梅花，尽是寻常卖酒家。

争似和合千万顷，春风无处不桑麻。

话说那和合站的乡约刘升、地方李福来呈报说，和合站天仙庙前井内有死尸一个。彭公一听，正合他问的案，说："笑话张兴，你这该死的奴才，还不给我快说实话，你是从哪里害的人？趁此实说，免得皮肉受苦！"张兴一听此言，如站万丈高楼失脚样子，江心断棹崩舟一般，说："老爷，小人冤枉哪！我小人实不知情。"彭公吩咐先带下去姚广礼、张兴二人，看押起来，带刑仵人等，奔和合站前去验尸。

彭公坐轿出了衙门，直奔和合站而来。行了有一个多时，方才来到尸场。早有那本处官人搭好了尸棚，预备公案桌子。彭公下轿，升了公堂，吩咐人下去把那死尸捞上来。早有应役人等，把绳筐预备好了。下去了一个人，少时捞上一个女尸来，年约二十以外，是被绳子勒死的。捞尸之人说："井里还有一个死尸，请示老爷谕下。"彭公一听，说："捞上来。"那人下去，把井内死尸又捞上来，并无人头，是个男子的模样。彭公派人验，刑仵人等验完了，来至彭公面前，说："女尸被绳勒死，男尸被刀杀死的，请示老爷定夺。"彭公一听，心中一动，料想那笑话张兴并不是杀人的凶犯，这其中定有缘故。正在为难之际，忽听有人喊冤。彭公说："把喊冤之人带上来！"

少时，当差人等把喊冤之人带至在公案以前跪倒，说："小人冤枉！"彭公一瞧：那个喊冤的人，年有六旬以外，精神清爽，身穿月白布裤褂，白袜青鞋，跪倒在地，泪流满面说："小人蒋得清，在何村居住，就是夫妇二人。所生一女，名叫菊娘，给本村姚广智为妻，夫妇甚是和美。今日我去瞧我女儿，见他衙门大开，屋内并无一个人。小人想，必是我女儿往我家去了。小人又到家中一看，我女儿并未来在我家。我连忙各处寻找，并皆不见。我的女婿，他在和合站开设清茶铺，我到铺中一找，他并未在铺中,也不知我女儿之事。我听说老爷在此验死尸,我来观看热闹,见那个女尸是我女儿,不知被何人勒死?求老爷与小人女儿伸冤!"彭公说:"蒋得清,你去到那死尸一旁,观看那个无头男尸,你可认得是何人?"蒋得清来至尸身一旁一瞧,回来说:"小人并不认识。"彭公说:"来人,把地方刘升、李福叫来,把尸身用棺材张起来停放一边。"

彭公上轿,回三河县而来。到了衙门歇了一歇,把马清、杜明叫上来:"派你二人带姚广礼去到和合站,把姚广智拿来,当堂听审。"二役答应,带着姚广礼出了衙门,直奔和合站而来。到了茶铺之中,伙计们一瞧,说:"姚三爷来了,好哇!你们喝茶吧。"姚广礼说:"我们四弟呢?哪里去了?"伙计说:"在这东边黄家,离此第六家,路北里就是。"姚广礼说:"我们去找他去。"带着二位衙役来至东边路北里,一瞧是随墙的门楼,板门关着,院内北房三间。姚广礼看罢,手打门环,只听见里边有妇人娇滴滴的声音说:"找谁呀?"出来把门开放,一瞧姚广礼三个人说:"贵姓,来此找谁?"姚广礼一瞧,这个妇人年约二旬,细柳身材,光梳油头,淡搽胭粉,轻施蛾眉,身穿雨过天晴的细毛蓝布褂,葱心绿的中衣,足登红缎子花鞋,金莲三寸尖生生的,又瘦又小,面皮微白,杏眼含情,香腮带笑。姚广礼看罢说:"我姓姚名广礼,来找我的族弟姚广智。"妇人一听,回头说:"老四,有人来找你,列位请进来吧。"姚广智从里边出来,见了说:"三哥,你从哪里来?里边坐吧。"姚广礼说:"四弟,你这里来。现今我奉县太爷之命,来拿你。"马、杜二人一瞧,说:"你就是姚广智吗?你的事情犯了。"抖铁链把姚广智锁上。那妇人吓得说:"为什么事呀?"马、杜二人说:"也跑不了你,也把你锁上。"带着妇人与姚广智,直奔三河县而来。

正值彭公升堂,马清等带姚广智上堂回话,说:"把和合站姚广智带到。还有一个妇人,合他在一处住,也带来听候发落。"彭公说:"知道了。"望堂下细看那姚广智,二十余岁,白净面皮,细条身材,身穿蓝绸子裤褂,白袜青鞋,双眉带秀,二目有神,俊俏人物。又看那妇人生的更好。怎见的?有诗为证:

云鬓斜插飞凤翅,耳环双坠宝珠排。

胭粉半施生来美,风流果是少年才。

贤臣看罢,早已明白。那彭公为人精明有才,一见就识。做官之人讲究问案,唯凭聆音察理,见貌辨色。彭公看罢,说:"下边跪的是姚广智?"下边答应:"是。"又问:"你在哪里住家?作何生意?"姚广智说:"小人在何村住家,离家三里路和合站街上开设茶铺生理。父母双亡,孤身一人,娶妻蒋氏。"彭公说:"你妻蒋氏被何人勒死,扔在井中?"姚广智一听,说:"小人今日在铺中听说,正想着前来报官,求老爷恩典,给小人的妻报仇。"说着两只眼通红,眼含痛泪。彭公又问说:"那个妇人是你的什么人? 你为何在他家?"那妇人说:"小妇人李氏,他与小妇人的男人是结义的兄弟。"

彭公把惊堂木一拍,说:"休要你多嘴,问你时再说!"两旁三班人役一喊堂威,把那妇人吓了一跳。姚广智连忙说:"小人与他男人黄永有交情,他男人在通州做买卖,是陆陈行,常为小人由通州捎茶叶,今日我去在他家,去问茶叶可否捎来。恰遇我本族中的三哥姚广礼找我,有老爷的贵役把我连那妇人锁来。只求老爷把那妇人开放,与他无干。"彭公一听,心中早已明白,又问那妇人:"你男人作何生意? 家中还有什么人?"李氏一听,说:"小妇人李氏,我男人叫黄永,今年二十四岁,父母双亡,又无兄弟,娶小妇人过来,就是我二人度日。他在通州做买卖,是粮行的生意。"彭公问:"粮店是什么字号? 你男人几时从家中走的?"那李氏一听此言,心中一动,暗说:"不好。"面色更变,连忙答言说:"是五月节后走的,不多几日。"彭公说:"你男人一年几次来家中?"李氏就说:"来三两次,逢节年才来家中。"彭公说:"是了。"又问姚广智:"你妻蒋氏被人勒死,为何扔在和合站的井中?"姚广智说:"小人不知。"彭公一阵冷笑,说:"我把你这该死的囚

徒,你在本县跟前,还想不说实话。来人,拉下去给我掌嘴!"三班人役答应,拉下去按倒就打。打了四十嘴巴,他还不肯说,只嚷冤枉。彭公说:"你妻子被何人勒死?从实说来。"姚广智说:"我实不知。"彭公说:"拉下去,给我再打!"又打了八十大板,姚广智还说不知。彭公眉头一皱,计上心来,说:"姚广智,你被屈含冤,本县责打了你几下,我赏你五两纹银,你把你妻葬埋,候本县与你办凶手伸冤。你好好安分做生意,不准生事。"连李氏一并开放。二人磕头说:"蒙老爷施恩。"彭公即向李壮士附耳"如此如此",李七侯点头,出离衙门,暗暗的跟随那姚广智,见他二人直

奔和合站黄永家中去了。

　　天已黑了，七太爷换了衣服，背插单刀，自己在和合站无人之处站立。候至初更之时，翻身上了房屋，来至黄永所住的北房，从上跳下，见屋内还有灯光。李七侯心中说："白昼之间，公差们多粗鲁，敢把那妇人同锁上带到衙门，要是奸夫淫妇，还可以说，倘若是好人，这不是倚官欺压黎民？今日是老爷派我前来密探此事，不知真假。"正在自己心中思想之际，忽听屋内有妇女说话之声。大英雄身在窗户以外，望里仔细一听，又出岔事。不知后事如何，且听下回分解。

第十四回　伶黄狗替主鸣冤　智英雄捉拿凶犯

诗曰：

大清一统锦江洪，文忠武勇乐安宁。

南蛮北狄皆归顺，五谷丰登享太平。

皇王有道家家乐，天地无私处处同。

八方来朝干戈免，一统山河属大清。

话说李七侯他在窗户外边，一听里边是妇人说话的声音，正是李氏。先用舌尖湿破窗户纸，一瞧那屋内炕上放着一张炕桌儿，桌上摆着几碟菜，姚广智在东边坐着，李氏在西边坐着，笑嘻嘻地说："你多喝两盅罢，无故的今天挨了一回板子，打的我心怪疼的。哼！也不能说什么。"姚广智说："明日把那炕箱内那个东西扔了，就去我心中一块大病。你真下的手，会把他一刀就杀了，我的心病也去了。"那妇人说："你我咱们这可作了长久的夫妻了，你害一个，我害一个，幸亏我把人头藏起来了，要不然那还了的吗？"说着，笑嘻嘻的手托一杯酒，送在那姚广智嘴边说："老四，你喝这杯酒罢。"那等情形，令人喜爱。李七侯看罢，知道是奸夫淫妇，大嚷进屋内，把他二人捆好，至次日天明，叫地方刘升、李福二人，用车拉他二人到了县衙，正值老爷升堂。

香河县赵廷俊传到，老爷问赵廷俊："你卖了六十亩地与何村的刘祥吗？"赵廷俊说："因我有急用项，卖与刘祥地六十亩，应昨天说下定银壹百两是实。"彭公说："与你无干，下去罢。"李七侯带上奸夫淫妇上堂来。彭公问七侯："你如何拿的他二人？"李七侯把偷听之话细回了一番。彭公点头问姚广智："你今还不实招吗？"姚广智被神鬼缠绕，天网恢恢，疏而不漏，一听彭公所说，不由己地说："老爷，小人罪该万死。只因为小人不知事务，与黄永之妻通奸。李氏他与我说：'是做长久夫妻，是作短头夫妻？'我问他：'做长久夫妻怎么样？作短头夫妻是怎么样？'他说：'要做长久夫妻，你把你妻室害了，我把我男人害了，可以做长久夫妻。你要不依我这话，从此你不必往我家来了。'小人因胆小，不敢应承。昨日他男人回家来，叫我请他男人喝酒，我也不知事务，请他男人在他家吃酒。我二人吃到初更之时，黄永醉了，李氏叫我拿刀杀他，小人下不得手，那李氏手执钢刀把那黄永杀死，把人头扔在坑箱之内。他叫我把我妻室勒死，小人一时间糊涂，把我妻蒋氏勒死，把两个死尸扔在井内是实。"李氏也画供招认，又派人到他家中把那个人头取来。彭公提笔判断：姚广智因奸谋害二命，按律斩立决。李氏因奸谋害本夫，按律凌迟。姚广礼与张兴二人因要笑斗讼，例应杖四十，免责，念其愚民无知，释放回家。当堂把蒋得清传来说："本县念你年迈无倚靠，把姚广智的家业给姚广礼承管，作为你的义子，扶养于你，如不孝顺，禀官治罪。领尸葬埋。黄永并无亲族，家业田产断归蒋得清养老。"当堂具结完案。

方才要退堂，忽见一只黄狗跑上了公堂，连蹿带跑，嘴内咬着一只靴子。三班衙役人等方要往打那狗，见那狗两眼通红，要咬衙役的样子。彭公一看，说："你们不准打他。"彭公说："黄狗，你要有冤屈之事，只管大叫三声，也不须你多叫，也不须你少叫。"那狗把四条腿一扒，仿佛跪着的样子，把那只青布靴子放下，他两只眼瞧着彭公，汪汪地大叫了三声。彭公叫杜雄："你跟着那个狗去，走到那里，有什么情形可疑之事，见机而作。或者那狗把那个人咬住，你也去把他锁来见我。"杜雄答应，说："黄狗，随着我走。"那只黄狗真是奇怪，站起来，尾巴摆了几摆，那黄狗竟就跟着杜雄出了衙门去了。

彭公退堂，用了晚饭，安歇了一夜。晚景无话可表。次日天明起来，洗脸吃茶已毕，早饭之后升堂。杜雄带着黄狗上堂，说："下役奉老爷之命，跟随黄狗出城，到了城北，瞧见有一块高粱地，约有五六十亩，当中有一座坟，那黄狗用爪扒了半天，也刨不出什么来。天色已晚，那黄狗汪汪的直叫，下役把狗带到我家，喂了他一顿。至今天老爷升堂，下役前来回禀老爷。"彭公说："你去到那北关以外，访问那一段地是哪一村的，把那村中的地方传来。"

杜雄领命下去。去不多时，从那张家村把地方蔡茂传来，跪在堂下，彭公问他说："城北那一块高粱地，当中一座新坟，不知是何人所埋？地主是谁？"蔡茂说："地主姓张名应登，乃是本县的一个秀才。他父名张殿甲，乃是一个翰林公，早已亡故了。那座坟是他的奴才之妻埋在那里。"彭公说："几时埋的？"地方说："是四月间埋的。"彭公说："里边埋着这个妇人是什么病死的？"地方一听，心内发毛，吓了一跳,心中说:"此事要翻案,这件事该当如何?"彭公说:"你还不实说,等待何时?"蔡茂说:"老爷,此事乃是前任的老爷所办之事。刘大老爷卸任,这就是大老爷接任。只因张应登的家人武喜之妻,夜内被人杀死,不见人头,刘大老爷把张应登锁押起来。后来有他家的老管家张得力来献人头,具结完案。"彭公吩咐:"叫马清、杜明去到张家庄,把张应登与张得力、武喜带到听审。"二役领命下去。

不多时,把那一干人犯带到堂前回话。彭公说:"先带张应登上来。"两旁人役一喊堂喊,说:"带张应登上来。"下面一人身穿蓝宁绸,二则龙的单袍,腰系凉带,篆底官靴,头戴官帽,白净面皮,四方脸,双眉带秀,二目有神,准头端正,唇若涂脂,秀士打扮,躬身施礼,口称:"老父台,生员有礼。不知老父台传我有何事故?"彭公说:"张应登,你家的奴才武喜之妻,被何人杀死?从实说来!如若不然,本县定要严刑审问,重责于你。"张应登吓了一跳,心中说:"不好,要翻案。"连忙跪倒,口称:"老爷,生员罪该万死,求老父台恩施格外。只因为今年正月元宵佳节,晚生拜客回头,见路北里站立一个小妇,生的秋水为神,白玉作骨,粉面桃腮,令人喜爱。我一见神魂飘荡,仔细一瞧,乃是我的家人武喜之妻甄氏,不由已起了一片痴心妄想。回到家中,我派武喜进城办事去了。那一日过午之时,我带着五封纹银到了武喜之家,手敲门环,甄氏出来开门,认的晚生。他说:'主人来了,里边坐吧。'恭恭敬敬的倒把我晚生实恭敬住了。"彭公说:"好,就该回去才是。"张应登说:"晚生我被色所迷,见那甄氏和颜悦色,更把我迷住了,我跪倒在地,我说:'娘子,自那一日我瞧见你,我无刻忘怀,茶思饭想。今日你男人不在家中,我特意前来找你,望求美人怜念于我,赐我片刻之欢。'那甄氏带笑开言,把晚生搀起来说:'主人乃金玉之体,奴婢是下贱之人,不敢仰视高攀。求主人起来,我有话说。'我自打算他与我要银子哪,我把那五封纹银掏出来,放在桌儿上说:'美人,我这里有点敬意,给你买衣服穿。'那甄氏连一眼都不瞧着,却和颜悦色说:'主人宜夜晚来,奴婢等候大爷。这青天白日,恐有旁人看见,观之不雅。'我一想他说得有理,即自转回家中,走到书房,闷闷独坐。顺手拿过一本书来,竟是我父家训遗稿,内载一段'修身如执玉,积德胜遗金'之语,还说人青年要知世务,为戒之在色,因血气未定,足能伤身害命。美颜红妆,全是杀人利剑;芙蓉白面,实是带玉骷髅。还有戒淫诗一首,上写的是:

> 红楼深藏万古春,逢场欲笑随时新。
>
> 世上多少怜香客,谁识他是倾国人。

晚生看罢，自己一想，淫人妻女，罪莫大焉。求功名之人，不可作无德之事。我越思越想，此事万不可作。晚生我回至后边我妻子房中。焉想到：

　　好花偏逢三更雨，明月忽来万里云？

　　晚生睡了一夜，安心不去。次日早晨起来，书童来报说：'武喜之妻，不知被何人杀死，人头也不见了。'"彭公听到这里，说："且住。"要断惊天动地之案。且听下回分解。

第十五回　翻旧案详究细情　巧改扮拿获凶犯

歌曰：

莫贪风流，不是冤家不对头。但不淫人妇，能保妻妾否？世人但贪眼前乐，哪知孽满身后。报应分明，万恶淫为首。因此把美色淫念一笔勾。

话说彭公审问张应登，说："你的书童来报武喜之妻被杀，怎样呢？"张应登说："晚生我听说吓了一跳，到了武喜家中，看那甄氏死尸躺于就地，不见了五封银子，连妇人的人头亦不见了，连忙报官。前任老爷把晚生传来，押入监内。老爷讯明，吩咐如有人头，才能放我。过了两天，我家老家人张得力来献人头，说由野外去找来的。前任老爷说：'张应登，你依我三件事，头一件，你给武喜再娶一房妻子，二件，把人头缝上埋葬，三件，你给武喜妻追修银百两。'生员全行应允，当堂具结完案。"彭公说："带武喜上来。"两旁衙役人等答应，带上武喜，跪倒在地。彭公看那武喜五官端正，面带慈善之相，不像作恶之人。看罢，说："你叫武喜？"答应："是。""你妻甄氏被人杀死，是何缘故？"武喜说："小人一概不知，全是我主人所为，我并不在家。"彭公说："你恨怨你主人不恨？"武喜说："老爷，小人天胆也不敢埋怨我家主人，连我的骨头肉全是我家主人的，报恩还报不了，还敢恨什么？"彭公说："好一个不敢怨恨，你也是不得已而为之。"吩咐传三班人役，带刑件人等，到北门外去验尸首。

张应登听见此言，心中暗想："不好了，此案要翻。"不得已跟随前往。到了北门外，彭公带一干人证到了高粱地坟前。早有地方预备公案，彭公下轿坐了公位，吩咐刨坟检验。地方人等把坟刨开，把棺木抬出来打开，把尸身抬出来。五月天气，此尸已坏，刑房过来请老爷过目。彭公到了那死尸一旁，看那人头规模，七窍看不甚真，发的有柳斗大。彭公看罢，说："武喜，你去看看那个人头是你妻子的不是？"武喜瞧了一瞧，回禀老爷："那个尸身像我妻甄氏，那个人头丑陋不堪，不是我妻子的人头。"彭公说："张应登，你这个人头是从哪里来的？"张应登把眼一瞪说：

"我不信人头会是假的，岂有此理！"彭公吩咐装殓起来，停放一旁，打道回衙。

彭公到了衙门说："带过张得力上来。"两旁人等把老管家带至大堂，跪倒叩头。彭公看那个管家，年有六旬以外，五官端方。看罢，说："张得力，你那个人头是从哪里来的？从实说来，免得皮肉受苦。"张得力本是一个诚实之人，料想此事不能隐瞒，说："老爷，小人不敢隐瞒。我受我太老爷之恩，因我家少主人被刘老爷押住，我愁眉不展。我有一个小女儿，二十二岁，生的丑陋不堪，也无人家要他，又傻。那一日我吃几杯酒，与我女儿商议说：'少主人被押，找不着甄氏人头，不能释放，打算要把你杀了，用你的人头前去救少主人。'我女儿虽不愿意，被我将酒灌醉，遂将他杀死，把人头送到县衙来献，救出我家少主人来。上下用了四千多两银子，这是一往从前之事。"彭公听了，当时把武喜释放，把张应登与张得力看押，黄狗派杜清喂养。

彭公退堂，请李七侯到了内书房，遂向李壮士附耳如此如此，"这一只青布靴为证，可以前去密访，须用两个文武全才之人。"李七侯既领老爷的密谕，即回至家中，到了大厅，叫家人去上武家疃南庄禹王庙，把众英雄请来。

家人去后，不多时从外面来了几位豪杰，头前那位是朴刀李俊、滚了马石宾、泥金刚贾信、闷棍手方和、大刀周盛、满天飞江立、就地滚江顺、快斧子黑雄、摇头狮子张丙、一盏灯胡冲、快腿马龙、飞燕子马虎十二位英雄，一齐来到大厅，与李七侯见礼说："七寨主呼唤我等，有何事故？"白马李七侯说："我邀请众位英雄，有一件事商议。"就把黄狗告状之事说了一遍，"现有青布靴子一只为证，必须如此如此，不知哪位贤弟辛苦一趟？"快腿马龙、飞燕子马虎二人答言说："我兄弟二人去一回罢。"李七侯说："很好，就请二位贤弟去吧。"马龙说："来人，拿一身旧衣服来。"要了一分荆条筐，一条扁担，烟袋一根，茶盅两个，破中衣一件。自己换了一件月白布小汗褂，蓝布中衣，白袜青鞋，挑起荆条筐来，手拿着榔榔鼓儿。马虎跟随在后，扮成了一个庄农人家的模样，暗带兵器，顺大路往前行走。

正值天气炎热，往北走了五六里地，到了张家庄的东村头，见路北里有两棵槐树，搭着天棚，北上房三间，挂着那茶牌子、酒幌儿，写着"家常便饭"。马龙把挑儿放下，坐在天棚底下板凳之上。跑堂的说："才来呀，喝茶吃饭哪？"马龙说："先拿去一包茶叶，泡一壶茶来。"马龙正在吃茶之际，忽见那正西来了一人，年约二旬上下，头戴马连坡大草帽，蓝绉绸大褂，青绸子中衣，青缎子抓地虎靴子，手拿全棕百将一把折扇,摇摇摆摆地从西往东而行,正从茶馆门首经过。里边所有吃茶的人齐站起来说:"六太爷,里边坐吧。"那个人说:"不必让,众位请罢。"猛一抬头,见筐内放着一只青布靴子,遂说:"这个挑儿是哪一位的呢?"马龙说:"是我的,你买什么?"那个少年的人说:"你这只靴子,要几个钱?"马龙说:"大爷,我有两句话要说明了:头一件,要买我这只靴子,他若有一只也可卖与我,凑成一双;他要不卖与我,我就卖与他。只要你有那一只拿来一对,果然是一对,你瞧着愿意给我多少钱就是多少,我也不争。这一只青布靴子,是我在半路之上捡来的,挑着也无用。"那个少年之人说:"我有一只与这一只一个样,我去拿来你看。"说着,自己去了。

马龙问旁边那些吃茶的人说:"要买我这靴子的这位姓什么?"那一旁有人说:"这个人,我们这张家庄有名的神拳李六,为人可不好惹,奸狡曲滑,阴毒损坏,嘴甜心苦,口是心非,所作所为,都是伤天害理、欺人灭义的事,勿惹他。他不说理,敬光棍,怕财主,欺老者,恶取小买卖人。他要拿了那靴子来,别与他问话。"马龙听罢,说:"知道了。"正说着,那李六儿拿着那只靴子前来说:"你比比准对。"那马龙一瞧,果然是一对。飞燕子马虎过来说:"你莫走啦,我丢了无数的东西,咱们到三河县衙门去说吧。"马龙说:"走,哪个不去不是人。"拉着那李六儿,一直的进了三河县城。方到衙门,正遇见白马李七侯,说:"七太爷,这个就是差事。"李七侯说:"二位贤弟辛苦,你先回禹王庙去,把他交与我。"过来几个该值地说:"锁上他。"将李六带至班房内。李七侯进了内衙里边,回明了老爷,把靴子呈上。彭公吩咐升堂,三班人等喊过堂威,带上李六来。彭公说:"你把所做的事,给我实招。"神拳李六说:"小人安善良民,不知老爷为何拿我? 求老爷说明。"彭公说:"你在哪里住?"李六说:"小人住在张家庄,今年二十七岁,并不敢作犯法的事。"正问着,忽然那告状的黄狗,汪的一声,咬住了李六的腿肚,死也不放。彭公早知其中情由,说:"黄狗,他犯国法,自有王法治他,不准咬他。"那黄狗听说,果然就不咬了。彭公说:"武喜之妻被你杀死,还不从实说来!"那李六儿一听此言,吓得战战兢兢,真是暗室亏心,神目如电,天网恢恢,疏而不漏。李六儿说:"小人不知。"彭公说:"你也不肯实招,来人,拉下去给我打!"两旁一喊堂威,打了一千竹板,打的他皮开肉绽,说:"老爷不必打,我实说就是了。"彭公说:"你从实招来,带武喜、张得力、张应登一同上堂。"衙役人等答应,不多时把三个人带上堂来,跪在一旁,听那李六儿从头到尾一一招来。不知后事如何,且听下回分解。

第十六回　胡明告状献人头
　　　　　彭公被参闻凶信

诗曰：

敢将诗酒傲王侯，玉盏金瓯醉不休。

虽谓蓬莱三万里，青云转瞬到瀛洲。

话说那神拳李六儿被彭公拷打，受刑难忍，说："求老爷饶命，小人我从实招来。只因那一日在通州路遇武喜，我问他往哪里去？他说奉主人之命，往京里去买办物件，须得两个月才能回来。小人闻听，想起武喜之妻甄氏生的十分美貌，我常想念他，故此我回家到了晚晌，我带了一把钢刀，我到了武喜家内。跳过墙去，见土房东里间屋内灯光闪闪，我舔破了窗棂纸，瞧了一瞧，那甄氏和衣而卧，炕桌上放着一把刀。小人进了房内，不由一阵被色所迷。我把甄氏推醒。甄氏一瞧，认识小人，说：'李六弟，你做什么来了？'小人说：'嫂嫂，我白昼之间，听人传说武喜不在家中，你一个人睡觉，好不冷清，我来与你做伴。'甄氏说：'你胡说，我喊嚷起来，叫人把你拿住。'说着，他就嚷。小人甚是害怕，故而一刀把他杀死，把桌上放着的五封银子带在兜囊之内，把人头用包袱包好，扔在开饭铺胡明的后院之内。因胡明为人可恶，不认邻里乡党，我恨他，故移祸于他院中。"彭公说："胡明饭铺在于哪里？"李六说："现在张家庄。"彭公听罢，吩咐马清、杜明传胡明到案。

二役方要下堂，忽听有人喊冤。一个少年之人拉住一人，有二十多岁，是买卖打扮，跪在堂前，说："小人刘元，告的是他，叫胡明。"马、杜二役一听，也站住了，说："回老爷，这就是张家庄开饭铺的胡明。"彭公点头，问刘元说："你告他所因何故？"刘元说："我给他当伙计，每月工钱三吊正。因上月小人在后院出恭，天有五更，我闹肚子，到了天亮之时，我又到后边出恭，见胡明在那里用铁锹要埋人头。那时小人看破，小人说：'胡明，你害了人啦，我告你去吧。'他一害怕，许给我一百两银子，定于这个月给我。他不给我钱，今天我跟他要钱，他说我讹他，他还口出不逊，打了我一顿。求老爷公断。"彭公说："你有何话说？"胡明无奈，遂说："小人我开茶铺生意。只因上月天有五更之时，小人在后院出恭，从墙外扔过一个人头，是一个妇人的人头，我一害怕，遂将人头埋在那后院之内，被伙计刘元看见，我许给他银子，是实的。"彭公遂派马清跟胡明去把人头找来。

彭公把一干人犯齐集在公堂，把人头也取来，给武喜验看。武喜说："这是小人妻子的人头。"那条黄狗见了武喜，摇头摆尾。武喜说："老爷，这条黄狗乃是小人家的，丢罢有两个月了，不知今天因何来至此处。"神拳李六说："老爷，这事也奇怪，那狗他乃是武家之狗。自从我杀了甄氏，他天天跟着我，我往哪里去，他跟我往哪里去。不知他几时咬了我一只青布靴子去告状，该当小人犯案。"彭公讯罢，提笔判断：张应登身为生员，以上凌下，见色起意，以致甄氏被杀，例应杖八十，念你书生，罚银五百两赎罪。张得力杀女救主，忠义可嘉，赏银五百两。胡明见人头不报，杖四十，枷号一个月。刘元、武喜免议。李六儿见色起淫心，因奸毙命，律应斩立决，候府文书施行。当堂具结完案。李六入狱，胡明枷号一个月开放。断完此案，退堂用晚饭已毕，安歇。

次日天明起来，早饭后，忽听外面人报有顺天府文书到，差官离此不远。彭公心中一动说："怪哉。"外边又有进来人禀报说："差官禀见。"彭公说："请进来。"少时请进差官，与大老爷连四衙老爷并城守管全来了。拆开文书观看，内有京报宫门钞一纸，上谕："御史李秉成奏三河县彭朋舆情不洽，任性妄为，着即行革职。三河县事，着典史刘正卿护理。"彭公看罢，知道是武举武文华的手眼，无可奈何，打发差官起身，然后说："二位寅兄，候我盘查三日，再为交代。"刘正卿答应告辞。这一套文书，轰动了三河县。那些个军民人等，也有愿意彭公卸任的，也有说："可惜一位清官，一旦卸任，这个必是武家庄的举人武文华他办的，他乃是索奈索皇亲的义子，五府六部，很有声势，这必是为左青龙之故耳。"

不言大家纷纷的议论。单说那侠心义胆的英雄白马李七侯，听人传言说武文华搬弄人情，把彭公竟参了，他一腔怒气添胸，到了书房内，见了老爷说："方才我听人说，你老人家被参，不知所因何来？"彭公长叹一声说："李壮士，我实指望为国尽忠，与民除害，不想半途被李秉成所参，我也无颜见三河一郡百姓。"李七侯见彭公一点精神也没有，彭老爷有冤无处诉去，李七侯说："老爷请放宽心，暂在这里多住几时，我管保老爷一月之内官复原职。"彭公说："李壮士不可，此事焉能那样容易？"李七侯说："我认识一位武成，他乃神力王府的专哒，在王爷跟前很红，说一不二，我去给老爷托着瞧，老爷千万莫走，多住四五天再走不迟。"说罢，李七侯出离了衙门，上马竟扑那武家疃而来。

至庄门之外，早有几个庄客过来接马，说："七太爷来了，把马交给我罢。"李七侯到了大厅，正遇见那武七达子在大厅之上，与那摇头狮子张丙、一盏灯胡冲、泥金刚贾信、滚了马石宾、闷棍手方和、大刀周盛、快斧子黑雄、满天飞江立、就地滚江顺、快腿马龙、飞燕子马虎、朴刀李俊等大家说话。一见李七侯进来，齐声让座说："李太爷，里边坐吧。"李七侯见了众位英雄，随把彭公被参之故说了一番，然后请武大哥："跟我来，咱们二位到了左庄头那里去托托他，给裕王爷台前说两句好话，可以有门路保住彭老爷官复原职，方显我等英雄。"武成点头，二人上马出了武家疃，竟奔那左南庄而去。

行了数里之遥，到了左南庄的庄门。那些个家人都认的是庄主的好友，连忙过去接马，说："二位爷有何事故？我家庄主要请你二位去呢，来了甚好。"武七达子同李七侯进了大厅。到了大厅，见左庄头正在那里坐定，一见二位，连忙站起来说："二位寨主请坐，今天是从哪里来？"吩咐家人献茶。白马李七侯说："我等有一件为难事相求，不知庄主肯能替我为难不能？"左玉春是一个心直口快，爱说大话的人，有一个外号左天篷，又叫左白脸，为人慷慨中正，仗义疏财，专爱结交好汉。一听李七侯所说，他就知道是绿林中人打了官司，小事一段，说："二位寨主，不论什么事，只管说罢。五府六部，翰詹科道，提督衙门，营城司坊，无论哪衙门，只要有左某一到，可以管保成功。"武成与李七侯说："要提这件事，不是打官司，是三河县知县彭朋老爷，因拿恶霸左奎，那是你一个本族之人，在夏店街上横行霸道，被彭公已经拿获。有武文华依仗着他是武举人，硬上公堂与左青龙讲情，彭公不允，把他逐出衙外。他乃索皇亲索奈的义子，他进京托了人情，说彭公结交响马，剥尽地皮，侮良为盗，买通御史李秉成参了彭公一本，说舆情不洽，任性妄为，上谕下即行革职，把那彭公气的一语不发。我在书房之内夸下海口，说我与兄台素有来往，托个人情，管保一月之内官复原职。"左玉春一闻此言，吓了一跳，说："此事可不容易。一个七品正堂，要叫他官复原职甚不容易，非用白银一万两不可。只要有一万两银子，我就去办。"李七侯与武七达子说："庄主听我二人信罢。我二人办去，十日内大约可成。"

二位英雄告辞，回到武家疃下马，到了大厅之内，与众位说："大事全都办好，就短一万两银子，还须众位大家帮助。"吩咐家人："预备香烛纸马，拜祭天地，喝了英雄酒，烧了福纸，方能出马去呢。"大家吃酒烧香已毕，李七侯说："朴刀李俊、泥金刚贾信、滚了马石宾、快斧子黑雄、闷棍手方和、大刀周盛，你六个人带二十名手下人，东路什百户埋伏；满天飞江立、就地滚江顺、摇头狮子张丙、一盏灯胡冲、快腿马龙、飞燕子马虎，你六个人带二十人，去南洼半路等候。"二位英雄在家中候信。李俊等带手下人到了什百户漫洼之处，树林之内勒住马，派人前去打探。不多时有人来报，说有一老一少，二人押着骡驮子，五个骡子，两匹马，离此不远。朴刀李俊说："知道了。"自己一催坐下马，望对面一瞧那边尘土大起，一伙骡驮子，头前一匹黄膘马，鞍辔鲜明，马上一人，看他身躯约有八尺光景，头戴羽缨纬帽，身穿米色宁绸单袍儿，腰系凉带，足登青缎靴子，红青羽毛马褂，肋下佩刀，四方脸，浓眉大眼，精神百倍，年过半百以外。这李俊一催马，把去路拦住。焉想道：

天下豪杰来相会，四海英雄显奇能。

不知后事如何，且听下回分解。

第十七回　众盗寇剪径劫人
南霸天独斗群寇

诗曰：

旷野群赴有丹心，千里奔驰访知音。

事到难处方见胆，英雄自是侠义人。

话说朴刀李俊、泥金刚贾信、滚了马石宾、闷棍手方和、大刀周盛、快斧子黑雄，带领二十名手下人，在什百户树林之内，截住了七个骡驮子。一位老英雄，骑的是黄膘马押着。还有一个少年之人，年约二十余岁，身高八尺，头戴新纬帽，身穿米色葛布袍儿，腰系凉带，足蹬青布靴子，面皮微白，玉面朱唇，目似春星，两眉斜飞入鬓，一团的雄气英风，坐骑白马，肋佩单刀。朴刀李俊一看，说："哒！对面来的孤燕，留下买路的金银，放过去。哒！寨主我：

不怕王法不怕天，终朝酒醉在林间。

就是天子从此过，也得留下买路钱。"

那位老英雄，乃是叔侄两个，从口外回家，押着三千两白银。走至此处，听见前面有人喊嚷，抬头一看，那个树林甚是险要，见里边二十余个盗寇，各执兵刃，一催马到了林外，把那老英雄去路阻拦。那位老者拉出刀来，说："对面小辈，要买路金银，你有何能？"朴刀李俊说："我手中刀，定要你的老命！"那位老英雄心中说："京东一带等处，有名的响马头儿有两个，闻名并未见面，一个白马李七侯，一名飞天豹武七达子，这伙人必是他手下之人。待我试试他的武艺如何？"拉出金背刀来说："小辈，你有多大能为？"催马抢刀就剁，朴刀李俊往上相迎，二人战了几个对面，被老英雄一刀背打于马下。泥金刚贾信拧手中枪催马，分心就刺，老英雄用刀相迎。贾信怪蟒钻窝分心刺，老英雄凤凰展翅，往上急迎。贾信牵回马来分心就刺，被老英雄把枪搕开，一伸手把那贾信擒过来，摔于就地。快斧子黑雄手抢月牙开山斧，搂头就剁，老英雄用智赚他，慢慢地游斗于他。树林内滚了马石宾说："快与七寨主送信去吧。"派了小头目刘狗儿，急奔武家疃送信。

去不多时，那二位寨主催马带手下之人，来到树林之内。一看那位老英雄把黑雄摔于马下，李七侯一催马，抢刀直奔那老者而来，大嚷说："老匹夫休要称强，七太爷与你见个高低。"两个人大战有几个回合，忽见正东上来了几匹马，全是绿林英雄前来解围，大嚷说："自己人不要动手！"头前骑马来的是赛毛遂杨香武，后边跟着金眼魔王刘治、化面太岁李通、白眼狼冯豹、小太岁杜清、小军师冯太、双刀将李龙、蓝面鬼刘玉、赤发瘟神葛雄。这九位是从山海关来，正遇李七侯剪径劫人，连说勿动手，都是自己人，跳下马来。杨香武来至跟前，李七侯与那位老英雄全皆不动手了，跳下马来说："李七弟，我常合你说过，江南绍兴府望江岗聚杰村姓黄名三太，别号人称南霸天飞镖黄三太，我给你哥俩个见见。"

二人见礼已毕，彼此大家引见了。杨香武说："自己人为何动手呢？我是从乐亭县来，路遇金眼魔王刘治、花面太岁李通等弟兄从山海关来。听人传言，说此处有一左青龙，还有一个武文华，行凶作恶，欺压良善，我等要来访问访问他，正遇你二位动手。"黄三太说："我因江南事情平常，想要出北口逛一趟。我今从热河回来，进的禧逢口。"正说话之间，那边押骡驮子的少年过来说："杨五叔，你老人家好哇！"赛毛遂一瞧，原来是神眼季全。这个人的能为武艺出众，才略超群，两条腿日行六百里。无论什么人，只要他见过一次，就是过十年再见，还能认识，故此人称神眼季全。过来与大家见了礼。武成与李七侯让黄三太等与众英雄，请到了武家疃。季全把驮子拴在内院大厅之外，同众人到了大厅之上落座。

家人献上茶来，忽见外面快腿马龙、飞燕子马虎、满天飞江立、就地滚江顺、摇头狮子张丙、一盏灯胡冲等，带手下人等说："回禀寨主，我等在大路之上等候，从京内来了一支镖，保镖之人铁金刚冯元，押着二十万银子上关东，留下一千两银子送与寨主的，说了些好话，说回来之时再来拜见。我等知道合寨主有交往，也不肯夺他的。"把一千两银子抬在账房之内，与黄三太、杨香武等见过礼。大家归座吃酒。

黄三太说："七寨主，你乃有名英雄，为何在本地做起买卖来了？"李七侯一听此言，说："三哥，你有所不知。只因新任升了一位三河县的知县彭公，为官清正，剪恶安良，与民除害，拿了夏店斗行经纪左青龙左奎。有武举武文华，当堂讲情不允。他是索皇亲的义子，买通御史李秉成，把彭公参了。是我气愤不平，到了衙门见了彭公，说不必走，我保管你一月之内官复原职。我托了左玉春，他乃是裕亲王府的皇粮庄头，说要托人情，须用白银一万两方可成功。故此邀请那众位在本处做些剪径之事。每常劫客商一千,只留三百两,今天是有多少留多少,事在紧急。"黄三太听罢,说:"这就是了,咱们大家该当成全这件事。"一则是大清国的洪福齐天,二则彭公官星发旺,英雄聚会。老英雄杨香武说:"这段公事,咱们大家办理,请黄三哥出一个主意。"黄三太说:"季全,此事应该如何?"神眼季全为人机巧伶俐,一听黄三太之言,说:"三叔,这件事先派人把彭公早稳住才好,若要不然,列位凑成一万两银子与贤宰办好,他要走了,该当如何?"大家一听,说:"此言有理。要留住他也不容易,有何妙计?"李七侯一听,沉吟半晌,并无主意,武七达子闭口无言,齐问季全该当如何。神眼季全说:"先派几个人去到那县衙之内报喜,只要稳住他,先叫他进退两难,走也不好,不走也不好,然后咱们大家再疏通办理。"李七侯闻听甚是喜悦,先派几个人去到三河县如此如此。几个家人去改扮,直奔那三河县来。

单说彭公为人忠正,自被参之后,将自己应办之件,办完案情,一并查清好交代。那些三班衙役人等,全皆伺候新官,外面冷冷清清,并无动作。彭兴无精打采。彭公叫彭兴儿:"你收拾行李,定于后日起身。"彭兴本来略留心,说:"老爷,不是白马李七侯叫老爷等候两天,为何不等?"彭公说:"兴儿,你知道什么?那白马李七侯,他无非是他们说好话,不能认真。"正说着,四衙刘老爷来催交,盘问可备办否,得以清查,好详文上司。彭公说:"好,我正要请你来。"二人正说着,忽听外边一片声喧。彭兴到衙外一看,那照壁墙上,贴着报条一纸,上写"老爷高升荣任之喜"。头报、二报连三报,说:"当今康熙圣主老佛爷在畅春园晚膳后,传旨三河县彭朋勿许开缺,仍管理三河县事务。我等前来讨赏,给老爷叩喜。"彭兴到里边回明了。彭公赏了报喜人二两银子,心中暗想说:"白马李七侯手眼甚大,果然官复原职。我想此事真假难辨,候府内的文书到来,再为办理。"刘老爷也不敢催盘查交代了,暂时告辞。彭公心中半信半疑,也不好走,也不好不走,进退两难。

不言彭公在三河县,且说报喜之人回了武家疃,禀明了众位寨主。赛毛遂杨香武说:"黄三哥,昨日季全他所说之事,虽然把彭公给稳住了,还有什么主意?"季全说:"三叔,拿了你老人家一支金镖,往北五省各处绿林英雄前去借银。"黄三太说:"甚好!"给了他一支金镖,说:"季全,要借银子须分远近,不可一概而论。我等在通州南关鲍家店等候。"季全答应。这一去借银,惹起天下英雄聚会,镖打窦二墩,尽在下回书中分解。

第十八回　商家林英雄小聚会　汤家店群寇大征锋

诗曰：

哀乐贤愚总一般，搔头拍膝思无端。

不知听者因何故，离便凄凉合便欢。

话说季全带了金镖一支，骑了快马一匹，离了三河县武家疃，顺大路往河间府商家林而来。那一日，到了张家寨下马，进了村口，到了那金眼兽陈应太的门首。季全知道他与黄三太是知己之交，乃是保定府一带等处有名的英雄。季全方要叩门，里边庄客出来一看，说："季大爷，从口外回来吗？"季全说："回来了。"说："陈福，你家大爷在家吗？"陈福说："在家，正同那锦毛虎张秉成、左丧门孙开太、乌云豹李世雄三位爷在厅房吃酒谈话。我去回禀一声。"不多时，家人出来说："请进里边。"季全答应，来至大厅之内。金眼兽陈应太等四个人连忙站起来，说："季贤侄请坐，从哪里来？"季全就与老前辈请安："一向可好？在下我奉我黄三叔之命，往各处绿林中豪杰，指金镖为凭，每位借纹银五百两，送到通州南门里鲍家店内面交，有紧急用项。"陈应太瞧了金镖说："你喝酒罢。"说着，与锦毛虎张秉成等见礼已毕，大家吃酒。天色已晚，各自安歇。

次日天明，季全奔茂州去了。陈应太说："贤弟，我手中无银两，你等兄弟如何办理？"锦毛虎说："小弟等也是无有。"左丧门孙开太、乌云豹李世雄说："咱们去到大树林中等候，作一号买卖，得二千银子，好给黄三哥送去。"金眼兽陈应太说："你我兄弟咱们就在大树林中去等候。"四个人备马，带了兵器，出了张家寨，来至大树林中。天有巳正，大道之上，不见有人，心中甚为着急。等了一天，又不见人，随即回家，甚是烦闷。

次日又去，候至正午，忽见对面有几个驮子，四人骑马押解前来。列位不知，来者这一伙人乃是东路的大响马，荒草山的寨主并力蟒韩寿、玉美人韩山、雪中蛇关保、赛晁盖王雄，只因接了季神眼的信，押解两千两白银，送到通州南门里鲍家店。

正走之间,忽见前面那树林内有一伙人,像绿林中人。韩寿说:"我去瞧瞧,是那一路英雄?"一催马,方要问,忽听那金眼兽陈应太抢刀把去路阻住,说:"对面小辈休要走,留下买路金银,饶你不死;若要不然,定要取你性命!"并力蟒韩寿说:"要买路金银,只要你赢得了我这一口刀,我就送给你买路金银。"陈应太说:"好!"抢刀照定韩寿就剁,韩寿急架相还,二人大战十数个回合,不分胜败。

那一旁怒恼了锦毛虎张秉成,拧手中枪说:"小辈,寨主拿你!"打算要帮助陈应太。谁想那边玉美人韩山大嚷一声说:"强盗,休要逞强,我来也!"把手中竹节钢鞭敌住了张秉成。四个来大战有一个时辰,忽听正南上一片声喧说:"众位不可动手,大水冲了龙王庙,一家人不认一家了。"四个人各自罢休。大家一看,对面来的乃是那落马川的金眼龙王刘珍、河南大龙山的蓬头鬼黄顺、老英雄褚彪、黄河套高家庄的鱼眼高恒、内黄县的赛李广花刀无羽箭刘世昌。这五位乃是与黄三太一行的英雄,去上通州南门里鲍家店去送银两,今天来至商家林地面瞧见并力蟒韩寿与金眼兽陈应太动手,连忙过来说:"不可动手,自己人,我给你们引见引见。"说着与大家见礼,说:"你们四位在此何干?"陈应太说:"黄三哥借银五百两,我四个一无所有。"褚彪说:"容易,你四位跟我走。如遇见买卖,我们帮助你作就是。"陈应太说:"也好。"四个人同那九位,共十三个人,各催坐下马,一同往北走。那张秉成心中说:"人家全有银子,我们四个人赤手空拳。这一到了通州,见了黄三太,应该如何说法?倘若不遇见买卖,该当如何?"陈应太也是闷闷不乐。在路上押着四千五百两银子,到了金鸡镇,天色已晚,住了路西里汤家店内。众人吃了一个酒足饭饱,俱皆安歇睡觉。

次日天明,起来净面吃茶,用完酒饭,大家起身。在金鸡镇之正北有数里之遥,见前面树林之内,有四个人各骑征骑,手擎兵刃,大嚷说:"呔!对面来的小辈,献上买路金银,饶你不死。如若不然,想逃活命,比登天还难!"褚彪说:"哪位朋友前去,把他等与我拿获?真乃是一起新上跳板之人,连你我兄弟全皆不认识。"雪中蛇关保说:"众位且住,待我前去拿他。"跳下坐骑,手擎浑铁棍,竟敌贼人,说:"对面小辈通名,你是哪路的人?连我等都不认识,真是前来讨死!"那对面截路之人,乃是西路响马,一名闪电手高奎、铁棒田英、白面熊邓得利、金刀将于景龙,乃是北霸天窦二墩一党之人,在此剪径劫人。

关保一摆棍,说:"小辈,哪个过来?"闪电手高奎摇手中青铜锤,大嚷一声说:

"小辈莫走，看锤！"关保举棍相迎，两个人分开门路，棍分拨逢扒打，三十六手左门棍，四十八路右门棍，庄家六棍，那高奎之锤，上下翻飞。战有一个时辰，被高奎一锤打在关保的棍上，关保一棍正打在高奎的左腿之上，闪电手败回去了。铁棒田英一摆手中之棒，大嚷一声说："小子，爷爷来也！"摆蛇龙棒，照定那关保就是一棒，关保用棒相迎。这边赛李广花刀无羽箭刘世昌一袖箭把田英打败。白面熊邓得利、金刀将于景龙，两个人各执兵刃，来至对面，双战关保。那玉美人韩山大怒说："两个小辈倚多为胜，待我去结果他二人的性命。"把兵刃就奔那于景龙而去，战了几个回合，把四家盗寇战败，撒马逃走。十三位英雄也不追赶，催坐下马直奔通州大路而来。

金眼兽陈应太、锦毛虎张秉成、左丧门孙开太、乌云豹李世雄这四个人，心中甚是不乐，赤手空拳，一文钱也没有，倘若在道路之上不遇见买卖，这便如何是好？正在思想之际，忽见正北来了十数辆车，上插镖旗，乃是办珠宝的客人。张秉成一催马说："呔！对面车休走，我等在此等候多时，留下买路金银，饶尔不死。若要不然，追去尔的狗命！"那镖车把车圈住，后面来了一个保镖之人。此镖乃是京都前门外何云龙镖店，本店主名何云龙，四海驰名。这押镖的伙计姓孙名景龙，别号人称镇东方，久走关东三省，一身好本领，武艺惊人，原先也是绿林中人，因看破世态，自己改邪归正，这一趟保着二十万银子、三个伙计。因大清国康熙佛爷皇恩浩荡，王法轻，故此各处盗贼纵横，任意抢夺。这孙景龙带着伙计，望对面观看，认的褚彪与花刀无羽箭刘世昌，说："二位老前辈好哇！"褚彪等见是孙景龙镇东方，褚彪说："你保了镖啦！张寨主，我给你们引见引见。"说罢下马，各自见礼。褚彪就把陈应太、张秉成四个人上通州之事说了一遍。镇东方拿出两千两银说："这是我的薄意，四位拿去。"陈应太说："那如何使的？我们万不敢收，还是请收回吧。自己朋友，实不能领。"褚彪说："不必推辞，收下了罢。咱们事若不要紧，我也不肯叫你们收。"说着，叫手下人把银子放在一处，大家与孙景龙分手，直奔通州鲍家店。

非止一日，晓行夜住，到了通州南门内鲍家店内。此时飞天豹武七达子、白马李七侯、飞镖黄三太，带着金眼魔王刘治、花面太岁李通、白眼狼冯豹、小太岁杜清、小军师冯太、双刀将李龙、蓝面鬼刘玉、赤发瘟神葛雄、朴刀李俊、泥金刚贾信、快斧子黑雄、满天飞江立、就地滚江顺、闷棍手方和、大刀周胜、摇头狮子张丙、一盏灯胡冲、快腿马龙、飞燕子马虎众英雄等，在鲍家店内等候。这一日外面来报，说鱼眼高恒等来拜。黄三太与李七侯等迎接进来，大家见礼。忽又有人来报说："今有西霸天濮大勇、镇北方贺兆熊、东霸天武万年三位英雄来拜。"黄三太等迎接进店。外面一片声喧。天下英雄聚会，俱在下回分解。

第十九回　鲍家店群雄聚会
彭县令官复原职

歌曰：

欲避饥寒二字，当思勤俭为先。勤能创业俭能传，勤俭传家久远。勤乃修身之本，勤为致富之源。能勤能俭有余钱，免被他人轻贱。

话说飞镖黄三太听得手下人来报，说濮大勇、武万年、贺兆熊三位来到。黄三太听说："原来是贺兆熊等到了。"此三个人是黄三太的结义的盟兄弟，听见季全指镖借银，不知黄三太有何用项，故此亲身来至此处，要见三哥细问情节。这三位先在绿林中，此时改恶向善，在京都开了一个镖局，久走东西南北四路的镖。来至鲍家店，大众迎接，有闻名并未见面，众人一瞧：贺兆熊年约五十八九，身高八尺，头戴新纬帽，身穿蓝绸子单袍儿，腰系凉带，足登官靴，外罩红青羽纱马褂，面皮微紫，四方脸，扫帚眉直插额角入鬓，大环眼二目有神，准头丰隆，四方口，花白胡须，气度飘洒，精神百倍。那后边那位濮大勇，年有五十以外，雄眉恶眼，紫黑面模，青绉绸长衫，足登青布快靴。那武万年约有五十余岁，青脸膛，粗眉大眼，头戴马连坡草帽，身穿蓝绸子长衫，足登青缎子快靴，精神百倍，二目有神，一部刚髯短拥拥有二寸余长。众英雄齐来见礼，大家进店。

武万年说："黄三哥，你老人家在此何干？我等甚不放心，也不知借银何用？我三个人带来三千两白银，不知够与不够？请问其详。"黄三太说："老弟要问此事，这其中有一段缘故。只因我由口外回头，在什百户遇见李七弟，他也是一片热心肠，故此为三河县令彭公被恶霸买通索皇亲央情参他，要托一个门路，保住彭公官复原职，须用白银一万两。故此我派季全，指金镖与众位朋友借银，来此给李七侯贤弟办理此事。"说罢，褚彪等过来给贺兆熊见礼。那飞镖黄三太吩咐摆酒预备，庙中小二等早已杀猪宰羊，鸡鸭鱼肉等菜大家摆了几桌，绿林英雄各分上下，按次序落座。金眼兽陈应太、锦毛虎张秉成、左丧门孙开太、乌云豹李世雄这四个人，在座上心中甚乐，想在道路之上，遇巧得了这两千两银子，今天来在鲍家店内，与众位英雄眼前，也显出我等是英雄。

正在吃酒之际，忽听外边人报说："今有小霸王郭龙、赛燕青郭虎，乃是北路宣化府的英雄，来至此处，与黄三太送银。乃是听传言而来，并非是季全送信。"黄三太连忙让进他来．说："我兄弟今日来送白银一千两整，现在驮子之内，叫来人交了这里。"黄三太说："多承二位好意。"又与众绿林见礼已毕，归座吃酒。李七侯心中说："还是南霸天黄三太，指金镖一去，天下英雄亲身赶到送来银两，果然名不虚传。"

正在思想之际，忽见从外面进来一人，年约十六七岁，生的虎头燕额，威风凛凛，光着头，未戴帽，身穿青绉绸长衫，蓝绸子中衣，足登青缎子快靴，凶眉恶眼，怪肉横生，一见黄三太，放声大哭。众人无不发愣，并不认识于他。赛毛遂杨香武认的是茂州北门外红旗李煜的徒弟谢虎，随说："谢虎，你来此何干？"谢虎说："我奉我师傅之命，从家中带了五百两白银来，送至通州鲍家店，交给黄三太爷。不想走至半路之上，遇见了几个人，手执刀枪，把我围住，抢了五百两银子去。这件事叫我也不敢回去见我师傅，来至此处，求你老人家给我出一个救命的主意。"黄三太闻听，心中说："红旗李煜这个人在镖行多年，他的镖无论走至哪里，只要有一杆红旗在车上，绿林中人瞧见，不但不劫，还要护送。今天谢虎一说半路之上失去了五百两银子，断不能是绿林中人。"遂说："谢虎，你回去，我告诉你银子已然失去，见了你师傅，我就说你给了我银子了。"谢虎磕了一个头，拜别去了。从此一走，在《施公案》上大闹任丘县，练的一身好功夫，会打毒药镖，甚有名气。这是后话，暂且不表。

单说李七侯见众位英雄把银送来，凑至一处，一万五千两之数，连忙差人去请那左玉春来。次日左玉春来，与众位绿林英雄大家见礼已毕。黄三太说："老兄台甫怎么称呼？"左玉春说："名玉春，号华访。"黄三太说："听李七弟说，兄台乃是裕王府的皇粮庄头，这一件事，还求兄台的鼎力。"左庄头说："我也想着为力，但彭公在三河署中有半月之久，怕的是走漏了风声，彭公也不能在县中住了。那假报喜之人，还算无人知道。我明日把银子装在花盆、酒坛之中，这两样物件，可以带进城去送礼。我暗中托人办事，须请两位朋友跟我去才好。"快腿马龙、飞燕子马虎二人说："我们跟了去可否？"左玉春说："甚好，须要检点。"把银子装在花盆、酒坛之内，雇人夫抬着，上插黄旗"裕亲王府所用"，马龙、马虎弟兄二人押着，左玉春骑着马，跟随大众英雄出店去。

顺大路，三个人进了齐化门，行至东单牌楼裕王府门首，到了回事处，管事的巴兴阿瞧见是左庄头，说："左大哥，你可好哇，从哪里来呀？"左爷说："烦你的驾，去禀爷知道，说我孝敬十坛绍兴酒、十二盆兰花，现有两封银子，送给你们众哥们吃杯茶罢。"叫从人递过去，巴兴阿见了银子，说："何必老兄费心，我去禀明了执事的太监刘老爷。"这个人心直口快，与那左玉春最好，听巴兴阿一回禀，连忙说："请把左庄头请进书房之内。"左玉春给刘老爷请了安，说："老爷好哇！"刘老爷说："左贤弟，你从哪里来？"左玉春说："从家中来。我这里有白银一千两，送给刘老爷台前买件衣服穿。"刘太监是常给左玉春走动官司的，一见左玉春送银子说："贤弟何必费心，自管实讲。"左爷就说："彭公升任三河县，私访拿恶霸左青龙，乃是我一个族侄，甚不务本分，充当斗行，欺压良善。我久有心要送他当官治罪，奈不得其便。被人公举，内有抢夺妇女之案，侵吞银两，被彭公拿获。有一个武举武文华，他上当堂讲情，彭公不允。武文华一怒，他来在都中，走托他义父索奈的人情，买通御史李秉成参了一本，是任意妄为，奉旨即行革职。我想他乃是一位清官，无故被参。我有一个朋友名叫白马李七侯，他乃是一个英雄，苦苦恳求我，叫我来求王爷为彭朋说几句好话，万一保住他官复原职，亦未可知。"刘太监闻听，心中说："此事不容易办，见了王爷，我替你说两句好话就是了。"先到里边回禀裕王爷。老王爷说："来人，命他进来。"

少时，有人把左玉春带至内书房，给王爷磕了头，问了安，然后说："奴才孝敬十二盆兰花、十坛绍兴酒，请爷开看。"老王爷把所送之物一瞧，早摆在院中，叫人抬至书房，甚是沉重。老王爷乃是精明之人，吩咐："打开我看，酒是那一路酒？"执事太监打开，看见里面原来是白花花的银子一坛子。老王爷说："左玉春，你送给我这些物件是作何用项？"左玉春连忙跪下说："这是白银一万两，奴才孝敬，求爷开恩。"他就把彭公在三河县所作所为之事，被武文华买通御史李秉成参了之故，说了一遍。老王爷说："知道了，你下边用饭去吧。"左玉春下来，在刘太监屋中用饭。少时，从里边拿出来一把扇子，一对荷包，跟头褡裢，槟榔荷包共四样，说："老王爷赏你的，叫你住两天听信，老王爷给你办理。"

次日，裕王爷上朝面君。当今康熙仁圣帝主，办理朝中大事已毕，裕王爷奏道："臣闻人说，三河县的知县彭朋为官清正，办事勤能，被李秉成误参，有势棍武文华串通作恶。"康熙爷最喜的是皇兄裕亲王,所奏之事无不允准。今又听那裕王爷所奏,传旨:"三河县知县彭朋,被人误参。朕念他勤慎忠直,着他官复原职,仍知三河县事。武文华势棍欺人,该三河县拿获,严刑究办。钦此!"这一道上谕下来,左玉春告辞回归通州鲍家店内,见了众位英雄正同一位少年英雄说话,乱乱哄哄的。这是群雄聚会,镖打窦二墩。所有节目,下回分解。

第二十回　众豪杰捉拿武文华
张茂隆定计擒势棍

歌曰：

游手好闲有损，专心务本无亏。赌博场内抖雄威，金宝银钱聚废。多少英雄落魄，也叫富贵成灰。劝君急早把头回，免受饥寒之累。

话说左玉春见了上谕恩旨，连夜收拾行李起身，到了鲍家店，见贺兆熊、黄三太、濮大勇、武万年，与飞天豹武七达子等众豪杰在一处谈话，等候京中信息。那左玉春一进店来，大家齐道辛苦，问京中事体如何。左玉春把到裕王府所办之事，细说了一遍，大家这才放心。白马李七侯甚是喜悦，说："我去到县中探访探访。"告别众位，骑马到了三河县衙门，有杜雄等齐来问好，说："今日典史刘老爷他正同彭公闲谈，你请到里边就知道了。"

彭公自那日报喜之后，细想真假难辨，候上司的文书候了几天，并无音信，自己甚为怪疑。凡衙门中所有的公事案件，都是那典史与彭公二人办理，同寅甚和。这一日，正同那典史二人闲谈，忽听外边一片声喧，彭公派兴儿出去查看，少时回来禀报说："昨日早朝，圣上传旨，有裕亲王奏保三河县知县彭朋办事勤能，实有政声，仍知三河县事务；势棍武文华，倚势欺压百姓，着即行拿获，严刑究办。现有报喜之人，连宫门抄一并拿来，给老爷请看。"兴儿说："前次报喜的是假的，连叩喜他们看见上回贴的报条，他们说并无此事。小人出去问明他们，此次是真。"彭公闻听，就知道上次的报喜之人，"这是李七侯用的稳我之计，此事他认真办理，甚为可敬。"随赏了报子纹银二两。大家齐来叩喜。三班人役均说："还是旗官根底硬，事到如今，官复原职，甚不容易。"

却说彭公拜了印，有外边人禀道："白马李七侯来给老爷道喜。"彭公说："快请进来。"李七侯从外边进来，给老爷请了安，说："你老人家这两天可好？"彭公说："李壮士，你甚是分心。容日再谢，你我尽在不言中就是了。还有一事相烦，今有上谕命拿势棍武文华，本县想到，还须壮士辛苦一趟。"李七侯说："老爷请放宽心，我带杜雄一人同我前去,可以三天之内,报老爷知道信息。"彭公点头,立时派杜雄挪签票,跟着李壮士去。

二人随即上马,到了鲍家店,见左庄头同众位正说闲话。李七侯进来,大家让座,给杜雄引见。杜雄看见高高矮矮、胖胖瘦瘦,都是三山五岳的英雄、四野八方的豪杰。李七侯说:"我李某多蒙众位抬爱,成全此事。我今备一杯水酒,填众位盛情。"黄三太说:"七弟何必如是呢?我是等候季全,他回来就要回南去了。"武七达子说:"我除办事外,尚有余银一千两整,也是众位得来的,除去你我店中之费,剩下赏各位的下人罢。"李七侯说:"甚好。我还有一事相求众位,彭公他命我带杜雄去拿那武文华。我想到武文华,他乃是一个练武之人,手下打手壮丁不少,还有看家护院之人,须请几位朋友同去拿他才好。我与他有一面之识,去之不便,须请泥金刚贾信、朴刀李俊、快斧子黑雄、快腿马龙、飞燕子马虎你五位跟杜雄前往,至夜晚动手,将武文华拿住才好。"五位英雄都答应了。

忽见神眼季全从外边进来,下了马说:"众位寨主,你们都好!"黄三太说:"季全,你回来了,我且问你,是往何几处来?"季全把所到之处说了一遍,又说:"走至河间府九尾坡,遇见一伙强人,都是眼生的,并不认识。我说:'你们这伙人连我也不认识,我跟南霸天黄爷手下当一个小伙计,我名叫神眼季全。'那为首之人听了勃然大怒,说:'原来你就是季全,黄三太手下的人。他有何能,敢称南霸天?我早有心要往那绍兴府找他,无奈因我有事不能去找。我今饶你狗命,你去吧,与黄三太送个信,叫他在绍兴府等我。你就说,独霸山东窦二墩二太爷,过了中秋节后,我必访他。'小侄不敢与他争斗,是我回来禀三叔知道。"

黄三太听罢,怒从心上起,气向胆边生,说:"好一个小畜生,我在江湖中三十余年,并未遇见对手,今日这厮欺吾太甚,我必要亲身到那河间府去找他,分个高低。"随说:"众位英雄,我要告辞。"武七达子说:"不必忙,我跟了去看窦二墩是何等英雄?我也听人传言,说有一个独霸山东窦二墩,外号人称铁罗汉,我闻名未见过面,我跟你去,与三哥助助威,也叫他瞧瞧咱们这些人。"飞天鹞子贺兆熊、泥金刚濮大勇、侠义太保武万年这三个人听武成之言,他三人也说:"三哥要去,我等同往,观看你二人比武。"金眼兽陈应太、锦毛虎张秉成、左丧门孙开太、乌云豹李世熊、并力蟒韩寿、玉美人韩山、雪中蛇关保、金刀铁背熊褚彪、花刀无羽箭赛李广刘世昌、蓬头鬼黄顺、落马川刘珍、高家庄鱼眼高恒、白马李七侯等,还有满天飞江立、就地滚江顺、闷棍手方和、大刀周胜、摇头狮子张丙、一盏灯胡冲、赛毛遂杨香武，齐声说："我等跟随黄寨主前往。"大家一同算还店账，即刻起身。李七侯临起身，托左玉春说："大哥，求你带杜雄办理拿武文华事要紧。"左玉春说："这件事，交给我就是了。"随派定贾信、李俊、黑雄、马龙、马虎："你五位辛苦一趟。"众英雄一同起身，上河间府去了。左玉春等送至店外分手。

不表老英雄去打窦二墩。单说左玉春说："杜雄，你带贾信、李俊、黑雄、马龙、马虎，你们六位先奔武家庄，到那里见机而作，拿住更好，解送县衙；拿不住时，再回至我左南庄来见我，咱们大家再为商议。"杜雄答应，带着那五位英雄出离了通州城，顺大路来至三河县地面，先住在夏店街上。次日，六个人穿便衣，暗带兵刃到武家庄的东村口。见路北有一个茶馆，是大花账，北上房三间，头前有天棚一个，摆着几张桌儿，有七八个喝茶之人。杜雄进了茶馆，要了一壶茶，六个人喝着。

天正在炎热之际。忽见从外边进来了两个人，前头那个年约三旬以外，黑脸膛，连鬓胡须，浓眉大眼，身穿青绉绸长衫，足登青缎子快靴。后跟那位，也是三旬光景，虎背熊腰，淡黄的脸膛，五官端正，长眉带煞，二目有神，身穿蓝绸子长衫，青缎快靴。"两位武英雄"，李俊连忙站起来说："二位这里坐吧，一向安好呀？"那两个人一瞧，认的是李俊，连忙给了六位的茶钱，过来一瞧，贾信、黑雄、马龙、马虎全认识。李俊又给杜雄引见，说："这一位是杜大哥，这位穿青衣服的是常万雄，外号人称五方太岁，这位叫渗金塔萧景芳。"杜雄说："二位在哪里恭喜？"常万雄说："我在武宅，看家护院是我兄弟二人。"杜雄说："庄主可曾在家？"常万雄说："在家。"李俊连忙把萧景芳叫在无人之处，说："你兄弟二人因何在此处？"萧景芳："只因我兄弟二人无事，听说武文华是一个势棍，手眼甚大，五府六部结交吏役，于中取利，诈害良民。我想要偷他些银钱济贫，来至夏店，住在牛家店，正遇他家要请保镖护院之人，牛掌柜把我举荐在武文华家中，我二人也不好动手。昨日有山东显道神郝士洪、河南上蔡县葵花寨铁幡杆蔡庆、山东凤凰张七即张茂隆，带着他两个小徒弟：一个赛时迁朱光祖，今年才十七岁，一个八臂哪吒万君兆。这五个人听说他是一个势棍，要抢他些资财。我二人定于明日一同走，你等来此何干？"李俊就把指镖借银，彭公官复原职之故说了一遍，并奉县谕来拿武文华。萧景芳说："也好，我等协力相帮，咱把恶人拿住之时，一同往河间府，再去瞧黄三太与窦二墩二位比武。咱就在今夜晚间，把他师徒五位也邀请相助，都在我们那里住着呢。今夜二更时，大家一齐动手。"二人商议好了，与这几位说明了，甚为喜悦。这几位就在这里吃喝一天。常、萧二位回归武宅，见了张茂隆等，大家说知，然后各自预备好了，把随身细软物件早已带好了，专等外边人进来。这且不表。

单说武文华，自从他走人情把三河县彭公革职，他便任性横行，目无王法，无所不为，常给人走动顺天府东路厅等处官事，甚有威名。今日正同他的美妾在北上房之内饮酒取乐，忽觉着心惊肉跳，发似人抓，肉似钩搭，说："不好，莫非有什么凶事吗？"美妾香娘说："少喝酒，歇息歇息罢。"武文华自己在东房中一坐，闷闷不乐，和衣而卧。天有二更之时，忽听房上有人走动之声，连忙起来，见灯光昏暗，忽听房上一响，从外边闯进一人，手执钢刀，照定武文华就是一刀。武文华一闪身，窜出院中，手拿宝剑，只见从南房上跳下一人说："那武文华，你往哪里走？"屋内砍他之人也跳在院中，抢刀就剁。房上又喊嚷，外边一片声喧，群雄赶到，要拿武文华，且在下回分解。

第二十一回 愣黑雄拿获武文华 彭县令严刑审恶棍

诗曰：

萧瑟秋风散晚凉，谁家清夜捣衣裳。

丁丁遥应钟声响，数数还如落叶忙。

明月有情留小院，征鸿无数挟轻霜。

不堪客梦湘水远，独对寒灯思渺茫。

话说那武文华跳至院中，从南房上跳下来是快斧子黑雄，抡斧子就剁，武文华急架相还。快腿马龙、飞燕子马虎二人，持刀过来相助。蔡庆等在房上拦住打手，杜雄等大家一同把武文华拿获，捆绑好了，押着送到了三河县署内，天已大亮。杜雄说："众位先莫走，到我的班房屋内坐坐，候我回明了老爷再说。"杜雄禀明老爷，彭公传伺候升堂，三班人役站班伺候。

彭公坐堂，说："带上势棍武文华来！"左右一喊堂威，杜雄带武文华至大堂，立而不跪。彭公说："下边站的是武文华，你见了本县，为何不跪？"武文华说："举人并不犯法，为何拿我？"彭公说："你包揽词讼，任性妄为，目无官长，咆哮公堂，拉下去给我打！"左右一声喊嚷，把武文华打了四十大板。武文华说："你凌辱绅士，责打举人，我必要到顺天府把你喊告下来。"彭公说："我乃奉旨拿你，作恶多端，著名匪棍，还敢这样大胆，把一往所作之事，给我说来。"武文华知道事不好，忍刑不招。彭公办了一个"势棍不法，任性欺人，律应杖一百，徒三年"文书行于上宪。这里赏了杜雄一百两银子。

杜雄治酒席，请快斧子黑雄、朴刀李俊、泥金刚贾信、快腿马龙、飞燕子马虎、凤凰张七、铁幡杆蔡庆、显道神郝士洪、八臂哪吒万君兆（今年才十四岁）、渗金塔萧景芳、赛时迁朱光祖、五方太岁常万雄，在班房大摆酒筵，请这几位英雄吃酒，大家尽欢而散。次日天明，告辞起身，奔河间府找黄三太，去帮助他打窦二墩。

众人在路上晓行夜住，饥食渴饮。那一日正往前走，忽听后边有人叫说："张七哥慢走,我来也。"张七一回头,看见是猴儿李佩、红旗李煜、赛霸王杜清、铁金刚杜明四个人。见面,与众人见礼已毕,张七问:"你四位往哪里去?"李煜说:"我等往河间府去找黄三哥呢。"杜清说:"我等也是去找他的,大家一同前往。"众人合伙在一处往前走。时逢夏令盛暑之际,赤日似火,在路上甚是难行。忽然云升西北,雾长东南,一片乌云遮住太阳光华。正是:

朗朗红日在天,顷刻雾锁云漫。霹雷交加震动,蛟龙沧海何安。白云童子拥世界,煞时雨落人间。闪照雷鸣雾缠绵,天地连连染染。

朴刀李俊说:"众位仁兄贤弟,此处并无村庄,哪里可以避雨?"铁幡杆蔡庆说:"你等催马往前走,前边有一树林,或有人家,亦未可定。"

众人走至林前,见路西边道北有一座古庙,周围都是红墙,里边大殿三层,旗杆高有七丈。正北山门上边一块匾额,上写"敕建精忠庙"。东边角门关闭,红旗李煜上前叩门说:"开开门哪!"忽听里边有人答言说:"哪位叫门?"李煜说:"我们。"把门一开,出来一个和尚,年约四旬以外,身高八尺,膀大腰圆,光着头,并未带僧帽,身穿月白布僧衣,蓝布中衣,白袜青鞋,面皮微紫,两道雄眉直立,一双阔目圆翻,连鬓络腮胡须。乍一见众人皆有马匹,他带笑说:"众位里边坐吧。"蔡庆等拉马进庙,把马拴在树上,让众位在东配房内坐。蔡庆看见屋内东边有小条案一张,上摆炉瓶,三设案前一张八仙桌儿,两边各有椅子,桌儿上有文房四宝。东墙上挂着一张直条,画的是杏林春燕,两边有对联一副,上写是:

凤来林下鸟飞去,马到芦边草不生。

众人衣服全皆湿了,大家拧水。和尚叫一个徒弟烹茶。红旗李煜说:"众位贤弟,你看这座庙不靠村庄,在旷野之处,和尚生的凶恶,许不是好人,咱们多要留神。"蔡庆说:"无妨,不要紧。"正说着,小和尚献上茶来,大家喝茶。只见那个和尚从外边进来,手举一股香说:"天有午正了,该烧午时香了。"李佩出恭去了。众人说:"你倒虔诚。"和尚说:"我们出家之人,托佛爷保佑呢!"众人点头,忽然闻着这股香,真是清香异味,气味异常,仿佛似鲜花放香,其味美如兰花。杜清说:"好香,这也不知是哪里买的?"众人皆说:"真好。"正说着,铁幡杆蔡庆说:"不好! 我头昏眼迷,脚底下发轻。"顷刻间就倒于就地。凤凰张七也说不好,一翻身跌于就地。八臂哪吒万君兆、赛时迁朱光祖等一伙英雄全都滚地。和尚哈哈大笑说:"你这一伙该死的囚徒,你放着福地当行你不往,祸坑宜避竟投来。"说着,自己出了东配房,到了后院自己正房屋内，把刀摘下来。

　　列位不知，这个和尚，他乃是绿林中一个盗寇，姓牧名龙，外号人称水底鳌。他有一个朋友，姓杜名鳌，外号人称金背元海狗。杜鳌会使熏香。他这个熏香，与赛毛遂杨香武的鸡鸣五鼓返魂香，是两路传授。杨香武那熏香，只要人闻着，鸡一叫才能苏醒过来。他这个熏香，加添药味，别门另有一家传，其味甚香，须用凉水解药，等六个时辰方能明白，他那解药乃是独门。今天他见众人各乘坐骑，老少不一，必是保镖之人，金银财宝不少，他才自己先用些解药，闻入自己鼻孔之内，拿了一大股香，全是熏香，在东屋中举着香，合众人说话。大众只顾闻那香味，不知不觉身软就地，昏迷不醒。和尚法名德缘，到了后边，带一把钢刀，要杀众人。来在外边禅堂一瞧，天上雨也住了。雨过天晴，风息云散，漏出一轮红日来。手提钢刀进了东禅堂，见众人横倒竖卧，昏迷不醒。

　　他方要抢刀杀众人，是众人不该死。猴儿李佩他本来是肚腹疼痛，往外出恭，才回来，见那和尚手执钢刀要杀那众人，自己拉出刀来，大嚷一声，说："那和尚，你休要伤我的朋友！"和尚一回头，跳出来抢刀就剁，李佩急架相还。二人在院中各抖雄威，这一个凤凰展翅剁和尚，鹞子翻身往上迎。李佩瞧见众人都被熏香倒在地，自己孤掌难鸣，和尚越杀越勇，李佩先自己害怕。正在难分难解之际，忽听墙外跳下一人说："何处贼人，休要称强，待我来！"李佩抬头观看，见那个人身高九尺，面皮微黑，凶眉恶眼，怪肉横生，身穿青绸子裤褂，足登青缎子快靴，青手绢包头，手抡钢刀，照定那李佩就是一刀。李佩见贼人又添余党，刀法精通，李佩单战贼人，并不惧怕。那李佩受过名人传授，正在中年血气方刚之时，到后来在《施公案》上独占落马湖竹城水寨，虎踞一方。这是后话，这且不表。单说当下虽说是李佩刀法精通，无奈三拳难敌四手，一人焉能敌二人，两个贼都是久闯江湖的大盗。李佩又想："自己若是败了，众朋友性命休矣！也不能走，只可与他二人争胜败。"战了有一个多时辰，李佩浑身是汗，四肢发软。也就是李佩，要换别人，准不是他二人的对手了。这一出汗，刀法又乱，大概不能取胜于贼人。众豪杰在精忠庙受熏香，生死难定。不知后事如何，且听下回分解。

第二十二回　精忠庙群雄受熏香　河间府豪杰大聚会

诗曰：

五云天近昼香残，红白花枝满药阑。

一夜东风吹小雨，殿头持卷隔帘看。

话说李佩正与金背元海狗杜鳌、水底鳌牧龙动手，两个贼人刀法精通，李佩急了，一刀把水底鳌牧龙砍死。金背元海狗杜鳌大吃一惊，说："不好！"猴儿李佩说："我李佩乃是天下的英雄，今日连一个无名的小辈都不是对手。"那杜鳌听见说是李佩，连忙说："莫动手了，原来是李老英雄，我实不知，多有得罪。"李佩说："尊驾何人？"杜鳌通了名姓。此时天已黄昏之时，屋内众人全皆苏醒过来，听见院中有人说话，一齐出来说："二位请进来吧。"杜鳌认的是凤凰张七，说："七寨主，你从哪里来？"张七说："我等同众位从三河县而来，往河间府去找南霸天黄三太，去打窦二墩。"杜鳌听了亦要去，把和尚死尸埋了。张七说："你在此作什么？"杜鳌说："我与和尚相好，在这里借住，今他已死，我也要跟众位去。他常使我的熏香害人。我拿酒去，与诸位同饮。"饭毕，天晚安歇。

次日天明起来，杜鳌也跟随前往。众家英雄各备坐骑，顺大路竟奔河间府而去。忽见前边尘土大起，对面来了白马李七侯，带着摇头狮子张丙、一盏灯胡冲、满天飞江立、就地滚江顺、大刀周胜、闷棍手方和、金眼魔王刘治、花面太岁李通、白眼狼冯豹、小太岁杜清、小军师冯太、双刀将李龙、蓝面鬼刘玉、赤发瘟神葛雄、飞天豹武成、赛毛遂杨香武十七位英雄，正遇见铁幡杆蔡庆、显道神郝士洪、凤凰张七、五方太岁常万雄、渗金塔萧景芳、八臂哪吒万君兆、赛时迁朱光祖、红旗李煜、猴儿李佩、赛霸王杜清、铁金刚杜明、快斧子黑雄、朴刀李俊、泥金刚贾信、快腿马龙、飞燕子马虎、金背元海狗杜鳌。正遇这十七位豪杰，两伙合一处，共三十四位英雄。大家见礼已毕。李七侯见内中就有两个年幼之人，万君兆十四岁，朱光祖十七岁，余者均是年岁相当。黑雄随把拿武文华之事说了一遍，李七侯说："很好！很好！我等同黄三哥到了河间府，并未找着窦二墩。他留下人，给黄三哥送了一信，说他往山东德州做买卖去了，约在李家店住。黄三哥先叫我前去打店，他等在后边，少时就到。"众人说："咱们到李家店住很好。"大家催马往德州而行，在东门外李家店占了上房，告诉店家，后边还有人来。

次日，有南霸天黄三太、飞天鹞子贺兆熊、武万年、濮大勇、小霸王郭龙、赛燕青郭虎、花刀无羽箭刘世昌、金眼龙王刘珍、蓬头鬼黄顺、鱼眼高恒、铁背熊褚彪、并力蟒韩寿、玉美人韩山、雪中蛇关保、金眼兽陈应太、锦毛虎张秉成、左丧门孙开太、乌云豹李世雄、神眼季全、赛晁盖王雄这二十位英雄赶到。大家迎接，见礼已毕。店中掌柜的看见人太多，说："后边有一座大厅，甚是宽阔。"这五十四位英雄，在后边占了十数间房，候窦二墩。

住了两天，这一日，正是吃过早饭之际，忽听外边一片声喧，从外边进来一伙人。那为首之人身高八尺，项短脖粗，虎背熊腰，并未戴帽，身穿青绸绸长衫，蓝绸中衣，足登青缎薄底窄腰快靴，四方脸，面皮微青，青中透蓝，雄眉直立，阔目圆睁，准头端正，四方口，虎头燕颔，年约三旬，正在中年，雄气昂昂。后跟着十数个英雄，内有闪电手高奎、铁棒田英、白面熊邓得利、金刀将于景龙、一朵花赵进喜、红眼狼冯振清、双头太岁周勇、独眼龙王吴通、探花郎君刘海、低头看山高冲这十位英雄。窦二墩抱拳恭手说："哪位是黄寨主？请过来答话。某久仰大名，今要请教尊驾有何能为？"黄三太说："某就是黄三太。"站将起来说："你就是窦二墩吗？我听说你要找我，我今来找你，你我比试武艺，我奉陪练两趟。"窦二墩说："此处地方狭窄。明日在东郊野外，离城四里之遥，有一座大树林，名曰驼龙岗，已正等候，去者便是英雄。我失陪了。"黄三太说："那里见罢，我不送了。"

那李七侯等见窦二墩这等雄壮，暗说不好，私与贺兆熊等说："黄三哥他年迈，怕难是窦二墩的对手，他正在英年之际，你我兄弟又不能帮助。"旁有金背元海狗杜鳌说："料想窦二墩乃是无名小辈，他有何能？我明日先把他用刀剁死。"旁有一个渗金塔萧景芳，本来是能言俐齿之人，听见杜鳌之言，说："杜寨主莫吹着玩啦！恐旁人道你说大话，见了窦二墩就不敢称英雄了。"杜鳌本来是气傲之人，一听萧景芳之言，说："姓萧的，你勿小看人，我要不叫你知道我的厉害，你也不知我的力量何如。明日我把窦二墩要不打死他，世不为人。"萧景芳说："我说的是好话，你先莫着急，见了窦二墩再犯脾气。"杜鳌说："有理。"五方太岁常万雄说："萧二哥，你留点阴功罢,勿说这德行话。"大家哈哈大笑。这众英雄也有替黄三太着急的,怕不是窦二墩的对手;也有生气的,愤愤不平。这一日大吃大喝,天晚安歇。

次日天明起来,用完了早饭,忽听黄三太说:"众位贤弟,我去到那东郊之外,找窦二墩去。"大家说:"请。"众位英雄一同到了东郊外,见窦二墩早在那里等候,一见黄三太来,他说:"黄寨主,今日有言在先,你我动手,不准叫人帮助。"黄三太说:"言而有信,你要赢了黄某我的刀,我横在项下,再不生于人世。"窦二墩说:"我要输与你,我永不出世,绿林英雄没了我窦二墩了,你死之后,我才出世呢。"黄三太说:"好!你我先比兵刃,刀下无眼,各自留心。"说罢,抢刀就剁。窦二墩的虎尾三节棍一摆,上下翻飞,一往一来,分个上下。那三节棍这件兵刃,最厉害无比,一照面就是三下。黄三太用蹿纵的工夫闪躲,一往一来,不分上下。黄三太刀法精通,若要不是黄三太,另换一人,准不是窦二墩的对手了。

走了有片时之久,黄三太年过半百,暗说:"不好!这一段事情,我恐怕难以取胜于他。我今年五十三岁,在江湖中三十余年,并未遇见对手,今日遇见窦二墩,他果然武艺高强。我要输了,是不能再回绍兴府了,立时我死在众英雄面前。我使明枪和他动手,恐怕难以取胜于他,不免我施展暗器赢他。"那贺兆熊、武万年、濮大勇等在旁边见那窦二墩武艺超群,棍法精通,真替黄三太为难,怕的是黄三太不能取胜,又不敢过去帮助。三个人正在着急,忽见黄三太浑身是汗,遍体生津,只有难分上下之势。赛毛遂说:"黄三哥见机而作,不可定使金背刀取胜。"这一句话把黄三太提醒,暗说:"不免我用暗器赢他就是。"想罢,把刀一横,跳出圈外,把刀一擎,伸手掏出金镖一支,一回手,照定那窦二墩就是一镖。窦二墩也是人中之虎,眼观六路,耳听八方,见黄三太一回身,就知有暗器,见那金镖扑面而来,他一伸手,把那支镖接住,吓了众家英雄一跳。黄三太大吃一惊,说:"窦二墩果然武艺精通。"翻身抢刀就剁,窦二墩抢三节棍相迎,两个人又战在一处。窦二墩暗说:"黄三太果然名不虚传。若非是我,恐怕不能取胜于他。他要是在三十余岁之时,我二人恐怕不能分出高低来。窦某自出世以来,并未遇见对手,今天才见这英雄。"黄三太一金镖未打着他,自己又掏出第二支镖来。黄三太把迎门三不过的飞镖,照数要施展出来赢窦二墩。战了几个照面,黄三太暗中又是一镖,被窦二墩又接住。一回手又是一镖,也被窦二墩接去了。黄三太连打了三镖,被窦二墩连接了三镖。黄三太他心中一动,暗说"不好"。旁边那白马李七侯等与飞天豹武七达子,见黄三太三镖并未打着窦二墩,两个人勃然大怒,说:"列位寨主,众位英雄,我等不可袖手旁观,大家动手帮助寨主,把他拿获,替本处人除此一害,也就结了。"贾信、李佩齐说:"有理。"大众要拉刀刃,旁边把神眼季全吓了一跳,连说"不可"。不知二人胜负如何,且听下回分解。

第二十三回 德州郡三太打墩 河间府二墩报仇

诗曰：

天上风清暑尽消，上方仙队接云霄。

白鹅海水生鹰猎，红药山冈作马朝。

凉入赐衣飘细葛，醉题歌扇湿轻绡。

河堤杨柳无事日，芙蓉叶上好题诗。

话说飞镖黄三太三镖并未打着窦二墩，李七侯要去帮助，众人各拉兵刃。那神眼季全说："不可！我三叔乃是性傲之人。若是众位去帮打，漫说动手，就是闭着眼也许赢得了窦二墩。依我之见，若是我三叔赢了还可；要是输了，咱们大家把他剁死。此时未见胜败，先不必去帮助。"李七侯听了这话有理，说："众位寨主，也可，咱们在这里观看观看，如不得胜，咱们大家再为动手帮助。"贺兆熊说："正是。"眼见黄三太真急了，刀法上下翻飞，一回身就是一甩头，一支镖正打在窦二墩的前胸，"哎哟"一声，倒于就地。窦二墩说："罢了，我再想不到，今天败在你的手内。"黄三太过去，搀扶起来说："贤弟，你我结为昆仲兄弟。"窦二墩说："罢了，我也无面再见天下英雄了。"站起来说："高奎，你等兄弟散了罢，我要去也。"自己无精打采回归店内。

他住的是恒茂店，店内还有自己随身的小包袱。自己越想越烦，正在闷坐无聊之际，忽听外边有人问说："窦二爷在哪里住？"店家人说："有何事？在北上房内。"窦二墩一看，是他大哥的家人来福，说："来福，你进来罢。"来福给二爷叩头，说："我蒙二爷带我一片好心，特意前来送信。真果是闭门家中坐，祸从天上来。只因为献县新到任的老爷姓夏名增荣，他有一个公子，乃是酒色之徒，瞧见我家小姐生的美貌，他先托人来说，我家主人不允，后来他带人来抢，被小姐全都打回。昨日来了四个差人，把大庄主传去，硬说大庄主欠他儿子的银两，把我家庄主入狱被押，我特来给二庄主送信。"窦二墩名窦胜，他哥哥名叫窦成，为人忠厚。无故被害。窦二墩说:"来福,你先回去,我随后就到。"自己算还店账,带了虎尾三节棍,并包裹细软之物,离了德州。自己想要远走高飞,隐居山林,再不见绿林中之人了,又听说哥哥窦成被赃官夏增荣的儿子夏振声所害,"要我的侄女金莲,我窦胜乃是山东有名的人物,岂肯受他人之辱。我去找那景州刘智庙的快腿彭二虎、飞行吴德顺,他二人手下人不少,我去找着他们,大家商议,好杀赃官,救我哥哥。"想罢,在路上晓行夜住,饥餐渴饮。

这一日天色已晚,有黄昏以后,错过店道,前边有一座树林挡住去路。窦二墩正要穿林而过,忽听那对面一声大嚷说:"呔!此地我为尊,专劫过往人。若要从此走,须留买路银。无有钱买路,定叫你命归阴!"窦胜听见有人说话,暗吃一惊,说:"对面小辈,你是何处贼人,敢截住我的去路?"对面贼人说:"我乃独霸山东的窦二墩是也!快献买路金银来。"窦二墩听罢,心中暗说:"怪哉!我窦某今日又遇见一个窦二墩,我问问他就是。"想罢,说:"小辈,你既说是独霸山东窦二墩,我听人传言说,不劫孤行客,一千两纹银只留五百两银,专劫贪官恶霸。你若是我的对手,我便给你金银。"只见那假窦二墩一摆双锤,照定窦二墩就是一锤,窦爷用三节棍相迎,只听"叭"的一声,把假窦二墩锤搕碎。原来假窦二墩那一对锤是木头作的,里空,外用铁页包着,也有七八斤重,若是旁人看,仿佛重七八十斤重的铁锤一般。今日被真窦二墩把兵刃搕碎,一棍打倒,"哎哟"一声说:"爷爷饶命,我小人不知是你老人家到此。"窦二墩说:"小辈,我窦某乃是独霸山东窦二墩也。你假冒我的姓名,我焉能饶你!"贼人听了,说:"爷爷,我知道了,我也姓窦,名叫窦二羔,只因家有八旬老母,无钱奉养,想出这个主意来,假充你老人家的威名,我所为混饭吃,求爷爷饶命,你老人家还生儿养女。"那窦二墩闻听:"你来,你也知道我的名字!"不由得动了一点恻隐之心,伸手掏出十两纹银,说:"你改过自新,做一个小本经营就是了。"贼人接了银两,磕了一个头,遂自去了。

窦二墩腹中饥饿,说:"天有初鼓,并没有卖饭之处。"自己往前行走,见眼前一片灯光,路北有正房三间,西房二间,外圈着篱笆障儿。窦二墩说:"开门,里边有人吗?"忽听里边有妇人之声说:"哪一位?"把篱笆障儿一开,手执灯笼,出来一个二十多岁的妇人,光梳油头,淡搽脂粉,轻施蛾眉,身穿雨过天晴毛蓝细布褂,葱心绿的中衣,金莲三寸,娇滴滴的声音说:"是哪一位呀?"窦二墩见是一个妇人,他乃练武之人,绰号人称铁罗汉,最不爱女色,一见妇人,正言厉色说:"我乃行路之人,走过店道,求娘子暂行方便,借宿一晚,明日早行。"那妇人听罢,心中一动,说:"合该买卖上门,不免我把他让进来,用酒灌醉,等他睡着,把他害死,得些金银,也是好事。"想罢,说:"客官,请里边坐吧。"让至西厢房,说:"客官贵姓?从哪里来的?"窦二墩说:"我名叫窦二墩。"那妇人一听,大吃一惊,心中说:"我打算是买卖客商,原来是一个大响马。等我男人来时,再商议害他。"想罢,说:"客人还没有吃饭,我给你做一点饭吃。"窦二墩说:"甚好,拿来,无论有什么吃的均可。"

那妇人方要回归房中,忽听外边有人叫门,说:"娘子开门,我来也。"黄氏听见是他男人说话,连忙出去开门,说:"你回来了,甚好。"原来是窦二羔回来了,他就在这里住,一进门,笑嘻嘻地说:"今天我遇见真窦二墩,果然是英雄,给了我十两纹银。"说着到了屋内。那妇人说:"好不要脸啦!你自己叫人家重打了,还在这里说,真是软弱无能之辈。我要不看你忠厚,我早就跟人家走了。"窦二羔说:"千万你莫走。你走,可苦了我啦!"那妇人说:"你勿嚷,那窦二墩现在西屋,方才我让进来的。我打算他是行路客商,原来是一个大响马。我和你用酒灌醉了他,把他害了,你我发点财,你想怎么样呢?"窦二羔说:"我可不敢。"黄氏说:"我同你过这苦日月,虽说不是财主,也算丰衣足食,不至于逃难。这二年旱涝不收,你看这里逃难的也不知有多少家儿。今天依我说,咱们把那姓窦的用酒灌醉了,把他来害了。"窦二羔说:"也好。"

正商议之间,忽听门响。断断不料,此时窦二墩早就听见是在树林中打劫他的那窦二羔的声音了,遂自己偷着出了西房门,暗暗一听,屋内夫妇两个正说要害他之言。他听到这里,勃然大怒,遂说:"小辈,你说害我的话,我已听了多时了。"即抢刀就把窦二羔砍死。那妇人遂娇声嫩语说:"太爷饶命罢!我跟着你去,你要我不要?"这淫妇指望窦二墩也是酒色之徒,他一说,可以爱他的模样儿,饶了他。焉想窦二墩乃是铁罗汉,一听妇人之言,哈哈大笑说:"你这淫妇,方才所说之话,我已然听见了,你不必说啦!"一刀把妇人杀死。自己找着了酒坛,还从柜内找出来馒头、咸肉、煮鸡蛋两碟,自斟自饮,越喝越高兴,吃得有味。

忽听外边叫门说:"开门,我来了。"吓了窦二墩一跳,说:"不好,被人堵住,恐怕不能逃走。"自己躲在后院之中。忽听街门一响,把门推开了,进来一人说:"你们这么早就睡了?"来到屋内,见有死尸在地,那人大吃一惊,说一句:"哎哟,不好了!我的美人是被何人杀死了?连他男人一并被害。我与你四载的露水夫妻,今天你被害,我岂不伤心!"说着,落了几点眼泪。窦二墩在暗中一瞧,认的是快腿彭二虎,连忙进屋内说:"老二,你杀人,往哪里走?"彭二虎细看,认得是二寨主窦胜,连忙施礼说:"二叔,你老人家从哪里来?"窦二墩把方才之事说了一遍,又把自己事也说了。彭二虎心爱此女,也无可奈何了,为一个妇人也不能变脸,再者窦二墩待他有恩,听窦胜之言,说:"我放火烧了他的房屋,以灭人命之案,这也是他的报应,要不是我劝着他,早就把他男人害死了。"说着,方要放火,窦二墩说:"老二,他们都在哪里?"彭二虎说:"都在五里屯小银枪刘虎的下处内住。"

二人正说之间,忽听外边有人说:"来,你二人把门堵上,我从后边看他往哪里走?"吓得窦二墩与彭二虎战战兢兢,说:"不好!今天要被拿获,落在他人之手。"忽见街门大开,进来了白脸狼马九、笑话崔三,后跟着轧油墩李四。他三个人一见窦二墩,崔三说:"二寨主,你老人家亦来与彭二走一条道吗?"窦二墩说:"你等休要胡说!"遂将自己之事说了一遍,又把窦二羔夫妻二人要害他之言说了一番。崔三说:"二寨主,彭二他说往德州去访问你老人家,我等不信。有顺水万字小银枪,他说遮天万字月点他攒子,正并无邪攒,我知道他架着一个果衫盘儿尖,他上扇也哏可孤饭假充脑儿赛的万,顺水万字他不信,洞庭万字深点,他说我说的礼兴攒里空,我等前来要给他一个见证。"窦二墩一听,哈哈大笑说:"小银枪刘虎、铁算盘胡六,他两个人也是实心的人,不像老弟你随机应变,诡计多端无出弟右。"那崔二一片话,乃是江湖中黑话:"顺水万字"是姓刘,"洞庭万字"是姓胡,"遮天万字"是姓彭,"月点"是行二,"架着果衫盘尖"是一个少妇长得好,"他上扇哏可孤饭假充脑儿赛的万",是那妇人的男人吃绿林饭,假充窦二墩。这是闲言。却说那彭二虎说:"三哥,你等来的甚好,帮着我把那死尸与房子点着火烧了,咱们大众去到家中议论,替大寨主报仇就是。"马九把房点着烧了,怎见得?有赞为证:

凡引星星之火,今朝降在人间。无情猛烈性炎炎,大厦高楼难占。

滚滚红光照地,忽忽地动天翻。犹如平地火焰山,立时人人忙乱。

窦二墩等见火起来,左右又无邻居救火,他带众人直奔那五里屯。

到了下处,天色已然大亮,见小银枪刘虎与铁算盘胡六、永躲轮回孟不成、一本账何苦来、飞行吴德顺、坏嘎嘎吴大、拐子手胡七混、黑心鬼吕亮、闪电手高奎、金刀将于景龙,一见窦二墩来,大家施礼说:"二寨主来了,里边请坐。"窦二墩见礼已毕,把自己之事对众人言明,题说"要到献县杀官盗库,劫牢反狱,救我哥哥窦成"

之事,说了一遍。那小银枪刘虎闻听,心中一动,暗说:"这件事非同小可,情如叛反,事犯当是灭门之祸。"想罢,说:"二寨主,此事不可轻动,献县城守营官兵不少,我有一个朋友,姓丁名太保,乃是景州定陵人氏,我去请他来,他手下人不少。"窦二墩说:"很好。"刘虎乃是脱身之计。他这一去,永不回头,只到下文书中,连环套盗御马,奉旨拿窦二墩,刘虎与他见面,狭路相逢,被窦二墩所擒。这是后话不题。

　　单说窦二墩等至次日天明也不见刘虎回来,他心中明白,说:"众位寨主,你想想,刘虎这是脱身之计,误多少事。我兄长在缧绁之中,我侄女金莲一个女孩,他如何能执掌事业?我须要早去救他。"遂说:"众位,咱们共有多少位?"笑话崔三瞧有名的二十余位,余下者鸡毛蒜皮、平天转、满天飞这些无知之辈不少,都是打闷棍、套白狼的那些人。白脸狼马九等说:"咱们混进去,在衙门后天仙观住,那庙中道人是我表弟。"群寇大家一同起身。窦二墩要反献县,就在下回书中分解。

第二十四回　浮浪子贪淫惹祸　聚盗寇反狱劫牢

诗曰：

故人天上近何如，白玉堂中足宝书。

烛彻宫莲三鼓后，露溥仙掌九秋初。

江湖政共丹心老，鱼雁全如绿鬓疏。

西北栏杆天咫尺，欲乘黄鹤却踌躇。

话说白脸狼马九，带众人先到了那献县东门外三里沟。到了窦二墩的家内，众家人迎接在前厅落座，家人献茶。窦胜说："众位仁兄与贤弟暂坐，我先到里边见见侄女再作道理。"又派管家窦用先拿去五百两银子，在衙门上下使费。自己又到后边，叫他侄女与奶娘、仆妇人等，收拾细软之物，又派家人预备驮轿车辆。自己又到前边厅上说："列位寨主，大家歇息一夜，明日进城，等在天仙观内会齐。"是日天晚，众人吃了晚饭，窦胜分派三起人前去，"我去进狱见我兄长"，又派马九、崔三

前去杀贪官，轧油墩李四带众人去杀狗子，再劫库作路费之用。这一伙众人均已安派妥当，一夜无话。

次日，家人窦用回来说："奴才探访明白，上下使了三百两银子。大庄主不能受屈，散手散脚，都有禁卒牢头照应。"窦二墩说："知道了。"群寇用完了早饭，大家进城，在天仙观庙内。见住持道张妙修，乃是马九的表弟，预备素斋，群寇用毕饭茶。

窦二墩说："我先要到狱中，等候众位，呼哨一响为号。"大家说："我等随后就到。"窦二墩自己到了献县衙门之内，见了该值的说道："我来瞧窦成大爷，你带我去，我

给你银子二两。"该值的说:"我带你去。"到了狱,叫开门,把禁卒王同叫过来说:"这位他要瞧窦大爷的。"禁卒说:"你贵姓呀?与窦大爷是怎么认识呢?"窦二墩久不在家,也无人认识他,都知江湖中有窦二墩,可不知是窦成之弟。禁卒一问,窦二墩说:"我是他的表弟,也姓窦,你带我进去。"禁卒亦是用过钱的,若有来瞧他的,概不拦阻,说:"你跟我来。"

窦胜到了狱神庙,见他哥哥散手散脚,并无带着刑拘。本来是被屈含冤,又有人托了,本县的少爷他乃是酒色之徒,爱上他的女儿,他要应允,把他女儿给少爷做妾,就算无事,特要使他屈受,他要与官结了亲之时,要报仇,那还惹得起他?故此众人都与他合好,劝他应允。无奈窦成并不应允,禁卒也不敢给他罪受。窦胜一见,跪倒叩头说:"哥哥在此受罪,小弟来迟,多多有罪。"窦成说:"贤弟来了,我正盼想你。"窦二墩说:"兄长放心,弟有主意。"说着掏出了一包银子,约有二十两,说:"禁卒大哥,你拿了去,我给你买一杯茶吃,只求给我二人备一桌酒席,我在此与我大哥坐谈一夜,不知成否?"禁卒王同一见银子,说:"何必费心,今天亦查过狱去了,坐一夜也无妨。"少时送上两盘牛肉、一大壶酒、两盘馒头。王同说:"你们二位喝着罢,我去照应别的事去了。"禁卒去后,窦胜见左右无一人,才说:"大哥,我邀请众绿林英雄,定于三更天来救哥哥,出此龙潭虎穴之中,连我侄女我已派家人预备驮轿,我送你等出古北口,到关外去找陈子清,把侄女叫他娶过门去也好。"窦成点头。二人商议之间,天已初鼓之时。

不言窦胜弟兄饮酒。且说白脸狼马九、笑话崔三这二人,施展飞檐走壁之能,进入衙门里面一看,瞧大堂后边,东西各有跨院,西院中丝弦之声,有唱曲词之人,声音嘹亮。二人暗进了西院中一瞧,北上房是三间,东西各有配房,北房之内灯光闪耀。二人纵身上房,在前房坡使一个夜叉探海之势,借灯光瞧见外间屋内灯光照耀,内有圆桌一张,上有烛台一支,桌上边摆着干鲜果品,各样菜蔬,正位坐着一个少年人,年有二旬,面皮微青,青中透亮,俊品人才,双眉带秀,二目有神,身穿蓝纱小汗褂,官纱中衣,白袜青云鞋。东边坐着两个人,一个三旬光景,又一个二旬以外。西边坐着两个小旦,手拿琵琶、弦子,唱的是马头调。这是门公洪升,他最能奉承少爷,今日他叫的两个小旦,也是奉承大少爷的。两个小旦,一个叫金福,一个叫春来,唱的是《叹烟花·带病的嫖客》《叹十声·从良后悔摔多情》,一嘴疙瘩腔儿,实在好听。那狗子越听越爱听。笑话崔三有心要进去,又怕那人甚多,无奈在外边等候。里边洪升这厮,乃是总办,又是门公,他乃是一个破落户出身,少年不得地,现时得了这个差事。他从烟花中买了一个人,是个从良的,今年二十三岁,生的美貌,与大少爷私通。洪升他借着女人的光,他当这个门公总办。大少爷住在他家,与他女人睡觉,他躲在衙门,佯为不知道,真无廉耻。像这个样,真给跟官的现眼。

书中交代,吃油炒饭,跟官的有三六九等不能一样。有一种官家子弟,学而未成,因家道贫寒,不能出仕做官,托人跟官,借着官力量发财,求取功名,光宗耀祖。这个不叫长随,名叫暂随。有一等做买卖的商贾人等,时衰运蹇,买卖折了资本,不能成作就业,改行托人,谋求一事跟官,得了正事,身在公门中好修行,做些好事,得了正事发财,或再归商贾,或多买田园,教子读书。这个不叫长随,名曰且随。有一等人,自幼贫寒,无力经营,就于官宦之家侍奉主人,如得事之时,安守本分,处正无私,借公门修行。这个是长随。倘若心地一偏,被财所迷,倚势欺人,无恶不作,这等人必遭大报,丧家亡身,皆由此起,也许把本官的功名弄坏了的。还有一等无知之人,游手好闲,不务正业,爱吃爱喝,任性妄为,托人谋了一个跟官之道,方一得事,大肆横行,指官诈骗,小人得志,赖狗生毛,伤天害理,奸诈迭出。这个不叫长随,名曰孽随。还有一等不要廉耻之辈,少年不务正业,长得有几分姿色,投主跟官,殷勤献媚,遇见老爷心好男风,被他迷住,他巧言令色,借官之势招摇诈骗,不管官的前程。遇见老成正直的官府,一见此辈,即速斥退,必不用他;如遇品行不端之人,是必定入他的迷途。或者他有一个好妻室、好姐妹,献与本官做妾,倚着横行。这个不叫长随,名曰肉随,像洪升就是这等人品,书中不表。这是闲言少叙,书归正传。

白脸狼马九、笑话崔三这两个人,见那狗子正在吃酒快乐之时,二人提刀闯进去,一刀一个,把那五个人都杀了。又到后院,把赃官全家杀死。轧油墩李四等大众,与快腿彭二虎、闪电手高奎把银库打开,大家得了银子不少,然后到狱门,呼哨一声。窦二墩与他兄长二人,到了外边,说:"朋友来了。"众寇说:"来了。我等已把狗官的全家都杀了,你我逃走吧!"窦胜把门闯开,大家合伙在一处,往外逃走。此时更夫早已知道,报于本城的武营老爷得知,立时调兵,一拥齐到。窦成兄弟二人,带着群寇,把东门大开,砍死门军四个。到了五里之外,听后边喊声大振,追兵堪可就到。窦宅的驮轿四乘,轿车两辆,大家合伙送出十里之外。群寇说:"二寨主,我等不可跟随出口,你此去,如到了北口外,得了事,千万给我们个信。"窦胜说:

"众位恩兄义弟,你我义气如同青山不改,绿水长流。我要失陪了,他年相见,后会有期。"说罢,自己顺路往古北口去了。到下文书中,归家上坟,在昌平州行刺,正遇彭公北巡,拿英八和尚。这是后话不题。

再表飞镖黄三太,在东郊外见窦二墩已然逃走。大家备酒,给黄三太贺喜。住了一夜,三太方要告辞。忽见外边家人黄用来报说:"老太爷,我在各处访问,才知道你老人家在这里,家中夫人生了公子了。"众英雄齐声叩喜,说:"三哥大喜,今天打了窦二墩,又生贵子,我给他送个名儿,叫他天霸何如?"黄三太说:"甚好,就叫黄天霸罢。"大家贺了一天喜,才各自歇息。次日,李七侯与武成二人,告辞回三河县。李七侯保着彭公升了通州知州,这且不表。

单说黄三太与众人分手,各自回家,自己带着季全、黄用到了家内。回想打窦二墩之事,甚是可怕。又想绿林之中,为贼的都是奇男子大丈夫,不得时暂可借道栖身,终无久享。自己甘老林泉之下,有薄田数顷,也可以教子读书。想罢,叫秦氏拿出一百两银子,把季全叫来说:"季全,这有白银百两,你拿了去吧,自己随便使用,务守本分,我是把江湖之道撇去了。"季全叩了一个头,说:"我去了。"自己海角天涯,每逢三太寿日,必亲身来叩头。

这一日,黄三太在家中闷坐。家人来报说:"外边有一个扬州人,姓何,拿着贺兆熊大爷的信,要面见。"三太说:"叫他进来。"家人领进那个人来,年约十五六岁,生的豹头环眼,粗眉阔目,四方脸,面皮微青,仪表非俗,身穿蓝绉绸皮袄,外罩红青官绸八团龙的马褂,足登白袜云履。见了三太,请了安,说:"老前辈老师,你老人家好哇?弟子我今日有书信相投,乃是飞天鹞子贺兆熊大爷的信。"说着,从怀内掏出来,说:"你老请看。"看内涵:"敬呈义兄黄三太爷文启",书由扬州发,名内详。三太拆开一看,不知上写是何言语,且听下回分解。

第二十五回　隐林泉授徒教子
　　　　　庆生辰又起风波

诗曰：

凤城春报曲江头，上客年年是胜游。

日暖云山当广陌，天清丝管在高楼。

茏葱树色迎仙阁，缥缈花香泛御沟。

桂壁朱门新邸第，汉家恩泽问酂侯。

话说黄三太接过书信一瞧，问那人说："你姓什么？是哪里的人？"那人说："小人我是扬州人氏，父母早丧，跟着叔父度日。我姓何名路通，本年十五岁。只因我爱练武艺，请了几位教师，全是武艺平常。有一位贺大爷，与我叔相契，甚为知心，他说你老人家武艺精通，叫我来投你老人家学些艺业。"黄三太听罢，拆开书信一看，上写着：

字请恩兄大人福安。自拜别后，天南地北各一方。弟至扬州，遇故友何澄，言他侄儿何路通专爱习学武艺，访求名人。弟知兄在家，应有安泰之乐，闲暇无事。弟遣何路通前来叩拜，在台前习学艺业。如蒙允准，则来人幸甚！弟亦幸甚！知己之交，不叙套言。专此，即候合府清吉！并请福安不一。

恩弟贺兆熊顿拜

黄三太看罢说："你既然愿意习学武艺，我就收你做个徒弟。"何路通连忙叩头，拜了八拜，从此就在此处，闲时练些武艺。一住五年，练的有飞檐走壁之能，窃取伶妙之巧，长拳短打无一不通，拜别师父去了。逢年按节，必来给师父叩头。师生二人，意味相投，也甚是好。

光阴迅速，日月如梭。这一年黄三太五十九岁，黄天霸八岁。于正月二十二日，外边门上家人拿进一个拜帖，上写"新授绍兴府知府彭朋"。黄三太叫家人把拜帖拿回，挡驾不敢见，家人出去挡驾。再说那彭公官复原职，拿了武文华，治的三河县人民安业。白马李七侯打窦二墩回头，后来彭公升了南通州知州，后又提升绍兴府知府。彭公念当年指镖借银的好处，特意前来拜望，黄三太挡驾不敢见。彭公回归衙中，遣李七侯送来了京中带来的茶叶、大馉馉，还有各样点心。黄三太接进来，二人见面，叙起当年离别之情。李七侯遂说帮助彭公到处剪恶安民，升得此处的知府，今日特来拜望。黄三太闻听此言，说："贤弟理应如此，才是英雄。倘若被陷非义，与贼何殊？大丈夫处世，必要剪恶安良。愚兄老迈，退守林泉，教子读书，有薄田数顷，可以养膳，吾愿足矣。"李七侯说："黄三兄，你我自山东分手，倏忽几载，光阴荏苒。日月如梭，三哥不减当年威风，五官气色全好。"三太说："托贤弟的福。贤弟你家中还好？"李七侯说："有吾八弟照应家业，倒也平安。嫂嫂与侄儿安好？"黄三太说："承问，你侄儿入学读书，倒也好。"二人谈了一会闲话，黄三太吩咐家人摆上酒菜。二人入座，谈了会心事。用过饭，李七侯告辞回归衙门去了。自此时常往来。

今年黄三太乃是六十整寿，二月初二日的生日，自己知道有几位知己的朋友必来拜寿。今日是正月二十五日，日期临近，早为预备才是。连忙派家人黄用，拿了三百两银子去制办酒席，要上等，高摆海味席，鸡鸭鱼肉都要新鲜的，先定一班戏子。黄用甚为喜悦，接了银子去制办各种物件，找了厨、茶房人等，写了双凤班昆腔。到了正月三十日，外边家人来报说："有季全来给庄主磕头。"黄三太说："好！这季全倒不忘旧，年年必来给我磕头。"说："请进来！"家人去不多时，把季全带到书房之内。三太笑吟吟说："贤侄，你还好？"季全跪于就地说："小侄儿来给三叔叩头。"黄三太说："贤侄起来吧，年年劳驾你前来。"季全说："小侄儿理应磕头。叔父你老人家福如东海，寿比南山，多福多寿多男子。"黄三太说："好一个多福多寿多男子。多承贤侄远来，我先给你接风。"说："来人摆酒，先给你一个下马盅儿。"

二人吃了几盅，有家人来报说："有红旗李煜、凤凰张茂隆二人前来拜寿。"黄三太亲身迎接，出来到了大门外，见二人各拉走马一匹。红旗李煜年过五旬以外，头戴新秋帽，高提梁儿，红缨新鲜，身穿蓝宁绸八团龙狐狸皮的皮袍，外罩红青官绸八团龙的马褂，是狐遣的，足蹬青缎官靴，白净面皮，燕尾髭须，双眉带煞，虎目生光，仪表非俗。凤凰张七即张茂隆，是头戴骚鼠皮官帽，新红缨儿，身穿灰宁绸狐遣的皮袍，外罩蓝宁绸火狐的皮马褂，足蹬青缎官靴。二人一见黄三太迎接出来，连忙请安说："三哥，你老人家好哇！"家人接过马去，黄三太说："有劳二位仁弟远路而来，多受风霜之苦。"张七说："仁兄千秋之辰，理应前来祝寿。"说着进了二门，有北大厅五间,东西各有配房,四个人到了上房之内落座,家人重新摆上酒席。

少时,黄天霸进来给众人见礼。张七一见天霸头戴青缎子小帽,身穿绛紫官绸绵袍,外罩米色宁绸马褂,足蹬青缎官靴,白净面皮,目似春星,两眉斜飞入须,准头端正,唇若涂脂,仪表非俗,俊品人物,举止安详,志气轩昂,给凤凰张七请了安,问七叔好、七婶母好,又问红旗李煜好,又问季全大哥好。季全拉着他的手说:"兄弟,你念的什么书呢?今年几岁?"黄天霸说:"今年八岁,念《诗经》了。"张茂隆连声夸好,说:"三哥,这就是大少爷?"黄三太说:"是你侄儿。"张七说:"果然父是英雄子是豪杰,日后必然光宗耀祖。"四个人吃到初鼓之时,安歇睡觉。

次日,把戏台搭好。早饭后,外边又来了飞天鹞子贺兆熊、濮大勇、武万年三位英雄,还各带自己的儿子,前来给三太爷拜寿。家人接马过去,通禀进去。不多时,里边黄三太同红旗李煜、凤凰张七、神眼季全、少爷黄天霸迎接出来,大家见礼已毕。到了厅房,贺兆熊说:"老仁兄千秋之辰,弟等特来拜寿。自去岁一别,我等在镇江府的城内住了这一载有余。我同濮贤弟、武贤弟把你侄儿带来,给伯父拜寿。"黄三太说:"知己之交,屡蒙厚爱,不远千里而来,实不敢当。"贺兆熊与武、濮三人齐说:"仁兄何必这样太谦,你我结义弟兄,如骨肉一样。俗语说得好,异姓有情非异姓,同胞无义枉同胞。"贺兆熊把儿子贺天保叫过来说:"你给你伯父磕头。"贺天保过来说:"伯父,你老人家好哇!"黄三太一瞧,那贺天保不过十四五岁,头戴骚鼠皮官帽,新红缨儿,身穿紫宁绸的银灰鼠皮袍,外罩米色线绉棉马褂,足蹬青缎官靴,身高四尺以外,白嫩嫩的脸膛儿,黑黪黪的眉毛儿,一双虎目颇有神气,准头丰满,唇若涂脂,俊品人物。黄三太看罢,连说:"好,我这个贤侄儿,举止安详,日后必成大器。"那濮大勇说:"濮天雕过来,见你伯父。"黄三太看濮天雕,约有十二三岁,头大项短,生的虎头燕额,豹头环眼,面皮微黑,黑中透亮,头戴青缎子小帽,身穿蓝绸子皮袄,紫马褂,足登青缎子抓地虎靴子,此子为人粗率,性情暴戾。那武天虬也是这样打扮,青中透蓝的脸膛,他的性情与濮天雕的性情一样,心直口快,性情刚强。

三人见礼已毕,黄天霸又给他三位叔父磕头,大家赞美天霸生得气宇轩昂。今日是与这小四霸天结交的初题。这四个人,惟是黄天霸心地聪明,办事豪爽,性情刚强。那少爷贺天保,是心灵性巧,一见就识,心地忠厚。这小弟兄一见,心投意合。黄三太又从新让座。贺兆熊说:"我等来给仁兄拜寿,请寿星上座,我等拜寿。"李煜、张七齐说："有理。"黄三太推脱不开，无奈同众人到寿堂。

　　拜了寿星已毕，大家来至前厅。方才归座，家人来报说："有铁背熊褚彪，与鱼眼高恒二位爷前来拜寿。"三太迎接进来，大家见礼已毕，叙离别之情。众人把礼单呈上，头张是张茂隆的，上写"折敬纹银贰百两，愚弟张茂隆拜"。又李煜也是寿酒寿烛，折敬贰百两。贺、武、濮三人，也是每人贰百两。大家交了礼，摆上早筵。黄三太告诉家人说："今日我那知己的朋友也全来了，再来的礼物一概不收。"家人答应下去。今日因为庆生辰，惹出一场惊天动地之事来。黄三太北京城劫银鞘，尽在下文书中分解。

图文珍藏版

第二十六回　论英雄激恼黄三太　赌闲气抢劫补平银

诗曰：

窗外虚明雪乍晴，檐前垂柳尽成冰。

长廊瓦垒行行密，晚院风高阵阵增。

玉指乍拈簪尚愧，金阶时坠磬难胜。

晨飧堪醒曹参酒，自恨空肠病不能。

话说黄三太同大众在厅房摆筵，忽见家人手执一个全帖呈上。黄三太用目一观，见上写："折敬纹银贰百两，结义弟郝士洪拜。"黄三太说："郝爷在哪里？"家人说："有郝宅家人送来礼物，言说他主人病症沉重，不能亲来。"黄三太听罢说："众位贤弟，这郝士洪太也不对。去岁他遣人前来，说他身染重病，不能前来，我信以为真，我遣人去问，说他没有什么病。今年又派人前来，断无此理。"遂告家人说："你去到外边，给那家人五两银子的盘费，赏他一顿饭，教他将原礼带回，一概不收。"家人答应下去了。黄三太说："众位贤弟，你等想，这郝士洪去岁他派人来，今年又派人来，他就是病，难道他儿子也有病吗？这明明的是瞧不起我。"大家说："大哥休要生气，今日乃是千秋之喜。论理，他真也不对，都是一拜之朋，他既不来，可以叫他儿子来呀，这个人是眼空自大。"说着，十鼓一击，开了戏啦。这头一出《祝寿》，二出《赐福》，三出《牛头山》。唱的热闹。

吃酒之间，濮大勇说："众位恩兄贤弟，我想光阴似箭，日月如梭，想你我当年结拜，都是二十余岁的英雄，如今数十年来，都成了老头儿了。要论豪杰，在北方还数李煜大哥，你历练的真好，只要红旗一展，无论那路的镖，就要送你几两银子。凤凰张七哥，他所为与黄三哥是一个样，永不须伴，孤身出马，有一千银，尚留三百两，所取贪官污吏，还是济困扶危，周济孝子贤孙，除贪官分文不取。如今黄三哥是洗了手啦！咱们大家一回想，侠义的朋友，死走逃亡，真个不少，也有遭了官司，身受重刑的，死于云阳市上；也有死于英雄之手的。今日大家畅饮，真果是'酒逢知己千杯少,话不投机半句多'。"不知不觉,喝了一个酩酊大醉。

黄三太自己也是带了酒的,他的性情一生服软不伏硬,一听濮大勇夸说别人的盛名,自己的气往上撞,说:"众位,不是我黄某说句大话,想当年我在镖场中,并无遇见对手。头八年前,在德州镖打窦二墩,所做买卖,从来都是单人独骑,并不搭伴,侠义中像我这样的人也很少。"濮大勇是个懈怠鬼,一生爱说懈怠话,他听黄三太之言,他说:"三哥,你说的那话,全不为奇。咱们在豪杰的人,未必豪杰做的事。在旷野荒郊之中,遇见镖车正在走着,咱们一出去,他先害怕,他再知道某处有某等为首,遇见再一威吓他,他岂有不献金银之理,此事不足为奇。能学汉寿亭侯,在百万军中斩颜良、文丑,如探囊取物,方是丈夫。刻下或能到了北京,天子脚底下大邦之地,把当今万岁爷的物件,拿他一两样来;或在户部,把银鞘拿了他的来,那方是真正英雄。要说只在外边逞能,那算什么英雄呢?"他这几句话,说的黄三太哈哈大笑,说:"贤弟,据你说,无人敢往北京去取拿皇上的东西。我要去取了皇上家的东西来,你应该怎么样呢?"濮大勇说:"三哥,你要真把皇上家银两夺来,我就给你磕头。你老人家这么大年岁,依我之见,趁此莫生气。京都城内五府六部,营城司坊,顺天府,都察院,大小无数衙门,护城有兵四十八万,那可不是闹着玩的。咱们这些人,能在旷野荒郊之外无人之处成了,要在那京都城内,那可不成。"黄三太说:"濮贤弟,你休要气我,我若不去,世不为人。"贺兆熊见黄三太怒气添胸,不由己的答话说:"黄三哥,你老人家还不知道他的外号儿,人人称他懈怠鬼,最爱说凑话。咱们这些年的义兄弟,不能不知道他的性气。"黄三太乃是成了名的英雄,一想"众人都在我家,我不能得罪他等"。想罢,把气押了一押,同着大众,吃了一天酒,听了一天戏,大家安歇。

次日一早,众人起来,贺兆熊说:"今日趁着三哥的千秋,叫他小兄弟们结做一个世交。"黄天霸早在这里听见,说:"很好,就是那样罢!"四个人叙了年庚,贺天保十四岁,武天虬十二岁,濮天雕十一岁,黄天霸八岁。四位行了礼,不见黄三太出来,黄天霸带三个哥哥,给父母磕头去。忽见家人黄用说:"众位大爷,不好了!我家老爷今日一黑早,把做买卖的家伙全都拿去,备上黄膘马,他一早不叫小人告诉众位爷知道。"贺、武、濮与张七、李煜、季全、褚彪大家齐说:"不好!这是一定上京都去了。必是昨天濮贤弟你说懈怠话,三哥恼在心中,笑在面上。今日一早,这一赴都去,倘有不测,不但有性命之忧,还有灭门之祸。"

正说着，忽从里院出来家人又说："我家主母现在内厅房请众位进里边去，有话说。"众人跟家人，从北上房的东边有一个便门往北一拐，瞧见北大厅五间，东西各有配房，内里边有院落。众人到了上房之内落座，秦氏夫人在屋内说："众位叔叔安好。昨日拙夫回归内院，我见他怒气不息，一语不发，我也不敢问他。今早他把所用之物带在身边，拉马去了。我一问他，他说十数日才能回来。不知有何事故？"濮大勇一听，说："嫂嫂，我三哥必然是要做买卖去，三五天定然回来。"秦氏说："叔叔，你等都前来与他祝寿，他为何这般无礼，就不辞而行，太不知事务了，这其中定有缘故。"贺兆熊说："嫂嫂不必问，这是昨日我那濮贤弟酒后失言。"就把昨日晚天他二人所说之话，又学说了一遍。秦氏闻听，深知黄三太的性情，暗说不好，连忙说："季全，我给你三十两银子的路费，你骑一匹快马，去赶到京中，探访虚实。你三叔的马日行四百里，你也追不上他，须要打听准信回来，大家方能放心。众叔叔莫走。"大家说："我等不能走的。"

季全追黄三太，暂且按下不表。再说那黄三太，自己一生不服气，为人心高性傲，被濮大勇说了几句玩话，他就恼在心里，暗说："我若不到京都城内做一件出奇之事，也叫那濮大勇耻笑我，他方知道我的本领。"自己骑马，顺大路往京都而行。走在路上，那马不喂干草，净喂小米绿豆，给他黄酒喝，故此这马最雄壮的。一日，黄三太进了彰仪门，心中一想："我若是到户部去拿他的银鞘子，也不容易那里那么凑巧，就有银鞘车来，现现成成的。"正在思想，进了正阳门，见前边有四个骡子，驮着是银鞘，后跟一位解饷官。这乃是一宗补秤的银子，不是正饷，归内库交。只因皇上在海淀畅春园避暑，过了九月九登高之后，他才回来在京办事。这个总管太监在海淀呢，这项银子送到那里去才能交，须出德胜门。他进了东安门一直往北。黄三太跟至沙滩里地方，见四外无人，自己一催马说："呔！莫走啦！留下银两，放你过去，饶你性命。如若不然，定要追你的狗命！"那押饷官看见一个老者把去路截住，要取银子，他不由得冲天大怒说："好一个该死的囚徒！这乃是天子脚下，禁城内地。来人！给我拿住他，交地面官送刑部治罪。"手下人早就往官厅报信去了。不多一时，从那边来了十数个官兵，要拿黄三太。净在下回书中分解。

第二十七回　闻凶信亲赴扬州府
劫圣驾打虎大红门

诗曰：

百二山河重镇雄，金城环绕宛如龙。

南楼势插金冥表，东井光连紫极中。

出演九畴宣帝范，诗歌二雅正皇风。

儒臣进讲思陈戒，敢学扬雄赋汉宫。

话说黄三太截住解饷的官，这解饷官遂令手下人去报信，上官厅调兵。这个时候，黄三太抽出刀来，把那手下人砍散，把解饷官拉下马来，砍了他一刀背，然后自己亦跳下马来，把银匣子取了一个，捎于马后，自己方才上马。那官兵十数名赶来，手拿勾杆子铁尺，说："贼人莫走，我等来也。"黄三太一拍马，那马快如飞去了。他等一转眼，莫说追，连马影也瞧不见了。

众人无奈，把老爷扶起来，才到官厅。今日这位该班的老爷，是步军校纳光，闻听此事，吓了一跳，"若是禀明上司，把我革职，这还了得"。赶紧把解饷的老爷请来，一问是由保定府来，他是二府同知吴秀章，解这一趟银子，回去还有保举呢。纳老爷说："老兄，今日之事，若要禀明上司，他也担不是，我也担不是，你我这小小的前程，全不容易。再者说这件事在禁城内地，会有了响马了，这件事，何人肯信呢？依我之见，你我各赔五百两银子，忍个晦气，也就完了。你也可以保住功名，不日高升；我也不能被地面不清之责。这件事，你我商量。"吴秀章听罢这话，又一想，也甚有理，"嘻"了一声，说："纳老爷，就这样办罢，我也是该当如此。"纳光说："我禀明上司，就说是你的行李失去，被贼人劫抢，内有白银千两，如拿住贼人，如数奉陪。你看如何？"二人计议好了，不必细表。

再说黄三太赶出彰仪门外，住了店，自己歇息了一夜。次日天明起来，用了早饭,算还了店账起身。在路上正遇神眼季全,跳下马来说:"三叔回来了,吓死我也,家中皆不放心。"黄三太说:"贤侄,你快来上马,到家再谈。"叔侄爷儿两个在路无话,快马加鞭,那日到了绍兴府望江岗聚杰村家中。家人接马,黄三太、神眼季全二人到了厅房之内,贺兆熊、武万年、濮大勇、褚彪、李煜、张茂隆、小四霸天贺天保、濮天雕、武天虹、黄天霸大家见礼已毕。黄三太说:"众位,等我心烦了罢?"濮大勇说:"吓死我也! 你今可回来了。"黄三太说:"皆因一言,我走这一趟,也没白去了这半月。我自京都回来,还算快呢。叫家人把我那马上带的那箱子拿来。"家人抬来,放在就地,把箱子打开,里面是白花花的二十个元宝。黄三太说:"濮贤弟,你说愚兄绝不敢在京都拿取银两,你瞧,这是鞘银一匣,就在北京东安门内北沙滩取的。"贺兆熊说:"大哥的盛名远震,哪个不知,就是三江两广的地面,除去兄长,就是我等,还有谁? 咱们濮贤弟,他的外号叫懒怠鬼,那日又多喝了几盅酒,他的言词,兄长何必认真,我给兄长接风掸尘赔罪。自从兄长去后,我等坐不安来睡不宁,虽说吃了饭无事,心中更焦躁。"黄三太说:"众位贤弟都是自己人,我也不是夸口,慢说是要些银两,就是在京都求圣驾索库银,我也敢去。"濮大勇乐的前仰后歪,说:"黄三哥,你这银子是从京中取来的,不是京中取来的,谁也没亲眼见这个事。算我输了,我给你磕头。求圣驾那个东儿,我可不敢赌啊!"说着,遂即叩头,他说:"求圣驾、拿库银这两件事,可不是闹着玩的,那还了得。依着我说,三哥,你说算了罢。你那日走了之后,我嫂嫂也埋怨我,众朋友也埋怨我,我可不敢打赌了。求圣驾犯了案,刨坟灭祖之罪,当着大众,求不求在你,我可不敢管。"

　　黄三太一生心高性傲,一听濮大勇这一席话,怎禁心气不上升? 无奈在自己家中,不能翻脸,压了压气,说:"濮贤弟,你不必用话激我,我再作了那件事,久以后也叫你必知道,不能妄谈是非。"贺兆熊、褚彪连说道:"三哥,大人不见小人过,他那个嘴信口胡说,那还了的! 再者你老人家归隐数年,洗手不做买卖的人了,今年已到花甲之年,要再那么生气,可是不好。三哥哪里也不必去了。"三太说:"二位贤弟,我焉能与他一般见识呢?"贺兆熊与金刀铁背熊褚彪等,大家要告辞走。黄三太说:"众位明日再走,我给众位送行。就把季全留下,我派他到扬州探访鱼莺子何路通的下落。我每年生辰或年节,他必要亲身来的,今年不来,必然有事,我实不放心。"众人闻听三太之言,这才放了心。黄三太从新又治酒筵,与众人饮酒,又谈了一天。至次日,大家告辞去了。

黄三太把诸事办完，拿出二十两银子，派季全探访何路通的下落去了。自己闷坐书房，细想："濮大勇虽然与我拜的弟兄，他那信口胡吹，所说的言辞傲慢我无能。我今年已六十岁，常言说得好：能叫名在人不在。我必再往京都做一件轰轰烈烈之事，留下英名，传于后世。我这一入都中，必须见机而作。"正自思想，家人请用午饭。到了后边，秦氏与天霸全皆等候。老英雄说："天霸，你今日可上学堂吗？"天霸说："上了。"三太说："好，你才八岁，想我扶养你也不容易，只要你到后来勿败了为父之名，我就在九泉之下也甘心。为父一生性情高傲，南北各省皆有名望，久后你要是懒惰，做那下流之事，叫别人说我黄三太做事遭了报应，孩儿，你要争一口气，总要立志，光宗耀祖，显达门庭。"黄天霸虽然年幼，是最精明，一听他父亲所说之言，他连连答应说："孩儿必然争这口气，要想名登虎榜，要得显耀门庭的。"黄三太听罢很乐。

话不紧烦。过了几日，季全自扬州回来，说鱼莺子何路通在家卧病不起，不省人事。黄三太闻听此言，甚不放心，遂叫季全归家，自己带了黄用，骑了两匹马，到了扬州何路通的门首。家人叫门，里边出来一个家人，名叫何福，他说："谁呀？"黄用说："我们是绍兴府望江岗聚杰村的，姓黄，来找何路通。"家人听说，知道是他主人的师父来了，连忙说："老太爷请进来吧。我家主人病症方好，不能出来迎接。"黄三太下马，把马交给家人，跟何福进内。在北上房东里间屋内，何路通连忙起来说："师父，你老人家好哇！弟子却不能行礼，望师父恕罪。"三太说："我在家中，听说你病，我甚不放心。不知你的病是因何而得？"何路通"嗐"了一声，说："老师，我一生也是性傲，只因我叔父、婶母故去，我一伤惨，想我孤苦伶仃一个人，至亲父母早丧，又无亲故，哪是我知疼着热之人？因此我越想越惨，又无三兄四弟，也无骨肉至亲，就剩我一人，因此食水不调，得了病。多亏吕先生给我治好，今已好了八成了。又蒙老师怜爱，不远千里而来，我实感激不尽。"黄三太给他留下了五十两纹银，自己说："贤契，你好好的养病罢！我要走了。你好了，到我家散散心。如有什么事遣人给我一个信。"说罢，带黄用离了扬州。

天气正在三春，桃柳争春，杏花开放，春风拂拂，柳条袅袅，更闻燕语莺歌。黄三太主仆二人，天有正午，到了一座村镇，路西里又有一座饭店。二人下马，把马拴于门前，有人看守。二人一进这饭铺，见里边也干净，北边桌上，有三个人在那里闲坐吃茶，是一差二解，那项藏铁链之人，生的凶眉恶眼，怪肉横生，黄脸面，连鬓络腮胡髭儿,身穿紫花布裤褂,青鞋白袜,说话是北京的口音。黄三太是要访问圣驾多时出门,自己要求皇上一点物件,要响响名,一听那个人是北京口音,站起身来到了那边,要访圣驾出门的日期。劫圣驾镖打猛虎,即在下回分解。

第二十八回　招商店访得实信　求圣驾打虎成名

诗曰：

隐隐旌旗飚落晖，方山遥望锦城围。

平芜一带香尘合，知是诸王射猎归。

话说黄三太站起身来，走至那罪犯跟前说："朋友，你是京都人，身犯何罪？我领教领教。"那人见黄三太一片至诚，连忙答言说："在下是姓金行六，别号叫大力，因在善朴营当差，秋围未派上我差事，我在前门外月明楼听戏，打死著名的匪棍陶金让，替众人除害，把我发在这里充军。"若论这个人，乃是正蓝旗汉军敖海佐领下的旗人，当乌可慎马甲，名金大力。下文在《施公案》上，保了施公在扬州拿过无数盗犯，这是后话不题。单说那黄三太问那金六说："今年还有围差没有？"金六说："这是二月二十八、三月十六打南苑的春围。"黄三太说："劳驾了。"自己吃了饭，叫黄用："你先回家去吧，我要访几个朋友去呢。"黄用答应去了。

黄三太自己在路上，无话。那一日到了京都，住在永定门外德隆店内。小二见黄三太身穿官服，年约六十，认者是一位当差的。此时三月初旬，那永定门外正是步营垫道，净水泼街，黄土垫道，按段都是步军校专管。那些兵丁人等，也有往各处吃酒的，也有在一处赌钱的，等等不一。黄三太问店内的伙计："当今万岁爷几时出京？"小伙计说："三月初十日黎明一定出城，全派好了。你等着瞧这个热闹。"自己要了酒菜饭，吃罢多时，天有初鼓，自己倒犯了难了，心中说："我想当今皇上这一出京，必然是有贝子贝勒、王公大臣护驾，御林军、前锋营上虞备用，无数随驾人员。我一个人要求圣驾，那时间准被获遭擒，落一个反叛刺客，我算什么人物？人要做事，必要轰轰烈烈，方是英雄。我必要见机而作，瞧事做事。"想罢安歇，一连住了几天。

这一日，到初九日，黄三太怕万岁夜内过去，自己到初鼓算了店账，把马拉出店去。他一瞧，一条火龙相似，道上人烟不断。黄三太也是身穿官衣，龙蛇混杂，那些当差之人,各衙门都有,他哪里认的出来呢? 黄三太本来长得不庸俗,头戴新小呢秋官帽,身穿蓝绸夹袍,腰束丝带,外罩红青宁绸夹马褂,足登青缎靴子,面皮微红,红中透黄,一部银髯,根根似线。也无人盘问,他拉着马来回走了几趟。天有四更时候,不见圣驾到来。

话说当今仁圣皇帝康熙老佛爷,这日传旨,带着宗亲王位、贝子贝勒、王公大臣,打南苑围杀猛虎。我大清本来初定鼎,河清海晏,五谷丰登,按春秋打围演武。这日,当今老佛爷不坐辇,不坐轿,单骑逍遥马。那匹马是边北克勒亲王孝敬的,其色皆白,浑身并无杂毛儿,四蹄走动如飞。皇上骑马,头前有前引大臣、护驾大臣,出了永定门。康熙爷有旨,不准拦人。那些军民百姓人等,都是起早跪于道旁,瞧看皇上。当今圣主在逍遥马上,一瞧那城外桃红柳绿,又是一番新气象,郊围麦苗,一色新,天气清和,惠风送暖,野花生香。康熙爷在马上说:"王希,朕今春这个景况,准是五谷丰登。"宰相王希回奏说:"托我主的洪福,皇王有道家家乐,天地无私处处同。"

君臣正然讲话,离大红门不远,忽听前边一片声喧,说:"有了虎啦!"把护驾的王大臣吓了一跳,说:"这还了得!"怕惊了驾,何人担得起? 正在着急。这里又不是山川之地,哪里来的虎? 这是我大清自定鼎以来有例的,每逢春秋,皇上两次围差,先传下令来在南苑打虎,那些个海户当差之人,从口外用钱买来,放在木笼内养着,好伺候差事。这一只虎是二月来的,野性未退,今天从笼内跑出来,顺道出了大红门,把那些管虎的海户兵丁,吓得魂飞胆战,连忙拿兵刃追下来,他等如何追得上。那虎一出大红门,正遇前引大臣等,连忙说:"打!"这里一乱,康熙爷问大臣说:"乱的什么?"有当差的回明大人王希,王希奏明皇上。康熙爷乃是一位佛心的人,一听此言,说:"速传朕旨,勿论军民人等,只管把虎打,朕还有赏,恐伤了人。"

这圣旨往下一传,那些当差之人一片声喧,早惊动了飞镖黄三太。他在大红门正候圣驾,忽然从南苑内蹿出一只虎来。又听传旨,他加鞭飞马,闯进了外围子,说:"你等闪开,打虎的来了!"那只虎见人多,正在无处逃走之际,忽听对面有人喊他,虎也是扣了食啦,竟扑三太而来。黄三太望对面一看,那只虎好生的厉害。怎见的? 有赞为证:

头大耳圆尾巴摇,浑身锦绣是难描。

樵夫一见胆吓破,牧童闻声魂皆消。

国学经典文库

中国公案小说

·彭公案·

图文珍藏版

长在深山谁争力,众兽丛中任咆哮。

山君未曾令人怕,眈眈之视壮自娇。

黄三太看罢,伸手把迎门三不过的飞镖掏出来两支,照定那虎就是一下,正中在那虎的左肋之上。那虎大啸一声,竟奔三太而来,被三太又是一镖,打在前胸,登时身死。

众当差人先报于宰相王希,王希奏明圣上,圣上传旨,命打虎之人前来召见。那康熙老佛爷乃是马上皇帝,并不胆小,却要见打虎之人。那当差人等闪开,老佛爷远远见有一老头儿,威风凛凛,煞气腾腾,跳下马来,站于就地,先把肋下佩的刀解下来,扔于就地,自己来至马前跪下,膝行几步说:"小民黄三太,叩见万岁万万岁!"康熙老佛爷看黄三太年到花甲,还有这等本领,真乃英雄也,开金口说:"你是哪里人氏?来此何干?据实说来。"黄三太连连叩头:"求万岁赦民死罪,我才敢明白回奏。"康熙爷说:"赦你无罪,只管实说。"那黄三太磕了一个头说:"小民是原籍福建台湾永和乡的人氏,寄居绍兴,练的一身武艺,保镖营生。虽说身归绿林中为寇,不劫商客,单劫贪官污吏、痞棍势豪,得了银子不乱用,周济孝子贤孙。前数年洗手,不营此业。今因民六十生辰之日,有昔年结拜的朋友濮大勇,酒后他说我年迈无能,要在北京天子脚下,做一件惊天动地之事,才算英雄。小人因一时气怒不平,我来到京都,正遇万岁爷行围打猎,遵旨打死猛虎,不敢求赏,只求万岁爷赐民一点物件,成我之名,民死在九泉之下,也感念万岁爷的皇恩浩荡。"当今老佛爷听罢此言,龙心大悦,又看黄三太年老,既然是洗手的豪杰,皇上随身又不带零碎,一回身将所穿的黄马褂脱下来,说:"黄三太,我赐你此物回家,务本成名守分,念你打虎救驾之功,去吧!"黄三太磕了个头说:"吾皇万岁万万岁!"接过来,自己回到那黄骠马边,临近拾起刀来,飞身上马,晓行夜住。那日到了家中,把黄马褂供于佛堂之内,晨昏烧香,无事教黄天霸白日入学读书,夜晚练武,练的长拳短打,刀枪棍棒,三支飞镖甩头一支,无所不通。这且不表。

那日康熙老佛爷给了他黄马褂,轰动京都,人人知晓这件事,自古未有之事。京都城内,喜欢了一位洗手不做的飞天豹武七达子。他自从黄三太镖打窦二墩之后,见李七侯是跟了彭公当看家护院的镖手去了,他揣知仕途有味,自己到京都,在达木苏王府充当差事几年,王爷甚喜欢他,即放了他二等侍卫,在府中管事。还有两朋友汤梦龙、何瑞生,这两个当了提督衙门的大班,办案拿贼。这一日,武七达子正闷坐书房，下班无事，想要出南城听戏，忽见家人来报说："外边有京东乐亭县赛毛遂杨香武来拜。"武成闻听，连忙往外迎接。心中说："我这个兄长有三载未见，我等金兰之交。"想着，来至大门，看见杨香武身穿蓝细布大褂，白袜青鞋，面皮微黄，似有若无的两道眉毛，两只圆眼睛溜溜乱转，神光朔朔，高鼻梁，薄片嘴，微有几根胡子，上头七根，下边八根，说话声音洪亮。见武七达子从里边出来，他就说："贤弟，你好哇，久违，久违！"武七达子说："大哥，你我有三载总未会面，不想今朝到此相遇。我正要出南城听戏，兄长来了甚好。"说着请了安，乐嘻嘻的。

二人到了书房内落座，家人献茶。武七达子说："大哥，你往哪里去了？三载并无往我这里来。"杨香武说："我在山东、河南住了三年，忽然想起往京都看看老弟。想你我昔年在英壮之时，大家在山东德州李家店镖打窦二墩。倏忽数载，旧日宾朋大半不在的多了，真正是不堪回首忆当年。昨朝我方到京中，在南城住店访问，才知你移武宁侯胡同这里住。我也想着与你谈谈心，这京中就是你与何贤弟、汤贤弟。他二人我听说充当内大班，办案差事很红。"武成说："兄长必然是未吃早饭，吩咐厨下备酒，先给兄长接风。昨夜晚灯花连连结蕊，就应恩兄虎驾降临。"杨香武是一个心性爽快的人，见武成这样的厚爱，自己也甚实诚，随说："并未用饭。"少时家人摆上杯箸，把酒送上来。武成先给他斟了一盅，自己也斟一盅，二人落座吃酒，说些闲话。武成说："杨大哥，要说豪杰中人物，我就信服一个人，此人乃是南霸天黄三太。昨日在后门内沙滩，放响马劫了银鞘，你想何等英雄？有人说所骑黄马，年有六旬，我知道并无别人。"杨香武说："那也不算出奇。这京都是有王法的地方，反无王法了？外州府县的衙役，全都会武艺，可以办案。这京都之内，无有什么人管这闲事。"武成说："杨大哥，我还有几句话，说给你听了，自然佩服。"武成说这几句话，激起杨香武一盗九龙杯，即在下回分解。

第二十九回 飞天豹斟酒论英雄
杨香武头盗九龙杯

诗曰：

禁里秋光似水清，林烟池影共离形。

暂移黄阁只三载，却望紫垣都数程。

满座清风天子送，随车甘露郡人迎。

绮霞阁上诗题在，从此还应有颂声。

话说武七达子在书房之内，摆酒与杨香武二人谈心，情投意合，提起义侠英雄来，武成说："就是黄三太，先在沙滩放响马，后来在北海子大红门镖打猛虎，当今万岁爷见喜，钦赐八宝的团龙黄马褂，天下扬名，有一无二，你说咱们豪杰中，真算第一人！"杨香武说："真好！黄三哥六十岁的人，做此绝古别今之事，我杨香武实在佩服。武贤弟，并非愚兄我夸口，三日之内，在此做一件事，叫你定然知道。"武成说："仁兄休要取笑，这京都禁地，能人过多，再者兄长四旬有余之人，老不讲筋骨为能，英雄出于少年，我乃金石之言，望兄长请要三思而后行。"杨香武说："贤弟之言是也。少时用完了饭，我还要看看汤梦龙、何瑞生二位贤弟呢。你给我十两纹银，我还买些物件。"飞天豹武七达子连忙叫家人取了十两纹银，说："兄长，不够只管说。"杨香武说："使不了。"二人用饭毕，杨香武说："贤弟，今日正当暑热之际，不知万岁爷在哪里避暑？"飞天豹武七达子说："现今皇上在京西海淀，离城十二里地，有一座畅春园，在那里避暑，每年五月节后即去。凡一切公事，军机大臣全在那里办事。过了九月九日登高之后，方能进城啦。"杨香武听罢，说："是了。"武成说着无心，杨香武听着有意，站起身来告辞说："贤弟，明日再见，我到后门外去看汤、何二位去。"武成送至门外。

杨香武出了西直门，过了高亮桥，顺着石头道，到了海淀。一见那街市之上，人烟稠密，买卖兴隆。顺着泄水湖，往南到了龙凤桥，见西边往南路西，有一座清茶馆，门首贴着黄纸报子，上写："本馆于本月初一日，准演赵太和《隋唐全传》。"杨香武一看，天有过午之时，自己也渴了，也不知万岁爷现在哪里，无奈进去喝碗茶再说。自己进去，坐在一张茶桌儿上，跑堂的拿过茶壶来，连茶叶一同给杨香武。杨香武把茶叶放在壶内，跑堂的泡了一壶开水。杨香武见那喝茶的人，全是太府宫官，只听有一个太监说："先生该开书了，天不早啦！我今日晚半天还有差事。主子今日晚膳在畅春阁，有边北蒙古克勒亲王进献《八骏马图》，主子许要传着我。昨日听了你的《临潼山救驾》，今日该说《当锏卖马》了。你快说，我听几回就走。"说着掏出一个靴掖来，拿出一张十吊钱的票子，给了说书的先生。那先生上场，道了词句，开了正传，说的甚热闹。杨香武听了两回，见那太监起来走了，他就跟随在后边，到了西口外，就有账房了。那该班的兵见杨香武不是本处的打扮，说："别往里走啦，再走锁上你。"杨香武急回来，望各处细看，见西边有畅春园的围墙，心想："我今天要身入险地，万一我得点皇上心爱的物件，我要叫天下英雄知道有我赛毛遂杨香武这个人。"想罢回来，在各处散逛。

日色平夕，用了晚饭，至黄昏后，在无人之处，把长大衣服脱下来，包在小包袱内，随手从兜囊中取出罩头帽，把辫子盘在里边，身穿小裤褂，腰系搭包，抱单刀用绒绳拴于背后，拧好了押把簧，头带百宝囊，里边有十三太保的钥匙，无论什么锁，全都开的开，内有鸡鸣五鼓返魂香的小铜牛儿，千里火，白蜡拈。自己把衣包斜插式拯于腰间，翻身上房，蹿房越脊，过了几重院子，跳在就地。走至畅春园的东界墙，把身一伏，还了一口气，飞身上墙，瞧见里边楼台殿阁，各处灯火之光照耀如同白昼一般。在各处上窃听，听到一处里边说："定了更，传了口号下来，伺候巡查，咱们大家别误了差事。"杨香武想："这时候还早呢，这是外边当差的。"又进了几层院落，细瞧正北一座大殿，东西各有配房，里边全有灯光。惟这南边灯光甚大，当差的人无数。这东屋有人说话，好像太监之声，内有一人说："咱们把灯全点上罢，少时就要出来了。"杨香武听罢，一转身到了那北大殿内，观看北边有屏风，还通后边，屏风前有一把闹龙椅，上罩黄缎子罩，椅子前有龙书案，房上垂下来四个珠子灯，内点白蜡。杨香武一看，那屋内各样陈设不少。

正然观看，忽听外边有脚步之声，随即将身扒在就地，蹿入椅子底下。只见对对宫灯引路，进来了当今万岁爷，就在椅子上落座。有侍御太监魏珠、李玉、张福、梁九公四个太监，先把桌儿上收拾干净，摆上各种菜蔬。有魏珠拿过一个匣子来，取了一支白玉杯来。此杯一半天产，一半人工，玲珑细巧，上有九条龙，乃是当今康熙老佛爷心爱之物。放在桌上,梁九公斟上一杯酒,放在桌儿上,康熙爷饮了一口。外边侍御人等不少,谁也不知椅子底下有这个贼。杨香武也是战战兢兢的,好像偷油吃的鼠儿一般,一声也不敢言语,连大气全不敢出。

皇上饮了几杯酒,说:"梁九公!"下边答应:"呵哈,伺候!""吩咐把克勒亲王进的《八骏马图》,呈上我看。"梁九公下去,早有宫人把宫灯高挑,少时把那轴画接过来,打开一看。康熙爷离了宝座,站在东边,宫官把画在西边挑着,头前两边点的灯烛辉耀。康熙爷观瞧:头一匹马名为赤兔,乃三国吕布所骑,后来吕布被擒,此马归于曹操。关寿亭侯被困曹营,曹操赠赤兔马;因为此马,关公给曹操下了一拜,真乃千里龙驹也。又看第二匹,是一匹黄骠马,当年驮过秦琼,在潼关内三挡老杨林,潼关外九战魏文通,走马取金堤,皆此马之力,真好马。又看第三匹,乃是赤炭火龙驹,残唐之时李存孝所骑,过黄河战黄巢,破了四十八万番汉兵,连破七十二座连环阵,十八骑人马杀入长安,皆此马之力。康熙爷正观古画,先有宰相王希因皇上夜晚饮酒,他作了一首诗,恭颂康熙佛爷的好处,上写诗曰:

> 大帝皇王罩帝京,天产英列圣主聪。
>
> 夜饮千杯不知醉,胸藏万卷书无穷。
>
> 要观古画与器皿,常怀施济万民生。
>
> 尧舜之治今又复,恩覃草野属大清。

这是说皇上的好处。那皇上只顾看画,那些太府宫官全听皇上讲说此画。那赛毛遂杨香武见众人全皆看画,他一伸手把那九龙玉杯拿到手中,还有皇上剩的半杯酒,他也喝了,摄足蹑踪的,慢慢溜至后边,顺着屏门出去,得意扬扬,窜至房上,出了畅春园。

到了无人之处,换了衣服,施展飞檐走壁之能、陆地飞腾之法,一直到了西直门。天色大亮,找了一个小酒铺儿,喝了一壶酒。歇息歇息,进了城,到那武宁侯胡同武成的门首。家人认识是主人的好友,连忙说:"杨大爷回来了,请罢!我去通禀一声。"杨香武说:"不用通禀,我跟你进去就是。"到了二门,进去是北房五间,东西各有配房三间,来至书房之内落座。武七达子正在北房之内闷坐,正想杨大哥为何还不回来呢?正在思索之际,忽见杨香武已然进来,连忙向前说:"大哥从哪里来?"杨香武说:"贤弟,你把左右家人退去,我有话说。"武成说:"你们出去吧!大哥有话请讲。"赛毛遂杨香武说:"贤弟,愚兄我昨日走了,并没去看汤梦龙、何瑞生,我到了海淀畅春园,正遇康熙爷夜筵,我暗进畅春阁,偷了来皇上的九龙玉杯。"说着伸手从怀中掏出来,递与武七达子。武成一看,连忙站起身来说:"我昨日是无心之话,激恼了兄长,盗此九龙玉杯,真乃第一豪杰。我从此看豪杰中朋友,就佩服你兄弟二人,一明一暗。"说着话,给杨五爷请了安。杨香武说:"贤弟说哪里话?愚兄一时忿气,略施小技,何足为奇。"说着,二人饮酒。杨香武说:"贤弟,我要到绍兴府去会会黄三太。我与他题说此事,他必然知晓,也叫他知道天下还有一个杨香武。"武七达子说:"兄长何必如此,日后兄弟也有见面之日,如见面之时,那时必然题说此事。"杨香武说:"贤弟,吾意已决,非去不可。"武七达子说:"兄长要去,也须在此多住几日。"杨香武点首不言,二人饮酒谈心。

却说皇上康熙爷看罢了《八骏马图》自己归坐饮酒,不见了九龙玉杯,勃然大怒。不知后事如何,且听下回分解。

第三十回　丢玉杯捉拿黄三太
闻凶信自投府衙中

诗曰：

都门秋色满旌旗，祖账容陪醉御卮。

功业迥高嘉祐末，精神如破贝州时。

匣中宝剑腾霜锷，海上仙桃压露枝。

昨日更闻保诏下，别看名如入画彝。

话说康熙老佛爷归座，太府宫官把《画马图》拿下去，圣主要饮酒，不见那九龙玉杯，心中想："必是当差人等小心谨慎，怕的是搕碰了，拿起去了。"康熙爷说："啊哈，看酒！"李五与魏珠二人要斟酒，不见了九龙玉杯，吓得梁九公等战战兢兢，连忙跪下说："奴才等只贪听讲《八骏马图》，不知九龙玉杯哪里去了？"康熙爷听罢此言，勃然大怒说："何人拿去？搜来！"梁九公下来，往各处一搜，并无踪影。康熙爷传旨说："朕寝宫禁地，能有贼人来，必是尔等自不小心。吩咐侍卫人等，各处搜查明白，明日回奏。"

梁九公遵旨，到了外边传旨说："圣上有旨，着尔等严加搜查，内里丢了九龙玉杯，找着明日回奏。"这道旨意一下，把内厅该班的专达依都章京、莫云章京，个个胆战心惊，说："此事不好！这必是里头太府宫官惹的祸，咱们微末的差事，哪里担的了这个考程。轻者降级罚俸，重者革去前程。"那各门上当值的人，无论是谁，一概搜查，只闹到天色大亮，并无一点下落，大家无法。里边传出旨意，在安乐亭办事。这军机大臣有中堂王希，裕亲王，贝子贝勒，朝郎驸马，九卿四相，翰詹科道各官，全皆伺候。

少时，康熙爷升了安乐亭，传旨王希见驾。军机大臣王中堂行了三叩九拜之礼。当今圣主说："朕昨日在畅春阁夜筵，失去九龙玉杯，他等值班人并不认真办理，实属不成事体。"王希口称："万岁！臣有本，面奏此事，内里值班的人是那一个？派他查明回奏。"康熙爷说："是梁九公，他已在各处搜查，今早回奏，九龙玉杯不见下落,宝座之下有人扒的印迹。"王希听罢:"据臣想,这个贼必是飞檐走壁的人。皆因我主万岁皇恩浩荡,今春在北海子大红门打虎,遇见那黄三太打了猛虎,我主赏了他黄马褂,他必是回家对着那绿林贼人,夸自己之能。有那不知世务的贼人,他前来必是暗进皇宫,偷我主的九龙玉杯。依臣愚见,我主传旨,先拿黄三太到来,问他得了黄马褂回家,对绿林什么人说来,可以追本穷源,必得盗杯之贼。如拿住这个盗杯之贼,连黄三太一并斩首,并将他所有的巢穴尽行查抄,以绝后患。若要不然,恐贼人肆行无忌,还恐有人再来盗我主别的物件。"康熙爷闻听王希所奏有理,说:"王希,这黄三太要是回家并未对众寇题说,该当如何办法?"王希奏道:"我主见机而作。"那些该班人等,闻听中堂王希所奏,大家口念真佛说:"救了我们多少人!"当今圣主传旨,谕都察院五城御史并提督衙门,以及顺天府、各省督抚,捉拿盗犯黄三太,锁拿来京,交刑部审问,讯明回奏。这道旨意一传,立刻发钞,康熙爷散朝回宫去了。

这天下督抚提镇,行文于该管之处。这个火牌文书,到了浙江绍兴府。绍兴府知府,那位老爷姓彭名朋,字友仁,出任做过三河县,屡次高升到了绍兴府,作了几年,大有政声,上司保了"卓异",此时已钦加布政使衔,遇缺提升按察使,候补道,特授绍兴府正堂。一接这个火牌,连忙到了书房内,把管家彭兴儿叫过来说:"兴儿,你去把李壮士给请来。"彭兴答应出去,把李七侯请来。李七侯来至书房说:"恩官呼唤,有何吩咐?"彭公说:"壮士,请坐。"李七侯告座。彭公说:"今有上宪行文一件文书,在各府州县捉拿黄三太。我想黄三太乃是英雄义士,自本府在三河县任内时,多蒙他护助。自我到任本地,并无盗案。他也无事不往我衙门来往,真乃品行端方的人。此事我想该怎样办理?"李七侯说:"恩官,这件事据我想,黄三太一个草民,如何犯了天颜? 这事我与他是朋友,老爷只管按公事办理。黄三太乃是当时有名的人物,他要知信,必然亲身前来身投,万不能海角天涯逃走。还有一件,老爷要送人情,也急速与他送个信,让他逃走了;老爷要按公事办,也急速派人拿他来,恐其日久生变,倒不好办啦。"彭公为人精明忠正,听了李七侯之言,倒为了难啦:"为人臣者,忠则尽命也,要量事而行。莫若我修书信一封,命李七侯给黄三太送去,叫他远遁他乡,隐姓埋名,我再送他路费二百两纹银。"想罢,忽见外边长随进来说:"回禀老爷,外边有黄三太求见。"彭公听罢一愣,半晌无语。想罢,说:"请他进来。"

再说黄三太自得了黄马褂，他在家中每日教那黄天霸练那各样武艺。这日，正在上房与夫人秦氏说话，说："贤妻，我想人生在世上，仿佛一场春梦。像我这样人，一生不伏人的性情，就算不好，只知有己，不知有人。也是天缘凑巧，我在大红门打了猛虎，留下这一点英名传留后世，日后叫我儿黄天霸趾着我的脚迹儿行，不可弱了我的英名。"秦氏说："这孩子也很好。"夫妇正然讲话，忽然家人来报说："外边有神眼季全要见庄主，有机密大事相商。"黄三太说："请他进来。"家人出去，带季全从外边进来，也顾不得叩头，说："三叔，你老人家大祸临身！小侄探听明白，现今各府州县画影图形，捉拿你老人家，趁此快逃走吧！"秦氏听罢，吓得面皮发黄。那黄三太说："贤侄，不知所因何故拿我？"季全说："不知道所因何故。"黄三太说："是了，我自得了黄马褂，供于佛堂，并未作犯法之事，这必是因黄马褂的事。我要是不到当官，恐贻笑与人，莫若我去，看万岁爷应该把我怎么样办法？"想罢，说："季全，我今年已经六十岁的人了，我疼你及天霸。你跟我到京都，见了刑部堂官，他必然追问，我据实说。要是康熙老佛爷开恩，释放我回家，一家骨肉团圆。若要圣上见罪，把我杀了，你把我的尸首灵骨，带回绍兴府来就是了。"季全听了此言，心中不由得伤惨，落下几点泪来，说："三叔，何必说这不吉祥的话？"秦氏说："依我拙见，总是不去为上策。"黄三太说："胡说！快拿四封银子给季全，你跟我先到绍兴府衙门，然后再说。"

秦氏给了季全四封银子，黄三太带季全到了绍兴府官署外，说："季全，你在一旁暗探消息，不必跟我来。"自己到了班房，说："今天是那位值日？"壮头何振邦说："我该班。黄三爷，你老人家来此何干？"黄三太说："你通禀一声，就说我求见老爷。"何班头立时到了门上，见了长随彭旺，说："外边有黄三太求见大人。"彭旺也知道大人认识黄三太，连忙到书房内说："禀老爷，外边有黄三太求见。"彭公闻听，心中说："这黄三太来此甚好，我周济他几百两纹银的程仪，叫他逃命去吧。"那李七侯也知道彭公要报前恩，连忙迎出去，给黄三太请了安，说："老仁兄好哇！这是从哪里来？"黄三太说："贤弟，我的事你定然知道，想彭大人与我都是故人，免的费事，我自投案前来。"李七侯听罢，暗暗信服，黄三太果然名不虚传，真英雄也。带至西院北上房书房之内，说："这就是大人。"

黄三太只闻名，并未见过彭公。今日一看，果然是品貌不俗。彭公年约五十以外，身高七尺，面如满月，眉分八彩，目如朗星，准头端正，四方口，沿口黑胡须，漆黑透亮,身穿灰宁绸二则龙的单袍儿,腰系凉带,带着扇套槟榔荷包全分活计,足登官靴,头上未戴官帽,天生福相。黄三太看罢,请了安,说:"大人好?小民给大人请安。"彭公见黄三太虽然年迈,精神百倍,五官不俗,连忙站起身来,说:"老壮士乃英烈之人,我久仰大名,今幸相会,实三生之幸。前者多蒙厚爱,借仗威力,得有今日,我心中实实感佩,老壮士请坐讲话。"黄三太说:"老大人乃本处父母官,犯人天胆不敢与大人对座。"彭公说:"老壮士,你我慕名久矣,何必太谦。"黄三太见彭公一番恭敬,自己在下边落座,说:"小民有罪了。"彭公说:"老壮士,今日来此何干?"黄三太说:"大人必见着文书了。康熙老佛爷各处拿贼,不知所犯何罪? 我今来此,求大人把我解送京中,听旨发落。"彭公说:"老壮士,你做的事本府一概不知,你可从实说说。"黄三太就把沙滩劫银鞘,北海子大红门镖打猛虎,当今皇上赦罪,赏赐了一件黄马褂,"大概许为这件事,我也未做过别的事故,俟到京都就知道了。"彭公说:"老壮士若不愿意打官司,我就放你逃走;你要打官司呢,我行文于上司,再候旨意。"黄三太说:"我候旨意打官司就是了。"彭公赏了一桌席在客厅,派李七侯相陪。二人到了客厅之内,又叫人把季全叫进来,叫他回家送信,叫家内放心,自己在衙门住着等候公文,季全也都在李七侯的房内住。

彭公遂将黄三太投案的文,行于抚衙。那抚台是纳清河,奏明皇上,谕下,着绍兴府知府彭朋押解来京,交刑部严刑审讯,钦派刑部尚书杜荣、都察院左都御史王鸿奎、吏部尚书王希审明回奏。彭公接了文书,正要进京引见,并想归家探望亲友。这才收拾,择日起身,带彭兴、彭旺、黄三太、李七侯、季全等,把本处的土物带了些回京送人。办了文书,本府的案件均付二府护理。黄三太这一入都,不知吉凶如何,且听下回分解。

第三十一回　黄三太刑部投审　蒙圣恩赏假寻杯

诗曰：

有有无无且奈烦，劳劳碌碌几时闲。

人心曲曲湾湾水，世事重重叠叠山。

古古今今多变改，生生死死有循环。

将将就就随时过，苦苦甜甜命多般。

话说彭公携带仆从人等，同李七侯押解黄三太入都，季全跟随，一路散放，并不身带刑具。由绍兴府坐船，在船上景况，无甚可表。那日到了通州下船，雇车进了齐化门，到了东单牌楼金鱼胡同。彭公在庙内打的公馆，次日到刑部投文，又派兴儿给黄三太在刑部内下边打点好了。当日司务厅点名，把黄三太收了寄监。有刑部南所的牢头是打带值的飞天抓苗五，乃是东路的响马，认识黄三太，听说收在他这屋内。黄三太此时是手铐脚镣全刑，还有季全与彭兴上下通融，花费了二百两纹银。黄三太进到南所，瞧那些受罪之人不少。飞天抓苗五秃子早已叫来一桌酒席，给黄三太压惊。黄三太到了内所，苗五秃子过来说："三哥，认识我苗五秃子不认识？"黄三太见说："五弟，你也在这里，是为什么案？"苗五说："是因在香河县路劫案，刘逸把我拉出来，他等全出去了；我打了带值，四年得了本所的当家的。哥哥这里来，把家伙给下了。"在屋内二人吃酒，遂问黄三太因何到此。别的话不可重叙，黄三太就把所做的事说了一遍。苗五秃子把秃脑袋一拍说："罢了，还是三哥的英雄，我真佩服。"

今不言黄三太在刑部。再说这奉旨派的钦差吏部尚书王希、刑部尚书杜荣、都察院左都御史王鸿奎，是日三人会议，在刑部大堂坐堂，立时把黄三太提出来，跪于堂下。杜荣说："你叫黄三太？"黄三太答应说："是。"杜荣说："你在大红门得了当今万岁爷的黄马褂子，是同着哪个盗寇提说？你必要显显你的得能之处。"黄三太说："众位大人在上，罪犯蒙圣恩不斩，反赐黄马褂。我回到家，将马褂供于佛堂，唯知教子读书,并未与盗寇来往,这是罪犯的实话。"王希问道说:"你今来京,还是绍兴府拿的你呀,还是你自行投首的?"黄三太说:"罪犯自行投首。"王希说:"圣上在畅春阁失去九龙玉杯,你必知情。"黄三太说:"大人如同秦镜高悬,我今已隔十余年,并未出门,我如何知道九龙玉杯的事情?"王希说:"要派你找去,你可能找来?"黄三太说:"大人开恩,若派罪犯去找,不敢不去。"王希同二位大人,均是干国栋梁,见黄三太年过花甲,都有一个恻隐之心。三位大人吩咐带下去收监,候旨意发落。三人会议,递了一个折子。康熙爷降恩旨,给黄三太两个月的限期,命他寻找九龙玉杯,着地面官不准拦阻他,任他各处寻找。旨意下,即出刑部,回到彭公公馆。又有旨意,传彭公明日预备召见。次日彭朋上朝见驾,康熙老佛爷见彭公举止安详,气宇轩昂,甚为喜悦,留京供职,升了工部右侍郎。绍兴府知府,着张松年去。

黄三太给彭公叩了喜,带着季全回归绍兴府。到了家中,秦氏甚为欢喜,急问到京一切,方知在京都之事。秦氏说:"此事应该怎样?"黄三太说:"此事还须季贤侄你出一个主意。"季全说:"这件事必须写下请帖,请天下的英雄以庆贺黄马褂为名。在酒席筵前,要有盗九龙玉杯之人,必然要卖弄他的英雄。要是不说,我用几句话激出他的话来,必有话音。"黄三太细想此事甚妙,先叫家人买了一百余个红单帖,叫先生写,要邀请各处的英雄,于八月二十日在舍下恭候。如有绿林中知己的朋友,也须转邀请几位更好。给了季全二百两纹银,一匹快马。季全去了,即派家人置办酒席,高搭席棚,悬灯结彩,各处都点喜字,门首换新对子,仆妇家人俱穿新衣服,棚内挂着八扇屏儿,画的山水人物。黄三太告诉家人:"多找厨子,这次比我庆寿人来得多,每顿十五桌,预备五天。"家人答应。

过了八月十五日中秋佳节,黄三太正自闷坐,忽听家人来报说:"今有鱼鹰子何路通前来给你老人家请安。"三太说:"叫他进来。"何路通连忙到了客厅,给黄三太行了礼,说:"师傅受惊了,我听季全所说,吓了我一跳。我先到后边给师母叩头。"黄三太同他到后边,师徒二人进了内宅。何路通给秦氏叩过头,说:"师母,你老人家好哇!"秦氏说:"我好。何路通,你来了,帮着照料照料也好。"少时,黄天霸来给何路通请安,二人行了礼。黄三太把前项的事,与何路通正然细说,忽见外边家人来报说:"今有滚了马石宾、泥金刚贾信、朴刀李俊、闷棍手方和、大刀周胜、快斧子黑雄、满天飞江立、就地滚江顺、摇头狮子张丙、一盏灯胡冲、快腿马龙、飞燕子马虎众位英雄,在门外下马。"黄三太同何路通师徒二人迎接出去,到了门外说:"众位寨主请了!"大家下马,一同进了大门,来至二门,望里观看,高搭席棚,悬灯结彩。众位到了里边,见礼已毕,大家落座。石宾说:"三哥,我等来得太早,今日才十六日,我等就来了。"黄三太说:"多蒙众位赏脸赐光,我这就感念不尽了。"家人献上茶来,黄三太与大众谈说:"今日的事,摆上酒席,先给众位接风。"贾信说:"三哥年到花甲,做此惊天动地之事,我等甘心佩服。"黄三太说:"我有何奇能,承众位抬爱。"大家吃至二更,撤去残桌,安歇。

次日十七日,早饭后,外边家人来报说:"今有三起人来,在门外下马。"黄三太说:"众位勿动,我师徒二人迎接进来就是。"同何路通到了大门以外,早见这里家人接马,拴于马棚内;跟来的人有黄宅的家人,带至南院中用饭。黄三太看,头一起是飞天豹武七达子、汤梦龙、何瑞生、白马李七侯四位;二起是金眼兽陈应太、锦毛虎张秉成、左丧门孙开太、乌云豹李世雄,与小霸王郭龙、赛燕青郭虎、赛霸王杜清、铁金刚杜明,这是八位;三起是茂州渗金塔萧景芳、五方太岁常万雄、神偷王伯燕、秃爪鹰李治、混江龙蒋禄,还有二位,二十多岁,俊品人物,并不认识他是何人,这是七位。共十九位英雄,与黄三太见礼。王伯燕说:"我给你们见见。"指定那红面目地说:"此公姓张名飞扬,绰号人称震山豹;那位白面模的姓刘名青,绰号人称通臂猿。"大家到了客厅,与众人见礼,有认识的,有不认识的。

大家吃茶,家人来报说:"外边又来了四起英雄,在门首下马。"黄三太师徒迎接出去,见头一起是淮扬一带水路的孤贼猴儿李佩,外邀请的于江、于海、周山、李洞、于亮;二起是河南一带的英雄,铁幡杆蔡庆、蓬头鬼黄顺、赛李广花刀无羽箭刘世昌、落马川金眼龙王刘珍、马上飞谢珍;三起是铁背熊褚彪、黄河套的鱼眼高恒带着他儿子水底蛟龙高通海、红旗李煜带着他徒弟谢虎;四起是景州刘智庙的神行丁太保,还有北京后门内大石作住的铁掌方飞,带着他徒弟,姓李名昆,字公然,绰号人称神弹子李五,小银枪刘虎,这四起共二十位英雄。黄三太均皆见礼已毕,让至客厅,款待酒饭,一日无事。

至十八日这天,黄三太大摆筵席,当着众绿林说:"我黄三太身在豪杰数十年,今我得康熙老佛爷的黄马褂,一则庆贺黄马褂,二则当着众位洗手。"蔡庆说:"三哥也想的是,像咱们作义侠的,那有庆八十的?我今年方四十,劳碌半生,名业未建。三哥还算是英雄。"一人正在讲话,家人来报说:"外边又有两起英雄前来。"黄三太说:"众位勿动,我师徒二人出去,一看便知。"黄三太到了大门外,看见面前来的是金眼魔王刘治、花面太岁李通、白眼狼冯豹、小太岁杜清、小军师冯太、双刀将李龙、蓝面鬼刘王、赤发瘟神葛雄八位；后起是山东一带的响马，大孤山梧桐村凤凰张七，带着徒弟赛时迁朱光祖、八臂哪吒万君兆。黄三太方才儿完了礼，后面又来了飞天鹞子贺兆熊、濮大勇、武万年，带着儿子贺天保、濮天雕、武天虹，大家行礼已毕。这三起共十七位英雄。大家到了大厅之内，与众绿林见礼，各已归座。真是三山五岳，水旱两路的英雄；四野八方，明劫暗盗豪杰，共有六七十位。黄三太派人先把座位拉开："我黄某各敬一杯。"濮大勇说："不可。前番只因我爱说懈怠话，惹的三哥你在北京沙滩劫银鞘，今又在北海子大红门劫圣驾，打猛虎，得了当今皇上的黄马褂子，可喜可贺。今日我们大家理应敬你一杯才是。"众人齐说"有理"。大家乱了一日。

过了十九日，这日是正日子，比每天更热闹，鼓乐喧天。把黄马褂请出来，供在当中，黄三太焚了香，暗暗祝告上天保佑，"今日访出九龙玉杯的下落来才好"，烧了钱纸。各路水旱盗寇也叩了头，一齐观看那黄马褂，是鹅黄缎子的，织成团龙，大家赞美。黄三太吩咐家人抬开桌椅，摆上酒筵，要用话探听九龙玉杯的下落。不知有无，且听下回分解。

第三十二回　周应龙祝寿会群雄
杨香武二盗九龙杯

诗曰：

十年赢得锦衣归，风景依稀事半非。

唯有多情门外柳，见人犹自舞秋衣。

话说黄三太庆贺黄马褂，邀请天下的英雄。他要暗探九龙玉杯落在何人之手，好找来奉献皇上，以免本身之罪；"倘若找不着，皇上怪罪，连我全家性命难保"，自己又不知怎样问法，真是当局者迷，把一位老英雄着急为难了。正自无可如何之际，忽见季全从外边进来，他心中甚为喜悦。季全给众人见了礼，黄三太说："季贤侄，你辛苦了。我等全都烧了香啦，你也去叩拜叩拜。"季全就知是还没题说九龙玉杯之事。黄三太一生得了一个好帮手，那季全拜了黄马褂，到了无人之处，说："季全，此事我正着急，你来该怎样办法？"季全在黄三太耳边说，"如此如此，可以成功。"黄三太说："全仗贤侄，你办吧。"二人进了彩棚归座。季全与何路通、朱光祖、万君兆一桌。此时黄天霸也从学房来，见了众叔叔伯父，又与贺天保等三个人见礼。蔡庆说："我看黄天霸五官俊秀，必然聪明，久后要出马，定然是一位惺惺。"张茂隆又把庆生辰小兄弟结拜之事说了一遍。蔡庆说："我今就送与他四个人一个绰号，称谓四霸天。"贺兆熊说："好一个四霸天！"

大家正然说话，神眼季全说："众位老英雄，我有一件事要当众位言明。今日之事，我看天下英雄不少，想我三叔，乃绝古别今之人，在海子红门打猛虎，得了当今皇上黄马褂，真乃是义侠中人上之人。我想众位寨主，也无非是在大道边上，或在漫山洼，或在树林之中，遇见客旅经商，拦住去路。保镖之人软弱无能的，你等得财到手；倘若遇见活手之人，就是以多为能。像我黄三叔这个人办事，或仁取，或义拿，都是一人。要在拿皇上家一物，我看天下并无一位能去的。"季全这一片话，内中也有服的，也有信的，也有生气的，都知季全乃是一个蹈盘子的小伙计，他就这们信口开河，黄三太也不拦他，把一个飞天豹武七达子眼都气红，举目一看，这众人内并无有杨香武，嗐了一声，说："季全，你休要小看人。泰山高矣！泰山之上还有天呢！沧海深矣！沧海之下还有地呢！人外有人，天外有天！可惜今日之会，短一个人。要有那个人，我定然叫你们知道他作的惊天动地之事！"

黄三太闻听，暗为喜悦，心中说："季全这孩子真有能为，有了因头了。"连忙说："武贤弟，你说这内中短一个人，可是与我等认识不认识？必然作了一件出奇的事了。把他请来，幸喜我黄三太有了对啦，我要领教领教，是姓什么？可以请来。"黄三太正然追问武七达子，外边家人来报说："今有赛毛遂杨香武，在门外下马。"武成听罢，甚为喜悦，心中说："他从京中是七月间起的身，怎么这时才到？莫非是早见了。"自己犹疑之际，随着黄三太迎接出去。杨香武把马交给了手下人，见了黄三太说："三哥，我一步来迟，我这有礼了。"黄三太说："贤弟，你我知己深交，何必过套。"飞天豹说："拜兄来了，你怎么才到？不想来到后头了。"杨香武说："我有些小事。"进了喜棚，与大众见礼。黄三太说："贤弟上座。"杨香武说："还是三哥上座。我等大家前来庆贺，理应如是。"黄三太说："恭敬莫如从命。"杨香武坐下。

黄三太庆贺黄马褂，本来是为找九龙玉杯的下落。方才武成所说的话有因，黄三太复又向武成开言说："贤弟，你方才所说是哪一位呢？"武七达子看杨香武一语不发，他把心中一动，说："我杨大哥为何这样，不免我替他说了罢。"杨香武听黄三太追问武成，他就知方才必是他说什么话来的，连忙用话拦说："武贤弟，我想天下英雄就是黄三哥了。"武七达子是一个心直口快的人，说："杨大哥，我看你乃是英雄，为什么说话不明呢？众位寨主，我也不必隐瞒。今年六月间，你老人家在我家中住着，我因闲话，题说黄三哥是个英雄，你老人家夜入皇宫，在畅春园内盗那九龙玉杯，拿到我的家中，你说会会黄三哥，二人题说此事，为何今日见面哑口无言？小弟我替你说了。"那水旱盗寇闻听这话，暗暗称奇，杨香武也算与黄三太并肩的豪杰，大家齐声说："杨老英雄，既然赌气盗了国家之宝九龙玉杯，也该拿出来，大家开开眼啦！"黄三太连忙过去说："贤弟，你请上座，你我要细谈谈，可钦可敬。我虽然打猛虎，劫圣驾，全凭舍命一条，哪如贺弟仗平生的本领，囊中妙药，盗取九龙玉杯。"这杨香武有一件出奇的能为，他自配的一宗鸡鸣五鼓返魂香，其妙无比，要往哪里偷去，自己开了解药，他那返魂香装入铜牛之内，一拧簧罗丝一动，此香从牛口中钻出，人若闻见，不省人事，乃江湖第一的妙法。后来他传授一人，名叫万君兆，爱他人品端方，认为徒弟，还给他定了猴儿李佩之女李兰香。这是后话不题。

且说黄三太称赞不绝,那杨香武叹了一口气说:"三哥且慢喜欢,尚有细情。九龙玉杯可是我从畅春园盗来的,想要给兄长看看。焉想到我在半路之上,失落在茂州北关店内,我也不敢声张,恐怕绿林人耻笑于我。"黄三太一闻此言,唬的浑身发抖,如站万丈高楼失脚样子,江中断棹崩舟一般,面目改色。众人不知就里,还说:"可惜,又被人偷去了!还是请黄寨主上座罢,我等恭敬一杯。"黄三太哪里还有心吃酒呢?神眼季全说:"杨五叔既然把九龙玉杯丢在茂州,这件事请问王寨主,他是茂州的娃娃,自然该知道。"神偷王伯燕听了此言,眼看着通背猿刘青,二人默默无言。黄三太乃久闯江湖的人,他有何看不透的啦,连忙用话追问:"王贤弟倘若知道,为何不说?"神偷王伯燕说:"实不相瞒,我在茂州开设一座来往客店,有张飞扬与刘青二位帮助。那日杨老兄住在我的店内,我二人并不认识,打算他是客商,我在暗处观看,他在灯下不住的细看那个九龙玉杯。我等他睡着的时候,把此杯就得到手内,次日与张飞扬、刘青二人观看。"说到这里,黄三太说:"王贤弟,你把九龙玉杯拿出来,咱们看看罢!"王伯燕摇头说:"不能不能,还有下情啦!刘青将杯卖了给一个外官,住在城内店中,把玉杯拿去,得了二百两纹银,也不知那个外官姓什么?"

黄三太听到这里,"哎哟"了一声,说:"结了,这可是钻冰取火、轧沙求油,实在没处找去。"褚彪说:"一个玉杯丢了算什么,三哥何必这样为难!"黄三太说:"众位恩兄义弟,我要不实说,你等哪里知道?只因我劫圣驾,得了黄马褂之后,只知乐守田园,养妻教子,净手不做绿林生理。谁知上月奉圣旨拿我,我不知所因何故?我遇见恩官彭公,当年指镖借银,大家成全与他,我闻知此信,自投衙门,并未受着一点屈。到了京都,交刑部看押,又遇见飞天抓苗老五打带值的,那位是南所当家,甚尽交友之情。是日钦差问我,我据实供明,谁想到皇上丢了九龙玉杯,望我三太追要。蒙众位大人保奏,圣上赏了我两个月的限。若无此九龙玉杯,连我全家性命难保。"

黄三太把自己的言语说了一遍,那绿林朋友真与黄三太相好的,都是担惊害怕。当时季全说:"哪位知道九龙玉杯,请讲。"忽见于江、于海二人说:"要提起此杯,落在我二人之手。那位官长,被我等所杀。"黄三太说:"很好,既在二位的手内,请拿出来救我这条性命。"于江说:"黄寨主,我二人得了些银钱,又得此九龙玉杯,被周山、李洞看见,题说要送一个朋友去,他二人竟把此杯拿去,送了周大寨主。"黄三太说："周大寨主，他是何处人？"猴儿李佩说："三哥，要题这个水路的脑儿，赛在淮扬一带，苏、松、常、镇这几府，无人不知，无人不晓，姓周名应龙，绰号人称都霸天，在淮南之南、扬州之北二十里之遥避侠庄居住。他家中的宅院，全有埋伏，有崩腿绳、绊脚锁、立刀、窝刀、自发弩箭。外边墙是夹壁墙，人要不知掉下去，准得饿死。院墙有壕沟，上棚芦席，内有脏水，人若落下去，不能上来。他手使一对瓦棱金装铜，练的飞檐走壁之能，有万夫不当之勇，会打毒药弩，人受一下，连肉全烂。他是坐地分赃，手下有二百多名绿林中人，各分一路，内有四个大头领，一名美髯公金刀无敌薛虎，二名小温侯银戟将鲁豹，三名俏郎君赛潘安罗英，四名玉麒麟神刀太保高俊。这四个人，足智多谋，远韬近略非常，乃是金翅大雕周应龙的膀臂。此杯要落在此人之手，要想出来万万不能。要说买他的，他家有敌国之富。他还有一个毛病，要是心爱的物件，他是深藏内院。"黄三太一听说："周山、李洞，你二位真送给那周应龙啦？"周山说："是送给他啦！他一见就爱，说此物价值连城。"

黄三太听了，闭口无言，愣了半晌，说："我也听人言过，淮安一带有一个金翅大雕周应龙，为人甚有名头。只是他才历练几年，我归隐之时，还未听说有此人啦。这五六年间，就把名姓立下，真是前波后浪，一辈新人换旧人。哪一位与他有来往？"内有花刀无羽箭赛李广刘世昌说："我认识他。"李佩说："我也认识他。"蔡庆说："我也认识他。"季全听说："既然众位认识他，到他那里，把真情吐露。周应龙要交朋友，他必然把九龙玉杯送来；他如不允，你四位苦苦的哀求他。"李佩说："那是不行，还须想高明主意才能有成。"黄三太急的胸中实无一策，众绿林朋友也踌躇无计。那神眼季全说："众位不必着急，要找那九龙玉杯，我有一条妙计。"不知怎样找法，且听下回分解。

第三十三回　避侠庄群雄聚会　黄三太入都献杯

国学经典文库

中国公案小说

·彭公案·

图文珍藏版

诗曰：

三尺清泉万卷书，上天生我竟何如？

不能定国安天下，愧死男儿大丈夫！

话说神眼季全说："咱这里连一个外人都无有。我知扬州有座琼花观，咱们大家全去，在那两厢埋伏，备好酒筵，我三叔先下帖，请他赴英雄会。必须请一位能言快语的人，好把他诓来，先讲交朋之道，用酒把他灌醉。等他要醉后，先派人盗他的双铜，然后对他说了实话。他要肯把那九龙玉杯给我三叔，那时多交一个朋友，两罢干戈，过日登门叩谢。他要不给九龙玉杯，大家下个毒手，把他杀了，拿他的双铜为凭，到他家就说他寨主叫取九龙玉杯来了，一举两得。此计不知好与不好，请众位斟酌。"李煜说："他要不来，那不是枉费心机。本月二十五日是他的生辰，咱们想一个主意，就中办事。"

赛毛遂听众人议论纷纷，气的他三尸神暴跳，五灵豪气腾空，说："众位且慢！哪一位与他有来往，可以前去给他拜寿为名，暗探他家中有何暗箭，是走哪个房上无有削器，全都问明白了，你我在房上呼哨为计。可以告诉我，我也去给他拜寿去，他有来言，我有去语，他讲朋友交情，把九龙玉杯给我，我拿回来，算作无事。他要不给我，我二人说翻了，我一怒上房，只要你们暗助我一臂之力，我就盗他的。未知如何？"说罢，那刘世昌说："我与周应龙有来往，我去。"王伯燕说："我也去。"二人说："咱们这就起身。"李佩说："我同杨爷到避侠庄去。咱找店住下，请一位英雄作为接应。"四个人说罢，事不宜迟，这就起身。四个人告辞前往，那众人在这里敬候信息。

四人在路上行走，时值中秋佳节，万物结实，秋风瑟瑟，山清水秀。观看风景，林中野鸟声啼，河内游鱼正跃。那日到了扬州，在北关外找了一座客店住下。次日刘世昌、王伯燕二人先去拜寿。杨香武同李佩到了避侠庄，也是一座乡镇，甚是整齐,在本处南头找了三合店住下。杨香武自备一分寿礼,写了一个全帖,打发店中小伙计给周应龙送去。

再说刘世昌本与周应龙只是口拜兄弟,又有王伯燕跟随,二人办了两分寿礼,到了门首,这家人早在这里伺候。今日是二十四日,周应龙的寿辰。二人到了门首,看那家人个个身穿新衣服,说:"二位爷来了,我去通禀一声。"家人进去,不多时,周应龙亲身迎接出来,说:"二位兄长虎驾光临,未曾远迎,望祈恕罪。"王伯燕说:"大寨主千秋之喜,我等特意前来拜寿。"刘世昌说:"贤弟,我特来给你祝寿。"把二人让至大客厅。是正房九间,里边摆设桌椅,坐着四山五岳水旱绿林中人不少。王伯燕抬头一看,见里边坐着青毛狮子吴太山、大斧将赛咬金樊成、赤发灵官马道青、赛瘟神戴成、并力蟒韩寿、玉美人韩山、雪中蛇关保、闪电手高奎、白脸狼马九、笑话崔三,尚有二百余名绿林,均不认识。这西边有坐山雕周应虎、美髯公金刀无敌薛虎、小温侯银戟将鲁豹、俏郎君赛潘安罗英、玉麒麟神力太保高俊、周应龙的徒弟蔡天化、周应龙结拜弟恶太岁张耀联、老道恶法师马道玄等。众人与刘世昌与王伯燕与大众见礼,然后归座。水旱两路的盗寇都知周应龙在避侠庄坐地分赃,足智多谋,正走了午运,无有一个不恭维他的。家人献上茶来。

忽见外边门上家人手执名帖说:"大太爷,现今外边有杨香武送了一分寿礼,有礼单在此。"周应龙接过礼单一瞧,那单上写的"慕名弟杨香武顿首谨拜",下边写着"微仪八色:端砚一方、湖笔一封、百寿屏一轴、明墨一匣",下边"海参一包、燕窝一封、鱼肚一匣、翅子一对"。周应龙吩咐把礼物拿进来,摆在大厅,打开一看,紫檀木盒内装有端砚一块,把画打开一看,是名人写的一百个寿字,写的甚有笔力。看罢,心中还想:"这个人必是斯文之人。"吩咐:"把礼物收下。候客来,禀我知道。赏送礼的人四两纹银。"家人办理去不表。

单说店中小二得了赏银,回到店内,说:"给杨五爷送了去啦!"杨香武自己把里边小衣服换好,暗带应用物件,外单青绸褂袍,足登官靴,自己雇了一乘小轿,到了周应龙门首下轿。门上人伺候,杨香武说:"烦你通禀一声,就说杨香武来拜。"家人回进去,周应龙亲身迎接出来。杨香武一看:周应龙身高七尺以外,甚魁伟,头戴新纬帽,身穿灰宁绸单袍,红青宫绸外褂子,足登官靴,年约四旬,面如紫玉,四方脸,双眉带煞,二目有神,精神百倍。周应龙看那赛毛遂杨香武年过半百,精神气爽,身穿单袍褂。一见周应龙,带笑说:"久仰大名,称雄宇宙,名贯乾坤。大寨主威名远振,今幸得会,也三生有幸。"周应龙说:"多蒙厚爱,远路而来,贵足踏贱地,真是满门生辉。"说:"兄长请!"把杨香武让进大门。赛毛遂暗留神观看,房屋稠密,果然一所好宅院,外围子都是夹壁墙,墙里是脏坑、净坑、梅花坑、立刀、窝刀、弩弓、药箭。进了二门,到那东边厅让杨香武进去,未往大客厅内让。一来杨香武是生朋友,不知来历;二来让至东客厅,也好讲话。杨香武看那屋内,东墙名人字画,靠墙花梨条案案上,摆炉瓶三设,头前八仙桌儿一张,两边各有太师椅子。让杨香武在南边椅子上落座,说:"杨兄贵处? 哪里人氏?"杨香武说:"我乃乐亭县人,姓杨名香武,绰号人称赛毛遂。"周应龙说:"闻名久矣! 今幸相会,真乃三生之幸也。"杨香武把自己平生之事,大概说了一遍,讲论武技。周应龙吩咐家人备酒,二人在配厅吃酒谈话。

　　杨香武见周应龙甚豪爽,心中说:"我来此所为九龙玉杯,救黄三哥全家满门。我喝会子酒算怎么? 不免我用话探探他,看他是得了九龙玉杯无有,再作道理。"想罢说:"大寨主,我有一事相求,千万幸勿推辞。"周应龙闻听,心中说:"此人来的有诈,我生日他送来一分厚礼,想世上礼下于人,必有所求,不免我问他何事?"说:"杨兄,只要我能为的事,无有不成。大略必是咱们绿林中朋友打了官司,在扬州一带,苏、松、常、镇,无论州县衙门,我都可办。还有一件,用绿林中人,要几十位都有。"杨香武听罢暗暗称奇:"原有人说这个人爱交朋友,果然名不虚传。他要真能把九龙玉杯交给我,我必要同黄三哥前来登门拜谢他。"想罢,说:"闻听台驾得了一只九龙玉杯,送给我要多少金银,我如数奉上。"周应龙说:"别的物件均无不允,要说那只九龙玉杯,乃是无价之宝,我留着做传家之宝物呢。"杨香武说:"实告诉你说罢,那只九龙玉杯乃是国家之物,当今皇上心爱的物件。"杨香武就把丢九龙玉杯,拿黄三太,赏限找九龙玉杯,"我今日特为此事而来",说了一遍。周应龙闻听,勃然大怒说:"你拿皇上来压我,我周应龙岂是怕事之人!"不知杨香武盗九龙玉杯该当如何,且听下回分解。

第三十四回　杨香武大闹避侠庄　黄三太接应拿群寇

诗曰：

举头凉影动明河，问信仙人八月槎。

斗下孤光悬太白，云间长御挟纤阿。

霓裳催按新声遍，凤藻需承曲晏多。

一代词华归篆刻，龙文还欲映雕戈。

话说周应龙听了杨香武说那九龙玉杯是御用之物，他一阵冷笑，说："杨兄此言差矣！我周应龙岂是怕事的人！你既说是御用之物，你叫皇上发官兵来要，九龙玉杯在我家中，等候于他。我要怕事，也许我就交与皇上。若凭你三寸之舌，那可不成。我实告诉你说罢，我就是不遵王法，你再吓唬别人去吧！"杨香武说："周应龙，我方才所说的话，句句是真，你说我吓唬你，你既不给我，我也不要了。你小心点罢！我也不能走，三日之内，要盗那九龙玉杯。若过了三日，我就不姓杨了！我要失陪了，你小心点罢！"说着，站起身来，到了二门，飞身上房，径自去了。把一个周应龙气的三尸神暴跳，说："气死我也！"见杨香武走了，他即站起身来，出离东配房，到了大厅，见了众人说："众位寨主，列位英雄，真岂有此理！来了一个姓杨的，他与我要那九龙玉杯。我想这九龙玉杯乃是无价之宝，我岂肯给他。我与他又无来往，非亲非故，他说了几句，竟说三天之内，要盗我的九龙玉杯，真说大话！"就把杨香武所说的话，又细说一遍。众绿林闻听此话，也有说是英雄的，也有生气的。内中王伯燕与刘世昌暗自点头，甚是佩服，那杨香武果然英雄，他要偷九龙玉杯，还要说明，说出来叫他提防。只听那周应龙说："众位寨主，我今看他怎样偷我这个九龙玉杯！我有主意。"说着，自己竟奔后边。

那杨香武在房上，早已留神。那东边一所院落皆是仓房，东房是封火檐，北边有天沟，可以藏身。自己不敢往前走，听李佩说过内有埋伏。自己奔至后边，见下面灯烛辉耀，金翅大雕周应龙在前，后跟着几个童子，前有引路的灯笼。杨香武暗中跟随。到了内院上房他妻子李翠云的屋中，侍唤仆妇丫头，周应龙说："贤妻，你快把九龙玉杯给我收藏起来，气死我也！"李翠云说："今天乃是寨主千秋之日，为何这样想不开，怒气不息，所因何故？"周应龙说："贤妻有所不知，今日来了一个杨香武，他给我祝寿，提起那只九龙玉杯，我说是无价之宝，他先要拿金银买我的，后来又拿大话吓我，被我抢白他几句，他一怒走了。临走之时，他说三天之内，要盗我那九龙玉杯。我今前来取那九龙玉杯。我有一条妙计，杯不离手，手不离杯，看他应该怎样盗法。"李翠云说："那杯收的甚严密，他如何能盗了去？依我说不必动，咱家这所宅院，外有埋伏，内有人把守，如铁桶相似。"周应龙说："贤妻，你哪里知道我们绿林中的妙处，无论在哪里，全皆盗得去的。我今见此人气宇轩昂，语言不俗，他要无有惊人的艺业，他也不敢说那朗言大话。你拿杯来罢，我自有道理。"李氏立刻从箱子内把九龙玉杯取出来，是用锦匣装着。李翠云开匣，拿出来递与周应龙，周应龙拿到手中，往前边大厅内。杨香武在暗中跟随。

到了前厅，周应龙说："四位贤弟！"那薛虎、鲁豹、罗英、高俊四个人答言说："伺候兄长，有什么事请讲吧？"周应龙说："你四位在厅外站立，把住门首。前边大门，派蔡天化将门打开，多点门灯笼，外边点上'气死风'。东屋内派白脸狼马九，带四十位绿林，在那里把守。西配房派青毛狮子吴太山，带四十位英雄把守。各人头上，都点上香火头儿为记。如没有香火头儿，就不是咱们的人，可以拿他，鸣锣为

号。"自己在大厅之内，点了几盏灯，外边照如白昼一般。他是短衣襟小打扮，把一对瓦面金装铜取来，自己与众人说："我练一趟，你等观看。"自己就在桌案的前头，施展开那铜法，真正好看。怎见得，有赞为证：

初手式双龙摆尾，捎带着孤树盘根。托鞭挂印惊鬼神，暗藏毒蛇吐信。白猿反身献果，换式巧认双针。阴阳铜上下分，藏龙训子紧护身。夜叉探海诓敌将，换星摘斗取命追魂。

使动如飞，众人无不喝彩。把一个花刀无羽箭赛李广刘世昌与神偷王伯燕，吓

得暗暗着急,怕杨香武盗不了九龙玉杯去,还被获遭擒,二人并无一策。

再言赛毛遂杨香武,在暗中看见周应龙杯不离手,手不离杯,练完了双铜,众寇分为四下埋伏,他在东边椅子上坐着看书,双铜放在一边,九龙玉杯就在眼前。薛虎等四个人,各执兵刃在门首站立。杨香武急的浑身是汗,遍体生津,一点主意无有。看看天交五鼓,少时天色大亮。杨香武自己在天沟内暗歇,幸喜八月天气,一点不冷。睡醒,从兜囊之内掏出炒米吃了两口,又把水壶掏出来喝了两口。好容易候至日落的时候,急得他无有主意,真是日长似岁闲方觉,事大如天醉亦休。候至天晚,他才喜欢。到了初更,向大厅一看,还是那个样儿,不能下手,又是一夜。把个王伯燕、刘世昌这二人急得了不得,又不能明说,也不知杨香武在哪里。

到了三日晚上,那薛虎等四个人全都乏了。众寇与家人一个个全皆埋怨说:"这些事本来是寨主多留神。凭咱们这个院墙,如何能进来了人? 无数的埋伏。我真困了。"那个说:"我真乏了。"面面相觑,并不甚留神,又不能睡,如何是好,又怕周应龙怪下来。周应龙在厅房等了两夜,并无动作,越想越气,说:"我无故的听了姓杨的这两句话,熬了我两夜,并无音信,莫非他戏耍我,他不来了。今日再候他一夜,他如不来,我明日必要找他去,看他姓杨不姓杨?"自己想着生气。那杨香武在暗中说:"不好! 我要丢人,绝不该说那样大话,落得这么丢人!"自己一急,急出一个主意来,连忙往后去了。

周应龙瞪眼看着九龙玉杯,本来是好,正在这里闷坐,忽听前边房上扑通一声,美髯公金刀无敌说:"好小辈,往哪里走?"那周应龙就知道是杨香武来了,手拿双铜,窜至外面,大嚷一声说:"杨香武,你哪里走?"鲁豹等四个盗寇把那落下来的人用脚蹬住,口中说:"拿住了!"周应龙拿起铜锣,一连敲了几下,四外众寇各执兵刃说:"拿住了!"齐奔大厅,把王伯燕、刘世昌吓了一跳,心中说:"杨香武要叫人拿住,性命休矣!"大家用灯笼一照,说是一卷被卧,周应龙猛然醒悟,说:"不好,这是杨香武用的诡计!"急忙进了大厅一看,那只九龙玉杯竟自是不见了。口中说:"罢了,杨香武真是惺惺,他会把九龙玉杯盗去了。"那些人把被窝卷打开一看,说:"他娘的,真丧气! 原来是赤身露体的一个死女人。"周应龙来至近前一看,说:"羞死我也!"抱起死尸往后就走。众位不知这死尸是何人? 听我道来:杨香武他在后院之内,把周应龙妻李翠云用熏香熏过去,他用被卷好,找了一根长绳捆着,往下一扔。周应龙等只认着是杨香武落下地来,他往外打锣,杨香武在后边从窗户下来,翻身进去,把那九龙玉杯得到手内。他飞身出去,上了东房,不敢往外走,知有暗器埋伏,候王伯燕、刘世昌他二人带路,好出此虎穴龙潭。候了半天,不见动作。

再言刘世昌与王伯燕二人,见不是杨香武,是个女死尸,杨香武把杯盗去。他暗暗的称奇说:"罢了,真有这样英雄,我二人莫在此久待,早送杨寨主出此虎穴龙潭。"二人暗暗的溜出大厅,不知杨香武在哪里。正在着急,听的聚义厅铜锣一响,王伯燕说:"风紧,不知他在哪里?"二人踌躇无计。此时天有三更,黑暗暗并无月色,忽听东房上吱吱的哨子响,刘世昌说:"在东边房上呢。"听了多时,二人上房,杨香武说:"二位来了。"刘世昌说:"来了,既然如是,你我走吧!"王伯燕把暗号告诉杨香武,每人头上都有一个香火头儿为记。三人正要往外走,听见周应龙在大厅之上锣声齐响说:"列位寨主,大家上房,分四路追赶。哪路追上,给我送信来。好个万恶的杨香武,会把我的妻给熏过去了,赤身露体,羞辱于我,我必要报仇。盗我的九龙玉杯,我倒不恼,大不该伤我的家眷,你大众英雄,助我一臂之力,务要把他拿住。"众寇答应。他徒弟蔡天化说:"师傅不用着急,谅他也逃走不了,你我追上前去。"众盗寇分四路追下去了。

杨香武与王伯燕、刘世昌三个人,到了一处。刘世昌说:"他家这所院落,是按八卦太极图所造,你我竟奔东南生门,可以出去。"三个人施展飞檐走壁之能,窜出墙外,天已东方发亮。忽见对面来了一伙人,把三个人吓了一跳,抬头一看,原来是飞镖黄三太与猴儿李佩、濮大勇、武万年、贺兆熊、褚彪、蔡庆、红旗李煜、凤凰张七等七八十位英雄赶到。

自刘世昌、王伯燕、杨香武等去后,季全说:"众位不可在家中等候,还是到扬州,作为接迎方好。"黄三太同众人说:"此话有理。"大众赶到避侠庄,找到店内,遇见猴儿李佩,提说是杨香武去了三天,并无音信。黄三太等不能放心,暗中探听消息。忽听锣声响亮,知道是里边必然动了手啦。忽见刘、王、杨三人出来,黄三太说:"大事如何?"杨香武说:"九龙玉杯今已得到我手内,你我回店再讲,这里不便说话。"黄三太见天已快亮,说:"快走吧!"季全说:"不要忙,我有一个主意,须得一位英雄,在这座树林内等候周应龙。他若来时,用话激他几句,把他带在店内,咱们在那里等他。黄三叔见他之时,把咱的一往之事,细说一遍。他如是朋友,免伤和气,咱们玉杯已得在手,过日再谢他;他如不懂交情,那时若要变脸,咱与他分个上下。"濮大勇说:"既然这么说,应该我在这里等候。水从源流树丛根,祸皆由我而起,还须我了。"说:"你们先回店歇息歇息,我把他引了去就是。"忽听有人说:"我在此帮助你。"黄三太回头一看,是神弹弓李昆,乃是铁掌方飞的大徒弟,行五,此人二十二岁,武艺精通。又听有人答应说:"我在此帮助你二位。"众人一看,是一个十八九岁的人,身穿青衣,乃是凤凰张七的大徒弟赛时迁朱光祖。黄三太说:"你三人在此甚好,我等回店去了。"朱光祖说:"李五兄,你在树林内埋伏,我在这座七圣祠房上,濮爷你在大道之上。如周应龙来时,你只和他战个三两合,往下败来,有我呢。""如此如此"。三人方才安排已定,忽听庄内一片声喧,周应龙带着人追下来了。未知后事如何,且听下回分解。

第三十五回　李公然初试神弹子
黄三太大战周应龙

诗曰：

堪叹人生无百秋，为何日月苦忧愁。

酒色财气缠身体，贪心不舍怎回头。

百年世事如幻梦，到头利名一笔勾。

有朝一日阎君唤，一旦无常万事休。

话说朱光祖、李公然、濮大勇三个人，在大路上树林内埋伏，等候周应龙。忽听那庄内锣声连响一阵，故此急得那周应龙，把他妻李氏抱至后院，回到前厅，吩咐众人在各处找寻，连上房各处黑暗之处点上灯笼，闹了一个人烦马躁，并不见盗九龙玉杯的人，大家急啦。周应龙见天色大亮，后边仆妇来报说："大奶奶苏醒过来。"周应龙说："好好地伺候他。"仆妇答应下去。周应龙站在大厅，他立时把双铜一抱，说："好一个姓杨的！哪里是来盗九龙玉杯，分明来是作践我！我从此有你无我，我二人誓不两立！"连叫青毛狮子吴太山："往北追赶，至十里之外追不上就回来。你要追上，派人给我送信来，你再带二十位人去。"吴太山随带了二十位绿林追下去了。又派蔡天化带二十位绿林往东追下去，又派大斧将赛咬金樊成、赤发灵官马道青、赛瘟神戴成三个人，带二十位绿林，往西追去。这里家中，派神弹子火龙驹戴胜其、坐山雕周应虎在家中，带四十位绿林在各处寻找。他自己带着金刀无敌薛虎、小温侯银戟将鲁豹、俏郎君赛潘安罗英、玉麒麟神刀太保高俊这四位，同定四五十位绿林闪电手高奎、永躲轮回孟不明、白脸狼马九、笑话崔三、轧油墩李四、一本账何苦来、假姥姥秋四虎等，往南方出了大门。

见面前边有一箭之地，面向北站着一个人，年约五旬以外，黑脸膛，短打扮，身穿青褂，足登青布快靴，手擎鬼头刀。周应龙看罢，说："呔！对面你是何人？快通姓名。"濮大勇见来了一伙人，知是周应龙带有四五十位余党，自己不敢怠慢，说："对面来的众小子，要问我，我是久在江湖绿林为生，专劫贪官势棍，走到此处，腰中无有路费，听说这避侠庄有一个姓周的，名叫周应龙，他家广有金银，我来与他借些路费。"周应龙闻听，心中说："这厮是一个新上跳板的伙计，不知深浅，他真是太岁头上动土。"周应龙说："小辈，你也不知这周寨主是何如人也？他乃水旱两路的英雄，坐地分赃的寨主，你要找他借金银，须用一个晚生帖儿前去拜望于他。他要喜欢，与你比试武艺，你要是武艺精通还可，你要是平常之辈，怕你性命不保。"濮大勇听罢，说："我更要与他借些金银。他要是老实庄民，还可以饶他；要是个脑儿赛的，我要借不了来，岂不叫江湖的朋友辱骂于我？依我之见，你走你的，不必管我！"周应龙说："好小辈，我就是周应龙，你便怎样？分明你是那杨香武的一党，前来混账，我将你拿住严刑拷问于你。"忽听后边薛虎一声大嚷，说："大寨主闪在一旁，我去擒他来！"这金背刀直奔濮大勇，抢刀就剁。濮大勇急忙一闪，用刀相迎。二人战了有几个照面，薛虎虽然勇，也不是濮大勇的对手，只累得浑身是汗，遍体生津。周应龙心中不悦，怕输了弱他的名望，连忙掏出那链子挝来，照定那濮大勇一下，正挝在左膀之上，望回一带，濮大勇脚立不住，翻身栽于就地，顿时被人拿住。周应龙说："捆上！薛、鲁二位贤弟，把他送在家中，吊在空房之内，候我拿住盗杯的人，再为发落。"鲁豹、薛虎二人，立时间把濮大勇捆上，送归庄内去了。

周应龙说："列位贤弟，我想杨香武他那一个人，不能把九龙玉杯盗去，必然人多，还有内应。回头审问姓濮的，便知分晓。"带着众人，往南走了有十数步，忽听从房上跳下一人，年有十八九岁，手擎架钢斧，威风凛凛。周应龙问："来者何人？"朱光祖说："我是行路的，你管我作什么呢？"周应龙说："走道还有从房上走的吗？"朱光祖说："我身子轻，走高了脚啦！实告诉你罢，我是绿林英雄，等我们伙计去借银两去了，我在房上望望他。"周应龙听罢："你们全是一党，我拿住你，与那姓濮的一同拷问。"把双铜往下就打，朱光祖用斧相迎。二人战了几个照面，朱光祖知道濮大勇被他擒去，不敢恋战，飞身上房，径自去了。周应龙说："哪里走？"也上房追赶下去。罗英、高俊这两个人，方往前走了两步，高俊"哎哟"了一声，栽于就地，不省人事，这一弹子不轻。罗英站住说："怎么啦？"高俊缓了半个时辰说："我中了暗器了。"罗英一回头，也被一弹子打在手上，只摔说："哎哟，了不得，不好！"众多贼人从东边绕过去，进了北村口，看见周应龙追下那人去了。罗英、高俊二人带伤回庄，调人去了。

单说神弹子李五也绕道回店，不管朱光祖。朱光祖被周应龙追下来，他破口大骂说:"小辈你来,我将你带到一个地方去,自有道理。你也不知我的厉害,我姓朱名光祖,绰号人称赛时迁,我的师傅名叫凤凰张七。我等前来找你,要那九龙玉杯,只因为有一位朋友被此杯所害。此人家住浙江绍兴府望江岗聚杰村,姓黄名三太,绰号南霸天,飞镖无敌。你跟来开开眼,会会江湖众宾朋。"周应龙听了说:"小辈,你不要称能,我要叫你走了,誓不为人。"朱光祖引他至店门首,说:"小子!你敢进店吗?店内有天下英雄,全皆在此。谅你一个井底之蛙,也不敢进店去。"周应龙说:"小辈,你把他们叫出来,我倒见见这个黄三太,我虽然闻名,未曾见面。"

朱光祖进店,到了上房,见黄三太等正在讲话。众人随问杨香武如何盗九龙玉杯,怎样得到手内。三日夜不必重叙,杨香武就把所做的事对众人说明。刘世昌说:"咱们不可久待,周应龙人多势众,有几百绿林中人,恐怕寡不敌众。"正说着,朱光祖进来了,说:"不好了!濮大勇被周应龙拿住。"李公然也从外边进来说:"外边周应龙追下来了,在门首等候。"忽见小二进来说:"杨爷快些出去吧,周爷堵着门首骂呢,莫连累我们店家。"众人听罢,黄三太说:"杨贤弟,你等先歇息歇息,我会会此人。"带着铁幡杆蔡庆等六七十位英雄,来至门首,往对面一看:那周应龙年有三旬以外,生的气度凛凛,面如紫玉,环眉大眼,精神百倍,身穿月白绸子小夹袄,青中衣裤,灰绉绸夹套裤,足登青缎子快靴,腰系丝绦,手擎双铜,分量重有二十四斤,在怀中一抱。黄三太看罢,心中说:"果然英雄气象。"那金翅大雕周应龙又称独霸天,他是足智多谋。俗语说得好:光棍眼中糅不进砂子去。他见从内出来有五六十位,都是短打扮,各抱自己兵刃,高高矮矮,都是英雄豪杰气象,头前率领着那位,年过花甲以外,面如古月,鹤发童颜,身穿蓝宁绸小夹袄,青绸子夹裤,青套裤,白袜,青缎子双脸鞋,怀抱金背刀。看罢,说:"来的老者,莫非是黄三太吗?"黄三太说:"是也。你就是周应龙吗?来此何干?"周应龙微微冷笑说:"黄三太,你使出人来,盗九龙玉杯作践我,快把姓杨的献出来,万事皆休。如若不然,你等休想逃走!"黄三太听他之言,哈哈大笑说:"你真是坐井观天,痴儿说梦,只知有己,不知有人。老夫自幼儿闯江湖,独霸为首,还不敢小视天下之人。你看这众位我的朋友,都是水旱两路的大头目,哪个不如你?"

正说着,忽听正北人马呐喊,一百多名绿林人。头前走着是神弹子火龙驹戴胜其,乃是黄三太的师弟,此人会打毒药镖,会使弹弓,两般暗器厉害无比,毒药镖打着人,三天准死,非用他师傅神镖胜英的五福化毒散、八宝拔毒膏才能解救。当年

国学经典文库

中国公案小说

·彭公案·

图文珍藏版

313

黄三太与戴胜其这二人，都跟着宣化府胜家寨神镖胜英学艺，各练一身好武艺。为何他帮助周应龙这边，不助他师兄黄三太呢？还有一段隐情。戴胜其因有一个妹妹，名叫戴赛花，长得也好，一身好武艺，给了周应龙胞弟周应虎，后占璔球山。他有一个侄儿叫赛瘟神戴成，又是周应龙的徒弟。他为人不正，专爱采花，故此黄三太不与他来往。他今日在家中，各处寻找盗九龙玉杯的人，忽见美髯公金刀无敌薛虎、小温侯银戟将鲁豹二人，拿住一个人来，说是盗九龙玉杯的杨香武的余党，把他吊在空房之内。后来俏郎君赛潘安罗英、玉麒麟神刀太保高俊二人中了弹子回来，一说姓杨的人不少，"把我手用弹弓打了，大寨主追下去啦"。这戴胜其心中一动，说："使弹弓，江湖中就让我为第一，这是哪路的？"正想着，外面那东、北、西三路的人全回来，说道无影响。戴胜其就把方才听说之事，说了一遍。青毛狮子吴太山、大斧将赛咬金樊成、赤发灵官马道青、赛瘟神戴成、蔡天化等，率领带这一百多名盗寇，追至避侠庄南头路西店门首，见大寨主与手下二十多名绿林，全在那里讲话。蔡天化说："好小辈！你这店内住着盗杯之人，咱们拿住姓杨的，放火烧店，拆他的房。"吓得店中伙计战战兢兢。

周应龙见他的人全来了，心中甚为喜悦，说："黄三太，你有何能，敢到避侠庄来！我与你比试三合。"黄三太听罢，方要过去，忽听身后一人说："有事弟子服其劳，杀鸡何用宰牛刀？不用师傅生气，我把他拿住就是了！"黄三太见是徒弟鱼鹰子何路通，心中甚喜，说："闯练闯练也好，不枉我教了个徒弟。"真是四通八达何路通，手拿勾连拐，直奔周应龙。那周应龙背后一人说："那小辈不必称能，我来！"众人一看，是蔡天化。周应龙说："徒弟，你自管去！"蔡天化手提双铜，不知怎样战法，且听下回分解。

第三十六回　赛李广火烧避侠庄
杨香武见驾安乐亭

诗曰：

花前洒泪临寒食，醉里回头问夕阳。

不管相思人老尽，朝朝容易下西墙。

话说那何路通正在血气方刚之际，勾连拐又纯熟，与蔡天化二人动手。神眼季全把猴儿李佩拉在一边，说："李老叔，这如今濮爷被擒，我想周应龙回去，他的性命难保。那些贼盗全在这里，我又怕寡不敌众，依我之见，必须如此如此。"李佩点头，与刘世昌、贺兆熊、武万年四位计议妥当，即刻起身去了。

这里黄三太见周应龙不依不饶，他就开说："周寨主，我此来不是偷你无价之宝，这乃是皇上所用之物，我的朋友杨香武从畅春园内盗出来的。万岁爷传旨拿我，因为我在北海子大红门救驾，镖打猛虎，赏了我一件黄马褂。万岁爷知道我是豪杰中之人，把我交刑部审问，幸而遇见恩官杜荣，递了一个保本折片，赏给我两个月限，问我要，如无此杯，我身家性命不保。我故此这才访问那九龙玉杯的下落，不料就在寨主手内，先托杨香武与你上寿，求要此玉杯。你再三不给，今已将杯盗来，你焉能拿的回去。目下你倚着人多为胜，我要据实禀报地面官，那时官兵岂不前来拿你，兵困避侠庄？"周应龙听罢，一阵冷笑，说："黄三太，你不必拿着皇上吓唬我！我周应龙乃是堂堂正正奇男子，烈烈轰轰大丈夫，你自管调官兵来，我也不怕。我先结果你的性命再说罢！"把双锏照定黄三太就是一锏，黄三太用刀相迎，两个人真是棋逢对手，将遇良材。黄三太不减当年的威风。周应龙正在中年，身强体壮，双锏如飞；黄三太的刀法纯熟，二人杀在一处。这边飞天豹武七达子与白马李七侯二人，见那黄三太真是雅赛当年的黄三升。那周应龙动着手，暗为称奇，心中说："这黄三太名不虚传，这大年岁，尚且刀法纯熟，我须要留神。"那黄三太想要用暗器打他，并不能掏出暗器，只没有那个工夫。二人正在奋武扬威之际，忽听北边一片声喧，有一个家人来报说："周寨主，大事不好了！家中去了几个强盗，把濮大勇救去，放火烧了住宅。"周应龙听见,说:"不好!"连忙带众人回家救火。

那黄三太也不追赶,算清店账,带众人速回绍兴府。行有五六里地,见赛李广花刀无羽箭刘世昌,与季全、猴儿李佩、王伯燕、蔡庆等四个人,与濮大勇在那里等候。黄三太说:"你们几位哪里去了?"季全说:"我怕你与他战,长了不能取胜。我同那几位到了周宅,对家人说,奉寨主之命要濮大勇。我等进去,把濮爷从空房内救下来,立时放火烧了他的房屋。我等料想他的家人必去送信,他必回家救火,你等方好前来。"黄三太说:"此计大妙!"大众英雄回归绍兴府,黄三太款待众英雄。蔡庆说:"你等先往衙门去挂号投案,我邀几位先往,在京中等你,我们先告辞。"黄三太送走众人,只留武成、白马李七侯、何瑞生、汤梦龙等与季全,跟黄三太到了绍兴府衙门投了到。知府讯问口供,遂起了一套文书,本府派了一位委员,护送七位英雄,顺大路进京。晓行夜住,饥餐渴饮。

那一日到了京都,在前门外西河沿店内住下。武七达子、汤梦龙各自归家,李七侯到了彭公住宅。彭公升了刑部右侍郎。次日,委员带黄三太、杨香武二人至刑部投文,季全跟随在后。司务厅把文书收下,立时将差事收了,委员领了回文回去不表。刑部堂官题奏皇上黄三太盗九龙玉杯之事,现在将杯呈上,候旨发落。这几日,黄三太与杨香武在刑部,自有彭大人那里照应。白马李七侯、武七达子时常来看望,敬候旨意。那日上谕下:"朕因失去九龙玉杯,遣黄三太找回,竟有这样出乎其类之人。着刑部右侍郎彭朋带领畅春园,朕亲见盗杯之人。"

这日,彭公奉旨,到刑部提出黄三太与杨香武,带奔海淀见驾。外边早有飞天豹武七达子,给雇了一辆车。李七侯跟随彭公坐着车,前呼后拥,出了西直门,顺石头道到了海淀。彭公的公馆是关帝庙,这里常来有差事,就住庙内。彭公为人忠正,办事勤明,自得刑部右侍郎,真是秉公处事,清除弊端。遇有疑难之案,必要亲提讯问,阁署官吏不敢徇私。每逢上海淀有差事,必住关帝庙。庙内和尚觉修,也是清高之人。今日到了庙内,早有自己的内厮把西院都安置好了。彭公到了上房,黄三太等在西房,伺候人彭寿、彭福,此时管家彭兴照应家务,都是这二人跟随。彭公吃茶,赏了黄三太、杨香武二人一桌酒席,派了白马李七侯陪着,下有季全,共四个人,谈了会闲话。黄三太说:"这次见驾,不知吉凶。贤弟,你不可远去,必要暗助我一臂之力。"李七侯说:"兄长有用弟之处,万死不辞。"吃完了饭,彭福进来说:"大人请二位壮士到上房有话说。"黄三太与杨香武站起来说:"不知什么事?"彭福说:"不知。"二人跟着管家到了上房,彭公穿着便服,说:"二位壮士请坐。"杨香武说:"大人在此,草民天胆不敢与大人同座。"彭公说:"二位壮士不必谦让,恭敬不如从命,我有嘱咐你二人的话。"二人闻听大人之言,下边落座。彭公把见皇上行礼的仪注告诉二人一遍,还说:"你二人不必害怕,当今万岁乃仁慈之主,如尧似舜,只要你二人照实话说罢。"二人答应,又说会闲话,各自回归房中睡觉。

次日五鼓起来,彭公至大宫门,先伺候皇上办事,黄三太、杨香武二人跟随,暗中季全与李七侯在一旁紧跟着。红日东升之时,彭公出来,带着黄三太与杨香武进去。到了长寿亭,见那文武官员不少,二人跪于就地,口称:"万岁万万岁!草民黄三太、杨香武叩见。"行了三跪九叩之礼。康熙老佛爷看见黄三太与杨香武年过花甲,精神百倍,神清气爽,康熙爷开金口说:"杨香武,你把盗杯与找杯之事,细说朕听。"杨香武说:"遵旨。"口称:"万岁!草民原籍乐亭县人氏,名杨香武。只因来京看望朋友,听人说黄三太在北海子大红门救驾,镖打猛虎,万岁爷赏了他一件八宝团龙黄马褂。草民一时斗胆,想他也是一个人,我也是一个人,他一人鳌里夺尊。故此那日夜入御园之内,正遇万岁爷在畅春阁夜间饮筵。我暗藏身在宝座之下,候至万岁爷观看《八骏马图》的时候,我暗自盗去。实指望到绍兴府见了黄三太,题说此事。走至茂州,住在店内,被一个盗寇神偷王伯燕偷去,我就无心上绍兴府去。我回到家中,后来季全又下帖,请我赴群雄会。"康熙老佛爷听到这里,心中不悦。原得那王希奏道,他说丢杯全是由海子红门所起,那时把黄三太杀了,焉有今日此事?他又家中设立英雄会,招聚天下的响马。这两个人全留不的,必须全把他等斩首号令,以绝后患。

皇上正想着,听杨香武又把自己赴会,"才知道此杯落在那避侠庄内。有一个水旱两路的大响马,名叫金翅大鹏周应龙。他家那所宅院八百余间,窝聚水旱两路的响马。他家外墙是夹壁墙,墙里是埋伏脏坑、净坑、梅花坑、立刀、窝刀、弩弓、药箭,就是肋下生双翅,也飞不进那座分赃聚义厅。草民知道他那日寿诞之辰,我送了一分寿礼,往他家上寿。他把我迎接进去,我既入了周宅的内院,脱过几道埋伏,那玉杯就算到我手内。我先合他要九龙玉杯,他不给我,后来我一恼说:'姓周的,你防备点罢!三天之内,我必要盗你的九龙玉杯!'我飞身上房,是他不提防我在暗处偷看。那周应龙他先到后面,把玉杯拿在手中,他在聚义厅一坐,外边有四个盗寇相陪,各执兵刃,明灯蜡烛,外有水旱两路二百多名盗寇,在各处寻查,房上也有人,房下也有人。只熬了三天之内,我用熏香把周应龙之妻熏过去,从房上扔下来,趁势把九龙玉杯盗在我的手内。我回归店中,周应龙带领水旱盗寇与我决一死战,我等在店里与他动手,暗中派人把他的宅院放火,烧了一个片瓦不存。我等回归绍兴府,众人各自归家。我来至京都,同黄三太前来领罪。"

康熙老佛爷细听,说:"世上竟有这等事!"旨意下:"谕扬州府知府查抄避侠庄,拿获盗寇周应龙等,就地正法,勿容一名漏网!"心中说:"把黄三太、杨香武杀了,以免后患。"方要传旨,只见大学士王中堂见驾跪倒,口称:"万岁,臣见驾。"圣上问:"三太、香武此二人,应该怎样发落?"真是大人不见小人过,作大位之人宽宏大量,也有好生之德,乃胸怀藏锦绣,腹隐奇谋,连忙说:"论王法理应把他二人斩首号令,无奈万岁降过恩旨,今可把他二人永远充军。"话言未了,只见达木苏王爷口呼:"万岁!杨香武妄奏不实,他说周应龙那样严密,他如何盗得了去啦?万岁把杯赏给我,我带回花园,他如今夜盗去,此事皆真,万岁开天地之恩,把他释放。他要盗不了去,二罪归一,有欺君妄奏之罪,求万岁降旨,把他二人全皆斩首。"

康熙老佛爷乃仁慈之主,听达木苏王所奏,问杨香武:"你敢去吗?"杨香武说:"草民斗胆,只要告诉我在什么地方,我不等鸡叫,准能把杯盗来。"达木苏王说:"我的花园就在这座园的正北,今夜在玩花楼上饮酒等你,我看你怎样盗去?"康熙老佛爷乃仁圣之主,吩咐彭朋:"不准看管他二人,任他去盗杯罢!"皇上这也是知他不能盗了去那玉杯,无非不叫人看管他,他盗不了杯,怕见驾有罪,他还不逃走么。那仁圣帝主如尧似舜,心似秦镜,又派王希作为监看之人,与达木苏王领九龙玉杯。那太府宫官魏珠早从里边把杯匣拿出来,交与达木苏王。这杯是刑部提奏之时,就奉呈皇上了。圣上龙袍一摆,回归后宫。不知杨香武如何三盗九龙玉杯,就在下回书中分解。

第三十七回 黄三太带罪见驾
杨香武三盗玉杯

诗曰：

玉殿金界夜如年，天地人间事几千。

万籁箫笙微不辨，露繁霜重月满天。

话说杨香武与黄三太二人，跟彭公出离了宫门。天有巳正，回归关帝庙内。杨香武派季全去找飞天豹武七达子来商议大事。季全出离关帝庙，见对面是一条大街，顺大路正往前走，忽听对面说："闲人闪开，马来了！"季全见是武成带着四个跟人，还同一位三旬来岁紫面模的人，穿青皂褂。季全说："二位往哪里去？我奉杨五叔之命，正要请你老人家去。"武成说："我也不放心，还同这位张爷到此打听消息，不知吉凶如何，是怎么样呢？"季全说："请跟我到庙里，就知道了。"三个人到了关帝庙，赛毛遂迎接到门首。武成下马说："张贤弟过来见见。"杨香武一看，说："原来是鸡鸣五鼓张德胜。"乃是东平州人氏，会学各种鸟鸣，练的一身好武艺，飞檐走壁之能。一见杨香武说："故人杨五哥好哇！黄三哥呢？"杨香武说："现在里边，你许还不认识神眼季全？"张德胜说："不认识。"杨香武说："这就是跟着南霸天飞镖黄三太大哥的神眼季全。你二位要彼此照应。"季全说："张寨主，我是久仰大名，今幸相会，也是三生之幸。"二人见礼已毕，来至西院禅堂。

黄三太看见说："武贤弟请坐，张贤弟少见啦。"张德胜说："三哥好哇！"彼此见礼。武成说："三哥，我在王爷台前告了两个月的假，老没有当差，我也不放心你二位见驾是如何，就便到园子内消假，给王爷请安。"杨香武说："甚好！"自己就把见驾奉旨盗九龙玉杯缘故，说了一遍。武成说："此事不好，老王爷一生服软不服硬，膂力过人。还有哪位大人去？"杨香武说："王希中堂。此时可恨人少，要再有几位才好。"忽见手下人来报说："今有濮大勇、武万年、贺兆熊、张茂隆、蔡庆，带着徒弟朱光祖、万君兆七位前来。"杨香武甚为喜悦。张德胜说："杨五哥，少时还有金银兽陈应太、锦毛虎张秉成、左丧门孙开太、乌云豹李世雄他们四位，与我一同进的正说着,外边来报说:"陈、张、孙、李四位前来拜访。"杨香武说:"请进来。"大家吃酒。杨香武把自己今日盗杯之事,与众人说知。众人各吃一惊,怕赛毛遂不能盗取此杯。杨爷说:"你众位助我一臂之力。"大家说:"有用我等之处,万死不辞。"杨香武说:"朱光祖、万君兆,我把熏香给你二人,一直去到达木苏王的花园之内,单找更夫所住之房,用熏香把更夫熏过去。你二人得了梆锣,可就未从定更先定更,少时就打二更,连着三更四更。听见鸡叫,你二人就交亮更锣,跳出花园,回归庙内,算你二人头一功。"二人点头。又回头说:"武贤弟,你是王府二等侍卫,又带管家,你今先到花园去,必见王爷请安。就见同伴伙友老在门上等候,候王中堂来时,叫贺、武、濮三位与张茂隆、蔡庆,五位假扮跟官之人,个个被着包袱帽盒,混进在人丛中,闹一个龙蛇混杂。如到门首之时,武贤弟你就先与他五位亲热,叫王爷疑是中堂这边人,中堂这边人疑是王爷的人。至晚必在玩花楼饮酒,那两家之人谁不去看热闹,齐集楼下,暗助我就可成功。"五个人答应下去。又回头叫白马李七侯,带着那陈应太、张秉成、孙开太、李世雄五个人,暗进花园,作为臂膀。五个人答应。又唤季全换了一身衣服,预备吐痰盒、太平袋、烟荷包,在季全耳边说:"如此如此,可以成功。"季全自己改扮去了。武成等都要预备齐了才好呢。杨香武又叫张德胜说:"贤弟,我今盗杯全在你的身上,须暗助我一臂之力。你今夜施展飞檐走壁之能,到了王爷的花园。天有三更,你在北边学鸡叫,再往南边叫几声,然后引的鸡声全叫,你在楼上找愚兄去。我要把杯盗在手内,你就跟我在房上,我跟王爷说话,他必疑乎鸡叫了,你再学一声叫。他知道是我一个人,真假难辨。然后大家回归关帝庙内,从墙上进庙,不可声张。"张德胜答应去了。

再言武七达子站起来,带从人告辞说:"我到花园之内,少时再见。"众人说:"不送了。"他带人到了花园内。此时达木苏王正在紫霞阁,派四个人把那玉杯收好。家人来报说:"外边有武成假满请安。"王爷最喜欢他,吩咐带进来。武七达子到了紫霞阁之内,与王爷叩头。达木苏王说:"武成,你还伶俐些,今日派你在门上,多加小心,防备盗杯的人,不许闲人出入。"武成答应出去。王爷说:"今日他要真能把九龙玉杯盗去,我必面奏圣上,赦他等无罪,我还要赏他些金银。他如不能盗去,那时间奏明圣上,全把他等结果性命,一个不留。古来能人有几个,除去了梁山水浒上的时迁,还有何人? 这伙毛贼,他如何比得了时迁呢。"王爷正在说话之际,家人来报说："王中堂来拜。"王爷吩咐："请这里来。"差官出去,立时把王中堂请进来。达木苏王降阶相迎,说："老中堂贵驾来临,未曾远接,多有失迎。"王希说："臣来至老王爷花园,一来请安,二来看那伙人今夜如何盗杯。"达木苏王说："那是小事,你我先喝酒谈谈心。我是久有此心要请你,总未得其便。"言罢,家人摆上酒筵,二人饮了多时。达木苏王吩咐："在玩花楼上点起纱灯,另预备酒筵,我二人到那里去饮酒去。"家人吩咐,少时回话说："禀爷得知,均已齐备。"王爷与中堂二人到了后边,天至日落,万花放香,里边真正好看。有诗为证:

> 众芳摇落独暄妍,占断风情向小园。
>
> 疏影横斜水清浅,暗香浮动月黄昏。
>
> 霜禽欲下先偷眼,粉蝶如知合断魂。
>
> 幸有微吟可相狎,不须檀板共金樽。

达木苏王与王中堂到了玩花楼上面,把楼窗儿早已开开,万花皆在眼前。楼台殿阁,花卉鸟兽,令人可观,真是另有一番胜境。王中堂见那楼内是五间,靠北边墙是花梨条案,上摆古玩,墙上名人字画,画的是大富贵亦寿考,牡丹鲜艳无比,两边各有一条对联,写的是:

> 司马文章元亮酒,右军书法少陵诗。

案前八仙桌两边,各有太师椅子一把。达木苏王与王中堂分宾主落座,吩咐家人去到书房之内,把那九龙玉杯取来,放在桌儿上。那本府家人早把那九龙玉杯取来,放在王爷的面前。王中堂打开锦匣一看,果然是玲珑细巧,上有九条龙。王中堂赞赏不一。那两府的家人齐集玩花楼下,都要瞧看这个热闹。

武七达子见那张茂隆与濮大勇、武万年、贺兆熊、蔡庆五个人到了门首,武七达子接见,把马拴上,见了本府的人,说他五人是王中堂那边的人,说:"来了吗? 你们跟中堂有差事?"他五人也说是。见王中堂那边的人,就说他五人是本府的人,说话都给他五人分清了。王爷花园人是多的,也无人盘查,闹的分不出皂白来了。贼与本府之人,对坐在一处讲话。武七达子正在应酬那些个人,忽然见季全前来,穿的新衣帽,手拿吐痰盒与烟袋荷包,把武七达子拉在一边,说"如此如此"。武成把他带到楼下,说:"众位,闪开道儿。"他到了王爷面前请了安,说:"王爷在上与中堂在此吃酒,这楼下这些人难辨是哪府的人,恐其贼人生智,混在人群之中,暗中观看,多有不便。依奴才之见,派几个精明细巧之人,都要年力精壮,可以办事的,伺候爷,方好看守玉杯。"达木苏王听了,心中甚为喜悦。王爷说:"就派你找四名太监来。"武成出去,不多时带着四个太监,内中就有季全跟进楼内,在此伺候王爷。那达木苏王又告诉武成:"去罢,把那些个人都赶下去。"武成至楼外说:"王爷有谕,闲杂人等,非传唤不准在此偷看探事,急速退下。如有人不遵,立即送办。"那些人全都下去了。天已黄昏之时,不见那众人动作。季全在楼上伺候,达木苏王看他那样,疑是跟王中堂来的;王中堂见季全这样伺候,又跟四名太监上来的,疑是本府派来的,也不好问。

不言玩花楼饮酒。且说朱光祖与万君兆二人,至黄昏之时,偷进了达木苏王的花园,各处寻找更夫。忽听西边梆子响,方才起更。二人顺着声音找去,见西房三间,外边一人手拿梆子直打,屋内灯光闪烁。万君兆一直进到房屋之内,见那三个人在那里喝酒呢。共四个更夫,外边去一个打梆子的,屋中只有三人。万君兆早已闻上解药,伸手拿熏香说:"我点个火罢!"那三个更夫疑是跟王中堂来的,知道生人也进不来,三个人连忙让座说:"请坐罢!点火吃烟啦?"万君兆说:"是给别人点着火。"他又与那三个人说话,不多时,外边那个人也进来坐下,觉着头迷眼昏。不多时,四个更夫就躺于就地。朱光祖与万君兆,立时拿起梆子来,二人打起更来。

再说赛毛遂杨香武与左铜锤鸡鸣五鼓张德胜两个人,到了黄昏的时候,来到达木苏王的花园内。二人分手,杨香武施展飞檐走壁之能,到了玩花楼上,望各处一看,但见那楼窗大开,里面明灯蜡烛,王爷与中堂对面饮酒,那只九龙玉杯就放在面前。杨香武与季全定好的,一拍窗户,就进去盗杯。杨香武伏在窗下,那楼上下无人照应。在这花园里,那假充跟班的张七、贺兆熊等,在外边花厅内与众人说:"众位莫到楼上去,倘若丢了玉杯,那时王爷必说是咱们与贼通气,那可不好。依我之见,莫惹祸,轻者打一次鞭子,重者送官治罪。"贺兆熊与张茂隆二人这几句话,只说的那两府的人,无一个敢走到玩花楼上去。

再说王爷谈话,与中堂吃酒,不知不觉,听的外边已交四更。达木苏王勃然大怒说:"中堂你看,那些毛贼说了些狂言大话。直到如今,连一点动作未有,大概他等不能把杯盗去。少时天色大亮之时,我去面君,连黄三太与杨香武一并结果他的性命,号令市上,以绝后患。"王中堂还未答言,忽听的正北鸡叫。王爷说:"无能为了,他说鸡叫盗去,不算能干,现时鸡已叫了。"王中堂说:"他等也是狂言,如何能盗的了去!我同王爷明日见驾,启奏当今,必重处他等。"季全见王爷也懈怠了,又听正北鸡叫，少时梆子五下。达木苏王说："天已亮了，无能为也。"季全趁此之际，先给杨香武送信，拍了窗户一下，然后他至王爷的面前，伸手一拉王爷的袍子，连拉了几下，他往楼下就走。王爷不知何事，连中堂齐往楼下观看，杨香武即将杯盗在手内。如何盗法，即在下回书中分解。

国学经典文库

中国公案小说

·彭公案·

图文珍藏版

第三十八回　奉恩赦三太归家　赏金银群雄散伙

诗曰:

中庭地白树栖鸦,冷露无声湿桂花。

今夜月明人尽望,不知秋思在谁家。

话说那杨香武听窗户一响,知道大事要成,望里偷看,见季全拍了一下窗户,走至神力王的跟前,连拉了袍子儿下,王爷不知何事。季全往东边楼门一站,又向王爷一摆手,他下楼去了。神力王同王大人、四太监望楼门东边一看,不知何事。无论什么就怕是猛勦儿。这几个人只顾往东边楼门一瞧,忽听外边高声说:"王爷,此杯已到草民的手内!"神力王方才吓了一跳,又听外边说话,一扭项,见桌儿上不见玉杯。神力王说:"不成!你虽说盗了杯去,天已亮了。"杨香武高声回说:"小民之罪,多有惊动,请王爷听,这鸡叫是假的,我再叫两声。"又叫了两声鸡打鸣,说:"王爷请瞧瞧表。"神力王低头瞧表,正十二点钟。神力王说:"叫外面人严察,方才跑的人是哪里去了?"外边众多家人正在那里坐定,一个个说:"今日鸡叫的早哇!"忽见从楼上跳下一人,往外去了,少时不见踪迹,把大家吓了一跳。那楼上王爷叫人,这一伙人至楼上,听说玉杯叫人盗了去啦。

神力王问四个内监:"方才那少年之人姓什么?"四个太监齐声说:"奴才并不认识。"王爷一想是武成所派之人,吩咐叫武成。武成方才把众位朋友送走,听王爷叫他,知道必是季全的事犯了,连忙至玩花楼说:"爷呼唤奴才,有何吩咐?"神力王怒冲冲说:"方才那个少年人姓什么?吓了我一跳!你从哪里带来的?"武成说:"我就派了这四个太监,那少年之人许是跟王中堂的。"王希说:"不是,已然将杯盗去了,这是贼起飞智。跟我的人,这不是在我身后。这是他安计,鱼眼混珠。说也无益,明日交旨罢!还求王爷一番慈善之心,不必与草民生气。"神力王点头说:"武成,你下去查看。"武成不多时回来。见四个更夫昏迷不醒,王爷派人用水灌过来。天至四更,候至东方大亮。王中堂带着跟人上轿,告辞出花园,上朝房。走了不远,忽从房上跳下一人,把中堂吓了一跳,跪在轿前说:"小民叩见大人。"王希瞧见是杨香武,问:"来此何干?"杨香武把杯匣双手奉上:"求大人开天地之恩,救草民之命。这是玉杯。"王大人手下人接过,递给大人。大人说:"你起去吧,我知道了。"杨香武回归庙内,与众人相见。二人到彭公屋内,此时大人早已换好衣服,候着见驾。见二人前来,将盗杯的事细细回明,彭公点头,随上马,带从人与黄三太、杨香武至畅春园宫门,敬候圣旨。

这日,王公大臣、中堂尚书、六部九卿、十三科道都来得早,打听神力王花园夜内盗杯的事。内有巴图公、敖国公、忠勇公、贝子贝勒,见了王中堂先问盗杯的事。王大人说:"此杯已被他盗去了。"大家暗为吃惊,不知他如何盗法。少时圣主老佛爷升了安乐亭,王中堂把玉杯献上,把夜间盗杯之事奏明,并求放免他二人之罪。神力王请罪,降旨罚俸三个月,这宗银子赏了黄三太、杨香武。康熙老佛爷乃仁慈圣主,这道恩旨下,大家谢恩。彭朋赏加一级,替二人谢了恩,带回关帝庙。武七达子亲身把银子送给杨香武:"众位,大家带个路费罢。"李七侯说:"你往哪里去?"黄三太说:"各自归家。"次日,众人各自归家。彭公带李七侯回宅。过了几天,江苏巡抚奏道:周应龙房已烧毁,并无拿获一人。圣上又下了一道上谕,派各省督抚务获周应龙到案,急行提奏。

也是彭公官运发旺,过了新年,二月间,有上谕:"河南巡抚着彭朋去,钦此!"随递了谢恩的折子,请了训。这次上任,把夫人留在家内,教子读书,带大管家彭兴儿与彭福、彭寿、彭旺儿,厨子刘安、书童鹤鸣,连车夫共二十余人。白马李七侯保护着大人起身,在路上,正逢三月景况,绿柳垂杨,春风送暖,桃花媚人,真是万物发生。正是:

春度春光无限春,今朝方始觉成人。

从今克己应拘友,愿与梅花俱自新。

彭公看罢,心中甚爽。

在路上晓行夜住,饥餐渴饮。那日要住河南境界,彭公叫兴儿先领手下人等上任,自己与白马李七侯各骑一匹马,身穿便衣。彭公穿的是灰色贵州绸大衫,外罩红青宁绸单马褂,足下白袜云鞋,骑一匹青马。白马李七侯的那匹马早已死了,此时换了这匹马,是在德胜门外马店骡店内,用二百两白银买在手中,排了半载。此马真能行四百里,每日喂的是小米绿豆,饮的是黄酒,正在强壮之际。与大人在路上,住在店内,就访问本处地方官,或是贪官,或是清廉,本处或有土豪恶霸。路上也有说州县官清廉的,也有说糊涂的。

这一日,到了半路之上,云升西北,雾生东南,细雨绵绵。彭公问:"李壮士,哪里有店能避雨?"李七侯就抬头一看,前面雾云漫漫,树木森森,大概必是一座庄村。二人催马往前紧赶,虽说暮春之时,小雨阵阵生凉,大人又没受过这样奔波,好容易进了那座村口,见是一个山庄,有七八十家住户,并无客店,也无庙宇。正在为难之际,见路北有一个大门开放,门前有两棵龙爪槐。李七侯与大人下了马,见这雨越下越大,心中甚是着急,拉马至门洞避雨。只见从里边出来一个庄客,年有三旬,身穿月白布裤褂,足下两只旧鞋,紫红脸膛。他说:"二位出去吧,我们要关大门啦!"李七侯说:"这么大雨,我们借光罢。这里有店无有哪?"那庄汉说:"没有店,我们这里叫冯家庄,姓冯的多。"李七侯说:"你们这里姓什么?"那庄汉说:"姓冯,我家庄主叫冯顺,你快出去吧! 瞧你那马拉粪,闹一地尿,快出去吧!"李七侯:"原来是冯庄主,作何生理?"庄汉说:"我主人当年卖京货,在河南各处赶会。"李七侯听罢,心中说:"这么大雨,哪里去住? 要与这个庄客说话,多有不便,不免如此这般。"想罢,开言说:"烦你的驾,你通禀一声,就说有李七侯来拜。"那庄汉说:"你怎么认识我家主人呢?"李七侯说:"见了就知道了,你不必问。"那庄汉进去不多时,同着一位五旬以外的老者出来,五官慈善,身穿细毛蓝布褂,足登青布油靴,举着雨伞,见这两匹马在眼前,瞧见彭公与李七侯二人,说:"哪位姓李?"李七侯过去说:"在下乃京都人氏,在可云龙镖店保镖。今同我家东人往河南办货,半路遇雨,来至贵庄。小弟慕名特来拜访,只求借一间小房避雨,容日登门叩谢。"冯顺听李七侯之言,说:"来人,先把二位的马拉进槽头上喂看。二位请进里边坐。"

二人跟随进了二门,看见是上房五间,东西各有配房三间,里边还有院落,必须从东边角门过去。冯顺引路,带二人到上房门首。彭公与李七侯看罢,进了上房落座。屋内倒也干净,靠北边有八仙桌,两边各有椅子。彭公东边落座,李七侯西边落座,冯顺下边相陪,问:"东人贵姓?"彭公说:"我姓十名豆三,贩绸缎为生。庄主姓冯呀?"冯顺说:"是。我先年也做买卖,只因我跟前并无男儿,就是一个小女儿,也无心苦奔。"李七侯说:"种多少田地?"冯顺说:"七八顷地,倒把我给坠住了。这个年月不好,皇上家的王法松,遍地是贼,我净受人家欺负,实是可恨。"家人献上茶来。李七侯说:"这目下也没有不遵王法的事,还敢明抢吗?"冯顺说:"明抢那还可以,硬要抢人更可恨了！我家一家人,正在无有主意呢。今遇见二位来此避雨,我又怕连累二位。依我说,你们候雨小点走吧。"李七侯说:"是为何? 你只管实说,我自有个主意救你。"

冯顺说:"镖客若要问,我实是可怜。庄之东南,靠大路有一座荒草山,山上寨主姓韩名寿,别号人称并力蟒,他有一个压寨夫人母夜叉赛无盐金氏,膂力过人,手使铁棍。手下有三四百名喽兵。他还有一个兄弟,叫玉美人韩山。有个二寨主雪中蛇关保,常在我们这里要粮。昨日遣两个喽兵前来,一个叫饿鹞鹰王二,那个叫野鸡腿刘八,送来两匹彩缎、两个元宝,说要我女儿做一个压寨夫人。前者韩寿娶了一个夫人,被母夜叉赛无盐给生生打死。我的女儿娇生惯养,如何给山贼呢? 有心去告他去,离县又远,又怕他杀了我全家,抢了我那女儿去。我打算要不是下雨,可以把地契带着,连细软之物,带家眷逃生。偏巧今日又下雨,你二位想想,我烦不烦?"李七侯说:"不要紧,你快些收拾,跟我二人上省,跪巡抚去调官兵剿他这座山就是了。"冯顺说:"要往河南,必须从荒草山走,也是必由之路。"先命家人摆上酒饭:"你二位吃着,我去收拾好了,咱们好逃命罢!"彭公听了此话,心中说:"这本地官并不清查保甲,以至盗贼如蚁。我到任的时候,必要查拿盗贼,清净地面,才可保国卫民。"正想着,菜酒摆上,冯顺往后边去了。李七侯与大人对坐,吃酒谈心。冯顺到后面收拾细软金银财宝衣服等物。

天已日暮之时,雨已住了,自己到了前面客厅之内,说:"李壮士,我想虽然逃走,不知何年月日才能回来呢?"李七侯说:"我们东人与河南新任巡抚彭大人是亲戚,只要到了汴梁城,你递一纸呈状,那彭大人必然派官兵前来剿灭此山。要似这样光景,还成事体吗? 理应地面官清净地面,安理闾阎才是。身为边疆大员,理应上致君下泽民,查官吏之贤者能者必有保举,查贪昏之辈定行参革。河南为畿辅近地,竟有这等盗寇哨聚山林,成群聚伙,该此处地面官并不认真查办,着实可恨。"今日天色已晚,忽听外面有叩门之声,一片声喧。原来是荒草山的群寇前来抢亲,家人吓得慌慌张张的说:"不好了,荒草山的大王来了!"不知抢亲如何,且看下回分解。

第三十九回　李七侯大闹冯家庄
高通海剪径齐邑渡

诗曰：

片片飞来静又闲，楼头江上复山前。

飘零尽日不归去，贴破清光万里天。

话说那冯顺听家人禀："荒草山的大王来抢亲事了！"李七侯说："你不必害怕，有我呢！"站起身来，到了外边一瞧，有三十多名喽兵，为首一人乃是韩成。这个人性情猛烈，贪淫好色，手使钢鞭。又有三旬以外的一人，他是韩大力，山寨总头目，带着一乘轿子来娶冯小姐。李七侯一出去，有认识他的，说："哎哟，李寨主在此何干？"韩成也认的白马李七侯，说："你来此何事？"李七侯说："咱豪杰中讲究的是杀赃官，斩恶霸，剪恶安良，是大丈夫所为，不能显姓扬名，暂为借道栖身。为何抢人家良民的少妇长女？上干天怒，下招人怨。依我之见，你趁此回去，告诉你家寨主，自此改过，免伤和气；如要不然，恐你们的性命难保。"这一片话，说的那韩成闭口无言，愣了半天，说："李七侯，你吃上姓冯的了，要威吓我等，你太也不对啦！依我之见，你早些躲开这里，免伤咱们的和气；若要不然，你也难讨公道！"李七侯气往上撞，说："小辈！你真是太岁头上动土，老虎嘴边拔毛。"一抢手中单刀，说："你不怕死，只管前来！"韩成抢鞭，照定李七侯就是一鞭，李七侯急架相还。二人走有十几个照面，忽然李七侯一刀正砍中韩成左背，那些个喽兵吓得战战兢兢。李七侯用刀一指说："尔等急速回去，免的我结果了性命。"那些手下喽兵都知道白马李七侯乃京东一带大义侠，人的名儿树的影儿，大家一哄而散，各自顾命逃回。天有二更之时，那韩成说："你等莫忙，我去调了兵来，必要把你们这座冯家庄杀的一个不留！"气愤愤的去了。

冯顺在大门内说："李七太爷，这个乱儿可不好！咱们要往河南省，必须从齐邑过黄河，奔金铃口，那时必走荒草山，恐怕难过。"李七侯说："你也不必跟我去上汴梁城，我有一个好主意，你先往你的亲戚家躲避几天，事不宜迟，暗中探听，一月之内官兵必然来剿那荒草山,你再回来。"冯顺说:"有理。"收拾好了,由三更天起身,奔延津县去了。

彭公与李七侯上马,奔齐邑,渡过黄河。天色大亮,正到荒草山北山口,听的对面一声喊说:"呔!此山是我开,此树是我栽,若要从此走,须留下买路银!无有钱买路,一刀一个土内埋!"李七侯说:"小辈!你等不认识你家七寨主,好大胆量!"内中伏路喽兵二十名,有认识李七侯的,说:"李爷,你先莫走,我家寨主有请!"原来韩成逃回山来,把方才之事细说了一遍,并力蟒韩寿说:"气死我也!想当年黄三太指镖借银,我等都是有一面之交。他今反向外人,欺我太甚。"天明派手下人去剿冯家庄,吩咐手下人:"在大路之上留神,如在大路上瞧见李七侯,速报我知道。"那喽兵头目叫何必来,今日一见李七侯,说:"朋友,你莫走。我先年跟窦寨主,就知道你这个人很有威名。我家寨主就来。"派人去山上报信。

少时听见锣声一响,见一个妇人生的丑陋不堪。怎见的?有赞为证:

缘只见他前顶歪,头皮儿瘦。燕挨儿偏,天然旧。脑袋小,黑又瘦。大麻子,似蜂仇。塌鼻梁儿,鼻汀溜。蓝布衫,花挽袖。印花边,黄铜钮。红中衣,裆儿瘦。小金莲,够九六。里高底,实难受,一步一歪一嘎哟。

手使铁棍,大嚷一声说:"小辈欺我太甚,把我的头目汲忽砍坏了。今日寨主奶奶来拿你!"李七侯听人说过,这山上有一位母夜叉赛无盐金氏,有万夫不当之勇。今日一见,李七侯跳下马来,把马拴在一边树上说:"大人,我去拿这丑妇。"自己拉出刀来,走至那妇人面前说:"丑妇,你休要逞能!李寨主结果了你的性命。"那金氏摆棍,照定李七侯就是一棍,李七侯往旁边一闪,用力分心就扎。母夜叉的棍欹抱月的架势,往外一搭,把刀搭开,趁势一棍,李七侯躲开。两个人一往一来,不分胜败。战有一个时辰,那母夜叉天生粗鲁,力大无穷,李七侯只有招架躲闪,不能赢他,自己害怕,又怕连累大人,真是并无一点主意。那棍上下翻飞,来回乱转。李七侯一想:绝不该多管闲事,是非只为多开口,烦恼皆因强出头。

正在为难处,忽然间从正南来了一匹马、一匹驴。马上驮的是赛李广花刀无羽箭刘世昌,那骑黑白花驴的年有半百以外,头戴马连坡草帽,身穿蓝绸子长衫,足登青缎快靴,淡黄脸膛,沿口黑胡须,肋下佩着一口带鞘的折铁刀。此人姓贾名亮,绰号人称花驴贾亮,乃江湖中有名人物,练的飞檐走壁之能,窃取灵妙之巧,日行一千,夜行八百,并会打几样暗器。他自己永不搭伴,今日合刘世昌二人,是从高家庄鱼眼高恒那里回来，上贾家屯贾亮家中。走至荒草山前，正遇着那白马李七侯与母夜叉赛无盐金氏二人动手。

这二位过去说："李贤弟，为何与他动手？"李七侯说："二位兄长，快来助小弟一臂之力！"赛李广一伸手，掏出来一个墨雨飞篁来，照定赛无盐就是一下，正中头上，打的他"哎哟"了一声，唏唿栽倒，撒腿就跑。喽兵吓得往山上就去报信去了。李七侯过来，与二位见了礼说："我奔齐邑，过黄河上汴梁城。多蒙二位兄长来临，不知要何往？"贾亮说："同刘世昌到我家。贤弟请罢，恐其贼人再来。"

李七侯保彭公把马解下来，上马竟奔黄河而来。天色至午错之时，到了齐邑渡口。二人找了一个饭铺，吃了点饭。从外边走进一个人来，身高七尺以外，面皮微黑，身穿紫花布裤褂，紫花布袜子，青靸鞋，黑脸膛，粗眉大眼，过来说："二位，趁着风小，过黄河罢。"李七侯说："要多少钱？"那船户说："你二位单坐，给贰吊钱吧。"彭公一听价钱不多，说："很好。"先给了饭钱，跟那船户到了河边，先把两匹马拉上去，后又把行李搬上去。彭公与李七侯登跳板上船，举目一看，但看见那黄河水势甚涌，波浪滔天。真是诗曰：

莫把阿胶向此倾，此中天意固难明。

解通银汉应须曲，才出昆仑便不清。

高祖誓功衣带小，仙人占斗客槎轻。

三千年后知谁在，何必君劳报太平。

又诗曰：

夹水苍山路向东，东南山豁大河通。

寒树依微远天外，夕阳明灭乱流中。

孤村几岁临伊岸，一雁初晴下朔风。

为报洛桥游宦侣，扁舟不系与心同。

彭公看罢，坐在船上。平风静浪，顺着河开船，走了有二十余里，离南岸不远，见那日已西沉，黄昏时候。那船户过来说："你两个人今日共有多少资财，拿出来，免得好汉生气，回头把你扔在河内，叫你好落个整尸首。"李七侯听罢，连说："不好！我又不会水，遇见这个来的楞，不免我问问他。"说："朋友，咱们都是合字，莫不懂交情。"那船户瞧那白马李七侯说："你是个合字，更好啦！我是专劫贼，贼吃贼，吃的更肥。我是：

不种桑来不种麻，全凭利刃作生涯。

若有客商从此走，先要金银去养家。"

李七侯闻船户之言，说："你真是新上跳板的人，不知好歹！我用良言相劝，你这等可恶！"抽出刀来，照定船户就是一刀。那贼说："好，好！你胆大包天！"用坡刀相迎。二人战够多时，李七侯终是旱路英雄，并不会水，在船上地方狭窄，又施展不开，被那水贼杀的浑身是汗，遍体生津，只有招架之功，并无还手之力，口中说："好哇！我闯三十余年，连个无名小辈杀不过，我算什么英雄。"又怕落在水中，又怕自己被贼所害不要紧，"倘若我死之后，贼人不分皂白，把大人给害了，那还了的吗？"李七侯想罢说："黄河水寇，你欺我太甚，我与你誓不两立！"贼人正在二十来岁，精神百倍，听李七侯之言，他哈哈大笑说："告诉你罢，我在江湖之中，也不是无名之人。你自管打听打听，黄河一带，彰德、卫辉、怀庆三府，汴梁城一带等处，专杀贪官恶霸，剪除势棍土豪。要是买卖客商上了我的船，人家将本取利，抛家在外，我就是没钱用，无非他有一千我只留三百两，除去养家之用，余剩全都济了贫。要是那贪官上了我的船，得了财还要你的命。你是绿林之人，不过也是杀男人，掳女人，胡作非为。上了我的船，他就算是枉死城中挂了号，簿魂账上勾了名。"李七侯心内说："这厮说话，倒是一个好人。可恨我不该告诉他说，我也是绿林中人，又不好再说实话。说了实话，他反小看我，不信我。"

李七侯正自为难，忽听西边水声响亮，又来了一只小船，四个水手，趁着月色当空，看得明白，船头上坐着一人，离着远，看不真，那船往这边来。李七侯说："是过河的救星来了。"李七侯一边动着手，口中说："那边朋友，这里有水寇伤人！"那只船上水手说："少寨主，你今得了买卖，还没做下来？老寨主那只船堪可就到。"李七侯听说："完了。原来也是贼人一党。大丈夫视死如归，可恨我连累了别人。"他瞧着大人说："东人，贼党又来，你我无处逃生，总是我李七侯无能，才误了大事。"彭公在舱里听李七侯之言，心中也是惨凄，说："李壮士，是命运如此，大数到来，难逃此灾。"

正说着，见从西边来的那只船，已与这只船靠上，从那跳过一人，年约六十以外，头上分水鱼皮帽，日月莲子籀，水衣水靠，足下油鞋，手中擎着一对分水纯钢蛾眉刺，跳过这边来说："闪开！待我结果他的性命。"不知后事如何，且听下回分解。

第四十回 恶法师古庙行刺 镔铁塔施勇擒贼

诗曰：

日落西南第几峰，断霞十里抹残红。

上方杰阁凭栏处，欲尽余晖怯晚风。

话说白马李七侯与船户动手，累得浑身是汗，又见从正西来了一位老英雄，手使着纯钢蛾眉刺，跳上船来，瞧见是李七侯，连说："小子不可动手，这是你李七叔。"白马李七侯认的是鱼眼高恒，连忙跳在一边，给高恒请了安，说："大哥好哇！这是何人？"高恒说："高源过来，这是你七叔，见过了。"水底蛟龙高通海过来，给李七侯赔罪说："七叔，小侄儿不知，多有得罪。"白马李七侯说："真是父是英雄子豪杰，你叫高源？"高源说："是，号叫通海。"李七侯说："高大哥，这是河南新任巡抚彭公。"鱼眼高恒过来，至大人面前请了安，说："大人，草民有罪，多有冒犯。"彭公说："老壮士这大年岁，为何还在绿林？何不改邪归正？"高恒说："小民不敢说替天行道，不敢妄杀好人。"叫高源上那边船上去，叫那水手收拾几样菜来，与大人压惊。彭公与李七侯在船上，饮了一夜酒。

次日天色大亮，东方发晓。把船拢在岸上，把马拉下去。李七侯说："高大哥，改日再会了。"同大人上马到金铃口，住下歇息半日，补昨夜在船上的乏。由此处到汴梁城，还有四十里路。次日吃了早饭，二人出店，离了金铃口，走有三十余里，忽然间细雨纷纷。正逢四月初旬，这雨越下越大。彭公说："今年入夏以来，雨水甚勤，必是丰收之年。"李七侯说："大人，昨日要非遇见高恒，定遭不测之祸。"彭公说："我要是到了任，必要留心捕盗，查拿盗贼，好者劝其改邪归正，不好之贼就地正法。"李七侯说："是，理应如此。"

二人正走着，见道旁西边，坐北向南有座古庙。前后两层大殿，周围树木环绕，群墙以里，有禅堂配房不少。彭公下马，来在庙门首，李七侯前去叩门。彭公看那牌匾之上，写的是"敕建元通观"。山门上贴着两条对联，上写：

天雨虽宽，不润无根之草；佛门广大，难度不善之人。

李七侯连打了两下，只听里边人问："哪位叫？"哗浪把门开放，却是十六七岁的一个道童，打着雨伞，头挽牛心发髻，横别银簪，身穿月白裤褂，白袜青鞋。见那李七侯，说："找哪位？"李七侯带笑说："在下过路之人，偶然遇雨，求童子回禀庙主，借光避避雨。"道童说："你二位把马拉进来吧。"彭公把马交与李七侯，拉进角门，把马拴在树上。道童说："二位，这东屋坐吧。"东配房三间，名为"鹤轩"。彭公进去，看那靠东墙八仙桌儿一张，两边各有椅子，北里间垂着帘子，南边这两间明着。彭公二人落座，道童说："二位坐着。"一直往后边东院去了。外面那雨越下越大，彭公猛抬头一看，见从外进来一个妇人，生的千娇百媚，身穿一身白，素服淡汝，年约三旬以外，举止不俗，往后便走。彭公说："李壮士，这座庙内不是正道修行之人，你看那妇人往后去了。"李七侯看了一个后影儿，瞧着往西院中去了，李七侯甚为怪异，说："雨住咱们走吧，恐受贼人之害。"彭公点头。

忽听外面一声"无量寿佛"，进来一个老道，年有四旬以外，头挽发髻，横别金簪，身穿细毛蓝布道袍，蓝中衣，白袜青云鞋，面如紫玉，紫中透黑，扫帚眉，大环眼，二目神光烁烁，准头端正，四方口，连鬓络腮胡须，犹如钢针，恰似铁线，暗带一番煞气。李七侯看罢，连忙站起来说："道爷请坐。"那个道人见白马李七侯，不由得一愣，心中说："这人好面善。"一时间想不起来，忽然忆着。

这个道人姓马名道玄，乃是江洋大盗，因犯案屡次，自己当了老道，练的一身好功夫，长拳短打，刀枪棍棒，练的一身铁布衫的工夫，善避刀枪。前者二盗九龙杯，他与周应龙上寿去，在店的门首黄三太身后，他看见过那白马李七侯，虽未交谈说话，他可知道是黄三太的余党。因季全放火烧了周应龙的房屋，那些贼人回去救火，把火救灭。金翅大鹏周应龙聚集众寇，升了聚义厅。那美髯公神刀无敌薛虎，与小温侯银戟将鲁豹、俏郎君赛潘安罗英、玉麒麟神刀太保高俊这四个人在两边站立。周应龙说："黄三太欺我太甚，绝不该使杨香武出来盗杯。还可罢了，暗中耍笑作践我，我二人势不两立，有他无我。众位助我一臂之力，跟我去到绍兴府去找黄三太，也闹他一个全宅不安，方出我这一口怨气。"内有蔡天化说："先派人探听探听那只九龙玉杯是怎么一个下落？如要是真是当今皇上之物，还怕黄三太到了当官，他把一往之事一说，这件事恐怕又生出别的大祸来。凡事总要早先防备，探听明白，再作道理。"众人齐说"有理"。

　　周应龙听徒弟之言有理,立派他手下精明的人前去哨探。过了二十余天,回来禀报说:"庄主,大事不好了! 现今黄三太见驾交杯,下了一道圣旨,着江苏巡抚调兵剿拿,大寨主早做准备。那黄三太有一个朋友,乃是刑部右侍郎彭朋,当年做知县的时候,他曾助过他的银两。黄三太今日这场官司,全是彭朋给他走动的。还有一个白马李七侯,说是京东的义侠,与黄三太有来往,他现今跟彭朋,不久官兵必到。"周应龙听了此言,又急又气,他手下是没有兵马;他若有兵马,他就立时反了。他问众寇有何高论? 内有青毛狮子吴太山说:"大寨主不必为难,河南我那座紫金山,聚集有四五百名喽兵。我来给兄长祝寿,山寨还有个结拜兄弟,一个叫金眼骆驼唐治古,二名叫火眼狻猊杨治明,三名叫双麒麟吴铎,四名叫并獭豸武峰。莫若收拾干净宅内细软,到紫金山招军买马,聚草屯粮,大事成时可以扬名天下,图王霸之基业。如不成,可以自保其身,那座山有万峰之险。"并力蟒韩寿说:"要不然,就上我的荒草山。"周应虎说:"兄长,你不必为难,你上我那座北丘山也可以存身。"众寇纷纷议论不一。金翅大鹏周应龙说:"列位寨主,我今被他人所害,不得已而为之。既占了山寨,必要报仇。众位如遇见李七侯与彭朋,务必将他拿住,替我报仇雪恨。或者访他二人在哪里,然后再找黄三太去。"众人齐说"有理"。那些人该告辞的,也该走了。

　　周应龙收拾细软之物,他带家眷与一干人等,放火烧了房舍,随到了河南紫金山。细观这座山,在众山之中,南边有山口,西边有山峰,斗壁石崖,大峰俯视小峰,前岭高接后岭,真是一人把守,万夫难过。就在此处,他立了大旗招兵,派四路头目往各处抢劫客商,或在江湖水面。他是大寨主,共有十一位头目:大寨主周应龙,第二名青毛狮子吴太山,第三名大斧将赛咬金樊成,第四名赤发灵官马道青,第五名赛瘟神戴成,第六名金眼骆驼唐治古,第七名火眼狻猊杨治明,第八名双麒麟吴铎,第九名并獭豸武峰,第十名蔡天化,第十一名玉美人韩山。以外还有红眼狼杨春、黄毛犼李吉、金鞭将杜瑞、花叉将杜茂,共十五位。大家焚了香,喝了血酒,派人各处探听,他也结交官长。过了新年,探听的河南巡抚升了来,乃是彭朋。他心中一动,暗说:"不好! 他一到任,我等多有不便。"开封府知府武奎,乃是周应龙的拜弟,他这里暗设计谋,要报前仇。

　　这元通观的老道马道玄,乃是周应龙知己的朋友,先接了一封信,叫他在路上如遇彭朋上任之时,得便可以暗中动手。恶法师马道玄本来是个万恶之贼,今日瞧见李七侯身穿细灰布单袍,腰系凉带,足蹬青布靴子,淡黄脸膛,沿口黑胡须,二目神光足满。马道玄坐在下边,先问:"二位尊姓?"彭公说:"姓十名豆三,卖绸缎为生。"李七侯说:"我姓李行七。"那马道玄说:"朋友,你不是白马李七侯吗?"李爷听罢,心中一动,说:"不好,这厮他如何认的我?大丈夫行不更名,坐不改姓。"说:"道爷好眼力!在下我不错,贱名白马李七侯,尊驾如何知道?"恶法师见是他,他自己站起身来说:"我久仰大名,二位坐着,我到后面去即回来。"老道就离了东配房,自己心中说:"这是飞蛾投火,自来送死。我到后边收拾停当,把李七侯拿住,送到紫金山去,也好对得起金翅大鹏周应龙。"自己到后边,把道袍脱下来,收拾好了,把折铁刀摘下来,到了前边院内。他说:"踏破铁鞋无觅处,得来全不费工夫。李七侯,你二人休想逃走!"白马李七侯把衣服掀起来,抽出那单刀,窜在外边。雨亦住了,天有巳正。李七侯抢刀就砍,马道玄急架相还,二人在院中动手。

李七侯问:"野道!你是哪里人氏?我李某与你有何仇恨?你要说来。"马道玄说:"李七侯,我乃姓马名道玄,绰号人称恶法师。你前者在避侠庄与黄三太盗九龙杯,我就知道你。今日来此,我拿住你送到紫金山,把你碎尸万段,以泄众人之恨。"李七侯听罢,知道狭路相逢,遇见仇人,这是金翅大鹏周应龙的余党。李七侯说:"好,好!出家人作伤天害理之事。好野道!我拿住你再说。"把单刀使动如飞,那马道玄的折铁刀是神出鬼入。李七侯累的嘘嘘带喘,心中说:"我在江湖三十余年,不想今日遇见这样对手。真是人外有人,天外有天。"又是怕自己死了如蒿草,倘若大人被害,这便该当如何?

正在着急之际,急听角门有人叫门说:"开门来,开门来!"李七侯正在为难,说:"不好,贼人余党又来了!"想着,他大喊一声说:"好贼,你这庙内还要路劫官长吗?"这句话未说完,只见进来数人。不知李爷性命如何,且听下回分解。

第四十一回　问真情拿获贼寇 因案件私访豪强

诗曰：

春花秋月入诗篇，白日清宵是散仙。

空卷珠帘不曾下，长移一榻对山眠。

话说李七侯与恶法师马道玄二人，在庙中动手，不分上下。忽见从庙外进来十几个官人，头前那个拉着马的，头戴新纬帽，五品顶戴，身穿灰宁绸八团龙的单袍儿，腰系凉带，足登官靴，年约半百以外，赤红脸。此人姓彭名云龙，乃是开封府抚标守备，今日带十名官兵，两个跟人，前来接新任的巡抚大人，作为哨探。如接着，打发人回去送信，合城的官员好接上司。半路遇雨，又渴了，来至这庙里想要喝碗茶。他正听里边动手，把门踢开，瞧见一个道人与一位壮士动手。那些官兵人等说："你们为什么动手呢？"白马李七侯说："众位，快来拿这贼人！我是跟新任巡抚彭大人的，你们快来，大人现在东配房内。"那守备彭云龙听见，大吃一惊，先到东配房内给彭公施礼，然后又把兵丁叫过来。彭公正着急，见有一个穿官服的，口称抚标守备："卑职彭云龙给大人请安。"彭公说："好！你急速去到那院中，把那道人拿住。"彭云龙便把衣服一掖，拉出太平刀来，说："好万恶的道人，休要逞强，待我拿你。"拉刀剁。马道玄武艺超群，这几个人如何看在眼内，他说："你等好不要脸，能有几个人有能干的？"他把刀一摆，行东就西，一往一来，连李七侯与彭云龙二人都不行啦。彭公站在东配房以外说："无知道人，着实可恶！你们官兵何不过去与他动手？"

那十个官兵之内，有一个"哇呀呀"一声喊嚷，说："好一个贼道！欺人太甚，看我结果你的性命！"拉出单鞭有鸡子粗，长有三尺二寸，乃是纯钢打造的，重三十六斤。此人身高九尺，膀阔腰圆，头戴官帽，身穿号铠，青中衣，青布抓地虎快靴，面如锅底，黑中透亮，亮中透黑，粗眉直立，虎目圆翻。一摆手中鞭说："咴！贼道，你有何能？"照定头顶就是一下，老道急忙闪开。他见人多，自己想要逃走，无奈又被他三人围住。马道玄急了，抢折铁刀照定黑大汉就是一刀，被那大汉用鞭往上一迎，把那折铁刀磕飞。老道往西蹿去，被李七侯一刀背顶于肩头之上，那黑大汉一腿踢在那道胯骨之上，道人往前一栽，摔于就地。彭云龙与几名官兵过去，把道人捆上。

彭公说："那黑汉，你姓什么？"那黑大汉过来给大人请了安，说："我姓常名兴，号叫继祖，别号人称镔铁塔，因我生的身躯高大。我是清真回回，住家在黄河北卫辉府城内。自幼爱习学枪棍，父母早丧，我孤身无倚，来至开封府投亲，就在这里守备营内当一名步兵。这一分钱粮，每月只领银九钱七分，不够我吃的，无法，全仗着我们一个亲戚他给我日用。我每一顿饭吃白面五斤，要吃米须得三升才够。"

彭公说："瞧他这个庙内里，还有一个妇人。"众官兵先到后边各处一找，就有道童儿，并无妇人。又在西院一找，见院内有一口大钟，钟内有哼嗤之声。众人把钟抬开，见有一人，堪可要死，年有二十余岁。众人给了他一口水喝，又给他找了一个馒头吃，把他带在前边大人跟前。彭公问他："姓什么？为何来在这钟底下？自管照实话说来。"那人跪扒了半步："老爷，小人乃开封府祥符县城外五里屯住家，姓李名荣和，家有父母，生我兄妹二人。我妹妹尚无有许配人家，今年十七岁，比我小五岁。我娶妻张氏，住在本村。今年正月，有本村的监生张耀联，绰号人称恶太岁，他家也种有二十余顷田地。他广交官长，走跳衙门，霸占房屋地土，奸淫少妇长女，无恶不作。他遣他家使唤人叫郎山到我家，给我妹妹珠娘提亲，与张耀联做妾。我父亲李绪文不愿意，他至二月二十五日夜内，硬把我妹妹与我妻张氏抢去。小人被他恶奴郎山砍了一刀，我父亲身受木棍之伤。次日我至祥符县喊控，把他告下来。县太爷姓金名甲三，并未传伊到案，反说小人妄告不实。小人又在开封府武大人那里递了呈子，仍批回本县。金大老爷把我传去，说我是刁民越诉，打了我四十板子，问我还告不告？小人回禀：'求老爷开恩，我实被曲含冤，又被势棍抢去妻妹，父母身受重伤。老爷不给我做主，我是有冤无处诉去了。'"

彭公听到这里，说："好官！他应该怎么办呢？"李荣和说："那县太爷把小人收下。次日传张耀联到案，他说小人借贷不周，因此怀恨，说我把我妹妹送在别处去了，我自行作伤，妄告绅士，又打了我四十板子，叫我具结完案。如要不然，定要收监。小人无奈，具了结，回到家中。我母亲连急带吓，竟自卧病不起，三月十六日死的。小人因想妻子，又为妹妹，先把我母埋了。料想在河南省，要与他打官司，如何赢得了？我找了一位会写呈状之人，写了一纸呈状。我带路费，打算要进北京，跪都察院，以鸣此冤。谁想到我走到这庙门首，渴了要点水喝，老道把我让进庙来，问我哪里人？我一说实话，他把我的呈子诓过去一看，立把小人抓住捆上，放在那个钟底下。小人想，是不能出去，必饿死在钟内。我家中素日供着观音像，我每日烧香，今在难处，我不住磕头，只求有个救星。今日多蒙众位老爷救我出来，求众位老爷救我，替我鸣冤。"彭公说："本院我是新任巡抚，此事只要是真，我定然替你报仇。"把贼道带过来说："你把李荣和那张呈状收在哪里？"马道玄说："烧了。"彭公说："把两个道童不必带去，叫他二人看庙。"此时风息云散，早露一轮红日，天有正午。彭公又叫人找各处，并无妇人，心内说："莫非是观音现圣，亦未可定。"自己随即带众人一同出庙上马，竟奔汴梁而去。走了有十数里光景，到了关乡，进城到了巡抚衙门。兴儿早已到了里边，把大人迎接进去。彭公吩咐连马道玄与李荣和一并派彭云龙看押，到了后边。次日，护理巡抚印务是藩台英春，派首府送印过来，自己摆香案，望阙叩头谢恩，接了印信文卷等。次日，拜藩、臬、道、首府、首县，大家又回拜。乱了几日，文武署员全皆会过。彭公知道荣和这案不能交府县办理，内有情节，立刻派武巡捕，是李七侯、常兴二位，都是保了一个六品虚衔；文巡捕是彭兴，余者各有所差，请了四位师爷书启折奏，又留常兴帮李七侯办事，赏京制外委。

这日，把马道玄与李荣和一并交臬司刘彦彬办理。这位臬司乃科甲出身，为官清正贤能，到任不久。今接了巡抚大人交下来的案件，立时升堂，先讯了李荣和的口供，与他的来文一样。立时带上马道玄跪在堂下，刘大人说："你一个出家人，不守本分，结交匪人，私害人命，你又在庙中行刺，把你所做的事从实招来。"马道玄说："李荣和因他告我的朋友，我才把他扣在钟下。李七侯也是一个贼人，我二人素日有仇，我要报仇。"刘大人说："你这厮胡说！李七侯乃巡抚大人标下。你所行之事，何人所使？要不说，本司决不姑宽，趁此说来。"马道玄说："小道无的可说。"刘大人说："给我拉下去打！"两边人役拉下去，打了八十板子，又带上来。刘大人说："你还不实说？"马道玄说："大人，我与李七侯有仇是实，并不知是巡抚大人，要知是巡抚大人，出家人再也不敢行刺。"刘彦彬吩咐把他二人带下去，叫李荣和对保，道人入狱。立时行文往县，要张耀联急速到案。过了两日，县里回文说："张耀联入都探亲，归无准期。"刘彦彬又催了两次，总不见传到。

这日，该上巡抚署办公事，彭公请至书房之内，把一应公事办完，先问："寅兄，马道玄与李荣和这二人，应该怎样办理？"刘彦彬说："马道玄身入玄门，起意不端，谋杀人命,虽未害死,乃因他恶念已出,立意已坏,这件事不能轻纵。还有,李七侯与大人在他庙中避雨,他怀仇谋害,按律应斩立决,把首级悬于通集之处示众。是有张耀联这厮,并未到案对词,我屡催传,该县回文说伊入都探亲,归无定日。"彭公听罢,说:"是了,我也知道张耀联是个不法之人。他认识马道玄,这就不是好人。又牵连府县,寅兄回去,我自有道理。"刘彦彬喝了两碗茶,立时告辞。

彭公一想:"这张耀联必然是个财主,也许与李荣和素有挟嫌之仇,借着家中闹贼,他妄告他报仇;也许张耀联是一个势棍,结交官长,任意妄为,府县官受他的银钱,通同作弊。这件事不可粗率,必须我亲身走一趟。"想罢,把李七侯叫上来,说:"李壮士,你换上便衣,跟我到那五里屯,访访张耀联果是何等之人,我再为办理。"李七侯换了便衣,二人由后边角门出去。巡抚彭公扮作一个算卦之人,带李七侯出了酸枣门,直奔五里屯而去。正值端阳节后,夏日天长之际。彭公这一入五里屯,又生出一场是非来。不知后事如何,且听下回分解。

第四十二回　张耀联看破行迹　彭抚台被拷马棚

诗曰：

地湿莎青雨后天，桃花红近竹林边。

行人本是农桑客，记得春深欲种田。

话说彭公带李七侯私访五里屯，在城外观看麦苗宛然快熟，天气清朗。来至村口，彭公说："李壮士暗跟随我，不必同在一处。"那李七侯说："大人只看我眼色行事，留神不可大意！"二人进了北村口，往南瞧，见这个屯庄有二百来户人家，南北一条穿街大路，东西大街。彭公走至十字街口，往东观看，那东边路北有一所宅院甚是高大，门前两棵树。彭公拿出竹板来，连敲了几下，在这条街上走了几个来回。忽见从那大门内出来一个年青之人，身穿细毛蓝布褂，白袜青鞋，面皮透白，生的俊俏。他站在门首说："先生，你会圆梦吗？"彭公说："也会。哪一家找我？"那少年人说："就是在下。我姓张名进忠，是我家主人张大太爷，你要圆好了梦，可多给你几个钱。"彭公点头，跟那人进了那个大门。

门内有一道界墙，当中屏门四扇，上写"齐庄"。中正二门以内，正房三间，东西配房各三间。彭公跟那人进了上房，见在正面有八仙桌一张，左右太师椅子两把。上首坐定一人，年约四旬，身穿两截罗汉衫，上白夏布，下淡青罗的颜色，五丝罗套裤，白袜青云履，手拿团扇一柄。第二钮子上有十八子香串，真正伽楠香。桌上放着一个玛瑙烟壶，真珊瑚子盖，赤金池洋脂玉烟碟。面似白纸，并无一点血色，短眉毛，鹞子眼，有光华，滴溜溜乱转，双睛透光，薄片嘴，沿口黑胡须。彭公一抱拳说："庄主请了！"那个人连座儿也未起来，说："先生请坐，我领教领教。"彭公坐下，问："庄主所梦何事？"张耀联说："昨夜梦见我身在污泥之中，也拔不出腿来，不知如何，又见一只猛虎过来，咬了我一口，觉着疼不忍言，一急就醒了，通身是汗。今日我心中不安，正想找一个好圆梦的人来圆梦。"彭公说："此梦不祥。身在污泥之中，被猛虎所咬，必有牢狱之灾，你速宜谨慎。"

张耀联本来心中有病。前者抢那李荣和之妻与他妹妹珠娘,当时抢来两个女子,乃贞洁烈妇,不但不从,受他一顿鞭子,即时自缢身死,暗中掩埋。从此他得了一个虚心之病,又急又怕。先听人说李荣和进京告状,被元通观庙主恶法师马道玄把他拿住,扣在钟底下,给他送来一信,他回信叫庙主把他结果了性命。后来又听说新任巡抚上任,拿了马道玄,把李荣和也从钟底下救活了,交了臬司审问。知县合他是拜兄弟,知府与他素有来往,他时常与府县在一处宴乐,他花了些银子,用文书给顶回去了。他也是害怕,他打算要进京。他有一个表兄何世清,在索皇亲那里作幕,他倚仗着势力,无所不为。今日忽得了一个噩梦,正在犹疑之际,听圆梦先生说有牢狱之灾,不由的一愣,随问:"先生贵姓?"彭公说:"我姓十名豆三,乃京都人氏。"张耀联听了,心中一动,聪明不过光棍,瞧那彭公举动不俗,"他又是京都的人,我是屡次并未到案,莫非他前来私访,亦未可定。我今用话探问,便知详细"。想罢,说:"先生到此处来了日子多少?"彭公说:"到此才有半月。"张耀联说:"求先生写一副对联。"彭公说:"在下写得不好,恐其见笑。"张耀联说:"不必太谦。"叫家人研墨,取来文房四宝,把纸放在桌上。张耀联是个有心之人,他要瞧笔迹,他要写得好,不是巡抚,定是衙门内的幕友先生;要是江湖生意人的,笔力很俗。他见彭公拿起笔来,问在何处挂?张耀联说:"就在这客厅内挂。"随写的是:

留客酒杯应恨少,动人诗句不须多。

笔力甚足。

彭公写完,张耀联说:"有劳大笔,先生好俊笔力。"彭公说:"见笑,见笑。"张耀联说:"大人,你这是何苦? 你来私访,我早已看破,多有慢怠。"吩咐家人献茶。张耀联的意思,"只要你喝了茶,饮了酒,借这一步,咱们俩个交了朋友,我给你三千两或五千两,那又算些什么"。他是安着这个心探问彭公。彭公说:"庄主休要错认了人,我不是什么大人。"张耀联说:"大人何必如此! 我也看见过大人拜庙,并在各处拜客。今日来此,何必遮瞒?"彭公坚直不认。张耀联一阵冷笑,说:"官不入民宅,你既然不认,你写给我一个借字,把你用我的壹万两银子写上。"彭公说:"我又不曾借你的,我为何给你写字? 这个事可不能行。"张耀联叫家人来。从后边进来几个恶奴说:"叫我们何事?"张耀联说:"把他给捆上,吊在马棚之内。"家人立把彭公抓住,按在就地捆上,拉至后边马棚吊上。恶太岁张耀联亲身到马棚之外,坐在一把椅子上说:"孩子们,你把鞭子拿来,我要打他!"众恶奴取来一把皮鞭子,张耀联说:"你要是本处巡抚,说了实话,我不打你。要不说实话,我把你活活打死!"彭公五旬以外的人,听了此言,心中说:"为人行不更名,坐不改姓,才是道理。我已被恶人识破,何不说出真名姓来? 看他把我怎样办理?"想罢,说:"张耀联,你既认识我,你敢私立公堂,殴打职官。我是本省巡抚大人,来此私访,你便把我怎么样?"张耀联听罢,吓了一跳,说:"不好,这个乱儿真可大了! 擒虎容易放虎难。这件事要叫他回去,如调来官兵,我如何逃走的了?"心中一急,说:"把他放下来,锁在后花园空房之内。"家人答应,把彭公送入空房,留下两个人看守。

这张耀联他有一个心腹之人,在此给护院,姓邓名华,别号人称圣手仙,乃江湖有名的盗寇,窦二墩一类人。自打墩之后,他就在张耀联的家中住,无所不为,借仗着他主人的势力。今日张耀联急了,他到了外书房,把邓华叫来,问他有什么主意,就把拿住彭公的事说了一遍。邓华听罢,吓了一跳,他说:"庄主,这件事闹的乱儿可不小! 一位巡抚大人,这么办如何使的?"张耀联说:"事已至此,也不必说了。你快想高明主意才好。"邓华说:"我有三条计。头一条计,我问庄主,要这宅舍不要?"张耀联说:"连我的性命保不住,焉能顾别的呢?"邓华说:"庄主将一切收拾好了,把家眷带上紫金山上。那里的大寨主是庄主的拜兄弟,也挡得了这件事,将他杀了,以绝后患。中等计,把大人放了,别做造反的事,如事不成,隐姓瞒名亦可。下等计,把大人请出来,苦苦哀求,把他送回衙门,庄主先托人情,后到案打官司,你看这个计策如何?"张耀联说:"还是用上计好。把他一杀,咱们大家上紫金山,然后再想主意,救那马道爷。"邓华说:"不要声张,先叫家人吃了晚饭,大家收拾好了,我再去杀他。"张耀联说:"很好。"吩咐家人摆酒,二人同桌饮酒。邓华这个人精明强干,很有心胸。他见张耀联把家业舍了,将彭公杀了,自己随上山去,事情不犯,万事皆休;如要犯了,问我是个主谋的人,这场官司我定是凌迟。自己喝了几杯酒,壮起胆来。张耀联说:"贤弟,你莫非心中害怕吗?"邓华说:"我不怕! 这件事我就去办,胆小焉得将军作?"说着话,天有初鼓之时。邓华说:"庄主在此少待,我去就来。"他从墙上摘下一口刀来,往后花园去杀彭公。

且说李七侯在外面等候,不见大人出来。因七侯见大人进了大门时,他就访问这庄民,才知是张耀联的住宅。他甚不放心,找一个小酒铺喝了两碗酒,吃了些点心。日色已落,付了酒钱,还不见大人出来,说:"不好!"到了无人之处,把大衣服换好,把单刀一擎,把衣服系在腰中,飞身上房,到了他院中,正遇邓华讲说要杀大人,把他吓得一跳。在暗中跟他到了后花园,在翠云楼的东有三间空房,门外有一个灯笼,两个人在那里说闲话。李七侯一拉刀,跳在就地,说:"呔!好贼人,光天化日,朗朗乾坤,你等硬敢杀人,我来拿你!"邓华听了,吓了一跳,一回头抢刀,照那李七侯就是一刀。李七侯往旁一闪,趁势一刀,分心就刺,邓华用刀挡开李七侯的刀。那两个看守的人说:"邓大爷,咱赶紧鸣锣罢!"邓华说:"不用,你们去到前厅送信。"那个人答应去了。李七侯孤掌难鸣,又急又怕,脚下一绊,被石块绊倒,邓华举刀就剁。不知后事如何,且听下回分解。

中国公案小说

·彭公案·

图文珍藏版

第四十三回 玉面虎独斗圣手仙
张耀宗气走李七侯

诗曰：

春风淡淡影悠悠，莺哢高枝燕入楼。

千步回廊有凤舞，珠帘处处上银钩。

话说李七侯被石绊倒，骤难起来，那邓华按住，叫那个看守彭公的人，拿绳子一根把李七侯捆上，放在楼的台阶之上。他回来一瞧，这个看守之人被杀，那个送信的人不见回来。他心中吃一大惊，说："不好了！他们有人来了，这可不得了！"连忙要开东房屋门去杀大人，听那后面有脚步之声。他一回头，见有一位英雄，年有二旬之外，头戴青绸子罩头帽，瓦灰单裤褂，足穿青布抓地虎快靴，手举单刀，照定邓华就是一刀。邓华一闪身，借着星月光华，瞧见这个俊品人物。二人正然交手，邓华闹的只有招架之功，无还手之力，见他的刀法神出鬼入之能，战了几个照面，被那英雄一刀，将邓华的刀搪飞，随即一腿踢与就地，立时栽倒，被他一刀杀死。

诸公不知，前去送信的那人，被这位杀死。他暗瞧他二人交手，那李七侯被获，他就很着急。邓华把他捆上送在楼台阶上，他这里把看守的人杀了，进到空屋子内，见了大人，把绳子割断，将大人背起，送至西花厅的后面。他即把邓华杀了，后听见李七侯在台阶上大骂，说："你这些个狗狼之辈，把你七大爷杀了罢！我要合你一刀一枪动手，你未必赢得了我，我无故被石块绊倒，你算什么英雄？"正骂之时，那暗中有人说："李七侯，别吹啦！要不是我，你早做泉下的人了。这个样的能为，还吹什么？依我之见，趁早回家抱孩子去吧。你一个人保着大人，这是遇着我，若不遇见我，岂不连大人全皆受害。我把你解开，你趁早走吧。"这几句话甚是玩笑，说的李七侯闭口无言。被那人解开绳子，李七侯"嘻"了一声，自己也不管大人在哪里，他说："朋友，你前程万里，保着大人回衙门去吧！"李七侯立时走了。进了省城，到了衙门，进了自己住的屋内，把衣服并所用物件收拾一包袱，不辞而别。只到后来牧羊阵的时候，捉拿金氏三绝，西十路反王进兵，他才出世。这是后话不提。

且说那少年的人，来至西花厅后面，把那彭大人背起来，跳出墙外，顺着路奔到省城，天色大亮。这个人把大人送进巡抚衙门。彭公说："壮士别走，你是哪里人氏？请说为何到他家去救我？"那少年人说："大人要问，这话可就长了。"既然承问，这位乃是浙江绍兴府桂籍山张家集的人氏，姓张名耀宗，今年十九岁，家传的武艺。他父亲名张景和，乃镖行有名人物，称神拳教习，把平生所学就传授了一个人，覆姓欧阳名德，别号人称小方朔。这个人把张教习所有之艺，全皆学会。后来张教习过世，他抚养师弟妹妹长大成人，并传授他二人的武艺。他要出外访友去了，这张耀宗想，他师兄出外已有年余，并无音信，他在家中行坐不安，实不放心。把家中一应事情交与家人张福经理，他又在后边托奶娘仆妇人等照应他妹妹，张耀宗这才出门，在各处打听寻找，查无下落。他在江苏一省找过，今来在河南省城内住下。闻听有人说本处有一个恶霸，名叫恶太岁张耀联，他就暗进五里屯，与本处乡民打听张耀联无所不为，夜晚到了他的宅院，查探他的动作，若真是个恶霸，必要将他碎尸万段。这日正遇见这彭公前来私访被难，他杀了邓华，救了彭公，送至衙门。彭公问他，他把自己的来历细说了一遍。彭公听罢说："很好！你不必走了，你就跟我当差，我定然保你做官。"张耀宗即请安，谢过大人。家人来回话说："李七侯不知去向。"大人说："他若来时，禀我知道。"随派开封府行文祥符县，捉拿恶霸张耀联，速传到案。

不日，府县来禀：张耀联携眷逃走。彭公心中明白，就知府县纵放恶人逃去。彭公亦未深究，在书房想起李七侯这个人，为何不辞而别？我正想提拔提拔他，报他当年在三河任内那一片热心，也算是我的一个知心的人。俗语说得好：

万两黄金容易得，知心朋友实难求。

思前想后，忽又想起恶太岁横行霸道，府县贪缘，串通一气，立刻把张耀宗补了一个京制外委，充当武巡捕，加六品衔。张耀宗谢过大人提拔之恩。彭公又想起荒草山之贼，行了一角文书，着副将徐光辉，与守备彭云龙、常兴带领五哨马步队，剿灭荒草山，拿贼人，不准一名漏网。又叫张耀宗到书房面谕："今夜你去到府县衙门，暗探所办何事，细细查明回话。"

张耀宗随即换好衣服，背插单刀，飞身上房，蹿房越脊，到了开封府的衙门，进到里面，在各处留神探听。只见北上房灯光隐隐，听有人说话。他行至房檐之上，偷睛隔着窗缝望里一瞧，但则见里边八仙桌东首坐着一位，是知府武奎。西首坐着一人,年约三旬,面皮微青,青中透紫,雄眉恶眼,此人乃是紫金山寨主并獬豸武峰,与武奎是本族。

这武奎乃是一个秀才,在索奈那里当知客,后来认索奈为义父,钻谋保他得了一个知府,在此任剥尽地皮。前者张耀联他逃去,归了紫金山,还是他纵放走了。今日武峰来到此处,见了先叙了离别的话,又送来了三百两黄金,说:"这是我家大寨主与张耀联寨主叫我送来。还有书信一封,请老爷过目。"武奎接过信来,展开一看,上写:

武大人阁下福安!弟张耀联多蒙庇护,得逃虎穴龙潭。回想往事,胆战心寒。今幸紫金山寨主暂借房舍,以救燃眉。知己之交,不叙套言。现有敝友马道玄因弟之事,遭缧绁之中。恳求吾兄想方设法解救,容弟面见,必当厚报。今带来黄金三百两,望兄台垂青笑纳。来人武峰,乃兄之族人。别不多嘱。敬请福安。

弟等 周应龙 拜具
　　　张耀联

武奎看罢,说:"你回去,我自有道理。"叫人把武峰带至外面,叫他明日回去,"不必见我",送给十两银子盘费。武峰到外面去了。张耀宗又到县衙探听,并无别的动作。天有四鼓,回来天已明了。禀见大人,将夜间之事回了一遍。派人把李荣和传到,大人吩咐:"你不必着急,本院现在行文各处,捉拿张耀联急速到案。"那李荣和连连磕头:"小人只求大人替小人做主。"李荣和下去。

这日三更时分,张耀宗在房上巡查,见一条黑影儿,只扑上房而来。张耀宗暗中细瞧,他到上房施展珍珠倒卷帘势,夜叉探海,做与房檐之下。张耀宗不肯伤人,一刀背把那人钉与脊背之上,复又一脚踢下房去。张耀宗跟着下去,把他捆上,带在前面他那屋内,问他姓什么? 来此何干? 那人有三旬光景,说:"我姓马行九,别号人称白脸狼。我也是绿林英雄,今日我来此借些路费,遇见尊驾,未知贵姓大名?"张耀宗自通名姓,说:"朋友,你若说了实话,我许把你放了;你要不说实话,一刀把你杀死。我回禀了大人,你就是刺客。你不说真的,我不能放你。"那人一想:"若见了官,受了刑法,我要说了真情实话,性命难保。莫若我就说了,我看此人也许放我。"想了多时,他说:"张老爷,我也是上了人家当。我乃直隶河间府人,来至河南,投了紫金山金翅大鹏周应龙。他那里有一位姓张的,名恶太岁张耀联。他说托我一件事,给我五十两银子的路费,叫我来此行刺。我一时粗鲁,我就来此,遇见尊驾,望求开一线之生路,放我回去,我再也不敢来了。"张耀宗说:"我也不杀你。"拿起刀来,把他的耳朵砍下一个来,把绳儿一松说:"你回去给他等送个信,如再来时,有一个算一个,全把他们结果了性命。"那马九抱头逃走。张耀宗次日回禀大人。

彭公到任三个月,访求贤能之员,要保举人才。若是贪昏之辈,定然参革。不但兴立学校,减除弊端,又保升了常兴本汛的把总,张耀宗也升了把总。忽然想起一件大事,说:"我初上任,半路之上有荒草山的贼寇,结党为匪,该延津县毫无觉察。我已然行文,将他撤任候参,已派副将徐光辉、彭云龙带兵剿捕,勿令一名漏网,至今未见回音。"候了半月,来禀:业经将荒草山的贼党共擒获四十七名口,匪首韩寿、关保、金氏在逃无踪。又行文各府州县,务获擒拿归案,在事出力人员候旨施恩。

这日正是九月初九日,彭公将公事办完,请诸位慕友在书房谈心饮酒。忽报圣旨下,彭公赶紧接旨。钦差进了衙署,摆香案跪听宣读:"调彭朋来京,另候简用。巡抚印务,着藩司暂行护理。"请过旨,钦差起身后,将公事一切交代清楚,择日起身。张耀宗亦要告假回家,彭公已允,随带亲随人等入都陛见。在路无话。

是日到京,打了公馆,到内阁挂号访闻,才知是被福建道监察御史胡光参了两款,说他结交响马,不洽舆情,纵容家丁,凌辱绅士,例应革职。康熙老佛爷乃是有道明君,见了这道本章,下了上谕,着彭朋来京,另便简用。皇上早知彭公是忠心报国、干练有为之臣。是日内阁带领召见,皇上升了养心殿,彭公随王大臣班次参拜已毕。康熙爷降旨说:"彭朋,你有负朕心,为何纵使家丁,凌辱绅士?"彭公连连磕头,奏:"奴才蒙恩,特放豫省大员,自到任以来,唯知访查贤能之员委用,昏聩贪愚之辈参革,剪除势棍,清查匪类。查有勾串首府首县官员之绅士张耀联种种不法,奴才亲身访查,抢夺民女,反叛朝廷,将奴才捆在马棚,夜晚刺杀,凶恶已极。奴才终日兢兢业业,万不敢负却圣恩。"奏罢,康熙爷闻奏,勃然大怒。不知后事如何,且听下回分解。

第四十四回　　蒙圣恩清官复任　　良乡县刺客行凶

诗曰：

铁甲将军夜渡关，朝臣待漏五更寒。

山寺日高僧未起，算来名利不如闲。

话说当今仁圣帝主听彭朋回奏，勃然大怒："该御史风闻误参大臣，情实可恨，理应革职。孤念他职司言路，从宽免议，以后不准妄奏。"康熙佛爷真乃有道明君，见那彭公五官端正，二目有神，定必忠正，真乃柱石之臣，看他能上治国家，下安黎庶，朕必当重用。想罢，传旨光禄寺赐宴。彭公谢了圣恩下朝。诸事已毕，至腊月也未派差事，自己倒是清闲，同亲戚朋友下棋饮酒。时逢腊尽春初，新正月开印之后，圣上旨意下，召见彭朋复任河南巡抚，着彭朋去。谢恩之后，请了一个月的假，修理坟墓。倏忽就是三月初旬，择日请训上任。众亲朋送行，又忙乱了几日，择定三月二十九日起身。当今皇上钦赐金牌一面，上刻"如朕亲临"字样，着驰驿前往。彭公谢了恩，然后这才归宅，把一切家事安置妥当，自有夫人照应教训公子读书，随带那彭兴、彭禄、彭荣、彭华四个管家，车夫、厨子人等，大车四辆装行李，二套车六辆。大人这一次出京，比从先更显荣耀。大人坐的八抬大轿。

头一站是长辛店，有众亲友前来送行，接到公馆，大家饮酒，尽欢安歇。次日天明，亲友告别了。大人坐轿起身，往前行走。方才过了良乡，这日正走之际，忽见从南面来了一骑马，上面骑着一个押折差的官，头戴新纬帽，身穿灰布薄单袍，青布薄底靴子，背上欹着小黄包裹，年约三旬，面似姜黄，两道剑眉，三角眼，五官不正之相。一见大人的顶马，他问："这是河南巡抚彭大人吗？我是开封府差官，烦劳通禀一声。"说着，他就跳下马来，即奔大人的轿子而来。方离不远，抽出一口鬼头刀来，照定大人就刺。彭公猛然抬头一看，随说："不好！"把双眼紧闭，只等一死而已。轿子旁边有跟轿子的轿夫头儿，是山东人，姓王，绰号楞王。他紧跟着轿子，猛见有一人拿刀前来，照大人就刺，不由心中大怒，一抬腿把那贼人踢倒。把众人吓得面如土色，连忙跳下马来，先把贼人捆上，带至轿前说："大人可受惊？请大人示下！"彭公吩咐："把他带在后车之上，不必难为他，到前边打公馆就是了，我再审问他罢。"众家人答应站起来，立时把贼人拉到轿夫车上。然后彭升儿催马往前，到了松林店街上，打了店等候大人。

少时轿子进店，众人伺候大人到了上房。净面吃茶已毕，传把那贼人带来。众人把贼人带在大人面前，说："这就是刺客，请大人问他就是。"彭公带笑说："你也不必害怕，你必是被人所使而来，你要从实招来，我不难为你。你叫什么名字？"那贼听了，"嘻"了一声说："大人是一位明白大人，我也不敢说谎。我姓谢名豹，外号人称土太岁。奉了那紫金山的寨主金翅大鹏之命，特意前来刺杀大人，替那张耀联报仇雪恨。一路之上，派有绿林英雄甚多，均在各处等大人行刺，绝不能叫大人上任。"彭公听贼人之言，吩咐把谢豹交与本处地面官解送涿州知州，叫他严刑审讯明白，叫他与我一套文书就是了。随叫禄儿去到外面买一身旧破衣服来。禄儿到了外边，去不多时，拿了一身破衣服交给大人。彭公自己改扮一个念书的先生，带着禄儿，身带金牌，前去私访；派彭兴儿坐轿先走，自己带了二两银子，几百铜钱，出离这座客店，顺路往前走。

禄儿说："咱们爷儿两个，雇两匹小驴走吧，道路甚远。"彭公点头。禄儿雇来两匹，二人上驴，不一刻到了高碑店大街之上，付了脚钱。大人说："禄儿，你找一个卖饭的，我要吃点茶饭。"禄儿说："前面就是饭馆子。"大人抬头一看，就在路北里有一个酒楼，挂着酒帘。门首有两副对联，上写着：

名驰冀北三千里，味压江南第一家。

横匾是"宴芳楼"。彭公进门一看，上首是柜，下首是灶，后边是座，靠东是楼梯。大人顺梯上楼，楼上共是大间，正面有八仙桌，大人在那正当中坐下。跑堂的过来说："二位要什么吃的呢？"禄儿说："你给我要两壶酒，炒鸡片，炸丸子，溜鱼片，再配上两样饭菜，然后再拿别的来。"那跑堂地答应下去，少时间摆上了小菜。

只见从下喊嚷说："合字儿，调飘儿，招路把哈，玄窑儿上坨着莺找孙，把哈着急浮流儿扯话。"话言未了，上来了两个人，前头一人，身高七尺，项短脖粗，身穿浅月白布裤褂，青布快靴，手拿一个小小包袱，面似白纸，两道浓眉，一双俊眼，二目放光。后跟那个人，年约三旬，紫脸膛，环眉大眼，身穿紫花布裤褂，青布靴子。那个人说："合字儿，调飘儿，招路儿把合，海会赤字搬山啃散留丁展，亮青字摘遮天万字

图文珍藏版

的飘。"他们哑谜。"合字儿"是什么？这是江湖绿林中人黑话，"合字"他们自己，"调飘儿"是回头；"招路是眼睛"，"把哈"是瞧瞧；"海会赤字搬山啃散留丁展"，是北京城内大人喝酒吃饭，带着一个跟人；"亮青字摘遮天字的飘"，是拉刀杀彭大人。这二人他认识大人。禄儿听了此话，心中说："不好了，这两个人是两个贼人，所说的话内有隐情。"心中害怕起来。又见那两个人连忙坐在对面桌上，仔细看来。

这两个人乃是河南紫金山金翅大鹏周应龙的余党，前走那个人是红眼狼杨春，那一个是黄毛狐李吉。因为彭公他在任之时，发过人马剿那紫金山的贼寇，未能成功。后来张耀联归了紫金山，他先派人走动人情，买通御史，参了彭公。这又听说彭公复任，他与周应龙合伙，派人打听彭公出京日期，今天得了那探子回报说彭公复任。他自得了这个信，千思万想，思得一个绝妙计来了，派了几个盗寇下山，一路之上扮作了各行买卖人，在暗中刺杀大人。今天遇在宴芳楼之上，他们认识大人的相貌，在河南已曾见过，故此今天一见就识。禄儿见他二人相貌凶恶，两双贼眼不住的直瞧大人，早就害怕，直盼大人早吃完好早下楼去。等着大人吃完了，算还饭账，禄儿暗中说："大人，那对面坐的两个人不是好人，所为大人而来。"

那彭公一生忠正，不怕这事。下楼，天已不早了，见路北里有一座客店，大门关闭，叫禄儿前去叫门。禄儿答应，看那墙上写的"安寓客商姜家老店"。这掌柜的姓姜名通，外号都叫他姜够本，为人奸猾刻薄，年有六旬以外，并无父母妻子，剩下孤身一人，尚不知道改过向善，还行那损人利己的事。这店伙友全都散去，就有一个掌灶的名叫张文滔，因欠他的工钱未走，并无住客。姜够本正在屋内为难，忽听的叫门，连忙答应说："是哪位？"开了大门一看，原是两个人。看彭公年约六旬，跟着年幼一人，衣服平常。姜够本看罢，说："我这座店是关了门呢，不住人了。"禄儿是怕那两个人瞧见了，他连忙说："我们只要有住处就行了，房钱照例奉纳。"姜够本听他之言，正在穷急之际，就安心要讹他，说："你二位请进来吧。"彭公急忙进到上房，叫店家点上灯，拿进一壶茶来。彭公说："你算算该当多少房钱？拿了去吧。"姜通说："上房的房钱白银一两,茶钱、蜡烛一两。"禄儿把带来的二两银子交与姜通。他得银回归柜房。高兴之际,想着明天开张,把着二两银子换钱买卖,就可成功。正在想念之间,忽听有打门之声,不知何人? 且看下回分解。

第四十五回　姜家店群贼行刺　密松林一人成功

诗曰：

笔走蛟龙墨舞波，春蛇秋雁势如何。

兰亭古迹谁得见，拨换山头一只鹅。

话说那店家正在房中，看着二两银子喜欢，听见外面有人叫门，连忙把银子放在抽屉之内，出来将门开了。见那门外站立着五六个人，都是青衣服，小裤褂，手拿单刀、铁尺，说："你这座店内，方才住下两个人，是北京口音，有六十来岁的一个，十七八岁的一个。"姜通说："我这店已然关闭，我姓姜名通，方才住下是两个人，在上房里。"那几个人说："你可不准走漏消息，要走了他两个人，要你的命使唤，我们是奉官办案之人。"说完，回身就走。姜通一生最怕官面，听见这几个人所说的话，不由一阵害怕，心中不乐。

回到了自己屋内，把抽屉一拉，瞧那银子没有了。他心中一想，说："是了，必是张文滔他在西屋里，听见我得了二两银子，他必定偷了去啦！"想罢，来在北里间，瞧见张文滔躺在床上，酣睡如雷，天气又热，早就睡着了。姜够本自己因为丢了银子，气糊涂了，也不管那是与不是，过去抡圆了，照定张文滔的脸上就是一掌，打的张伙计一翻身起来，说："小子，你夜静更深，还不睡觉，为何打我？"随站起身来，竟扑姜够本抡拳就打。姜通说："你先别着急，跟我到南屋里来，我告给你。"二人说着，来到南屋内，姜通把方才的事说了一遍。张文滔说："这是哪里说起？我一概不知。你往别处找去，我方才睡着了，并不知道这些事情。"说罢，仍回这屋子内，一看被褥衣包一概不见，全然失去，不知被何人盗去。心中一想：这定是姜够本穷急了，使出调虎离山的计策来。这小子偷了我个一家净了，我焉能饶他？打他一顿皮拳，再与他算账，要回我的东西就完了。自己想着，走过南里间，瞧那姜够本正然低头思想之际。张文滔抓住了他的辫子，按倒在地就打，说："你趁早实说，你将我的衣服等快拿出来，万事皆休。"姜够本说："老张，你先别打我。我赔你就是了，我不知丢了什么物件,你别嚷啦,怕的是惊走那两个贼人,等明天再说罢。"这二人打架暂且不提。

再说那大人同禄儿,在上房点着蜡灯,与禄儿说:"天也不早了,咱安歇罢。"和衣而卧。正然要睡,忽然窗纸一响,禄儿往外一看,见一条黑影站在门前,手拿一口单刀,窜进了上房,一口把灯吹灭,把禄儿吓得钻入床底下,不敢言语。那人把大人肩头一拍,说:"大人不必害怕,我来了,自大人改扮出来,我就在暗中跟随。大人在酒楼说话,我已然听见了,不须着急。方才我把店家戏耍一回,请大人快跟我逃去。"大人也无可如何,急的无有主意了,被那人背将起来,往外就走,飞身上房,跳在外面,往南就走。大人此时借着月色光辉,看那背他的那人好生面善,一时之间想他不起。大人说:"你是什么人? 姓甚名谁?"那人说:"门下张耀宗,只因大人卸任进京,我也不愿意作那千总,自己告退,在旅店住下,暗中私访那省的官员。唯有那知府武奎,他欺官诈骗,无所不做,交结大盗。这大道之上,绿林人物往来不断,大人快跟我到前去,追上大轿再说罢。"彭公点头。玉面虎正往前走,忽然对面来了十数个大盗贼寇,把去路阻住,吓得张耀宗把大人放于树林之内,自己拉刀迎上那伙群贼。

这群凶恶贼众,就是红眼狼杨春、黄毛狨李吉二人,勾来了金眼骆驼唐治古、火眼狻猊杨治明、双麒麟吴铎、并獬豸武峰、金鞭将杜瑞、花钗将杜茂、恶法师马道玄等,奉了金翅大鹏周应龙之命,在半路之上劫杀大人。只因为彭公卸了任,群贼劫牢反狱,救出了马道玄,同归紫金山上。因此案,还坏了首县金甲三。今日奉周应龙之命,他等一定要杀大人。就是白昼之际,看见了大人,这才纠聚群贼,奔姜家店来刺杀大人。至半路上,正遇见了玉面虎张耀宗,身背大人由北往南。

张耀宗先把大人放下,拉刀迎上了群贼。金鞭将杜瑞把手中鞭说:"什么人?"张耀宗通了名姓,然后说:"你等不必前来,今有玉面虎老爷等候多时了,我全把你这伙贼人的狗命结果了。"金鞭将杜瑞是一个性情刚暴、有些力气,仗着人多势众,听了张耀宗之言,气的他三尸神暴跳,五灵豪气腾空,抡手中鞭,照着张耀宗就是一鞭。张耀宗往旁一闪身,那刀分心就刺。他用力往旁拿鞭一架,张耀宗急忙将刀抽回。那花锤太保丁兴,摇锤协力相助,二人战张耀宗一人。那花钗将杜茂也过来助战。又见杨春、李吉、蔡天化众人,各举兵器一齐上手。张耀宗一人独力难支,只累得浑身是汗,喘吁吁的,想要走万不能够。那吴太山说:"小辈,你莫想逃走,放着天堂有路你不去,地狱无门自来投。我等拿住你碎尸万段,才能出气。"张耀宗见群贼来势凶猛,自料不能逃生,寡不敌众,又不知大人此时落在哪里? 自己刀法,遮前顾后。天上微有月光。那吴太山等料张耀宗年少之人,有什么本领,先杀了他这边再说。杨春等大家抖起精神来,说:"咱们把这厮乱刀分尸罢!"正在耀武扬威之际,张耀宗看看有不了之势,忽然树上跳下一人,说话唔呀唔呀的,说:"唔呀混账王八羔子,不要欺负人,吾把你们都结果就是了。"张耀宗一听,心中大喜,说:"大哥,是救命星君来了!"

诸君不知,来的此人是谁? 乃是这部书中有名的人物,行侠仗义。他的籍贯江西丰城人,复姓欧阳,单名德。即小敬忠礼贤,先在各名山胜境之处访求高人,习学武艺。父母早丧,又无兄弟姐妹,自己倒并无牵挂。游到浙江绍兴地面,听说这本处桂籍山张家集有一位武教习,先在镖行大有名声,姓张名景和,别号人称神拳无敌。欧阳德亲身到张家集一问,有人指引西头路北大门上首,有垂杨柳两棵。来到门外一叩门,里边出来一位四旬光景的男子,身穿灰布夹袄,白袜青鞋,面皮微黄,二目有神,双眉带秀,四方脸,沿口胡须。出来一瞧,门首站着一人,年在二旬,白净面皮,长粉脸,重眉毛,大眼睛,准头端正,唇如涂脂,耳大有轮,身穿蓝宁绸夹袄,蓝中衣,白袜青云鞋,手拿小包袱。看罢,说:"这位先生找哪位?"欧阳德说:"吾是江西人氏,姓欧阳名德,久仰这里有一位张镖头,吾特来拜访,还有大事相求。方才在贵庄访问,有人指往这里。不知尊驾何人? 贵姓高名? 恳求传禀一声。"那四十以外的男子说:"我名张福,那位神拳教习是我家主人。你今来得甚巧,我主人正在书房闲坐,昨日方归来的,我给你通禀就是。"转身行入内院,去不多时,从里边出来说:"我家主人衣冠不整,在书房恭候。"请欧阳德随那张福进了大门。

过了二门屏门,里面院落甚大,北正房五间,东西配房各三间。行至上房,有一个十五六岁的小童打起帘子,见靠北墙有花梨条案,上摆郎窑果盘、水晶鱼缸、官窑瓷瓶,墙上挂着八扇屏,画的是山水人物,俱是名人笔迹。案前是楠木八仙桌一张,两边全有椅子。东里间挂着幔帐,西两间亦挂幔帐,里边围屏床帐均皆干净。欧阳德看罢落座,童子送上一碗茶来。张福出去不多时,自外进来一位,年约半百以外,四方脸,重眉阔目,鼻梁丰满,四方口,三髯胡须,身穿二蓝洋绉夹袄,白绫袜,青云鞋,五官端方,二目有神,身长八尺。欧阳德连忙站起身来行礼,自通名姓。张教习答礼相还,落座说:"先生自豫章来此,有何事来找愚下?"欧阳德带笑说:"老师,弟子愚拙之人,久仰大名,愿拜在尊前习学艺业,望求收留!"张景和看那欧阳德五官不俗,面带忠厚之色,心中也甚愿意。这才言投语合,自今日为始,留欧阳德住在书房,择日拜了师父、师母,一家人全给引见了。张教习夫妇跟前有一子一女,公子年方三岁,小女怀抱。欧阳德在这里住了三年,所有张教习之艺俱皆学会了。自己想要回家祭扫坟墓,禀明老师,他即告辞起身。在路上做了些行侠仗义、济困扶危之事。非止一日,到家买了钱烛、纸马祭品,到坟前祭奠尽哀。看坟的家人收了祭物,给大爷请了安,并请用饭。他在这里住了一夜,给看坟的他几十两银子,教逢年按节的祭扫,不可迟误。吩咐毕,自己往各处,又去访友从师,务要学那天下无敌的手段。

又在千佛山真武顶,遇见了红莲长老,拜在老和尚跟前学艺。红莲长老亦看他有缘,说:"你应该出家才是。"欧阳德说:"过五十岁归山受戒,我一定准来。若有半字虚言,必教火把我烧死就是了。"红莲和尚说:"阿弥陀佛!善哉善哉!我传你就是了。"欧阳德练会了鹰爪力重手法,一力混元气,达摩老祖易筋经,练的骨软如绵,寒暑不侵。二年的功夫,练的甚好,辞别和尚下山,在各处访查贪官恶霸、势棍土豪、绿林采花的淫贼。天下之人闻名丧胆,望影心惊,人称小方朔。

这一年,忽然想起,自从拜别张恩师,总未去看看,这就起身,说走就走了。不一日,到了张家集,不料正遇张教习病体沉重,一见欧阳德进来,心中甚喜,说:"贤契,来了甚好。你师母前年故去,剩你师弟耀宗、师妹耀英,他二人不知世物,你要当作亲弟兄看待。耀英今年四岁,有奶娘照应。我亦不久离于人世之上,倘要我死之后,你千万在这里照料他二人成名。我死在九泉之下,也感念你的好处。"欧阳德他是一个侠心义胆之人,听他师父之言,连连答应说:"你老人家放心就是。倘若百年之后,吾必在这里照看他二人成人,把我所会的武艺全都教会了他兄妹二人。"张教习听了欧阳德之言,心中喜悦,有心再嘱咐他二句,为一时心中发恼,不能自主。众家人同耀宗、欧阳德在床前守至三更时分,张景和呜呼哀哉,断气身亡。大家举哀。欧阳德代张耀宗办理白事已毕,从此欧阳德就在这里教他兄妹二人。

五载光景,张耀宗年已十二岁,欧阳德方才往别处访友去,不过三两个月,就要回来看望。张耀宗待欧阳德如同亲长兄一般。张耀宗到十九岁这年,自己独立在家,想起大哥欧阳德有半载未见回来,又无信来,甚不放心,这才往河南,遇见彭公私访五里屯。张耀宗气走李七侯,蒙大人保升了千总,跟着大人当差。彭公被张耀联买通人情,参了一本,调进京去,张耀宗告假,在省城住了半月后,他就回家。一路之上,访问恩兄的下落。到了家过新年,想起大人那样清廉的清官被参,不知当今万岁爷怎样办理? 我入都去打听下落。走至半路,遇见大人住在店内,他从姜家店将大人背出,路遇群贼。张耀宗把大人放在树林之内,与贼交手,寡不敌众。正在为难,从树上跳下一人,正是他恩兄欧阳德,要与众寇动手。不知后事如何,且听下回分解。

第四十六回　小方朔独战群寇 玉面虎寻找清官

诗曰：

寒暑渐催岁月流，利名堆里莫寻求。

终须白骨埋青冢，难把黄金买黑头。

死后空余千载恨，生前谁肯一时休？

出门长啸乾坤老，且弄江云送白鸥。

话说青毛狮子吴太山、李吉、杨春、杜瑞、杜茂、唐治古、杨治明约二十多名贼人，围住了张耀宗动手，从树上跳下一人。众寇借着星月之光，望对面一看，下来之人头戴皮秋帽，身穿老羊皮袄，足登棉鞋，高腰袜子，面皮微紫，四方脸，稠眉毛，丹凤目，高鼻梁，微有几根胡须，上七根下八根，元宝耳朵，戴着眼镜框，无光，身高五尺以外，说话唔呀唔呀的。这一伙贼人就是马道玄认识是小方朔，他知道欧阳德的利害，余者贼人闻名并未见面，哪里放在心上？红眼狼杨春、黄毛狐李吉二人，举刀照定欧阳德头上剁来。不想他练的身上善闭刀枪，寒暑不侵，见二人刀来，自己把足下棉鞋脱下来，望上相迎，战了两个照面，被欧阳德把那红眼狼打倒，黄毛狐带伤。花锤太保丁兴过来，抢锤就打，被欧阳德施展点穴的工夫，点倒在地，顿时身死。金鞭杜瑞说：“大家拿他就是！”各举兵刃动手，被欧阳德点倒了五六个，余贼不敢动手，背起带伤之人，大家往南就跑。

张耀宗也不追赶，过来与欧阳德行礼：“请问恩兄从哪里来？这一载有余未见，现在何处安身？”欧阳德说：“自从别后，吾在家里修理坟茔，又逛一遭扬州，到北五省这半载有余。吾听人传言说，你在河南保了彭大人，吾这是找你去，至此处遇见群贼，不知贤弟因何与他等作对，来此何干？”张耀宗说：“去岁我寻找恩兄，到河南保了彭公。后来彭公被参调进京去，我也不能跟去，又在各处访找恩兄，到了冬月，我回的家。今春一则要寻恩兄，二则到京中打听清官彭公如何。至半路遇见大人复任河南，我想那河南紫金山金翅大鹏周应龙手下，交来交去的江洋大盗不少，张耀联又归了此山，怕是他等谋害大人，我要暗保护。在半路遇拦轿刺客，幸他轿夫楞王拿住行刺的，交了涿州。大人改扮，私行在高碑店避雨，酒楼遇见，那贼人未敢动手。大人住了店，我怕贼人夜晚要害大人，我把大人背在这里，路遇群贼。若不是恩兄来此，我必受群贼之害。"

欧阳德听完，说："唔呀！大人在哪里？请过来，你我送他至下站公馆，还是坐轿走好？"张耀宗说："很好！"连忙到那边坡上一瞧，大人不见了，吓了一跳，说："兄长不好了，那大人被那伙贼人背去了！这可该当如何？"欧阳德说："唔呀！贤弟不要着急，吾追那混账王八羔子去，把大人救回来就是了。你我到安肃县，在公馆内再见罢。"说着追下去了。张耀宗也就随后各处寻找大人，找至天亮也不见大人，亦不知兄长往哪条路上追下去。自己又往回头各处寻找，怕是大人自己走藏在庄村之内。

张耀宗正在着急，抬头见正西有黑暗暗雾潮潮，一片树木森森，必是一座大庄村。玉面虎张耀宗信步往前，奔那庄村而来。方到村之北口外，路西勾连搭三间房，挂着酒旆，卖包子、馒头、大饼、大面，里边四张桌子，桌上摆着鸡子、糖麻花、豆腐干。张耀宗一来身倦体乏，四肢无力，心中又烦闷，想要歇歇，进了酒铺说："拿两壶酒来！"饭铺内一个年过半百以外的男子，一个十五六岁的小孩子，过来送上酒，又摆上几碟馒头、包子。张耀宗在这里吃酒，心中想："彭公万不能叫他等抢去，也不能去远。"心中辗转不定。张耀宗在这里吃酒，暂且按下不提。

单说彭公见张耀宗一个人与群贼动手，准是不能取胜，自己站起身来，往西南就走。道路崎岖，甚不好走，又是黑夜光景，趁着星月之光，走了有五六里地，坐在地下歇息。听见西南上有犬吠之声，站起身来，信步奔那庄村而来。天色微明，已到村之北庄口，见路西有一片灯火之光，是勾连搭三间房，里面蒸馒头、炸麻花。四月天气，夜内还凉。彭公改扮之时，又未穿着夹衣，俱是单衣衫，身上透寒，瞧见这三间屋子是卖吃食的所在，心中甚喜，推门进去说："众位借光，我在这里歇息歇息。"铺内掌柜的有五十多岁，身穿月白布裤褂，黄脸膛，短眉毛，圆眼睛，沿口黄胡须。那个小伙计有十五六岁。就是这两人在那里炸麻花，见进来一人，年有六旬，衣服平常，五官端方。小伙计过去说："要喝粥有小米粥，热了，有包子、馒头、麻花、煮茶鸡蛋、干烧酒。"彭公觉着天寒，想要吃两杯酒，说："拿一壶酒来。"小伙计答应，不多时把酒与各样菜等摆上来。彭公吃了几杯酒，那天也就大亮，红日东升，身上也不冷了。自己又要了一碗粥吃了，歇了片时，心中一动说："我的零钱是禄儿带着呢。"自己伸手一摸，锦囊之中就是那万岁赐的金牌，并无别的物件。自己又急，无可奈何，这才说："掌柜的，你这铺中可赊账？先给我记上一笔账，过三五天，我必来给你送了来。不知怎样，今天我出来的慌忙，忘了带钱啦！"那个掌柜的一听这话，把眼一瞪说："你这个人，大清晨早起，我们未开张，你是头一号买卖，吃了四十八文钱，我也不认识你，要写账不成，趁早给钱，莫不知事务！"彭公心中自知无理，又没有钱。

正在为难之际，只见从外边进来一人，年约二十多岁，俊品人物，身穿品蓝绸子裤褂，漂白袜子，青云鞋，身披青绸子小夹袄，手托水烟袋。一见彭公在那里坐着，他两个眼不住地望着大人瞧。铺中掌柜的与小伙计见那人，连忙带笑开言说："朱二爷来了，起来的早呀！吃的是什么点心哪？"那少年之人说："我倒不吃什么，这位先生多咱来的呢？昨天住在这里吗？"酒铺掌柜的姓吴，听见问，连忙说："朱二爷，你不要说，可了不得，我这买卖甚不吉利。今天一黑早，他进来喝了一壶酒，吃了点菜，共该钱四十八文，敢则他是个崩子手，告诉我没钱，三五天再给我罢。我认的他是谁呀？我们这里正说着，朱二爷就进来了，你老人家想叫人生气不生气？"那位少年之人，走至大人面前说："这位老先生尊姓大名？贵处哪里？"彭公说："在下乃京都人氏，姓十名豆三。"那人听了大人说话的声音，说："老吴，这位十先生吃的四十八文钱，我给了。"过去就拉大人说："先生，你跟我来，眼下有一个人正想你哪！"彭公一愣，也不认识这少年之人，他说有人想我，这里并无有相识之人，不由已被那人拉着往外就走。

此时天已然红日东升，快到吃早饭之时。彭公跟定那人出了小酒铺，往南走了不远，往东一看，一片树木森森，有十数棵龙爪槐树，幌绳上拴着膘满肉肥的马五十余匹，路北大门门前两块大石，以为上马所用。那少年人把大人拉着，进了大门路东门房三间。进了门房，大人瞧这屋里也到干净，并无浮尘，必是常住的房子。落座他在北边椅子上坐下，当中就是八仙桌子。那少年人说："大人胆量太大！这里无数的贼人等着拿你，你老人家还偏往这里来私访。这里找你老人家，如同钻冰取火，轧沙求油，幸亏遇见我，要遇别人，大人性命休矣！大人把我忘了罢？"彭公一时间想不起来，遂说："你是谁？在哪里见过？你怎么说我是彭大人呢？"那少年人说："我先说实话，恩官就肯说了。我姓朱名桂芳，在绍兴府作了一回买卖，折了些资本。因为坐船,同船之人不合,他是一个江洋大盗,被人拿住,他就把我拉上,说我是与他合伙之人,多蒙恩官清洁廉明,把小人当堂释放,我才不敢往外去做买卖了。在家中托人,找了这连儿洼庄,庄主是赛展熊的武连。我在这里当一个门公,亦已四年。这个庄主,他是绿林中人,坐地分赃的大贼,与各处有名的贼头全有来往。前几天,来了河南紫金山金翅大鹏周应龙手下人,来了十数个,说是要劫杀大人。我总想报答大人这个恩义,老不得其门,今天我清早起来,往老吴那里要个麻花吃,可巧遇见大人。若叫那伙贼人瞧见,大人性命休矣! 这武连要知道,就大事不好了!"

大人听完,方知来在贼人的家里,幸遇朱桂芳,此事还须求他,自己无法,说:"朱桂芳,你既然这样,替我想一个主意,救我才好! 你我在这里,也是不好啦!"朱桂芳说:"理应预备早饭,无奈怕坏了事。大人在龙潭虎穴之中,我想救大人。我有一个舅舅,在连洼庄东头,住在大道边上,赶车为生,这两天正在家中歇工。我去找他来,叫他套上车,送大人至安肃县公馆内,不知大人意下何如?"大人说:"很好,就是这样办法,事不宜迟,你就此前往为是。"朱桂芳说:"还有一件要紧的事,我走之后,要有别人进来,问你老人家哪里住,姓什么,来此何干,你老人家说在新城县住,说我是你的外孙儿,来这里瞧看我,莫说北京城人,千万记住了!"大人点头答应。朱桂芳出离门首,往外就走。

焉想到好花偏逢三更雨,明月忽来万里云。朱桂芳只在屋中与大人说话,外边暗中有人听见,乃是朱桂芳的同事的伙计,姓潘名得川,今年十九岁,乃是赛展熊武连心腹之人。在外面暗中听了这话,心内说:"朱桂芳你这小子,素日倚仗着嘴巧舌能,在庄主跟前说我的过处,今天可犯在我的手内。"转身入内,来至大客厅,见庄主正同那山东路上的响马蝎虎子鲁廷、小金刚苗顺在那里说话。潘得川连忙就来说:"庄主,可了不得啦! 咱们全家的性命难保! 朱桂芳勾串彭公,调官兵来要围困连洼庄,捉拿咱们。"武连说:"这话从何处说起呢?"潘得川说:"赃官私访,现在门房,朱桂芳去套车去了。"武连听罢这话,怒气冲于霄汉,伸手拉刀,带从人直奔外面门房而来,要杀忠良彭大人。不知怎样杀法,且听下回分解。

第四十七回　彭抚台误入连洼庄
胡黑狗识认讨金牌

诗曰：

流水高山一曲琴，预知千古是知音。

真情弹到无心处，始见幽然太古心。

话说恶奴潘得川在内厅房，把朱桂芳所作之事，全都对他主人说了。赛展熊武连听罢，很有真气，叫了五六个家人说："跟我到外面见机而作，若果然是真，把他千刀万剐！"蝎虎子鲁廷、小金刚苗顺二人说："我们也跟了去看看。"大家一齐站起身来，往外就走，来至门房。众人进里边，见南边椅子上坐着一位年迈之人，年约花甲以外，五官端正，四方脸膛，双眉带秀，俊目有神，白净面皮，花白胡须，身穿半旧细灰布褂，蓝中衣，灰套裤，白袜青云鞋。看罢，说："你是何人？在我门房。"彭公说："我是来此探亲。"见为首武连说："彭朋，你好大胆量！我们这里找你，如同钻冰取火一般，你还敢在这里来私访！好哇，孩子们，拿绳子先把他捆上，我细细的问他。"彭公听罢，连忙说："且慢！"抬头一看，这说话之人，身高八尺以外，膀阔三停，黑脸膛，重眉毛，大眼睛，高鼻梁，沿口黑胡须，年约四旬，二目贼光烁烁，瞪着眼，身穿蓝绸短汗衫，青绸子中衣，足登青缎挖地虎快靴。彭公看罢，带笑说："庄主，我是新城县人，来这里看我外孙儿朱桂芳。我姓十，并未得罪哪位，为何说我是彭朋，还要捆我，这是哪里的话呢？"

恶奴潘得川说："庄主爷，莫听他的话，这是朱桂芳叫他这么说的。把他捆上！莫乱，要一乱可就坏了。朱桂芳听见这话，他还敢进来吗？他若一跑，必奔那前边公馆，追上跟赃官之人送信，必调官兵前来，咱们可就苦啦！这个给他一个剪草除根，先把彭朋捆上，等朱桂芳回来，把他二人的性命结果了，神不知鬼不觉，凡事总要严密才是。"小金刚苗顺听罢，说："庄主爷，潘二爷所说这话甚是，就依着他说的就是了。"众恶奴过来，将彭公捆上，大家坐在屋内，等听朱桂芳的车一到，好再拿他。焉想到家人之内有一个王福，是朱桂芳的表弟。听见这个话，他假作出去出恭呢，他往正东去迎，一看朱桂芳坐着车往前正走，王福说："你坐车逃命去吧！你的事也坏了，彭公叫他们捆上了。"朱桂芳一听，大吃一惊！自己连忙叫拨回骡子，往正东一直的跑去了。王福回来，还装不知道。

等了有一个多时刻，不见回来，派人打听，回来说并无踪影。武连说："来！先把狗官抬到里边来！"鲁廷、苗顺二人跟随至大厅，他三人落座，忽然家人来报说："火眼狻猊杨治明回来了。"原来这伙贼人是昨夜晚从这里走的，也未能杀了彭公，在半路上那几个不知事务的被欧阳德点了穴，众人逃走。杨治明未能走开，听后边有人追，他藏在一边，候至天亮，他回来至连洼庄，正赶上见武连在大厅上坐定审问那彭公。杨治明进了大厅落座，说："庄主，他等昨日好晦气，遇见了蛮子小方朔欧阳德，在大树林打坏了好几个人，我今逃在这里。"武连说："杨贤弟请坐。我这里审问一个人。"吩咐家人："把他抬进来！"左右答应："是！"将彭公抬进大厅，放在就地。说："下面你是什么人？给我快说实话。"彭公说："我是新城县人，来看我外孙儿朱桂芳。我会算卦相面，哪里都去，常在京都前门外大街上，今天庄主是错认了。"武连一阵冷笑，说："狗官！你今天自己走入地狱门，你还敢撒谎！"一伸手，把墙上挂的宝剑摘下来，说："你要不说，一剑结果你的性命！"恶狠狠地把宝剑一举，向彭公而来。彭公说："庄主，我实是算卦相面之人，不可错杀了人才是。"小金刚苗顺说："武大哥，这个人不是彭朋。"武连说："何以见得？"苗顺说："杨二哥方才说，昨夜晚已遇见欧阳德救了彭公，焉能来在这里呢？把他放了罢，叫他给咱们相相面。如相对了，给他几两纹银，叫他去吧，他这么大年岁，谅也不是。"武连把他放开，众恶奴把大人扶起来。

武连吩咐旁边看个座儿，说："十先生你坐下，我一时孟浪了。我那家人朱桂芳是一个好人，想必是害怕，不敢回来了。将你错拿了，你先给我们相相面，然后再给他们三位相相就是。"彭公本来是多读广览，一看武连面带凶煞之气，说："庄主，凡事忍耐，少贪外事。尊庚今年交运，过了今年事事如意，万事亨通。子孙最少，多积些阴功德行事，自有益于子孙。"蝎虎子鲁廷说："老先生，你也给我们看看。"彭公再瞧了鲁廷凶恶气象，五官不正，连说："这位的相貌主于多受劳碌，在家闲不住，总然有骨肉不合，少运平常。今年贵甲子？"鲁廷说："今年三十二岁，姓鲁，山东人氏，你说得真对。"彭公说："尊驾这相貌，宜在外，不宜在家。一生财如流水，来的广，去得多。"鲁廷不等说完，连说带笑："相得对，不错，我们绿林中人物，这手来那手去,哪里存的住呢?"小金刚苗顺连忙拦他说:"大哥,嘴太不严啦!"武连哈哈大笑说:"苗贤弟,你也太小心了,我这一带的村庄,哪一个不知我是一个坐地分赃的英雄,何必坐在家里小心呢? 先生你给我苗贤弟相相,看他相貌如何?"大人恨不能立时逃出龙潭虎穴才好,彭公说:"这位的相貌与众不同了。他为人机巧,伶俐聪明,一见就识,少运好,此时中年正走好运,诸事平安,交了今春,你的事体多多顺利。"苗顺点头。方要给杨治明相,杨治明说:"不必给我相,咱们绿林中人,还有什么定凭? 所做的都是犯王法之事,事到如今,我倒是一个骑虎不能下。送给这位先生点路费,叫他去吧!"武连说:"王福,你从账房内要二两纹银,给他去吧!"

王福正取银两去,外边进来家人禀报说:"京东胎里坏胡铁钉求见。"武连说:"请进来。"不多时,只见外面进来一人,身高约有五尺,光着头,身穿青绸子大衫,足登青缎快靴,尖脑顶儿,黄脸膛,两道斗鸡眉,一对圆眼睛,滴溜溜朔朔放光,黑眼珠滴溜圆,小蒜头鼻子,一对小耳朵,薄片嘴,微有几根胡须,上头七根,下边八根。已进大厅,说:"庄主久违了,少见,一向可好?"武连站起身来说:"胡寨主从何处而来?"胡铁钉说:"自京都要到河南访个朋友。这位不是火眼狻猊杨治明贤弟吗?为何发愣?"杨治明说:"哎呀,原来是胎里坏胡铁钉大哥呀! 十数年未见,你真好眼力。"武连又给鲁廷、苗顺二人引见。

胡铁钉抬头看见彭公,他心中一动,站在那目不转睛只看。武连说:"胡贤弟,你看什么?"胡铁钉说:"这位是作什么的?"武连又把方才之事说了一遍。胡铁钉说:"彭大人久违了,可认识我? 我是京东三河县人,姓胡名铁钉,绰号人称胎里坏,乳名黑狗。你做三河县之时,我就认识你。你拿过左青龙,为何今天来在这个地方啊? 我听说你升了河南巡抚,到任后就把白马李七侯辞了,你得意忘友之人,不懂交情。"武连听了这话,说:"胡寨主,你当真认得他? 可莫错认了!"胡铁钉说:"不错,我认的真,却一点也不错。"

正说着,家人王福从账房取了二两纹银来,说:"先生,给你罢!"武连说:"暂莫给他。"彭公听胡黑狗之言,说:"庄主不要信他,世上一样之人多着呢。我姓十名豆三,号双月,新城县人,是相面为生,他是错认了。我与他无冤无仇,这是为何呢?"火眼狻猊杨治明说:"胡大哥不可错认。现如今青毛狮子吴太山、蔡天化、恶法师马道玄、金眼骆驼唐治古、红眼狼杨春、黄毛犼李吉、杜瑞等,我奉了紫金山大寨主金翅大鹏周应龙之命,在武庄主这里等候。昨夜探明白彭朋住在高碑店姜家店内，我等去杀那狗官彭朋，在半路上遇见一个张耀宗，又有一个利害的小方朔欧阳德，把我等打败了。你想，他二人既然救去，焉能又来到此处呢？"胡铁钉说："那亦未可定，他准是巡抚。他不是巡抚，我将头赌上！"胡黑狗说着，站起身来，至大人面前说："你在京中起身之时，我也在京。当今皇上赐你有一面金牌，你赏给我等瞧瞧。"彭公听他此言，吓得面如土色，连忙带笑说："这位壮士，我乃读书之人，在外边闯荡数载，总也未见过这金牌是何物件，这不难为死我吗？"胡黑狗听罢，一阵冷笑说："你若好好把金牌拿出来，还则好办；如若不然，左右，你们拿绳子来把他捆上。"说着，他过去照着大人就是一掌，正打在脸上。一伸手，从大人怀中，把当今万岁皇爷钦赐的一面金牌掏出来，说："武庄主，你看！"群贼接过来，大众一观，随说："好一个狗官，你果然是来此私访！"众贼各拉单刀，照定大人就砍。不知彭抚台性命如何，且听下回分解。

第四十八回　群贼定计藏金牌
清官受困连洼庄

诗曰：

清歌一曲不惊尘，莫负渊明洒漉巾。

笑傲烟霞忌慕宠，乐从流水愿居贫。

韵出辛苦无山步，野谷风流有别春。

闻说烂柯山路远，近杯聊作采樵人。

话说胡黑狗从彭公兜囊之内，掏出那康熙老佛爷赐的金牌来，说："武庄主，你看！"武连接过来一瞧，牌长有八寸，宽有二寸，一面是龙章凤篆，一面是"如朕亲临"的字样。武连又叫蝎虎子鲁廷、小金刚苗顺、火眼狻猊杨治明瞧。那三个人说："武庄主，不必看了，我们替你结果了他的性命罢！"苗顺就拉刀，武连同杨治明说："不可，先把狗官捆上再说。来人，把他给我捆上！"苗顺说："为何不叫我杀他，这是怎么一个主意呢？"武连说："彭朋与我无仇，他与我的亲戚金翅大鹏周应龙有仇，把他给我送在他那里去就是了。"杨治明说："你我慢慢地商议罢。先叫家人把狗官锁在空屋之内。"

彭公一见胡黑狗把金牌掏去，自知性命死在他人之手，说："你们这一伙叛逆之贼，我乃国家二品职官，你等硬行折辱，好！好！"胡黑狗说："少时有你一个乐儿，把他抬下去。"那潘得川这小子过来说："庄主，把他送在土牢之内锁上，派两个人看着他。"武连点头说："就是这样办理。你等吩咐厨房备酒，给胡贤弟接风。今日实是你我等大家的造化，要叫狗官今日走了，你我性命休矣。我的全家满门，必被官兵所拿。此事多亏胡贤弟眼力真好，你如何认得他呢？"胡黑狗一笑说："我这两个眼睛，见过一面之人，过十年不忘。我是浬江寺的人，移在三河县，在左府上管点小事。他往那里私访过，我跟左青龙上他三河县衙署之内去过。我是在案脱逃之人，我认他不错，我是由那里认识他。"武连说："真好眼力！随告诉给厨房，叫他们预备几只鸭子，我等今天要大吃喝一阵，抬一坛酒来。"

家人答应下去，到了厨房说："李老四，你快收拾菜罢。上头吩咐下来，要请客吃黄焖鸭子。"厨子在此多年，就是一生好饮酒，手艺甚高。白天正歇着睡觉，听见家人来福一说，连忙起来说："你去给我买点东西来，我好配菜。"来福说："买什么吧？"厨子说："你到村口小酒铺老吴那里，买十个鸡子，若有鱼要二斤来。"来福答应，转身出离门首，一直的奔村口而去。天有过午之时，小酒铺正清净，就有一个人在床上倒着睡觉，老吴坐在椅子上睡着了。就有一个伙计说："来福，你往哪里去呀？"来福说："往你们这里来买鸡子，有鱼没有？"小伙计说："有鸡子，没有鱼，今天还请客吗？"来福说："今天有北方的人，新来的，四五位呢。家里有鸭子、猪羊肉，厨子还叫我买这两样。"小伙计拿了十个鸡子，老吴听见说话，瞧是武宅的来福，说："来福，你们门公朱二爷在家啦？我要找他借几吊钱，今天清早有一个老头儿搅乱，也忘了说啦。"来福一吐舌尖说："你不要我朱二爷啦！连他也不知往哪里去了。那个老头儿，是在你们这里遇见的好哇！"老吴一听这话里有话，可就跟着问："朱桂芳因为什么走了呢？为人甚好的。"那来福本是一个十七八岁的小孩子，天日不懂，他就把胡黑狗从大人怀内掏出金牌之事，从头至尾细说了一遍。老吴听罢，只是叹息。

焉想到张耀宗倒在床上，并未睡着，全都听见了，吓得他战战兢兢。天气又早，自己也没有主意，见那小孩子也走了，自己心中想着："夜内倘若大人有命，我把他救出来，杀了恶霸全家。不知他家窝着都是那一路的贼人？"自己想，又孤掌难鸣，喝着酒，说："掌柜的，这方才买东西的这位是这本村的吗？他在哪里住呀？"老吴说："一进这北村口，往东一拐不远，你看那路北里有四棵龙爪槐大门，就是我们这一方的财主，姓武，那小孩子名叫来福，是他家里侍唤小童儿，常往我们这铺里来。今天武庄主又要惹大祸。"张耀宗说："这武庄主惹什么大祸？他平常他作何生理？"老吴一看外边无人，他才说："我看尊驾也不是我们这里的人，你要问这武庄主惹什么大祸，他家来福方才说，有一位什么巡抚大人，现在他家呢。他说要杀那位大人。他那胆大如天，平日窝聚江洋大盗，在大路之上抢劫过往客商，他坐地分赃。也有一身好功夫。他家中那些个家人，全都跟他练过武艺。我们这一方无人敢惹他。"张耀宗听罢，说："你们这个地方官为何不拿他？"掌柜的说："官员皆同他有交情，不肯拿他。"张耀宗明知是巡抚彭公在他家内，听老吴之言，自己踌躇无策，知道这里竟都是行家。就在小酒铺这里喝了点酒，吃了一顿饭，掏出一块银子来说："掌柜的,我多歇歇,这一块银子有七钱重,大约值钱两吊有余。"老吴看见银子,乐的眼花都开了,说："大爷不要赏钱,歇歇无妨。"说着,接过去放在柜内了。

此时日色已夕,张耀宗恨不能一时黑了才好。又喝了一壶酒的工夫,天已黑了。自己站起身来告辞,即往北走。走了不远,往东找了一个无人之处,收拾好了,把长大的衣服包在小包袱内,系在腰中,带了单刀,顺着小路往东。到了东村口,往西拐进村,走了不远,听有犬吠之声,天已黄昏之时,飞身上房,行从房上走,就从地下行。抬头一望,见一所大宅院在眼前,就知是赛展熊武连的住宅。飞身跳在院内,听见西配房有人说话,是打更的人。内中说："今日咱们庄主喝了不少的酒,越喝越高兴。厨子刘四也在厨房喝起来啦,大概是醉啦! 我方才去看他之时,他给了我两碗菜,叫我与你喝酒。你去交了定更,咱们再喝。"又听一人说："陶三,你太懒啦。昨天都是我,今日你又派我来啦。我姜二准不是不交朋友之人,我替你今天再打一夜。我看你明天去不去?"陶三说："你去罢,二哥,我等你喝酒。"外边张耀宗听完了,心中说："这所宅院,我知恶霸把大人收在哪里? 我要找,可费了事啦。我何不先把这个更夫拿住,一问可就知道,就是这个主意。"

正想着,看见西房内出来一人,手拿梆子正打定一更。张耀宗闪在北边夹道墙角下,姜二方打着梆子从那里一过,张耀宗一个黄鹰拿兔,把他按在那里,梆子也扔了。张耀宗说："你要死,你就嚷。我问问你,你告诉我说实话,我就饶了你。"姜二说："好汉爷问我什么? 只要我知道,我就说。我们庄主也是绿林之人,你老人家要借路费,见庄主一说,就送给你。"张耀宗说："我问你,白天把河南巡抚彭大人,你们害了没害? 快说实话。"姜二说："没害。我主人将他收在后花园土牢之内,有两个人看守,还有两个打更的。花园子在我们院的西北,过三层院就到了。好汉爷饶了我吧!"张耀宗听完,说："我要放了你,给你庄主一送信,坏我的大事。你也与我无仇,我也不杀你,我把你捆上,等我办了事,我再来放你。"随解下姜二的裤腰带来,就捆上了,又把他嘴塞住,怕他嚷,把他扛至西院更房,放在南边墙底下。

张耀宗这才往西院,窜过两重房,看见这所花园甚是可逛,楼台殿阁俱全,花果树木,群芳牡丹,四面开放。月牙河内,金鱼正跃。皓月当空,天约有二鼓时候。张耀宗往正北走。这正北楼五间,东边眺望阁,西边碧霞轩,各种果木树不少,不知土牢在哪里。忽听有更锣之声,从南往北走,即忙蹲在那西房檐下黑暗之处,候着打更的人过去,再找土牢。见南边来两个更夫,一个打锣的在头里,打梆子跟着说话。

走头里说:"宋命兄弟,瞧今天这月光多好,这花园之内真可逛。"后边那个更夫说:"王仁兄,这花园好可是好,就是一样儿不干净,还闹鬼。我今往碧霞轩来,我就起心里害怕。自那年打死那个丫头,我是亲眼见的,真是远怕水,近怕鬼。"

正说着,抬头往西一看,说:"大哥,你看碧霞轩北边墙角下,那里黑暗暗,蹲着像一个人。"宋命说:"大哥,你的胆量又小,又爱胡说吓人。我用砖头一块,照定那影儿冲一下,要是人,他必躲;要是鬼,他必有动作。我有名的宋大胆,最不怕鬼。"从地下拿起一块砖头,照着张耀宗就是一下。张耀宗一纵身窜过去,把那更夫踢倒了一个。王二回身就跑了。宋命说:"好汉爷饶命罢!"张耀宗说:"你把那土牢告诉我在哪里?带了我去,我就饶你,还须找着我们大人。"宋命说:"你老人家放开我,我带着你去找就是了。"张耀宗放了他,跟他在后边,往西绕过楼,正北一连六间坐北朝南有门无窗户的土牢,在门首点着一个灯笼,有两个人在那里吃酒。张耀宗手提着刀,把那个更夫宋命杀死,自己反身往正北,离土牢不远,方要拉刀过去砍那两个人,忽然脚底下一软,"噗咚"一声,张耀宗落在陷坑之内。两个看守之人说:"好了,可拿住一个贼啦,咱们去讨赏去吧!"

两个看土牢之人,一名甄进忠,又一名管世宽,乃是武连心腹之人。原来武连这土牢,为藏人所用。土牢以前,全是滚板翻板,作成消器。怕有人前来办案,恐怕拿他,故此先作成埋伏,好拿人。今日张耀宗一时慌错,落在陷坑之内,被看土牢之人捆上,抬到前边大厅。赛展熊武连与蝎虎子鲁廷、小金刚苗顺、火眼狻猊杨治明正在客厅吃茶,忽见家人来报说:"后边花园之内有贼,花园更夫甄进忠、管世宽拿住,跑来了一个更夫来送信。"正说着,家人又报说:"拿住一个人,抬了来啦!"少时,自外面抬进来,放在那地下。武连等全都醉了,说:"不必问他,大概是新上跳板之人。咱们醉了,正要喝一碗醒酒汤,抬到西边马圈院内,把他杀了,取出人心来,咱们作两碗醒酒汤吃。"家人抬下去,来至西院,放在就地下。一个家人名叫范不着,手执一把牛耳尖刀,照着张耀宗方要动手。一个家人说:"且慢!还须用些凉水,我取来再杀他。"张耀宗破口大骂不绝,自想:"今天性命难保。"只见那个家人手执钢刀,照定张耀宗前心往下就刺。不知玉面虎的性命如何,且看下回分解。

第四十九回 铁霸王夜探连洼庄
勇金刚戏耍玉面虎

诗曰：

衣惹花香记胜游，漳江九月不知秋。

千行罗绮围银烛，几簇笙歌拥画楼。

词客醉吟金盏落，佳人斜倚玉楼头。

今朝得遇豪华会，散尽平生万壶愁。

话说张耀宗被擒，抬到了西院，绑在柱子上，家人手执钢刀，方要刺张耀宗，后面一刀把那家人杀死，然后再杀那个更夫，随解开张耀宗说："朋友，你跟我来吧！"张耀宗说："二位英雄贵姓大名？所居何处？"那黑面之人说："我姓杜名清，绰号人称铁霸王。"用手一指他后面站着一人，年约二旬，身高七尺，膀大腰圆，五官俊秀，品貌不俗，白净面皮，双眉带秀，二目有光，准头端正，唇若涂脂，身穿夜行衣，说："张壮士，这是我二弟勇金刚杜明。我兄弟二人在绿林几载，立志除霸安良。今夜来访这赛展熊武连他为人何如，正遇吾兄，你我前世有缘。现在彭大人，小弟我二人已救出，在村外呢。你急速至东口村外，前去保护大人为要才好。我兄弟二人要失陪了。"张耀宗说："我蒙二位救命之恩，我张耀宗但能出龙潭虎穴，必当厚报。"那杜清二人随就说："你我后会有期，我二人去啦！"

张耀宗到东村口，见彭公正坐在那里愁闷，说："大人不必忧愁，门生张耀宗来此。"彭公抬头观看，就说："你从哪里来？"张耀宗说："我蒙杜清、杜明二位英雄相救，说叫我在此等候大人。"张耀宗把方才之事，说了一遍。二人站起身来，往前面顺大路而行。天色微明，前面有一处村庄。来至村口内，路东有一座客店，字号是"仁和老店"。张耀宗同彭公二人身倦体乏，二人进了店，往北上房内落座。小伙计说："二位来得早哇！"彭公说："我们歇息歇息，吃了早饭再走。我们先要一壶茶，洗脸水打一盆。"小二答应下去，不多时全皆送进上房。二人先洗完了脸，然后喝茶。彭公说："也不知禄儿那个孩子，落在哪里了？"张耀宗说："不必惦念他，他要知道大人到任,必然去寻找去。"然后要了些个吃食。

正在用饭之时,忽听东后院有妇人啼哭之声,惨不忍闻。彭公说:"张耀宗,你听这是为何哭呢?"张耀宗说:"我问问店内伙计就知道了。"小二方端上菜来,张耀宗说:"伙计,这是哪里哭呀?"小二说:"是我们这房后刘寡妇那里,他家有一个女儿,生的有几分姿色,今年才十八岁,就是母女娘儿两个,并无别人。有我们这里固城东庄一位贾大爷,绰号人称花脸狼贾虎,也是一个财主,又是监生,结交官长,走动衙门,包管词讼,无人敢惹他。看见刘寡妇之女生的好,他派人来说去作为侍妾。刘寡妇不愿意,他硬行给了十两纹银定礼,不准再嫁旁人,定于今日来轿子抬人。"说:"二位爷,你看这才离京能有多远,就这样的目无王法!"彭公听罢,不由已怒气冲冲说:"光天化日,朗朗乾坤,竟有这样目无王法之人!"张耀宗说:"你老人家不必生气,今天我在这里,多管这件闲事呢。"

吃完了饭,自己出离了店的大门,南边有一个小胡同过去,店后路北有一所院落,里面北房三间,周围土墙,随墙板子门关闭着,里边有妇人悲惨之声。张耀宗手敲门环,从里边出来两个人,把门一开。张耀宗看:那头前那个人,身高八尺以外,膀阔三停,身穿蓝绸子大褂,足登青缎窄腰快靴,面皮微白,顶平项长,玉面朱唇,双眉带煞,二目有神,年约二旬。后边那位,身高七尺,细腰窄背,年约三旬以内,身穿紫花布裤褂,足登青布挺地虎快靴,面皮微黑,四方脸,粗眉大眼,准头端正,四方口,三山得配,甚透精神。张耀宗看那头前走的,乃是大名府内黄县刘家堡的人,他姓刘名芳字德太,绰号人称多臂膀。他父亲名刘世昌,绰号人称花刀无羽箭赛李广镇南方,在镖行甚有威名。后边那位是黄河套高家庄鱼眼高恒之子,名高源字通海,绰号人称水底蛟龙。他二人身在绿林之中,行侠仗义,偷不义之财,济贫寒之家,专杀贪官,竟除恶霸。今天在这个城店内住着,听见刘寡妇母女痛哭,二人来至此处说:"老太太,你老人家不必害怕,我二人替你杀那狗奸贼就是了。"刘寡妇问:"二位大爷,你是哪里的人氏?因何来此?"多臂膀刘德太说:"我二人乃是镖行中生理,住在前边店内,听见店内小二所说,我二人遇见这不平之事,我等替你除此一害。"刘寡妇说:"二位大爷贵姓高名?"刘芳、高源二人各通名姓。刘寡妇母女才放心。正在叙话之际,张耀宗外面叩门。刘芳、高源二人出来一看,认识说:"张大哥,你从哪里来?"张耀宗随说自己的来历。

三人正说着话未了,见从那边来了一辆车,后面跟着二十余名打手。头前那辆车嫩黄油漆，本地车脚儿，雪青洋绉的围罩儿，五大扇的玻璃窗儿，洋绉的崩弓儿，摹本缎的卧箱，真金的什件，铁青的骡子。赶车的是少年之人，后面跟定那二十多名，均是身穿紫花布裤褂，足登青布挖地虎快靴，手执木棍、铁尺，都是横着眉毛，立着眼睛，鼓着腮帮儿，螃蟹的儿子横走，扬眉吐气，花脸狼的朋友。头前走的那个，名叫耗子马九。来至在门首，车也站住了。车里下来一人，身高七尺，细条身材，身穿宝蓝绸子大褂，蓝串绸套裤，白袜青鞋，手拿着芝麻雕扇，象牙把儿，二钮上有沉香十八字儿香串，面皮微白，顶平项长，双眉带秀，二目有神，准头丰满，唇若涂脂，一脸的煞气，站在那刘寡妇的门首，说："孩子们，你们去到里边，把那美人抢来！"

刘德太、高通海、张耀宗一听，说："朋友，你姓什么，叫什么？"花脸狼贾虎说："我姓贾名虎，绰号人称花脸狼。今天我是买了一个女子，今日来接。你三位是做什么的？趁此闪开，不必多管闲事。"张耀宗说："光天化日，朗朗乾坤，你倚着势力，带领土棍，来抢夺民间妇女。我三个人来此多时等你。你要是知世务的，趁此急速回去，免的三位爷动手！"贾虎听罢，说："你这三个无名的小辈，也敢在此大肆横行！来人，给我打他，打完了他们，送衙门治罪。"那些个打手各举木棍、铁尺，扑奔那玉面虎张耀宗等三人而来。为首一人，名叫铁头刘七，手执铁尺，照定那刘芳就是一下，刘芳用刀相迎，两个人在门前动手。刘芳一暗器正打在刘七的身上，"哎哟"一声踢于就地。刘芳绰号人称多臂膀，他会打墨雨飞篁。这宗暗器，乃是家传之艺，非铜非铁，乃是铁沙子内掺黄土泥块豆子，其大如鸭子，打在身上，百发百中，永不空发，今天打了刘七。高源、张耀宗把那贾虎拿住，说："你要知好歹，从此不准你乱为。要不知好歹，当时就结果了你的性命，断不能饶你！"贾虎见他三人来势凶猛，说："得了，你三位请放开我就是了，我再不敢来了。"张耀宗说："你去罢！我也不与你一般见识。"随放开贾虎，然后进了大门。

高源等三个人见贾虎的众人走了，方才与刘寡妇说："你母女二人，不可在此久居，可有投奔无有？"刘寡妇说："我有一个外甥，在北京顺天府前门外做买卖，我有心把我女儿给他为妻。"高通海说："我这里有纹银四十两，送给你母女作路费，你这房子可有人照料吗？"刘寡妇说："有我一个族侄，叫他照管就是了。"三人正在说话之时，忽听外边一片声喧，正是那花脸狼贾虎，带着无数的打手前来打架。不知应该是怎样打法，且看下回分解。

第五十回　刘德太怒打花脸狼
铁幡杆保府双卖艺

诗曰：

承恩借猎小平津，使气常游中贵人。

一掷千金浑是胆，家徒四壁不知贫。

话说高源、刘芳与张耀宗周济了刘寡妇母女，雇了一辆车，收拾细软之物，上车方走了不远，只见正东上来了三十多人，都是紫花布裤褂，薄底靴子，手执木棍、铁尺，后跟一辆车，正是花脸狼贾虎坐着车。刘德太看罢，急把单刀一摆说："哪个不怕死的，自管前来！"高通海挥单刀，把那抢人之人全给镇住了。贾虎见事不好，也就坐车逃走。二次前来，也败回去了。张耀宗说："你二位送刘寡妇一趟，上京都走一遭，你我弟兄再会。"张耀宗与二人分手，他回归店内，见了彭公，把在刘寡妇家中所办事细说一遍。

彭公算还饭账，这才雇了一辆车，上那保定府。在路上无事。到了保定府，进北门，住在唐家胡同顺和店内，给了车钱。这座店是路西，大人住的是西上房。方才坐下，只见帘子一起，杨香武从外边进来，给大人请了安，彭公命坐。

杨香武自从三盗九龙杯，众英雄散了，各自回家。赛毛遂杨香武与凤凰张七即张茂隆，带着两个徒弟，在前门外西河沿高升店内住着，要听几天戏散散心。八臂哪吒万君兆爱上那杨香武的熏香是好的，安心要学习，杨香武决不教与。凤凰张七瞧出来了，说："徒弟，你要跟你杨大爷学鸡鸣五鼓返魂香，你给他磕个头，认为师父，他才教会你哪。"万君兆说："师父之言也好。"就把杨香武请在上座，磕了头认为老师。杨香武说："你好好跟我三年，我全教会了你。"从此住了几天，张七带朱光祖上宣化府探亲去了。杨香武带万君兆回了一次家。这一年在保定府店内住着，打算要给九曲黄河套鱼眼高恒那里前去庆八十整寿。今日忽见彭公带着一位少年的人下车，住了西上房，他自己过来给大人请了安。

彭公说："老义士从哪里来？"杨香武说："自拜别之后，竟在家中乐守田园，大人这是从哪里来?"彭公"瞎"了一声,说:"一言难尽!"就把在连洼庄失去金牌,打算见见直隶总督,求他发官兵前去剿灭。赛毛遂杨香武说:"此事大人不可声张,叫人知晓,多有不便。草民施展当年之勇,可以前去盗他的金牌。我把我徒弟带来,见见大人。"少时出去,把万君兆带进来给大人请安,又问明了张耀宗的名姓,全给引见了。

杨香武说:"大人在此等候,我师徒二人明日必来回信。"叫店家把门锁上,师徒二人顺路施展陆地飞腾之法。天有初鼓之时,到了连洼庄,飞身上房,在各处哨探,并无一个人,连里带外毫无动静。杨香武往各处寻找,并无下落。找到后边,听见屋内有人说话。飞身下来,进屋一看,但见里边灯光隐隐,两个人收拾箱柜内的物件,包了两包袱,方才要走,被杨香武师徒二人堵在屋内,说:"你二人往哪里走?武连在哪里?快说实话。"吓得二人战战兢兢,跪在地下说:"大爷饶命,我二人是亲兄弟,就在这庄东头居住。我二弟叫李禄,他给这里庄主看守花园子。不知闹了什么乱子,庄主由昨日一早起来,收拾细软,坐二套车驮轿,连家眷一并上河南探亲去了。我兄弟给他看房,他叫我来,将这里庄主剩下的旧破衣服叫我取去。不想遇见二位,不知你二位是从哪里来的?"杨香武说:"武连往哪里去了?"那二人说:"往河南,不知是哪一处。"杨香武与万君兆二人听了,也无可如何,放了那人。师徒回归保定府店内,见了大人,细说连洼庄之事。彭公说:"这金牌乃圣上所赐的,还须追回来才好。"这件事可不好办,心中甚是烦闷。杨香武说:"大人不必忧愁,咱们到街上散散闷,只要遇见我的朋友,我自有道理。"

彭公带张耀宗、杨香武师徒,出离顺和店。到了街市之上,也甚热闹。见府衙门马号前围着一大圈人,有二百多人。张耀宗开路,分开众人一瞧:当中有一个卖艺之人,年过半百,不到六十岁的光景,面如晚霞,扫帚眉,大环眼,准头端正,一部花白胡须,身穿月白布小汗褂,青中衣,薄底快靴,手拿一对虎头钩,雄赳赳,气昂昂。在他肩下站定一人,年约五旬,黄脸膛,身穿细毛蓝布褂,青中衣,头上挽一个头发纂,短眉毛,三角眼,薄片嘴,两只大脚。在那妇人旁边,站定一个女子,长得十分俊俏,年有十八九岁。怎见的?有诗为证:

> 裙拖六幅湘江水,鬓耸巫山一段云。
>
> 貌态只应天上有,歌声岂合世间闻。
>
> 胸前瑞雪灯斜照,眼底桃花酒半酣。

不是相如能赋客，肯教容易见文君。

张耀宗看罢，暗为称奇，心中说："这一个卖艺的人，会有这样好女子！"只听那老头儿说："众位，我先练一趟，回头再叫我女儿练。我可不是跑马戏之流，在下是河南人，来此访友，以武会友。如有子弟老师前来帮个场子，也算是打个帮架。我初到此处，不知子弟老师在哪里？"自己练了一趟拳，真正是拳似流星眼似电，腰似蛇行腿似钻，手眼身法步，走开了一团神。怎见的？有赞为证：

夸虎登山不要忙，欹身绕步逞刚强。上打葵花式，下打跑马桩。喜鹊登枝挨边走，金鸡独立站中央。霸王举鼎千觔式，童子翻身一炷香。

众人看罢，无不喝彩。练完了，真有人给了不少的钱。

忽见西边众人一闪，大家说："来了，来了！"张耀宗与彭大人一看，只见从西边进来了一位老英雄，亦有五十以外，身高八尺，面如紫玉，雄眉阔目，花白胡须飘于胸前，身穿青洋绉大衫，足登青缎快靴。后跟一位女子，年在十八九岁，头梳大丫髻，身穿雨过天晴细毛蓝布褂，葱心绿中衣，足下三寸金莲又瘦又小，红缎花鞋，拿着一条手绢，真有倾国倾城之貌，令人喜爱。怎见的？有诗为证：

袅娜腰肢淡薄妆，六朝宫样窄衣裳；

著词暂见樱桃破，飞盏遥闻豆蔻香。

春恼情怀身觉瘦，酒添颜色粉生光。

此时不敢分明道，风月应知暗断肠。

这二人来至当场之中，与那老者说了话，说："大哥，我带你侄女来，叫他姐妹二人练一回。"赛毛遂杨香武一拍张耀宗说："张贤弟，你看那面如晚霞的，是河南上蔡县葵花寨铁幡杆蔡庆，那位妇人乃是他妻子金头蜈蚣窦氏，这女子是他女儿恶魔女蔡金花。后来这位，乃是淮安一带水路的老英雄猴儿李佩，那女子是他女儿李兰馨。"张耀宗说："老英雄，你既认识，我与万君兆下去帮他一个场儿练两趟。"杨香武说："这二人不是指着卖艺为生，其中必有别的缘故，我问问他便知分晓。"

杨香武立时进去，高声说道："蔡、李二位兄台，久违，少见，今日在此何干？"蔡庆、李佩抬头观瞧，认的是赛毛遂杨香武，连忙见礼，各叙寒温。杨香武一拉蔡庆说："老兄台，你在此为何做此事业？我有所不明。"蔡庆说："老弟有所不知，自你我在绍兴分手回到家内，想你侄女金花这么大年岁，我若给一个庄农人家，怕曲了你侄女的终身；若给官宦人家，又怕人家不要。我与你嫂嫂商议，带他到京都之内再为打算。若把他给了人家，我就完全一桩大事。李兄的心事，与我相同。"杨香武说："你二位这两件事，全交给我了。我叫两个人来帮你二位练一趟。"杨香武一回头说："张耀宗、万君兆，你二人练一趟。"张耀宗闻听，跳进场子。蔡庆瞧那人年约二旬光景，白净面皮，双眉带秀，二目有神，身穿蓝绉绸长衫，足登青缎快靴，五官端正，把长衫脱去，内穿着蓝绸子裤褂。万君兆也是十七八岁，眉清目秀，齿白唇红，精神百倍。就在当场，二人过了一趟拳，又各人练了一趟。天色日将午错，给钱的不少。大家合在一处，杨香武问二位在哪店里住？蔡庆说："在顺和店后院上房，昨日到的。"杨香武说："很好！咱们都住在一个店内，我还有一宗要紧大事相求。"说着，大家回店。

杨香武叫张耀宗与万君兆在一处同大人到上房，他们俱至后院，说："二位兄台，先叫侄女里间屋坐，我还有话说呢。"随说道："你二位看见方才那二人，给二位侄女说说，愿意否？"蔡庆、李佩说："很好，不知他二人作何生理？"杨爷说："张耀宗乃神拳无敌张景和之子，现在保着河南巡抚彭大人，保升了六品衔，记名千总，实缺把总，跟大人充当巡捕。那万君兆是我的徒弟。"蔡庆说："贤弟，你既如此说，我就把你侄女给了张耀宗罢，你去要定礼来。"李佩说："你我做个亲家，把我女儿就给你徒弟万君兆罢。"杨香武到前院，把这话合张耀宗说了，张耀宗听罢说："大人失了金牌，还无下落，我如何先办这个事呢？"彭公说："张耀宗，你不必推辞。很好，这件事也是人间的大事，就给定礼才好。"杨香武带二人认了亲，拜了丈人，就把丢金牌之事与蔡、李二位说了一遍。李佩说："我明日带你侄女要回淮安，给你采访采访金牌落在哪里，你再带着你徒弟择吉日到家完婚。我倘要访着下落，速到汴梁城巡抚衙门送信就是了。"蔡庆说："这件事，我先把你侄女打发回家，我跟你去采访采访。据我想，这件事须落在北邱山，不然就在紫金山。"杨香武说："我带万君兆暗探下落，明日起身，咱们在汴梁城巡抚衙门相见。"

杨香武到前院把此事合大人说明，彭公点头说："此事全仗老义士为力。"次日，蔡金花合窦氏母女先自回家。欧阳德头探紫金山，即在下回分解。

第五十一回　义士奋勇要金牌　山寇安排使巧计

诗曰:

年少将军耀武威,人如轻燕马如飞。

黄金箭落星三点,白玉弓开月一围。

箫鼓声中惊霹雳,绮罗筵上动光辉。

回头笑杀无功子,羞对熏风脱锦衣。

话说李佩也带着女儿去采访金牌的下落,杨香武带领万君兆也去访查此事。张耀宗与蔡庆甚为着急。天有正午,彭公打算要起身,忽见从外进来一人,话说:"唔呀哇呀,这店内住着姓张的,在哪屋里?"张耀宗一听,是师兄小方朔欧阳德。欧阳德与张耀宗从分手之后,各处找大人,找到保定府南,并无踪迹,他也无法,又往回走。这日正遇杨香武,提起张耀宗来,言在顺和店住,他这才来至店内一问张耀宗。张耀宗闻听,随即出来说:"大哥,这里来罢。"欧阳德进了西上房,蔡庆认识,知是位惊天动地、名震乾坤的侠义,他所练的一身软硬工夫,鹰爪力,重手法,达摩老祖易筋经,善避刀枪,骨软如绵,在江湖道内数年所作之事,替天行道,除霸安良,身作豪侠,心存道德,远近闻名。今日是从连洼庄临近各处村庄,寻找那赛展熊武连的余党,连找大人。在半路昕人传言,说彭公在顺和店住,他来至上房之内,说:"贤弟,大人现在哪里?"蔡庆站起来说:"欧阳义士,这是从哪里来? 少见。"欧阳德说:"老前辈,老英雄,久违了。"张耀宗说:"大人在北里间内。"

欧阳德进了北里间,给大人行礼。彭公甚为喜悦,说:"义士从哪里来?"张耀宗说:"这是我师兄欧阳德。"彭公说:"老义士不必行礼。"欧阳德请问大人,由大树林是往哪里去了? 彭公把在连洼庄被恶太岁赛展熊武连所困,"多亏赛霸王杜清、勇金刚杜明兄弟二人,救我得出虎穴之内,把金牌被武连的余党胎里坏胡铁钉抢去,来在保定府店内,遇见赛毛遂杨香武与蔡庆老义士,大家商议往各处访察金牌的下落,直到如今,我带张耀宗等要走,义士前来,不知有何高明主意?"欧阳德昕罢,说:"唔呀!这混账王八羔子,闹得也太厉害,吾自有道理。武连携眷逃走,必然是奔河南紫金山金翅大鹏周应龙那里去了。我到那里,便合他要去。"彭公说:"这周应龙,莫非是前在避侠庄盗九龙杯的那个人吗?"欧阳德说:"正是他。请大人先到开封府接任,我设法十日内必送金牌到巡抚衙门。"彭公说:"义士须要小心在意。"欧阳德说:"不必大人挂心。"站起来说:"师弟,你同蔡老英雄先送大人至汴梁城接任去,我到紫金山找周应龙要金牌去。"

张耀宗说:"兄长不可大意。我听人言说,周应龙乃当时英雄,先在淮安,后聚紫金山,远近颇有威名。手下绿林人物,文武全才,足智多谋,远韬近略甚多,并招聚喽兵有三千之众。紫金山地面宽大,方圆有一百三十余里,前有通天峰、灵牙峰、过云峰三峰之险,咽喉有一线通天路,一人把守,万夫难过。东有峭壁之雄,西有涧沟之险,北有荷花滩,其深无底,东北有寒泉亭、冷泉穴、逆水潭,道路崎岖。而且周应龙诡计多端。兄长先随小弟到汴梁,候大人接了任后,咱一同前往,方为妥当。如到山上,周应龙也有耳风,他要得了金牌,必然收藏严密,如获至宝。你我见他先讲情理,他也是交友之人,也许将金牌献出。他如未见此物,再托他寻找。他若隐匿不献,我等访真回来,见了抚台大人,回明他哨聚之所,再发官兵剿拿他的余党。此计不知兄长意下如何?"欧阳德听罢,说:"贤弟,你太过于仔细,你保着大人上任去吧。我要去也,十天之后,你定然知道。"蔡庆说:"欧阳义士,你要上紫金山,西山口外有一座集贤镇,南头路西有一座天和客店,那一座店是我的,你到那里找管事的于祥,就说我叫你去哪里等我。"欧阳德听罢,站起身来说:"我要去也。"出离店门,顺着大路,一直往南急走,用陆地飞腾之法,直奔紫金山而去。

一日到了紫金山西山口外,找了一个茶馆,喝了几碗茶,问明了进山的道路,给了茶钱,信步入山,往东行走。天正初夏,绿柳垂杨,青草遍地,山谷风清,林中黄鹂声喧,山坡狐羊乱跳,樵夫伐木于幽谷,牧童高唱于山坡。欧阳德逛着山景,真是另有一番气象。走了有五六里路,见前边有一座密松林;穿林一条大路。欧阳德方要进树林,忽听对面有人说:"哒!此山是我开,此树是我栽,若要从此走,须留买路财。如要不留买路财,一刀一个土内埋。"呼哨一声,跳出有十数个喽兵来。今日是玉美人韩山该巡西南两路山道,带着三十名手下人,从早至午,并未见有往来之人。小头目宋明,瞧见从西边来了一个人,年有三十余岁,四月天气,头带皮困秋帽,身穿老羊皮袄,高腰绵袜子,只搭护膝,足登棉毛窝,面似姜黄,细眉虎目,准头端正,唇薄齿白，微有几根胡须带着两个眼镜圈，说话唔呀唔呀的，摇摇摆摆走进树林。宋明说："汗包来了！等我耍笑耍笑他。"几个喽兵都不是好人。

欧阳德闻听喽兵之言，抬头一看，说："唔呀！吾今天可遇见山贼了，快些报与你家头目，叫他前来见我，献上走路金银来。"宋明听罢欧阳德要走路金银，不由一阵哈笑，回头说："合字耳目着了，溜丁团刚晒流口，我摘了他的瓢。"后边有人说："并肩字，训训他的万。"所说的话，概是江湖黑话。"合字耳目着了"，是他们一伙人听见了，"溜丁团刚晒流口"，说的是一个人说话，竟斗笑要走路金银；"摘了瓢"，是杀了他脑袋；"并肩字，训训万"，是自己哥们，问问他姓什么？欧阳德在江湖多年，岂有不懂这些话的。听罢，他遂说："贼根子，你错翻了眼皮了，吾乃当时义侠中总太万，吾是你们的活爷爷。"宋明知道这个蛮子懂的江湖的唇典，"总太万"就是众人的爷爷，他如何不气？抢刀只扑欧阳德而来，照定头顶之上就是一刀。欧阳德并不躲闪，用脑袋往上一迎，"唬嚓"一下，并未砍动。欧阳德说："唔呀！你这个混账王八羔子！我是克你一个少屁股没毛的。"一反手照定宋明天灵盖一掌，宋明"哎哟"一声就倒于地，几乎送了命。那几个鸡毛蒜皮毛嘎嘎各摆兵刃，过来一拥齐上，他等以多为胜，都不知欧阳德的厉害，十数个人如何是欧阳德的对手呢？被欧阳德玩玩笑笑，掐一把，拧一把，克一把，打得东倒西歪。有一个喽兵，飞跑上山报信去了。

不多时，只听得铜锣响亮，从山下来有六七十名喽兵，都是青布手巾包头，身穿青裤褂，白袜，打捧腿，搬尖大业，把靸鞋，手执四尺二寸长、二寸八分宽的斩马刀。为首一人，年有二十以外，宝蓝绉手绢包着头，蓝绸子窄袖小汗褂，青洋绉中衣，青缎薄底窄腰快靴，手执单刀，面如团粉，白中透红，红中透白，双眉斜飞入鬓，二目宛如秋水，神光足满，准头端正，齿白唇红，行如宋玉，貌似潘安，果然俊俏无比。欧阳德看罢，认的此人乃是寿张县人，姓韩名山，人称玉美人，乃江湖采花的淫贼，前在河南锦平地面采花，被欧阳德拿住，把他制服，说永不敢采花了。今日在头一座寨门巡捕厅，正坐着吃茶，喽兵来报说："山下来了一个蛮子，把我们头目打倒，众人抵挡不住，他一定要走路的金银。"玉美人韩山听罢，盼咐聚集六七十名手下人，出离巡捕厅，只扑山下而来。抬头一看，见是小方朔欧阳德，连忙斥退手下之人，说："老前辈，为何与他等生气，都看在我分上。"欧阳德瞧见是玉美人韩山，说话甚是和气，不能动手，说："寨主你不知道，我来访一位朋友周应龙，被他们所阻，我倒不肯伤他。今幸遇寨主。这里可有绿林中的一位英雄，叫金翅大鹏周应龙，在这里占山？我特意前来拜访。"韩山说："敬请你老前辈跟随我来。"欧阳德说："吾就跟你去。"韩山在前，欧阳德跟随，到了头道寨门，见是虎皮石砌墙，上插两杆大旗，写的是"替天行道，聚众招贤"。寨门大开，两边站立有几十名喽兵。

先有人报进后寨说："小方朔欧阳德来拜。"周应龙知道，立刻升了聚义厅，点起鼓来，聚集众寨主，吩咐都头目毛荣前去请欧阳义士进寨。都头目领了令，来至前山大寨门说："我家大寨主知道义士前来，特派我请你老人家至聚义厅坐。"欧阳德说："你头前引路。"韩山后边跟随。走着道，见这里面楼台殿阁盖的齐整，又想："金翅大鹏周应龙是闻名并未见过面的，他也知道江湖一带有我这个人。要是讲义气，慨然把金牌拿出来交给我，这还可以；如若不然，我要使我平生所学的工夫，合他分个胜败，方能罢休。"正想着，已至聚义厅。抬头一看，那正北上九间聚义厅，是前出廊后出厦，前面装修甚是华彩，里面当中三张八仙桌，后边都有太师椅子，东西各有六张桌椅。大厅上有泥金匾一块，上有四个金字，写的是："志有凌云。"东西有两条对联，上写：

> 侠义镇山岗，声播境外；威名著海内，除霸安良。

字迹写的端正。东配厅十二间，是管粮饷处、军装库；西配厅十二间，是文书房、巡捕所，各有所司。

欧阳德正看着，只听那边说："义士请坐，久仰大名，今幸相会，真是三生之幸。"欧阳德抬头，见大厅门首站定一人，年约四旬以外，身高八尺，面如紫玉，雄眉阔目，大耳双垂，准头丰满，四方口，满部黑胡须飘于胸前。身穿绸子齐袖长衫一件，足登官靴，手拿全棕折扇，精神百倍，二目透神，光华足满。欧阳德乃侠义英雄，二目如电，无论哪一路人，他一见就知其人性情行为，所料八九。听了周应龙之言，知道是本山为首之人，连忙抱拳拱手说："吾久仰寨主名扬四海，今日特来拜访。"二人说着话，在大厅分宾主落座。韩山、毛荣二人西下首落座，有数名手下亲随人伺候。不知欧阳德如何要金牌，头探璠球山，小四霸天出世，即在下回书中分解。

第五十二回　吴太山暗献机谋　欧阳德山寨被困

诗曰：

蕃外将军著鼠裘，酣歌冲雪在边州。

猎过黑山犹走马，寒雕射落不回头。

话说那欧阳德他在聚义厅，与金翅大鹏周应龙吃茶。欧阳德见寨主谦恭和蔼，不是狐狼之辈，又见并无一个采花淫贼在左右，"又不知金牌是在这里还是不在这里，不免我探问探问。要是金牌在这里，他绝不能不给我。"想罢，说："寨主，吾听人说你得了一个金牌，不知是真是假？"周应龙说："我久不下山，这个金牌子有几两重？哪位朋友丢的？我给他几两金子就完了。"欧阳德说："要是几两金子，吾亦不来。这乃是康熙老佛爷赐给河南巡抚彭大人的，他在半路连注庄失去的。"周应龙说："是哪个金牌？等我问问我各路的头目，我并不知。如得来之时，拿出来给予义士您就是。"回头吩咐手下人，请四路头目都前来见见，手下人答应去了。

只见从外面进来一个喽兵说："请大寨主至集贤院聚英堂，有远客来访。"周应龙说："欧阳义士暂坐片时，我去去就来。"站起来即奔西跨院，至集贤院北大厅内，有青毛狮子吴太山、大斧将赛咬金樊成、赤发灵官马道青、赛瘟神戴成、金眼骆驼唐治古、火眼狻猊杨治明、双麒麟吴铎、并獬豸武峰、蔡天化这些人，见周应龙进来，立刻站起身来说："大寨主请坐。我等听手下人说，小方朔欧阳德前来拜访寨主。这个人是为金牌而来？"周应龙说："不错，你等有何高明主意，此事怎样办理？"吴太山说："寨主乃高明之人，前者张耀联被彭朋所害，走动人情，才把他调回京都，你我才把马道玄救出来。知道彭朋这一回任，你我山寨恐不能站长久，才派我等去，在半路之上劫杀赃官。我等在高碑店大柳林中，已经把彭朋劫住，不想被欧阳德把我等杀败，还有玉面虎张耀宗与他一党。要问金牌，请武大爷来一问便知。"周应龙说:"请武大爷来,我有话说。"手下人答应,至长乐园北院把赛展熊武连请来,问个端详。

赛展熊武连,自从那夜晚与小金刚苗顺、蝎虎子鲁廷、杨治明四个人,听家人报土牢大开,内中不见了彭朋。他带着手下人等,各处一看,从西院房上放下更夫来,才知有能人把大人救出去走啦。回来合胎里坏胡铁钉商议,怕有官兵来要拿人剿家要金牌,不如把细软之物收拾起来,遂带家眷上河南紫金山,投奔金翅大鹏周应龙去。胡铁钉说:"也好,你们又是姑表亲。连恶太岁张耀联投他,他还留下呢。"武连说:"很好。张耀联是我内兄。事不宜迟,收拾就此起身。"他带众寇护着家眷起身,在路无话。那一日到了紫金山,先有杨治明报上山去,周应龙率众迎接上山,把家眷安置在长乐园,与张耀联分院居住。过了几日,又给他都引见了。周应龙派他管理各处应用柴草,每日督喽兵各山采取,在他这里交,别处用从这里领。派张耀联带鲁廷、苗顺至淮安采买稻米去了。又派美髯公金刀无敌薛虎、小温侯银戟将鲁豹二人,带三千两银,至汴梁城救马道玄出来,买通知府武奎。这山里治的整齐严肃,各按军令,三六九操演,喽兵初一、十五日大操,赏罚分明。吴太山等自被欧阳德杀败,劫杀彭公未能成功回来,把一往之事都说了。周应龙说:"彭朋上任,他要不找寻我,两罢干戈。他要找寻我,我要杀他个遍地尸山血海。"武连说:"他不能来,请寨主早做准备,现今我得了他一个金牌。"周应龙并未留意此事,也就忘了。今日欧阳德来要金牌,周应龙深知他的厉害,本领压倒群雄,故把武连叫至聚英堂说:"贤弟,你把金牌取来,我送给一个朋友。"武连答应说:"早应送给兄长,我去取来。"出离集贤院去了。

吴太山在旁听的明白,说:"大寨主意欲把金牌送给欧阳德吗?"周应龙说:"送彼为是。你想欧阳德乃当世英雄,慕名前来,我也知道他所作所为之事,心实佩服。这样朋友不交,还交什么人呢?他的武技出众,我久想访此人,结为心腹,好报避侠庄盗九龙杯之仇。"吴太山说:"是了。我与寨主数十年的交情,我不能不说。我等在高碑店与他交手被伤,那是小事。寨主所恨彭朋,不是为张耀联一人。只因他纵黄三太、杨香武二人盘拉寨主,害的寨主无立步之所,各处捉拿,有家难住,有亲难投,这才聚了我这个紫金山,打算养足了锐气,再找黄三太、杨香武去报仇。听说彭

·彭公案·

图文珍藏版

朋作了这里巡抚,想要害他,刺杀他,均不能下手。张耀联进京买通线路,参了赃官,甚可寨主之心。不想今日仍复任河南巡抚之任,并有皇上赐的金牌,上有'如朕亲临'字样,先斩后奏权,全在这金牌之上。寨主既要害彭朋,报当日之仇,为何将金牌复送于他?金牌不到了彭朋之手,他即不敢回奏,也不过暗暗寻找。这事要传到京官耳中,若递一个本章,参彭朋失落金牌,有慢君之罪,他必撤任。再派个能干心腹之人,买通门路,再递一道条陈,说盗金牌之人是杨香武、黄三太一党,请旨先斩黄三太、杨香武以绝后患,再拿盗金牌之人。这一件事,寨主不但冤仇可报,也教三山五岳的英雄,知道咱们不是好惹的人,此乃百年不遇之机会。寨主不为,还要将金牌送给于他,这不是聪明反被聪明误吗?请寨主三思。"

周应龙是足智多谋的人,听吴太山这一席话甚是有理,回想前仇,咬牙愤恨。正在犹疑之际,武连把金牌取来交给周应龙,并不追问送给何人,在旁边落座。周应龙沉吟多时,说:"吴兄所说,甚是有理。欧阳德该当如何呢?"吴太山说:"要论武艺,咱们在座全不是他的敌手。我有妙计一条。兵书有云:'逢强智取,遇弱活擒。'我问寨主,要他活,要他死?说出一句话来,就有主意。"周应龙听罢,心中说:"欧阳德非别人可比,练的骨软如绵,善避刀枪,又会点穴,受过异人传授,在天下扬名之人。他问我要活的要死的,吴太山这大年岁好大口气,他把欧阳德看如婴儿,不免我问问他。"想罢,说:"要活的怎样办?要死的怎么办呢?"吴太山说:"要活的,寨主回聚义厅,就说手下之人并未见过金牌,我派人往各处去找,他必告辞而去。他若再来,即不见他,也就完啦。要死的,只得如此如此,可以成功。"周应龙听罢,说:"依我说,不如叫他去了方好,咱尽朋友之情。"吴太山说:"也好。"

周应龙站起身,来到聚义厅内说:"欧阳义士受等了!我遍问各寨头目,并未得着金牌。我派人各处水旱绿林前去访问,有无下落,与兄送信。如有,派人送上。"欧阳德见周应龙一片诚心相待,或者金牌未在这里,"既然这金牌不在这里,我去寻找下落,就失陪了!"周应龙说:"吃两杯酒再走吧!"欧阳德说:"事在急紧,不便吃酒了。"站起来下山。自己想:"武连他本是一个窝贼之人,不定逃归从哪里去。我到那连洼庄,细细采访明白。武连落在哪里,这金牌定在哪里。"随即下山去了。

周应龙送走欧阳德,回集众寇于聚义厅上,说:"众位从今日为始,各处早晚留神小心，怕有彭朋的余党前来盗取金牌。"吴太山说："寨主只要收藏严密，无人能盗的了去。"周应龙说："你如何知道？想当年九龙杯，我费尽心机，尚被他人盗去。我自有道理。"大家说："寨主好好收藏，我等留神防备，大概无有失闪。"正在商议之间，外边跑进一名喽兵说："禀寨主，今有大名府内黄县花刀无羽箭赛李广刘世昌前来拜访。"周应龙闻听，勃然变色说："我与刘世昌、戴奎章我三个人结为昆仲，他不该前番帮助杨香武盗我的九龙杯，他今日还有什么脸面见我！不免请他上山来，看他说什么？"想罢，说："你出去，就说有请。"喽兵答应，至寨外山坡说："刘大爷，我家寨主有请。"来至大厅。

这刘世昌是在半路，遇见铁幡杆蔡庆、张耀宗保着彭大人往河南上任去。刘世昌问："蔡大哥，你也弃了绿林啦？"蔡庆把结亲，大人丢金牌，欧阳德上紫金山找金牌之故说了一遍。刘世昌说："周应龙是我一个拜弟，我去帮助欧阳德，把大人金牌要回来就算完啦。"蔡庆说："也不知准的在那里吗？"刘世昌说："我顺便采访采访。"张耀宗听了，过去请了一个安，说："老前辈费心。"刘世昌说："不可如此，我去就是了。那里没有，我在水路旱路各处绿林英雄探访真实下落。只要找着武连，这金牌就算有啦。我就失陪，如有下落，必到巡抚衙门送信。"张耀宗与蔡庆齐说："不送了。"

刘世昌顺路往紫金山来，这日到了前山，叫巡路的报上山去。不多时，出来说请，不见人出来迎接。刘世昌进了寨门，见聚义厅上无数绿林。周应龙端坐上面，并不站起来相迎。刘世昌直上大厅，众寇站起来说："刘寨主请坐。"刘世昌说："众位请坐。"在东边摆了一个座位，刘世昌落座。周应龙说："兄长前次带人来盗九龙杯，我也未给你道谢，多有辛苦。"这两句话，说的刘世昌面红耳赤，半晌说："贤弟休听过耳之言。那日我追下盗杯之人，并未追上，在半路遇见一个知己的朋友，我二人久未见面，故此谈了几天心。今日来此，特意看望贤弟，二来探访一位慕名的朋友赛展熊武连，不知在这里无有？"西边武连过来说："刘寨主，在下我叫武连，不知找我何事？"刘世昌说："我先到贵庄找尊驾，宅上一个人也没有，不知因何迁移此处？"武连也久闻刘世昌之名，又知是寨主的拜兄，他就把彭公误走连洼庄，被他识破拿住，从身上搜出金牌来，把彭公放在土牢，被人救去，"我怕官兵剿拿，我才携眷来紫金山这里暂住几日,躲避躲避。"刘世昌说:"武兄所作之事,乃骑虎之势。你把金牌交给我,我保你无事,回家耕种田园。自己房宅又不少,何必在这山上受人之制?"周应龙在旁边听罢,勃然大怒。刘世昌大闹紫金山,即在下回分解。

第五十三回　赛李广智盗金牌　周应龙割袍断义

诗曰：

蕲水西城向北看，桃花落尽李花残。

朱旗半卷山川小，白马连嘶草树寒。

话说那花刀无羽箭刘世昌在聚义厅上，说的个武连一语不发，进退两难。周应龙乃闯江湖之人，聪明不过光棍，听了这话，就知是有人使他要金牌来，心中好生不悦，说："刘大哥的话，我听明白了，你是为金牌而来。也好，金牌在我这里，你叫能人来盗罢！你我从今割袍断义，画地绝交，再莫说你我金兰之好。你再犯在我的手内，绝不能饶你，你去吧！"刘世昌见那周应龙扯配刀把自己的衣割下一块来，自己站起身来说："好，我去也！"

刘世昌一怒出离了大寨，越想越有气，心中说："当年杨香武盗九龙杯，何等威风！他扬名四海。我刘世昌一生心性最热，曾得罪了无数的朋友，我也施展施展我平生所学，我非盗出金牌来世不为人！"正想着，已至山下，见前边有一条大汉，身高九尺，膀大腰圆，面似乌金纸，环眉大眼，身穿青绸子裤褂，足登青缎快靴，手拿一条铁棍，有茶碗粗细。刘世昌看罢，暗为称奇。这个人正在二十余岁，血气方刚，好俊相貌。正看之际，忽听那黑汉说："朋友，这紫金山在哪里？求你指引一条道路。"刘世昌问："你贵姓？哪里人？往紫金山找何人？"那黑汉说："我叫常兴，外号人称镔铁塔，去找金翅大鹏周应龙。"是以今日常兴来此，实是因彭公接了印，他风闻金牌被紫金山盗寇得去，他暗带了铁棍来紫金山要那金牌，正遇刘世昌。一问他，说了真情实话。刘世昌说："你跟我到集贤镇，我也要找周应龙要金牌去。"遂与刘世昌二人至山口外集贤镇饭店。刘世昌说："你又不会飞檐走壁之能。依我之见，你在这里等我，我明日必把金牌带来，同你去见大人。我叫花刀无羽箭刘世昌。"常兴说："也好。我就在此等你，你明日午正不来，我再找他去。"二人要了酒饭，吃喝已毕。留下常兴在这里住下。

自己收拾好了，背插单刀，施展陆地飞腾之法，进了山口。在山坡上听了听，山上边方交初鼓之时，寨门之上灯光隐隐，梆锣之声不断。从东边上墙，窜至里边去，在各房上寻找周应龙的卧房，好盗金牌。今日张耀联买粮回山，派苗顺、蝎虎子鲁廷二人查山，带二十名亲随正在巡查。忽见东房上一条黑影，小金刚苗顺翻身追上房去，刘世昌看见，用墨雨飞篁，正打中苗顺的面上，滚于就地。鲁廷飞身追去，也被刘世昌一紧背低头锤，打于房下。下边这些手下人一阵铜锣之声，各处灯笼火把，亮子油松，照耀如同白昼。吴太山等四方围裹上来，蔡天化一毒药镖正中刘世昌的肩头之上，群寇上前抢刀。可怜这位老英雄，今朝丧在紫金山！周应龙说："慢剁！"用灯光一照，只见被剁之人乃是刘世昌。周应龙一见，不由一阵伤惨，说："我二人自幼在一处，至今数十余年，不想今天误死于此地。"吩咐人去，抬至山下掩埋，乱了一夜。

天明起来，升了聚义厅，众寇参见周应龙已毕。忽见从外面跑上一个回事的喽兵说："山下有一个黑汉大骂，请寨主爷示下。"周应龙说："反了！哪里来的野种，这等胆大！薛虎、鲁豹、罗英、高俊四位贤弟，下山把他代我拿上来，细细审问，是被哪里人所使？"美髯公薛虎、小温侯鲁豹、俏郎君赛潘安罗英、玉麒麟神枪太保高俊这四个人，乃周应龙心腹之人，立刻点了一百名飞虎喽兵，一棒铜锣，闯下山岗。瞧那黑大汉，铁棍足有七八十斤来重，正是镔铁塔常兴。自集贤镇不见刘世昌回去，他疑是被害，自己性如烈火，给了店钱，问明了道路，他至山下，望上一瞧，山峰直立，树木森森，半山腰寨门坐北向南，直冲霄汉，旌旗招展，杀气腾腾。正看着，小头目毛荣带十数名巡捕寨喽兵查山，一见常兴这般雄壮，他也不敢发话，离着老远的，他说："找谁呀？你偷看什么？"常兴说："我来找刘世昌，在你这山寨未回去，快些叫他下来。"毛荣说："刘世昌早已死了，他来盗金牌，被巡山头目拿住，乱刀剁死。"常兴一听此言，只气的三尸神暴跳，五灵豪气飞空，"哇呀呀，好囚囊的，不知常爷爷的厉害"！抢棍就打毛荣。毛荣说："冤各有头，债自有主。我去报我家寨主知道。"立时跑上山去。

不多时，锣声一片，从山上下来一伙喽兵，为首四个头目。头前那个头目，年约四旬以外，面如紫玉，青绸子包头，小青绸子裤褂，青布快靴，浓眉大眼，满部黑胡须，手执青龙偃月刀，其锋无比，抢刀只剁常兴。二人各通姓名，常兴用棍怀中歇抱月的架势往外一搧，薛虎急撤回来，瞒刀头献刀篡往对面前心一刺。常兴搧开，抢棍盖头就打；薛虎双手顺刀，横压铁过梁接住棍，顺水推舟，只奔常兴脖项。常兴用棍往外一搧，压的薛虎两膀发麻，往回就跑。小温侯银戟将拧画杆方天戟，照定常兴分心就刺。常兴两膀按住，往外一搧，把鲁豹虎口震开，鲜血直流，败回本队。罗英抢摺铁刀跳过来就砍，二人战了几个照面，也败回去。高俊摆虎头錾金枪，也未取胜。

手下人报上聚义厅，金翅大鹏周应龙只气的三尸神暴跳，说："哪位把他给我拿来？"青毛狮子吴太山与红眼狼杨春、黄毛狐李吉、金鞭将杜瑞、花钗将杜茂、蔡天化这六个人说："我等去拿这小辈，把他乱刀剁死！"六个人各带兵刀，手下喽兵一百名，出离大寨，下了山岭。蔡天化拉镔铁加钢铜，跳至常兴面前，摆铜盖顶就打，常兴用棍相迎。红眼狼杨春见常兴棍法精通，怕蔡天化不能取胜，叫黄毛狐李吉拿练子抓照定常兴就抓，派喽兵用拌腿绳拌。常兴倒于就地，上前捆上，抬上聚义厅来。周应龙说："黑汉，你是哪里人氏？来此骂山，被何人所使？"常兴说："我叫常兴，在卫辉府住家。因你使人盗了彭巡抚金牌，我特来找你要金牌。我是抚标把总，今日被你拿住，该杀该剐，任凭于你。"周应龙听罢，知道这金牌要惹出大祸，自想："一不做，二不休，竟等抵挡官兵，扯起旗大反河南，如事成可图王霸之业；即事不成，逃走江海之内，也有安身之处。"想罢，说："来人，把他给我暂押东院青峰空岛土牢之内，候我行兵之日，用他祭旗。"五军都头目毛荣，立刻押常兴奔东院去了。

这里周应龙说："目下山寨粮草足备，人都齐全。自今日为始，巡西南两座山口，派小金刚苗顺、蝎虎子鲁廷；巡察前山大寨门，派恶太岁张耀联；巡察各处察拿奸细，派赛展熊武连；总理巡捕，兼管出入腰牌，派恶法师马道玄。喽兵各处值宿，轮流替换巡察。各处该值之头目：派蔡天化聚义厅日夜轮流值宿，派青毛狮子吴太山、大斧将赛咬金樊城、赤发灵官马道青、赛瘟神戴成、金眼骆驼唐治古、火眼狻猊杨治明、双麒麟吴铎、并獬豸武峰、红眼狼杨春、黄毛狐李吉、金鞭将杜瑞、花钗将杜茂这十二位轮流替换。"分派已毕，吩咐厨下备办酒席，请众位吃酒。喽兵调开桌椅，摆上匙箸，各样干鲜果品，冷荤热炒，山珍海味。金翅大鹏周应龙亲身斟酒，直吃得尽欢而散。

天有正午之时，有巡山喽兵前来禀报说："有欧阳德要见寨主。"周应龙听报一楞，暗说："不好！这厮前来，有些难惹，不免我接进他来，见机而作。"青毛狮子吴太山乃是江湖老贼，足智多谋，今日一见周应龙发愣，他过来说："大寨主不必为难，他来之时，如此如此，这般这般，可以成功。"周应龙说："好！你等都不要见他，都在两厢暗中观看动作。"众寇闻说，各自安排去了。又吩咐喽兵鸣锣，聚了三百名亲军护卫、飞虎喽兵，各穿号衣，怀抱四尺二寸长的斩马刀。他亲身往外迎接去了。

再说小方朔欧阳德自下了紫金山，他在各处暗访，在半路遇见赛霸王杜青、勇金刚杜明，他才访真了彭公失金牌之实情，又探访明白彭公接了任。自己又恨周应龙隐瞒不献金牌，"自己夸下海口，必要将金牌要回，送至河南巡抚衙门，也对得起我师弟张耀宗，也叫豪杰中赛毛遂杨香武瞧瞧我欧阳德不是无能之辈。"自己别了杜氏兄弟，找上紫金山去要金牌。不知二人见面，应该如何要金牌，且听下回分解。

第五十四回　欧阳德二上紫金山
周应龙智赚小方朔

诗曰：

记录纷纷已失真，语言轻重在词臣。

若将事事求心迹，恐有无边受屈人。

话说欧阳德到了紫金山下，叫巡山喽兵报上山去。不多时，寨门大开，周应龙亲身迎接出来。欧阳德说："寨主好哇？久违久违！"周应龙说："义士别后无恙，里边请坐。"二人携手进寨，至聚义厅落座。手下人来献茶。有美髯公神刀无敌薛虎、小温侯银戟将鲁豹、俏郎君赛潘安罗英、玉麒麟神枪太保高俊这四个人，在大厅之上两边伺候。厅外有都头目毛荣，与三百名喽兵。欧阳德见周应龙礼貌谦恭，来时是怒气满怀，一吃茶把气没了。无奈事情紧急，不能不说。想罢，说："寨主，这几日金牌可有下落无有？武连来在这里，住了几时？"周应龙听罢，带笑说："金牌却有下落，我已派人去上北邱山取去了，义士在此等候几日。"吩咐毛荣去到厨房备酒，"我给义士欧阳兄接风"。家人摆上各样菜蔬，让欧阳德上座，他主座相陪。

欧阳德听见金牌有了下落，心中甚为喜悦，开怀畅饮。头几杯是家酿美酒，薛虎、鲁豹、罗英、高俊四个人前来执壶敬酒，酒过三巡，暗把欧阳德灌醉。周应龙也知欧阳德是侠义，要害他不容易，非他醉了酒不能用计，他也执壶相劝。欧阳德在江湖多年，真假虚实总看得出来，见周应龙这分光景，认以为真。那金牌也许落在北邱山坐山雕周应虎那里，自己也就放心。知道金牌既真有下落，喝了酒有八分醉。周应

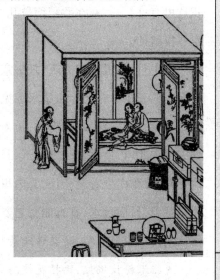

龙叫毛荣换热酒来，亲身给欧阳德斟上。欧阳德连喝几杯，不知不觉头眩眼黑，天地旋转，脚底下发轻，心慌意乱。欧阳德情知不好，把酒杯一摔，说："唔呀！混账王八羔子！你用的什么药酒？快些说来！"一伸手要抓周应龙，未能抓住，即跌于地下，不能动转。金翅大鹏周应龙鼓掌大笑，说："安排窝弓擒猛虎，预备香饵钓金鳌。欧阳德，你也有中计之时。人来，请众位英雄前来议事。"伺候人答应下去。

再说自那欧阳德一来之时，吴太山献的计，说："须用稳中之计，先礼后兵。"知道欧阳德是精明强干之人，若一摆菜就下药酒，知道他小心，定然瞧得出来。未从喝酒，先要细细瞧瞧，这都是江湖人的细心。方才是先喝的好酒，后来把一宗返魂五灵酒换上。这酒乃苗顺所配受过秦氏三杰的传授，有一种迷魂药更厉害。他这个酒，只要喝酒之人用了，也无别的气味，就是清香，无论什么精明之人也看不出来。那迷魂药是打成钮子大的丸药，人要闻见立刻昏迷。塞入鼻孔一粒，人就昏迷不醒，非用解药不能明白。今日周应龙把欧阳德用五灵返魂药酒灌入迷魂乡，不省人事，吩咐手下人等拿黄绒绳把他捆好，抬在西花园逍遥阁上东里间屋内。手下人答应，抬欧阳德下去。

外边吴太山等同众寇进了聚义厅，两边落座。周应龙把方才之事对众寇细说一遍。吴太山说："寨主，此时把欧阳德收在逍遥阁花园之内，必须派一个人看守。"周应龙说："寨内的头目，就是胡铁钉无事，派他看守西花园。"苗顺说："寨主，我这里有一粒药，塞在欧阳德鼻孔之内，管保他醒不过来。"家人立刻拿去办理，大家昼夜留神。

书中且说，大人带蔡庆、张耀宗三个人，顺大路走至夹道沟，见前边有一辆车，头前一辆车正自打架。张耀宗瞧见都是自己人，连说："不可打架！不可打架！"头前这辆车，乃是金头蜈蚣窦氏，带着女儿恶魔女蔡金花，起车的家人蔡顺。因为走到夹道沟北口，这道有一里地远，只可走一辆车。忽南来了一辆二套太平车，两个铁青骡子，车内坐着两个仆妇，内里坐着一个女子，年有十七八岁，生的芙蓉白面，眉黛春山，目横秋水，真有仙女之姿。怎见的，有诗为证：

才向瑶台觅阳踪，曙鸦啼断景阳钟。

薄施朱粉妆偏媚，倒插花枝态更浓。

立近晚风迷蛱蝶，坐临秋水乱芙蓉。

多情莫恨蓬山远，只隔珠帘抵万重。

蔡顺看罢，说："莫来，南边开车。"那边赶车的说："你少走一箭之地，我过去啦！必要费事，你好好退回去，让我过去。"蔡顺说："你说的不算，你退回去，让我过去。不然，咱们两个人对着别走。"那个赶车的听罢，把脸一沉说："你说的不算，连你车主也不行。"金头蜈蚣窦氏听说，说道："小子你别说啦！老太太这辆车是不能退的，你们快些个让太太过去。"车里蔡金花说："你要不退回去，莫说我打你。"那车里坐着的女子听见，只气得面目改色，说："你等莫欺负人，我可不与你们一般见识，莫不要脸！"蔡金花说："你不要脸，我撕你去。"那边车上的女子，听蔡金花的言语亢壮，把奶娘、仆妇一分，自己用宝蓝绉手绢把头包好，跳下车来。身体利便，身穿双桃红色女褂，葱心绿中衣，腰系西湖色汗巾，足下红缎花鞋又瘦又小，粉面生嗔，蛾眉直立，杏眼圆睁。蔡金花性如烈火，一生不服人，他一见那女子这般景况，他跳下车来，把银红色女衫掖好，只气的粉面通红，跳下车伸手就抓那个女子。那女子用拳相迎，两个人上下翻飞，审纵跳越，闪展腾挪，门路精通，速小棉软巧，手眼身法步，各按门路，把两个赶车的吓得也忘了开车啦，竟瞧两个女子打架。蔡金花是家传的艺业，自幼儿没遇见过对手，今日遇见这个女子拳脚精通，心中暗为佩服，说："这个女子也是武业精通，定是家传，可不知他姓什么？"那个女子也是心中说："这个女子，不知他是何人传授？这样武艺，大概是绿林中哪位英雄之女。"正在争斗之际，忽听正北马蹄之声，正是张耀宗、蔡庆保着彭公正走到这里。蔡庆说："莫动手，这是为什么？"张耀宗说："勿打，我来了！"那边那个女子一瞧，说："哥哥来了。"连忙住手。蔡金花见他父亲来了，闪在一旁，也不动手。

那边来的女子名张耀英，人送绰号侠良姑。因他哥哥玉面虎张耀宗自从家中走出，并无音信，师兄欧阳德也未回来，甚不放心，家中事托老家人张福管理，内宅有张耀宗的乳母甄氏照应，自己所仗着一身本领艺业，带着自己奶娘刘氏、仆妇洪氏，赶车的家人张忠，自离家之时到河南，在各处寻找，并无下落，打算要往京都去找兄长张耀宗。今日正走到夹道沟，遇见蔡金花，乃是未过门的姑嫂。张耀英见兄长来，说明方才打架之故。蔡庆过来，给引见了。大家一同摸回车去。

过了黄河一站，正是汴梁城。彭公接了印，拜了同寅藩、臬、道、府，祭圣庙、忠贤祠等处。访闻前次捉拿的恶法师马道玄，被知府贪赃受贿，纵放大盗。彭公递了一个折子，把知府武奎参了。接任五天，彭兴禀说："把总常兴告假走了。"张耀宗跟大人告了十天假，去找金牌。窦氏同张耀英、蔡金花住在庆和店，作为公馆。蔡庆同张耀宗至店内北上房东屋，蔡金花母女住西屋里，张耀英住外间屋。靠北墙八仙桌一张，两边各有一把椅子。蔡庆二人落座说："姑老爷今日告假，给大人去找金牌，倘要欧阳义士回来，岂不两误。据我想，不如等候几日。"张耀宗说："你老人家说的虽然有理，无奈我欧阳师兄这一去并未回头，我心惊肉跳，怕是受了周应龙的诡计，我去探访探访。"蔡庆说："我有一个主意。少时我办一分寿礼，你同我到高家庄，有一位老隐士名唤鱼眼高恒，明日是他八十整寿，天下各处水旱两路老少英雄不少。我一则暗探访金牌下落，二则欧阳义士必有人遇见他在哪里。如要是欧阳义士真上了紫金山未来，你我到集贤镇，住在自己店内暗中探访。不知姑老爷意下如何？"张耀宗听罢，说："也好，你老人家制办寿礼四样。"吩咐家人好好伺候主母与二位姑娘。

次日，雇了一辆车，翁婿二人坐车，竟奔高家庄而来。日色西斜之时，已到高家庄，庄外见树木森森。进了村口，是东西一趟大街，南北大道十字街。东头路北大门一片瓦房，门首悬灯挂彩，有家人伺候。车到门首，蔡庆、张耀宗二人下车，把礼单交给家人拿进去。不多时，鱼眼高恒、水底蛟龙高通海这父子亲身迎接出来。蔡庆、张耀宗翁婿二人过去见礼。给高恒引见，张耀宗自通名姓，给高恒行礼。高通海过来，拉着张耀宗说："大哥，你从哪里来？自从那日一别，时常想念。"刘德太也出来与张耀宗见礼，问蔡伯父好。蔡庆说："刘老大，你好哇，在这里来拜寿啦！你父亲好？"说着话，五个人往里走。至客厅内，见绿林英雄有滚了马石宾、朴刀李俊、泥金刚贾信、快斧子黑雄、满天飞江立等三十余人，大家叙礼已毕。群雄聚会盗金牌，即在下回分解。

第五十五回　高家庄群雄聚会
玉面虎二盗金牌

诗曰：

日暮堂前花蕊娇，手拈小笔上床描。

绣成安向东园里，引得黄鹂下柳条。

话说铁幡杆蔡庆翁婿二人到了客厅之内，与众人见礼。高恒让座，又给诸位引见，拜了寿。外面家人进来禀报："今有绍兴府南霸天飞镖黄三太的大少爷黄天霸，前来给庄主爷庆祝千秋。"高恒叫高通海出去迎接进来。大众看那天霸，年有十五六岁，中等身材，头戴新纬帽，身穿蓝宁绸单袍，腰系凉带，外罩红青外褂，足蹬青缎官靴，面如团粉，唇若涂脂。大家皆赞美让座。黄天霸说："高叔父请上，小侄拜寿。"高恒说："人到礼全，贤侄暂请歇息歇息罢！"黄天霸说："侄儿奉我父亲之命，特来给叔父拜寿，你老人家请上来，先为拜寿。"高恒带天霸到寿堂，见挂着福禄寿三星图。天霸拜了寿，来至客厅坐下。

外面又来了贺天保、濮天雕、武天虬三位，跟那红旗李煜、凤凰张七、铁掌方飞、蓬头鬼黄顺、落马川刘珍。这众位英雄来到，与众人见礼。外面又来了赛毛遂杨香武、铁背熊褚彪、花驴贾亮、小霸王杜清、勇金刚杜明等。大家彼此见礼，同到寿堂拜过寿。大厅摆了十二桌酒席，共有六七十位义杰英雄，叙齿让座，均是水旱两路的大英杰。水底蛟龙高通海、多臂膀刘德太二人让酒。

蔡庆见众人各找知己谈心，他暗探访众人的口气，问那同桌坐的杜氏兄弟："闻二位先在连洼庄救我的亲戚张耀宗，多承费心。不知武连逃往何处，二位知道否？"杜清说："武连自己惧罪，携眷逃此处紫金山金翅大鹏周应龙那里，还带去金牌一个，乃是康熙佛爷赐予河南巡抚彭大人。又听说为此事，在山上死了三位有名的人物，为盗金牌，死的甚惨。那头一位就是那赛李广花刀无羽箭刘世昌，那二位是抚

393

标把总常兴,三位是小方朔欧阳德。这三位都是中了他的诡计。故我想也要去盗那金牌,道路不熟,恐遭不测之险。因此我弟兄二人先来祝寿,再为打算。"蔡庆听罢这话,大吃一惊,幸而张耀宗未在跟前,他合刘德太、高通海在那里说话,坐在一桌,离着甚远,未曾听见。刘德太也不知他父亲被害之事。蔡庆说:"二位千万莫合众人说知此事。那周应龙做此欺天的事,我和他势不两立。"

旁边那知早有听贼话的人,一桌四位,乃是贺天保、濮天雕、武天虬、黄天霸这小四霸天。因久别见面,分外亲近,情同手足,正饮酒谈说别后的事。忽听杜清与蔡庆提说彭巡抚丢金牌的事,紫金山周应龙真正凶恶。黄天霸乃是有心的人,在家听他父亲说过二盗九龙杯,大闹避侠庄,两下结仇,又知他父亲与彭公相好。自己想,他要当着众人显显平生所学之能,"要把金牌盗来,奉上巡抚衙门,我也扬了名,又得报这三位之仇。"主意拿定,把大哥贺天保拉至外面,将这件事说了。贺天保听见说:"也好,我叫二弟、三弟去,咱四个人吃完了饭就走,明日一早咱在寿堂把金牌拿出来,叫那天下的英雄也好知咱弟兄四人的本事。"二人商议好了,入内落座,又把此事说与濮天雕、武天虬二人。吃饭已毕,见那铁幡杆蔡庆愁眉不展,坐在一旁。

这小四霸天并不带跟人,把所用的兵刃均都带好,暗暗出了大门。到了庄口,顺小路进山。四个人全不认的紫金山的路径,逢人便问。山路崎岖,树木森森。正往南走约有二十里光景,见前面有一座树林,从里面出来了一人,望着他们四人上下直瞧。贺天保年方十七岁,在家常听他父亲讲说这外面绿林水旱盗寇的规矩,时常说给他听。今日瞧见这个人探头探脑地望外瞧,他就知道是踏盘子的伙计,自己把弹弓子扣好,照定那人就是一下,正中面门之上。濮天雕过去,把他按倒,问:"你是哪里的贼人?快说实话!你如不说,叫你死无葬身之地。"那个人说:"小太爷饶命!我就是前面这座山上喽兵,奉巡山头目之令,前来哨探事情,故而遇见你们四位爷爷。"贺天保说:"你家寨主姓什么?"喽兵说:"姓周,淮安避侠庄人氏。"贺天保拉刀来把他杀了,把尸首扔于山涧之内。四个人进了树林,往南瞧见对面有十数个喽兵,各执兵刃,大嚷一声说:"哪里来的小辈?杀我们同伴的人,我等特来擒你们报仇!"大家往上围,把四位小英雄围住。贺天保抽出折铁刀来抢刀就剁,濮天雕拉豹尾鞭就打,武天虬摆双铜乱打,黄天霸拉出刀来就砍剁。这几个喽兵,哪里是这四位的对手,抛枪扔刀,逃奔上山送信去了不提。

且说这座山不是紫金山,乃是北邱山,又名璠球山,此处寨主名叫坐山雕周应虎,压寨夫人戴赛花乃是戴胜齐的妹妹,也是一身好功夫。有他胞兄神弹子火龙驹戴胜齐在这里闯立,现时戴胜齐在罗家店北头金龙宝善寺出了家啦。这山上就是他夫妻二人,后来又新来了荒草山漏网之贼并力蟒韩寿、他妻子母夜叉赛无盐金氏、雪中蛇关保这三个人在此帮助。今日正在分金厅上闲坐,忽见外面巡山头目姚变前来报道:"山下来了四个小孩子,把这山喽兵打败,请众位寨主令下!"周应虎性如烈火,大嚷:"哪里的小孩童来此撒野?我去结果他的性命,绝不能饶他。"旁有雪中蛇关保说:"我去拿这几个小辈来,请寨主发落。"周应虎说:"很好!"母夜叉赛无盐说:"我帮助你去。"二人带了一百名砍刀手,下了山寨,见那四个小英雄各执兵器,破口大骂:"山贼,快拿出金牌来,饶你不死!"正骂得高兴,黄天霸说:"三位兄长做事粗鲁。依我之见,咱们是来盗金牌,替彭公办事,也对起天下的英雄,叫高家庄所来各处人杰,看看我们四人之能。将他的人打败了,他那寨主定然下来,我们不可久战,得了胜望他要金牌。给了咱的金牌,咱就走吧。他的人太多,若久战必败。"贺天保说:"老兄弟,你说得甚是,与我意见相同。"

四人正在议论,忽见从山上来了一男一女,率领一群喽兵,喊声如雷。那男子约有三旬,青绢包头,蓝绸子裤褂,足登快靴,面似桃花,二目有神,手使铜棍。后面跟有一个丑妇,年亦三旬光景,头生黄发,一脸横肉,吊角眉,小圆眼睛,秤砣鼻子,厚嘴唇,露着一口黄牙根,身穿蓝女衫,水红色衣,两只大脚长有尺余,手拿铁棍,凶恶之相。武天虬摆双铜,大喊一声:"你等山贼,休要撒野,通上名来!"关保说:"我名称雪中蛇关保,乃山寨之主,你们是哪里来的顽童,前来送死!"武天虬哈哈大笑说:"山贼,你家小太爷乃是江苏人氏,姓武名天虬,自幼儿闯江湖。我听说你们这座山势甚好,我兄弟四人前来,先杀你那为首的人,我们要焚灭这座山。"关保见这个小孩子说此大话,说的倒也雄壮,如何能惧怕于他?抡铁棍来,往头上打来。武天虬乃是家传武艺,把双铜一分,往旁一闪,闪开棍,他把双铜施展开了,上下翻飞。那关保的棍使动精通,分为三十六手左门棍,四十八招右门棍,分为传逢扒打。武天虬少年英雄,身体利便,血气方刚。二人只杀得难解难分。濮天雕瞧那武天虬少年英雄，恐拜下风，落人耻笑，他也拉单鞭，照定关保面门就打，关保用棍相迎。这边母夜叉抢铁棍也来相助，合濮天雕杀在一处。

贺天保见山寨下尚站定有喽兵，甚是雄勇，恐怕寡不敌众，难以取胜。与黄天霸商议："先把为首的人杀死，你我急速回去，不可轻敌。"黄天霸说："兄长，你看这座山，未知是否紫金山？莫若我用话探听探听，再作道理。"想罢，往对面喽兵说："你们这座山的寨主是金翅大鹏周应龙吗？我等是来有要紧的事找他，你等可说实话。"那喽兵说："我们这里寨主是坐山雕周应虎，这山叫作北邱山，又名璮球山。你等是哪里来的？快说实话。我看你一个小小孩子，有什么能为，前来送死？"黄天霸心里说："真丧气，这厮藐视我，不免我叫他知道我！"一纵身说："濮二哥，你帮助三哥去，我杀这个匹夫。"摆单刀跳过去，抢刀照定母夜叉赛无盐就剁。金氏瞧黄天霸幼年之人，生得标致，他用棍一指说："孩童休要讨死，你趁此去吧！老娘不与你们一般见识。"黄天霸听了一阵冷笑，说："丑妇休要逞强！你小大爷要结果你的性命。"抢刀就砍，金氏用棍相迎，两个人直杀了两刻工夫。黄天霸一回身说："我要去也！丑妇你勿追我。"回身就走。金氏一摆棍就追。黄天霸知他追赶自己，把镖掏出来三支，照定金氏左眼，"嗖"的一声，说"着"！正中左眼。金氏疼的哇呀呀："不好了！你这小厮好厉害，伤我的左目。"黄天霸又一抬手，说"着"！又中在右眼上。金氏只疼的乍煞着两只手说："好厉害呀！"黄天霸又把第三支镖照定金氏身后幽门之上，正中在屁股上。金氏"哎哟"一声，倒于就地。黄天霸镖打母夜叉赛无盐金氏的三眼，只气的关保目瞪口呆，大喊一声说："孩子们，你等大家齐上！"众喽兵各抢兵刃，往前一围。不知小四霸天该当如何盗金牌，且看下回分解。

第五十六回　四霸天头探北邱山　侠良姑单身盗金牌

诗曰：

人间莫谩惜花落，花落明年依旧开。

却最堪悲是流水，便同人事去无回。

话说黄天霸把母夜又打了三镖，贺天保暗暗称奇说："老兄弟真好本事。"那边喽兵往上要围，贺天保把弹弓一按，照着那为首的喽兵打了几个，吓得那些个喽兵不敢向前。贺天保猛然的又一弹子，正中在关保的脑门之上，打的他脑浆直流，死在山下。四个小英雄说："我等不合你们喽兵一般见识，咱们回去罢。"四个人连夜回高家庄而去，暂且不表。

再说蔡庆听了杜氏昆仲之言，心中愤愤不平，又怕欧阳德死在紫金山上，又不敢向张耀宗说知。天至黄昏之后，他把盗金牌拿周应龙之故，说给鱼眼高恒，合多臂膀刘德太、水底蛟龙高通海。正在讲话，那张耀宗虽然听见，未闻言欧阳德死否，听见刘德太说他父被捆了，再求高家父子帮助，并求再约请几位协助，"我们翁婿先上集贤镇天和店内，等候大众，不见不散，约定明午在店恭候。"

蔡庆同张耀宗二人，日暮之时离了高家庄，到了集贤镇。天已初鼓之时，到了店门首叫门。小伙计开门，见是蔡庆东家来了，说："上房是老内东带着二位姑娘住了，你老人家住西房罢。"蔡庆说："他们做什么来了？我去问问。"那上房屋中金头蜈蚣窦氏听见是他男人来了，叫两位姑娘往西屋中去。他说："你们进来，屋内没人。"蔡庆带张耀宗进来，给他岳母请了安。蔡庆说："你来做什么呢？"窦氏说："你同姑爷走后，两位姑娘定要上紫金山盗金牌去，我怕他二人一个女孩儿家，如何去得呢？我又不放心你翁婿二人，故此同二位姑娘，想要到汴梁城也要住店，不如来集贤镇自己店中方便，也好打听消息。我又想这里是紫金山的西山口，你们若从高家庄来，要上紫金山，必须从这里过，定进店来。我方才到店问伙计，他说你们尚未来呢。"蔡庆说："为这金牌，费了大事。头一件，此山地势甚险，周应龙足智多谋，他那爪牙甚多。河南抚标把总常兴，也被他擒上山去；内黄县花刀无羽箭赛李广刘世昌何等英雄，也被他害了性命；小方朔欧阳德盖世英雄，还中了他诡计，被困山寨。你千万莫叫两个姑娘去，倘有差错，那还了得！是死是活，女孩家还同不的男子，你看住了。等着明日高家父子到来，再为计议盗金牌去。或者派人合他硬要，他若给了，两罢干戈。那紫金山并非容易可破的。"张耀宗说："也好。想我师兄欧阳德精明强干，智慧过人，又一身软硬工夫，不知为何被他所算？我怕他性命不保，故此我要急去才好。"蔡庆说："明日去吧，他谅也不敢谋害。等候众人到齐，也作一个准备。前者我助南霸天黄三太要盗九龙杯，在避侠庄与他结仇，今日不可轻敌。"张耀宗听了说："甚是有理。"窦氏说："你爷两个在这屋安歇罢，明日好应酬众人。我往西屋，合两位姑娘睡去。你们也歇着罢。"蔡庆点头。

窦氏到西屋，见蔡金花独自闷坐，闭目盹睡，不见侠良姑张耀英，连忙问女儿："你张家妹妹呢？"蔡金花说："方才见他收拾好了罩头，我问他往哪去？他说要同他哥往紫金山去盗金牌。我劝他几句，他说在外间屋偷听我父亲与他哥哥说些什么，故此我也无跟他出去，就在这里睡着了。"窦氏听罢，吓了一跳，急忙巡找，连院中找了一遍，并无下落，心中甚是急躁。到了东屋，见他翁婿尚未睡下，他说："可不好了，张姑娘自己上了紫金山啦！"张耀宗闻听之下，可不好了，这还了得，急忙收拾，拉刀要追。蔡庆说："不要忙！我同你前往。"二人上房，跳下街心，顺小路往南直奔紫金山而来。

张耀宗走着道儿，心中思想："我妹妹是一个女流，虽说武艺精通，也并未合人打过仗。今一上山，那些喽兵山贼无有一个好人。倘若有失，岂不贻笑于人！我堂堂男子，跟彭巡抚站堂官。今日是贼人与我们打仗，他姑娘家尚未过门，如何使得？"正在思想之际，蔡庆总是老英雄，经练得事多，在后面走着说："姑爷，如今日遇见山贼，不可乱战，只要找着姑娘就为上策。先把姑娘劝回来，然后再办别的事。"张耀宗答应说："是。"

二人走至赤松岭，往东拐进了紫金山山口。道路崎岖，坑堑不平。借着星月之光,望东一瞧,都是高山峻岭,树木森森。走够多时,往北一条大路,见北面这山比别的山高出一头,上边灯光闪闪,更鼓齐鸣。二人顺着山道,往上直走,到了头道寨门,见里面人静无声。二人不敢从这条道走,往东走了一箭之地,见上面无人,二人施展飞檐走壁之法,窜上墙去,掏出问路石往下一扔,听了听是实地,二人跳下墙去,在各处寻找。听那天有三更三点。二人走在分金聚义厅之左右,找那周应龙所住之处在哪里安歇,也不见侠良姑张耀英的下落。

二人正在着急,忽见对面灯笼引路,有数十名喽兵跟随。为首一人,身高七尺,面如青粉,环眉大眼,二目有神,身穿蓝绸子裤褂,青绸中衣,青快靴,手提一对双铜,此人乃是周应龙的大徒弟蔡天化。这个人练得武艺精通,后来出家归三清,不守清规,奸淫邪盗,无所不为,被苏州府施仕伦派官兵拿获。这是后话不提。单说目下他正带着喽兵来查前山各处。灯光一闪,见前面两条黑影儿一晃,再看不见前人。蔡天化眼光最灵,他一见就知有盗金牌之人前来。他站住脚步,立刻吩咐手下人不准动,他飞身上房,在各处一找,见东南上有两个人伏于房上天沟之内。他把金星毒药弩按上,照定那两个人就是一下。蔡庆用虎头钩拨开,二人跳下院中,说:"周应龙,你快出来!我今既来,是要会会你这小子!"蔡天化如何肯听,抢双铜跳于就地,说:"来!我看你有多大本领,我结果你的性命!"直扑蔡庆而来。张耀宗说:"你老人家闪开,我自有拿他之策。"把单刀往上迎。蔡天化双铜使动如飞,张耀宗闪展腾挪,施展刀法,与他人争斗。蔡庆恐其有失,把虎头钩协力相帮。后边那跟蔡天化之人,拿起号锣来打了一阵。

那青毛狮子吴太山、大斧将赛咬金樊成、赤发灵官马道青、赛瘟神戴成、金眼骆驼唐治古、火眼狻猊杨治明、双麒麟吴铎、并獬豸武峰、红眼狼杨春、黄毛狐李吉、金鞭将杜瑞、花叉将杜茂这一干众人,在集贤院中听见锣声响亮,众人各拿兵刃,来至前院聚义厅,见蔡庆、张耀宗二人与蔡天化动手,群贼各往前相助。恶法师马道玄与小金刚苗顺、蝎虎子鲁廷三个人,带手下人等,各执灯笼火把,照耀如同白昼一般。群贼把二位英雄围住,各抢兵刃,把蔡庆、张耀宗困在当中。吴太山认的蔡庆是英雄中之人,他说:"好蔡庆,你勾串官兵前来紫金山,想盗金牌,今日把你拿住,剥皮摘心,活活治死你!"蔡庆说:"乱臣贼子,人人得而诛之。你等不知自爱,真正

·彭公案·

图文珍藏版

讨死！少时官兵大队一到，你等全该万剐凌迟，祸灭九族，平坟三代。"口中虽然这样说法，心中却是害怕，知道贼人势大，又不见姑娘侠良姑张耀英在哪里，自己又不能走，知道工夫久了，必被贼人拿住。

张耀宗一人遮前顾后，见贼人越杀越多，自己累得浑身是汗，遍体生津，又不知妹妹张耀英是死是活，又不能走，只可在这里与贼人动手，只杀的难分难解。小金刚苗顺把折铁刀一抢，照定那张耀宗后脖项就剁。张耀宗只顾在前边动手，不提防背后那刀离脖项有一尺远。忽从西房上下来一支袖箭，正中在苗顺手腕，刀扔于地上。又一袖箭正中苗顺左目，疼得他"哎哟，哎哟"，直嚷"厉害"。那房上又一袖箭，正打在苗顺的咽喉。跳下一位女子，手帕包头，一身桃红色裤褂，汗巾系腰，金莲三寸，手执单刀，跳下房来，手起刀落，把苗顺人头砍于坠地。吴铎一看，是千娇百媚的女子，他心中甚喜，说："美人，我家寨主正想要一位二夫人，你来也巧。"这姑娘一听，只气的蛾眉直立，二目圆睁，说："小贼种！你姑奶奶结果你的性命就是了。"抢刀就剁吴铎。蔡庆一看女儿来了，心中一急。未出闺门女子，又有未过门的姑爷，这叫人撕一把，都不好看。只见自己妻子那窦氏也摆双钩跳下来，说："哟！好猴儿崽子，老太太来也！"

此时周应龙方才睡醒一觉，听的前边锣声，一片喊杀之声。自己穿好了衣服，把金装铜一抱，叫亲随喽兵点灯笼火把。外边把守内寨的美髯公神刀无敌薛虎、小温侯银戟将鲁豹、俏郎君赛潘安罗英、玉麒麟神枪太保高俊这四个人，带四十名飞虎喽兵，从后面杀奔大厅前。他一看，认的是上蔡县蔡花寨铁幡杆蔡庆与金头蜈蚣窦氏。他说："好一个蔡庆，敢来紫金山找死！众家兄弟把他等拿住，碎尸万段！"不知后事如何，且看下回分解。

第五十七回　张耀宗大战紫金山
水底龙聚众捉群寇

诗曰:

天鸡啼处夜生潮,东望蓬莱翠雾消。

紫贝高为云外阙,青龙盘作日边桥。

话说那金翅大鹏周应龙,带领喽兵围住蔡庆四人,吩咐手下群寇,务要生擒蔡庆,报当日盗九龙玉杯之仇。蔡庆寡不敌众,无法,又不能走,知道战久必败,又没有接应。正在为难之际,听的前边墙上有人说:"小辈,你休要倚多为胜,我多臂膀刘德太来也!"跳在院中,直扑周应龙,要替父报仇雪恨不提。

单说那刘德太因蔡庆走后,他问杜清说:"这张耀宗是在哪里丢的金牌呢?"杜清把对蔡庆方才所说的话,又对他说了一遍。刘德太一听说:"哎哟! 好周应龙,我和你势不两立! 我还在各处寻访我父亲,不想被贼人所害。他还合我父亲是结义兄弟呢! 我要不替我父亲报仇,我世不为人!"杜清不知刘德太是花刀无羽箭赛李广刘世昌之子,今一听方知此事,连忙过去劝解。刘德太父子连心,他焉能耐得住? 自己一纵身跳在院内,拉刀竟奔紫金山,要替父报仇雪恨。他自己也不管道路崎岖,借着星月之光,他施展陆地飞腾之法,天有三更到了紫金山。听的上面锣声一片,响亮声喧。刘德太心中说:"这般时候,为何还操演喽兵? 莫非有人来拿他,也未可定。"自己原想着暗中刺杀周应龙,替父报仇。明着动手,恐寡不敌众。故此,他夜间来。这座山的路径,他是熟的,故此他不用访问,顺山道上去,到了头道大寨门,听的里边杀声不止。又是夜静更深,空谷传声,听的又远。那寨墙上点着号灯,喽兵来回巡视,有恶太岁张耀联率领喽兵。刘德太由西边飞身上墙,跳进大寨,他又混进二道重门,瞧见聚义厅前有七八十名喽兵,在四面各执灯笼火把,怀抱朴刀。那周应龙在正北抱着金装铜,左有薛虎、鲁豹,右有罗英、高俊四个心腹之人护助,当中有吴太山等,把张耀宗、蔡庆、金头蜈蚣窦氏、恶魔女蔡金花四个人困在当中。刘德太本来定要报仇,他跳下来,抢刀扑周应龙,说:"小辈!刘太爷我来杀你!"蝎虎子鲁廷摆刀相迎,刘德太本来是急啦,见他相迎,抽回刀来分心就刺,鲁廷用刀往来一搭,刘德太抢刀就剁,鲁廷往旁一闪,刘德太掏出来墨雨飞篁,照定那鲁廷就是一下,正中面门,反身栽倒,被刘德太一刀刺死。

周应龙说:"娃娃你好大胆量,敢杀我山寨头目!薛贤弟,你给我拿这该死的小辈!"刘德太一听此言,无名火起,说:"周应龙,你这厮伤天害理,不做人事。我父亲同你是结义兄弟,还有我戴奎章叔父。你不该倚强欺弱,把我父亲乱刀剁死。我特来取你人头,给我父上祭。"周应龙看见,认的是多臂膀刘芳字德太,他也知道自己做事太狠了,羞恼变成怒,说:"刘芳,你父亲与我割袍断义,划地绝交。他又来盗我的金牌,被我手下人所杀。你来找死。薛贤弟,你把他结果性命!"美髯公薛虎拉朴刀就剁,刘德太急架相还,二人在院中动手。鲁豹也拉银戟,分心就刺,刘德太双战二人,并无惧色。周应龙吩咐鸣锣调兵,手下人一阵号锣声喧,外边那喽兵各带兵刃至二道寨门,在四面围绕蔡庆等,杀了有一个多时,只累的浑身是汗,遍体生津,只有招架之功,并无还手之力。

刘德太正自合薛虎、鲁豹二人动手,见贼人越杀越多,恐其寡不敌众。正自为难之时,西房上水底蛟龙高通海带领贺天保、濮天雕、武天虬、黄天霸这五个人,追下刘德太来。是因刘德太走后,高源往下追,半路遇见贺天保、濮天雕、武天虬、黄天霸四个人从北邱山回来。高源说:"你等哥们四个往哪里进去?快跟我追多臂膀刘芳,他往紫金山去了。"四人听说,跟随高源到了紫金山上,听见里面喊杀之声,知道必是刘芳合贼人动了手啦。他五个人窜上房去,往下一看,见张耀宗、蔡庆等众人困在当中,高源大喊一声说:"张兄长不必害怕,今有巡抚大人派官兵三千前来,把山围了。如要扔了兵刃者无罪;与官兵对敌者,拿住万剐凌迟。我今带着四霸天,合天下的英雄来拿你周应龙的余党,趁早自投免死。"那些贼人一听,吓得战战兢兢。老贼青毛狮子吴太山正自动手,听高源之言,自己也是心中害怕。知道彭大人定要发兵来剿紫金山,又见那高通海带着四个年幼之人,各抢兵刃,合群寇杀在一处,越杀越勇。

房上又喊嚷之声,鱼眼高恒、铁背熊褚彪、凤凰张七、黑驴贾亮、赛霸王杜清、勇金刚杜明六位英雄,因刘芳自己愤怒上紫金山,他等不放心,特意追赶下来,跳在院中,敌住群贼。蔡庆增长精神,说:"众位,咱们今天替小方朔欧阳德报仇,拿住周应龙与在案之人,不可放走一个,好找金牌。"金翅大鹏周应龙见众位英雄来了不少,又听高源说官兵困了山啦,他先派玉美人韩山合毛荣二人,收拾细软之物,用小轿抬着压寨夫人,先逃奔北邱山。自己催督喽兵,与众寇捉拿这伙人。

赛毛遂杨香武带着八臂哪吒万君兆、朴刀李俊、泥金刚贾信、快斧子黑雄、滚了马石宾三十余名,都来到紫金山。先把大寨门恶太岁张耀联拿住,又把胎里坏胡铁钉拿住捆上。二道寨门赛展熊武连抢刀跳在迎面,后有三十名亲随喽兵各执长枪。快斧子黑雄抢加钢斧,劈头就砍。武连乃久闯江湖大盗,又在连洼庄窝聚贼匪,足智多谋,今见黑雄抢斧子砍来,他把身儿一闪,摆刀就刺。黑雄乃是胡乱的招数,哪是武连的对手。武连把刀法施展开了,把黑雄杀了一个脚忙手乱,斧子也忘了招儿啦。几个照面,被武连一刀刺于前胸,翻身踢于就地,登时身死。滚了马石宾、摆加钢蛾眉刺,照定武连刺来;朴刀李俊也纵身跳过去,抢刀就剐。两位英雄并力,把赛展熊武连给拿住,又把黑雄的死尸放在东耳房之内。众人把武连捆好,合张耀联放在一处,派贾信同李俊二人看守,连胡铁钉也送在这里来。

杨香武进了寨门,说:"周应龙,你今日可走不了啦!杨五爷我来拿你上巡抚衙门请功。"周应龙一听杨香武就吓了一跳,知道这来必是黄三太勾串四山五岳八方英雄来拿我。自己正自思想,忽见那石宾等大众进了寨门。仇人见面,分外眼红。他一见杨香武,想起当时盗那九龙玉杯,"害得我倾家败产,我与他势不两立!"摆双铜奔杨香武而来,说:"小辈,今日你飞蛾投火,自来送死!"双铜往下就打。杨香武说:"众位协力帮我拿他,我是要他的金牌。"众人答应,各抢兵刃,把周应龙、罗英、高俊给围住。

蔡庆见众人都来,就不见侠良姑张耀英他在哪里,心中甚是着急。张耀宗也是为难,不知妹妹在哪里,越想越着急,动着手,见山寨有七八百名喽兵,二十余个头目,各执刀枪兵器,杀在一处,自己又怕寡不敌众。忽听房上有人说话,说:"唔呀,混账王八羔子,你往哪里走呢!吾欧阳德堂堂正气,误中了你的诡计,吾是要拿你这混账王八羔子咧!"周应龙情知不好,说:"这件事恐不能善罢甘休,我这座山要保不住了。"青毛狮子吴太山、大斧将赛咬金樊成、赤发灵官马道青、赛瘟神戴成、金眼骆驼唐治古、火眼狻猊杨治明、双麒麟吴铎、并獬豸武峰、红眼狼杨春、黄毛瑨李吉、金鞭将杜瑞、花钗将杜茂这些个盗寇,先见张耀宗几个人,他等也不在心上,今见欧阳德在房上说话,他等吓了一跳,就知这座山要保守不住了。

单说这欧阳德从哪里来呢?因前者周应龙用药酒把他给治住,用黄绒绳捆好,收在后面空房之内,又在鼻中塞了一粒迷魂丹,他不能醒人事,打算饿他十天,再用药解过来。他不死,也不能为了。这个主意也好,不想天无绝人之路,今日才三天的工夫,为何出来呢?因侠良姑张耀英自天和店内一怒,收拾好了,要替师兄报仇雪恨。自己带了匣装弩袖箭、锦背低头锤,带了单刀,顺路进了山,施展陆地飞腾之法,进了山寨。身体伶便,窜入后寨,在各处窃听。到了东跨院之内,听的东配房里面有人说话,说:"伙计,今夜是咱们四个人的班,他们两个人去赌钱,全交给你我。少时你多绕一个弯儿,莫懒惰,多辛苦两趟,赏下来你我二人分。他们两人不要啦,你知道啦!"又有一人说:"我知道。"张耀英听了,立刻闯进屋中去,先杀一名更夫,剩下一人,他过去问:"你们这山上拿住一个欧阳德,是害了没害?快说实话,我好饶你,要有半字虚假,我定杀你不饶!"那更夫吓得战战兢兢,说:"姑娘莫生气,我叫胡光,看守这北上房。空房之内,收着一位小方朔欧阳德,跟我寨主有交情,因为他要金牌,我们大寨主先用返魂酒把他迷住,又在鼻孔之内塞了一粒迷魂丹,派我四个人看守。范桐、蔡虎二人去要钱去啦,钱秀被你老人家给杀了。我说的是实话,求你饶我性命就是。"张耀英说:"还收着何人在里边?"胡光说:"还有一个姓常的叫镔铁塔常继祖,也是河南巡抚彭大人那里的,现在西厢房之内,只求你老人家饶我。"张耀英听他哥哥说过有一位姓常的,力大过人,这必是那位。张耀英把更夫捆上,把口堵住。自己去到北上房,把门开放,见屋中并无灯光。又到东房,把灯取来一照,见欧阳德在东里间床上,欹卧身形,急忙先从鼻孔把那粒药取出来,后把绳扣解开,正自要救师兄,听的门首有人说话,张耀英大吃一惊。且看下回分解。

第五十八回　彭都司带兵剿山 玉面虎勘问金牌

诗曰：

水送山迎入富春，一川如画晚清新。

云低远渡帆来重，潮落寒沙鸟下频。

未必柳闻无谢客，也应花里有秦人。

严光万古清风在，不敢停桡东问津。

话说侠良姑张耀英听的背后有人，急转回头一看，见是一个男子，年约三旬以外，生的面皮透紫，一脸怪肉横生，身穿青小裤褂，足登青布挝地虎快靴，手拿着一把单刀。这个头目叫周成，是周应龙的家人，一生最爱饮酒。今日是来找胡光借钱，走进这院内，见北屋内有灯光，他留神看，是如花似玉的一位大姑娘，生的十分俊俏，他起了不良之心，要想过去找便宜，把门一堵。侠良姑回身一看，趁势一袖箭正中周成的面门上，过去一刀就结果了性命。又到东屋内去找凉水来，先灌过来欧阳德。欧阳德醒来，说："贤妹，你从哪里来呢？"侠良姑把自己来历说了一遍。小方朔说："你快些回去罢，我去拿周应龙报仇。"张耀英说："西屋内还有一位姓常的呢。"欧阳德说："都交给我啦，你去回天和店罢。我办完了事，送你回家去。"张耀英这才自己回去了。

小方朔到西屋内，把常兴给放开，立刻把他扶到东房，把灯取过来在各处找看，有馒头、炖羊肉，二人吃了些，又喝了点水。派常兴急速回巡抚衙门，见大人派兵剿山。即到前院来，听的锣声震耳，喊杀之声，欧阳德先窜上房去啦。到了前院，见各路英雄不少，蔡庆同张耀宗等大家杀在一处，喽兵在四面呐喊助威。欧阳德跳下房来，先奔周应龙而来。周应龙一见，情知不好，摆金装铜，飞身窜入后院，进了东房。那薛虎、鲁豹、罗英、高俊这四个人，也跳出圈外逃走。欧阳德追下周应龙去了，滚了马石宾带众人追下四寇。

天已大亮，山下都司彭云龙奉巡抚的谕，带二百名马队来剿紫金山，半路上正遇常兴，引他到这里上山。群寇早已四散，吴太山等避乱逃走。生擒贼党四十三名，盘查窝巢之内，有存米一千五百七十余石、黄金六百余两、白银四万零三十余两、绸缎布匹无算。彭云龙会合了张耀宗、刘芳、高源等，升了聚义厅。常兴与一干英雄李俊、贾信，把武连、张耀联、胡铁钉三个人带至大厅。杨香武找了本山一口棺材，将黑雄装殓已毕，打驮轿，他带石宾、李俊等三十余人回归北路京东，安葬黑雄。这杨香武出家，这且不表。

单说那蔡庆带妻女合众朋友说："先在天和店等候。如遇周应龙，只管叫人给我送信，我必来。我先送回家眷，在此观之不雅。"这里黑驴贾亮、凤凰张七、铁背熊褚彪、鱼眼高恒这几位英雄，同小四霸天还未走。张耀宗说："武连，你把彭巡抚的金牌送往哪里去了？快说实话，免的非刑拷问于你。"武连知道也是一死，反受些非刑，他说："众位，我已然被获，只求速死。我把金牌交给周应龙，不知他安放哪里，这是实话。"又问张耀联，也说在周应龙之手。动刑拷问，也是这几句话。又拷问胡铁钉，问他知道金牌之下落不知，胡铁钉也是不知道金牌的下落。又把所擒之人全都问道，都说不知。高源说："你等可知周应龙往哪里去了？你可知道，自管实说，免死。"内有一个喽兵说："小人知道他逃往北邱山去了，离此有二十里之遥，他二弟周应虎在那里占山。"张耀宗合彭云龙议论，派常兴带五十名马队守这山寨，他邀请众位英雄协力帮助剿北邱山去，那高源、刘芳也跟随。

说着，外边欧阳德回来了。他说："唔呀！周应龙是走了，便宜这个王八羔子！吾要拿住他，必要报仇雪恨的。"张耀宗说："师兄，你先跟我等到北邱山去拿周应龙，一个也不能放走他。"高恒也同着众人，都要替刘世昌报仇。彭云龙带一百五十名官兵，这才同众下了紫金山。有贺天保引路，到了北邱山北山口外，官兵进山，群雄跟随，到了那寨前，先砍死几个看守之人，闯进寨门内。

周应龙正合他兄弟讲话。先是薛虎等四个人逃至此处，后有几十名喽兵赶到，说："武连被擒，马道玄逃走，并无下落。寨主紧守大寨，怕彭巡抚的官兵追来。"周应龙说："好险哪！我要不是从地道逃出来，我也被欧阳德所拿。"自己又回想："铁桶一般紫金山,今一旦皆属他人,害得我并无立足之地。"越想越惨,不由已落下几点英雄泪来。周应虎合韩寿解劝,说起昨夜之事:"可怪这山下也来了四个童子,伤了我两个人,方才葬埋了。兄长不必为难,我这山上有几百名喽兵,你我再下山去报仇!"这句话方才说完,只见从外面跑进来一个手下人说:"不好了!这外面官兵把寨门打开,有小方朔欧阳德带有人来,请寨主你老人家早做准备。"周应龙连忙把双铜一抱,韩山早已逃走,韩寿、周应虎等鸣锣调他的手下喽兵。这些喽兵都知道紫金山已破,这座山也站立不住,又没见过大敌,早已四散。那些个无知之人,还各执兵刃,帮助寨主作反。

贾亮说:"周应龙,我也不是在官之兵,我也不是应役之人,论理说,我不应该在这山上拿你,我也是侠义路中之人。无奈你做事也太狠毒,你合刘世昌也是结义兄弟。翻脸无情,反复无常之辈!我今同两个朋友,先把你拿住去见彭公,给刘世昌报仇。"美髯公薛虎闻听,说:"寨主不必生气,我拿住这老匹夫。"周应龙说:"很好!"薛虎抢刀直奔那贾亮来,贾亮把纯钢蛾眉刺往上一迎,两下里一撞,贾亮急抽回刺来,分心就把薛虎的刀往外一搋,贾亮一个夜叉探海之式,把薛虎刺在左肋,登时栽倒在地,被官兵拿住。鲁豹拧银戟跳过来说:"好奴才!你伤我兄长,我要拿你。"贾亮乃飞檐走壁之能,久闯江湖之人,练的一身巧妙的工夫。他见鲁豹来,并不惧怕。忽听身后褚彪说:"贾大哥,你老人家让我立这一功!"抢金背刀跳至当中,抢刀就砍鲁豹来。鲁豹用戟斜抱月往外一推,抢戟杆就打,褚彪用刀往上相迎。两个人战了几个照面,褚彪把鲁豹一刀砍倒,过来官兵把他也捆上。罗英、高俊被刘芳、高源所擒。凤凰张七带贺天保、濮天雕、武天虬、黄天霸五个人,围上周应虎、韩寿。欧阳德自己把周应龙给围住,施展软硬的工夫,鹰爪力,重手法。周应龙把双铜使动如飞,张耀宗自己也拉刀相助。

那后寨早已知道,请压寨夫人戴赛花立刻收拾好了,说:"嫂嫂不必害怕,都有我一面全管。"李氏吓的面模失色。戴氏抢双刀直奔前寨来。他见贺天保等生得标致,说:"小娃,你跟我来,我看你有多大能为?"贺天保一瞧,有一个三十多岁妇人来,姿容俊秀,蓝绸子手帕包头,品蓝绸子女褂,葱心绿的中衣,足下金莲三寸,柳眉杏眼,抢双刀直砍贺天保来,贺天保也来相迎,两个人只杀的难分难解。戴赛花乃是家传的武艺，只杀的贺天保浑身是汗，遍体生津。那彭云龙吩咐官兵帮助动手，挠钩、长枪齐奔戴氏。韩寿被擒，周应虎也被人所拿。金翅大鹏周应龙见大势亦去，他无奈何，跳在圈外想要逃走。欧阳德哪里肯放，合众英雄把他围住。张耀宗刀法精通，周应龙双拳难敌四手，被欧阳德所擒。搜拿贼党，戴赛花死于山寨乱军之中。查抄金银，分赏兵丁，众人在山寨歇息一夜。

次日，贾亮、褚彪、凤凰张七与小四霸天告辞，各自回家。张耀宗苦留众人不住，只得送些路费与他七位，各从山上骑马一匹，告辞去了。高家父子合刘芳、欧阳德护送。张耀宗提说妹妹上山之故，欧阳德说："我蒙贤妹救出，追问店中伙计，才知道妹妹无事，回天和店去了。"大众又到了那山寨，合常兴会合一处，这才回汴梁城。

到了巡抚衙门，把所擒之贼带上来见彭公。先叫带张耀联跪在阶下，两旁有差官喊堂威。彭公说："张耀联，你霸娶民女，私抢少妇，勾串地面官倚势欺人，又抗差不遵，勾串响马，拒捕殴役，你擒李家女子合妇人，现在哪里？从实招来！"张耀联一听自己这几款，心中说："还有私立公堂，殴打职官没说啦。"自己往上叩头说："大人高升，我也想定也活不了啦！只求大人格外施恩。李家女子妇人不从，亦被我打死掩埋，这是实情。"彭公亦不深问，着差人把他押下去。又带周应龙，两旁一声喊嚷，山寇周应龙告进，跪于阶下。彭公一见，怒气冲冲，要审问金牌的下落。不知怎样有无，且看下回分解。

第五十九回　高恒头探寒泉穴
刘芳扶灵回故乡

诗曰：

绿波如画雨初晴，一岸烟芜极望中。

日暮落花风欲定，小楼丝弦压新声。

话说彭公吩咐带上周应龙来，周应龙跪于阶下，带着肘镣。彭公问说："你这厮是周应龙吗？"周应龙答应"是"。彭公又问："你占紫金山招聚贼匪，抗敌官兵。你把我的金牌实安放在哪里？从实说来。"周应龙说："我自淮安哨聚这座山，金牌我已然扔在紫金山后山寨寒泉穴里，这是一往的实话。"彭公急问："寒泉穴水有几尺深？"周应龙说："不知。"又带武连一问，也是这样口供。

彭公退了堂，立刻在书房叫张耀宗进来，问："拿周应龙都是何人出力？"张耀宗一一回明了，言："为盗金牌，花刀无羽箭赛李广刘世昌死于紫金山。高家父子邀请各镖行英雄相助。我师兄拿的周应龙，出力劳绩让于赛毛遂杨香武。在紫金山大战，死了一个快斧子黑雄。都是帮助之人，还有黄三太之子黄天霸结义兄弟四人。"彭公说："先叫请欧阳德合高家父子、刘芳进来。"众家人出去，把四位请进来，给大人请安。彭公说："四位义士请坐。这紫金山，还有蔡老英雄，也未来此。金牌贼人扔于寒泉穴，此事要风闻京官耳中，恐我被参，贻笑于人，多有不便。众义士设法找找此物件。"高恒听彭公之言，说："大人施恩提拔我的儿子，我舍命下寒泉穴，给大人捞上金牌来就是。"彭公说："只要把金牌找来，我必专摺奏事，保荐你众人。"高恒说："大人恩典，我同张耀宗带五十名官兵去。五日后，必有回音。"彭公先传谕，把周应龙等暂入司狱，传五里屯李荣和完案。派张耀宗带五十名官兵，同高家父子起身。

众人跟随至集贤镇天和店，住于店内。张耀宗等见蔡庆，细说在省彭公所说之事,这才备酒接风,住宿一夜。次日早饭后,蔡庆从这里置办应用家伙,立刻带家人至山场。到了后山,见峭壁石崖,山峰直立,树木森森,山花山草,遇时而新。在西北是大山之背后,阴风阵阵生凉,野兽见人,蹿避踪迹。顺着幽僻小路,由山岭上往下走。这一座寒泉穴,正在西北半山坡之中。上盖景亭,阴风沥沥,冷气凄凄。何能这样冷法?有诗为证:

> 远辞岩下泻瀑浸,静拂云根别故山。
>
> 可惜寒声留不得,旋添波浪向人间。

此泉山阴流出,其水黑绿之色。向东有一窟窿在泉之下,如冰盘大,一股水直向东流,归入逆水潭中,由山之东涧沟流归入河内。从南紫金山之背后,有线路一条,通寒泉之上面。站在泉之台阶上望东,逆水潭如在目前,山清水秀,绝好一张画图。

蔡庆、高恒先派人搭了架子,拴好了绳儿,把荆条筐也拴好,按上铃铛。高恒立时坐在筐内,吩咐人等,听铃铛响急往上扯。自己换好了水衣,身边带了钩连拐,放下绳子去。鱼眼高恒看那水是碧绿,凉风透骨,冷气侵人。高恒年已八十,血气衰败,一见这冷气,自己喘息不止。到了水面,自己跳下水去,往下一沉,身入水内,冷气如刀;强长精神至水底,约有五六丈深,在下面方要寻找金牌的下落,手已麻木,不知用力,连忙上来,坐在筐内一摇铃铛,上面张耀宗连忙吩咐人等急往上拉,即至到了泉口,高恒早省人事,忙忙搭下筐来,用火烤了有半个时辰,他并未缓过这口气来。高通海放声大哭说:"不想你老人家今日死于此处!"张耀宗、欧阳德、蔡庆、刘芳也看看惨不可言。

此时天已正午,蔡庆说:"此事如何办理呢?"高通海一想,为人尽忠不能尽孝,我父为金牌死于冷泉之内,我必要继父之志。先把他父亲尸身移在一旁,自己换好了衣服,坐在筐内,叫人放下去。自己先打算,不行即速上来,莫死在里边。即至水面,自己跳下去,沉身坠至水底,在各处一找,觉着冷气入骨,不能缓气,再有一刻的工夫找不着金牌,那高通海也得冻死。自己心中祷告说:"故去父亲阴魂保佑,叫孩儿找着金牌,我也好光宗耀祖,显达门庭。"正自祷告,觉着有一物正冲手心,也不知是何物件,拿在手中,急忙上来,坐在筐内,立刻拉铃铛响。上面拉上来,正是金牌,口袋盛着。大家焚香，谢了山神。刘芳先派人买两口棺材，把他父亲之尸装好，高源也把他父亲之尸入了棺木。二人雇驮轿，由此处送灵柩回籍。把金牌交给张耀宗了。

张耀宗先派人禀明大人，这紫金山改为善化寺，招僧人看守，蔡庆监工修盖。又把所得两山之财，抽出十分之一修庙，作为僧人的养膳。又给高源、刘芳二人路费各纹银五百两整。余下交彭公赈济局公项，赈济本省贫民。他同欧阳德带兵回省交金牌，给大人请安。彭公赏了张耀宗、常兴银各一百两，赐欧阳德酒筵。自己起稿，办好本章，奏明皇上剿灭紫金山出力人员，拿获逆首周应龙等。张耀宗告假完婚，在本城租的房屋，给蔡家送信，择日娶过亲来。洞房花烛，不必细表。夫妻郎才女貌，甚相合洽。蔡庆夫妇也在女儿家中，不时常来。侠良姑张耀英也合他兄长在一处居住。张耀宗销了假，打算给他亲戚徐家送信，定日好送他妹妹完婚，张耀英亦是自幼儿许配人家的。

过了几日，旨意下来：

上谕：河南巡抚彭朋奏拿获盗寇周应龙在事出力人员：张耀宗赏给四品衔，以都司补用，交部带领引见。常兴赏给守备，留省候补。刘芳、高源赏给千总，归本省标下委用。彭云龙赏给三品衔，有游击缺出即补。盗寇周应龙等，在本处凌迟处死示众。钦此钦遵。康熙四十七年六月□日。

彭公谢了恩。张耀宗办理文书，自己入都引见。

过了几日，刘芳、高源在家中接着喜报，办理丧事，即会合到巡抚衙门，给大人磕头。彭公叫二人进来，二人先给大人磕了头，谢了大人。彭公问："你二人愿在标下当差，愿跟我当差呢？"高、刘二人说："我二人功名是大人提拔的，还求大人施恩，赏个差事。"彭公说："我这里两个巡捕官都升了。张耀宗入都引见，常兴补了抚标守备，你二人充当我这里的巡捕何如？"刘芳、高源谢了彭公，就把行李移进巡捕房，拜了客。

过了几日，把五里屯李荣和传到，与恶太岁张耀联对了词。派了护法监斩官，把周应龙、武连、张耀联、胡铁钉等这些个人，均皆凌迟正法示众。河南省城军民人等，都感恩巡抚大人的好处。是年河南一带，自四月并无透雨，至六月间，人民慌慌不定。彭公斋戒沐浴三日，亲诣城隍庙、土地祠各庙焚香祷告，两日不食，河南人民皆知。至三日，天降甘霖，各处均已平安。自剿灭紫金山之后，设立义学，办理赈济，查各府州县之官的贤愚，贤能者必保荐，贪劣者必参革降调，兴学校，讲道德，创立捕盗之营，真是灭强扶弱，剪恶安良，河南大治，人民感德。又逢皇王有道，各处物阜民丰。

欧阳德乃侠义之人，又不愿做官。自斩周应龙等之后，那漏网的余党，各处都有文书访拿，那些个从贼也都韬踪避迹。他无事，在各处私访哪里有贪官恶霸、势棍土豪。他乃是彭抚台的耳目，禀明大人必办，彭公也信服他。那日走至上蔡县的地面，听人传言：宋家堡有一个活财神赛沈万三的宋仕奎，家财巨万，富属一省。家有招贤馆，招聚有能为之人，明为看家护院，暗想要谋反起兵呢。声气甚大，家中私自操练庄兵五百名，有神拳教习赛姚期尤四虎。他自听见这个信息，连夜奔宋家堡。

那日走至明化镇，乃是一座乡镇，也有铺面、茶楼、酒馆。欧阳德口渴舌干，想要喝一杯茶。见十字街路北有一座茶楼，字号是"通和楼"，挂着茶牌子，雨前、毛尖、六安、武彝、香片等，并写着"随意家常便饭"，坐北朝南。欧阳德连忙打帘子进去，看见这座楼是在正北，进门东边是柜，西边是灶。自己走至在后堂，见下面人太多，不清静，顺东边楼梯上楼。楼上是正北六个座位，南边六张桌儿，有几个喝茶饮酒之人。自己在东边第二座坐下了，叫跑堂的拿茶来，堂官送上一壶茶来。他自己喝着茶，忽听楼梯一响，从下面上来两个人。头前那位，年约二旬以外，生的方面大耳，齿白唇红，眉清目秀，头戴新纬帽，身穿驼色亮纱单袍儿，外罩红青八团龙透的纱的褂子，腰系凉带，露着全分的活计，足蹬青缎官靴，神清气爽，手拿团扇。后跟一个仆人，手拿马鞭子。欧阳德一见此人，心中说："好！要破宋家堡，全在此人身上。"不知他是何能之人，且看下回分解。

第六十回　粉金刚大闹茶楼
欧阳德恩收弟子

诗曰：

春朝小雨昨新晴，祥霭匀收洞宇明。

严警不闻人一语，海棠枝上晓莺声。

话说小方朔欧阳德见进来这个人，眼光足满，气宇不俗，就知是一位武士英雄。见那人坐在西边那个桌上，跑堂的送过茶去，问要什么吃的？那人说："我要两壶荷叶青，两壶莲花白酒，要点果藕，一碗拌鸡丝，一碟凉肉肚，再配两样可吃的。叫我的家人，南边桌上要吃的。"欧阳德一听，说："吾也要吃的，堂倌这里来，吾也要两壶荷叶青，两壶莲花白酒，要点果藕，一碗拌鸡丝儿，一碟凉肉肚，再给吾配两样可吃的。"跑堂的一听，这个蛮子合人家学着要菜，也是一个不开眼的，这夏天这么热，他穿着一件老羊皮袄，带着皮困秋帽，穿着两只毛窝，可是单裤，那袜子够二尺多高，只到护膝。跑堂的也不敢得罪他，照样把小菜摆上。那个武秀士说："来，给我要一个卤牲口。"欧阳德说："来，也给吾来一个卤牲口。"

那少年之人瞧了欧阳德一眼，也不在意。正自一人要菜吃酒，听的下面一片声音。有一人说话，也是江苏口音，说："唔呀，救人哪！王八羔子害了我啦！吾是不能活啦！"跑上楼来。众吃酒的人瞧那上来之人，年约十四五岁，面黄肌瘦，身穿旧夹布大褂，蓝布中衣，白袜青鞋，站在楼上，口中说："救人！救人！"欧阳德听得，问说："你是哪里的人？说实话，都有我救你。"那蛮子说："吾是徐州沛县人，家有寡母。由去岁被人拐骗出来，卖在戏班之内，受人打骂不了，我才逃至外边，后面有人追赶。班主宋家堡的神拳教习绰号赛姚期名尤四虎，他要活活打死我。"

正说着，忽听楼下有人说："瞧见上来啦！必是在楼上。我瞧瞧哪里去啦？"一伙人拿着木棍、铁尺，有七八个，都是二旬年岁，身穿紫花布裤褂，青布抓地虎靴子，手拿单刀、铁尺、木棍,上的楼来。吓得那少年之人钻入桌儿底下,在那武秀士的身后,口中只嚷:"救命哪!救命哪!他们要带回我去!必要生生打死。"那二十余名打手说:"你躲藏在哪里去?我是不能饶你的,把你带回去交给教习尤大太爷办理。"那武生员站起来说:"你等是哪里来的?这个人多少身价?我给你们身价银子。"那几名打手说:"你少管闲事!我们是宋家堡的大教习尤大爷那里的。这孩子是我们教习用三十两银子买的,你留下不成,趁早些别多管闲事。你是外乡人,别找事!"那武生员说:"我是不能不管,你趁早回去,教你家主人来见我!"那打手说:"你姓甚叫什么呢?"那武生员说:"我也不必告诉你我姓什么,我见姓尤的再说。如要带人,你几个带不了去。"那二十余名打手倚仗人多,把眼一瞪说:"你这个人好不要脸,我们拿他去见我家尤大爷去!"又摆兵刃,往前要打。那武生员一阵冷笑,把外褂子一摔,单背举起椅子来,照定那个打手打去,那几个打手也就摆木棍相迎。打了几个照面,把那些打手打得头破血出,各自逃走。跑堂的说:"大爷,你快些走吧!我可是好人。这些人回去,必请他的头目来报仇雪恨。要被他等拿住,你的性命休矣!我是金石之言。这里到宋家堡五里地,少时就回来。此处这明化镇,无人敢惹他。"那武生员说:"我也不是怕事的人,你也不必多管。"那跑堂的也闭口不言。

欧阳德倒很佩服这人。只听那武生员问说:"你是哪里人?出来,不必害怕!"那个少年人从桌子底下出来,跪于就地说:"小人姓武名杰,乃徐州沛县武家庄人氏。先父故去,家有寡母在堂。我在学房读书,被本庄的拐子把我拐骗出来,我也不知他把我卖在戏班之内。班主是赛姚期尤四虎,把我打了几次,我是受刑不过,我才跑出来。只求老爷大发慈悲,救我出此火坑,得脱活命。你老人家就是我的重生父母,再养爹娘。请问恩人贵姓名?后好报答。"那武生员说:"我姓徐名胜,表字广治,绰号人称粉面金刚。我原籍本是徐州沛县,移居浙江桂籍县居住。只因随父宦游浙江地面。此事你不可惊怕,都有我哪!"

当时小方朔欧阳德在旁边细听,知道这是未过门的师妹妹的女婿,素有英名,受过高人的传授,乃有名人焉。连忙站起身来说:"吾呀!原来是徐爷,我久仰大名,今幸相会。"徐胜闻听,心中说:"这个人他方才跟我学吃学喝,这又跟我套近,他可有些怪异？你看他六月天气身穿皮棉衣服，也不知热。我问问他姓什么呢？"想罢，说："朋友，你贵姓啊？"欧阳德说："我姓欧阳名德，绰号人称小方朔。"徐胜听罢说："原来是镇南方小方朔欧阳兄长，我失敬了。久仰大名，如雷贯耳，今日相会，乃三生有幸。"说："兄长从哪里来？"欧阳德说："由河南省城来。仁弟欲何往？"徐胜说："我投奔那河南巡抚彭大人去，我那里有一个朋友，在那衙门当摺奏先生坐幕，姓冯名金奎。"欧阳德说："这里有这么一件美差，也算奇功。但有一件，你附耳过来。"徐胜走至近前，欧阳德说："宋家堡赛沈万三宋仕奎家中有招贤馆，私立教场，有庄兵五百名，他要谋为不轨，意欲反叛。去到招贤馆招贤，作为内应，我再叫几个人来帮助于你。是等起手之时，你先给官兵送信，大约可剿灭叛党，一个不留。"徐胜说："这个孩子你领去，收他做个徒弟，不知尊意如何？"欧阳德说："好！你把他交给我，我将他送回家中，还要回来助你一臂之力，十日后再见，我带他去也。"徐胜说："饭钱我都给了。"欧阳德说："知己不谢，吾带他走了。要是打架的人再来，该当如何呢？"徐胜说："都有我一面全管，你二人去吧。"欧阳德带他出门去了。

徐胜把酒饭钱先给了，把家人徐福叫来，吩咐叫他把马匹连行李，全带往开封府城内奎元店等候。自己换了一身便服，暗把短练铜锤带在身上，把刀放在桌上，把长大衣服包好了，竟自等着打架的人。等了片刻，忽听外边人嚷说："来了，把那该死的小辈拉下楼来，把他碎尸万段！"徐广治一听，手拉单刀跑下茶楼，见那正西来了有三十余人，各执木棍、铁尺。为首一人，身高八尺以外，头大项短，环眉大眼，身穿青洋绉中衣，蓝绸短汗衫，足登青缎抓地虎快靴，面皮微黑，手拿折铁朴刀，正是赛姚期尤四虎。后跟的人俱是打手。也有方才跑回去的人说："教师爷，头前那个人就是留下咱的人的那个人，千万莫教他走了。"尤四虎抢刀直剁徐胜，徐胜急架相迎。二人各施所能，斗了有两刻的工夫，徐胜一刀把尤四虎的刀磕飞，复又一腿正踢在尤四虎左腿之上，翻身栽倒。尤四虎说："好小子，你真是太岁头上动土，老虎嘴边拔毛，焉能与你善罢甘休！你叫什么名字？"徐胜说："小子，你爷爷叫粉面金刚徐胜，字广治，你自管邀人去。"尤四虎立刻扒将起来就跑。那三十多名打手见教师不是对手，他们也不敢动手了，各自逃生去了。那瞧热闹之人无不喝彩说好。

徐胜立刻手拿单刀，出了明化镇，竟奔宋家堡去。五六里之遥，片刻已到宋家堡庄门。见这座堡子城方圆四里地，有四面的庄门，这东门外算是一条买卖街。这座堡子生人不叫进去，无人引见也不许进去。徐胜原打算进招贤馆，到了东庄门，举步往里就走。只听门房该值之人说："哪里去？你姓什么？"徐胜一瞧，路北有五间门房，外站七八个庄丁拦阻他，问他："找谁呀？"徐胜说："你不认识我吗？我常来呀，找你们教习，我姓余名双人。"那个庄丁瞧徐胜是个练武的样，他也不知是来过没来过，他听说跟教习有来往，他便不敢得罪，说："你老人家请进去吧！我失于迎接。"

徐胜混进宋家堡，瞧那街道平坦，往西一直有一里之遥，南北也有铺户不少，那做买卖的人皆是宋仕奎的人。到十字街西边，路北大门里面，房屋甚多，都是楼台殿阁，门外上马石两块，大门横挂一块匾，上写泥金大字，是"策名天府"。路南一座大门，是演武厅合招贤馆。十字街东，路北有一座茶园，字号是"绿野山庄"，坐北向南，门外高搭天棚，内里是五间楼。楼上有对联一副，写的是：

平生肝胆凭茶叙；不是英雄仗酒雄。

下面门首亦有一副对联，写的是：

三山半落青天外；千里相思明月楼。

那天棚下有几张桌儿，甚是清雅。徐胜又不知招贤馆是在哪里，自己坐下要了一壶茶。那跑堂的上下瞧了徐胜两眼，心中说："这个人他不是我们的人，好眼生！"徐胜细瞧这堡子，城内修的十分整齐，房屋也盖的齐整，也栽种各样树木，柳树荫浓，芙蓉开放，真另有番气象。这茶楼上面，楼窗满开，周围安置各样花盆，内有各种时样鲜花。天棚外，东西两大棵垂杨柳，凉风阵阵。虽是暑热之时，一进这天棚，目爽神凝。

徐胜正自看着那各处景致，忽见正西来了有一百多人，尤四虎率领，各穿蓝号衣，上有日月光，写的是"宋家堡庄兵，守望相助。"徐胜知道是找他打架的，自己不慌不忙，立刻把长衣服脱下来，包在包袱内，系在腰中，手提单刀，要合这一百多名庄兵分个高低。未知如何，且听下回分解。

第六十一回　徐广治拳赢尤四虎
宋仕奎大开礼贤门

诗曰：

追逐轻薄伴，闲游不着绯。

长棰出征马，数换打球衣。

晓日寻花去，春风带酒归。

青楼无昼夜，歌舞歇时稀。

话说粉面金刚徐广治，见那尤四虎带了有一百多名庄兵，带着竹弩箭，各抱一个箭匣，他气狠狠地在头前说："你们跟我把那人围上，一阵乱箭把他射死，方出我胸中之气。你等快走！"后边众打手说："我等跟随教师爷去。"徐胜看见尤四虎等，忙跳出去说："你们这伙人往哪里去？今有你家大太爷我在此等候多时。"尤四虎一见，只气的二目通红，说："好撒野囚徒！你来此也好，我教你来时有路，去时无门！徒弟们，你等把他围上放箭哪！"众庄兵往四面一围，徐胜一想："此事不好，人太多，自己寡不敌众。"施展陆地飞腾之法，飞身上房。尤四虎吩咐放弩箭。只见从正西来了五骑马，马上头前那个人，年约三旬以外，正在中年，头戴新纬帽，身穿蓝纱，一裹圆单袍儿，腰系凉带，足登官靴，面皮白中透青，两道剑眉，一双三角眼，二目光华乱转，准头端正，唇若涂脂，顶平项长，后跟着家人，到这里说："莫放箭！为什么？"尤四虎说："这厮是个奸细，来哨探这里事情。我买的那一名童子，被他抢去，还来找我，我要用箭射死他。不料他反找来，甚是可恨之极！"

再说来者这位，正是活财神赛沈万三宋仕奎。他方才瞧完了庄兵操演技艺，这也是该着有事，正遇见这些人在这里围上徐胜，催马过来问尤四虎。尤四虎见庄主来问他，他细说一番。宋仕奎看那徐胜品貌不俗，他说："莫放箭，朋友，你下来有话，请教贵姓大名？哪里人氏？来此何干？"徐胜说："在下乃浙江人氏，游至此处访友。听人说宋家堡有一位庄主仗义疏财，好结交天下英雄，我特来拜访。方才在明化镇酒楼上，遇见他追下去一个童子，打的要死，我把那童子放了，问他要多少身价，我都给他，他还不允，一定要合我比试武艺，被我一脚踢倒，我也不合他打架，他站起身来急速走了。我也不知他是哪里的人。我来至此处访问宋家堡的庄主，又遇见他邀人，倚多为胜。幸遇尊驾来此相助，未领教尊姓高名？"宋仕奎闻说："我姓宋名仕奎，就在此居住。你是贵姓高名，来此何干呢？"徐胜未敢通真名姓，说"我姓余名双人。"宋仕奎说："尤教习，你也该施展武艺赢他。这倚多为胜，就不是英雄所为之事。请余贤士跟我来招贤馆，有话相商。"

徐胜细看此人品貌不俗，说："这就是宋庄主吗？我这厢有礼了。久仰大名，我特来拜访，今幸相遇，真三生有幸也。"说罢，随跟着家人来至正西，到路南有一座大门，上有对联云：

与贤与能，于斯为友；及时做事，自古有年。

横有一块泥金匾，有四个大字，是"西伯遗风"。徐胜瞧一瞧，随家人进了大门，到里面空场之地。东边路北是演武厅一座，西边是垂屏门，内里是一所宅院，是招贤馆，众贤士所居之处。宋仕奎吩咐："余壮士，你敢合我家教习比试比试？倘若胜了他，你就升为大教习之位。"徐胜说："请尤教习过来，就在厅前请教。比试哪样兵刃？我陪你练两趟。"赛姚期尤四虎他本来是知道徐胜的武艺，他听徐胜之言，他说："也好，我就同你比一路拳脚，分个上下。"徐胜听了说："很好。"二人各把平生所学艺业施展开了，真是行如猿猴，恰似狸猫，速小绵软巧，手眼身法步。走了几趟，那徐胜想："我要不赢他，难以在此存身。"把身形一晃，施展太祖拳，把尤四虎闹的浑身是汗。打了几个照面，竟被徐胜一腿正踢在他后胯之上，往前一栽，倒于就地。宋仕奎在座上说："好俊武艺，真是人间少有！"徐胜把尤四虎扶起来，说："得罪得罪！"尤四虎脸一发赤，说："愧死人也！"宋仕奎说："尤贤弟，你我知己之交，不必生气，把大教习之位让给余壮士。你我是自己人，不必挂在心头。我备酒席，给你二人解合。"

散了庄兵，宋仕奎带亲随人等，同尤四虎、余双人下了演武厅，至西边招贤馆门首。上写对联，甚是清雅。徐胜一看，上写云：

古人作会，有山与日；贤者乐群，若竹遇兰。进了屏门，细看内院北上房五间，东西各有配房，南倒厅五间。由上房之西，有角门往西，还有一所院落。宋仕奎带二人进了北房，里面摆列围屏床账，正北靠墙是花梨翘头案，案上有郎窑瓷瓶两个，官窑果盘一对，当中水晶鱼缸，摆着四样盆景。案前八仙桌一张，两边各有太师椅子。墙上挂着一幅画，画的是挂印封侯，下款是仇十洲。两边各有对联，写的是：

圣贤为骨，英雄为胆；肝肠如雪，义气如云。

徐胜看罢，东西都有两间屋是明着。宋仕奎在东边椅子上落座，让他二人也在西边落座，吩咐家人去西院请众位贤士来。

少时，从西院中来了十数位，有赛叔宝余华、金刀太岁吕胜、永躲轮回孟不明、轧油墩李四、飞腿彭二虎、一本账何苦来、铁算盘贾和、闷棍手方和、黑心狼戚顺、平天转杜成、狼狈金永太。这些个人都是在案脱逃的江洋大盗，也有杀人凶犯，滚了马强盗，身遭众案，在此躲避。今天听说新来一位大教习，叫余双人，我们也去见见。宋仕奎又遣家人来请，众贤士也就到会英堂。见宋仕奎合那二位教习正在吃茶，大家先一齐说："参见庄主，我们这里请安。"又给尤四虎请安。宋仕奎说："众位英雄，请坐在两边。这位余双人是新来的大教习，尤四虎为二教习，每日训练我那五百庄兵，教他等先练技艺。每逢初一、十五日，我亲身验看，自有赏罚。今日先给你众位引见引见，从此各听余教习约束。尤贤弟是我知己之人，也知道我的事，今且暂屈作二教习之位，你等见过。"众寇均给徐胜请安说："余教师新到，我等多求指点武艺。"徐胜说："我余双人蒙众台爱，一见如故，我又蒙众位相亲相敬，你我都是一家人了。"宋仕奎立刻吩咐来人摆酒，从此各无记恨。尤四虎见徐胜这样慷慨，也就没了气啦。钱押奴婢，艺押同行，自己也倾心佩服徐胜。

家人拉开桌凳，立刻摆上干鲜果品，冷荤热炒，山珍海味，鸡鱼鹅鸭，真是贵人家非人可比。赛沈万三活财神宋仕奎他在正中，左右两位教习。今得余双人，不胜之喜。他要安分，乐守田园，自己务本，真真是富胜王侯。他心中还是不知足，总想招兵买马，起意不良。他收揽英雄。他家有个相面的先生，外号赛张良李珍，乃是江湖相士，因给宋仕奎相面，他为的是多找几两银子，相宋仕奎有大贵之相；又给批八字，说他隐隐有君王之相，堂堂帝王之容，祥云白雾起，处处献青龙。说宋仕奎有帝王之相，至三十六岁大运亨通，必有高人扶助。又给他移了垣茔。宋仕奎敬他为神仙一般，留在家中，说："我要得了地，必封你为护国军师。"自他扯这八字之后，接着就请尤四虎护院看家，商议他立招贤馆，暗中收揽英雄，招聚庄兵，每日操练，修堡子城。这一年之久，来了这些个人，外面可有声气。无奈他买通地面文武衙门中官人，又有银钱。他说雇的看家的人，他操练庄兵，他说守助村庄，查拿盗贼，也无人盘查他。今日新得一位大教习，他心中喜之不尽，在这里摆酒庆赏众人，就留徐胜住这院中。西院是群寇所居。派四个书童、两名长随，吩咐厨房每日给余教习一桌菜饭。这日酒饭已毕，他传轿回家。粉面金刚徐胜等送出招贤馆，立刻回来，又合众人谈了些闲话。天晚，早有人送过藤席、凉枕、香牛皮夹被、蚊帐、围屏。徐胜倒也很自由，天晚安歇。

次日天明，书童伺候净面、吃茶、用饭，每日皆是如此。无事把五百名庄兵点了名，要请众贤士看技艺。那些庄兵，先各练了一趟拳脚，又叫众寇各人施展能为，他要瞧瞧。这是为何呢？徐胜有心意的人，他是来探探瞧瞧这些贤士都有什么能为？黑心狼戚顺说："我练一路短拳。"平天转下去说："我踢一趟弹腿。"狼犺金永太练一路单刀，一本账何苦来要了一路锤。徐胜瞧见这些人都是饭桶，没有多大能为。内中就是金刀太岁吕胜可以，赛叔宝余华的武艺精通，余者不足论也。

徐胜散了操，回到自己屋中，心内想："我一个人孤树不成林，甚短帮手。彭巡抚那里来几个人才好。"自己用了早饭，每日闷闷不乐，问伺候他的人："这里哪有热闹可逛？"书童琴禄说："明化镇六月二十八日大会，是天仙娘娘庙，可以去瞧热闹。"徐胜一想，也好散散心，明日是二十七日，头天庙。徐胜吩咐伺候他的人，要五匹马，四个人跟我去，留两个童子看屋。吩咐已毕。至次日天明早饭后，徐胜吃完早饭，叫那家人长随宋兴、宋旺都换上新衣服，早把马备好了。徐胜到外边上了马，和这两个家人、两名书童，五匹马出了东庄门。一加鞭，五里地就到了明化镇。

徐胜自入宋家堡，有七八天未曾出门。今日一出来，观见那绿柳垂杨，青苗遍地，道路上人烟不少，都是男女逛庙之人。正瞧着热闹，忽听前面一片呐喊之声，只嚷"救人哪"！徐胜急到跟前一看，又有一宗岔事惊人。不知后事如何，且听下回分解。